O
LEGADO
DOS TEMPLÁRIOS

OBRAS DO AUTOR PUBLICADAS PELA RECORD

A busca de Carlos Magno
O elo de Alexandria
O enigma de Jefferson
O legado dos templários
A profecia Romanov
A Sala de Âmbar
O terceiro segredo
Traição em Veneza
Vingança em Paris
A tumba do imperador
A conspiração colombo
A farsa do rei

STEVE BERRY

O LEGADO
DOS TEMPLÁRIOS

Tradução de
ALVES CALADO

6ª edição

EDITORA RECORD
RIO DE JANEIRO • SÃO PAULO
2025

CIP-BRASIL. CATALOGAÇÃO NA FONTE
SINDICATO NACIONAL DOS EDITORES DE LIVROS, RJ

B453L Berry, Steve, 1955-
6ª ed. O legado dos templários / Steve Berry; tradução de
Alves Calado. – 6ª ed. – Rio de Janeiro: Record, 2025.

Tradução de: The templar legacy
ISBN 978-85-01-07744-8

1. Templários – Ficção. 2. Ficção americana. I. Alves Calado, Ivanir, 1953- . II. Título.

07-1766
CDD: 813
CDU: 821.111(73)-3

Título original norte-americano:
THE TEMPLAR LEGACY

Copyright © 2006 by Steve Berry

Texto revisado segundo o novo Acordo Ortográfico da Língua Portuguesa.

Todos os direitos reservados. Proibida a reprodução, no todo ou em parte, através de quaisquer meios. Os direitos morais do autor foram assegurados.

Direitos exclusivos de publicação em língua portuguesa somente para o Brasil adquiridos pela
EDITORA RECORD LTDA.
Rua Argentina, 171 – Rio de Janeiro, RJ – 20921-380 – Tel.: (21) 2585-2000, que se reserva a propriedade literária desta tradução.

Impresso no Brasil

ISBN 978-85-01-07744-8

Seja um leitor preferencial Record.
Cadastre-se no site www.record.com.br e receba informações sobre nossos lançamentos e nossas promoções.

EDITORA AFILIADA

Atendimento e venda direta ao leitor:
mdireto@record.com.br ou (21) 2585-2002.

Para Elizabeth
Sempre

Disse Jesus: "Saiba o que está à sua vista, e o que está escondido se tornará claro. Pois não há nada escondido que não será revelado."

— EVANGELHO DE TOMÉ

"Serviu-nos bem este mito de Cristo."

— PAPA LEÃO X

AGRADECIMENTOS

Tive sorte. A mesma equipe que, em 2003, produziu meu primeiro romance, *A sala de âmbar*, permaneceu junta. Poucos escritores podem alardear esse luxo. Assim, de novo, é necessário fazer muitos agradecimentos a todos. Primeiro, Pam Ahearn, minha agente, que acreditou desde o início. Em seguida, ao pessoal maravilhoso da Random House: Gina Centrello, editora extraordinária; Mark Tavani, um editor muito mais sábio do que a idade sugere (e grande amigo também); Ingrid Powell, com quem sempre se pode contar; Cindy Murray, que vai longe para fazer com que eu saia bem na mídia (o que é uma tarefa e tanto); Kim Hovey, que faz o marketing com habilidade e precisão de um cirurgião; Beck Stvan, o talentoso artista responsável pela capa maravilhosa; Laura Jorstad, uma copidesque de olhos de águia que me mantém na linha; Crystal Velasquez, produtora editorial que diariamente guia a produção num rumo fiel; Carole Lowenstein, que de novo faz as páginas brilharem; e finalmente a todos do setor de Promoção e Vendas – absolutamente nada poderia ser conseguido sem seus esforços superiores.

Um agradecimento especial a uma das "meninas", Daiva Woodworth, que deu o nome a Cotton Malone. Mas não posso esquecer minhas duas "outras meninas", Nancy Pridgen e Fran Downing. A inspiração de todas as três permanece comigo todo dia.

Uma nota pessoal. Minha filha Elizabeth (que está crescendo tão depressa) trouxe alegria cotidiana às incríveis atribulações que ocorreram durante a produção deste livro. Ela é mesmo um tesouro.

Este livro é para ela.

Sempre.

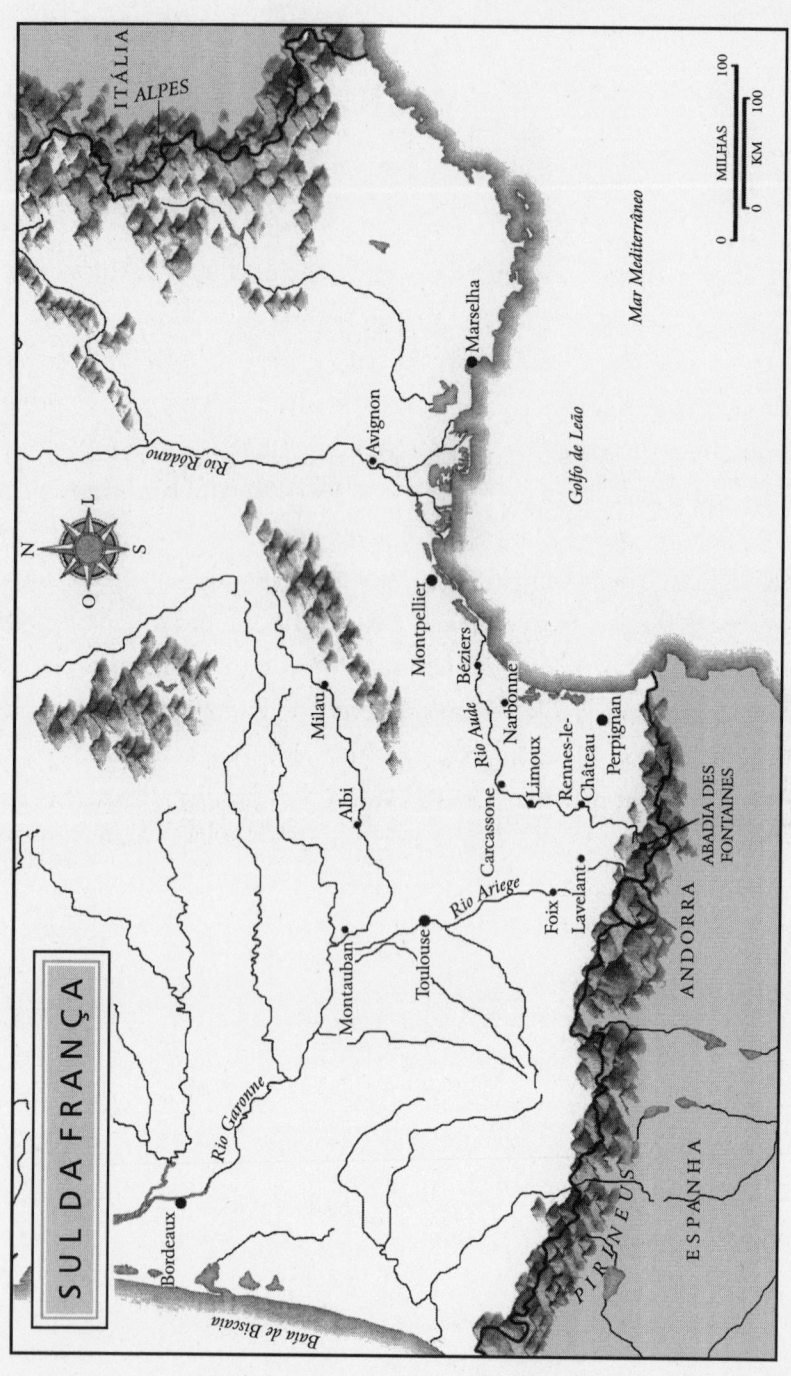

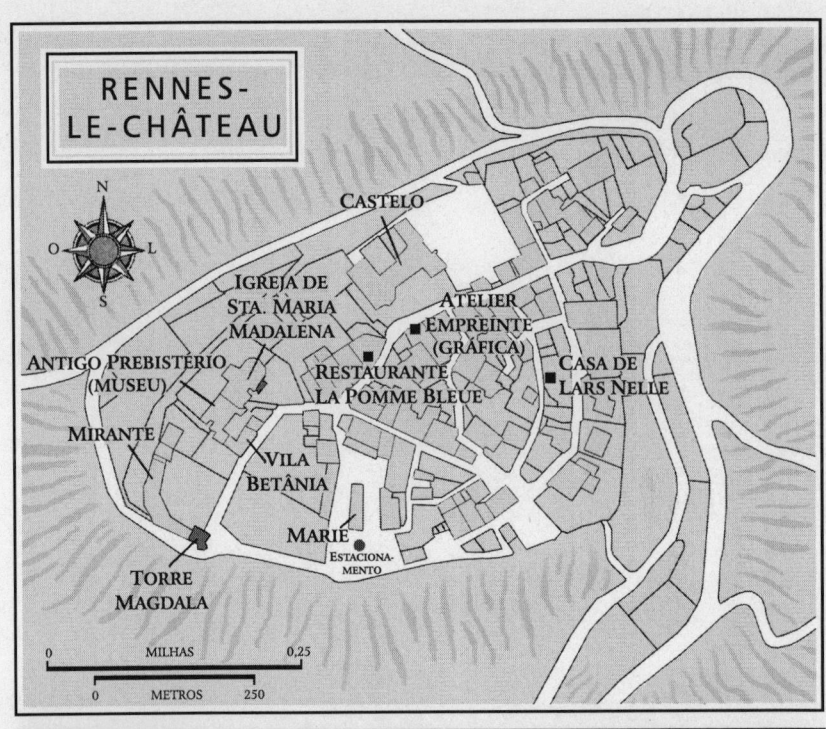
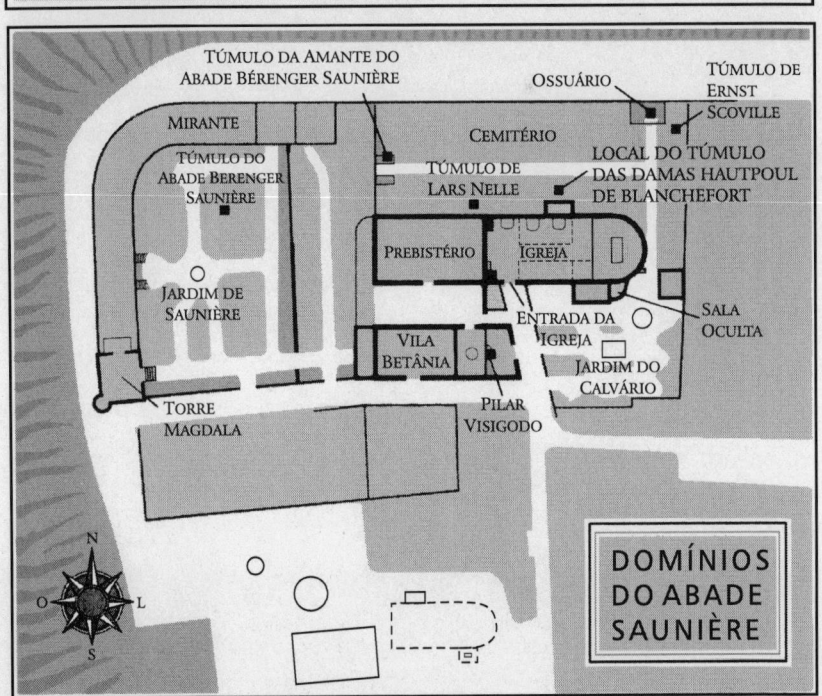

PRÓLOGO

PARIS, FRANÇA
JANEIRO DE 1308

Jacques de Molay buscava a morte, mas sabia que a salvação jamais seria oferecida. Era o 22º mestre da Irmandade dos Pobres Soldados de Cristo e do templo de Salomão, uma ordem religiosa que existira sob o encargo de Deus durante duzentos anos. Mas, nos últimos três meses, ele, como cinco mil irmãos, era prisioneiro de Felipe IV, rei da França.

— Levante-se — ordenou Gillaume Imbert junto à porta.

De Molay continuou na cama.

— Você é insolente, mesmo diante da morte — disse Imbert.

— A arrogância é praticamente tudo que me resta.

Imbert era um homem malicioso, com cara de cavalo, que, Molay havia notado, parecia impassível como uma estátua. Era o grande inquisidor da França e confessor pessoal de Felipe IV, o que significava que possuía os ouvidos do rei. No entanto, De Molay havia se perguntado muitas vezes o que, além da dor, trazia júbilo à alma do dominicano. Mas sabia o que o irritava.

— Não farei nada que você deseje.

— Já fez mais do que imagina.

Isso era verdade, e de novo De Molay lamentou sua fraqueza. A tortura de Imbert nos dias seguintes às prisões de 13 de outubro fora brutal, e muitos irmãos haviam confessado ter feito coisas erradas. De Molay se encolheu ao se lembrar do que ele próprio admitira – que quem era recebido na Ordem negava o Senhor Jesus Cristo e cuspia numa cruz desprezando-O. De Molay havia até mesmo se dobrado e escrito uma carta invocando os irmãos a confessarem, como ele havia feito, e uma boa quantidade deles lhe obedecera.

Mas, há apenas alguns dias, emissários de Sua Santidade, Clemente V, finalmente haviam chegado a Paris. Clemente era conhecido como marionete de Felipe, motivo pelo qual De Molay havia trazido florins de ouro e doze cavalos carregados de prata para a França no verão anterior. Se as coisas desandassem, o dinheiro seria usado para comprar os favores do rei. No entanto, ele havia subestimado Felipe. O rei não queria tributos parciais. Queria tudo que a Ordem possuía. Assim, acusações de heresia foram inventadas e milhares de templários foram presos num único dia. Aos emissários do papa, De Molay havia informado a tortura e renegado publicamente sua confissão, e ele tinha consciência de que isso provocaria represálias. Assim, disse:

– Imagino que, no momento, Felipe esteja preocupado com a possibilidade de seu papa ter alguma vontade própria.

– Insultar seu captor não é sensato – respondeu Imbert.

– E o que seria sensato?

– Fazer o que queremos.

– E então como eu responderia ao meu Deus?

– Seu Deus está esperando-o, e esperando todos os outros templários, para responder. – Imbert falava em sua voz metálica usual, que não denotava qualquer vestígio de emoção.

De Molay não queria mais discutir. Nos últimos três meses havia suportado interrogatórios incessantes e privação do sono. Fora posto a ferros, os pés lambuzados de gordura e colocados perto das chamas, o corpo esticado no ecúleo. Até fora obrigado a assistir enquanto carcereiros bêbados torturavam outros templários, cuja grande maioria não passava de agricultores, diplomatas, contadores, artesãos, navegadores, escriturários. Sentia vergonha do que já fora obrigado a dizer e não falaria mais nada voluntariamente. Ficou deitado na cama fétida e esperou que o carcereiro fosse embora.

Imbert sinalizou, e dois guardas se espremeram pela porta e levantaram De Molay.

– Tragam-no – ordenou.

De Molay fora preso no templo de Paris e era mantido lá desde outubro passado. O alto fortim com quatro torres de canto era um quartel-general dos templários – um centro financeiro – e não possuía qualquer câmara de tortura. Imbert havia improvisado, convertendo a capela num lugar de angústia inimaginável – um local que De Molay visitara com frequência nos últimos três meses.

De Molay foi arrastado para dentro da capela e levado ao centro do piso em xadrez preto e branco. Muitos irmãos haviam sido recebidos na Ordem sob esse teto cravejado de estrelas.

– Fui informado – disse Imbert – que aqui eram realizadas suas cerimônias mais secretas. – Vestido com manto preto, o francês caminhou até um dos lados da sala comprida, perto de um receptáculo esculpido que De Molay conhecia muito bem. – Estudei o conteúdo deste baú. Há um crânio humano, dois fêmures e uma mortalha branca. Curioso, não?

Ele não ia dizer nada. Em vez disso, pensou nas palavras que cada postulante havia pronunciado ao ser recebido na Ordem. *Sofrerei tudo que agrade a Deus.*

– Muitos dos seus irmãos nos contaram como esses itens eram usados. – Imbert balançou a cabeça. – Sua Ordem tornou-se abominável demais.

De Molay já estava farto.

– Prestamos contas apenas ao nosso papa, como servidores do servo de Deus. Somente ele nos julga.

— Seu papa está sujeito ao meu soberano. Ele não o salvará.

Era verdade. Os emissários do papa haviam deixado claro que repassariam a retratação da confissão de De Molay, mas duvidavam que isso faria muita diferença quanto ao destino do templário.

— Dispam-no – ordenou Imbert.

A batina que ele havia usado desde o dia seguinte à prisão foi arrancada do corpo. De Molay não ficou necessariamente triste ao vê-la ir, já que o tecido imundo fedia a fezes e urina. Mas a Regra proibia que qualquer irmão mostrasse o corpo. Ele sabia que a Inquisição preferia as vítimas nuas – sem orgulho –, por isso disse a si mesmo para não se encolher diante do ato insultuoso de Imbert. Seu corpo de 56 anos ainda possuía grande estatura. Como todos os irmãos cavaleiros, ele havia se cuidado. Manteve-se ereto, agarrado à dignidade, e perguntou calmamente:

— Por que devo ser humilhado?

— O que quer dizer? – A pergunta trazia um ar de incredulidade.

— Este era um lugar de adoração, no entanto você me despe e olha a minha nudez, sabendo que os irmãos não gostam dessas demonstrações.

Imbert se abaixou, abriu o baú e retirou um grande tecido de sarja.

— Dez acusações foram feitas contra sua preciosa Ordem.

De Molay conhecia todas. Iam desde ignorar os sacramentos até cultuar ídolos, lucrar com atos imorais e tolerar o homossexualismo.

— A que mais me interessa – disse Imbert – é sua exigência de que cada irmão negue que Cristo é nosso Senhor e que cuspa e pisoteie a cruz verdadeira. Um dos seus irmãos chegou a dizer que alguns mijavam numa imagem do Senhor Jesus na cruz. É verdade?

— Pergunte ao tal irmão.

— Infelizmente ele não suportou o sofrimento.

De Molay ficou quieto.

— Meu rei e Sua Santidade ficaram mais perturbados por essa acusação do que por todas as outras. Sem dúvida, como um homem nascido na Igreja, você pode ver como eles ficariam furiosos diante de sua negação de Cristo como nosso Salvador, não é?

– Prefiro falar apenas ao meu papa.

Imbert sinalizou e os dois guardas prenderam algemas nos pulsos de De Molay, depois recuaram e abriram seus braços com pouca consideração pelos músculos feridos. Imbert pegou um chicote com várias pontas sob o manto. As pontas tilintaram, e De Molay viu que cada uma tinha um osso.

Imbert golpeou com o chicote por baixo dos braços esticados, acertando as costas nuas de De Molay. A dor o atravessou e depois recuou, deixando uma agudeza que não se dissipava. Antes que a carne tivesse tempo de se recuperar, veio outro golpe, e outro. De Molay não queria dar qualquer satisfação a Imbert, mas a dor o dominou e ele gritou de agonia.

– Você não zombará da Inquisição – declarou Imbert.

De Molay conteve as emoções. Sentia vergonha por ter gritado. Encarou os olhos brilhantes do inquisidor e esperou o que viria em seguida.

Imbert o encarou de volta.

– Você nega o nosso Salvador, diz que ele era meramente um homem e não o filho de Deus? Você profana a cruz verdadeira? Muito bem. Verá como é *suportar* a cruz.

O chicote voltou – nas costas, nas nádegas, nas pernas. O sangue espirrava quando as pontas de osso rasgavam-lhe a pele.

O mundo se esvaiu.

Imbert parou de chicotear.

– Coroem o mestre – gritou.

De Molay ergueu a cabeça e tentou focalizar. Viu o que parecia uma peça de ferro preto redonda. Havia pregos nas bordas, com as pontas em ângulo para baixo e para dentro.

Imbert se aproximou.

– Veja o que nosso Senhor suportou. O Senhor Jesus Cristo, que você e seus irmãos negaram.

A coroa foi enfiada em seu crânio e batida com força. Os pregos furaram o couro cabeludo e o sangue escorreu dos ferimentos, encharcando os cabelos oleosos.

Imbert jogou o chicote de lado.

– Tragam-no.

De Molay foi arrastado pela capela até uma alta porta de madeira que levava a seu apartamento particular. Um banco foi trazido e ele foi equilibrado em cima. Um dos guardas o manteve de pé enquanto outro ficava a postos, para o caso de ele resistir, mas o templário estava fraco demais para contestar.

As algemas foram retiradas.

Imbert entregou três pregos a outro guarda.

– O braço direito para cima – ordenou Imbert –, como discutimos.

O braço foi esticado acima da cabeça. O guarda se aproximou, e De Molay viu o martelo.

E percebeu o que eles pretendiam fazer.

Santo Deus!

Sentiu uma mão agarrar seu punho, a ponta de um prego ser apertada na carne cheia de suor. Viu o martelo recuar e ouviu metal bater contra metal.

O prego atravessou seu pulso, e ele gritou.

– Encontrou alguma veia? – perguntou Imbert ao guarda.

– Não.

– Ótimo. Ele não deve sangrar até a morte.

Na época em que era um jovem irmão, De Molay havia lutado na Terra Santa quando a Ordem resistiu pela última vez em Acre. Lembrou-se da sensação de uma lâmina de espada na carne. Funda. Rígida. Duradoura. Mas um prego no pulso era algo tremendamente pior.

Seu braço esquerdo foi levantado em ângulo e outro prego foi cravado na carne do punho. Ele mordeu a língua, tentando se conter, mas a agonia fez o dente ir fundo. O sangue encheu a boca e ele engoliu.

Imbert chutou o banco e agora o peso do corpo com mais de um metro e oitenta era totalmente suportado pelos ossos dos punhos, em particular o direito, já que o ângulo do esquerdo forçava o direito até o ponto de rompimento. Algo estalou dentro de seu ombro e a dor socou-lhe o cérebro.

Um dos guardas agarrou seu pé direito e examinou a carne. Aparentemente, Imbert havia escolhido com cuidado os pontos de inserção, lugares onde havia poucas veias. Então o pé esquerdo foi posto atrás do direito e ambos foram presos à porta com um único prego.

De Molay nem conseguia gritar.

Imbert inspecionou o trabalho.

– Pouco sangue. Muito bem. – E recuou. – Como nosso Senhor e Salvador sofreu, você também sofrerá. Com uma diferença.

Agora De Molay entendia por que haviam escolhido uma porta. Imbert fez as dobradiças girarem lentamente, abrindo a porta, depois fechou-a com força.

O corpo de De Molay foi jogado para um lado, depois para outro, balançando nas juntas deslocadas dos ombros, forçando os pregos. A agonia era de um tipo que ele jamais conhecera.

– Como o ecúleo – disse Imbert. – Onde a dor pode ser aplicada em etapas. Isto também tem um elemento de controle. Posso deixá-lo pendurado. Posso balançá-lo para trás e para a frente. Ou posso fazer o que você acaba de experimentar, que é o pior de tudo.

O mundo estava sumindo e voltando, e ele mal podia respirar. Cãibras reivindicavam cada músculo. O coração batia feito louco. O suor brotava da pele, e ele sentia como se tivesse febre, o corpo num incêndio feroz.

– Agora você zomba da Inquisição? – perguntou Imbert.

De Molay queria dizer a Imbert que odiava a Igreja pelo que estava fazendo. Um papa fraco controlado por um monarca francês falido conseguira derrubar a maior organização religiosa que o homem jamais conhecera. Quinze mil irmãos espalhados pela Europa. Nove mil propriedades. Um grupo de irmãos que dominara a Terra Santa e que durava duzentos anos. A Irmandade dos Pobres Soldados de Cristo e do templo de Salomão era a epítome de tudo de bom. Mas o sucesso havia gerado o ciúme e, como um mestre, ele devia ter avaliado totalmente as tempestades políticas que fervilhavam ao redor. Deveria ter sido menos rígido, mais maleável, não falar tão abertamente. Felizmente havia previsto parte do que já ocorrera e tomado precauções. Felipe IV jamais veria um grama do ouro e da prata dos templários.

E jamais veria o maior tesouro de todos.

Assim, De Molay juntou o resto de energia e levantou a cabeça. Imbert claramente pensou que ele iria falar, e se aproximou.

— Vá para o inferno — sussurrou ele. — Dane-se, você e todos que ajudam a sua causa infernal.

Sua cabeça tombou de novo no peito. Ele ouviu Imbert gritar para que a porta fosse batida, mas a dor era tão intensa e varria o cérebro vinda de tantas direções, que ele sentiu pouca coisa.

Estava sendo retirado. Não sabia quanto tempo ficara suspenso, mas o relaxamento nos membros não foi notado porque os músculos tinham se entorpecido havia muito. Foi carregado por alguma distância e então percebeu que estava de novo na cela. Seus captores o colocaram no colchão e, quando o corpo afundou nas dobras macias, um fedor familiar preencheu suas narinas. A cabeça foi elevada por um travesseiro, os braços estendidos dos dois lados.

— Fui informado — disse Imbert em voz baixa — que, quando um novo irmão era aceito em sua ordem, o candidato era coberto até os ombros com uma mortalha de linho. Algo que simbolizava a morte e depois a ressurreição para uma nova vida como templário. Agora você também terá essa honra. Estendi sob você a mortalha que estava no baú da capela. – Imbert baixou a mão e dobrou o longo tecido com trama espinha de peixe por cima dos pés de De Molay e colocou-o sobre seu corpo úmido. Agora seu olhar estava encoberto pelo pano. – Disseram-me que isto era usado pela Ordem na Terra Santa, foi trazido para cá e enrolado em cada iniciado de Paris. Agora você renasceu – zombou Imbert. – Fique aí deitado e pense nos seus pecados. Retornarei.

De Molay estava fraco demais para reagir. Sabia que Imbert provavelmente ordenara que não o matassem, mas também percebeu que ninguém cuidaria dele. Por isso ficou imóvel. O entorpecimento estava sumindo, substituído por uma agonia intensa. O coração ainda martelava, e ele suava intensamente. Disse a si mesmo para se acalmar e ter pensamentos agradáveis. Um pensamento que ficava vindo à mente era que ele sabia o que seus captores queriam saber acima de qualquer coisa. Era o único homem vivo que sabia. Assim era a Ordem. Um mestre passava o conhecimento ao próximo, de modo que apenas o próximo soubesse. Infelizmente, devido à sua prisão súbita e ao expurgo da Ordem, desta vez a passagem teria de ser feita de outro modo. Ele não permitiria que Felipe ou a Igreja vencesse. Eles só saberiam o que ele sabia quando ele quisesse. Como era mesmo o salmo? *Nossa língua fomenta maldades como uma navalha afiada, trabalhando de modo mentiroso.*

Mas, então, outra passagem bíblica lhe ocorreu, uma passagem que trazia algum conforto à sua alma torturada. Assim, deitado envolto no sudário, o corpo jorrando sangue e suor, pensou no Deuteronômio.

Deixem-me a sós, para que possa destruí-los.

PRIMEIRA PARTE

UM

COPENHAGUE, DINAMARCA
QUINTA-FEIRA, 22 DE JUNHO, TEMPO ATUAL
14H50

Cotton Malone percebeu a faca ao mesmo tempo que viu Stephanie Nelle. Estava sentado a uma mesa do lado de fora do Café Nikolaj, confortável numa cadeira de treliça branca. A tarde ensolarada era agradável, e a Højbro Plads, a popular praça dinamarquesa que se estendia diante dele, estava cheia de gente. O café estava movimentado como sempre – o clima febril –, e na última meia hora ele estivera esperando Stephanie.

Era uma mulher miúda, de sessenta e poucos anos, mas jamais confirmava a idade – e os registros do Departamento de Justiça que Malone vira uma vez continham apenas um "não disponível" piscando no espaço reservado para a data de nascimento. O cabelo escuro era riscado por ondas de prata, e os olhos castanhos ofereciam a expressão compassiva de uma liberal e o brilho feroz de uma promotora. Dois presidentes haviam tentado transformá-la em procuradora-geral, mas ela recusara as duas ofertas. Um procurador-geral fizera enorme lobby para demiti-la – em especial depois de ela ter sido convocada pelo FBI para investigá-lo –, mas a Casa Branca recusou a ideia, já que, entre outras coisas, Stephanie Nelle era escrupulosamente honesta.

Por outro lado, o homem com a faca era baixo e corpulento, com feições estreitas e cabelo à escovinha. Algo assombrado pairava em seu rosto da Europa Oriental – uma expressão de abandono que preocupou Malone mais do que a lâmina brilhante –, e ele se vestia casualmente, com jeans e uma jaqueta vermelho-sangue.

Malone se levantou, mas manteve os olhos fixos em Stephanie. Pensou em gritar um alerta, mas ela estava muito longe, e havia muito barulho entre eles. Sua visão foi bloqueada momentaneamente por uma das esculturas modernistas que salpicavam a Højbro Plads – esta de uma mulher obscenamente obesa, deitada nua de barriga para baixo, com as nádegas intrometidas redondas como montanhas varridas pelo vento. Quando Stephanie apareceu do outro lado do bronze fundido, o homem com a faca havia chegado mais perto, e Malone viu quando ele cortou uma tira pendurada no ombro esquerdo dela, puxou uma bolsa de couro e empurrou Stephanie nas pedras do calçamento.

Uma mulher gritou, e uma comoção brotou diante da visão de um ladrão de bolsas brandindo uma faca.

O sujeito da jaqueta vermelha partiu com a bolsa de Stephanie na mão e empurrou as pessoas à frente com os ombros. Alguns empurraram de volta. O ladrão virou para a esquerda, contornando outra escultura de bronze, e finalmente começou a correr. Sua rota parecia ir na direção da Købmagergade, uma rua de pedestres que se retorcia em direção ao norte, saindo da Højbro Plads, adentrando mais no bairro comercial da cidade.

Malone saltou da mesa, decidido a interromper o assaltante antes que ele pudesse virar a esquina, mas um amontoado de bicicletas bloqueou-lhe o caminho. Ele rodeou as bicicletas e correu, percorrendo parcialmente o contorno de uma fonte antes de se chocar contra o ladrão.

Bateram contra a pedra dura, o sujeito da jaqueta vermelha recebendo a maior parte do impacto, e Malone notou de imediato que o oponente era musculoso. Sem se abalar com o ataque, o sujeito rolou uma vez e levou o joelho à barriga de Malone.

A respiração saiu num jorro e suas entranhas se reviraram.

O homem da jaqueta vermelha saltou de pé e saiu correndo pela Købmagergade.

Malone se levantou, mas se agachou imediatamente e ofegou algumas vezes.

Droga. Estava fora de forma.

Conteve-se e retomou a perseguição, o fugitivo com uma dianteira de 15 metros. Malone não tinha visto a faca durante a luta, mas enquanto corria pela rua entre lojas viu que o sujeito ainda segurava a bolsa de couro. Seu peito queimava, mas ele estava diminuindo a distância.

O sujeito da jaqueta vermelha empurrou um carrinho de flores que estava com um velho descarnado, um dos muitos carrinhos que ficavam na Højbro Plads e na Købmagergade. Malone odiava os vendedores, que gostavam de bloquear a entrada de sua livraria, em especial aos sábados. O fugitivo jogou o carro na direção de Malone. Ele não podia deixar que o carrinho seguisse livre – havia gente demais na rua, inclusive crianças –, por isso saltou à direita. Segurou-o, girou-o e o fez parar.

Olhou para trás e viu Stephanie virando a esquina da Købmagergade junto com um policial. Estavam à distância de meio campo de futebol, e ele não tinha tempo para esperar.

Correu adiante, imaginando para onde o sujeito iria. Talvez tivesse deixado um veículo, ou houvesse um motorista esperando no ponto em que a Købmagergade desembocava em outra das movimentadas praças de Copenhague, a Hauser Plads. Esperava que não. Aquela praça era um pesadelo de congestionamento, para além da teia de ruas de pedestres que formavam a meca de compras conhecida como Strøget. Suas coxas doíam pelo exercício inesperado, os músculos mal lembrando os dias na marinha e no Departamento de Justiça. Depois de um ano de aposentadoria voluntária, seu regime de exercícios não impressionaria a antiga chefe.

Adiante ficava a torre Redonda, aninhada firmemente contra a Igreja da Trindade como uma garrafa térmica presa numa lancheira. A troncuda estrutura cilíndrica subia o equivalente a nove andares. Cristiano IV, da Dinamarca, havia erguido-a em 1642, e o símbolo de seu reino – um 4 dourado abraçado por um C – brilhava no sombrio edifício de tijolos. Cinco ruas se cruzavam junto à torre Redonda, e o sujeito da jaqueta vermelha poderia escolher qualquer uma para a fuga.

Carros da polícia apareceram.

Um deles parou cantando pneus no lado sul da torre Redonda. Outro veio de mais adiante na Købmagergade, bloqueando qualquer fuga em direção ao norte. Agora o fugitivo estava contido na praça que rodeava a torre Redonda. Ele hesitou, parecendo avaliar a situação, depois foi para a direita e desapareceu dentro da torre.

O que o idiota estava fazendo? Não havia saída além do portal no térreo. Mas talvez o sujeito da jaqueta vermelha não soubesse disso.

Malone correu para a entrada. Conhecia o bilheteiro. O norueguês passava muitas horas na livraria de Malone, já que sua paixão era literatura inglesa.

– Arne, aonde aquele homem foi? – perguntou em dinamarquês, recuperando o fôlego.

– Passou direto, sem pagar.

– Tem alguém lá em cima?

– Um casal idoso subiu há pouco.

Nenhum elevador ou escada levava ao topo. Em vez disso, uma rampa em espiral ia direto ao terraço, instalada originalmente para que os enormes instrumentos astronômicos do século XVII pudessem ser levados em carroças. A história que os guias turísticos gostavam de contar era de como Pedro, o Grande, da Rússia, uma vez subiu a cavalo enquanto sua imperatriz o seguia de carruagem.

Malone pôde ouvir passos ecoando acima. Balançou a cabeça por causa do que sabia que o esperava.

– Diga à polícia que estamos lá em cima.

E começou a correr.

Na metade da rampa em espiral, passou por uma passagem que dava no Grande Salão. A porta de vidro estava fechada; as luzes, apagadas. Havia janelas duplas ornamentadas na parede externa da torre, mas todas tinham barras de ferro. Tentou escutar de novo e ainda pôde ouvir passos correndo acima.

Continuou, a respiração ficando densa e dificultosa. Diminuiu o ritmo ao passar por um planetário medieval fixo no alto da parede. Sabia que a saída para a plataforma do terraço ficava a apenas poucos metros, depois da última curva da rampa.

Não ouvia mais passos.

Esgueirou-se e passou pelo arco. Um observatório octogonal – não da época de Cristiano IV, mas algo mais recente – erguia-se no centro, com um amplo terraço ao redor.

À esquerda, uma grade de ferro decorativa rodeava o observatório, com a única entrada fechada com uma corrente. À direita, uma intricada treliça de ferro cercava a borda da torre. Para além do corrimão baixo erguiam-se os telhados vermelhos e os pináculos verdes da cidade.

Contornou a plataforma e encontrou um velho deitado de barriga para baixo. Atrás do corpo, o sujeito da jaqueta vermelha estava com uma faca encostada à garganta de uma senhora, o braço envolvendo-lhe o peito. Aparentemente, a mulher queria gritar, mas o medo travava sua voz.

– Fique parada – disse-lhe Malone em dinamarquês.

Examinou o sujeito da jaqueta vermelha. A expressão assombrada continuava ali, nos olhos escuros e quase lamentosos. Gotas de suor brilhavam ao sol forte. Tudo indicava que Malone não deveria chegar mais perto. Passos vindos de baixo indicavam que a polícia chegaria em alguns instantes.

– Que tal se acalmar? – perguntou, experimentando em inglês.

Pôde ver que o sujeito o entendia, mas a faca permaneceu no lugar. O olhar dele continuava saltando para longe, para o céu e depois de volta. Ele parecia inseguro, e isso preocupou Malone ainda mais. Pessoas desesperadas sempre tomam medidas desesperadas.

– Largue a faca. A polícia está chegando. Não há como sair.

O sujeito olhou de novo para o céu, depois voltou a focalizar Malone. A indecisão o fitava de volta. O que era isso? Um ladrão de bolsas que foge para o teto de uma torre de 30 metros sem ter aonde ir?

Os passos abaixo ficaram mais altos.

– A polícia está aqui.

O sujeito da jaqueta vermelha recuou mais para perto do corrimão de ferro, mas continuou segurando a mulher com força. Malone sentiu o aço de um ultimato forçando uma escolha, por isso deixou claro outra vez:

– Não há saída.

O sujeito apertou com mais força o peito da mulher, depois cambaleou para trás, agora encostado com firmeza no corrimão da altura da cintura, sem ter nada além dele e da refém a não ser o ar.

Os olhos perderam o pânico e uma calma súbita varreu o sujeito. Ele empurrou a velha para a frente, e Malone pegou-a antes que ela se desequilibrasse. O sujeito fez o sinal da cruz e, segurando a bolsa de Stephanie, girou por cima do corrimão, gritou uma palavra – "beauseant" – e passou a faca pela garganta enquanto seu corpo mergulhava para a rua.

A mulher uivou enquanto a polícia emergia do portal.

Malone soltou-a e foi até o corrimão.

O homem da jaqueta vermelha estava esparramado no calçamento, 30 metros abaixo.

Ele se virou e olhou de novo para o céu, para além do mastro acima do observatório, com a Dannebrog dinamarquesa – uma cruz branca numa bandeira vermelha – solta no ar parado.

O que o sujeito estivera olhando? E por que havia pulado?

Olhou para baixo de novo e viu Stephanie abrindo caminho pela multidão que aumentava. Sua bolsa de couro estava a pouca distância do homem morto, e ele viu quando ela pegou-a no chão e depois se misturou de novo aos espectadores. Seguiu-a com o olhar enquanto ela passava entre as pessoas e se afastava rapidamente, seguindo por uma das ruas que levavam para longe da torre Redonda, entrando na movimentada Strøget, sem olhar para trás.

Malone balançou a cabeça ao vê-la se retirar apressada e murmurou:

– Que diabo?

DOIS

Stephanie estava abalada. Depois de 26 anos trabalhando para o Departamento de Justiça, os últimos 15 comandando o Núcleo Magalhães, tinha aprendido que, se a coisa tem quatro patas, uma tromba e cheira a amendoins, é um elefante. Não há necessidade de pendurar uma placa no tronco. O que significava que o sujeito da jaqueta vermelha não era ladrão de bolsas.

Era algo totalmente diverso.

E isso significava que alguém sabia o que ela estava fazendo.

Tinha visto o ladrão saltar da torre – a primeira vez que testemunhava uma morte. Durante anos ouvira seus agentes falando sobre isso, mas havia um enorme abismo entre ler um relatório e ver alguém morrer. O corpo havia batido nas pedras do calçamento com um ruído repugnante. Será que ele havia pulado? Ou será que Malone o obrigara? Teria havido luta? Será que ele havia falado antes de pular?

Tinha vindo à Dinamarca com um objetivo especial e, já que estava ali, decidira visitar Malone. Havia anos ele fora um de seus 12 escolhidos originais para o Núcleo Magalhães. Conhecia o pai de Malone e viu o sucesso constante do filho, feliz por tê-lo quando ele aceitou a oferta e passou do esquadrão de jatos da marinha para o Departamento de Justiça. Com o tempo, Malone chegou a ser seu melhor agente, e ela ficou triste quando ele decidiu, no ano anterior, que queria sair.

Desde então não o vira, mas haviam se falado pelo telefone algumas vezes. Quando ele perseguiu o ladrão, ela notou que o corpo alto continuava musculoso e o cabelo denso e ondulado, com o mesmo tom leve de terra de siena que ela recordava, semelhante à pedra antiga dos prédios ao redor. Durante os doze anos em que havia trabalhado para ela, Malone sempre fora direto e demonstrara independência, o que o tornava um bom agente – em que ela podia confiar –, no entanto, também havia compaixão. Ele fora mais do que um empregado.

Era seu amigo.

Mas isso não significava que o quisesse naquele negócio.

Perseguir o homem da jaqueta vermelha era bem do estilo de Malone, mas também era um problema. Visitá-lo agora significaria perguntas do tipo que ela não tinha intenção de responder.

A conversa com um velho amigo teria de esperar por outra ocasião.

Malone deixou a torre Redonda e foi atrás de Stephanie. Quando saiu de lá, os paramédicos atendiam o casal idoso. O homem estava abalado devido a um soco na cabeça, mas ficaria bem. A mulher continuou histérica, e ele ouviu um dos enfermeiros insistir que ela fosse levada até uma ambulância que esperava.

O corpo do sujeito da jaqueta vermelha continuava na rua, sob um lençol amarelo-claro, e a polícia estava ocupada tirando as pessoas do caminho. Enquanto atravessava a multidão, Malone viu o lençol ser levantado e o fotógrafo da polícia começando a trabalhar. O ladrão havia claramente cortado a garganta. A faca ensanguentada estava a pouca distância do braço contorcido num ângulo não natural. O sangue havia jorrado do corte na garganta, formando uma poça escura nas pedras. O crânio estava afundado, o tronco esmagado, as pernas torcidas como se não tivessem ossos. A polícia havia dito a Malone para não ir embora – precisariam de um depoimento –, mas agora ele tinha de encontrar Stephanie.

Saiu do meio dos curiosos e olhou para o céu da tarde, onde o sol brilhava com uma glória esbanjadora. Não havia sequer uma nuvem. Seria uma noite excelente para olhar as estrelas, mas ninguém visitaria o observatório no topo da torre Redonda. Não. Ela estava fechada, já que um homem havia saltado para a morte.

E quanto a esse homem?

Os pensamentos de Malone eram um emaranhado de curiosidade e apreensão. Sabia que deveria retornar à livraria e esquecer Stephanie Nelle e o que ela estava fazendo. Os negócios dela não tinham mais a ver com ele. Mas sabia que isso não iria acontecer.

Algo estava sendo revelado, e não era bom.

Viu Stephanie 50 metros adiante, na Vestergade, outra das ruas compridas que formavam a teia de aranha do bairro comercial de Copenhague. Seu passo era rápido, inabalável, e subitamente ela virou à direita e desapareceu em um dos prédios.

Malone correu adiante e viu a HANSEN'S ANTIKVARIAT – uma livraria cujo proprietário era uma das poucas pessoas na cidade que não recebiam Malone bem. Peter Hansen não gostava de estrangeiros, em especial de americanos, e até mesmo havia tentado bloquear a entrada de Malone na Associação de Livreiros Antiquários da Dinamarca. Felizmente a aversão de Hansen não era contagiosa.

Antigos instintos estavam assumindo o controle, sentimentos e sensações adormecidos desde sua aposentadoria no ano anterior. Sensações das quais ele não gostava. Mas que sempre o haviam impulsionado.

Parou junto à porta e viu Stephanie dentro, falando com Hansen. Os dois foram mais para o fundo da loja, que ocupava o térreo de um prédio de três andares. Ele conhecia a organização do espaço interno, já que no ano anterior havia estudado as livrarias de Copenhague. Quase todas eram um testamento à organização nórdica, as pilhas organizadas por tema, livros arrumados cuidadosamente nas estantes. Mas Hansen era mais casual. Era uma mistura eclética de antigo e novo – principalmente novo, já que não gostava de pagar muitos dólares por aquisições particulares.

Esgueirou-se no espaço mal-iluminado e esperou que nenhum funcionário gritasse seu nome. Ele havia jantado algumas vezes com a gerente de Hansen, e desse modo ficara sabendo que não era a pessoa predileta do livreiro dinamarquês. Felizmente ela não estava por perto, e apenas umas dez pessoas examinavam as estantes. Foi rapidamente para os fundos, onde, como sabia, havia incontáveis cubículos, cada um cheio de estantes. Não se sentia confortável ali – afinal de contas, Stephanie havia meramente ligado e dito que ficaria algumas horas na cidade e queria dizer olá –, mas isso fora antes do sujeito da jaqueta vermelha. E ele estava tremendamente curioso para saber o que aquele sujeito tanto queria antes de morrer.

Não deveria se surpreender com o comportamento de Stephanie. Ela sempre mantivera tudo sob controle, algumas vezes um controle demasiado, o que costumava produzir embates. Uma coisa era permanecer em segurança num escritório em Atlanta trabalhando num computador, e outra muito diferente era estar no campo. Boas decisões jamais podiam ser tomadas sem boas informações.

Viu Stephanie e Hansen dentro de uma alcova sem janelas que servia como escritório do livreiro. Malone havia entrado ali uma vez quando tentara fazer amizade com o idiota. Hansen era um homem de peito largo com um nariz comprido que pendia além do bigode grisalho. Malone se posicionou atrás de uma fileira de estantes atulhadas e pegou um livro, fingindo ler.

– Por que a senhora veio tão longe por causa disso? – dizia Hansen em sua voz tensa e chiada.

– O senhor conhece o leilão de Roskilde?

Típico de Stephanie, respondendo a uma pergunta que não queria responder com outra.

– Costumo ir frequentemente. Há muitos livros à venda.

Malone também conhecia o leilão. Roskilde ficava 30 minutos a oeste de Copenhague. Os comerciantes de livros antigos da cidade se reuniam uma vez a cada trimestre para uma liquidação que atraía compradores de toda a Europa. Dois meses depois de inaugurar sua livraria, Malone havia ganhado quase 200 mil euros lá, com quatro livros que conseguira encontrar numa obscura venda de uma propriedade na República Tcheca. Essa verba tornará sua transição de um empregado do governo para um empreendedor muito menos estressado. Mas a venda também provocou ciúme, e Peter Hansen não havia escondido a inveja.

– Preciso do livro do qual falamos. Esta noite. O senhor disse que não haveria problema para comprá-lo – disse Stephanie no tom de alguém acostumada a dar ordens.

Hansen deu um risinho.

– Americanos. São todos iguais. O mundo gira ao redor de vocês.

– Meu marido disse que o senhor era um homem capaz de encontrar o impossível de ser encontrado. O livro que quero já foi encontrado. Só preciso comprá-lo.

– Ele vai ser vendido a quem der mais.

Malone se encolheu. Stephanie não conhecia o território perigoso em que estava navegando. A primeira regra da barganha era jamais revelar o quanto se desejava alguma coisa.

– É um livro obscuro que não interessa a ninguém – disse ela.

– Mas parece que interessa à senhora, o que significa que haverá outros.

– Vamos garantir o maior lance.

– Por que esse livro é tão importante? Nunca ouvi falar dele. O autor é desconhecido.

– O senhor questionava as motivações do meu marido?

– O que isso significa?

– Não é da sua conta. Consiga o livro e eu pago a sua parte, conforme combinamos.

– Por que não quer comprá-lo pessoalmente?

– Não quero ter de dar explicações.

– Seu marido era muito mais agradável.

– Ele está morto.

Ainda que a declaração não demonstrasse qualquer emoção, seguiu-se um instante de silêncio.

– Vamos viajar juntos para Roskilde? – perguntou Hansen, aparentemente captando a mensagem de que não ficaria sabendo nada com ela.

– Encontro o senhor lá.

– Mal posso esperar.

Stephanie saiu do escritório, e Malone se encolheu ainda mais em sua alcova, o rosto virado para o outro lado, enquanto ela passava. Ouviu a porta do escritório de Hansen se fechar e aproveitou a oportunidade para voltar à entrada da loja.

Stephanie saiu da livraria escura e virou à esquerda. Malone esperou, depois se esgueirou e viu sua ex-chefe abrir caminho entre os consumidores da tarde, voltando em direção à torre Redonda.

Foi atrás.

A cabeça dela jamais se virou. Parecia não perceber que alguém poderia se interessar pelo que ela fazia. No entanto, deveria estar interessada, em especial depois do que acontecera com o sujeito da jaqueta vermelha. Imaginou por que ela não estava preocupada. Certo, Stephanie não era agente de campo, mas também não era idiota.

Na torre Redonda, em vez de virar à direita e ir para a Højbro Plads, onde ficava a livraria de Malone, continuou em frente. Depois de mais três quarteirões, desapareceu dentro do Hotel d'Angleterre.

Ele ficou olhando-a entrar.

Estava magoado porque ela pretendia comprar um livro na Dinamarca e não pedira sua ajuda. Sem dúvida não queria que ele se envolvesse. De fato, depois do acontecido na torre Redonda, ela aparentemente nem queria falar com ele.

Olhou o relógio. Pouco mais de quatro e meia. O leilão começava às seis da tarde, e Roskilde ficava a meia hora de carro. Não havia pensado em comparecer. O catálogo enviado há semanas não continha nada de interessante. Mas não era mais assim. Stephanie estava agindo de modo estranho, até mesmo para ela. E uma voz familiar na mente de Malone, uma voz que o mantivera vivo durante 12 anos como agente do governo, dizia que ela precisaria dele.

TRÊS

ABADIA DES FONTAINES
PIRINEUS FRANCESES
17H

O senescal se ajoelhou ao lado da cama para confortar seu mestre agonizante. Durante semanas havia rezado para que esse momento não chegasse. Mas em breve, depois de comandar a Ordem com sabedoria durante 28 anos, o velho que estava deitado na cama alcançaria uma bem merecida paz e se juntaria a seus predecessores no céu. Infelizmente, para o senescal, o tumulto do mundo físico prosseguiria, e ele se apavorava com essa perspectiva.

O quarto era espaçoso, as paredes de pedra e madeira livres de ruínas, apenas as traves de pinho rústico do teto estavam enegrecidas pela idade. Uma janela solitária, como um olho sombrio, rompia a parede exterior e emoldurava a beleza de uma cachoeira dominada por uma montanha nítida e cinzenta. O crepúsculo crescente adensava os cantos do quarto.

O senescal pegou a mão do velho. O aperto era frio e úmido.

– Pode me ouvir, mestre? – perguntou em francês.

Os olhos cansados se abriram.

– Ainda não fui. Mas irei logo.

Ele ouvira outros em sua hora final fazerem declarações semelhantes e se perguntou se o corpo simplesmente se esgotava, carecendo da energia para compelir os pulmões a respirar ou o coração a bater, com a morte finalmente dominando onde a vida florescera. Segurou a mão com mais força.

– Sentirei sua falta.

Um sorriso veio aos lábios finos.

– Você me serviu bem, como eu sabia que serviria. Por isso o escolhi.

– Haverá muito conflito nos próximos dias.

– Você está preparado. Cuidei disso.

Ele era o senescal, abaixo apenas do mestre. Havia subido depressa pelas posições, depressa demais para alguns, e somente a firme liderança do mestre havia aplacado os descontentes. Mas logo a morte reivindicaria seu protetor e ele temia que se seguisse uma revolta aberta.

– Não há garantia de que sucederei ao senhor.

– Você se subestima.

– Respeito a força de nossos adversários.

Um silêncio os dominou, permitindo que as cotovias e os melros do outro lado da janela anunciassem sua presença. Olhou para o mestre. O velho usava uma bata azul salpicada de estrelas douradas. Ainda que as feições estivessem mais afiladas por causa da morte iminente, permanecia um vigor no corpo magro do velho. Uma barba cinzenta pendia longa e despenteada, as mãos e pés contraídos pela artrite, mas os olhos continuavam a brilhar. Ele sabia que 28 anos de liderança haviam ensinado muito ao velho guerreiro. Talvez a lição mais vital fosse como projetar, mesmo diante da morte, uma máscara de civilidade.

O médico havia confirmado o câncer fazia meses. Como era exigido pela Regra, a doença teve permissão de seguir seu curso, sendo aceitas as consequências naturais da ação de Deus. Milhares de irmãos durante os séculos haviam suportado o mesmo fim, e era impensável que o mestre pudesse manchar a tradição.

– Gostaria de poder sentir o cheiro dos borrifos da água – sussurrou o velho.

O senescal olhou pela janela. Os postigos do século XVI estavam abertos, permitindo que o cheiro doce de pedra molhada e plantas verdes penetrasse nas narinas. A água distante rugia num tenor borbulhante.

– Seu quarto oferece a vista perfeita.

– Um dos motivos pelo qual quis ser o mestre.

O senescal sorriu, sabendo que o velho estava sendo brincalhão. Havia lido as Crônicas e sabia que seu mentor ascendera sendo capaz de agarrar cada reviravolta da sorte com a adaptabilidade de um gênio. Seu mandato havia sido de paz, mas logo isso mudaria.

– Eu deveria rezar por sua alma – disse o senescal.

– Mais tarde terá tempo. Em vez disso, deve se preparar.

– Para quê?

– Para o conclave. Junte seus votos. Esteja pronto. Não permita que seus inimigos se reúnam. Lembre-se de tudo que lhe ensinei. – A voz rouca estalava devido à enfermidade, mas havia uma firmeza nos alicerces do tom.

– Não sei se quero ser mestre.

– Quer.

Seu amigo o conhecia bem. A modéstia exigia que ele se esquivasse do manto, porém, mais do que qualquer coisa, ele queria ser o próximo mestre.

Sentiu a mão dentro da sua estremecer. Algumas respirações curtas foram necessárias para o velho se firmar.

– Preparei a mensagem. Está ali, na mesa.

Ele sabia que seria dever do próximo mestre estudar aquele testamento.

– O dever deve ser cumprido – disse o mestre. – Como vem sendo feito desde o Início.

O senescal não queria ouvir falar de dever. Estava mais preocupado com a emoção. Olhou o quarto ao redor, que continha apenas a cama, um genuflexório diante de um crucifixo de madeira, três cadeiras protegidas por velhas almofadas de tapeçaria, uma escrivaninha e duas antigas estátuas de mármore em nichos na parede. Houve um tempo em que o aposento estaria cheio de couro espanhol, porcelana de Delft, móveis ingleses. Mas havia muito a audácia tinha sido expurgada do caráter da Ordem.

Assim como do dele.

O velho ofegou tentando respirar.

O senescal olhou para o homem deitado numa inquieta modorra de doença. O mestre recuperou o fôlego, piscou algumas vezes e disse:

– Ainda não, velho amigo. Mas logo.

QUATRO

ROSKILDE
18H15

Malone esperou até depois de o leilão ter começado para entrar discretamente no salão. Conhecia os trâmites e sabia que os lances não começariam antes das seis e vinte, já que havia questões preliminares de registro de compradores e acordos de vendedores que teriam de ser verificados antes que qualquer dinheiro começasse a trocar de mãos.

    Roskilde era uma cidade antiga aninhada ao lado de um esguio fiorde de águas salgadas. Fundada por vikings, havia servido como capital da Dinamarca até o século XV e continuava a exalar uma graça régia. O leilão era realizado no centro da cidade, perto do Domkirke, num prédio junto à Skomagergade, onde um dia os sapateiros haviam dominado. O comércio de livros era uma forma de arte na Dinamarca. Havia uma apreciação nacional pela palavra escrita – uma apreciação que Malone, como bibliófilo durante toda a vida, passara a admirar. Enquanto antigamente os livros eram apenas um hobby, um afastamento das pressões de sua carreira arriscada, agora eram sua vida.

    Vendo Peter Hansen e Stephanie perto da frente, permaneceu ao fundo, atrás de uma das colunas de pedra que sustentavam o teto em abóbada. Não tinha intenção de fazer lances, por isso não importava que o leiloeiro não o visse.

Livros vinham e iam, alguns trocados por quantias respeitáveis de coroas. Mas notou Peter Hansen se empertigar quando o item seguinte foi apresentado.

– *Pierres Gravées du Languedoc*, de Eugène Stüblein. Publicado em 1887 – anunciou o leiloeiro. – Uma história local, bastante comum na época; foram impressas apenas algumas centenas de exemplares. Este faz parte de um espólio que adquirimos recentemente. Este livro se encontra em ótimo estado, encadernado em couro, sem marcas, com algumas gravuras extraordinárias: uma está reproduzida no catálogo. Não é algo com que normalmente nos importaríamos, mas o volume é muito belo, portanto achamos que geraria algum interesse. Um lance de abertura, por favor.

Três vieram rapidamente, todos baixos, o último de quatrocentas coroas. Malone fez as contas. Sessenta dólares. Então Hansen entrou com oitocentas. Nenhum outro lance veio de qualquer comprador em potencial até que um dos representantes que trabalhavam nos telefones, para quem não poderia comparecer, fez um lance de mil coroas.

Hansen pareceu perturbado com o desafio inesperado, em especial vindo de um apostador a distância, e aumentou a oferta para 1.050. O homem do telefone retaliou com dois mil. Um terceiro apostador se juntou à disputa. Os gritos continuaram, até que os lances chegaram a nove mil coroas. Outros pareceram sentir que podia haver algo a mais no livro. Mais um minuto de lances intensos terminou com a oferta de Hansen, de 24 mil coroas.

Mais de quatro mil dólares.

Malone sabia que Stephanie era uma funcionária pública assalariada, na faixa de 70 a 80 mil dólares por ano. Seu marido havia morrido fazia anos e a deixou com alguns bens, mas ela não era rica e certamente não era colecionadora de livros, por isso ele se perguntou porque estaria disposta a pagar tanto por um livro desconhecido de viagens. As pessoas levavam caixas daquilo para sua loja, muitos do século XIX e início do século XX, época em que os relatos pessoais de lugares distantes eram populares. A maioria continha prosa floreada e, em termos gerais, era sem valor.

Este obviamente parecia uma exceção.

– Cinquenta mil coroas – gritou o representante do telefone.

Mais que o dobro do último lance de Hansen.

Cabeças se viraram, e Malone recuou para trás da coluna enquanto Stephanie girava para encarar as mesas dos telefones. Ele espiou pela borda e viu Stephanie e Hansen conversando e depois retornando a atenção ao leiloeiro. Um instante de silêncio se passou enquanto Hansen parecia pensar no próximo passo, mas ele claramente estava recebendo a deixa de Stephanie.

Ela balançou a cabeça.

– O item foi vendido ao apostador pelo telefone, por cinquenta mil coroas.

O leiloeiro pegou o livro do mostruário e foi anunciada uma pausa de 15 minutos. Malone sabia que toda a casa iria dar uma olhada no *Pierres Gravées du Languedoc* para ver o que o fazia valer mais de oito mil dólares. Sabia que os comerciantes de Roskilde eram astutos e não estavam acostumados a ver tesouros escaparem. Mas, desta vez, aparentemente algo havia escapado.

Continuou grudado à coluna, enquanto Stephanie e Hansen permaneciam perto de seus lugares. Vários rostos familiares encheram o salão, e ele esperou que ninguém chamasse seu nome. A maioria ia para o outro canto, onde havia um bufê. Notou dois homens se aproximando de Stephanie e se apresentando. Ambos eram atarracados, de cabelo curto, vestindo calças cáqui, camisas sem gola sob paletós marrons frouxos. Enquanto um se curvava para apertar a mão de Stephanie, Malone notou o volume nítido de uma arma aninhada às costas.

Depois de uma troca de palavras, os homens se afastaram. A conversa parecera amigável, e enquanto Hansen ia em direção à cerveja,

Stephanie se aproximou de um dos atendentes, falou durante um momento e depois saiu do salão por uma porta lateral.

Malone foi direto ao mesmo atendente, Gregos, um dinamarquês magro que ele conhecia bem.

– Cotton, que bom vê-lo.

– Sempre de olho numa barganha.

Gregos sorriu.

– Está difícil achar isso aqui.

– Parece que o último item foi um choque.

– Achei que renderia umas quinhentas coroas. Mas cinquenta mil? Espantoso.

– Alguma ideia do motivo?

Gregos balançou a cabeça.

– Não faço a mínima.

Malone indicou a porta lateral.

– A mulher com quem você estava falando agora mesmo. Para onde foi?

O atendente lhe deu um olhar de quem sabe das coisas.

– Está interessado nela?

– Desse modo, não. Mas estou interessado.

Malone era um dos prediletos da casa de leilões desde há alguns meses, quando ajudara a encontrar um vendedor hesitante que havia oferecido três volumes de *Jane Eyre* de cerca de 1847, que, na verdade, eram roubados. Quando a polícia pegou os livros com o novo comprador, a casa de leilões teve de devolver cada coroa, mas o vendedor já havia sacado o cheque da casa. Como um favor, Malone encontrou o homem na Inglaterra e recuperou o dinheiro. No processo, fizera alguns amigos agradecidos em seu novo lar.

– Ela estava perguntando sobre a Domkirke, onde se localiza. Em particular a capela de Cristiano IV.

– Disse por quê?

Gregos balançou a cabeça.

– Só disse que ia até lá.

Malone apertou a mão do outro. No cumprimento, passou uma nota dobrada de mil coroas. Viu que Gregos apreciou a oferta e casualmente enfiou o dinheiro no bolso. As gorjetas não eram apreciadas pelos donos da casa de leilões.

– Mais uma coisa – disse. – Quem arrematou aquele livro pelo telefone?

– Como você sabe, Cotton, essa informação é estritamente confidencial.

– Como *você* sabe, eu odeio regras. Conheço o comprador?

– É dono do prédio que você aluga em Copenhague.

Cotton quase sorriu. Henrik Thorvaldsen. Deveria saber.

O leilão estava recomeçando. Enquanto os compradores ocupavam seus lugares, ele foi para a entrada e notou Peter Hansen sentado. Do lado de fora, encontrou uma fresca tarde dinamarquesa, e mesmo sendo quase oito da noite, o céu permanecia iluminado com barras de carmim opaco vindas de um sol que se punha lentamente. A vários quarteirões dali erguia-se a catedral de tijolos vermelhos, a Domkirke, onde a realeza da Dinamarca era enterrada desde o século XIII.

O que Stephanie estaria fazendo lá?

Já se encaminhava naquela direção quando dois homens se aproximaram. Um deles apertou alguma coisa dura contra suas costas.

– Quietinho, Sr. Malone, ou eu atiro aqui e agora – sussurrou a voz em seu ouvido.

Ele olhou à esquerda e à direita.

Os dois homens que haviam falado com Stephanie no salão o flanqueavam. E nas feições deles Malone encontrou a mesma expressão ansiosa que vira no rosto do sujeito da jaqueta vermelha.

CINCO

Stephanie entrou na Domkirke. O homem do leilão dissera que o prédio era fácil de encontrar, e estava certo. O monstruoso edifício de tijolos, grande demais para a cidade ao redor, dominava o céu da tarde.

Dentro da construção grandiosa, ela encontrou anexos, capelas e pórticos, todos cobertos por um alto teto em abóbada e enormes vitrais que davam um ar celestial às paredes antigas. Podia-se ver que a catedral não era mais católica – pela decoração, era luterana, se não estava enganada –, com arquitetura que lhe confiava um ar nitidamente francês.

Estava com raiva por ter perdido o livro. Havia pensado que ele sairia por no máximo 300 coroas, cerca de 50 dólares. Em vez disso, algum comprador anônimo pagara mais de oito mil dólares por um inócuo relato do sul da França escrito havia mais de cem anos.

De novo, alguém sabia de seus negócios.

Talvez fosse a pessoa que estava esperando por ela. Os dois homens que a haviam abordado depois da venda tinham dito que tudo seria explicado se ela simplesmente fosse até a catedral e encontrasse a capela de Cristiano IV. Havia achado aquilo idiota, mas que escolha possuía? Tinha pouco tempo para fazer muita coisa.

Seguiu as orientações e rodeou o vestíbulo. Um culto estava sendo realizado na nave à direita, diante do altar principal. Cerca de 50 pessoas estavam ajoelhadas nos bancos. A música de um órgão de tubo reverberava no interior com uma vibração metálica. Encontrou a capela de Cristiano IV e entrou passando por uma elaborada grade de ferro.

Esperando por ela havia um homem baixo, com cabelos ralos cinza-chumbo grudados à cabeça como um gorro. Tinha rosto áspero, barbeado, e usava calça de algodão clara por baixo de uma camisa de colarinho aberto. Uma jaqueta de couro cobria o peito largo, e à medida que ela se aproximava notou que os olhos escuros tinham uma expressão que Stephanie considerou imediatamente fria e suspeita. Talvez o homem sentisse sua apreensão, porque a expressão se suavizou e ele deu um riso apaziguador.

– Sra. Nelle, é um prazer conhecê-la.

– Como sabe quem eu sou?

– Eu conhecia bem o trabalho do seu marido. Ele era um grande erudito em vários assuntos que me interessam.

– Quais? Meu marido lidava com muitos assuntos.

– Rennes-le-Château é meu interesse principal. Seu trabalho sobre o suposto grande segredo daquela cidade e das terras ao redor.

– O senhor é a pessoa que acabou de me vencer no leilão?

Ele ergueu as mãos fingindo se render.

– Não, motivo pelo qual pedi para falar com a senhora. Eu tinha um representante fazendo lances, mas, como a senhora, tenho certeza, fiquei chocado com o preço final.

Precisando de um momento para pensar, ela caminhou ao redor do sepulcro régio. Pinturas enormes, cercadas por elaborados *trompe l'oeil*, cobriam as impressionantes paredes de mármore. Cinco caixões enfeitados ocupavam o centro, sob um enorme teto em arco.

O homem indicou os caixões.

– Cristiano IV é considerado o maior governante da Dinamarca. Como aconteceu com Henrique VIII na Inglaterra, Francisco II na França e Pedro, o Grande, na Rússia, ele mudou fundamentalmente este país. Sua marca permanece em toda parte.

Ela não estava interessada numa aula de história.

– O que o senhor quer?

– Deixe-me mostrar-lhe uma coisa.

Ele foi em direção à grade de metal na entrada da capela. Stephanie foi atrás.

– Segundo a lenda, o próprio diabo desenhou esse trabalho em ferro. A arte é extraordinária. Contém os monogramas do rei e da rainha e uma enorme quantidade de criaturas fabulosas. Mas olhe atentamente a parte de baixo.

Ela viu palavras gravadas no metal decorativo.

O homem disse:

– Está escrito: "Caspar Fincke bin ich genannt, dieser Arbeit binn ich bekannt". Caspar Fincke é meu nome, a esta obra devo minha fama.

Ela o encarou.

– E daí?

– No topo da torre Redonda de Copenhague, ao redor da borda, há outra grade de ferro. Fincke também a desenhou. Ele a fez baixa para que o olhar pudesse ver os telhados da cidade, mas também para um salto fácil.

Ela captou a mensagem.

– O homem que pulou hoje trabalhava para o senhor.

Ele assentiu.

– Por que ele morreu?

– Os soldados de Cristo lutam seguramente as batalhas do Senhor, sem temer o pecado da matança do inimigo nem o perigo de sua própria morte.

– Ele se matou.

– Quando a morte é para ser dada ou recebida, não tem crime em si, mas muita glória.

– O senhor não sabe responder a uma pergunta.

Ele sorriu.

– Estava meramente citando um grande teólogo que escreveu essas palavras há 800 anos. São Bernardo de Clairvaux.

– Quem é o senhor?

– Por que não me chama de Bernard?

– O que deseja?

– Duas coisas. Primeiro, o livro que nós dois perdemos no leilão. Mas reconheço que não pode dar isso. A segunda a senhora tem. Foi-lhe enviada há um mês.

Ela manteve o rosto estoico. Esse era, de fato, o homem que sabia de seus negócios.

– E o que é?

– Ah, um teste. Um modo de avaliar minha credibilidade. Certo. O pacote que lhe foi enviado continha um diário que pertenceu ao seu marido, um caderno que ele manteve até a morte prematura. Passei?

Ela ficou quieta.

– Quero aquele diário.

– Por que ele é tão importante?

– Muitos diziam que seu marido era estranho. Diferente. Nova era. A comunidade acadêmica zombava dele e a imprensa se divertia com ele. Mas eu o considerava brilhante. Ele podia ver coisas que outros jamais notavam. Olhe o que ele realizou. Originou toda a atração atual por Rennes-le-Château. Seu livro foi o primeiro a alertar de novo o mundo para as maravilhas do local. Vendeu cinco milhões de exemplares em todo o mundo. Um tremendo feito.

– Meu marido vendeu muitos livros.

– Quatorze, se não estou enganado, mas nenhum teve a magnitude do primeiro, *O tesouro de Rennes-le-Château*. Graças a ele, agora há centenas de volumes publicados sobre o assunto.

– O que o faz imaginar que tenho o diário do meu marido?

– Ambos sabemos que eu o teria agora, não fosse a interferência de um homem chamado Cotton Malone. Acho que ele já trabalhou para a senhora.

– Fazendo o quê?

O homem pareceu entender o desafio contínuo.

– A senhora é uma autoridade de carreira no Departamento de Justiça dos Estados Unidos e comanda uma unidade conhecida como Núcleo Magalhães. Doze advogados, cada um escolhido especialmente pela senhora, trabalhando sob sua única direção e seu comando cuidam de, digamos, questões sensíveis. Cotton Malone trabalhou vários anos para a senhora. Mas se aposentou no ano passado e agora é dono de uma livraria em Copenhague. Se não fossem os atos infelizes de meu acólito, a senhora almoçaria com o Sr. Malone, se despediria dele e viria aqui para o leilão, que era seu verdadeiro objetivo na Dinamarca.

O tempo do fingimento havia acabado.

– Para quem o senhor trabalha?

– Para mim mesmo.

– Duvido.

– Por quê?

– Anos de prática.

Ele sorriu de novo, o que a incomodou.

– O caderno, por favor.

– Não está comigo. Depois de hoje, achei que precisava ser guardado num local seguro.

– Está com Peter Hansen?

Ela ficou quieta.

– Não. Presumo que a senhora não admitiria nada.

– Acho que esta conversa acabou. – Ela se virou para o portão aberto e passou rapidamente por ele. À direita, voltando em direção à porta principal, viu mais dois homens de cabelos curtos, não os mesmos da casa de leilões, mas soube instantaneamente quem dava ordens a eles.

Olhou de novo para o homem cujo nome não era Bernard.

– Como meu parceiro na torre Redonda, não há lugar para a senhora ir.

– Foda-se.

Ela girou para a esquerda e correu para o interior da catedral.

SEIS

Malone avaliou a situação. Estava num local público, junto a uma rua apinhada. Pessoas entravam e saíam da casa de leilões enquanto outras esperavam que seus carros fossem trazidos por funcionários de um estacionamento próximo. Sem dúvida sua vigilância a Stephanie não havia passado despercebida, e ele se xingou por não ser mais atento. Mas decidiu que, contrariamente às ameaças, os dois homens ao seu lado não se arriscariam a se expor. Estava sendo detido, não eliminado. Talvez a tarefa deles fosse dar tempo para o que quer que estivesse acontecendo na catedral com Stephanie.

O que significava que ele precisava agir.

Ficou olhando enquanto mais frequentadores saíam da casa de leilões. Um deles, um dinamarquês desengonçado, era dono de uma livraria no Strøget, perto da loja de Peter Hansen. Viu quando um manobrista entregou o carro do sujeito.

– Vagn – gritou Malone, afastando-se da arma às suas costas. O amigo ouviu o nome e se virou.

– Cotton, como vai? – respondeu o homem em dinamarquês.

Malone andou casualmente até o carro e olhou para trás, vendo o homem de cabelos curtos esconder rapidamente a arma embaixo do paletó. Pegara o sujeito desprevenido, o que confirmava o que já estava pensando. Eram amadores. Poderia apostar que também não falavam dinamarquês.

– Posso incomodá-lo pedindo uma carona de volta a Copenhague? – perguntou.

– Sem dúvida. Temos espaço. Suba.

Malone estendeu a mão para a porta de trás.

– Obrigado. A pessoa que me trouxe vai ficar mais um tempo, e eu preciso voltar para casa.

Enquanto fechava a porta do carro, acenou pela janela e viu uma expressão confusa no rosto dos sujeitos enquanto o carro se afastava.

– Nada o interessou hoje? – perguntou Vagn.

Malone voltou a atenção para o motorista.

– Absolutamente nada.

– A mim também. Decidimos sair e jantar mais cedo.

Malone olhou para a mulher ao seu lado. Havia outro homem na frente. Ele não conhecia nenhum dos dois, por isso se apresentou. O carro saiu lentamente do emaranhado de ruas estreitas de Roskilde em direção à estrada para Copenhague.

Ele espiou os dois pináculos e o telhado de cobre da catedral.

– Vagn, poderia me deixar sair? Preciso ficar mais um pouquinho.

– Tem certeza?

– Acabo de lembrar de uma coisa que preciso fazer.

Stephanie seguiu paralelamente à nave e mergulhou mais fundo na catedral. Passou pelas enormes colunas que se erguiam à direita. O culto na igreja ainda acontecia. Seus saltos baixos faziam ruído nas pedras, mas só ela podia escutar, graças ao órgão barulhento. O caminho adiante rodeava o altar principal, e uma série de meias-paredes e memoriais separavam a galeria e o coro.

Olhou para trás e viu o homem supostamente chamado Bernard andando rapidamente, mas os outros dois não estavam à vista. Percebeu que logo estaria voltando para a entrada principal da igreja, só que pelo outro lado do prédio. Pela primeira vez, entendeu completamente os riscos que seus agentes corriam. Jamais havia trabalhado em campo – isso não fazia parte de seu serviço –, mas esta não era uma missão oficial. Era pessoal e, oficialmente, ela estava de férias. Ninguém sabia de sua viagem à Dinamarca – ninguém além de Cotton Malone. E, considerando a dificuldade atual, esse anonimato estava se tornando um problema.

Rodeou a galeria.

O perseguidor permaneceu a uma distância discreta, certamente sabendo que ela não tinha aonde ir. Passou por uma escada de pedra que descia para outra capela lateral e então viu, 15 metros adiante, os dois outros homens aparecerem no vestíbulo dos fundos, bloqueando sua saída da igreja. Atrás dela, Bernard continuava avançando com firmeza. À direita havia outro sepulcro, identificado como a Capela dos Magos.

Entrou rapidamente.

Havia dois túmulos de mármore entre as paredes muito enfeitadas, ambos lembrando templos romanos. Stephanie foi na direção do mais distante. Então, um terror louco e irracional a dominou, enquanto ela percebia o pior.

Estava presa.

Malone correu até a catedral e entrou pela porta da frente. À direita, viu dois homens – corpulentos, cabelos curtos, vestidos de modo simples – semelhantes aos que ele havia despistado diante da casa de leilões. Decidiu não se arriscar e enfiou a mão embaixo do paletó para pegar uma Beretta automática, de uso padrão para todos os agentes do Núcleo Magalhães. Tivera permissão de manter a arma ao se aposentar e conseguira contrabandeá-la para a Dinamarca – possuir uma arma de fogo aqui era ilegal.

Segurou o cabo, passou o dedo pelo gatilho e trouxe a arma, escondendo-a com a coxa. Não empunhava uma arma havia mais de um ano. Era uma sensação que considerava parte do passado e da qual não sentia saudade. Mas um homem que saltou para a morte havia atraído sua atenção, por isso viera preparado. Era o que um bom agente fazia, e um dos motivos pelo qual havia segurado a alça do caixão de alguns amigos, em vez de ser carregado pelo corredor central de uma igreja.

Os dois homens estavam de costas para ele, com os braços ao lado do corpo, mãos vazias. Uma trovejante música de órgão ofuscou sua aproximação. Ele chegou perto e disse:

— Noite movimentada, pessoal.

Os dois se viraram, e ele apontou a arma.

— Vamos fazer isso com civilidade.

Por cima do ombro de um dos homens viu outro, uns 30 metros adiante no transepto, andando casualmente na direção deles. Viu o sujeito enfiar a mão sob a jaqueta de couro. Malone não esperou pelo que viria e mergulhou numa fileira de bancos vazios. Um estalo ecoou acima do órgão, e uma bala se cravou no banco de madeira à sua frente.

Viu os outros dois tentando pegar as armas.

De sua posição, deitado, disparou duas vezes. Os tiros explodiram na catedral, rasgando a música. Um dos homens caiu, o outro saiu correndo. Malone se ajoelhou e ouviu mais três estalos. Mergulhou de novo quando outras balas encontraram a madeira perto dele.

Disparou mais duas vezes na direção do atirador que estava sozinho.

O órgão parou.

As pessoas perceberam o que estava acontecendo. A multidão começou a correr dos bancos, passando por onde Malone estava escondido, procurando a segurança do lado de fora, através das portas dos fundos. Ele usou a confusão para olhar por cima do banco e viu o homem da jaqueta de couro parado junto à entrada de uma das capelas laterais.

— Stephanie — gritou acima da confusão.

Não houve resposta.

– Stephanie. É Cotton. Diga se está bem.

Ainda não houve resposta.

Ele se arrastou de barriga, encontrou o transepto oposto e se levantou. O caminho adiante rodeava a igreja e levava ao outro lado. Colunas pelo caminho tornariam difícil qualquer tiro contra ele, e em seguida o coro iria bloqueá-lo completamente, por isso correu.

Stephanie ouviu Malone gritar seu nome. Graças a Deus ele jamais conseguia cuidar somente da própria vida. Ela ainda estava na Capela dos Magos, escondida atrás de um túmulo de mármore preto. Ouviu tiros e percebeu que Malone fazia o possível, mas estava em menor número: eram pelo menos três contra um. Precisava ajudá-lo, mas como? Não tinha arma. Pelo menos deveria informar que estava bem. Mas, antes que pudesse responder, através de outra elaborada grade de ferro que dava na igreja, viu Bernard segurando uma arma.

O medo congelou seus músculos e travou sua mente num pânico pouco familiar.

Ele entrou na capela.

Malone rodeou o coro. Pessoas ainda saíam correndo da igreja, vozes agitadas, histéricas. Sem dúvida, alguém havia chamado a polícia. Ele só precisava conter os atacantes até que alguma ajuda chegasse.

Circulou a galeria curva e viu um dos homens em quem havia atirado ajudando o outro a sair pela porta dos fundos. O que havia iniciado o ataque não estava à vista.

Isso o preocupava.

Diminuiu o passo e levantou a arma.

*

Stephanie se enrijeceu. Bernard estava a seis metros de distância.

– Sei que está aqui – disse ele numa voz profunda e gutural. – Seu salvador chegou, por isso não tenho tempo de lidar com você. Você sabe o que eu quero. Vamos nos encontrar de novo.

A perspectiva não era agradável.

– Seu marido também foi irracional. Recebeu uma oferta semelhante pelo diário há onze anos e recusou.

Ela foi ferida pelas palavras do sujeito. Sabia que deveria permanecer em silêncio, mas não havia como. Agora, não.

– O que o senhor sabe sobre meu marido?

– Esqueça. Vamos deixar a coisa assim.

Ela o ouviu ir embora.

Malone viu o sujeito da jaqueta de couro sair de uma das capelas laterais.

– Pare! – gritou.

O sujeito girou e levantou a arma.

Malone mergulhou na direção de uma escada que levava a outro cômodo que se projetava da catedral e rolou por metade dos degraus.

Três balas acertaram a parede acima.

Subiu de novo com dificuldade, pronto para revidar, mas o sujeito da jaqueta de couro estava a 30 metros, correndo para a galeria dos fundos, indo para o outro lado da igreja.

Malone se levantou e correu gritando:

– Stephanie!

– Aqui, Cotton.

Ele viu a antiga chefe aparecer do outro lado da capela. Ela veio em sua direção, com uma expressão pétrea espalhada pelo rosto calmo. Sirenes soavam lá fora.

– Sugiro que a gente saia daqui – disse ele. – Vai haver um monte de perguntas e tenho a sensação de que você não vai querer responder a nenhuma.

– Acertou na mosca. – Ela passou rapidamente por ele.

Malone ia sugerir que usassem uma das outras saídas quando a porta principal foi escancarada e policiais uniformizados entraram em bando. Ele ainda segurava a arma, que foi vista imediatamente.

Pés foram firmados e armas automáticas foram levantadas.

Ele e Stephanie se imobilizaram.

– *Hen tín den landskab. Nu* – foi a ordem. Para o chão. Agora.

– O que eles querem que a gente faça? – perguntou Stephanie.

Malone largou a arma e começou a se ajoelhar.

– Nada de bom.

SETE

Raymond de Roquefort estava parado do lado de fora da catedral, para além do círculo de curiosos, olhando o drama que se desdobrava. Ele e seus dois colegas haviam se dissolvido na teia de sombras lançadas pelas árvores grossas que se erguiam do outro lado da praça da catedral. Tinha conseguido se esgueirar por uma porta lateral no instante em que a polícia invadiu pela frente. Ninguém pareceu notá-lo. Por enquanto, as autoridades estariam concentradas em Stephanie Nelle e Cotton Malone. Demoraria um tempo até que testemunhas descrevessem outros homens armados. Ele estava acostumado a esse tipo de situação e sabia que as cabeças calmas sempre prevaleciam. Por isso disse a si mesmo para relaxar. Seus homens deveriam saber que ele estava no controle.

A frente da catedral de tijolos estava coberta de luzes vermelhas e brancas que piscavam. Mais policiais chegaram, e ele se maravilhou ao ver como uma cidade do tamanho de Roskilde possuía tantos. Pessoas vinham da praça principal, ali perto. Toda a cena estava rapidamente ficando caótica. O que era perfeito. Ele sempre encontrara uma tremenda liberdade de movimento em meio ao caos, desde que controlasse o caos.

Virou-se para os dois que haviam estado com ele dentro da igreja.

– Você foi ferido? – perguntou para o que levara o tiro.

O homem tirou o paletó e mostrou que o colete à prova de balas fizera seu serviço.

– Só um hematoma.

Viu seus dois outros acólitos emergirem da multidão. Eles haviam informado por rádio que Stephanie Nelle não vencera o leilão. Por isso havia ordenado que a mandassem para ali. Pensara que ela talvez pudesse ser intimidada, mas o esforço fracassara. Pior, ele havia atraído muita atenção para suas atividades. Mas isso graças a Cotton Malone. Seus homens tinham visto Malone no leilão, por isso ele os instruíra a detê-lo enquanto falava com Stephanie Nelle. Aparentemente, esse esforço também havia fracassado.

Os dois se aproximaram, e um deles disse:

– Perdemos Malone.

– Eu o encontrei.

– Ele é cheio de truques. E corajoso.

Roquefort sabia que isso era verdade. Havia se informado sobre Cotton Malone depois de saber que Stephanie viajaria à Dinamarca para visitá-lo. Como Malone poderia muito bem fazer parte do que ela estava planejando, ele fizera questão de se informar sobre tudo que pudesse.

O nome verdadeiro era Harold Earl Malone. Tinha 46 anos e nascera no estado americano da Geórgia. Sua mãe era natural da Geórgia, o pai, um militar de carreira, formado em Annapolis, que chegou ao posto de comandante da marinha antes que seu submarino afundasse, quando Malone tinha 10 anos.

O filho seguiu os passos do pai, cursando a Academia Naval e se formando como o terceiro da turma. Foi admitido na escola de voo, finalmente recebendo notas suficientes para optar pelo treinamento de piloto de caça. Então, de modo interessante, no meio do caminho pediu transferência abruptamente e foi admitido na Escola de Direito da Universidade de Georgetown, recebendo o diploma enquanto servia no Pentágono. Depois da formatura, foi transferido para a equipe do juiz procurador geral, na qual passou nove anos como advogado. Há 13, fora transferido para o Departamento de Justiça, no recém-formado Núcleo Magalhães, de Stephanie Nelle. Permaneceu ali até o ano passado, aposentando-se antes do tempo, com o posto integral de comandante.

No lado pessoal, Malone era divorciado e seu filho de 14 anos morava com a ex-esposa na Geórgia. Logo depois de se aposentar, Malone havia deixado os Estados Unidos e se mudado para Copenhague. Era bibliófilo inveterado e católico de nascimento, mas não era visto como excessivamente religioso. Tinha razoável fluência em várias línguas, não possuía qualquer vício ou fobia conhecidos e tendia à extrema motivação pessoal e à dedicação obsessiva. Também possuía memória eidética. No todo, exatamente o tipo de homem que Roquefort preferiria ter a seu serviço do que contra ele.

E os últimos minutos haviam provado isso.

A desvantagem de três para um não parecera incomodar Malone, em especial quando pensou que Stephanie Nelle estava em dificuldade.

Mais cedo, o jovem parceiro de Roquefort também havia demonstrado lealdade e coragem, mas agira com pressa ao roubar a bolsa de Stephanie Nelle. Deveria ter esperado até depois do encontro com Cotton Malone, quando ela estivesse retornando ao hotel, sozinha e vulnerável. Talvez estivesse tentando agradar, sabendo da importância da missão. Talvez fosse apenas impaciência. Mas, quando encurralado na torre Redonda, o rapaz havia corretamente escolhido a morte, e não a captura. Uma pena, mas o processo de aprendizado era assim. Os que tinham cérebro e capacidade cresciam. Todos os outros eram eliminados.

Virou-se para um dos parceiros que haviam estado no leilão e perguntou:

— Ficou sabendo quem deu o maior lance pelo livro?

O rapaz assentiu.

— Custou mil coroas subornar o funcionário.

Ele não estava interessado no preço da fraqueza.

— Qual é o nome?

– Henrik Thorvaldsen.

O telefone em seu bolso vibrou. Seu segundo no comando sabia que ele estava ocupado, por isso o telefonema devia ser importante. Abriu o aparelho.

– O momento está próximo – disse a voz em seu ouvido.

– Quanto?

– Nas próximas horas.

Um bônus inesperado.

– Tenho uma tarefa para você – disse ao telefone. – Há um homem: Henrik Thorvaldsen. Um dinamarquês rico, mora ao norte de Copenhague. Sei alguma coisa, mas preciso de informações completas sobre ele em menos de uma hora. Ligue quando as tiver.

Em seguida, desligou o telefone e se virou para os subordinados.

– Devemos retornar para casa. Mas primeiro há mais duas tarefas que precisamos terminar antes do amanhecer.

OITO

Malone e Stephanie foram transportados para um prédio da polícia nos arredores de Roskilde. Nenhum dos dois falou no caminho, pois ambos sabiam que deveriam ficar de boca fechada. Malone percebeu totalmente que a presença de Stephanie na Dinamarca não tinha nada a ver com o Núcleo Magalhães. Stephanie jamais trabalhava em campo. Estava no ápice da pirâmide – todo mundo prestava contas a ela em Atlanta. E, além disso, quando havia telefonado na semana passada dizendo que queria fazer uma visita e dizer olá, deixara claro que vinha à Europa de férias. Tremendas férias, pensou ele, quando foram deixados sozinhos numa sala muito iluminada e sem janelas.

– Ah, por sinal, o café estava ótimo no Café Nikolaj – disse ele. – Acabei bebendo o seu. Claro que isso foi *depois* de perseguir um homem até o topo da torre Redonda e ficar olhando enquanto ele pulava.

Ela ficou quieta.

– Consegui ver você pegando a bolsa na rua. Por acaso notou o morto deitado junto dela? Talvez não. Você parecia com pressa.

– Já basta, Cotton – disse ela num tom que ele conhecia.

– Não trabalho mais para você.

– Então, por que está aqui?

– Eu estava me fazendo a mesma pergunta na catedral, mas os tiros me distraíram.

Antes que ela pudesse dizer mais alguma coisa, a porta se abriu e um homem alto, com cabelos louros arruivados e olhos castanho-claros entrou. Era o inspetor de polícia de Roskilde que os havia trazido da catedral e segurava a Beretta de Malone.

– Dei o telefonema que a senhora pediu – disse o inspetor a Stephanie. – A embaixada americana confirma sua identidade e seu status no Departamento de Justiça. Estou esperando notícias de nosso Ministério do Interior quanto ao que fazer. – Ele se virou. – O senhor, Sr. Malone, é outro assunto. Está na Dinamarca com visto de residência temporária como livreiro. – E mostrou a arma. – Nossas leis não autorizam o porte de armas, para não mencionar disparos em nossa catedral nacional, um sítio do Patrimônio Mundial, nada menos que isso.

– Eu só gosto de violar as leis mais importantes – disse ele, sem deixar que o sujeito pensasse que estava levando a melhor.

– Adoro o humor, Sr. Malone. Mas este é um assunto sério. Não para mim, mas para o senhor.

– As testemunhas mencionaram que havia mais três outros homens que iniciaram o tiroteio?

– Temos descrições. Mas é improvável que eles continuem nas imediações. No entanto, o senhor está aqui.

– Inspetor – disse Stephanie. – A situação ocorreu por minha causa, e não por causa do Sr. Malone. – Ela lhe lançou um olhar feroz. – O Sr. Malone já trabalhou para mim e achou que eu precisava de ajuda.

– Está dizendo que o tiroteio não teria acontecido se não fosse a interferência do Sr. Malone?

– De jeito nenhum. Só que a situação ficou fora de controle, mas não por culpa do Sr. Malone.

O inspetor avaliou a observação dela com evidente apreensão. Malone se perguntou o que Stephanie estaria fazendo. Mentir não era seu forte, mas ele decidiu não questioná-la na frente do inspetor.

— A senhora estava na catedral a serviço do governo dos Estados Unidos?

— Isso não posso dizer. O senhor entende.

— Seu trabalho implica atividades que não podem ser discutidas? Pensei que era advogada.

— E sou. Mas minha unidade rotineiramente se envolve em investigações de segurança nacional. De fato, esse é o principal motivo para existirmos.

O inspetor não pareceu impressionado.

— O que veio fazer na Dinamarca, Sra. Nelle?

— Visitar o Sr. Malone. Não o vejo há mais de um ano.

— Era o seu único objetivo?

— Por que não esperamos o Ministério do Interior?

— Foi um milagre ninguém ter se ferido naquela confusão. Houve danos em alguns monumentos sacros, mas nenhum ferimento.

— Eu acertei um dos agressores — disse Malone.

— Se acertou, ele não sangrou.

O que significava que usavam coletes à prova de balas. A equipe viera preparada, mas para quê?

— Quanto tempo a senhora vai ficar na Dinamarca? — perguntou o inspetor a Stephanie.

— Vou embora amanhã.

A porta se abriu, e um policial uniformizado entregou uma folha ao inspetor. O sujeito leu, depois disse:

— Parece que a senhora tem amigos em lugares importantes, Sra. Nelle. Meus superiores disseram para deixá-la ir embora sem fazer perguntas.

Stephanie foi para a porta.

Malone também se levantou.

— Esse papel fala de mim?

— Devo libertá-lo também.

Malone estendeu a mão para a arma. O sujeito não a ofereceu.

– Não há instrução para devolver a arma.

Ele decidiu não discutir. Mais tarde poderia cuidar disso. No momento, precisava falar com Stephanie.

Saiu rapidamente e a encontrou do lado de fora.

Ela girou para encará-lo com as feições retesadas.

– Cotton, agradeço o que você fez na catedral. Mas ouça, e ouça muito bem. Fique longe dos meus negócios.

– Você não tem ideia do que está fazendo. Na catedral, entrou direto numa armadilha sem qualquer preparação. Aqueles três homens queriam matá-la.

– Então, por que não me mataram? Houve oportunidades suficientes antes de você chegar.

– O que levanta mais perguntas ainda.

– Você não tem o que fazer na sua livraria?

– Muita coisa.

– Então faça. Quando você saiu, no ano passado, deixou claro que estava cansado de ser alvo de tiros. Acho que disse que seu novo benfeitor dinamarquês ofereceu-lhe a vida que sempre desejou. Então vá desfrutá-la.

– Foi você que ligou para mim e disse que queria me fazer uma visita.

– O que foi má ideia.

– Aquele sujeito hoje não era ladrão de bolsas.

– Fique fora disso.

– Você me deve. Eu salvei seu pescoço.

– Ninguém mandou fazer isso.

– Stephanie...

– Que droga, Cotton. Não vou dizer de novo. Se você continuar, não terei escolha além de agir.

Agora as costas dele estavam rígidas.

– E o que planeja fazer?
– Seu amigo dinamarquês não tem todas as conexões. Eu também posso fazer coisas acontecerem.
– Vá fundo – disse ele, com a raiva crescendo.
Mas ela não respondeu. Em vez disso, saiu andando furiosa. Malone quis ir atrás e terminar o que haviam começado, mas decidiu que ela estava certa. Não era da sua conta. E já havia arranjado encrenca suficiente para uma noite.
Hora de ir para casa.

NOVE

COPENHAGUE
22H30

Roquefort se aproximou da livraria. A rua de pedestres estava deserta. A maior parte dos muitos cafés e restaurantes do bairro ficava a quarteirões de distância – esta área do Strøget ficava fechada à noite. Depois de cuidar das duas tarefas que restavam, planejava deixar a Dinamarca. Sua descrição física, junto com a dos dois compatriotas, certamente fora obtida com testemunhas na catedral. Assim, era importante que não se demorassem mais do que o necessário.

Havia trazido todos os quatro subordinados de Roskilde e planejava supervisionar cada detalhe da ação deles. Houvera improvisos suficientes para um dia, e alguns haviam custado a vida de um dos seus homens na torre Redonda. Não queria perder mais ninguém. Dois de seus homens vigiavam os fundos da livraria. Os outros dois estavam prontos ao seu lado. Havia luzes acesas no último andar do prédio.

Ótimo.

Ele e o dono precisavam conversar.

*

Malone pegou uma Pepsi diet na geladeira e desceu quatro lances de escada até o térreo. Sua loja ocupava todo o prédio: o primeiro andar, para livros e clientes; os outros dois, para depósito; e o quarto era um pequeno apartamento que ele chamava de casa.

Havia se acostumado ao ambiente apertado, gostando muito mais do que da casa de 180 metros quadrados que possuíra no norte de Atlanta. A venda da residência no ano anterior, por pouco mais de 300 mil dólares, havia lhe rendido 60 mil dólares de lucro para investir na vida nova, que lhe fora oferecida, como Stephanie havia censurado antes, por seu *novo benfeitor dinamarquês*, um homenzinho esquisito chamado Henrik Thorvaldsen.

Que há 14 meses era um estranho – e agora, seu amigo mais íntimo.

Os dois haviam se entendido desde o início, o mais velho vendo no mais novo alguma coisa – o quê, Malone jamais teve certeza, mas alguma coisa –, e o primeiro encontro em Atlanta numa chuvosa manhã de quinta-feira havia selado o destino dos dois. Stephanie insistira para que ele tirasse um mês de férias depois que o julgamento de três réus na Cidade do México – que envolvia tráfico internacional de drogas e o assassinato, estilo execução, de uma supervisora do DEA que por acaso era amiga pessoal do presidente dos Estados Unidos – havia resultado em carnificina. Voltando ao tribunal depois de uma pausa para o almoço, Malone fora apanhado no fogo cruzado de um assassinato, algo que não tinha qualquer relação com o julgamento, mas que ele havia tentado fazer com que parasse. Tinha vindo para casa com um ferimento de bala no ombro esquerdo. A contagem final do tiroteio foi de sete mortos e nove feridos. Um dos mortos era um jovem diplomata dinamarquês chamado Cai Thorvaldsen.

– Vim falar com o senhor pessoalmente – dissera Henrik Thorvaldsen.

Estavam sentados no escritório da casa de Malone. Seu ombro doía como o diabo. Ele não se incomodou em perguntar como Thorvaldsen o havia localizado, ou como o sujeito sabia que ele entendia dinamarquês.

– Meu filho era precioso para mim – disse Thorvaldsen. – Quando entrou para o nosso corpo diplomático, fiquei empolgado. Ele pediu para ser mandado à Cidade do México. Era um estudioso dos astecas. Um dia seria um digno membro de nosso parlamento. Um estadista.

Um redemoinho de primeiras impressões correu pela mente de Malone. Thorvaldsen certamente era bem-nascido e tinha um ar de distinção, ao mesmo tempo elegante e espalhafatoso. Mas a sofisticação fazia um contraste nítido com o corpo deformado, a coluna corcunda num exagero grotesco e rígido, com a forma de uma garça. O rosto coriáceo sugeria toda uma vida de escolhas impossíveis, as rugas mais profundas do que fendas em penhascos, os pés de galinha brotando manchas de velhice e veias bifurcadas descolorindo os braços e as mãos. O cabelo cor de estanho era denso e farto, combinando com as sobrancelhas – mechas prateadas foscas que faziam o velho parecer ansioso. Só nos olhos havia paixão. Azul-acinzentados, estranhamente perspicazes, apenas prejudicados por uma catarata em forma de estrela.

– Vim conhecer o homem que atirou no assassino do meu filho.

– Por quê?

– Para agradecer.

– Poderia ter telefonado.

– Prefiro encarar o ouvinte.

– No momento, prefiro ficar sozinho.

– Pelo que soube, o senhor quase foi morto.

Ele deu de ombros.

– E está deixando o trabalho. Demitindo-se do posto. Saindo do serviço militar.

– O senhor sabe muita coisa.

– O conhecimento é o maior dos luxos.

Malone não ficou impressionado.

– Obrigado pelo tapinha nas costas. Tenho um buraco no ombro que está latejando. Portanto, como o senhor já disse a que vinha, poderia retirar-se?

Thorvaldsen não se afastou do sofá. Simplesmente olhou o escritório ao redor e os cômodos visíveis através de um arco aberto. Todas as paredes eram cobertas de livros. A casa parecia ser apenas um pano de fundo para as estantes.

– Eu também os adoro – disse o visitante. – Minha casa também é cheia de livros. Colecionei-os durante toda a vida.

Malone podia ver que o homem, com mais de 60 anos, era dado a táticas grandiosas. Havia notado, ao atender à porta, que ele chegara de limusine. Portanto, quis saber:

– Como sabia que eu falava dinamarquês?

– O senhor fala várias línguas. Fiquei orgulhoso ao saber que minha língua nativa era uma delas.

Não era resposta, mas será que ele realmente havia esperado uma?

– Sua memória eidética deve ser uma bênção. A minha se foi junto com a idade. Mal consigo lembrar grande coisa.

Malone duvidou.

– O que o senhor quer?

– Já pensou no seu futuro?

Ele indicou a sala ao redor.

– Pensei em abrir um antiquário de livros. Tenho muita coisa para vender.

– Excelente ideia. Eu tenho um à venda, se o senhor gostar.

Malone decidiu continuar com o jogo. Que diabo! Mas havia algo nos apertados pontos de luz nos olhos do velho que lhe diziam que o visitante não estava brincando.

Mãos duras como pedra vasculharam um bolso do paletó, e Thorvaldsen pôs um cartão de visita no sofá.

– Meu número particular. Se estiver interessado, me ligue.

O velho se levantou.

Malone permaneceu sentado.

– O que o faz pensar que tenho interesse?

– O senhor tem, Sr. Malone.

Ele se ressentiu daquela suposição, em particular porque o velho estava certo. Thorvaldsen arrastou os pés até a porta da frente.

– Onde fica essa livraria? – perguntou, amaldiçoando-se por parecer interessado.

– Em Copenhague. Onde mais?

Malone se lembrou de ter esperado três dias antes de telefonar. A perspectiva de morar na Europa sempre o havia atraído. Será que Thorvaldsen também sabia disso? Nunca achara que seria possível morar fora do país. Era um homem de carreira no governo. Americano, nascido e criado. Mas isso fora antes da Cidade do México. Antes de sete mortos e nove feridos.

Ainda podia ver o rosto da ex-esposa no dia depois de ter dado o telefonema para Copenhague.

– Concordo. Nós já estamos separados há tempo suficiente, Cotton, está na hora do divórcio. – A declaração veio com o tom casual da advogada que ela era.

– Há outra pessoa? – perguntou ele, não se importando.

– Não que importe, mas sim. Diabos, Cotton, nós estamos separados há cinco anos. Tenho certeza de que você não foi um monge durante esse tempo.

– Está certa. Já é hora.

– Vai realmente sair da marinha?

– Já saí. Foi oficializado ontem.

Ela balançou a cabeça, como fazia quando Gary precisava de conselhos maternos.

– Será que algum dia você vai ficar satisfeito? A marinha, depois a escola de pilotos, a faculdade de direito, o JAG, o Núcleo. Agora essa aposentadoria súbita. O que virá em seguida?

Ele jamais gostara do tom condescendente da mulher.

– Estou me mudando para a Dinamarca.

O rosto dela não registrou nada. Ele poderia ter dito que ia se mudar para a lua.

– Vai atrás de quê?

– Estou cansado de receber tiros.

– Desde quando? Você ama o Setor.

– Está na hora de crescer.

Ela sorriu.

– E acha que a mudança para a Dinamarca realizará esse milagre?

Malone não tinha intenção de se explicar. Ela não se importava. E nem ele queria isso.

– É com Gary que preciso falar.

– Por quê?

– Quero saber se ele concorda.

– Desde quando você se importa com o que nós pensamos?

– Foi por ele que eu saí. Queria que ele tivesse um pai por perto...

– Besteira, Cotton. Você saiu por si mesmo. Não use o garoto como desculpa. O que quer que esteja planejando, é por você, não por ele.

– Não preciso de você para me dizer o que penso.

– Então, quem diz? Fomos casados durante muito tempo. Acha que era fácil esperar que você voltasse de não sei onde? Imaginando se seria num saco de cadáver? Eu paguei o preço, Cotton. Gary também. Mas o garoto ama você. Não, ele o adora, incondicionalmente. Você e eu sabemos o que ele vai dizer, já que a cabeça dele é mais bem aparafusada que a sua. Apesar de todos os nossos fracassos juntos, Gary foi um sucesso.

Ela estava certa de novo.

– Olha, Cotton. O motivo para você ir para o outro lado do oceano é problema seu. Mas, se isso o deixa feliz, faça. Só não use Gary como desculpa. A última coisa que ele precisa é de um pai infeliz por perto tentando compensar a própria infância triste.

– Você gosta de me insultar?

– De fato, não. Mas a verdade precisa ser dita, e você sabe disso.

Malone olhou a livraria deserta ao redor. Nada de bom resultava de pensar em Pam. A animosidade da mulher contra ele era profunda e remontava há 15 anos, quando ele era um guarda-marinha atrevido. Não era fiel, e ela sabia disso. Haviam procurado aconselhamento e decidido fazer com que o casamento funcionasse, mas uma década depois ele retornou um dia de uma missão e descobriu que ela havia ido embora. Tinha alugado uma casa do outro lado de Atlanta para ela e Gary, levando apenas o que os dois precisavam. Um bilhete informava sobre o novo endereço e que o casamento havia acabado. Pragmática e fria: esse era o jeito de Pam. Mas, de modo interessante, ela não pediu o divórcio imediatamente. Em vez disso, simplesmente moraram separados, permaneceram mutuamente educados e só se falavam quando era necessário, por causa de Gary.

Mas o tempo das decisões acabou chegando – tudo de uma só vez.

Assim ele deixou o trabalho, pediu demissão do posto, encerrou o casamento, vendeu a casa e saiu dos Estados Unidos, tudo isso no decorrer de uma semana longa, terrível, solitária, exaustiva, mas satisfatória.

Olhou o relógio. Realmente deveria mandar um e-mail para Gary. Eles se comunicavam pelo menos uma vez por dia, e ainda era fim de tarde em Atlanta. Seu filho deveria chegar a Copenhague em três semanas, para passar um mês com ele. Tinham feito a mesma coisa no verão anterior, e ele estava ansioso pelo tempo que passariam juntos.

Seu confronto com Stephanie ainda o incomodava. Já vira ingenuidade como a dela em agentes que, mesmo sabendo dos riscos, simplesmente os ignoravam. O quê, mesmo, ela sempre lhe dizia? *Diga, faça, pregue, grite, mas nunca, absolutamente nunca, acredite em suas próprias besteiras.* Um bom conselho que ela deveria seguir. Stephanie não tinha ideia do que estava fazendo. Mas, afinal, ele sabia? As mulheres não eram seu ponto forte. Mesmo tendo passado metade da vida com Pam, jamais havia se dado ao trabalho de realmente tentar entendê-la. Então, como poderia entender Stephanie? Deveria ficar longe dos negócios dela. Afinal de contas, a vida era *dela*.

Mas alguma coisa o incomodava.

Quando tinha 12 anos, ficou sabendo que havia nascido com memória eidética. Não *fotográfica*, como os filmes e livros gostavam de retratar, apenas uma lembrança excelente para detalhes que a maior parte das pessoas esquecia. Isso certamente ajudava nos estudos, e aprender línguas era fácil, mas algumas vezes tentar arrancar um detalhe em meio a tantos podia exasperá-lo.

Como agora.

DEZ

Roquefort arrombou a fechadura da frente e entrou na livraria. Dois de seus homens o acompanharam. Os outros dois ficaram parados do lado de fora, vigiando a rua.

Esgueiraram-se por estantes escurecidas até os fundos do térreo atulhado e subiram a escada estreita. Nenhum som traía sua presença. No último andar, Roquefort passou por uma porta aberta e entrou num apartamento iluminado. Peter Hansen estava acomodado numa poltrona, lendo, com uma cerveja sobre a mesa ao lado, um cigarro queimando num cinzeiro.

A surpresa inundou o rosto do livreiro.

– O que está fazendo aqui? – perguntou Hansen em francês.

– Nós tínhamos um acordo.

O livreiro saltou de pé.

– Alguém ofereceu um lance maior que o nosso. O que eu podia fazer?

– O senhor disse que não haveria problema. – Seus companheiros foram para o lado mais distante da sala, perto das janelas. Ele permaneceu junto à porta.

– Aquele livro foi vendido por 50 mil coroas. Um preço ultrajante – disse Hansen.

– Quem deu o lance maior?

– A casa de leilões não revelará essa informação.

Roquefort se perguntou se Hansen o achava tão idiota.

– Eu paguei para o senhor garantir que Stephanie Nelle fosse a compradora.

– E eu tentei. Mas ninguém me disse que o livro alcançaria um preço tão alto. Continuei dando lances, mas ela me mandou parar. Vocês estavam dispostos a pagar mais de 50 mil coroas?

– Eu pagaria o que fosse necessário.

– O senhor não estava lá, e ela não pareceu tão decidida assim. – Hansen aparentou relaxar, a surpresa inicial substituída por uma presunção que Roquefort achava difícil ignorar. – E, além disso, o que torna aquele livro tão valioso?

Roquefort examinou a sala apertada, que fedia a álcool e nicotina. Centenas de livros estavam esparramados em meio a pilhas de jornais e revistas. Ele se perguntou como alguém poderia morar numa bagunça tão grande.

– Diga o senhor.

Hansen deu de ombros.

– Não faço ideia. Ela não quis contar por que o queria.

A paciência de Roquefort estava se esgotando.

– Sei quem deu o lance maior.

– Como?

– Como o senhor sabe muito bem, os funcionários da casa de leilões são negociáveis. A Sra. Nelle contatou o senhor para atuar como agente dela. Eu o contatei para garantir que ela obtivesse o livro, de modo que eu pudesse fazer uma cópia antes que o senhor o entregasse. Então, o senhor arranjou alguém para dar um lance por telefone.

Hansen sorriu.

– O senhor demorou muito para deduzir isso.

– Na verdade, demorei apenas alguns instantes, assim que tive informações suficientes.

– Como agora tenho controle sobre o livro e Stephanie Nelle está descartada, o que ele vale para o senhor?

Roquefort já sabia que caminho tomaria.

– Na verdade, a pergunta é: quanto o livro vale para o senhor?

– Para mim, não significa nada.

Roquefort fez um gesto, e seus dois auxiliares seguraram os braços de Hansen. Roquefort deu um soco na barriga do livreiro. Hansen soltou o ar, depois tombou frouxo para a frente, preso pelos membros.

– Eu queria que Stephanie Nelle tivesse o livro, depois de eu fazer uma cópia – disse Roquefort. – Foi isso que lhe paguei para fazer. Nada mais. Você já teve utilidade para mim. Agora não tem mais.

– Eu... tenho o... livro.

Roquefort deu de ombros.

– Mentira. Sei exatamente onde o livro está.

Hansen balançou a cabeça.

– O senhor não vai... pegá-lo.

– Está errado. Na verdade, isso será fácil.

Malone acendeu as luzes fluorescentes acima da seção de história. Livros de todas as formas, tamanhos e cores consumiam as prateleiras de laca preta. Mas havia um volume, em particular, que ele recordava de algumas semanas atrás. Comprara o livro, junto com várias outras histórias de meados do século XIX, de um italiano que achava que suas mercadorias valiam mais do que Malone estava disposto a pagar. A maioria dos vendedores não entendia que o valor é formado por desejo, escassez e notabilidade. A idade não era necessariamente importante, uma vez que, como no século XXI, muito lixo sempre fora publicado.

Lembrou-se de ter vendido alguns livros do italiano, mas esperava que um deles continuasse por ali. Não conseguia se lembrar de tê-lo visto sair da loja, mas um de seus empregados poderia ter feito uma venda. Felizmente, o livro permanecia na segunda fileira de baixo para cima, exatamente onde ele o pusera.

Nenhuma sobrecapa protegia a capa de pano, que um dia certamente já fora de um verde profundo, agora desbotado num verde-limão claro. O título ainda era visível em letras douradas e desiguais.

Os cavaleiros do templo de Salomão

A publicação era de 1922 e, quando o viu pela primeira vez, Malone ficou interessado, já que os templários eram um tema sobre o qual ele havia lido pouco. Sabia que não eram simplesmente monges, eram mais guerreiros religiosos – uma espécie de força especial espiritualizada. Mas sua concepção bastante simplista era de homens vestidos de branco com elegantes cruzes vermelhas. Um estereótipo de Hollywood, sem dúvida. E lembrou-se de ficar fascinado enquanto manuseava o volume.

Levou o livro a uma das várias poltronas de encosto baixo espalhadas pela loja, acomodou-se no assento macio e começou a ler. Gradualmente, um resumo começou a se formar.

> *Por volta de 1118 d.C., os cristãos controlavam novamente a Terra Santa. A Primeira Cruzada fora um sucesso estrondoso. E ainda que os muçulmanos tivessem sido derrotados e suas terras confiscadas, suas cidades ocupadas, eles não foram exterminados. Em vez disso, permaneceram nas redondezas dos novos reinos cristãos estabelecidos, causando devastação a todos que se aventuravam à Terra Santa.*
>
> *A peregrinação segura a locais sagrados foi um dos motivos para as Cruzadas, e os pedágios nas estradas eram a principal fonte de ganhos para o recém-formado reino cristão de Jerusalém. Todo dia chegavam incontáveis peregrinos à Terra Santa, sozinhos, em pares, em grupos e algumas vezes em inteiras comunidades desestruturadas. Infelizmente, as rotas não eram seguras. Havia muçulmanos à espreita, bandidos atacavam livremente, e*

até mesmo soldados cristãos eram uma ameaça porque, para eles, o saque era um modo normal de conseguir alimento.

Assim, quando um cavaleiro de Copenhague, Hugh de Payens, fundou um novo movimento consistindo nele próprio e outros oito, uma ordem monástica de irmãos guerreiros dedicados a proporcionar passagem segura aos peregrinos, a ideia foi recebida com ampla aprovação. Balduíno II, que governava Jerusalém, garantiu abrigo à nova ordem sob a mesquita de Al Aqsa, um local onde, segundo os cristãos acreditavam, ficara o antigo templo de Salomão, por isso a nova ordem tirou seu nome do quartel-general: a Irmandade dos Pobres Soldados de Cristo e do Templo de Salomão em Jerusalém.

Inicialmente, a irmandade permaneceu pequena. Cada cavaleiro fazia votos de pobreza, castidade e obediência. Não possuíam nada individualmente. Todos os seus bens terrenos se tornavam da Ordem. Viviam em comunidade e faziam as refeições em silêncio. Cortavam o cabelo, mas deixavam a barba crescer. A caridade fornecia sua comida e as roupas, e Santo Agostinho era o modelo para sua vida monástica. O emblema da Ordem era particularmente simbólico: dois cavaleiros montados num único animal – clara referência aos dias em que os cavaleiros não podiam se dar ao luxo de ter seu próprio cavalo.

Para a mente medieval, uma ordem religiosa de guerreiros não era contradição. Em vez disso, a nova ordem apelava ao fervor religioso e à habilidade marcial. Sua criação também resolveu outro problema – o dos efetivos –, uma vez que agora existia uma presença constante de guerreiros confiáveis.

Por volta de 1128, a irmandade havia se expandido, encontrando apoio político em locais poderosos. Príncipes e prelados europeus doavam terras, dinheiro e materiais. O papa acabou sancionando a Ordem, e logo os cavaleiros templários se tornaram o único exército postado na Terra Santa.

Uma regra rígida, de 686 leis, os governava. Caçar era proibido. O mesmo com relação a jogos, falcoaria ou apostas. A fala era praticada com moderação e sem risos. As ornamentações eram banidas. Eles dormiam com as luzes acesas, vestidos com camisas, túnicas e calças largas, prontos para a batalha.

O mestre era o governante absoluto. Em seguida vinham os senescais, que agiam como representantes e conselheiros. Os marechais comandavam as tropas durante as batalhas. Os servientes, em latim, *sergents* em francês, eram os artesãos, trabalhadores e ajudantes que apoiavam os irmãos cavaleiros e formavam a espinha dorsal da Ordem. Por um decreto papal de 1148, cada cavaleiro usava a cruz vermelha de quatro braços iguais, mais largos nas extremidades, sobre um manto branco. Foi o primeiro exército disciplinado, equipado e regulamentado desde os tempos romanos. Os irmãos cavaleiros participaram de cada cruzada subsequente, sendo os primeiros a entrar na luta, os últimos a se retirar e jamais viravam reféns. Acreditavam que o serviço à Ordem limparia sua ficha no céu. E no decorrer de 200 anos de lutas constantes, 20 mil templários ganharam o martírio morrendo em batalha.

Em 1139, uma bula papal pôs a Ordem sob o controle exclusivo do papa, o que a permitiu operar livremente por toda a cristandade, sem ser afetada por monarcas. Foi uma ação sem precedentes e, à medida que ganhava força política e econômica, a Ordem acumulou uma riqueza gigantesca. Reis e patriarcas deixavam grandes quantias em testamentos. Empréstimos eram feitos a barões e mercadores com a promessa de que suas casas, vinhedos e jardins passariam à Ordem depois de sua morte. Peregrinos tinham transporte seguro para ir e vir da Terra Santa em troca de doações generosas. No início do século XIV, os templários se rivalizaram com os genoveses, os lombardos e até *os judeus como controladores de moeda. Os reis da França e da Inglaterra mantinham seus tesouros nos cofres da Ordem. Até os muçulmanos usavam seus serviços bancários.*

O templo da Ordem em Paris se tornou o centro do mercado financeiro mundial. Lentamente, a organização se transformou num complexo militar e financeiro, autossustentado e autorregulado. Finalmente, as propriedades dos templários, cerca de 9 mil, ficaram totalmente livres de impostos, e essa posição exclusiva levou a conflitos com o clero local, já que as igrejas sofriam enquanto as terras dos templários prosperavam. A competição com outras ordens, em particular a dos cavaleiros hospitalários, só fazia aumentar a tensão.

Durante os séculos XII e XIII, o controle da Terra Santa oscilava entre os cristãos e os árabes. A ascensão de Saladino como soberano dos muçulmanos deu aos árabes seu primeiro grande líder militar, e a Jerusalém cristã finalmente caiu em 1187. No caos que se seguiu, os templários confinaram sua atividade a Acre, uma fortaleza próxima da costa do Mediterrâneo. Nos cem anos seguintes, eles perderam força na Terra Santa, mas prosperaram na Europa, onde estabeleceram uma ampla rede de igrejas, abadias e propriedades. Quando Acre caiu, em 1291, a Ordem perdeu sua última base na Terra Santa e seu objetivo de existência.

Seu apego rígido ao segredo, que inicialmente a distinguiu, acabou encorajando as difamações. Em 1307, vendo os vastos bens dos templários, Felipe IV da França prendeu muitos dos irmãos. Outros monarcas o acompanharam. Seguiram-se sete anos de acusações e julgamentos. Clemente V dissolveu formalmente a Ordem em 1312. O golpe final veio em 18 de março de 1314, quando o último mestre, Jacques de Molay, foi queimado na fogueira.

Malone continuou lendo. Ainda havia aquele puxão no fundo do cérebro – algo que havia lido ao folhear o livro pela primeira vez fazia semanas. Passando as páginas, leu sobre como, antes de ser suprimida em 1307, a Ordem se tornou experiente em viagens marítimas, desenvolvimento imobiliário, cruzamento de animais, agricultura e, mais importante, finanças. Enquanto a Igreja proibia experiências científicas, os templários aprendiam com seus inimigos, os árabes, cuja cultura encorajava o pensamento independente. Os templários também escondiam uma vasta quantidade de bens, assim como os bancos modernos espalham a riqueza em muitos cofres. Havia até mesmo uma cantiga medieval francesa que descrevia os explicitamente ricos templários e seu súbito desaparecimento:

> Os irmãos, os senhores do Templo,
> que eram bem fornidos e amplos
> com ouro, prata e riquezas.
> Onde estão? O que aconteceu?
> Que tinham tanto poder e ninguém ousava
> tomar nada deles, ninguém seria tão corajoso:
> sempre comprando, jamais vendiam.

A história não fora gentil com a Ordem. Apesar de terem capturado a imaginação de poetas e cronistas – os Cavaleiros do Santo Graal, em *Parsifal*, eram templários, assim como os demoníacos anti-heróis de *Ivanhoé* –, à medida que as cruzadas adquiriam o rótulo de agressão e imperialismo europeu, os templários se tornaram parte integrante de seu fanatismo brutal.

Malone continuou a examinar o livro até finalmente achar a passagem que recordava de quando o folheara pela primeira vez. Sabia que estava ali. Sua memória nunca falhava. As palavras diziam como, no campo de batalha, os templários sempre usavam um estandarte vertical dividido em dois blocos – um preto, representando o pecado que os irmãos cavaleiros haviam deixado para trás; o outro, branco, para simbolizar a nova vida na Ordem. O estandarte tinha um dístico em francês. Traduzido, significava um estado altivo, nobre, glorioso. A palavra também servia como grito de batalha da Ordem.

Beauseant. Seja glorioso.

Exatamente a palavra que o sujeito da jaqueta vermelha havia gritado ao saltar da torre Redonda.

O que estava acontecendo?

Antigas motivações se agitaram dentro dele. Sentimentos que, segundo havia pensado, um ano de aposentadoria tinham feito adormecer. Os bons agentes eram inquisitivos e cautelosos. Esqueça qualquer um dos dois atributos, e algo inevitavelmente escaparia – algo potencialmente perigoso. Ele cometera esse erro uma vez, havia anos, numa de suas primeiras missões, e a impetuosidade custou a vida de um agente contratado. Não seria a última pessoa por cuja morte ele se sentiria responsável, mas era a primeira, e ele jamais se esqueceu da falta de cuidado.

Stephanie estava com problemas. Sem dúvida. Havia ordenado que ele ficasse fora de seus negócios, por isso seria inútil falar de novo com ela. Mas talvez Peter Hansen lhe desse alguma informação.

Olhou o relógio. Era tarde, mas Hansen era conhecido como uma criatura noturna e ainda deveria estar de pé. Se não estivesse, ele o acordaria.

Jogou o livro de lado e foi para a porta.

ONZE

— Onde está o diário de Lars Nelle? — perguntou Roquefort.

Ainda preso pelos dois homens, Peter Hansen o encarou. Roquefort sabia que Hansen fora muito ligado a Lars Nelle. Quando descobriu que Stephanie Nelle vinha à Dinamarca para o leilão de Roskilde, supôs que ela poderia contatar Peter Hansen. Motivo pelo qual havia abordado o livreiro antes.

— Sem dúvida, Stephanie Nelle mencionou o diário do marido.

Hansen balançou a cabeça.

— Nada. Absolutamente nada.

— Quando Lars Nelle era vivo, ele mencionou que mantinha um diário?

— Nunca.

— Você entende sua situação? Nada que eu queria aconteceu e, pior, você me enganou.

— Sei que Lars mantinha anotações meticulosas. — A resignação tomou conta da voz de Hansen.

— Conte mais.

Hansen pareceu ganhar força.

— Quando eu for solto.

Roquefort permitiu uma vitória ao idiota. Fez um gesto, e seus homens o soltaram. Imediatamente, Hansen tomou um grande gole de cerveja, depois colocou a caneca na mesa.

– Lars escreveu um monte de livros sobre Rennes-le-Château. Todo aquele negócio sobre pergaminhos perdidos, geometria oculta e enigmas renderam ótimas vendas. – Hansen pareceu retomar o controle. – Ele aludiu a cada tesouro que pôde imaginar. Ouro dos visigodos, fortuna dos templários, saques aos cátaros. *Pegue um fio e teça um cobertor*, é o que ele costumava dizer.

Roquefort sabia tudo sobre Rennes-le-Château, um minúsculo povoado no sul da França, que existia desde os tempos dos romanos. Um padre na última parte do século XIX gastou enormes quantias de dinheiro remodelando a igreja local. Décadas depois, começaram boatos de que o padre financiou as reformas com um grande tesouro que havia encontrado. Lars Nelle ficou sabendo sobre o local intrigante há trinta anos e escreveu um livro sobre a história, que se tornou best-seller internacional.

– Então diga o que está registrado no diário. Informações diferentes do material publicado por Lars Nelle?

– Já disse, não sei nada sobre um diário. – Hansen pegou a caneca e tomou outro gole. – Mas, conhecendo Lars, duvido que ele tenha contado tudo naqueles livros.

– E o que ele escondia?

Um sorriso maroto veio aos lábios do dinamarquês.

– Como se o senhor já não soubesse. Mas garanto que não faço ideia. Eu só sei o que li nos livros de Lars.

– Eu não presumiria nada, se fosse você.

Hansen pareceu não se abalar.

– Então, diga: o que há de tão importante naquele livro desta noite? Ele nem é sobre Rennes-le-Château.

– Ele é a chave para tudo.

– Como um livro insignificante, com mais de cento e cinquenta anos, poderia ser a chave para alguma coisa?

– Muitas vezes as coisas mais simples são as mais importantes.

Hansen pegou seu cigarro.

– Lars era um homem estranho. Nunca descobri o que ele pensava. Era obcecado pelo negócio de Rennes. Adorava aquele lugar. Até comprou uma casa lá. Fui visitá-lo uma vez. Pavorosa.

– Lars disse se encontrou alguma coisa?

Hansen o avaliou de novo com uma expressão cheia de suspeitas.

– Como o quê?

– Não banque o ingênuo. Não estou no clima.

– O senhor deve saber de alguma coisa; caso contrário, não estaria aqui. – Hansen se curvou para equilibrar o cigarro de novo no cinzeiro. Mas sua mão continuou indo direto para uma gaveta aberta na mesa lateral, e uma arma apareceu. Um dos homens de Roquefort chutou a pistola da mão do livreiro.

– Isso foi idiotice – disse Roquefort.

– Foda-se – cuspiu Hansen, esfregando a mão.

O rádio preso à cintura de Roquefort estalou em seu ouvido, e uma voz disse:

– Há um homem se aproximando. – Pausa. – É Malone. Vem direto para a loja.

Não era inesperado, mas talvez fosse hora de mandar uma mensagem clara de que esse negócio não tinha a ver com Malone. Atraiu a atenção dos dois subordinados. Eles avançaram e seguraram Peter Hansen de novo pelos braços.

– A mentira tem um preço – disse Roquefort.

– Quem diabo é você?

– Alguém com quem você não deveria ter brincado. – Roquefort fez o sinal da cruz. – Que o Senhor esteja consigo.

*

Malone viu luzes nas janelas do terceiro andar. A rua na frente da livraria de Hansen estava vazia. Apenas alguns carros estacionados se enfileiravam no calçamento escuro, e ele sabia que todos sairiam de manhã, quando os compradores invadiriam de novo essa parte do Strøget destinada apenas a pedestres.

O que Stephanie havia dito antes, quando estava dentro da loja de Hansen? *Meu marido disse que o senhor era um homem capaz de encontrar o impossível de ser encontrado.* De modo que, aparentemente, Peter Hansen era ligado a Lars Nelle, e essa antiga associação explicaria por que Stephanie havia procurado Hansen, e não ele. Mas isso não respondia à enorme quantidade de outras perguntas de Malone.

Malone não havia conhecido Lars Nelle. Lars morrera cerca de um ano depois de Malone entrar para o Núcleo Magalhães, numa época em que ele e Stephanie estavam apenas se conhecendo. Mas, depois, leu todos os livros de Nelle, que eram uma mistura de história, fatos, conjecturas e grandes coincidências. Lars era fanático por conspirações de nível internacional, e achava que a região do sul da França conhecida como Languedoc guardava algum tipo de grande tesouro. O que era parcialmente compreensível. Havia muito a área fora terra de trovadores, local de castelos e cruzadas, onde a lenda do Santo Graal nasceu. Infelizmente, o trabalho de Lars Nelle não havia gerado qualquer estudo sério. Em vez disso, sua teoria só provocava o interesse de escritores da Nova Era e cineastas independentes que expandiam sua premissa original, chegando a propor teorias que iam de extraterrestres a saques romanos, chegando à essência oculta do próprio cristianismo. Nada, claro, jamais fora provado ou encontrado. Mas Malone tinha certeza de que a indústria turística francesa adorava as especulações.

O livro que Stephanie tentara comprar no leilão de Roskilde era intitulado *Pierres Gravées du Languedoc*. Pedras gravadas do Languedoc. Um título estranho para um assunto ainda mais estranho. Que relevância poderia ter? Ele sabia que Stephanie nunca havia se impressionado com o trabalho do marido. Essa indiferença era o principal problema do casamento e finalmente levou à separação continental – Lars morando na França, e ela, nos Estados Unidos. Então, o que ela estava fazendo na Dinamarca 11 anos depois da morte dele? E por que havia outros interessados em interferir nos assuntos dela – a ponto de morrer?

Continuou andando e tentou organizar os pensamentos. Sabia que Peter Hansen não ficaria feliz em vê-lo, por isso disse a si mesmo para escolher cuidadosamente as palavras. Precisava acalmar o idiota e descobrir o máximo possível. Até pagaria, se fosse necessário.

Algo irrompeu de uma das janelas do último andar do prédio de Hansen.

Olhou para cima, enquanto um corpo se projetava de cabeça, girava no ar e batia no capô de um carro estacionado.

Correu para a frente e viu Peter Hansen. Procurou alguma pulsação. Débil.

Incrivelmente, Hansen abriu os olhos.

– Pode me ouvir? – perguntou Malone.

Não houve resposta.

Algo passou zumbindo junto à cabeça dele, e o peito de Hansen arfou. Outro zumbido, e o crânio se despedaçou, sangue e cartilagem sujando o paletó de Malone.

Ele girou.

Na janela despedaçada, três andares acima, havia um homem com uma arma. O mesmo homem da jaqueta de couro que começara o tiroteio na catedral – o que pretendia atacar Stephanie. No instante em que o atirador demorou para ajustar a mira, Malone saltou para trás do carro.

Mais balas choveram.

O estalo de cada tiro era abafado, como mãos batendo palmas. Uma arma com silenciador. Uma bala ricocheteou no capô ao lado de Hansen. Outra despedaçou o para-brisa.

– Sr. Malone. Este negócio não tem a ver com o senhor – disse o homem de cima.

– Agora tem.

Ele não ficaria ali para discutir o assunto. Agachou-se e usou os carros estacionados como escudo, enquanto seguia pela rua.

Mais tiros, como travesseiros sendo afofados, tentaram achar o caminho através de metal e vidro.

A 20 metros de distância, ele olhou para trás. O rosto desapareceu da janela. Ele se levantou e saiu correndo, virando na primeira esquina. Virou em outra, tentando usar o labirinto de ruas como escudo, colocando prédios entre ele e os perseguidores. O sangue latejava nas têmporas. O coração martelava. Droga. Estava de volta ao jogo.

Parou um momento e engoliu o ar frio.

Passos se aproximavam correndo, de trás. Imaginou se os perseguidores conheciam as ruas no Strøget. Tinha de presumir que sim. Outra esquina, e mais lojas escuras o cercavam. A tensão crescia no estômago. Estava ficando sem opções. Adiante ficava uma das muitas praças abertas do bairro, com uma fonte borbulhando no centro. Todos os cafés no perímetro estavam fechados. Não havia ninguém à vista. Haveria poucos esconderijos por ali. Do outro lado da área vazia ficava uma igreja. Um brilho leve era evidente através dos vitrais escuros. No verão, todas as igrejas de Copenhague eram deixadas abertas até a meia-noite. Ele precisava de um lugar para se esconder, pelo menos por um tempo. Por isso correu até o portal de mármore.

A tranca se abriu com um estalo.

Empurrou para dentro a porta pesada, depois a fechou suavemente, esperando que os perseguidores não notassem.

Lâmpadas incandescentes esparsas iluminavam o interior vazio. Um impressionante altar e estátuas lançavam imagens fantasmagóricas no ar carrancudo. Ele examinou a escuridão em direção ao altar e viu uma escada e um brilho pálido vindo dos fundos. Foi até lá e desceu, com uma fria nuvem de preocupação seguindo-o.

Um portão de ferro embaixo se abria para um amplo espaço com três naves com teto baixo abobadado. Dois sarcófagos de pedra cobertos com imensas lajes de granito esculpido ficavam no centro. O único corte na escuridão vinha de uma minúscula luz âmbar perto de um pequeno altar. Aquele parecia um bom local para ficar por um tempo. Não poderia voltar à própria loja. Aqueles sujeitos certamente sabiam onde ele morava. Disse a si mesmo para se acalmar, mas o alívio momentâneo foi despedaçado por uma porta se abrindo acima. O olhar foi para o topo da abóbada, a menos de um metro do cocuruto de sua cabeça.

Duas pessoas caminhavam no piso acima.

Malone foi mais para o fundo das sombras. Sua mente se encheu de um pânico familiar, que ele suprimiu com uma onda de autocontrole. Precisava de algo com que se defender, por isso examinou a escuridão. Numa abside a seis metros de distância, viu um candelabro de ferro.

Esgueirou-se até lá.

O ornamento tinha cerca de um metro e meio, com uma solitária vela de cera com cerca de dez centímetros de diâmetro se projetando do centro. Tirou a vela e testou a haste de metal. Pesada. Com o candelabro na mão, andou na ponta dos pés pela cripta e se posicionou atrás de outra coluna.

Alguém começou a descer a escada.

Olhou para além dos túmulos, através da escuridão, o corpo vivo com uma energia que, no passado, sempre havia clareado seus pensamentos.

Na base da escada apareceu a silhueta de um homem. Portava uma arma, com um silenciador na ponta do cano visível mesmo nas sombras. Malone apertou com força a haste de ferro e dobrou o braço. O sujeito vinha em sua direção. Seus músculos se retesaram. Contou até cinco em silêncio, trincou os dentes, girou o candelabro e acertou o homem bem no peito, impelindo a sombra para trás sobre um dos túmulos.

Jogou o candelabro de lado e deu um soco no queixo do sujeito. A pistola voou para longe, fazendo barulho no chão.

O homem caiu.

Ele procurou a arma enquanto outros passos entravam rapidamente na cripta. Encontrou a pistola e apertou o cabo.

Dois tiros vieram em sua direção.

A poeira caiu como neve do teto acertado pelas balas. Malone mergulhou para a coluna mais próxima e disparou. Um estalo abafado mandou uma bala pela escuridão, ricocheteando na parede do outro lado.

O segundo agressor interrompeu o avanço de Malone, assumindo posição atrás do túmulo mais distante.

Agora ele estava preso.

Entre ele e a única saída havia um homem armado. O primeiro perseguidor estava começando a se levantar, gemendo por causa dos golpes. Malone estava armado, mas as chances não eram boas.

Olhou pela câmara mal iluminada e se preparou.

O homem que estava se levantando do chão despencou de novo subitamente.

Alguns segundos se passaram.

Silêncio.

Passos ecoaram acima. Então a porta da igreja se abriu e se fechou. Ele não se mexeu. O silêncio era irritante. Seu olhar revirou a escuridão. Não havia movimento em lugar nenhum.

Decidiu se arriscar e esgueirou-se para a frente.

O primeiro atacante estava esparramado no chão. O outro também estava deitado imóvel. Malone verificou a pulsação dos dois. Batiam, mas estavam fracas. Então viu algo atrás do pescoço de um deles. Abaixou-se e arrancou um pequeno dardo cuja ponta era uma agulha de um centímetro e meio.

Seu salvador possuía equipamentos sofisticados.

Os dois homens caídos no chão eram os mesmos que haviam estado do lado de fora do leilão, mais cedo. Mas quem os havia derrubado? Abaixou-se de novo e pegou as duas armas, depois revistou os corpos. Não havia qualquer identificação em nenhum dos dois. Um dos homens tinha um rádio por baixo da jaqueta. Malone retirou-o, junto com o fone de ouvido e o microfone.

– Tem alguém aí? – disse ao microfone.

– E quem é você?

– Você é o mesmo homem que estava na catedral? O que acabou de matar Peter Hansen?

– Meio correto.

Ele percebeu que ninguém diria muita coisa num canal aberto, mas a mensagem era clara.

– Seus homens estão neutralizados.

– Você fez isso?

– Gostaria de ter o crédito. Quem são vocês?

– Isso não é relevante para a nossa discussão.

– Por que Peter Hansen era um problema para vocês?

– Detesto quem me engana.

– Obviamente. Mas alguém acabou de pegar seus dois homens de surpresa. Não sei quem, mas gosto dele.

Não houve resposta. Malone esperou mais um instante e já ia falar, quando o rádio estalou.

– Espero que você aproveite a sorte e retorne à venda de livros.

O outro rádio desligou.

DOZE

ABADIA DES FONTAINES
PIRINEUS FRANCESES
23H30

O senescal acordou. Havia apagado numa poltrona ao lado da cama. Um rápido olhar para o relógio na mesinha de cabeceira lhe disse que havia dormido cerca de uma hora. Olhou para o mestre adoecido. O som familiar da respiração dificultosa havia sumido. Nos raios esparsos de luz incandescente que vinha do exterior da abadia, viu que a película da morte havia se grudado aos olhos do velho.

Procurou a pulsação.

O mestre estava morto.

A coragem o abandonou enquanto ele se ajoelhava e rezava pelo amigo que partira. O câncer havia vencido. A batalha estava terminada. Implorou ao Senhor que deixasse a alma do velho entrar no céu. Ninguém merecia mais a salvação. Ele aprendera tudo com o mestre – fazia muito tempo seus fracassos pessoais e a solidão emocional o haviam posto sob a influência do velho. Sua educação fora rápida e ele tentara jamais desapontar. *Erros são tolerados, desde que não se repitam*, fora-lhe dito – só uma vez, uma vez que o mestre jamais falava a mesma coisa duas vezes.

Muitos irmãos confundiam esse modo direto com arrogância. Outros se ressentiam contra o que acreditavam ser uma atitude condescendente. Mas ninguém jamais questionava a autoridade do mestre. O dever do irmão era obedecer. O tempo de indagação vinha apenas na hora da escolha do mestre.

Motivo pelo qual o dia adiante era promissor.

Pela sexagésima sétima vez desde a Fundação, um ponto que remontava à primeira parte do século XII, outro homem seria escolhido como mestre. Para os 66 que tinham vindo antes, o mandato médio era de meros 18 anos, com contribuições variando de inexistentes a sem comparação. Mas cada um havia servido à Ordem até a morte. Alguns até mesmo morreram lutando, mas os dias de guerra explícita tinham passado havia muito. Hoje em dia, a luta era mais sutil, os campos de batalha modernos eram locais que antes nunca poderiam ser imaginados. Tribunais, a internet, livros, revistas, jornais – todos esses eram foros que a Ordem patrulhava regularmente, certificando-se de que seus segredos estivessem em segurança, que sua existência não fosse notada. E cada mestre, não importando o quanto pudesse ter sido inepto, tivera sucesso nesse único objetivo. Mas o senescal temia que o próximo mandato fosse particularmente decisivo. Uma guerra civil estava nascendo, uma guerra que o homem morto deitado diante dele mantivera contida com uma capacidade incrível de prever os pensamentos do inimigo.

No silêncio que o envolvia, a água correndo lá fora parecia mais próxima. Durante o verão, os irmãos costumavam visitar a cachoeira e gostavam de nadar no lago gelado, e ele ansiava por esses prazeres, mas sabia que não haveria folga tão cedo. Decidiu não alertar a irmandade quanto à morte do mestre até as orações da Aurora, que só aconteceriam dali a cinco horas. No passado, todos se reuniam logo depois da meia-noite para as Matinas, mas essa atitude de devoção fora para o mesmo lugar de muitas Regras. Agora, uma programação mais realista os governava, uma programação que reconhecia a importância do sono, ligada a questões práticas do século XXI, e não do XIII.

Sabia que ninguém ousaria entrar no quarto do mestre. Apenas ele, como senescal, tinha esse privilégio, em particular enquanto o mestre estivesse doente. Por isso estendeu a mão para o edredom e cobriu o rosto envelhecido do homem morto.

Vários pensamentos percorreram sua mente, e ele lutou contra a tentação crescente. A Regra, no mínimo, instilava um sentimento de disciplina, e ele sentia orgulho de jamais haver cometido voluntariamente qualquer violação. Mas agora várias gritavam para ele. Havia pensado nelas durante todo o dia enquanto olhava o amigo morrer. Se a morte tivesse reivindicado o mestre enquanto a abadia estava cheia de atividade, teria sido impossível fazer o que contemplava agora. Mas a essa hora ele teria rédeas soltas e, dependendo do que acontecesse no dia seguinte, esta poderia ser sua única chance.

Por isso curvou-se, puxou o cobertor para trás e abriu o manto azul, expondo o peito sem vida do velho. A corrente estava ali, exatamente onde deveria, e ele passou os elos de ouro sobre a cabeça.

Uma chave de prata pendia na ponta.

– Perdão – sussurrou, enquanto recolocava o cobertor.

Atravessou o quarto até um armário renascentista escurecido por incontáveis camadas de cera. Dentro havia uma caixa de bronze adornada com um timbre de prata. Apenas o senescal sabia de sua existência, e tinha visto o mestre abri-la muitas vezes, mas nunca tivera permissão de examinar o conteúdo. Levou a caixa até a mesa, enfiou a chave e de novo pediu perdão.

Estava procurando um volume encadernado em couro que o mestre havia guardado por vários anos. Sabia que ele era mantido na caixa – o mestre o havia colocado ali na sua presença –, mas quando levantou a tampa viu que havia apenas um rosário, alguns papéis e um missal. Nada do livro.

Agora seu temor era uma realidade. Enquanto antes apenas havia suspeitado, agora sabia.

Recolocou a caixa no armário e saiu do quarto.

A abadia era um labirinto de alas com vários andares, cada uma acrescentada num século diferente, a arquitetura conspirando para criar um complexo confuso que agora abrigava quatrocentos irmãos. Havia a capela das obrigações, um imponente pátio com claustro, oficinas, escritórios, uma academia de ginástica, ambientes comuns para higiene, alimentação e diversão, a casa da sede, uma sacristia, um refeitório, salas de estar, uma enfermaria e uma biblioteca impressionante. O quarto do mestre era situado numa seção construída originalmente no século XV, dando para íngremes precipícios de rocha que se erguiam sobre um vale estreito. Os alojamentos dos irmãos ficavam perto, e o senescal passou por um portal em arco que dava num enorme dormitório onde as luzes estavam acesas, já que a Regra proibia que o aposento jamais ficasse totalmente escuro. Não notou qualquer movimento e não ouviu nada a não ser roncos intermitentes. Havia séculos, um guarda estaria postado junto à porta, e ele se perguntou se talvez o costume teria de ser ressuscitado nos próximos dias.

Deslizou pelos corredores amplos, seguindo a passadeira vermelha que escondia as pedras ásperas do piso. A cada lado, quadros, estátuas e memoriais esparsos lembravam o passado da abadia. Diferentemente de outros mosteiros nos Pirineus, não ocorreram saques ali durante a Revolução Francesa, de modo que tanto a arte quanto a mensagem haviam sobrevivido.

Encontrou a escadaria principal e desceu ao térreo. Por meio de mais corredores abobadados, passou por áreas onde os visitantes eram informados sobre o modo de vida monástico. Não eram muitos, uns poucos milhares a cada ano, e os ganhos significavam um suplemento modesto para as despesas operacionais, mas um número suficiente visitava o mosteiro para que se tomasse cuidado em garantir a privacidade dos irmãos.

A entrada que ele procurava ficava no fim de outro corredor térreo. A porta, rendada com trabalho medieval em ferro, estava aberta, como sempre.

Entrou na biblioteca.

Poucas coleções poderiam reivindicar o fato de jamais ter sido perturbadas, no entanto os inumeráveis volumes que o rodeavam haviam permanecido inviolados por sete séculos. Tendo começado apenas com uma vintena de livros, a coleção crescera através de doações, pedidos, compras e, no princípio, produção de copistas que trabalhavam dia e noite. Os assuntos, tanto na época como atualmente, eram variados, com ênfase em teologia, filosofia, lógica, história, direito, ciência e música. A frase latina gravada na argamassa sobre a porta principal era adequada. CLAUSTRUM SINE ARMARIO EST QUASI CASTRUM SINE ARMAMENTARIO. Um mosteiro sem biblioteca é como um castelo sem sala de armas.

Parou e prestou atenção.

Não havia ninguém.

A segurança não era uma verdadeira preocupação, já que oitocentos anos de Regra haviam se mostrado mais do que eficazes para guardar as estantes. Nenhum irmão ousaria se intrometer sem permissão. Mas ele não era irmão. Era o senescal. Pelo menos por mais um dia.

Abriu caminho pelas estantes, em direção aos fundos do espaço enorme, e parou diante de uma porta de metal preto. Passou um cartão de plástico no leitor fixado à parede. Apenas o mestre, o marechal, o arquivista e ele possuíam cartões. O acesso aos volumes do outro lado só era possível com a permissão direta do mestre. Até o arquivista precisava de autorização antes de entrar. Guardada ali havia uma variedade de livros preciosos, mapas antigos, títulos, um registro dos membros e, mais importante, as Crônicas, que continham uma história narrativa de toda a existência da Ordem. Assim como as minutas registravam o que o parlamento britânico ou o congresso norte-americano realizavam, as Crônicas detalhavam os sucessos e os fracassos da Ordem. Os diários escritos permaneciam, muitos com capas quebradiças e presilhas de latão, cada um parecendo um pequeno baú, mas o grosso dos dados agora estava escaneado e guardado em computadores – tornando simples a busca eletrônica dos registros de novecentos anos da Ordem.

Ele entrou, caminhou por entre as prateleiras mal-iluminadas e encontrou o códice no lugar designado. O minúsculo volume era um quadrado com 20 centímetros de lado e dois e meio de espessura. Ele o descobrira havia dois anos, as páginas encadernadas em tábuas de madeira cobertas de couro de bezerro gravado em relevo. Não era exatamente um livro, e sim um ancestral – um trabalho anterior que substituía o pergaminho enrolado e permitia que o texto fosse escrito nos dois lados da página.

Abriu com cuidado a capa.

Não havia folha de rosto, o texto em latim cursivo era emoldurado por uma borda em iluminura em vermelho, verde e ouro opacos. Ficara sabendo que o livro fora copiado no século XV por um dos escribas da abadia. A maioria dos códices antigos havia desaparecido, o pergaminho usado para encadernar outros livros, cobrir jarras ou simplesmente acender fogo. Felizmente, este havia sobrevivido. A informação que ele continha era inestimável. O senescal jamais havia contado a alguém o que encontrara no códice, nem mesmo ao mestre e, como talvez precisasse da informação e não haveria oportunidade melhor que a atual, enfiou o livro nas dobras da batina.

Foi até outro corredor e encontrou mais um volume fino, também escrito a mão, mas na segunda parte do século XIX. Não era um livro escrito para o público, e sim um registro pessoal. Poderia precisar dele também, por isso enfiou-o na batina.

Então saiu da biblioteca, sabendo que o computador que controlava a porta havia registrado o momento de sua visita. Tiras magnéticas fixadas em cada um dos dois volumes identificariam que eles haviam sido retirados. Como não havia outra saída a não ser pela porta cheia de sensores, e como remover as etiquetas poderia danificar os livros, restava-lhe pouca opção. Ele só podia esperar que, na confusão dos próximos dias, ninguém se incomodasse em examinar o registro do computador.

A Regra era clara.

O roubo de propriedades da Ordem era punido com o banimento. Mas era um risco que ele teria de correr.

TREZE

23H50

Malone não se arriscou e saiu da igreja por uma porta dos fundos, depois da sacristia. Não podia se preocupar com os dois homens inconscientes. Neste momento, precisava encontrar Stephanie, e que se danasse a atitude carrancuda da ex-chefe. Sem dúvida, o homem da catedral, o que havia matado Peter Hansen, tinha seus próprios problemas. Alguém havia derrubado seus dois cúmplices. Malone não fazia ideia de quem nem por quê, mas estava agradecido, já que teria sido difícil escapar da cripta. Amaldiçoou-se de novo por ter se envolvido, mas agora era tarde demais para sair dessa. Estava dentro – gostando ou não.

Pegou um caminho tortuoso para sair do Strøget e acabou chegando à Kongens Nytorv, uma praça tipicamente movimentada, cercada de prédios imponentes. Seus sentidos estavam em alerta máximo, e ele permanecia atento a qualquer possibilidade de ser seguido, mas não havia ninguém atrás. A esta hora tardia, o tráfego na praça era escasso. O Nyhavn, logo depois do lado leste da praça, com seu colorido passeio de casas coloridas com telhados de duas águas, continuava abrigando pessoas que jantavam diante do mar, em mesas ao ar livre animadas por música.

Seguiu rapidamente pela calçada em direção ao Hotel d'Angleterre. A iluminada estrutura de sete andares ficava de frente para o mar e se estendia por todo um quarteirão. O prédio elegante datava do século XVIII e ele sabia que seus quartos haviam recebido reis, imperadores e presidentes.

Entrou no saguão e passou pela recepção. Uma melodia suave vinha da principal sala de estar. Alguns clientes notívagos circulavam. Havia uma fileira de telefones numa bancada de mármore, e ele usou um para ligar para o quarto de Stephanie Nelle. O telefone tocou três vezes antes de ser atendido.

– Acorde – disse ele.

– Você não escuta bem, não é, Cotton? – A voz ainda tinha o mesmo tom incoerente de Roskilde.

– Peter Hansen está morto.

Um momento de silêncio se passou.

– Estou no 610.

Malone entrou no quarto. Stephanie usava um roupão do hotel. Ele lhe contou tudo que havia acontecido. Ela ouviu em silêncio, como nos anos anteriores quando ele fazia relatórios. Mas Malone viu um sentimento de derrota nas feições cansadas de Stephanie, um tom que ele esperava que sinalizasse mudança de atitude.

– Vai me deixar ajudá-la agora?

Ela o examinou através de olhos que, como ele havia notado com frequência, mudavam de cor junto com o humor. De certa forma, ela o lembrava de sua mãe, mas Stephanie era apenas uns dez anos mais velha que ele. A raiva anterior não era totalmente estranha. Ela não gostava de cometer erros e odiava que eles fossem apontados. Seu talento não estava em reunir informações, e sim em analisar e avaliar – era uma organizadora meticulosa que tramava e planejava com a esperteza de um leopardo. Ele a vira muitas vezes tomar decisões difíceis sem hesitar – tanto procuradores-gerais quanto presidentes haviam contado com sua cabeça fria –, por isso Malone ficou pensando na situação atual e no estranho efeito que causava no julgamento geralmente sensato de sua ex-chefe.

– Eu indiquei Hansen a eles – murmurou ela. – Na catedral. Não corrigi quando ele deu a entender que Hansen poderia ter o diário de Lars. – E contou sobre a conversa.

– Descreva-o. – Quando ela fez isso, Malone disse: – É o mesmo cara que começou o tiroteio e que atirou em Hansen.

– O que pulou da torre Redonda trabalhava para ele. Queria roubar minha bolsa, onde estava o diário de Lars.

– Depois ele foi ao mesmo leilão, sabendo que você estaria lá. Quem sabia que você ia?

– Só Hansen. O escritório só sabe que estou de férias. Estou com meu telefone internacional, mas deixei ordens para não ser perturbada a não ser que fosse uma emergência catastrófica.

– Onde você ficou sabendo sobre o leilão?

– Há três semanas, recebi um pacote postado de Avignon, na França. Dentro havia um bilhete e o diário de Lars. – Ela fez uma pausa. – Eu não via o caderno fazia anos.

Malone sabia que normalmente esse seria um assunto proibido. Lars Nelle havia tirado a própria vida 11 anos atrás; encontraram-no enforcado numa ponte no sul da França, com um bilhete no bolso que dizia meramente GOODBYE STEPHANIE (ADEUS STEPHANIE). Para um acadêmico que escrevera uma enorme quantidade de livros, uma saudação tão simples parecia quase um insulto. Ainda que ela e o marido estivessem separados na época, Stephanie sofreu muito com a perda, e Malone se lembrava de como os meses depois disso haviam sido difíceis. Jamais os dois haviam falado da morte dele, e o fato de ela sequer mencionar isso agora era extraordinário.

– Diário de quê? – perguntou ele.

– Lars era fascinado pelos segredos de Rennes-le-Château...

– Eu sei. Li os livros dele.

– Você nunca falou sobre isso.

– Você nunca perguntou.

Ela pareceu sentir a irritação. Havia muita coisa acontecendo e nenhum dos dois tinha tempo para conversa fiada.

– Lars ganhava a vida expondo teorias sobre o que poderia estar escondido em Rennes-le-Château e ao redor – disse ela. – Mas mantinha muitas de suas opiniões particulares no diário, que sempre estava com ele. Depois que ele morreu, achei que havia ficado com Mark.

Outro assunto ruim. Mark Nelle era um historiador medieval formado em Oxford, que ensinava na Universidade de Toulouse, no sul da França. Havia cinco anos, desaparecera nos Pirineus. Uma avalanche. O corpo jamais foi encontrado. Malone sabia que a tragédia fora acentuada pelo fato de que Stephanie e o filho não eram próximos. Muitos ressentimentos corriam na família Nelle, e nenhum era de interesse dele.

– A porcaria do diário era como um fantasma voltando para me assombrar. Ali estava. A letra de Lars. O bilhete falava do leilão e da disponibilidade do livro. Lembrei-me de Lars ter falado sobre ele, e havia referências no diário, por isso vim comprá-lo.

– E os sinos de perigo não tocaram na sua cabeça?

– Por quê? Meu marido não estava envolvido na minha linha de trabalho. A busca dele era inofensiva, por coisas que não existem. Como eu saberia que havia pessoas envolvidas dispostas a matar?

– O homem que saltou da torre Redonda foi suficientemente claro. Você deveria ter me procurado naquele momento.

– Preciso fazer isso sozinha.

– Isso o quê?

– Não sei, Cotton.

– Por que aquele livro é tão importante? No leilão, fiquei sabendo que é um relato comum, sem importância. Eles ficaram chocados quando foi vendido por tanto dinheiro.

– Não faço ideia. – A exasperação retornou ao tom de voz. – Verdade, não sei. Há duas semanas me sentei, li o diário de Lars e devo dizer que fiquei fascinada. Sinto vergonha de dizer que só li um livro dele na semana passada. Quando li, comecei a me sentir péssima por minha atitude em relação a ele. Onze anos podem acrescentar um bocado de perspectiva.

– Então, o que você planejava fazer?

Ela balançou a cabeça.

– Não sei. Apenas comprar o livro. Ler e ver o que acontecia a partir daí. Enquanto estava aqui, planejava ir à França e passar alguns dias na casa de Lars. Não vou lá há um tempo.

Aparentemente, ela estava tentando fazer as pazes com os demônios, mas havia a realidade a considerar.

– Você precisa de ajuda, Stephanie. Há mais coisas acontecendo aqui, e isso é algo em que tenho experiência.

– Você não precisa cuidar da livraria?

– Meus empregados podem fazer isso durante alguns dias.

Ela hesitou, aparentemente pensando na oferta.

– Você foi o melhor agente que já tive. Ainda estou furiosa por ter saído.

– Eu tinha de fazer isso.

Ela balançou a cabeça.

– E ver Henrik Thorvaldsen roubar você! Isso foi pior ainda!

No ano anterior, quando ele havia se aposentado e contou a ela que planejava se mudar para Copenhague, ela ficara feliz, até saber do envolvimento de Thorvaldsen. Como era de costume, ela jamais se explicou, e ele sabia que não deveria perguntar.

– Tenho mais notícias ruins para você – disse ele. – Sabe a pessoa que venceu você no leilão? Pelo telefone? Era Henrik.

Ela lhe lançou um olhar de desdém.

– O que o levou a essa conclusão?

Ele contou o que ficara sabendo no leilão e o que o homem havia lhe dito pelo rádio. *Detesto quem me engana.*

— Aparentemente, Hansen estava fazendo jogo duplo contra alguém no meio, e esse alguém no meio venceu.

— Espere lá fora — disse ela.

— Foi por isso que vim. Você e Henrik precisam conversar. Mas precisamos sair daqui com cautela. Aqueles homens ainda podem estar por aí.

— Vou me vestir.

Ele foi para a porta.

— Onde está o diário de Lars?

Ela apontou para o cofre.

— Traga-o.

— Isso é sensato?

— A polícia vai encontrar o corpo de Hansen. Não vai demorar muito a ligar os pontos. Precisamos estar prontos para ir em frente.

— Posso cuidar da polícia.

Ele a encarou.

— O pessoal de Washington livrou você em Roskilde porque não sabe o que você está fazendo. Neste momento, tenho certeza de que alguém do Departamento de Justiça está tentando descobrir. Você odeia perguntas e pode mandar o procurador-geral para o inferno quando ele telefonar. Ainda não sei o que você está fazendo, mas sei de uma coisa: você não quer falar sobre isso. Então, pegue suas coisas.

— Não sinto falta dessa arrogância.

— E sua personalidade ensolarada também deixou minha vida incompleta. Será que pela primeira vez poderia fazer o que peço? Já é bastante ruim estar no campo mesmo quando não agimos de modo estúpido.

— Não preciso ser lembrada disso.

— Claro que precisa.

E ele saiu.

QUATORZE

SEXTA-FEIRA, 23 DE JUNHO
1H30

Malone e Stephanie saíram de Copenhague pela autoestrada 152. Mesmo já tendo dirigido do Rio de Janeiro a Paraty e ao longo do mar desde Nápoles até Amalfi, Malone achava que o caminho ao norte de Helsingør, ao longo do rochoso litoral norte da Dinamarca, era de longe a mais encantadora rota junto ao mar. Aldeias de pescadores, floresta de faias, residências de veraneio e a vastidão cinza do Øresund sem ondas se combinavam para oferecer um esplendor eterno.

 O tempo era típico. A chuva batia no para-brisa, chicoteada por um vento torrencial. Depois de passar por um dos menores balneários junto ao mar, fechado durante a noite, a rodovia serpenteava terra adentro penetrando num trecho de floresta. Através de um portão aberto, atrás de dois chalés brancos, Malone seguiu por um caminho coberto de grama e parou num pátio de pedrinhas. A casa era um genuíno espécime do barroco dinamarquês – três andares, construída de tijolos engastados em arenito e coberta com um telhado de cobre graciosamente curvo. Uma ala se voltava para o interior. A outra era virada para o mar.

 Ele conhecia a história da residência. Chamada de Christiangate, fora construída havia trezentos anos por um inteligente Thorvaldsen que havia convertido toneladas de turfa sem valor em combustível para produzir porcelana. Na década de 1800, a rainha da Dinamarca proclamou que a oficina seria a fornecedora da casa real, e a Adelgate Glasvaerker, com seu característico símbolo de dois círculos com uma linha embaixo, ainda reinava no topo, na Dinamarca e na Europa. O atual chefe do conglomerado era o patriarca da família, Henrik Thorvaldsen.

A porta da mansão foi atendida por um mordomo que não ficou surpreso ao vê-los. O que era interessante, considerando que passava da meia-noite e Thorvaldsen vivia solitário como uma coruja. Foram levados a uma sala onde traves de carvalho, armaduras e retratos a óleo revelavam os bens de uma casa nobre. Uma mesa comprida dominava o grande salão – de quatrocentos anos de idade, lembrava-se Malone de ter ouvido Thorvaldsen dizer, com a escura madeira de bordo refletindo um polimento que resultava apenas de séculos de uso. Thorvaldsen estava sentado a uma das extremidades, com um bolo de laranja e um samovar fumegante na mesa diante dele.

– Por favor, entrem. Sentem-se.

Thorvaldsen se levantou da cadeira com o que parecia ser grande esforço e abriu um sorriso. Seu encurvado corpo cheio de artrite não tinha mais de um metro e sessenta e sete e ficava meio ereto, com a corcunda mal escondida pelas dobras de um suéter norueguês grande demais. Malone notou um brilho nos olhos cinzentos. Seu amigo estava aprontando alguma coisa. Sem dúvida.

Malone apontou para o bolo.

– Tinha tanta certeza de que viríamos que assou um bolo para nós?

– Não sabia se os dois fariam a viagem, mas sabia que você viria.

– Por quê?

– Assim que soube que você estava no leilão, tive certeza de que era apenas questão de tempo antes que descobrisse meu envolvimento.

Stephanie se adiantou.

– Quero meu livro.

Thorvaldsen avaliou-a com um olhar tenso.

– Sem "olá"? "Prazer em conhecê-lo"? Só "quero meu livro!"?

– Não gosto de você.

Thorvaldsen sentou-se de novo à cabeceira da mesa. Malone decidiu que o bolo parecia bom, por isso se sentou e cortou uma fatia.

– Não gosta de mim? Estranho, considerando que não nos conhecemos.

– Sei tudo sobre o senhor.

– Isso significa que o Núcleo Magalhães tem um dossiê sobre mim?

– Seu nome aparece nos locais mais estranhos. Nós o chamamos de *pessoa internacional de interesse*.

Thorvaldsen fez uma careta, como se estivesse passando por uma penitência agonizante.

– A senhora me considera um terrorista ou um criminoso.

– Qual dos dois o senhor é?

O dinamarquês encarou-a de volta com súbita curiosidade.

– Disseram-me que a senhora possui o gênio para conceber grandes feitos e a diligência para fazer com que eles sejam realizados. Estranho, com toda essa capacidade, ter fracassado tão completamente como esposa e mãe.

Os olhos de Stephanie se encheram instantaneamente de indignação.

– O senhor não sabe nada sobre mim.

– Sei que a senhora e Lars não viviam juntos havia anos quando ele morreu. Sei que a senhora e ele divergiam em muitas coisas. Sei que a senhora e seu filho estavam afastados.

Um jorro de fúria coloriu as bochechas de Stephanie.

– Vá para o inferno.

Thorvaldsen pareceu não se abalar com o insulto.

– Você está errada, Stephanie.
– Em relação a quê?
– Muitas coisas. E está na hora de saber da verdade.

Roquefort encontrou a mansão exatamente onde a informação que ele havia requisitado indicava. Assim que ficou sabendo quem estava trabalhando com Peter Hansen para comprar o livro, seu tenente havia demorado apenas meia hora para montar um dossiê. Agora ele estava olhando a propriedade imponente do homem que comprara o livro – Henrik Thorvaldsen –, e tudo fazia sentido.

Thorvaldsen era um dos cidadãos mais ricos da Dinamarca, com raízes familiares remontando aos vikings. Seus domínios corporativos eram impressionantes. Além da Adelgate Glasvaerker, possuía participações em bancos ingleses, minas polonesas, fábricas alemãs e empresas de transporte na Europa. Num continente onde dinheiro antigo significava bilhões, Thorvaldsen estava no topo da maioria das listas de fortunas. Era um sujeito estranho, um introvertido que apenas raramente se aventurava fora de sua residência. Suas contribuições para a caridade eram lendárias, em especial para sobreviventes do holocausto, organizações anticomunistas e instituições médicas internacionais.

Tinha 62 anos e era íntimo da família real dinamarquesa, em especial da rainha. Sua mulher e o filho estavam mortos: a mulher, de câncer, o filho, de um tiro fazia mais de um ano enquanto trabalhava na embaixada dinamarquesa no México. O homem que havia dominado um dos matadores era um advogado-agente americano chamado Cotton Malone. Existia inclusive uma ligação com Lars Nelle, ainda que não favorável, já que Thorvaldsen era creditado como tendo feito alguns comentários públicos pouco lisonjeiros sobre a pesquisa de Nelle. Um incidente feio havia 15 anos na Bibliothèque Sainte-Genevieve em Paris, onde os dois haviam se envolvido em uma disputa aos gritos, fora amplamente divulgado na imprensa francesa. Tudo isso poderia explicar por que Henrik Thorvaldsen estivera interessado na oferta de Peter Hansen, mas não totalmente.

Ele precisava saber tudo.

O revigorante ar do oceano chicoteava o negro Øresund e a chuva havia se transformado em névoa. Dois de seus acólitos estavam ao lado. Os outros dois esperavam no carro, estacionado mais além da propriedade, com a cabeça tonta pela droga que lhes fora injetada. Roquefort continuava confuso com a interferência. Não sentira ninguém vigiando-o durante todo o dia, mas alguém seguira discretamente seus movimentos. Alguém com sofisticação para usar dardos tranquilizantes.

Mas uma coisa de cada vez. Caminhou pelo pátio até uma cerca viva diante da casa elegante. Havia luzes acesas numa sala do térreo que, durante o dia, teria uma vista espetacular do oceano. Ele não havia percebido guardas, cães ou um sistema de alarme. Curioso, mas não surpreendente.

Aproximou-se da janela iluminada. Havia notado um carro estacionado na entrada e imaginou se sua sorte estaria para mudar. Espiou com cuidado e viu Stephanie Nelle e Cotton Malone conversando com um homem mais velho.

Sorriu. Sua sorte estava mudando mesmo.

Fez um gesto, e um dos seus homens pegou uma pequena bolsa de náilon. Abriu-a e tirou um microfone. Fixou cuidadosamente a borracha de sucção no canto do vidro úmido da janela. Agora o receptor de última geração dentro da bolsa de náilon poderia ouvir cada palavra.

Enfiou um microfone minúsculo no ouvido.

Antes de matá-los, precisava escutar.

– Por que não se senta? – perguntou Thorvaldsen.

– Muita gentileza sua, *Herr* Thorvaldsen, mas prefiro continuar de pé – deixou claro Stephanie, com desprezo na voz.

Thorvaldsen estendeu a mão para o café e encheu sua xícara.

— Sugiro que me chame de qualquer coisa, menos de *herr*. — Ele pousou o samovar. — Detesto qualquer coisa ao menos remotamente alemã.

Malone ficou observando enquanto Stephanie assumia o comando. Sem dúvida, se ele era uma "pessoa de interesse" nos dossiês do Setor, ela sabia que o avô, os tios, as tias e os primos de Thorvaldsen haviam sido vítimas da ocupação nazista na Dinamarca. Mesmo assim, esperou que ela retaliasse, mas em vez disso o rosto de Stephanie se suavizou.

— Henrik, então.

Thorvaldsen pôs um cubo de açúcar na xícara.

— Seu jeito jocoso é bem conhecido. — Ele mexeu o café. — Há muito tempo aprendi que todas as coisas podem ser resolvidas com uma xícara de café. Uma pessoa conta mais sobre a vida particular depois de uma boa xícara de café do que depois de uma garrafa de champanhe ou de vinho do Porto.

Malone sabia que Thorvaldsen gostava de colocar o ouvinte à vontade com bobagens enquanto avaliava a situação. O velho tomou um gole da xícara fumegante.

— Como disse, Stephanie, está na hora de você saber a verdade.

Ela se aproximou da mesa e sentou-se diante de Malone.

— Então, por favor, destrua todas as minhas ideias preconcebidas a seu respeito.

— E quais seriam elas?

— Eu poderia falar durante um bom tempo. Aqui vão os pontos principais. Há três anos, você foi ligado a uma organização de roubo de obras de arte que tem conexões com israelenses radicais. No ano passado, interferiu nas eleições nacionais da Alemanha, dando dinheiro ilegalmente a certos candidatos. Mas, por algum motivo, tanto os alemães quanto os israelenses optaram por não processá-lo.

Thorvaldsen fez um gesto de confirmação impaciente.

— Sou culpado das duas acusações. *As conexões com israelenses radicais*, como você diz, é com colonos que não acham que seus lares devam ser barganhados por um governo israelense corrupto. Para ajudar a causa deles, fornecemos verbas de árabes ricos que traficam arte roubada. Os itens eram simplesmente roubados de volta dos ladrões. Talvez seus dossiês observem que as obras foram devolvidas aos donos.

– Em troca de uma quantia.

– Que qualquer investigador particular de arte cobraria. Nós meramente canalizamos o dinheiro levantado para causas mais dignas. Vi uma certa justiça no ato. E quanto às eleições na Alemanha? Financiei vários candidatos que enfrentavam rígida oposição da direita radical. Com minha ajuda, todos venceram. Não vi motivo para permitir que o fascismo encontrasse um ponto de apoio. Você vê?

– O que você fez foi ilegal e causou uma enorme quantidade de problemas.

– O que fiz foi resolver um problema. O que é muito mais do que os americanos fizeram.

Stephanie não pareceu impressionada.

– Por que está metido nos meus negócios?

– Como isto é um negócio seu?

– Tem a ver com a obra do meu marido.

O rosto de Thorvaldsen se enrijeceu.

– Não me lembro de você ter tido qualquer interesse pelo trabalho de Lars enquanto ele era vivo.

Malone captou as palavras críticas: *não me lembro*. O que significava um alto nível de conhecimento passado em relação a Lars Nelle. De modo pouco característico, Stephanie parecia não estar ouvindo.

– Não pretendo discutir minha vida particular. Só diga por que comprou o livro esta noite.

– Peter Hansen me informou sobre seu interesse. Também disse que outro homem queria que você ficasse com o livro. Mas não antes de ele fazer uma cópia. Ele pagou a Hansen para garantir que isso acontecesse.

– Hansen disse quem era?

Thorvaldsen balançou a cabeça.

– Hansen está morto – disse Malone.

– Não me surpreende. – Nenhuma emoção tingia a voz de Thorvaldsen.

Malone contou o que havia acontecido.

– Hansen era ganancioso – disse o dinamarquês. – Achava que o livro tinha grande valor, por isso queria que eu o comprasse em segredo para poder oferecê-lo ao outro sujeito, cobrando um preço.

– O que você concordou em fazer, sendo o sujeito humanitário que é. – Aparentemente, Stephanie não ia lhe dar uma folga.

– Hansen e eu fizemos muitos negócios juntos. Ele me contou o que estava acontecendo e eu me ofereci para ajudar. Fiquei simplesmente preocupado com a hipótese de ele procurar outro para ser o comprador anônimo. Eu também queria que você ficasse com o livro, por isso concordei com os termos dele, mas não tinha intenção de entregar o livro a Hansen.

– Você não acredita honestamente...

– Como está o bolo? – perguntou Thorvaldsen.

Malone percebeu que o amigo tentava assumir o controle da conversa.

– Excelente – disse, de boca cheia.

– Vá direto ao assunto – exigiu Stephanie. – A tal verdade que preciso saber.

– Seu marido e eu éramos amigos próximos.

O rosto de Stephanie assumiu um tom de nojo.

– Lars nunca mencionou uma palavra disso a mim.

– Considerando o relacionamento tenso entre vocês, é compreensível. Mas, mesmo assim, como acontece na sua profissão, havia segredos na dele.

Malone terminou o bolo e ficou olhando Stephanie contemplar algo em que claramente não acreditava.

– Você é mentiroso – declarou ela finalmente.

– Posso mostrar correspondências que provarão o que estou dizendo. Lars e eu nos comunicávamos com frequência. Nosso esforço era colaborativo. Eu financiei sua pesquisa inicial e o ajudei em épocas difíceis. Paguei por sua casa em Rennes-le-Château. Compartilhava da paixão dele e fiquei feliz em ajudá-lo.

– Que paixão? – perguntou ela.

Thorvaldsen avaliou-a com um olhar fixo.

– Você sabe tão pouco sobre ele! Seu arrependimento deve atormentá-la demais!

– Não preciso de análise.

– É mesmo? Veio à Dinamarca comprar um livro do qual não sabe nada, que tem a ver com a obra de um homem morto há mais de uma década. E não tem arrependimentos?

– Seu escroto hipócrita. Eu quero aquele livro.

– Primeiro deve escutar o que tenho a dizer.

– Depressa.

– O primeiro livro de Lars foi um sucesso retumbante. Vários milhões de exemplares em todo o mundo, mas vendeu apenas modestamente nos Estados Unidos. Os próximos não foram tão bem recebidos, mas venderam. O bastante para financiar as aventuras dele. Lars achava que um ponto de vista oposto poderia ajudar a popularizar a lenda de Rennes. Por isso financiei vários autores que escreveram livros criticando Lars, livros que analisavam suas conclusões sobre Rennes e apontavam falácias. Um livro levava a outro e mais outro. Alguns bons, alguns ruins. Eu mesmo fiz algumas observações públicas muito pouco lisonjeiras uma vez sobre Lars. E logo, como ele queria, um gênero havia nascido.

Os olhos dela estavam em chamas.

– Você é doido?

– A controvérsia gera publicidade. E Lars não estava escrevendo para um público de massa, por isso precisava gerar sua própria publicidade. Mas, depois de um tempo, a coisa assumiu vida própria. Rennes-le-Château é bastante popular. Foram feitos especiais de televisão, revistas foram dedicadas ao lugar, a internet está apinhada de sites dedicados somente aos seus mistérios. O turismo é o principal ganha-pão da área. Graças a Lars, a cidade em si agora se tornou uma indústria.

Malone sabia que existiam centenas de livros falando de Rennes. Várias prateleiras de sua loja estavam cheias de volumes reciclados. Mas precisava saber.

– Henrik, duas pessoas morreram hoje. Uma saltou da torre Redonda e cortou a garganta enquanto caía. A outra foi jogada por uma janela. Isto não é uma expedição de relações-públicas.

– Eu diria que hoje, na torre Redonda, você esteve cara a cara com um irmão dos cavaleiros templários.

– Normalmente, eu diria que *você* está doido, mas o homem gritou algo antes de pular. *Beauseant*.

Thorvaldsen assentiu.

– O grito de batalha dos templários. Essa palavra gritada por uma massa de cavaleiros atacando bastava para provocar medo absoluto no inimigo.

Malone lembrou-se do que havia lido no livro mais cedo.

– Os templários foram erradicados em 1307. Não há mais cavaleiros.

– Não é verdade, Cotton. Foi feita uma tentativa de erradicá-los, mas o papa voltou atrás. O Pergaminho de Chinon absolve os templários de todas as heresias. Clemente V emitiu essa bula, em segredo, em 1308. Muitos achavam que o documento foi perdido quando Napoleão saqueou o Vaticano, mas recentemente ele foi encontrado. Não. Lars acreditava que a Ordem ainda existia, e eu também acredito.

– Havia um monte de referências aos templários nos livros de Lars – disse Malone. – Mas não me lembro de ele ter escrito que eles ainda existiam.

Thorvaldsen assentiu.

– Isso era intencional da parte de Lars. Eles eram, e são, uma grande contradição. Pobres por voto, mas ricos em bens e conhecimentos. Introspectivos, mas hábeis nos caminhos do mundo. Monges e guerreiros. O estereótipo de Hollywood e o verdadeiro templário são dois seres diferentes. Não se deixe ser levado pelo romance. Eles eram muito brutais.

Malone não se impressionou.

– Como sobreviveram durante setecentos anos sem que ninguém soubesse?

– Como um inseto ou um mamífero vive na selva sem que ninguém saiba que ele existe? No entanto, espécies são catalogadas todos os dias.

Bom argumento, pensou Malone, mas ainda não estava convencido.

– Então, de que se trata tudo isso?

Thorvaldsen recostou-se na cadeira.

– Lars estava procurando o tesouro dos cavaleiros templários.

– Que tesouro?

– No início de seu reinado, Felipe IV desvalorizou a moeda francesa como um modo de estimular a economia. O ato foi tão impopular que uma turba veio matá-lo. Ele fugiu de seu palácio para o templo de Paris e pediu proteção aos templários. Foi então que viu pela primeira vez a riqueza da Ordem. Anos depois, quando estava desesperado por verbas, traçou um plano para condenar a Ordem por heresia. Lembrem-se: qualquer coisa que um herege possuísse se tornava propriedade do Estado. No entanto, depois das prisões de 1307, Felipe descobriu que não somente o cofre de Paris, mas todos os outros cofres nos templos da França estavam vazios. Nem um grama da fortuna dos templários foi encontrado.

– E Lars achava que o tesouro estaria em Rennes-le-Château? – perguntou Malone.

– Não necessariamente lá, mas em algum lugar do Languedoc. Há pistas suficientes levando a essa conclusão. Mas os templários tornaram difícil a localização do tesouro.

– Então, o que o livro que você comprou esta noite tem a ver com isso?

– Eugène Stüblein era prefeito de Fa, um povoado perto de Rennes. Era muito culto, músico e astrônomo amador. Primeiro produziu um livro de viagens sobre a região, depois escreveu *Pierres Gravées du Languedoc*. Pedras Gravadas do Languedoc. Um volume incomum que descreve lápides tumulares em Rennes e ao redor. Um interesse estranho, admito, mas não muito raro: o sul da França é conhecido por seus túmulos singulares. No livro há o desenho de uma lápide que atraiu o olhar de Stüblein. Esse desenho é importante porque a lápide não existe mais.

– Eu poderia ver do quê você está falando? – perguntou Malone.

Thorvaldsen levantou-se da cadeira e andou com dificuldade até uma mesa lateral. Voltou com o livro do leilão.

– Entregue há uma hora.

Malone abriu numa página marcada e examinou o desenho.

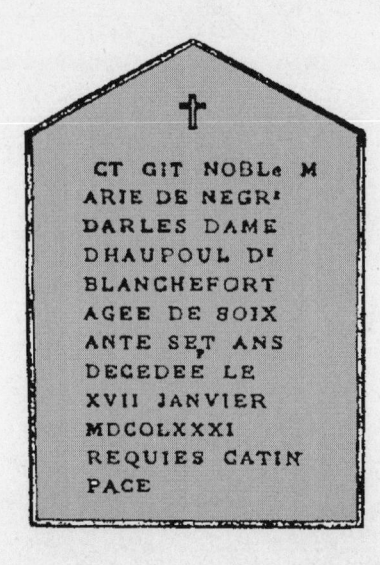

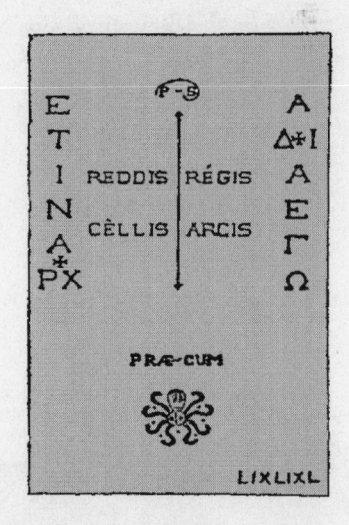

```
CT GIT NOBLe M
ARIE DE NEGRI
DARLES DAME
DHAUPOUL Dᴱ
BLANCHEFORT
AGEE DE SOIX
ANTE SEPT ANS
DECEDEE LE
XVII JANVIER
MDCOLXXXI
REQUIES CATIN
PACE
```

```
E           A
T           Δ⳨I
I  REDDIS  RÉGIS  A
N           E
A  CELLIS  ARCIS  Γ
PX          Ω

       PRÆ-CUM

           LIXLIXL
```

– Presumindo que o desenho de Stüblein seja acurado, Lars acreditava que a lápide era uma pista que apontava o caminho para o tesouro. Lars procurou esse livro durante muitos anos. Deveria haver um em Paris, já que a Bibliothèque Nationale mantém um exemplar de tudo que é publicado na França. Mas, mesmo estando catalogado, não há qualquer exemplar.

– Lars era o único que sabia sobre esse livro? – perguntou Malone.

– Não faço ideia. A maioria acredita que o livro não existe.

– Onde este foi encontrado?

– Falei com a casa de leilões. Um engenheiro ferroviário que construiu a linha que vai de Carcassonne, no sul, até os Pirineus era o dono. O engenheiro se aposentou em 1927 e morreu em 1946. O livro estava entre as posses de sua filha quando ela faleceu recentemente. O neto o ofereceu em leilão. O engenheiro era interessado no Languedoc, em especial em Rennes, e mantinha uma relação de cópias de lápides.

Malone não ficou satisfeito.

– Então, quem alertou Stephanie para o leilão?

– Bom, essa é a pergunta da noite.

Malone virou-se para Stephanie.

– No hotel, você disse que junto com o diário veio um bilhete. Você está com ele?

Ela enfiou a mão na bolsa e pegou um velho caderno com capa de couro. Enfiada nas páginas havia uma folha de papel cinza-amarelado. Entregou-a a Malone e ele leu a mensagem em francês.

No dia 22 de junho, em Roskilde, um exemplar de Pierres Gravées du Languedoc *será oferecido em leilão. Seu marido procurava esse volume. Eis uma oportunidade para a senhora ter sucesso onde ele fracassou. Le bon Dieu soit loué.*

Malone traduziu em silêncio a última frase. Deus seja louvado. Olhou para Stephanie do outro lado da mesa.

— De onde você acha que veio o bilhete?

— De algum colega de Lars. Só achei que um dos velhos amigos dele queria que eu ficasse com o diário e pensou que eu me interessaria pelo livro.

— Depois de 11 anos?

— Concordo que parece estranho. Mas há três semanas não dei muita importância. Como disse antes, sempre acreditei que as buscas de Lars eram inofensivas.

— Então, por que veio? — perguntou Thorvaldsen.

— Como você diz, Henrik, eu tenho arrependimentos.

— E não quero piorá-los. Não conheço você, mas conhecia Lars. Ele era um bom homem e sua busca, como você diz, era inofensiva. Mas mesmo assim era importante. Sua morte me entristeceu. Sempre questionei se teria sido suicídio.

— Eu também — disse ela num sussurro. — Tentei pôr a culpa em toda parte, para racionalizá-la, mas por dentro nunca aceitei que Lars tenha se suicidado.

— O que explica, mais do que tudo, por que você está aqui — disse Henrik.

Malone podia ver que Stephanie estava desconfortável, por isso ofereceu uma saída para as emoções dela.

— Posso ver o diário?

Ela entregou o caderno e ele folheou as cerca de cem páginas, vendo um monte de números, desenhos, símbolos e páginas de texto escrito à mão. Em seguida, examinou a encadernação com o olhar treinado de bibliófilo e algo atraiu sua atenção.

— Há páginas faltando.

— Como assim?

Ele mostrou a borda de cima.

– Olhe aqui. Veja esses espaços minúsculos. – E abriu o caderno num deles. Apenas uma tira finíssima do papel original permanecia, grudado à encadernação. – Cortada com gilete. Eu fico atento a isso o tempo todo. Nada destrói mais o valor de um livro do que páginas faltando. – Ele examinou de novo a parte de cima e a de baixo e determinou que oito páginas haviam sumido.

– Nunca notei – disse ela.

– Você deixou de ver muita coisa.

Um rubor intenso surgiu no rosto dela.

– Estou disposta a admitir que fiz besteira.

– Cotton – disse Thorvaldsen. – Toda essa situação pode significar muito mais. Os arquivos dos templários poderiam muito bem fazer parte de alguma descoberta. Os arquivos originais da Ordem eram mantidos em Jerusalém, depois foram transferidos para Acre e finalmente para Chipre. Segundo a história, depois de 1312, os arquivos passaram aos cavaleiros hospitalários, mas não há prova de que isso tenha acontecido. De 1307 a 1314, Felipe IV procurou os arquivos, mas não encontrou nada. Muitos dizem que a reserva era uma das maiores coleções do mundo medieval. Imagine o que significaria encontrar esses escritos.

– Poderia ser a maior descoberta de livros jamais feita.

– Manuscritos que ninguém vê desde o século XIV, muitos certamente desconhecidos para nós. A perspectiva de encontrar algo assim, ainda que remota, vale a pena ser explorada.

Malone concordou.

Thorvaldsen virou-se para Stephanie.

– Que tal uma trégua? Pelo Lars. Tenho certeza de que sua agência trabalha com muitas "pessoas de interesse" para alcançar um objetivo mutuamente benéfico. Que tal fazermos isso agora?

– Quero ver as tais cartas trocadas entre você e Lars.

Ele assentiu.

– Pode levá-las.

O olhar de Stephanie captou o de Malone.

– Você está certo, Cotton, realmente preciso de ajuda. Desculpe meu tom de antes. Achei que poderia fazer isso sozinha. Mas já que agora somos todos colegas escrotos, vamos você e eu à França ver o que há na casa de Lars. Não vou lá há algum tempo. Também há algumas pessoas em Rennes-le-Château com quem podemos falar. Pessoas que trabalhavam com Lars. E partimos daí.

– Seus perseguidores também podem ir – disse ele.

Ela sorriu.

– Por sorte, tenho você.

– Eu gostaria de ir – disse Thorvaldsen.

Malone ficou surpreso. Henrik raramente saída da Dinamarca.

– E qual seria o objetivo de nos brindar com sua companhia?

– Sei um bocado sobre o que Lars procurava. Esse conhecimento pode ser útil.

Malone deu de ombros.

– Por mim, tudo bem.

– Certo, Henrik – disse Stephanie. – Vou nos dar tempo para nos conhecermos. Aparentemente, como você diz, tenho algumas coisas para aprender.

– Como todos nós, Stephanie. Como todos nós.

Roquefort lutava para se conter. Agora suas suspeitas eram confirmadas. Stephanie Nelle estava na trilha que seu marido havia aberto. Além disso, era a guardiã do caderno do marido, junto com um exemplar de *Pierres Gravées du Languedoc*, talvez o único que ainda existia. Esse era o negócio com Lars Nelle. Ele era bom. Bom demais. E agora a viúva tinha suas pistas. Roquefort havia cometido um erro ao confiar em Peter Hansen. Mas na época a abordagem parecera correta. Não cometeria esse erro de novo. Muita coisa dependia do resultado para confiar qualquer aspecto a outro estranho.

Continuou ouvindo enquanto eles finalizavam o que fariam assim que chegassem a Rennes-le-Château. Malone e Stephanie iriam para lá no dia seguinte. Thorvaldsen chegaria alguns dias depois. Quando tinha ouvido o suficiente, Roquefort soltou o microfone da janela e se afastou com os dois colegas para a segurança de um bosque fechado.

Não haveria mais mortes esta noite.

Há páginas faltando.

Ele precisaria dessa informação que faltava no diário de Lars Nelle. A pessoa que enviara o caderno havia sido esperta. Dividir o espólio impedia atos violentos. Sem dúvida havia mais coisas nesse intricado quebra-cabeça do que ele sabia – e Roquefort estava brincando de pique.

Mas não fazia mal. Assim que todos os jogadores estivessem na França, ele cuidaria deles com facilidade.

SEGUNDA PARTE

QUINZE

ABADIA DES FONTAINES
8H

O senescal parou diante do altar e olhou para o caixão de carvalho. Os irmãos estavam entrando na capela, marchando em ordem solene, com as vozes sonoras cantando em uníssono. A melodia era antiga, entoada no funeral de cada mestre desde o Início. A letra em latim falava de perda, tristeza e pesar. A renovação só seria discutida mais tarde naquele dia, quando o conclave se reuniria para escolher um sucessor. A Regra era clara. Dois sóis não poderiam se pôr sem um mestre e, como senescal, ele deveria garantir que a Regra fosse mantida.

Ficou olhando enquanto os irmãos terminavam de entrar e se posicionavam diante dos bancos de carvalho polido. Cada homem usava uma batina simples de tecido rústico castanho-avermelhado, com um capuz escondendo a cabeça, apenas as mãos visíveis, cruzadas em oração.

A igreja era formada como uma cruz latina com uma única nave e dois corredores. Pouca decoração existia, nada para distrair a mente do pensamento nos mistérios celestiais, mas mesmo assim era majestosa, com os capitéis e colunas projetando uma energia impressionante. Os irmãos haviam se reunido ali pela primeira vez depois do Expurgo de 1307 – os que haviam conseguido escapar de Felipe IV, retirando-se para o campo e migrando às escondidas para o sul. Acabaram se reunindo ali, seguros numa fortaleza de montanha, e se dissolveram no tecido da sociedade religiosa, planejando, criando compromissos, sempre lembrando.

Fechou os olhos e deixou que a música o preenchesse. Nenhum acompanhamento tilintante, nenhum órgão, nada. Só a voz humana, crescendo e se partindo. O senescal absorvia força da melodia e se preparava para as horas adiante.

O canto parou. Ele permitiu que se passasse um minuto de silêncio, depois se aproximou do caixão.

– Nosso muito exaltado e reverente mestre deixou esta vida. Governou esta ordem com sabedoria e justiça, seguindo a Regra, por 28 anos. Agora um lugar é aberto para ele nas Crônicas.

Um homem empurrou o capuz para trás.

– Isso eu questiono.

Um tremor percorreu o senescal. A Regra permitia a qualquer irmão o direito de questionar. Ele esperava uma batalha para mais tarde, no conclave, mas não durante o funeral. O senescal se virou para a primeira fila de bancos e encarou o homem que falava.

Raymond de Roquefort.

Um sujeito atarracado, com rosto inexpressivo e personalidade que sempre deixara o senescal cheio de cautela, era irmão havia trinta anos e tinha subido ao posto de marechal, o que o colocava em terceiro lugar na cadeia de comando. No Início, fazia séculos, o marechal era o comandante militar da Ordem, líder dos cavaleiros em batalha. Agora era ministro da segurança, encarregado de garantir que a Ordem permanecesse inviolável. Roquefort mantinha esse posto havia quase duas décadas. Ele e os irmãos que trabalhavam sob seu comando tinham o privilégio de entrar e sair da abadia à vontade, sem prestar contas a ninguém além do mestre, e o marechal não fazia segredo do desprezo que sentia pelo superior agora morto.

– Expresse seu questionamento – disse o senescal.

– Nosso falecido mestre enfraqueceu esta Ordem. Sua política carecia de coragem. Chegou a hora de ir numa direção diferente.

As palavras de Roquefort não tinham qualquer sugestão de emoção, e o senescal sabia como o marechal era capaz de vestir coisas erradas com linguagem eloquente. Roquefort era um fanático. Homens como ele haviam mantido a Ordem forte durante séculos, mas por muitas vezes o mestre havia dito que a utilidade deles estava acabando. Outros discordavam, e duas facções haviam emergido – Roquefort comandandou uma; e o mestre, a outra. A maioria dos irmãos havia mantido sua escolha em particular, segundo os costumes da Ordem. Mas o interregno era o momento de debate. A livre discussão era o modo de o coletivo decidir que caminho seguir.

– Este é o âmbito de seu questionamento? – perguntou o senescal.

– Por tempo demais os irmãos foram excluídos do processo de decisão. Não fomos consultados e o conselho que oferecíamos não era considerado.

– Isto não é uma democracia – disse o senescal.

– Nem eu desejaria que fosse. Mas é uma irmandade. Uma irmandade baseada em necessidades comuns e objetivos comunitários. Cada um de nós entregou sua vida e suas posses. Não merecemos ser ignorados.

A voz de Roquefort tinha um efeito calculado e de esvaziamento. O senescal notou que nenhum dos outros abalou a solenidade do questionamento e, por um instante, a santidade que durante tanto tempo havia pairado na capela pareceu manchada. Sentiu-se rodeado de homens com mente e objetivo diferentes. Uma palavra ficava ressoando em seu pensamento.

Revolta.

– O que você gostaria que fizéssemos? – perguntou o senescal.

– Nosso mestre não merece o respeito de sempre.

Ele permaneceu rígido e fez a inquirição necessária.
– Você quer uma votação?
– Quero.

A Regra exigia uma votação, quando solicitada, sobre todas as questões durante o interregno. Sem mestre, eles governavam como um todo. Para os irmãos restantes, cujos rostos ele não podia ver, o senescal disse:

– Levantem as mãos os que desejam negar ao nosso mestre seu lugar de direito nas Crônicas.

Alguns braços se levantaram imediatamente. Outros hesitaram. O senescal lhes deu os dois minutos inteiros que a Regra exigia para tomarem a decisão. Em seguida contou.

Duzentos e noventa e um braços apontavam para o céu.

– Mais do que os setenta por cento exigidos a favor do questionamento. – Ele conteve a raiva. – Nosso mestre será negado nas Crônicas. – O senescal não podia acreditar que havia dito essas palavras. Que seu velho amigo o perdoasse. Afastou-se do caixão, recuando para o altar. – Como vocês não têm respeito pelo nosso líder que partiu, estão dispensados. Para os que desejarem participar, seguirei para o Salão dos Pais dentro de uma hora.

Os irmãos saíram em silêncio até que restou apenas Roquefort. O francês se aproximou do caixão. A confiança aparecia em seu rosto áspero.

– É o preço que ele paga pela covardia.

Não havia mais necessidade de manter as aparências.

– Você vai se arrepender do que fez.
– O pupilo se considera mestre? Estou ansioso pelo conclave.
– Você vai nos destruir.
– Vou nos ressuscitar. O mundo precisa saber da verdade. O que aconteceu há tantos séculos estava errado, e está na hora de consertar o erro.

O senescal não discordava dessa conclusão, mas havia outra questão.

– Não havia necessidade de profanar um bom homem.

– Bom para quem? Você? Eu era tratado com desprezo.

– O que é muito mais do que você merecia.

Um sorriso sério se espalhou pelo rosto pálido de Roquefort.

– Seu protetor não existe mais. Agora somos apenas você e eu.

– Estou ansioso pela batalha.

– Eu também. – Roquefort fez uma pausa. – Trinta por cento da irmandade não me apoia, por isso deixarei que você e eles se despeçam de nosso mestre.

O inimigo se virou e saiu da capela. O senescal esperou até que as portas estivessem fechadas, depois colocou a mão trêmula no caixão. Uma teia de ódio, traição e fanatismo estava se fechando ao redor. Ouviu de novo as palavras que disse ao mestre na véspera.

Respeito o poder dos nossos adversários.

Ele havia acabado de lutar com o adversário e perdera.

O que não era bom sinal para as próximas horas.

DEZESSEIS

RENNES-LE-CHÂTEAU, FRANÇA
11H30

Malone virou o carro alugado para o leste, saindo da autoestrada principal, perto de Couiza, e começou a subir uma encosta sinuosa. A estrada oferecia paisagens estonteantes de colinas castanhas, cheias de estevas, lavanda e tomilho, típicos do verão. As altas ruínas de uma fortaleza, com as paredes queimadas erguendo-se como dedos descarnados, erguiam-se a distância. A terra, até onde a vista alcançava, exsudava o romance da história de quando cavaleiros atacavam descendo como águias das alturas fortificadas para destroçar o inimigo.

Ele e Stephanie haviam saído de Copenhague por volta das quatro da madrugada e ido de avião até Paris, onde pegaram a primeira ponte aérea do dia, da Air France, até Toulouse. Uma hora depois, estavam no chão e viajando de carro para o sudeste, entrando na região conhecida como o Languedoc.

No caminho, Stephanie contou sobre o povoado que ficava a 450 metros de altura no topo da montanha árida que eles estavam subindo. Os gauleses haviam sido os primeiros a habitar o topo do monte, atraídos pela perspectiva de enxergar a quilômetros de distância sobre o amplo vale do rio Aude. Mas foram os visigodos, no século V, que construíram uma cidadela e adotaram o antigo nome celta para o local

– Rhedae, que significava "carruagem" –, depois transformando-o num centro de comércio. Duzentos anos depois, quando os visigodos foram expulsos para o sul até a Espanha, os francos converteram Rhedae numa cidade régia. Mas, no século XIII, o status da cidade havia declinado, e na época da cruzada dos albigenses ela foi devastada. A propriedade passou para várias casas ricas da França e da Espanha e acabou ficando com um dos tenentes de Simon de Montfort, que fundou um baronato. A família construiu um castelo, ao redor do qual brotou um povoado minúsculo, e o nome depois mudou de Rhedae para Rennes-le-Château. Os descendentes governaram a região e a cidade até 1781, quando a última herdeira, Marie d'Hautpoul de Blanchefort, morreu.

– Dizem que antes da morte ela revelou um grande segredo – disse Stephanie. – Um segredo que sua família manteve por séculos. Marie não tinha filhos e o marido morreu antes, de modo que, como não restava ninguém, ela contou o segredo ao seu confessor, o abade Antoine Bigou, que era pároco de Rennes.

Agora, enquanto olhava adiante para a última curva na estrada estreita, Malone imaginou como devia ter sido viver num local tão remoto. Os vales isolados formavam um abrigo perfeito para fugitivos e peregrinos inquietos. Era fácil ver por que a região havia se tornado um parque temático para a imaginação, uma meca para os fanáticos por mistérios e gente da nova era, um local onde escritores com visão única podiam forjar uma reputação.

Como Lars Nelle.

A cidade apareceu. Malone diminuiu a velocidade do carro e passou por um portão emoldurado por colunas de calcário. Um cartaz alertava FOUILLES INTERDITES. Proibido escavar.

– Eles tiveram de pôr um cartaz sobre escavações? – perguntou ele.

Stephanie assentiu.

– Havia anos as pessoas reviravam a terra em cada canto, à procura de tesouros. Até mesmo dinamitando. Teve de ser regulamentado.

A luz do dia ia se esvaindo do outro lado do portão da cidade. As construções de calcário eram apertadas, como livros numa estante, muitas com telhado íngreme, portas grossas e varandas de ferro enferrujado. Uma *grand rue* estreita e calçada de pedras serpenteava por uma encosta pequena. Pessoas com mochilas e Guias Verdes Michelin se mantinham junto às paredes dos dois lados, desfilando em fila única para um lado e para o outro. Malone viu algumas lojas, uma livraria e um restaurante. Becos partiam da rua principal até agrupamentos de construções, mas não muitos. Toda a cidade tinha menos de 500 metros de largura.

– Apenas umas cem pessoas moram aqui em tempo integral – disse Stephanie. – Mas 50 mil a visitam a cada ano.

– Lars provocou um tremendo efeito.

– Mais do que eu havia percebido.

Ela apontou adiante e indicou que ele virasse à esquerda. Passaram por quiosques que vendiam rosários, medalhas, imagens e lembranças para mais visitantes com máquinas fotográficas.

– Eles vêm em ônibus lotados – disse ela. – Querendo acreditar no impossível.

Depois de subir outra ladeira, ele parou o Peugeot num estacionamento de areia. Já havia dois ônibus ali, com os motoristas fumando por perto. Uma torre de água erguia-se de um dos lados, com as pedras antigas adornadas com um emblema do zodíaco.

– As multidões chegam cedo – disse Stephanie enquanto desciam do carro. – Vêm ver o *domaine d'Abbé Saunière*. O domínio do padre: o que ele construiu com todo o tesouro que supostamente encontrou.

Malone aproximou-se de um muro de pedras da altura do peito. O panorama abaixo, uma colcha de retalhos de campos cultivados, florestas, vale e rochas, se estendia por quilômetros. As colinas verde-prata eram pintalgadas por castanheiras e carvalhos. Ele se orientou. O grande volume dos Pirineus cobertos de neve bloqueava o horizonte sul. Um vento forte uivava chegando do oeste, felizmente aquecido pelo sol de verão.

Olhou à direita. A cem metros de distância, a torre neogótica, com o telhado cercado de ameias e a torrinha redonda, havia enfeitado a capa de muitos livros e brochuras de turismo. Ficava na beira de um penhasco, séria e desafiadora, aparentemente grudada à rocha. Um longo mirante se estendia do lado mais distante e circulava retornando na direção de uma estufa de ferro, depois para outro aglomerado de antigas construções de pedra, cada uma encimada por telhados de cor laranja. Pessoas andavam de um lado para o outro sobre as fortificações, segurando máquinas fotográficas, admirando os vales abaixo.

– É a torre Magdala. Uma tremenda vista, não é? – perguntou Stephanie.

– Parece deslocada.

– É o que eu sempre achei também.

À direita da Magdala erguia-se um jardim que levava a uma compacta construção em estilo renascentista que também parecia ser de outro local.

– A vila Betânia – disse ela. – Saunière a construiu também.

Ele pensou no nome. Betânia.

– Isso é bíblico. Fica na Terra Santa. Significa "casa com resposta".

Ela assentiu.

– Saunière era esperto com os nomes. – E apontou para mais construções atrás deles. – A casa de Lars fica naquele beco. Antes de irmos para lá, tenho de fazer uma pergunta. Enquanto caminhamos, deixe-me contar o que aconteceu aqui em 1891. Li sobre isso na semana passada. O que tirou este local da obscuridade.

O abade Bérenger Saunière pensou na tarefa desafiadora à frente. A Igreja de Maria Madalena fora construída sobre ruínas dos visigodos e consagrada em 1059. Agora, oito séculos depois, o interior estava em ruínas, graças a um teto que vazava como se não estivesse ali. As paredes estavam desmoronando, os alicerces se esvaindo. Seriam necessários paciência e energia para consertar os danos, mas ele achou que estava à altura da tarefa.

Era um homem rude, musculoso, de ombros largos, com cabelos pretos bem curtos. Sua única característica atraente, que ele usava em vantagem própria, era a covinha no queixo. Dava um ar extravagante à expressão rígida dos olhos pretos e das sobrancelhas grossas. Nascido e criado a poucos quilômetros dali, no povoado de Montazels, conhecia bem a geografia de Corbières. Desde a infância conhecia bem Rennes-le-Château. Sua igreja, dedicada a Santa Maria Madalena, tivera uso limitado durante décadas, e ele jamais imaginara que um dia seus muitos problemas seriam dele.

— Uma bagunça – disse-lhe o homem conhecido como Rousset.

Ele olhou para o pedreiro.

— Concordo.

Outro pedreiro, Babou, estava ocupado escorando uma parede. O arquiteto do estado na região havia recomendado recentemente que o prédio fosse demolido, mas Saunière jamais permitiria que isso acontecesse. Algo na velha igreja exigia que fosse salva.

— Será preciso muito dinheiro para completar os reparos – disse Rousset.

— Uma quantidade enorme de dinheiro. – Saunière acrescentou um sorriso para que o sujeito mais velho soubesse que ele entendia o desafio. – Mas tornaremos esta casa digna do Senhor.

O que não disse era que já havia conseguido uma boa quantidade de verbas. O legado de um de seus predecessores deixara 600 francos especialmente para consertos. Também conseguira convencer o conselho municipal a lhe emprestar mais 1.400

francos. Mas o grosso do dinheiro viera em segredo havia cinco anos. Três mil francos haviam sido doados pela condessa de Chambord, viúva de Henri, o último Bourbon que reivindicava o falecido trono da França. Na época, Saunière havia conseguido atrair muita atenção com sermões antirrepublicanos, sermões que agitaram os sentimentos monarquistas de seus paroquianos. O governo não gostou dos comentários, retirando-lhe o estipêndio anual e exigindo que ele fosse demitido. Em vez disso, o bispo o suspendeu por nove meses, mas seus atos atraíram a atenção da condessa, que fez contato através de um intermediário.

– Por onde começamos? – perguntou Rousset.

Ele havia pensado muito nisso. Os vitrais já haviam sido substituídos, e um novo pórtico, do lado de fora da entrada principal, seria terminado em breve. Certamente a parede norte, onde Babou estava trabalhando, devia ser consertada, um novo púlpito precisaria ser instalado, e o teto, substituído. Mas ele sabia por onde deveriam começar.

– Começaremos com o altar.

Uma expressão curiosa surgiu no rosto de Rousset.

– O foco do povo está ali – disse Saunière.

– Como quiser, abade.

Ele gostava do respeito que os paroquianos mais velhos lhe demonstravam, mesmo tendo apenas 38 anos. Nos últimos cinco, passara a gostar de Rennes. Estava perto de casa, com oportunidades suficientes para estudar as Escrituras e aperfeiçoar o latim, o grego e o hebraico. Também gostava de caminhar pelas montanhas, pescar e caçar. Mas havia chegado a hora de fazer algo construtivo.

Aproximou-se do altar.

O tampo era de mármore branco manchado de água que havia chovido durante séculos através do teto poroso. A laje era sustentada por duas colunas ornamentadas, com o exterior adornado por cruzes visigodas e letras gregas.

– Vamos substituir o tampo e as colunas – declarou.

– Como, abade? – perguntou Rousset. – Não podemos levantar isso.

Ele apontou para onde Babou estava.

– Use a marreta. Não precisa ter delicadeza.

Babou trouxe a ferramenta pesada e examinou a tarefa. Então, com um movimento grande, levantou a ferramenta e baixou-a com força no centro do altar. O tampo grosso rachou, mas a pedra não cedeu.

– É sólida – disse Babou.

– De novo – ordenou Saunière com um floreio.

Outro golpe, e a pedra se despedaçou, as duas metades desmoronando uma sobre a outra, no meio das colunas ainda de pé.

– Termine – disse ele.

Os dois pedaços foram rapidamente transformados em muitos.

Abaixou-se.

– Vamos tirar tudo isso.

– Vamos, abade – disse Babou, pondo a marreta de lado. – O senhor empilha para nós.

Os dois homens pegaram grandes pedaços e foram em direção à porta.

– Levem para o cemitério e empilhem. Teremos utilidade para eles aí – gritou.

Quando os homens saíram, o abade notou que as duas colunas haviam resistido à demolição. Com a mão, limpou a poeira e o entulho do topo de uma delas. Na outra ainda havia um pedaço de calcário, e, quando jogou a pedra na pilha, notou embaixo, no topo da coluna, um buraco raso. Não era um espaço maior do que *a palma de sua mão, certamente destinado a segurar o pino de trava do tampo, mas dentro da cavidade viu um brilho.*

Abaixou-se e soprou cuidadosamente a poeira.

É, havia algo ali.

Um frasco de vidro.

Não era muito mais longo que seu dedo indicador e apenas ligeiramente mais grosso, com o tampo lacrado por cera vermelha. Olhou de perto e viu que o vidro continha um papel enrolado. Imaginou havia quanto tempo aquilo estaria ali. Não sabia de qualquer trabalho recente no altar, portanto devia ter sido escondido fazia muito tempo.

Tirou o objeto do esconderijo.

– Aquele frasco deu início a tudo – disse Stephanie.

Malone assentiu.

– Também li o livro de Lars. Mas achei que Saunière teria encontrado três pergaminhos na coluna, com algum tipo de mensagem em código.

Ela balançou a cabeça.

– Isso tudo faz parte do mito que outros acrescentaram à história. Sobre isso, Lars e eu conversamos. A maioria das falácias teve início nos anos 1950, espalhadas pelo dono de uma hospedaria em Rennes que queria gerar negócios. Uma mentira levou a outra. Lars jamais aceitou que aqueles pergaminhos fossem verdadeiros. O suposto texto foi publicado em incontáveis livros, mas ninguém jamais os viu.

– Então, por que ele escreveu sobre eles?

– Para vender livros. Sei que isso o incomodava, mas mesmo assim ele fazia. Sempre disse que qualquer riqueza que Saunière havia encontrado poderia ser rastreada a 1891 e ao que havia no frasco de vidro. Mas ele era o único que acreditava nisso. – Ela apontou para outra construção de pedra. – Aquele é o presbitério onde Saunière morava. Atualmente é um museu sobre ele. A coluna com o pequeno nicho está lá, para que todos vejam.

Passaram pelos quiosques apinhados e continuaram na rua de calçamento rústico.

– A igreja de Maria Madalena – disse ela, apontando para um prédio românico. – Já foi a capela dos condes do local. Agora, por alguns euros, você pode ver a grande criação do abade Saunière.

– Você não aprova?

Ela deu de ombros.

– Nunca aprovei. Esse era o problema.

À direita ele viu um castelo arruinado, com as paredes externas cor de lama banhadas pelo sol.

– Aquela é a propriedade Hautpoul – disse ela. – Foi perdida para o governo durante a Revolução e desde então ficou em péssimo estado.

Rodearam a extremidade mais distante da igreja e passaram por um portal de pedra que tinha o que parecia um crânio com tíbias cruzadas. Ele se lembrou, por causa do livro que havia lido na noite anterior, que o símbolo aparecia em muitas lápides dos templários.

A terra embaixo da entrada era coberta de pedregulhos. Malone sabia como os franceses chamavam aquele lugar. *Enclos paroissiaux*. Recinto paroquial. E o recinto parecia típico – um lado limitado por um muro baixo, o outro aninhado perto de uma igreja, tendo como entrada um arco triunfal. O cemitério abrigava uma profusão de túmulos, lápides e memoriais. Tributos florais cobriam algumas sepulturas, e muitas eram enfeitadas, de acordo com a tradição francesa, com fotografias dos mortos.

Stephanie foi até um dos monumentos, que não tinha flores nem imagens, e Malone deixou-a sozinha. Sabia que Lars Nelle era tão querido pelos moradores do local que haviam lhe dado o privilégio de ser enterrado no cemitério de sua querida igreja.

A lápide era simples e tinha apenas o nome, as datas e um epitáfio dizendo: MARIDO, PAI, ESTUDIOSO.

Malone chegou perto dela.

— Eles não hesitaram um segundo em enterrá-lo aqui — murmurou Stephanie.

Ele sabia o que ela queria dizer. Em solo sagrado.

— O prefeito da época disse que não havia provas conclusivas de que ele havia se suicidado. Ele e Lars eram íntimos, e o prefeito quis que o amigo fosse enterrado aqui.

— É o local perfeito — disse Malone.

Ela estava sofrendo, dava para ver, mas reconhecer sua dor seria visto como invasão de privacidade.

— Cometi um monte de erros com Lars — disse ela. — E a maioria acabou me custando meu relacionamento com Mark.

— O casamento é difícil. — O seu havia fracassado por causa do egoísmo também. — Assim como ser pai ou mãe.

— Sempre achei a paixão de Lars uma coisa idiota. Eu era uma advogada do governo, fazendo coisas importantes. Ele buscava o impossível.

— Então por que está aqui?

O olhar dela permaneceu na sepultura.

— Passei a perceber que devo a ele.

— Ou a si mesma?

Ela deu as costas para a sepultura.

— Talvez eu deva a nós dois.

Malone não respondeu.

Stephanie apontou para um canto distante.

— A amante de Saunière está enterrada ali.

Malone sabia sobre a amante a partir dos livros de Lars. Era 16 anos mais nova que Saunière, tinha apenas 18 quando largou o emprego como chapeleira e se tornou governanta do abade. Ficou a seu lado durante 31 anos, até a morte dele em 1917. Tudo que Saunière adquiriu acabou sendo posto no nome dela, inclusive todas as suas terras e contas bancárias, o que em seguida tornou impossível que alguém, inclusive a Igreja, as reivindicasse. Ela continuou morando em Rennes, vestindo roupas escuras e se comportando tão estranhamente como quando seu amante era vivo, até morrer em 1953.

– Ela era esquisita – disse Stephanie. – Fez uma declaração, muito depois de Saunière morrer, sobre como, com o que ele havia deixado, seria possível alimentar toda Rennes por cem anos, mas viveu na pobreza até o dia em que morreu.

– Alguém descobriu por quê?

– A única declaração dela foi: *não posso tocar naquilo*.

– Achei que você não sabia muito a esse respeito.

– Não sabia, até a semana passada. Os livros e o diário foram informativos. Lars passou muito tempo entrevistando os moradores do local.

– Parece que isso seria história de segunda ou terceira mão.

– Em relação a Saunière, é verdade. Ele estava morto havia muito tempo. Mas a amante viveu até os anos 1950, de modo que nos anos 1970 e 1980 ainda havia muita gente que a conhecia. Ela vendeu a vila Betânia em 1946 para um homem chamado Noël Corbu. Foi ele quem a transformou em hotel; o dono de hospedaria que inventou boa parte das informações falsas sobre Rennes. A amante prometeu contar a Corbu o grande segredo de Saunière, mas no fim da vida ela sofreu um derrame e não podia se comunicar.

Seguiram pelo terreno duro, com o cascalho fazendo barulho a cada passo.

– Saunière esteve enterrado aqui, também, mas o prefeito disse que a sepultura corria perigo com os caçadores de tesouros. – Ela balançou a cabeça. – Por isso, há alguns anos, exumaram o padre e o levaram para um mausoléu no jardim. Agora cobram três euros para quem quiser ver a sepultura... presumo que seja o preço da segurança de um cadáver.

Malone captou o sarcasmo.

Stephanie apontou para a sepultura.

– Lembro-me de ter vindo aqui uma vez, há anos. Quando Lars chegou, em fins dos anos 1960, apenas duas cruzes meio arruinadas marcavam as sepulturas, cobertas de mato. Ninguém cuidava delas. Ninguém se importava. Saunière e sua amante estavam totalmente esquecidos.

Uma corrente de ferro cercava o túmulo e flores novas brotavam de vasos de concreto. Malone notou o epitáfio numa das pedras, quase ilegível.

Aqui Jaz Bérenger Saunière
Pároco de Rennes-Le-Château
1853-1917
Morto em 22 de Janeiro de 1917 aos 64 Anos

– Li em algum lugar que a lápide estava frágil demais para ser movida – disse ela –, então a deixaram aqui. Mais coisas para os turistas verem.

Malone notou a lápide da amante.

– Ela também não era alvo para os oportunistas?

– Aparentemente não, já que a deixaram aqui.

– Não era um escândalo o relacionamento deles?

Stephanie deu de ombros.

– A fortuna que Saunière adquiriu foi distribuída. Lembra-se da torre de água no estacionamento? Ele a construiu para a cidade. Também pavimentou ruas, consertou casas, fez empréstimos para pessoas em dificuldade. Por isso perdoaram qualquer fraqueza que ele tivesse. E não era incomum na época que os padres tivessem governantas. Ou pelo menos foi o que Lars escreveu num dos seus livros.

Um grupo de visitantes ruidosos virou a esquina atrás deles e foi até a sepultura.

– Aí vêm eles para espiar – disse Stephanie, com um toque de desprezo na voz. – Imagino se agiriam assim onde moram, no cemitério em que seus entes queridos estão enterrados.

A multidão barulhenta chegou perto, e um guia turístico começou a falar sobre a amante. Stephanie recuou, e Malone foi atrás.

– Isso não passa de uma atração para eles – disse Stephanie em voz baixa. – O lugar onde o abade Saunière encontrou seu tesouro e supostamente decorou a igreja com mensagens que, de algum modo, mostram o caminho para a fortuna. Difícil imaginar que alguém engula esse tipo de merda.

– Não foi sobre isso que Lars escreveu?

– Até certo ponto. Mas pense bem, Cotton. Mesmo que o padre tenha encontrado um tesouro, por que deixaria o mapa para outros encontrarem? Ele construiu tudo isso durante seu tempo de vida. A última coisa que iria querer era que alguém usurpasse suas posses. – Ela balançou a cabeça. – Isso produz ótimos livros, mas não é real.

Malone ia perguntar mais quando notou o olhar dela indo até outro canto do cemitério, para além de uma escada de pedra que descia até a sombra de um carvalho que crescia acima de outras lápides. Nas sombras viu uma sepultura nova enfeitada com buquês coloridos e as letras prateadas da lápide brilhando contra o cinza áspero.

Stephanie desceu até lá, e ele foi atrás.

– Minha nossa – disse ela com o rosto preocupado.

Malone leu a lápide. ERNST SCOVILLE. Em seguida, fez a conta com as datas. O sujeito tinha 27 anos quando morreu.

Semana passada.

– Você o conhecia? – perguntou.

– Conversei com ele há três semanas. Logo depois de ter recebido o diário de Lars. – A atenção dela permaneceu fixa no túmulo. – Era uma daquelas pessoas que mencionei, que trabalhavam com Lars, e precisávamos falar com ele.

– Você lhe contou o que planejava fazer?
Ela assentiu devagar.
– Falei do leilão, do livro e que vinha à Europa.
Malone não podia acreditar no que estava escutando.
– Achei que ontem à noite você havia dito que ninguém sabia de nada.
– Eu menti.

DEZESSETE

ABADIA DES FONTAINES
13H

Roquefort estava satisfeito. Seu primeiro confronto com o senescal fora uma vitória estrondosa. Apenas seis mestres já haviam sido questionados com sucesso, e o pecado daqueles homens ia do roubo à covardia e à luxúria por uma mulher; tudo isso acontecera havia séculos, nas décadas depois do Expurgo, quando a irmandade estava fraca e caótica. Infelizmente, a penalidade pelo questionamento era mais simbólica do que punitiva. O mandato do mestre ainda seria anotado nas Crônicas, seus fracassos e realizações devidamente registrados, mas uma anotação proclamaria que seus irmãos o haviam considerado *indigno de lembrança*.

Nas últimas semanas, seus tenentes haviam garantido que os dois terços necessários votariam e dariam um recado ao senescal. Aquele idiota indigno precisava saber como seria difícil a luta adiante. Certo, o insulto de ser questionado não importava para o mestre. Ele seria sepultado com seus predecessores independentemente de qualquer coisa. Não: a negação era mais um modo de tirar força do suposto sucessor – e motivar aliados. Era uma ferramenta antiga, criada pela Regra, de um tempo em que a honra e a memória significavam alguma coisa. Mas uma ferramenta que ele havia ressuscitado com sucesso como o disparo inicial numa guerra que deveria terminar ao pôr do sol.

Ele seria o próximo mestre.

A Irmandade dos Pobres Soldados de Cristo e do Templo de Salomão existia sem interrupções desde 1118. Felipe IV da França, que ganhara o desprezível apelido de Felipe, o Belo, havia tentado exterminá-los em 1307. Mas, como o senescal, ele também subestimara seus oponentes e só conseguira mandar a Ordem para a clandestinidade.

Houve um tempo em que milhares de irmãos controlavam territórios, fazendas, templos e castelos em nove mil propriedades espalhadas pela Europa e a Terra Santa. A simples visão de um irmão cavaleiro vestido de branco e com a cruz vermelha levava medo aos inimigos. Os irmãos eram imunes à excomunhão e não precisavam pagar tributos feudais. A Ordem tinha permissão de manter todos os seus espólios de guerra. Submetidos apenas ao papa, os cavaleiros templários eram uma nação separada.

Mas nenhuma batalha fora travada durante setecentos anos. Em vez disso, a Ordem havia se retirado para uma abadia nos Pirineus e se disfarçado como uma simples comunidade monástica. As ligações com os bispos de Toulouse e Perpignan eram mantidas, e todos os deveres exigidos para com a Igreja Romana eram realizados. Não ocorria nada que atraísse atenção, destacasse a abadia ou fizesse as pessoas questionarem o que poderia estar acontecendo dentro de seus muros. Todos os irmãos faziam dois votos. Um à Igreja, que era feito por necessidade. O outro, à irmandade, que significava tudo. Os antigos rituais ainda eram realizados, mas agora sob a cobertura da escuridão, atrás de fortificações grossas, com os portões da abadia trancados.

E tudo isso pelo Grande Legado.

A paradoxal inutilidade desse dever o enojava. A Ordem existia para guardar o Legado, mas o Legado não existiria se não fosse a Ordem.

Um dilema, certamente.

Mas, mesmo assim, um dever.

Toda a sua vida fora apenas um preâmbulo das próximas horas. Filho de pais desconhecidos, fora criado pelos jesuítas numa escola de igreja perto de Bordeaux.

No Início, os irmãos eram principalmente criminosos arrependidos, amantes frustrados, párias. Hoje vinham de todas as origens. O mundo secular produzia a maior parte dos recrutas, mas a sociedade religiosa produzia os verdadeiros líderes. Todos os últimos dez mestres eram formados no claustro. A formação dele havia começado na universidade de Paris, depois foi completada no seminário de Avignon. Ele havia ficado lá e estudado durante três anos antes que a Ordem o abordasse. Então abraçou a Regra com um entusiasmo inabalável.

Durante seus 66 anos, jamais havia conhecido a carne de uma mulher, nem havia sido tentado por um homem. Ser elevado a marechal, sabia, fora um modo de o mestre anterior aplacar sua ambição, talvez até mesmo uma armadilha em que ele poderia gerar inimigos suficientes a ponto de tornar impossível um avanço maior. Mas ele havia usado o cargo com sabedoria, fazendo amigos, forjando lealdades, acumulando favores. A vida monástica lhe servia. Na década anterior, havia estudado as Crônicas e agora era versado em cada aspecto – bom e ruim – da história da Ordem. Não repetiria os erros do passado. Acreditava fervorosamente que, no Início, o isolamento autoimposto da irmandade foi o que apressou sua queda. O segredo produzia, ao mesmo tempo, uma aura e suspeitas – daí à recriminação era apenas um passo. De modo que isso deveria acabar. Setecentos anos de silêncio precisavam ser rompidos.

Seu tempo havia chegado.

A Regra era clara.

Deve acontecer que, quando algo for imposto pelo mestre, não haja hesitação, mas a coisa deve ser feita sem demora, como se fosse imposta pelo céu.

O telefone em sua mesa trinou baixo, e ele ergueu o aparelho.

– Nossos dois irmãos em Rennes-le-Château – disse seu submarechal – informaram que Stephanie Nelle e Malone estão lá. Como o senhor previu, ela foi direto ao cemitério e encontrou o túmulo de Ernst Scoville.

É bom conhecer o inimigo.

– Faça com que nossos irmãos meramente observem, mas estejam prontos para agir.

– Quanto ao outro assunto que o senhor pediu para investigarmos. Ainda não fazemos ideia de quem atacou os irmãos em Copenhague.

Ele odiava saber sobre fracassos.

– Está tudo preparado para esta noite?

– Estaremos prontos.

– Quantos acompanharam o senescal ao Salão dos Pais?

– Trinta e quatro.

– Todos foram identificados?

– Cada um deles.

– Cada um receberá a oportunidade de se juntar a nós. Caso contrário, cuide deles. Mas vamos nos certificar de que a maioria se junte a nós. O que não deve ser problema. Poucos gostam de fazer parte de uma causa derrotada.

– O consistório se inicia às seis da tarde.

Pelo menos o senescal estava cumprindo seu dever, chamando os irmãos para a sessão antes do anoitecer. O consistório era a única variável na equação – um procedimento especialmente projetado para impedir manipulações –, mas era algo que ele havia longamente estudado e antecipado.

– Esteja pronto. O senescal usará velocidade para gerar confusão. Foi assim que o mestre dele conseguiu ser eleito.

– Ele não receberá facilmente a derrota.

– Nem eu esperaria isso. Por isso tenho uma surpresa esperando por ele.

DEZOITO

RENNES-LE-CHÂTEAU
13H30

Malone e Stephanie caminharam pelo vilarejo apinhado. Outro ônibus veio chacoalhando pela rua principal, em direção ao estacionamento. Na metade da rua, Stephanie entrou num restaurante e falou com o proprietário. Malone espiou alguns peixes de aparência deliciosa que os frequentadores estavam comendo, mas percebeu que a comida teria de esperar.

Estava com raiva por Stephanie ter mentido para ele. Ou ela não admitia ou não entendia a gravidade da situação. Homens determinados, dispostos a morrer e matar, estavam atrás de alguma coisa. Ele vira gente assim muitas vezes e, quanto mais informações possuísse, melhores as chances de sucesso. Já era bem difícil lidar com o inimigo, mas se preocupar com uma aliada simplesmente complicava a situação.

Saindo do restaurante, Stephanie disse:

– Ernst Scoville foi atropelado por um carro na semana passada enquanto fazia sua caminhada diária do lado de fora dos muros. As pessoas gostavam dele. Morava aqui há muito tempo.

– Alguma pista sobre o carro?

– Não houve testemunhas. Não há nada para investigar.

– Você conhecia realmente Scoville?

Ela assentiu.

– Mas ele não gostava de mim. Nós nos falávamos raramente. Ele ficou do lado de Lars na nossa separação.

– Então, por que você ligou para ele?

– Ele foi o único em quem consegui pensar para perguntar sobre o diário de Lars. Foi educado, considerando que não nos falávamos havia anos. Quis ver o diário. Por isso planejei fazer as pazes enquanto estivesse aqui.

Malone pensou nela. Desavenças com o marido, o filho e amigos do marido. A fonte de sua culpa era clara, mas o que ela planejava fazer em relação a isso permanecia nebuloso.

Stephanie sinalizou para ele andar.

– Quero verificar a casa de Ernst. Ele possuía uma tremenda biblioteca. Gostaria de ver se os livros ainda estão lá.

– Ele tinha mulher?

Ela balançou a cabeça.

– Era um solitário. Daria um ótimo eremita.

Caminharam por um dos becos laterais entre mais fileiras de construções que pareciam destinadas a pessoas mortas havia muito.

– Você realmente acredita que há um tesouro escondido por aqui? – perguntou Malone.

– É difícil dizer. Lars costumava falar que noventa por cento da história de Saunière é ficção. Eu o censurava por perder tempo com uma coisa tão idiota. Mas ele sempre contrapunha com os dez por cento de verdade. Era isso que o cativava e, em grande medida, era o que cativava Mark. Coisas estranhas aparentemente ocorreram aqui há cem anos.

– Está se referindo de novo a Saunière?

Ela confirmou com a cabeça.

– Me ajude a entender.

— Na verdade, preciso de ajuda com isso também. Mas posso contar um pouco mais do que sei sobre Bérenger Saunière.

— Não posso deixar uma paróquia onde meus interesses me mantêm — disse Saunière ao bispo, de pé diante do velho no palácio episcopal em Carcassonne, 30 quilômetros ao norte de Rennes-le-Château.

Ele havia evitado a reunião durante meses, com declarações de seu médico, de que não podia viajar por causa de uma doença. Mas o bispo era insistente, e o último pedido de audiência havia sido entregue por um policial instruído para acompanhá-lo pessoalmente de volta.

— Sua existência é muito mais grandiosa que a minha — disse o bispo. — Gostaria de ter uma declaração quanto à origem de seus recursos monetários, que parecem tão súbitos e importantes.

— Infelizmente, monsenhor, está me pedindo a única coisa que não posso revelar. Grandes pecadores a quem, com a ajuda de Deus, mostrei o caminho da penitência, deram-me essas quantias consideráveis. Não desejo trair os segredos do confessionário citando os nomes deles.

O bispo pareceu pensar no argumento. Era bom, e poderia dar certo.

— Então, falemos de seu estilo de vida. Isso não está protegido pelos segredos do confessionário.

Ele fingiu inocência.

— Meu estilo de vida é bastante modesto.

— Não é o que me dizem.

— Suas informações devem ser falhas.

— Vejamos. — O bispo abriu um livro grosso à sua frente. — Mandei fazer um inventário, e foi bem interessante.

Saunière não gostou daquilo. Seu relacionamento com o bispo anterior fora leve e cordial, e ele desfrutara de grande liberdade. Já o novo bispo era outra história.

— Em 1891, você deu início a reformas na igreja da paróquia. Na época, substituiu os vitrais, construiu um pórtico, instalou um novo altar e um púlpito e consertou o teto. Ao custo de aproximadamente 2.100 francos. No ano seguinte, as paredes externas foram consertadas, e o piso interno, substituído. Em seguida, veio um novo confessionário, 700 francos, estátuas e as estações da cruz, tudo talhado em Toulouse por Giscard, 3.200 francos. Em 1898, foi acrescentado um baú de coleta, 400 francos. Então, em 1900, um baixo-relevo de Santa Maria Madalena, bastante elaborado, pelo que me disseram, foi posto diante do altar.

Saunière simplesmente escutava. Sem dúvida, o bispo estava a par dos registros da paróquia. O antigo tesoureiro havia se demitido fazia alguns anos, declarando que havia descoberto que suas tarefas eram contrárias às suas crenças. Alguém obviamente o havia descoberto.

— Cheguei aqui em 1902 — disse o bispo. — Nos últimos oito anos tentei, devo acrescentar que em vão, fazer com que você se apresentasse para responder às minhas preocupações. Mas durante esse tempo você conseguiu construir a vila Betânia, adjacente à igreja. Pelo que me dizem, é de construção burguesa, um pastiche de estilos, totalmente em pedra. Há vitrais, um salão de jantar, sala de estar e quartos de hóspedes. Um bocado de hóspedes, pelo que ouvi dizer. É onde o senhor recebe pessoas.

O comentário certamente se destinava a provocar uma reação, mas ele não disse nada.

— E há a torre Magdala, sua loucura de uma biblioteca que dá para o vale. Onde estão alguns dos melhores trabalhos em madeira da região, pelo que dizem. Além de suas coleções de selos

e cartões-postais, que são enormes, e até mesmo alguns animais exóticos. Tudo isso custando muitos milhares de francos. – O bispo fechou o livro. – Os ganhos de sua paróquia não passam de 250 francos por ano. Como foi possível juntar tudo isso?

– Como disse, monsenhor, recebi muitas doações particulares de almas que queriam ver minha paróquia prosperar.

– O senhor esteve comerciando nas missas – declarou o bispo. – Vendendo sacramentos. Seu crime é a simonia.

Ele fora alertado de que essa seria a acusação.

– Por que me reprova? Minha paróquia, quando cheguei, estava em situação lamentável. Afinal de contas, é dever dos meus superiores garantirem para Rennes-le-Château uma igreja digna dos fiéis e uma moradia decente para o pastor. Mas durante um quarto de século trabalhei, reconstruí e embelezei a igreja sem pedir um centavo à diocese. Parece-me que mereço seus parabéns, e não acusações.

– Quanto você diz que foi gasto em todas essas melhorias?

Ele decidiu responder.

– Cento e noventa e três mil francos.

O bispo riu.

– Abade, isso não teria comprado a mobília, as estátuas e os vitrais. Segundo meus cálculos, você gastou mais de 700 mil francos.

– Não conheço as práticas de contabilidade, por isso não posso dizer a quanto chegaram os custos. Só sei que o povo de Rennes ama sua igreja.

– As autoridades declaram que você recebe de cem a cento e cinquenta ordens de pagamento postal por dia. Elas vêm da Bélgica, da Itália, da região do Reno, da Suíça e de toda a França. Vão de cinco a 40 francos cada. Você frequenta o banco de Couiza, no qual as ordens são convertidas em dinheiro vivo. Como explica isso?

– Toda a minha correspondência é cuidada por minha governanta. Ela abre as cartas e responde a qualquer indagação. Essa pergunta deve ser dirigida a ela.

– É você que aparece no banco.

Ele se ateve à história.

– O senhor deve perguntar a ela.

– Infelizmente, ela não está sujeita à minha autoridade.

Ele deu de ombros.

– Abade, o senhor está comerciando nas missas. Está claro, pelo menos para mim, que os envelopes que chegam à sua paróquia não são bilhetes de gente desejando seu bem. Mas há algo ainda mais perturbador.

Ele permaneceu em silêncio.

– Fiz um cálculo. A não ser que estejam lhe pagando quantias exorbitantes por cada missa, e da última vez que fui informado o valor padrão entre os pecadores era de 50 centavos, você teria de rezar missas 24 horas por dia durante cerca de trezentos anos para acumular a fortuna que gastou. Não, abade, a venda nas missas é uma fachada, uma fachada que você criou para mascarar a verdadeira fonte de sua boa fortuna.

Esse homem era bem mais inteligente do que parecia.

– Alguma resposta?

– Não, monsenhor.

– Então, você está, a partir deste momento, retirado de seus serviços em Rennes e irá se apresentar imediatamente à paróquia de Coustouge. Além disso, está suspenso, sem direito de rezar a missa ou ministrar os sacramentos na igreja, até segunda ordem.

– E quanto tempo essa suspensão vai durar? – perguntou ele calmamente.

– Até que o tribunal eclesiástico possa ouvir sua apelação, que tenho certeza que você apresentará sem demora.

– Saunière realmente apelou – disse Stephanie – até o Vaticano, mas morreu em 1917, antes de ser inocentado. Mas o que fez foi deixar a igreja e jamais saiu de Rennes. Simplesmente começou a rezar a missa na vila Betânia. Os moradores do local o adoravam, por isso boicotaram o novo abade. Lembre-se, toda terra ao redor da igreja, inclusive a vila, pertencia à amante de Saunière (ele foi inteligente), de modo que a Igreja não podia fazer nada a respeito.

Malone quis saber:

– Mas como ele pagou por todas essas melhorias?

Ela sorriu.

– Esta é uma pergunta que muitos tentaram responder, inclusive meu marido.

Seguiram por outro beco sinuoso, ladeado por mais casas melancólicas, as pedras cor de madeira morta sem casca.

– Ernst morava ali adiante – disse ela.

Aproximaram-se de uma construção antiga aquecida por rosas de cor pastel subindo por uma pérgula de ferro fundido. Depois de três degraus de pedra ficava uma porta recuada. Malone subiu, espiou por um vidro na porta e não percebeu qualquer evidência de abandono.

– O lugar parece em bom estado.

– Ernst era obsessivo.

Ele testou a maçaneta. Trancada.

– Eu gostaria de entrar aí – disse ela da rua.

Malone olhou ao redor. Seis metros à esquerda, o beco terminava na parede externa. Mais além erguia-se um céu azul pintalgado de nuvens encapeladas. Não havia ninguém à vista. Ele se virou de volta e, com o cotovelo, quebrou o vidro. Em seguida, enfiou a mão e soltou a tranca.

Stephanie subiu atrás dele.

– Entre na frente – disse Malone.

DEZENOVE

ABADIA DES FONTAINES
14H

O senescal empurrou a grade de ferro e guiou o cortejo de enlutados, passando pelo arco antigo. A entrada para o Salão dos Pais, no subsolo, localizava-se dentro dos muros da abadia, no final de um corredor comprido onde um dos prédios mais velhos encontrava a rocha. Há mil e quinhentos anos, monges haviam ocupado pela primeira vez as cavernas do outro lado, vivendo nos recessos rústicos. À medida que mais e mais penitentes chegavam, foram construídos prédios. As abadias tendiam a crescer drasticamente ou a se encolher, e esta havia passado por um surto de construção que durou séculos, continuado pelos cavaleiros templários que silenciosamente assumiram o controle no fim do século XIII. A casa-mãe da Ordem – maison chèvetaine, como rotulava a Regra – havia se localizado inicialmente em Jerusalém, depois em Acre, em seguida em Chipre e finalmente ali, depois do Expurgo. O complexo acabou sendo rodeado por muralhas e torres fortificadas, e a abadia chegou a ser uma das maiores da Europa, situada no alto dos Pirineus, isolada pela geografia e pela Regra. Seu nome vinha do rio próximo, das cachoeiras e de uma abundância de águas subterrâneas. Abbey des Fontaines: abadia das fontes.

Ele desceu uma escada estreita esculpida na rocha. As solas de suas sandálias de lona estavam escorregadias na pedra úmida. Onde tochas a óleo haviam antigamente fornecido luz, agora luminárias elétricas clareavam o caminho. Atrás vinham os 34 irmãos que haviam decidido se juntar a ele. Na base da escada, ele continuou andando até que o túnel se abriu num salão abobadado. Uma coluna de pedra se erguia no centro, como o tronco de uma velha árvore.

Os irmãos se reuniram lentamente ao redor do caixão de carvalho, que já fora trazido para dentro e posto numa base de pedra. Através de nuvens de incenso vinham cantos melancólicos.

O senescal se adiantou, e o canto parou.

– Viemos homenageá-lo. Rezemos – disse em francês.

Fizeram isso, depois um hino foi entoado.

– Nosso mestre nos liderou bem. Vocês, que são leais à sua memória, tenham coragem. Ele sentiria orgulho.

Alguns instantes de silêncio se passaram.

– O que há à frente? – perguntou um dos irmãos em voz baixa.

A conversa política não era algo adequado ao Salão dos Pais, mas, com a apreensão pairando, ele permitiu uma violação à Regra.

– Incerteza – declarou. – O irmão Roquefort está pronto para assumir o comando. Aqueles de vocês que forem escolhidos para o conclave terão de trabalhar muito para impedi-lo.

– Ele será a nossa queda – murmurou outro irmão.

– Concordo – disse o senescal. – Ele acredita que, de algum modo, podemos vingar pecados de setecentos anos. Mesmo que pudéssemos, por que faríamos isso? Nós sobrevivemos.

– Os seguidores dele têm pressionado muito. Aqueles que se opuserem serão punidos.

O senescal sabia que esse era o motivo para tão poucos terem vindo ao salão.

– Nossos ancestrais enfrentaram muitos inimigos. Na Terra Santa enfrentaram os sarracenos e morreram com honra. Aqui suportaram a tortura da Inquisição. Nosso mestre, De Molay, foi queimado na fogueira. Nosso trabalho é permanecermos fiéis. – Palavras débeis, ele sabia, mas tinham de ser ditas.

– Roquefort quer guerrear contra nossos inimigos. Um de seus seguidores diz que ele até pretende tomar de volta o sudário.

O senescal se encolheu. Outros pensadores radicais haviam proposto antes essa demonstração de desafio, mas todos os mestres haviam impedido o ato.

– Precisamos impedi-lo no conclave. Felizmente, ele não pode controlar o processo de seleção.

– Ele me amedronta – disse um irmão, e o silêncio que se seguiu indicou que outros concordavam.

Depois de uma hora de orações, o senescal fez o sinal. Quatro carregadores, todos vestidos com mantos vermelhos, levantaram o caixão do mestre.

Ele se virou e se aproximou de duas colunas de pórfiro vermelho entre as quais ficava a Porta de Ouro. O nome não vinha de sua composição, e sim do que já fora guardado atrás.

Quarenta e três mestres estavam em seus próprios *locoli*, sob um teto de rocha polida até ficar lisa e pintada de azul profundo, sobre o qual estrelas douradas brilhavam à luz. Fazia muito os corpos haviam se transformado em pó. Apenas ossos permaneciam, dentro de ossuários que tinham o nome de cada mestre e as datas de serviço. À direita estavam nichos vazios, um dos quais abrigaria o corpo do mestre durante o ano seguinte. Só então um irmão retornaria e transferiria os ossos para um ossuário. A prática funerária, que a Ordem empregava havia muito, pertencia aos judeus da Terra Santa na época de Cristo.

Os carregadores puseram o caixão na cavidade designada. Uma tranquilidade profunda preenchia a semiescuridão.

Pensamentos sobre o amigo dispararam na mente do senescal. O mestre era o filho mais novo de um rico mercador belga. Havia gravitado até a Igreja sem motivo claro – era simplesmente algo que se sentiu compelido a fazer. Fora recrutado por um dos muitos viajantes da Ordem, irmãos estacionados ao redor do globo, abençoados com uma boa visão para conseguir recrutas. A vida monástica havia combinado com o mestre. E mesmo não tendo um alto cargo, no conclave após a morte de seu predecessor todos os irmãos haviam gritado: "Que ele seja o mestre." E assim ele fez o juramento. *Ofereço-me ao Deus onipotente e à Virgem Maria para a salvação da minha alma e assim permanecerei nesta vida santa por todos os meus dias até minha última respiração.* O senescal fizera o mesmo juramento.

Permitiu que seus pensamentos retornassem ao início da Ordem – os gritos de batalha, os gemidos de irmãos feridos e agonizantes, os choros angustiados de enterrar os que não haviam sobrevivido ao conflito. Esse fora o modo de vida dos templários. Os primeiros a chegar, os últimos a sair. Raymond de Roquefort ansiava por aquele tempo. Mas por quê? Essa futilidade fora provada quando a Igreja e o Estado se voltaram contra os templários na época do Expurgo, não demonstrando qualquer consideração por duzentos anos de serviços leais. Irmãos foram queimados na fogueira, outros torturados e mutilados pelo resto da vida, e tudo por simples cobiça. Para o mundo moderno, os cavaleiros templários eram lendas. Uma memória antiga. Ninguém se importava se eles existiam, de modo que consertar qualquer injustiça parecia inútil.

Os mortos deveriam permanecer mortos.

Olhou de novo para as caixas de pedra ao redor, depois dispensou os irmãos – menos um. Seu assistente. Precisava falar com ele a sós. O rapaz se aproximou.

– Diga, Geoffrey – pediu o senescal. – Você e o mestre estavam tramando?

Os olhos escuros do outro indicaram surpresa em um brilho.

– Como assim?

– O mestre pediu para você fazer algo para ele recentemente? Ande, não minta para mim. Ele se foi e eu estou aqui. – O senescal pensou que usar seu posto tornaria mais fácil saber a verdade.

– Sim, senescal. Pus dois pacotes no correio para o mestre.

– Fale do primeiro.

– Era grosso e pesado, como um livro. Postei enquanto estava em Avignon, há mais de um mês.

– E o segundo?

– Foi enviado na segunda-feira, de Perpignan. Uma carta.

– Para quem a carta foi enviada?

– Ernst Scoville, em Rennes-le-Château.

O ajudante se persignou rapidamente, e o senescal viu perplexidade e suspeita.

– O que há de errado?

– O mestre disse que o senhor faria essas perguntas.

A informação atraiu sua atenção.

– Ele disse que, quando o senhor fizesse isso, eu deveria contar a verdade. Mas também pediu que o senhor fosse alertado. Os que seguiram pelo caminho que o senhor está para tomar foram muitos, mas jamais algum teve sucesso. Disse para lhe desejar sorte e a ajuda de Deus.

Seu mentor era um homem brilhante que claramente sabia muito mais do que jamais dissera.

– Também disse que o senhor deveria terminar a busca. É seu destino. Sabendo disso ou não.

Ele ouvira o suficiente. A caixa de madeira vazia no armário do quarto do mestre agora estava explicada. O livro que ele havia procurado dentro havia sumido. O mestre o enviara para longe. Com um gesto suave, dispensou o ajudante. Geoffrey fez uma reverência e foi rapidamente na direção da Porta de Ouro.

Algo ocorreu ao senescal.

– Espere. Você não disse para onde mandou o primeiro pacote, o livro.

Geoffrey parou e se virou, mas não disse nada.

– Por que não responde?

– Não é certo falarmos disso. Não aqui. Com ele tão perto. – O olhar do jovem foi até o caixão.

– Você disse que ele queria que eu soubesse.

A ansiedade formava um redemoinho nos olhos que o encaravam.

– Diga para onde o livro foi mandado. – Mesmo já sabendo, precisava ouvir as palavras.

– Para os Estados Unidos. Uma mulher chamada Stephanie Nelle.

VINTE

RENNES-LE-CHÂTEAU
14H30

Malone examinou o interior da casa modesta de Ernst Scoville. A decoração era uma mistura eclética de antiguidades inglesas, arte espanhola do século XX e pinturas francesas pouco notáveis. Avaliou que mil livros o rodeavam, a maioria brochura, amarelados, e antigos exemplares de capa dura, cada estante dando para uma parede exterior e meticulosamente arrumada por assunto e tamanho. Jornais antigos eram empilhados segundo os anos, em ordem cronológica. O mesmo era verdadeiro para os periódicos. Tudo tinha a ver com Rennes, Saunière, história francesa, a Igreja, os templários e Jesus Cristo.

– Parece que Scoville era um conhecedor da Bíblia – disse ele, apontando para fileiras de obras de análise.

– Ele passou a vida estudando o Novo Testamento. Era a fonte bíblica de Lars.

– Não parece que alguém tenha revistado esta casa.

– Isso pode ter sido feito com cuidado.

– Certo. Mas o que eles estavam procurando? O que nós estamos procurando?

– Não sei. Só sei que falei com Scoville e duas semanas depois ele estava morto.

– O que ele saberia e pelo qual valeria a pena matar?

Ela deu de ombros.

– Nossa conversa foi agradável. Honestamente, pensei que ele é que havia me mandado o diário. Ele e Lars trabalhavam juntos. Mas Scoville não sabia nada sobre o diário ter sido mandado a mim, no entanto quis lê-lo. – Ela parou o exame. – Olhe essas coisas todas. Ele era obcecado. – E balançou a cabeça. – Lars e eu discutimos exatamente sobre isso durante anos. Sempre achei que ele estava desperdiçando suas habilidades acadêmicas. Ele era um bom historiador. Deveria estar ganhando um salário decente numa universidade, publicando pesquisas dignas de crédito. Em vez disso, andava pelo mundo perseguindo sombras.

– Ele era um autor de best-sellers.

– Só o primeiro livro. Dinheiro era outra de nossas discussões constantes.

– Você parece uma mulher com muitos arrependimentos.

– Você não tem alguns? Pelo que recordo, você ficou mal quando se divorciou de Pam.

– Ninguém gosta de fracassar.

– Pelo menos sua esposa não se suicidou.

Ela estava certa.

– No caminho para cá, você disse que Lars acreditava que Saunière havia descoberto uma mensagem dentro de um frasco de vidro encontrado na coluna. De quem era a mensagem?

– No diário, Lars escreveu que provavelmente era de um dos predecessores de Saunière, Antoine Bigou, que serviu como pároco de Rennes na segunda metade do século XVIII, durante a época da Revolução Francesa. Eu o mencionei no carro. Foi o padre a quem Marie d'Hautpoul de Blanchefort contou o segredo de sua família antes de morrer.

– Então Lars achava que o segredo da família estava registrado no frasco?

– Não é tão simples assim. Há mais fatos na história. Marie d'Hautpoul se casou com o último marquês de Blanchefort em 1732. A linhagem Blanchefort tem uma história na França que remonta à época dos templários. A família participou das cruzadas e das guerras albigenses. Um ancestral chegou a ser mestre dos templários no meio do século XII e a família controlava a cidade de Rennes e os arredores havia séculos. Quando os templários foram presos, em 1307, os Blanchefort abrigaram muitos fugitivos dos homens de Felipe IV. Dizem, ainda que ninguém saiba ao certo, que depois disso membros da família Blanchefort sempre fizeram parte dos templários.

– Você está falando como Henrik. Acha mesmo que os templários continuam por aí?

– Não faço ideia. Mas algo que o homem na catedral disse continua na minha mente. Ele citou São Bernard de Clairvaux, o monge do século XII que foi fundamental na ascensão dos templários ao poder. Eu fingi que não sabia do que o sujeito estava falando. Mas Lars escreveu muito a respeito dele.

Malone também se lembrava do nome, por causa do livro que havia lido em Copenhague. Bernard de Fontaines era um monge cisterciense que fundou um mosteiro em Clairvaux no século XII. Era um importante pensador e exerceu grande influência na Igreja, tornando-se conselheiro íntimo do papa Inocêncio II. Seu tio era um dos nove templários originais, e foi Bernard quem convenceu Inocêncio II a dar aos templários sua Regra sem precedentes.

– O homem da catedral conhecia Lars – disse Stephanie. – Chegou a sugerir que havia falado com ele sobre o diário e que Lars o desafiou. Quis que eu soubesse que o homem da torre Redonda também trabalhava para ele, e aquele homem soltou o grito de batalha dos templários antes de morrer.

– Tudo isso poderia ser um blefe para confundir você.

– Estou começando a duvidar.

Ele concordava, em especial com o que havia notado no caminho de volta do cemitério. Mas, por enquanto, guardou isso para si.

– Lars escreveu no diário sobre o segredo dos Blanchefort, supostamente datado de 1307, época da prisão dos templários. Encontrou muitas referências ao suposto trabalho dessa família em documentos da época, mas jamais algum detalhe. Aparentemente, passou muito tempo nos mosteiros locais examinando escritos. Mas é o túmulo de Marie, o que está desenhado no livro que Thorvaldsen comprou, que parece ser a chave. Marie morreu em 1781, mas somente em 1791 o abade Bigou erigiu uma lápide sobre seus restos mortais. Lembre-se da época. A Revolução Francesa estava acontecendo e as igrejas católicas estavam sendo destruídas. Bigou era antirrepublicano, por isso fugiu para a Espanha em 1793 e morreu lá dois anos depois, jamais retornando a Rennes-le-Château.

– E o que Lars acha que Bigou escondeu dentro do frasco de vidro?

– Provavelmente não o segredo dos Blanchefort, mas um método para descobri-lo. No caderno, Lars escreveu que acreditava firmemente que o túmulo de Maria era a chave do segredo.

Malone estava começando a entender.

– Por isso o livro era tão importante.

Ela assentiu.

– Saunière tirou muitos túmulos do cemitério, exumando os ossos e colocando-os num ossuário comunal que ainda existe, atrás da igreja. Isso explica, como escreveu Lars, por que não existem ali túmulos anteriores a 1885. Os moradores provocaram um estardalhaço por causa do que ele estava fazendo, e com isso o conselho da cidade exigiu que parasse. O túmulo de Marie de Blanchefort não foi exumado, mas todas as letras e símbolos foram destruídos por Saunière. Sem que ele soubesse, havia um desenho da lápide que sobreviveu, feito por um prefeito da região, Eugène Stüblein. Lars ficou sabendo do desenho, mas jamais conseguiu encontrar um exemplar do livro.

– Como Lars sabia que Saunière mutilou a sepultura?

– Há um registro de que o túmulo de Maria foi vandalizado naquela época. Ninguém deu significado especial ao ato, mas quem, além de Saunière, poderia ter feito isso?

– E Lars achava que tudo isso levava a um tesouro?

– Ele anotou no diário que acreditava que Saunière havia decifrado a mensagem deixada pelo abade Bigou e que encontrou o esconderijo dos templários, contando apenas à sua amante, e ela morreu sem contar a ninguém.

– Então, o que você ia fazer? Usar o caderno e o livro para procurá-lo de novo?

– Não sei o que eu teria feito. Só posso dizer que algo me disse para vir, comprar o livro e dar uma olhada. – Ela fez uma pausa. – Isso também me deu uma desculpa para vir, ficar na casa dele durante um tempo e lembrar.

Isso ele entendia.

– Por que envolver Peter Hansen? Por que não comprar o livro pessoalmente?

– Ainda trabalho para o governo dos Estados Unidos. Achei que Hansen serviria como isolamento. Desse modo, meu nome não aparece em lugar nenhum. Claro, eu não fazia ideia de que havia tudo isso envolvido.

Malone pensou no que ela havia dito.

– Então Lars estava seguindo as pistas de Saunière, assim como Saunière seguiu as de Bigou.

Ela assentiu.

– E parece que mais alguém está seguindo as mesmas pistas.

Ele examinou a sala outra vez.

– Precisamos olhar tudo isso com cuidado, para ter ao menos uma esperança de encontrar alguma coisa.

Algo na porta da frente atraiu sua atenção. Quando havia entrado, uma pilha de correspondências espalhadas no chão havia sido empurrada para perto da parede, aparentemente largada pela fenda na porta. Foi até lá e levantou uma dúzia de envelopes.

Stephanie chegou perto.

– Deixe-me ver esse aí – disse ela.

Malone entregou-lhe um envelope cinza-pardo com letras pretas.

– O bilhete incluído no diário de Lars estava escrito em papel dessa cor e a letra parece semelhante. – Ela encontrou o papel em sua bolsa e os dois compararam a letra.

– É idêntica – disse ela.

– Tenho certeza de que Scoville não vai se incomodar. – Malone rasgou o envelope.

Havia nove folhas. Uma era um recado escrito à mão, a tinta e a letra iguais à da carta recebida por Stephanie.

Ela virá. Perdoe. Você procurou muito tempo e merece ver. Juntos talvez seja possível. Em Avignon, encontrem Claridon. Ele pode apontar o caminho. Mas prend garde l'Ingénieur.

Ele leu a última linha de novo – *prend garde l'Ingénieur*.

– Cuidado com o engenheiro. O que isso significa?

– Boa pergunta.

– O diário menciona algum engenheiro?

– Nenhuma palavra.

– *Perdoe*. Aparentemente, o remetente sabia que você e Scoville não gostavam um do outro.

– É irritante. Eu não tinha ideia de que alguém sabia disso.

Malone examinou as outras oito folhas.

– São do diário de Lars. As páginas que faltavam. – Ele verificou o carimbo do correio no envelope. Veio de Perpignan, no litoral da França. Há cinco dias.

– Scoville não recebeu isso. Chegou tarde demais.

– Ernst foi assassinado, Cotton. Agora não há dúvida.

Malone estava de acordo, mas outra coisa o incomodava. Esgueirou-se até uma janela e olhou com cuidado através da cortina transparente.

– Precisamos ir a Avignon – disse ela.

Ele concordou, mas enquanto focalizava a rua vazia e captava um vislumbre do que sabia que estaria ali, disse:

– Depois de cuidarmos de outro assunto.

VINTE E UM

ABADIA DES FONTAINES
18H

Roquefort virou-se para a assembleia. Raramente os irmãos colocavam vestes eclesiásticas. A Regra exigia que, na maior parte, se vestissem *sem qualquer pompa ou ostentação*. Mas um conclave exigia formalidade e cada membro deveria usar as vestimentas de seu posto.

    A visão era impressionante. Irmãos cavaleiros usavam mantos de lã branca sobre batinas brancas e curtas com acabamentos em vermelho e ouro. Meias prateadas cobriam as pernas. Um capuz branco cobria cada cabeça. A cruz de quatro braços iguais, com as pontas mais largas, adornava os peitos. Um cinto vermelho envolvia a cintura e, onde antigamente uma espada pendia, agora apenas uma faixa distinguia cavaleiros de artesãos, agricultores, escrivães, padres e auxiliares, que usavam um adereço semelhante, mas com tons variados de verde, marrom e preto, os clérigos distinguidos pelas luvas brancas.

    Assim que um consistório era reunido, a Regra exigia que o marechal comandasse os procedimentos. Era um modo de equilibrar a influência de qualquer senescal que, como o segundo no comando, poderia facilmente dominar a assembleia.

    – Irmãos – gritou Roquefort.

O salão ficou sem qualquer ruído.

— Esta é a hora da nossa renovação. Devemos escolher um mestre. Antes de iniciarmos, vamos pedir orientação ao Senhor nas próximas horas.

À luz dos lustres de bronze, Roquefort observou 488 irmãos baixando a cabeça. O chamado fora feito logo depois do amanhecer, e a maior parte dos que serviam fora da abadia fizera a jornada de volta. Haviam se reunido no salão superior do *palais*, uma enorme cidadela redonda que datava do século XVI, construída com 30 metros de altura e 20 metros de diâmetro, com paredes de três metros e meio de espessura. Antigamente, servira como última linha de defesa da abadia em caso de ataque, mas havia se transformado em elaborado centro cerimonial. Agora as seteiras tinham vitrais, o estuque amarelo era coberto de imagens de São Martinho, Carlos Magno e da Virgem Maria. A sala circular, com duas galerias com corrimões acima, acomodava facilmente os quase quinhentos homens e era abençoada com uma acústica quase perfeita.

Roquefort ergueu a cabeça e fez contato ocular com as quatro outras autoridades. O comandante, ao mesmo tempo intendente e tesoureiro, era amigo. Roquefort passara anos cultivando um relacionamento com aquele homem distante e esperava que esses esforços logo produzissem recompensas. O fanqueiro, que supervisionava as vestimentas da Ordem, estava claramente pronto para defender a causa do marechal. Mas o capelão, que supervisionava todos os aspectos espirituais, era um problema. Roquefort jamais conseguira garantir qualquer coisa tangível com o veneziano, a não ser vagas generalizações do óbvio. E havia o senescal, que estava de pé segurando o *beauseant*, o reverenciado estandarte preto e branco da Ordem. Ele parecia confortável em sua túnica branca com capa, com o brasão bordado no ombro esquerdo indicando o alto cargo. A visão revirou o estômago de Roquefort. Aquele homem não tinha o direito de usar aquelas vestes preciosas.

– Irmãos, o consistório está reunido. É hora de nomear o conclave.

O procedimento era enganosamente simples. Um nome era escolhido num caldeirão que continha os nomes de todos os irmãos. Então, esse homem procurava entre os reunidos e livremente escolhia mais um. De volta ao caldeirão para o próximo nome, em seguida outra escolha aberta, com o padrão aleatório continuando até que dez fossem designados. O sistema misturava um elemento de acaso com uma oportunidade para uma preferência organizada. Roquefort, como marechal, e o senescal estavam automaticamente incluídos, somando doze. Eram necessários dois terços dos votos para alguém ser eleito.

Roquefort ficou olhando enquanto as escolhas eram feitas. Quando terminaram, quatro cavaleiros, um padre, um escrivão, um agricultor, dois artesãos e um trabalhador braçal haviam sido escolhidos. Muitos eram seus seguidores. No entanto, ele amaldiçoou o caráter aleatório que permitira a inclusão de vários cuja aliança era, na melhor das hipóteses, questionável.

Os dez homens se adiantaram e formaram um semicírculo.

– Temos um conclave – declarou Roquefort. – O consistório terminou. Vamos começar.

Todos os irmãos empurraram os capuzes para trás, sinalizando que o debate poderia começar. O conclave não era um negócio secreto. Em vez disso, a nomeação, a discussão e a eleição ocorreriam diante de toda a irmandade. Mas a Regra exigia que os espectadores não emitissem qualquer som.

Roquefort e o senescal ocuparam seu lugar junto aos outros. Roquefort não estava mais na cadeira – no conclave, todos os irmãos eram iguais. Um dos doze, um cavaleiro mais velho com barba densa e grisalha, disse:

– Nosso marechal, um homem que guardou esta Ordem durante muitos anos, deveria ser nosso próximo mestre. Coloco-o na disputa.

Mais dois consentiram. Com os três necessários, a indicação foi aceita.

Outro dos doze, um dos artesãos, um armeiro, adiantou-se.

– Discordei com o que foi feito ao mestre. Ele era um bom homem que amava esta Ordem. Não deveria ter sido questionado. Coloco o senescal na disputa.

Mais dois assentiram.

Roquefort permaneceu rígido. As linhas de batalha estavam traçadas. Que a guerra começasse.

O debate estava entrando na segunda hora. A Regra não determinava tempo limite para o conclave, mas exigia que todos os presentes deveriam permanecer de pé, e a ideia era que a extensão dos procedimentos poderia ser um fator da resistência dos participantes. Nenhuma votação fora pedida por enquanto. Qualquer dos doze possuía o direito, mas ninguém queria perder uma contagem – isso seria sinal de fraqueza –, de modo que as votações só eram pedidas quando dois terços parecessem garantidos.

– Não estou impressionado com seu plano – disse um dos membros do conclave, o padre, ao senescal.

– Não sabia que eu possuía um plano.

– Você continuará o caminho do mestre. O caminho do passado. Certo ou errado?

– Permanecerei fiel ao meu juramento, como você deveria, irmão.

– Meu juramento não dizia nada sobre fraqueza – disse o padre. – Não exige que eu seja complacente com um mundo que permanece na ignorância.

– Nós guardamos nosso conhecimento durante séculos. Por que quer que mudemos?

Outro membro do conclave se adiantou.

– Estou cansado da hipocrisia. Ela me deixa enjoado. Quase fomos extintos devido à cobiça e à ignorância. Está na hora de devolvermos o favor.

— Com que objetivo? — perguntou o senescal. — O que seria obtido?

— Justiça — gritou outro cavaleiro, e vários membros do conclave concordaram.

Roquefort decidiu que estava na hora de participar.

— Os evangelhos dizem: *Que aquele que busca não pare de buscar até que encontre. Quando encontrarmos, ficaremos perturbados. Quando ficarmos perturbados, ficaremos espantados e reinaremos sobre todos.*

O senescal o encarou.

— Tomé também disse: *Se seus líderes lhes disserem: vejam, o reino está no céu, então os pássaros do céu chegarão lá antes de vocês. Se lhes disserem: o reino está no mar, os peixes chegarão lá antes de vocês.*

— Jamais iremos a lugar algum se permanecermos no rumo atual — disse Roquefort. Cabeças balançaram concordando, mas não o bastante para pedir uma votação.

Ele aproveitou a oportunidade para dizer à irmandade qual era sua visão.

— Jesus também disse: *Não há nada oculto que não será revelado.*

— Então, o que você gostaria que fizéssemos?

Roquefort examinou o salão, o olhar indo do piso para a galeria. Este era o seu momento.

— Pensem no passado. No Início. Quando milhares de irmãos faziam o juramento. Aqueles eram homens corajosos que conquistaram a Terra Santa. Nas Crônicas conta-se a história de uma guarnição que foi derrotada pelos sarracenos. Depois da batalha, os inimigos ofereceram a vida a 200 cavaleiros caso simplesmente abandonassem Cristo e entrassem para o islã. Todos optaram por se ajoelhar diante dos muçulmanos e perder a cabeça. Esta é a nossa herança. As Cruzadas eram a *nossa* cruzada.

Ele hesitou por um momento, para causar efeito.

— É isso que torna a sexta-feira, 13 de outubro de 1307 (um dia tão infame, tão desprezível que a civilização ocidental continua a considerá-lo um dia de azar), tão difícil de ser aceita. Milhares de nossos irmãos foram presos sem motivo. Um dia eles eram a Irmandade dos Pobres Soldados de Cristo e do Templo de Salomão, a epítome de tudo que é bom, dispostos a morrer pela Igreja, pelo papa, por Deus. No dia seguinte, eram acusados de heresia. E que acusação era essa? Eles cuspiam na cruz, trocavam beijos obscenos, faziam reuniões secretas, adoravam um gato, praticavam sodomia, veneravam uma cabeça barbuda. – Ele fez uma pausa. – Nenhuma palavra verdadeira; ainda assim, nossos irmãos foram torturados e muitos sucumbiram, confessando falsidades. Cento e vinte foram queimados na fogueira.

Ele parou de novo.

– Nosso legado é de vergonha, e somos registrados na história apenas com suspeitas.

– E o que você contaria ao mundo? – perguntou o senescal em voz calma.

– A verdade.

– E por que o mundo acreditaria em você?

– Ele não terá opção.

– E por quê?

– Eu tenho provas.

– Você localizou o Grande Legado?

O senescal estava pressionando contra seu único ponto fraco, mas Roquefort não poderia demonstrar qualquer fraqueza.

– Ele está ao meu alcance.

Sons ofegantes vieram da galeria.

O rosto do senescal permaneceu rígido.

– Está dizendo que você encontrou nossos arquivos perdidos depois de sete séculos. Também encontrou nosso tesouro, que escapou a Felipe, o Belo?

– Isso também está ao meu alcance.

– Palavras ousadas, marechal.

Roquefort olhou para os irmãos.

– Estive procurando durante uma década. As pistas são difíceis, mas logo possuirei provas que o mundo não poderá negar. É irrelevante saber se as mentes mudarão. Pelo contrário, a vitória é obtida provando que nossos irmãos não eram hereges. Em vez disso, cada um deles era um santo.

Aplausos irromperam da multidão. Roquefort aproveitou o momento.

– A Igreja Romana nos debandou, afirmou que cultuávamos ídolos, mas a Igreja em si venera seus próprios ídolos com grande pompa. – Ele parou, em seguida disse em voz alta: – Eu tomarei de volta o sudário.

Mais aplausos. Mais altos. Uma violação da Regra, mas ninguém parecia se incomodar.

– A Igreja não tem o direito de ficar com o *nosso* sudário – gritou Roquefort acima dos aplausos. – Nosso mestre, Jacques de Molay, foi torturado, brutalizado e depois morto na fogueira. E qual foi o seu crime? Ser um servidor fiel de seu Deus e seu papa. Seu legado não é o legado *deles*. É *nosso* legado. Temos os meios de realizar esse objetivo. E será assim, sob o meu mandato.

O senescal entregou o *beauseant* ao homem ao seu lado, aproximou-se de Roquefort e esperou que os aplausos terminassem.

– E quanto aos que não acreditam no mesmo que você?

– *Procure e achará, bata, e a porta se abrirá.*

– E os que escolherem discordar?

– O evangelho também é claro quanto a isso. *Maldito aquele sobre o qual demônios malignos agem.*

– Você é um homem perigoso.

– Não, senescal, você é o perigo. Chegou a nós tarde e com coração fraco. Não tem concepção de nossas necessidades, só do que você e seu mestre achavam ser nossas necessidades. Eu dei a vida a esta Ordem. Ninguém, a não ser você, jamais questionou minhas capacidades. Sempre me ative ao ideal de que preferiria me quebrar a me dobrar. – Ele se virou de costas para o oponente e indicou o conclave. – Chega. Peço uma votação.

A Regra determinava que o debate estava encerrado.

– Votarei primeiro – disse Roquefort. – Em mim. Todos os que concordam, digam isso.

Ele ficou olhando enquanto os dez homens restantes consideravam sua decisão. Haviam permanecido em silêncio durante o confronto com o senescal, mas cada membro tinha ouvido com uma intensidade que sinalizava a compreensão. Os olhos de Roquefort foram até o grupo e se fixaram nos poucos que considerava absolutamente leais.

Mãos começaram a se levantar.

Um. Três. Quatro. Seis.

Sete.

Ele tinha seus dois terços, mas queria mais, por isso esperou antes de declarar vitória.

Todos os dez votaram nele.

O salão irrompeu em aplausos.

Em tempos antigos, ele seria erguido e carregado até a capela onde seria rezada uma missa em sua homenagem. Mais tarde aconteceria uma comemoração, uma das raras ocasiões em que a Ordem festejava. Mas isso não acontecia mais. Em vez disso, homens começaram a cantar seu nome e irmãos, que normalmente existiam num mundo desprovido de emoções, mostravam a aprovação aplaudindo. O aplauso se transformou em *beauseant* – e a palavra reverberou no salão.

Seja glorioso.

Enquanto o canto prosseguia, Roquefort olhou para o senescal, que continuava ao seu lado. Os olhos dos dois se encontraram e, através do olhar, ele deixou claro que não somente o sucessor escolhido pelo mestre havia perdido a luta, mas agora o perdedor corria perigo mortal.

VINTE E DOIS

RENNES-LE-CHÂTEAU
21H30

Stephanie caminhava pela casa do marido morto.

A aparência era típica da região. Pisos de madeira resistente, traves de teto, lareira de pedra, móveis simples de pinho. Não havia muito espaço, mas o bastante, com dois quartos, um escritório, um banheiro, uma cozinha e uma oficina. Lars adorava trabalhos de torneado em madeira e mais cedo ela havia notado que seus tornos, formões, cinzéis e goivas ainda estavam ali, cada ferramenta pendurada num quadro com ganchos e coberta por uma fina camada de poeira. Ele era talentoso no torno. Ela ainda possuía tigelas, caixas e candelabros que o marido havia feito a partir de árvores da região.

Durante o casamento, ela só havia visitado o lugar algumas vezes. Stephanie e Mark moravam em Washington, depois em Atlanta. Lars ficava principalmente na Europa, a última década ali em Rennes. Nenhum dos dois violava o espaço do outro sem permissão. Mesmo que talvez não concordassem na maioria das coisas, eram sempre educados. Talvez demais, era o que ela pensara muitas vezes.

Sempre acreditara que Lars havia comprado a casa com os direitos autorais do primeiro livro, mas agora sabia que Henrik Thorvaldsen havia ajudado na compra. O que era bem do estilo de Lars. Não tinha muito apego a dinheiro, gastando tudo que ganhava com viagens e com suas obsessões, e a tarefa de garantir que as contas da família fossem pagas ficava por conta dela. Apenas recentemente havia conseguido pagar um empréstimo usado para financiar a faculdade e a pós-graduação de Mark. O filho se oferecera várias vezes para assumir a dívida, em especial depois de terem se afastado, mas ela sempre recusou. O trabalho dos pais era educar os filhos, e ela levava o trabalho a sério. Talvez demais, pelo que passara a acreditar.

Stephanie e Lars não haviam se falado nos meses anteriores à morte dele. O último encontro fora desgastante, outra discussão sobre dinheiro, responsabilidade, família. A tentativa de defendê-lo ontem com Henrik Thorvaldsen parecera vazia, mas ela jamais soubera que alguém tinha conhecimento da verdade sobre a separação do marido. Entretanto, aparentemente, Thorvaldsen sabia. Talvez ele e Lars tivessem sido amigos. Infelizmente, jamais saberia. Esse era o problema com o suicídio – o fim do sofrimento de uma pessoa apenas prolongava a agonia de quem era deixado para trás. Ela desejava muito se livrar da sensação doentia enraizada na boca do estômago. A dor do fracasso, como havia dito um escritor. E ela concordava.

Terminou o passeio pela casa e entrou no escritório, sentando-se diante de Malone, que estivera lendo o diário de Lars desde a hora do jantar.

– Seu marido era um pesquisador meticuloso – disse Malone.

– Boa parte é cifrada, como ele.

Malone pareceu captar a frustração dela.

– Quer dizer por que se sente responsável pelo suicídio de Lars?

Ela decidiu permitir a intromissão. Precisava falar.

– Não me sinto responsável, só me sinto parte. Nós dois éramos orgulhosos. E teimosos também. Eu trabalhava no Departamento de Justiça, Mark estava crescido e falavam em me dar o comando de uma divisão, por isso me concentrei no que achava importante. Lars fez o mesmo. Infelizmente, nenhum de nós apoiou o outro.

— Agora, anos depois, é fácil ver. Na época era impossível.

— Mas esse é o problema, Cotton. Eu estou aqui. Ele, não. — Stephanie se sentia mal falando de si mesma, mas as coisas precisavam ser ditas. — Lars era um escritor talentoso e um bom pesquisador. Todas aquelas coisas que eu lhe disse antes sobre Saunière e esta cidade. Não é interessante? Se eu tivesse prestado alguma atenção enquanto ele estava vivo, talvez ele ainda estivesse aqui. — Ela hesitou. — Ele era um homem muito calmo. Jamais levantava a voz. Jamais dizia uma palavra ruim. O silêncio era sua arma. Podia ficar semanas sem dizer uma palavra. O que me deixava furiosa.

— Bom, isso eu entendo. — E ele acrescentou um sorriso.

— Eu sei. Meu temperamento exaltado. Lars nunca conseguiu lidar com isso também. Finalmente, nós dois decidimos que o melhor era ele viver sua vida e eu ter a minha. Nenhum de nós queria o divórcio.

— O que diz muito sobre o que ele pensava de você. Bem no fundo.

— Nunca percebi isso. Só via Mark no meio. Ele se sentia atraído por Lars. Eu tenho dificuldades com emoções. Lars não era assim. E Mark possuía a curiosidade religiosa do pai. Os dois eram muito parecidos. Meu filho escolheu o pai, mas eu forcei essa escolha. Thorvaldsen estava certo. Para alguém tão cuidadosa com o trabalho, fui inepta para cuidar da minha vida. Antes de Mark ser morto, eu não falava com ele havia três anos. — A dor dessa realidade sacudiu sua alma. — Pode imaginar, Cotton? Meu filho e eu passamos três anos sem trocar uma palavra.

— O que causou o afastamento?

— Ele ficou do lado do pai, por isso fui para o meu lado e eles para o deles. Mark morava aqui na França. Eu fiquei nos Estados Unidos. Depois de um tempo, ficou fácil ignorá-lo. Nunca deixe que isso aconteça com você e Gary. Faça o que tiver de fazer, mas nunca deixe que isso aconteça.

– Eu só me mudei para seis mil quilômetros de distância.

– Mas seu filho adora você. Esses quilômetros significam pouco.

– Já me perguntei muito se fiz a coisa certa.

– Você precisa ter sua vida, Cotton. Seu caminho. Seu filho parece respeitar isso, mesmo sendo novo. O meu era muito mais velho e foi muito mais duro comigo.

Malone olhou o relógio.

– O sol já se pôs há vinte minutos. Está quase na hora.

– Quando você notou que estávamos sendo seguidos?

– Logo depois de chegarmos. Dois homens. Parecidos com os da catedral. Seguiram a gente até o cemitério, depois pela cidade. Estão lá fora agora mesmo.

– Não há perigo de entrarem?

Ele balançou a cabeça.

– Estão aqui para vigiar.

– Agora entendo por que você saiu do Núcleo. A ansiedade. É difícil. Nunca se pode baixar a guarda. Você estava certo em Copenhague. Não sou agente de campo.

– O problema, para mim, veio quando comecei a gostar da adrenalina. É aí que a gente morre.

– Todos levamos uma vida relativamente segura. Mas ter pessoas seguindo cada movimento, pretendendo nos matar? Dá para ver como isso desgasta. Com o tempo, a gente precisa sair disso.

– O treinamento ajuda a lidar com a apreensão. A gente aprende a enfrentar a incerteza. Mas você nunca foi treinada. – Ele sorriu. – Só está no comando.

– Espero que você saiba que nunca pretendi envolvê-lo.

– Você deixou isso bem claro.

– Mas fico feliz por você estar aqui.

– Não perderia isso por nada no mundo.

Ela sorriu.

– Você foi o melhor agente que já tive.

– Só era o mais sortudo. E tive o bom senso de saber quando parar.

– Peter Hansen e Ernst Scoville foram assassinados. – Ela parou e finalmente verbalizou o que havia passado a acreditar. – Talvez Lars também tenha sido. O homem da catedral queria que eu soubesse disso. Foi seu modo de dar um recado.

– Esse é um grande salto lógico.

– Eu sei. Não há prova. Mas tenho a sensação e, mesmo não sendo agente de campo, passei a confiar nos meus sentimentos. Mesmo assim, como costumava lhe dizer, nada de conclusões baseadas em suposições. Temos de pegar os fatos. Essa coisa toda é esquisita demais.

– Nem me fale. Cavaleiros templários. Segredos em lápides. Padres encontrando um tesouro escondido.

Ela olhou uma foto de Mark no aparador, tirada alguns meses antes de ele morrer. Lars estava em todo o rosto vibrante do rapaz. O mesmo queixo com covinha, olhos brilhantes e pele morena. Por que ela havia deixado as coisas ficarem tão ruins?

– Estranho isso estar aqui – disse Malone, vendo o interesse dela.

– Pus aqui na última vez em que vim. Há cinco anos. Logo depois da avalanche. – Era difícil acreditar que seu filho único estava morto havia cinco anos. Os filhos não deveriam morrer achando que os pais não os amavam. Diferentemente do marido afastado, que possuía uma sepultura, Mark estava enterrado sob toneladas de neve dos Pirineus, 50 quilômetros ao sul. – Preciso terminar isso – murmurou ela para a foto, a voz embargada.

– Ainda não sei o que é *isso*.

Ela também não sabia.

Malone gesticulou com o diário.

– Pelo menos sabemos onde encontrar Claridon em Avignon, como instruiu a carta para Scoville. É Royce Claridon. Há uma anotação e um endereço no diário. Lars e ele eram amigos.

– Eu estava imaginando quando você descobriria isso.
– Há mais alguma coisa que deixei passar?
– É difícil dizer o que é importante. Há muita coisa aí.
– Você tem de parar de mentir para mim.

Ela estivera esperando a bronca.

– Eu sei.
– Não posso ajudar se você ficar escondendo detalhes.

Ela entendia.

– Que tal as páginas que faltavam e foram mandadas a Scoville? Há alguma coisa nelas?
– Diga você. – E ele entregou as oito folhas.

Ela decidiu que pensar um pouco afastaria sua mente de Lars e Mark, por isso examinou os parágrafos escritos à mão. A maioria não tinha importância, mas algumas partes rasgaram seu coração.

... Saunière obviamente gostava da amante. Ela veio até ele quando sua família se mudou para Rennes. Seu pai e o irmão eram hábeis artesãos e a mãe cuidava do presbitério paroquial. Isso foi em 1892, um ano depois de muita coisa ter sido descoberta por Saunière. Quando a família dela se mudou de Rennes para trabalhar numa fábrica próxima, ela ficou com Saunière e permaneceu até ele morrer, duas décadas depois. Num determinado ponto, ele passou absolutamente todas as coisas que possuía para o nome dela, o que demonstra a confiança inquestionável que lhe dedicava. Ela era totalmente devota a ele, mantendo os segredos durante 36 anos depois da morte do padre. Invejo Saunière. Ele foi um homem que conheceu o amor incondicional de uma mulher e devolveu esse amor com confiança e respeito incondicionais. Segundo todos os relatos, era um homem difícil de agradar, um homem impelido a realizar algo pelo qual as pessoas se lembrariam dele. A espalhafatosa criação na igreja de Maria Madalena parece

ser seu legado. Não há registro da amante verbalizando qualquer oposição ao que ele estava fazendo. Todos os relatos dizem que ela era uma mulher dedicada que apoiava o benfeitor em tudo que ele fazia. Sem dúvida havia algum desacordo, mas, no fim, ela defendeu Saunière até o dia em que ele morreu e continuou defendendo durante quase quatro décadas. Há muito a ser dito sobre a dedicação. Um homem pode realizar muitas coisas quando a mulher que ele ama o apoia, mesmo que ela acredite que o que ele faz é tolo. Sem dúvida, a amante de Saunière deve ter balançado a cabeça mais de uma vez diante do absurdo de suas criações. Tanto a vila Betânia quanto a torre Magdala são ridículas para seu tempo. Mas ela jamais deixou sequer uma gota d'água cair no fogo dele. Gostava dele o suficiente para deixá-lo ser o que precisava ser, e o resultado está sendo visto hoje pelos milhares que vêm a Rennes a cada ano. Esse é o legado de Saunière. O dela é o fato de o legado dele ainda existir.

– Por que você me deu isso para ler? – perguntou Stephanie quando terminou.

– Você precisava.

De onde tinham vindo todos esses fantasmas? Rennes-le-Château podia não ter tesouro algum, mas esse lugar abrigava demônios decididos a atormentá-la.

– Quando recebi o diário pelo correio e li, percebi que não havia sido justa com Lars ou Mark. Eles acreditavam no que buscavam, assim como eu acreditava no meu trabalho. Mark diria que eu era apenas negativa. – Ela fez uma pausa, esperando que os espíritos estivessem escutando. – Quando vi o caderno de novo, soube que estava errada. O que quer que Lars procurasse, era importante para ele, portanto deveria ter sido importante para mim. Na verdade, foi

por isso que eu vim, Cotton. Devo isso a eles. – Ela o olhou cansada.
– Deus sabe que eu devia a eles. Simplesmente não percebi que o risco era tão alto.

Ele olhou o relógio de novo, depois espiou pelas janelas escuras.

– Hora de descobrir o quanto é alto. Você vai ficar bem, aqui?

Ela se controlou e assentiu.

– Vou manter o meu ocupado. Cuide do outro.

VINTE E TRÊS

Malone saiu da casa pela porta da frente, sem qualquer tentativa de esconder a partida. Os dois homens que havia notado antes estavam parado na outra extremidade da rua, numa esquina perto do muro da cidade, de onde podiam ver a residência de Lars Nelle. O problema deles era que, para segui-lo, teriam de atravessar a mesma rua deserta. Amadores. Se fossem profissionais, teriam se separado. Um em cada ponta, prontos para partir em qualquer sentido. Assim como em Roskilde, sua conclusão diminuiu a apreensão. Mas ele permaneceu atento, os sentidos em alerta, imaginando quem estaria tão interessado no que Stephanie fazia.

Poderiam ser mesmo cavaleiros templários dos tempos modernos? Na casa, os lamentos de Stephanie haviam feito com que ele pensasse em Gary. A morte de um filho parecia algo indizível. Ele não podia imaginar o sofrimento de Stephanie. Talvez devesse ter permanecido na Geórgia depois da aposentadoria, mas Gary não quis saber disso. *Não se preocupe comigo*, dissera o filho. *Eu vou visitar você*. Com 14 anos, o garoto possuía uma cabeça muito boa. Mesmo assim, a decisão assombrava Malone, em especial agora que estava de novo arriscando o pescoço por causa de outra pessoa. Mas seu pai havia sido igual – morreu quando o submarino que ele comandava afundou no Atlântico Norte durante um exercício. Malone tinha dez anos e se lembrava de que a mãe sofrera muito. No serviço fúnebre, ela até recusou a bandeira dobrada oferecida pela guarda de honra. Mas ele a aceitou e, desde então, o embrulho vermelho, branco e azul havia ficado com ele. Sem túmulo para visitar, a bandeira era a única lembrança física do homem que ele mal conhecera.

Chegou ao fim da rua. Não precisou olhar para trás para saber que um dos homens o estava seguindo, e o outro ficou vigiando Stephanie em casa.

Virou à esquerda e foi na direção dos domínios de Saunière.

Obviamente, Rennes não era um local noturno. Portas e janelas trancadas ladeavam o caminho. O restaurante, a livraria e os quiosques estavam trancados. A escuridão encobria a rua em sombras profundas. O vento murmurava do outro lado dos muros como uma alma sofrida. A cena parecia saída de Dumas, como se a vida ali falasse apenas em sussurros.

Subiu a ladeira na direção da igreja. A vila Betânia e o presbitério estavam trancados, o jardim de árvores mais além, iluminado por uma meia-lua partida por nuvens que passavam rápidas.

O portão do pátio da igreja estava aberto, como Stephanie havia dito que estaria. Ele foi direto para lá, sabendo que o perseguidor também iria. Assim que entrou, usou a escuridão mais densa para se esgueirar atrás de um enorme olmo. Espiou para trás e viu o perseguidor entrar no cemitério, acelerando o passo. Quando o homem passou pela árvore, Malone saltou e deu um soco na barriga dele. Ficou aliviado ao não sentir um colete à prova de balas. Deu outro soco no queixo, lançando o perseguidor no chão, depois o puxou para cima.

O rapaz era baixo, musculoso, barbeado e de cabelos curtos e claros. Estava atordoado enquanto Malone o revistava, encontrando rapidamente o volume de uma arma. Enfiou a mão dentro do paletó do sujeito e pegou uma pistola. Beretta Bobcat. Italiana. Uma semiautomática minúscula, projetada para ser usada como último recurso. Ele já usara uma. Levou o cano ao pescoço do sujeito e o apertou firme de encontro à árvore.

– O nome de seu patrão, por favor.

Não houve resposta.

– Você entende inglês?

O sujeito balançou a cabeça enquanto continuava sugando o ar e se orientando.

– Já que você entendeu minha pergunta, compreende isso?

Ele engatilhou a pistola.

Um enrijecimento sinalizou que o rapaz havia registrado a mensagem.

– Quem é seu patrão?

Um tiro ressoou e uma bala se cravou no tronco da árvore logo acima da cabeça dos dois. Malone girou e viu uma figura em silhueta parada a uns trinta metros, empoleirada onde o mirante encontrava o muro do cemitério, com um fuzil na mão.

Outro tiro e uma bala ricocheteou no chão a centímetros de seu pé. Ele soltou o rapaz, que saiu correndo do cemitério paroquial.

Mas Malone estava mais preocupado com o atirador.

Viu a figura abandonar o terraço, desaparecendo de novo no mirante. Uma nova energia o dominou. Segurando a arma, saiu correndo do cemitério e passou por um corredor estreito entre a vila Betânia e a igreja. Lembrava-se da geografia, do passeio anterior. O jardim de árvores ficava do outro lado, cercado por um mirante elevado que se dobrava em U na direção da torre Magdala.

Entrou correndo no jardim e viu a figura correndo pelo mirante. O único caminho de subida era uma escada de pedra. Foi até lá e subiu de três em três degraus. No topo, o ar rarefeito golpeou seus pulmões e o vento forte o atacou sem interferência, molestando seu corpo e reduzindo o progresso.

Viu o homem ir direto para a torre Magdala. Pensou em tentar um tiro, mas um vento súbito o golpeou, como se alertasse contra isso.

Imaginou para onde o agressor estaria indo. Não havia nenhuma outra escada descendo, e a Magdala certamente ficava trancada à noite. À esquerda estendia-se um corrimão de ferro fundido, depois do qual havia árvores e uma queda de três metros até o jardim. À direita, depois de um baixo muro de pedras, era uma queda de 450 metros. Em algum ponto, ele ficaria cara a cara com o sujeito.

Rodeou o terraço, passou por uma estufa de ferro e viu a figura entrar na torre Magdala.

Parou.

Não havia esperado por isso.

Lembrou-se do que Stephanie dissera sobre a geometria do prédio. Um quadrado com cerca de cinco metros e meio de lado, com uma torrinha redonda que abrigava uma escada em caracol indo até um telhado com ameias. Saunière já abrigara sua biblioteca particular ali dentro.

Decidiu que não tinha escolha. Correu até a porta, viu que estava entreaberta, e se posicionou de um dos lados. Chutou a madeira pesada para dentro e esperou um tiro.

Não houve nada.

Arriscou um olhar e viu que o cômodo estava vazio. Janelas ocupavam duas paredes. Subiu a escada em caracol até uma porta de aço e testou-a. Não houve movimento. Empurrou com mais força. Estava trancada por fora.

A porta abaixo se fechou com estrondo.

Desceu a escada e descobriu que a única outra saída agora também estava trancada por fora. Foi até uma janela de painéis fixos que dava no jardim de árvores e viu a figura escura saltar do terraço, segurar um galho grosso e depois tombar no chão com agilidade surpreendente. A figura correu em meio às árvores e foi para o estacionamento a uns trinta metros dali, o mesmo onde ele havia deixado o Peugeot antes.

Recuou e disparou três tiros contra o lado esquerdo da janela. O vidro chumbado se estilhaçou, depois se partiu. Ele se aproximou rapidamente e usou a arma para afastar os cacos. Subiu no banco embaixo da janela e se espremeu pela abertura. A queda era de apenas dois metros. Pulou e correu para o estacionamento.

Ao sair do jardim, escutou um motor sendo ligado e viu a figura escura sobre uma motocicleta. O sujeito girou a moto e evitou a única rua que saía do estacionamento, rugindo por uma das passagens laterais e indo na direção das casas.

Malone decidiu rapidamente usar o desenho compacto do povoado a seu favor e partiu para a esquerda, correndo por um beco estreito e virando na rua principal. Uma ladeira que descia ajudou, e ele ouviu a motocicleta se aproximando pela direita. Haveria apenas uma oportunidade, por isso levantou a arma e diminuiu o passo.

Quando o motoqueiro saiu do beco, ele disparou duas vezes.

Um tiro errou, mas o outro acertou o chassi num jorro de fagulhas e ricocheteou.

A moto passou rugindo pelo portão da cidade.

Luzes começaram a se acender. Sem dúvida, tiros eram um som estranho por ali. Ele enfiou a arma no paletó, recuou por outro beco e voltou na direção da casa de Lars Nelle. Dentro de alguns instantes, estaria lá dentro em segurança. Duvidava que os outros dois homens ainda estivessem por perto – ou que, se estivessem, representassem um problema.

Mas uma coisa o incomodava.

Havia captado uma sugestão daquilo enquanto olhava a figura saltar do terraço e depois sair correndo. Algo no movimento.

Era difícil ter certeza.

Quem o atacara tinha sido uma mulher.

VINTE E QUATRO

ABADIA DES FONTAINES
22H

O senescal encontrou Geoffrey. Estivera procurando o assistente desde que o conclave se dissolvera e finalmente soube que o rapaz havia se retirado para uma das pequenas capelas na ala norte, depois da biblioteca, um dos muitos locais de repouso oferecidos pela abadia.

Entrou no cômodo iluminado apenas por velas e viu Geoffrey deitado no chão. Muitas vezes os irmãos se deitavam diante do altar de Deus. Durante a iniciação, o ato mostrava humildade, uma demonstração de insignificância diante do céu, e o uso contínuo da prática servia como lembrança.

– Precisamos conversar – disse em voz baixa.

O jovem colega permaneceu imóvel por alguns instantes, depois se ajoelhou devagar, fez o sinal da cruz e se levantou.

– Diga exatamente o que você e o mestre estavam fazendo. – Ele não estava com clima para subterfúgios, e felizmente Geoffrey parecia mais calmo do que antes, no Salão dos Pais.

– Ele queria garantir que aqueles dois pacotes fossem postos no correio.

– Disse o motivo?

– Por que diria? Ele era o mestre. Sou apenas um irmão sem importância.

– Aparentemente, ele confiou em você o suficiente para requisitar sua ajuda.

– E disse que o senhor se ressentiria disso.

– Não sou tão mesquinho assim. – O senescal podia sentir que o sujeito sabia mais. – Conte.

– Não posso dizer.

– Por quê?

– O mestre me instruiu a responder à pergunta sobre as correspondências. Mas não devo dizer mais nada... até que mais aconteça.

– Geoffrey, o que mais precisa acontecer? Roquefort está no comando. Você e eu estamos praticamente sozinhos. Os irmãos estão se alinhando com Roquefort. O que mais precisa ocorrer?

– Não sou eu que decido isso.

– Roquefort não conseguirá ter sucesso sem o Grande Legado. Você ouviu a reação no conclave. Os irmãos irão abandoná-lo se ele não o trouxer. Era sobre isso que você e o mestre estavam tramando? O mestre sabia mais do que me disse?

Geoffrey ficou quieto, e, de repente, o senescal detectou no auxiliar uma maturidade que jamais havia notado.

– Sinto vergonha em dizer que o mestre me disse que o marechal derrotaria o senhor no conclave.

– O que mais ele disse?

– Nada que eu possa revelar no momento.

O jeito evasivo era irritante.

– Nosso mestre era brilhante. Como você disse, ele previu o que aconteceu. Aparentemente, pensava adiante a ponto de tornar você seu oráculo. Diga, o que devo fazer? – O apelo em sua voz não podia ser disfarçado.

– Ele disse para responder a essa pergunta com o que Jesus disse: *Quem não ama seu pai e sua mãe como eu não pode ser meu discípulo.*

As palavras eram do Evangelho de Tomé. Mas o que significavam nesse contexto? Ele pensou no que mais Tomé havia escrito: *Quem não ama seu pai e sua mãe como eu não pode ser meu discípulo.*

– Ele também queria que eu o lembrasse de que Jesus disse: *Aquele que procura não deve parar de procurar até encontrar...*

– *Quando encontrar, será perturbado. Quando estiver perturbado, ficará pasmo e reinará sobre todos* – terminou rapidamente. – Tudo que ele disse era uma charada?

Geoffrey não respondeu. O rapaz era de um grau muito mais baixo que o senescal, seu caminho para o conhecimento estava apenas começando. A participação na Ordem era uma progressão constante em direção ao gnosticismo completo – uma jornada que normalmente exigiria três anos. Geoffrey chegara à abadia havia apenas 18 meses, do lar jesuíta na Normandia, uma criança abandonada e criada pelos monges. O mestre o havia notado imediatamente e exigido que ele fosse incluído no pessoal executivo. O senescal ficou curioso com aquela decisão apressada, mas o velho meramente havia sorrido e dito:

– Não é diferente do que fiz com você.

Ele pôs a mão no ombro do auxiliar.

– Para o mestre ter pedido sua ajuda, ele certamente levava em alta conta suas capacidades.

Uma expressão resoluta surgiu no rosto pálido.

– E não falharei com ele.

Os irmãos tomavam caminhos diferentes. Alguns seguiam para a administração. Outros se tornavam artesãos. Muitos eram associados à autossuficiência da abadia como trabalhadores especializados ou agricultores. Alguns se dedicavam somente à religião. Apenas um terço era escolhido como cavaleiro. Geoffrey estava na fila para se tornar cavaleiro em algum momento dos próximos cinco anos, dependendo de seu progresso. Já havia cumprido o aprendizado e terminado o treinamento elementar exigido. Um ano de Escrituras estava adiante, antes que o primeiro juramento de fidelidade pudesse ser administrado. Uma pena, pensou o senescal, ele poderia facilmente perder tudo que havia trabalhado para alcançar.

– Senescal, e quanto ao Grande Legado? Ele pode ser descoberto, como disse o marechal?

– Esta é nossa única salvação. Roquefort não o tem, mas provavelmente acha que sabemos. Nós sabemos?

– O mestre falou a respeito. – As palavras vieram rapidamente, como se não devessem ser ditas.

O senescal esperou por mais.

– Ele me disse que um homem chamado Lars Nelle foi quem chegou mais perto. Disse que o caminho de Nelle era o correto. – O rosto pálido de Geoffrey se remexeu numa agitação nervosa.

O senescal e o mestre haviam discutido muitas vezes o Grande Legado. Suas origens eram de um tempo anterior a 1307, mas ter sido escondido depois do Expurgo foi um modo de privar Felipe IV da riqueza e dos conhecimentos dos templários. Nos meses anteriores a 13 de outubro, Jacques de Molay escondeu tudo que a Ordem tinha de mais valioso. Infelizmente, não foi registrada qualquer menção à sua localização, e a peste negra acabou apagando cada alma que sabia alguma coisa sobre o paradeiro. A única pista vinha de uma passagem anotada nas Crônicas em 4 de junho de 1307. *Qual é o melhor lugar para se esconder uma pedrinha?* Mestres subsequentes tentaram responder a essa pergunta e procuraram até que o esforço foi considerado inútil. Mas somente no século XIX vieram à luz novas pistas – não da Ordem, mas de dois párocos em Rennes-le-Château. Os abades Antoine Bigou e Bérenger Saunière. O senescal sabia que Lars Nelle havia ressuscitado a história espantosa dos dois, escrevendo, nos anos 1970, um livro que contava ao mundo sobre o minúsculo povoado francês e sua suposta mística antiga. Agora, saber que *ele havia chegado mais perto*, que o seu caminho era o correto, parecia quase surreal.

O senescal já ia perguntar mais quando soaram passos. Virou-se enquanto quatro irmãos cavaleiros, homens que ele conhecia, entraram marchando na capela. Roquefort os acompanhava, agora vestindo a batina branca de mestre.

— Tramando, senescal? — perguntou Roquefort com os olhos brilhando.

— Não mais. — O senescal se perguntou sobre a demonstração de força. — Precisa de uma audiência?

— Eles estão aqui para o seu bem. Mas espero que isto seja feito de modo civilizado. O senhor está preso.

— E qual é a acusação? — perguntou, sem demonstrar qualquer preocupação.

— Violação de nosso juramento.

— Pretende se explicar?

— No fórum adequado. Esses irmãos irão acompanhá-lo a seus aposentos, onde você passará a noite. Amanhã encontrarei acomodações mais adequadas. Até lá, seu substituto precisará do quarto.

— É gentileza sua.

— Foi o que achei. Mas fique feliz. Há muito tempo uma cela de penitência teria sido seu lar.

Ele sabia sobre elas. Não passavam de caixas de ferro, pequenas demais para ficar de pé ou deitado. Em vez disso, o prisioneiro tinha de se agachar, e o fato de não servirem comida ou água só fazia aumentar a agonia.

— Você planeja ressuscitar o uso da cela?

Ele viu que Roquefort não apreciou o desafio, mas o francês apenas sorriu. Raramente esse demônio relaxava a ponto de rir.

— Meus seguidores, diferentemente dos seus, são leais aos juramentos. Não há necessidade de tais medidas.

— Chego a achar que você acredita nisso.

— Veja bem, esta insolência é exatamente o motivo para eu ter me oposto a você. Aqueles de nós que somos treinados na disciplina de nossa devoção jamais falamos uns aos outros de modo tão desrespeitoso. Mas homens como você, que vêm do mundo secular, acham a arrogância adequada.

— E negar ao nosso mestre o que lhe era devido foi demonstrar respeito?

— Esse foi o preço que ele pagou pela arrogância.

— Ele foi criado como você.

— O que mostra que nós também somos capazes de errar.

O senescal estava se cansando de Roquefort, por isso se conteve e disse:

— Exijo meu direito a um tribunal.

— E terá. Enquanto isso, ficará confinado.

Roquefort fez um gesto. Os quatro irmãos se adiantaram e, mesmo estando amedrontado, ele decidiu ir com dignidade.

Saiu da capela rodeado por seus guardas, mas, ao chegar à porta, hesitou por um momento e virou-se, captando um último vislumbre de Geoffrey. O rapaz ficara em silêncio, enquanto ele e Roquefort duelavam. O novo mestre estava caracteristicamente despreocupado com alguém tão sem importância. Iriam se passar muitos anos até que Geoffrey representasse alguma ameaça. No entanto, o senescal ficou pensando.

Nenhuma sugestão de medo, vergonha ou apreensão nublou o rosto de Geoffrey.

Em vez disso, a expressão era de decisão intensa.

VINTE E CINCO

RENNES-LE-CHÂTEAU
SÁBADO, 24 DE JUNHO
9H30

Malone se espremeu para entrar no Peugeot. Stephanie já estava dentro do carro.

– Está vendo alguém? – perguntou ela.

– Nossos dois amigos de ontem à noite voltaram. Sacanas resistentes.

– Nenhum sinal da garota de motocicleta?

Ele havia contado a Stephanie sobre suas suspeitas.

– Eu não esperaria isso.

– Onde estão os dois amigos?

– Num Renault vermelho na outra extremidade, atrás da torre d'água. Não vire a cabeça. Não vamos assustá-los.

Ele ajeitou o retrovisor interno para ver o Renault. Diversos ônibus de turismo e cerca de uma dúzia de carros já ocupavam o estacionamento de areia. O tempo claro da véspera havia sumido e agora o céu se manchava de nuvens de tempestade, cor de estanho. A chuva estava a caminho, e para breve. Eles iam para Avignon, a uns 150 quilômetros, encontrar Royce Claridon. Malone já havia verificado o mapa e decidido a melhor rota para despistar qualquer seguidor.

Ligou o carro e saíram do povoado. Assim que passaram pelo portão da cidade e começaram a descer o caminho sinuoso, ele notou que o Renault permanecia atrás, a uma distância discreta.

– Como planeja despistá-los?

Ele sorriu.

– Do velho modo.

– Sempre planeja adiante, não é?

– Alguém para quem já trabalhei me ensinou isso.

Encontraram a autoestrada D118 e foram para o norte. O mapa indicava uma distância de 32 quilômetros até a A61, a via expressa com pedágio logo ao sul de Carcassonne, que ia em direção nordeste até Avignon. Uns dez quilômetros adiante, em Limoux, a autoestrada se bifurcava, um caminho atravessando o rio Aude e entrando em Limoux e o outro continuando para o norte. Decidiu que aquela seria a oportunidade.

A chuva começou a cair. Leve, a princípio, depois forte.

Ligou os limpadores de para-brisa e do vidro traseiro. A estrada adiante, dos dois lados, estava sem carros. Aparentemente, a manhã de sábado havia mantido o tráfego em casa.

O Renault, com os faróis de neblina cortando a chuva, acompanhou sua velocidade e depois acelerou. Malone ficou olhando pelo retrovisor enquanto o Renault passava pelo carro logo atrás dele e depois acelerava, ficando paralelo ao Peugeot na outra pista.

A janela do carona baixou e uma arma apareceu.

– Segure-se – disse ele a Stephanie.

Pisou fundo no acelerador e virou numa curva fechada. O Renault perdeu velocidade e ficou para trás.

– Parece que houve uma mudança de planos. Nossos seguidores ficaram agressivos. Por que não se abaixa no piso?

– Sou uma garota adulta. Continue dirigindo.

Ele fez outra curva, e o Renault diminuiu a distância. Era difícil manter os pneus na estrada. O pavimento tinha uma grossa camada de condensação e ficava mais molhado a cada segundo. Nenhuma linha amarela definia coisa alguma e a borda do asfalto estava parcialmente obscurecida por poças que poderiam facilmente fazer o carro aquaplanar.

Uma bala despedaçou o vidro traseiro.

O vidro temperado não explodiu, porém Malone duvidou que ele pudesse aguentar outro tiro. Começou a ziguezaguear, adivinhando onde o pavimento acabava de cada lado. Viu um carro se aproximando na pista oposta e voltou à sua.

– Você sabe atirar? – perguntou sem afastar os olhos da estrada.

– Onde está?

– Embaixo do banco. Peguei do cara de ontem à noite. O pente está cheio. Faça valer cada tiro. Preciso de algum espaço com relação aos caras atrás de nós.

Ela encontrou a pistola e baixou a janela. O Renault recuou, mas não abortou a perseguição. Ele rabeou, fazendo outra curva, trabalhando o freio e o acelerador como fora treinado havia anos.

Já estava farto de ser a raposa.

Virou para a pista em direção ao sul e pisou o freio. Os pneus se grudaram ao pavimento úmido, cantando. O Renault passou à toda, indo para o norte. Ele soltou o freio, reduziu para a segunda e pisou o acelerador até o fundo.

Os pneus giraram, e o carro saltou adiante.

Engrenou a quinta marcha.

Agora o Renault estava à frente. Malone enviou mais gasolina ao motor. Noventa. Cem. Cento e dez quilômetros por hora. Aquela coisa era curiosamente revigorante. Fazia um bom tempo não via esse tipo de ação.

Passou para a pista em direção sul e ficou paralelo ao Renault.

Agora os dois carros estavam a 120 por hora numa parte relativamente reta da estrada. De repente, chegaram ao topo de um morro pequeno e saltaram do pavimento, pneus batendo com força quando a borracha reencontrou o asfalto encharcado. O corpo de Malone se sacudiu para a frente e depois para trás, chacoalhando o cérebro, enquanto o cinto de segurança o mantinha no lugar.

– Isso foi divertido – disse Stephanie.

À esquerda e à direita estendiam-se campos verdes, a região era um mar de lavanda, aspargos e uvas. O Renault rugia ao lado. Malone olhou de novo rapidamente à direita. Um dos sujeitos de cabelos curtos estava saindo pela janela do carona, enrolando-se para cima e virando o corpo sobre o teto, para conseguir um tiro direto.

– Atire nos pneus deles – disse a Stephanie.

Ela estava se preparando para atirar quando ele viu um caminhão adiante tomando toda a pista para o norte, ocupada pelo Renault. Malone havia dirigido o suficiente nas estradas de duas pistas na Europa para saber que, diferentemente dos Estados Unidos, onde os motoristas de caminhão dirigiam com um abandono imprudente, ali eles andavam a passo de lesma. Estivera esperando encontrar um deles mais perto de Limoux, mas as oportunidades tinham de ser aproveitadas quando apareciam. O caminhão seguia a menos de cem metros à frente. Eles chegariam lá num instante, e por sorte sua pista adiante estava limpa.

– Espere – disse a ela.

Manteve o carro paralelo e não deu espaço de saída para o Renault. O outro motorista teria de frear, bater no caminhão ou virar para o campo aberto à direita. Esperava que o caminhão continuasse na pista para o norte, caso contrário, Malone não teria opção além de encontrar ele próprio um campo.

Aparentemente, o outro motorista percebeu as três opções e saiu do pavimento.

Malone ultrapassou o caminhão pela estrada aberta. Um olhar pelo retrovisor confirmou que o Renault estava atolado na lama escura.

Voltou para a pista em direção ao norte, relaxou um pouco, mas manteve a velocidade e acabou deixando a estrada principal, como planejado, em Limoux.

Chegaram a Avignon pouco depois das 11 da manhã. A chuva tinha parado havia 80 quilômetros e um sol luminoso inundava o terreno coberto de floresta, os morros ondulados verdes e cor de ouro, como uma página de um manuscrito antigo. Uma muralha medieval, com torrinhas, cercava a cidade que já servira de capital do cristianismo durante quase cem anos. Malone manobrou o Peugeot por um labirinto de ruas estreitas até chegar a um estacionamento subterrâneo.

Subiram a escada para o térreo, e ele imediatamente notou igrejas românicas emolduradas por residências ensolaradas, telhados e paredes cor de areia suja, uma sensação claramente italiana. Sendo fim de semana, os turistas estavam aos milhares nas ruas, com os toldos coloridos e os plátanos da Place de l'Horloge sombreando uma multidão ruidosa na hora do almoço.

O endereço no caderno de Lars Nelle os levou a uma das muitas ruas estreitas da cidade. Enquanto caminhavam, Malone pensou no século XIV, quando os papas trocaram o rio Tibre de Roma pelo Ródano francês e ocuparam um enorme palácio na colina. Avignon se tornou asilo de hereges. Judeus compravam a tolerância por uma taxa modesta, os criminosos viviam sem ser incomodados, casas de jogos e bordéis floresciam. O policiamento era frouxo, e andar pelas ruas depois de escurecer podia significar risco de vida. O quê, mesmo, Petrarca havia escrito? *Uma habitação de sofrimentos, tudo respira mentiras.* Malone esperava que as coisas tivessem mudado em seiscentos anos.

O endereço de Royce Claridon era um antiquário – de livros e móveis – com a vitrine cheia de volumes de Júlio Verne, da primeira parte do século XX. Malone conhecia bem as edições coloridas. A porta da frente estava trancada, mas um bilhete grudado no vidro dizia que hoje os negócios eram feitos na Cours Jean Jaurès, parte de uma feira mensal de livros.

Pediram informações para chegar ao mercado, que ficava perto de um dos bulevares principais. Frágeis mesas de metal se espalhavam pela praça arborizada. Caixotes de plástico continham livros franceses e um punhado de títulos em inglês, principalmente volumes sobre cinema e televisão. A feira parecia atrair um tipo diverso de fregueses. Muito cabelo curto, óculos, saias, gravatas e barbas – nenhuma Nikon ou câmera de vídeo à vista.

Ônibus passavam lentamente com turistas a caminho do palácio papal, com os motores a diesel abafando o som de uma banda de tambores de aço tocando do outro lado da rua. Uma lata de Coca bateu na calçada e assustou Malone. Ele estava tenso.

– Algo errado?

– Distrações demais.

Caminharam pela feira, com o olhar bibliófilo de Malone examinando as mercadorias. Todo o material bom estava embrulhado em plástico. Um cartão em cima identificava a proveniência e o preço do livro, que, ele notou, era alto para a baixa qualidade. Com um dos vendedores, informou-se sobre a localização da barraca de Royce Claridon, e a encontraram do outro lado, mais afastado da rua. A mulher que atendia às mesas era baixa e atarracada, com cabelos tingidos de louro presos num coque. Usava óculos escuros e qualquer atratividade era prejudicada por um cigarro enfiado entre os lábios. Fumar era algo que Malone jamais considerara atraente.

Examinaram os livros dela, tudo apresentado numa velha estante doméstica, a maioria dos volumes encadernados em pano em péssimas condições. Ele ficou espantado com a hipótese de alguém comprá-los.

Apresentou a si mesmo e a Stephanie. A mulher não disse o nome, só continuou fumando.

– Nós passamos por sua loja – disse ele em francês.

– Está fechada hoje. – O tom tenso deixou claro que ela não queria ser incomodada.

– Não estávamos interessados em nada de lá – ele deixou claro.

– Então, aproveitem estes livros maravilhosos.

– Os negócios estão tão ruins assim?

Ela deu outra tragada.

– Péssimos.

– Então, por que está aqui? Por que não foi passar o dia no campo?

Ela o avaliou com olhar suspeito.

– Não gosto de perguntas. Em especial de americanos que não falam bem francês.

– Eu achava que o meu francês era bom.

– Não é.

Ele decidiu ir ao ponto.

– Estamos procurando Royce Claridon.

Ela riu.

– Quem não está?

– Poderia nos dizer quem mais está? – Essa vaca estava lhe dando nos nervos.

Ela não respondeu imediatamente; seu olhar foi para duas pessoas que examinavam seu estoque. A banda de tambores de aço do outro lado da rua começou outra música. Os fregueses potenciais foram embora.

– Tenho de vigiar todo mundo – murmurou ela. – Eles roubariam qualquer coisa.

– Vou dizer uma coisa. Eu compro um caixote inteiro se você responder a uma pergunta.

A proposta pareceu interessar a ela.

– O que você quer saber?
– Onde está Royce Claridon?
– Não o vejo há cinco anos.
– Isso não é resposta.
– Ele foi embora.
– Para onde?
– Essa é toda a resposta que um caixote de livros compra.

Claramente não descobririam nada com ela, e Malone não tinha intenção de lhe dar mais nenhum dinheiro. Por isso jogou uma nota de 50 euros na mesa e pegou seu caixote de livros.

– Sua resposta foi uma merda, mas vou manter meu lado no trato.

Foi até uma lixeira aberta, virou o caixote de cabeça para baixo e jogou o conteúdo dentro. Em seguida, jogou o caixote de volta na mesa.

– Vamos – disse a Stephanie. E foram andando.
– Ei, americano.

Ele parou e se virou.

A mulher se levantou da cadeira.

– Gostei disso.

Ele esperou.

– Há um monte de credores procurando Royce, mas é fácil achá-lo. Verifique o sanatório em Villeneuve-les-Avignon. – Ela girou o indicador ao lado da têmpora. – Está piradinho, o Royce.

VINTE E SEIS

ABADIA DES FONTAINES
11H30

O senescal estava sentado em seus aposentos. Havia dormido pouco na noite anterior, enquanto pensava em seu dilema. Dois irmãos guardavam sua porta, e ninguém tinha permissão de entrar, a não ser para trazer comida. Ele não gostava de ficar engaiolado – ainda que, pelo menos por enquanto, numa prisão confortável. Seus alojamentos não eram do tamanho dos do mestre ou do marechal, mas eram muito privativos, com banheiro e janela. Havia pouco perigo de que ele passasse pela janela, já que a queda do outro lado era de mais de uma centena de metros até uma massa de rocha cinzenta.

Mas sem dúvida sua sorte mudaria hoje, já que Roquefort não permitiria que ele percorresse a abadia à vontade. Provavelmente seria mantido num dos cômodos subterrâneos, locais usados há muito como depósitos frescos, local perfeito para manter isolado um inimigo. Seu destino definitivo só poderia ser imaginado.

Havia percorrido um longo caminho desde a iniciação.

A Regra não deixava dúvidas. *Se algum homem optasse por deixar a massa da perdição e abandonar a vida secular e escolher a vida comunal, não consinta em recebê-lo imediatamente, pois assim disse São Paulo*: Teste a alma para ver se ela vem de Deus. *Se a companhia da irmandade for concedida, que a Regra seja lida a ele, e se ele desejar obedecer aos mandamentos da Regra, que os irmãos o recebam, que ele revele seus anseios e desejos diante de todos os irmãos e que faça seu pedido de coração puro.*

Tudo isso acontecera, e ele fora recebido. Voluntariamente fizera o juramento e servira de boa vontade. Agora era prisioneiro. Com acusações falsas levantadas por um politiqueiro ambicioso. Não era diferente de seus irmãos da antiguidade, que haviam caído vítimas do desprezível Felipe, o Belo. Ele sempre achara o rótulo estranho.* Na verdade, isso não tinha nada a ver com o temperamento do monarca, já que o rei francês era um homem frio, cheio de segredos, que queria dominar a Igreja Católica. Em vez disso, referia-se aos cabelos claros e aos olhos azuis. Uma coisa por fora, outra totalmente diversa por dentro – muito como ele próprio, pensou.

Levantou-se de trás da mesa e andou de um lado para o outro, hábito adquirido na faculdade. Mover-se ajudava a pensar. Na mesa estavam os dois livros que havia tirado da biblioteca havia duas noites. Percebeu que as horas seguintes poderiam ser sua última oportunidade de examinar as páginas. Sem dúvida, assim que descobrissem o sumiço, o roubo de propriedade da Ordem seria acrescentado à lista de acusações. A punição – o banimento – seria, na verdade, bem-vinda, mas ele sabia que sua nêmese jamais lhe permitiria isso com facilidade.

Pegou o códice do século XV, um tesouro que qualquer museu pagaria caro para expor. As páginas eram escritas nas letras curvas que ele conhecia como rotundas, comuns na época, usadas em manuscritos eruditos. Havia pouca pontuação, apenas longas linhas de texto preenchendo cada página de cima a baixo, de borda a borda. Um copista havia trabalhado durante semanas para produzi-lo, enfiado no *scriptorium* da abadia em frente a uma mesa de escrita, com a pena

---

* Em inglês, Felipe IV da França é chamado de Philip the Fair. "Fair" pode significar "justo" ou "belo", "louro", "claro". Em português, o rei é chamado de Felipe, o Belo. (*N. do T.*)

na mão, lentamente colocando cada letra no pergaminho. Marcas de queimadura manchavam a encadernação e gotas de cera marcavam muitas páginas, mas o códice estava em condições notavelmente boas. Uma das grandes missões da Ordem era preservar o conhecimento, e ele tivera sorte de encontrar esse reservatório em meio aos milhares de volumes que a biblioteca possuía.

Você precisa encontrar a busca. É o seu destino. Quer perceba isso ou não. É o que o mestre havia dito a Geoffrey. Mas também havia dito: *Os que seguiram o caminho que você está para seguir foram muitos, jamais um deles teve sucesso.*

Mas será que eles sabiam o que ele sabia? Certamente, não.

Pegou o outro volume. O texto também era manuscrito. Mas não por copistas. Em vez disso, as palavras haviam sido grafadas em novembro de 1897 pelo então marechal da Ordem, um homem que estivera em contato direto com o abade Jean-Antoine-Maurice Gélis, pároco do povoado de Coustausa, que também ficava no vale do rio Aude, não muito longe de Rennes-le-Château. O encontro dos dois fora um acaso de sorte, já que o marechal havia obtido informações vitais.

Ele se sentou e de novo folheou o relatório.

Algumas passagens atraíram sua atenção, palavras que lera pela primeira vez com interesse havia três anos. Levantou-se e foi com o livro até a janela.

Fiquei perturbado ao saber que o abade Gélis foi assassinado no Dia de Todos os Santos. Foi encontrado totalmente vestido, usando o chapéu clerical, deitado em seu próprio sangue no chão da cozinha. Seu relógio havia parado às 12h15, mas a hora da morte teria sido entre 3 e 4 da madrugada. Fingindo-me de representante do bispo, falei com moradores e com o chefe de polícia do povoado. Gélis era um sujeito nervoso, que costumava manter as janelas fechadas mesmo no verão. Jamais abria a porta do presbitério a estranhos e, como não havia sinal de invasão forçada, as autoridades concluíram que o abade conhecia o agressor.

Gélis morreu aos 71 anos. Bateram-lhe na cabeça com uma pinça de lareira e depois usaram um machado. O sangue era copioso: foram encontradas manchas no piso e no teto, mas nenhuma pegada em meio às várias poças. Isso deixou perplexo o chefe de polícia. O corpo foi intencionalmente deixado de costas, os braços cruzados sobre o peito, na pose comum para os mortos. Seiscentos e três francos em ouro e notas, junto com mais 106 francos, foram encontrados na casa. Claramente, o roubo não foi o motivo. O único item que poderia ser considerado evidência foi um pacote de papel de cigarro. Escrito em um deles estava "Viva Angelina". Isso era significativo, já que Gélis não era fumante e detestava até mesmo o cheiro de cigarro.

Em minha opinião, o verdadeiro motivo do crime foi encontrado no quarto do padre. Ali o assaltante havia aberto uma pasta. Ainda havia papéis dentro, mas era impossível saber se algo foi removido. Gotas de sangue foram encontradas na pasta e ao redor. O chefe de polícia concluiu que o assassino estava procurando algo, e talvez eu saiba o que era.

Duas semanas antes do assassinato, encontrei-me com o abade Gélis. Um mês antes disso, Gélis havia se comunicado com o bispo de Carcassonne. Apareci na casa de Gélis, fingindo-me de representante do bispo, e discutimos longamente o que o perturbava. Ele acabou requisitando que eu ouvisse sua confissão. Como em verdade não sou padre e, portanto, não estou preso pelo juramento do confessionário, posso relatar o que me foi contado.

Em algum momento no verão de 1896, Gélis descobriu um frasco de vidro em sua igreja. O corrimão do coro precisara de conserto e, quando a madeira foi retirada, encontraram um esconderijo contendo um frasco lacrado com cera, em que havia um único pedaço de papel, no qual estava escrito o seguinte:

```
Y E N S Z N T M G L N Y Y R A E F V H E
O . M O T + P E C T H P E R + A + B L Z
V O U P H R E I + D U S T L E G R ) D F
L P O R X F O N S R T V H V G + C R K R
R D E U M A E T R + R O A U . S M B A Q
R I O + A O I L U J N R Z K M A O X E M
T N A F O G R N E O Y + M P F Q L E ) +
K X V O ) L T K Y I U D . S G T S X O I
N U E + V G A N P E E S L E + U P S Q M
S N L I N E ) L O + P A Q D L X D V G P
Y V E K C . T U B G ) H S M S C . L Y )
O U P T B M + B L V O V + N A X W X S U
P A T S O E S F X . C T I W B . T Y + O
```

    Esse criptograma era um instrumento de código popular durante o século passado. Ele me disse que seis anos antes o abade Saunière, de Rennes-le-Château, também havia encontrado um criptograma em sua igreja. Quando comparados, os dois eram idênticos. Saunière acreditava que os dois frascos foram deixados pelo abade Bigou, que serviu em Rennes-le-Château durante a Revolução Francesa. Na época de Bigou, a igreja de Coustausa também era atendida pelo padre de Rennes. Assim, Bigou seria um visitante frequente à paróquia atual de Gélis. Saunière também achava que havia uma conexão entre os criptogramas e o túmulo de Marie d'Hautpoul de Blanchefort, que morreu em 1781. O abade Bigou era seu confessor e encomendou a lápide, deixando uma variedade de palavras e símbolos escritos nela. Infelizmente, Saunière não pudera decifrar coisa alguma, mas depois de um ano de trabalho Gélis resolveu o criptograma. Disse-me que não fora totalmente sincero com Saunière, achando que os motivos de seu colega abade eram impuros. Por isso, escondeu do colega a solução que havia descoberto.

O abade Gélis queria que o bispo soubesse da solução completa e acreditou que estava realizando esse ato ao me contar a história.

* * *

Infelizmente, o marechal não registrou o que Gélis disse. Talvez tenha pensado que a informação era importante demais para ser anotada, ou talvez ele fosse outro manipulador, como Roquefort. Estranhamente, as Crônicas informaram que o marechal desapareceu um ano depois, em 1898. Um dia saiu para realizar serviços para a abadia e nunca mais voltou. Uma busca não rendeu nada. Mas graças ao Senhor ele havia registrado o criptograma.

Os sinos da Sexta começaram a tocar, sinalizando a reunião do meio-dia para os monges. Todos, menos os funcionários da cozinha, se reuniriam na capela para leituras dos salmos, cânticos de hinos e orações até uma da tarde. Ele decidiu ter seu próprio tempo de meditação, mas foi interrompido por uma batida fraca na porta. Virou-se enquanto Geoffrey entrava com uma bandeja de comida e bebida.

– Ofereci-me para trazer isso – disse o rapaz. – Disseram que o senhor não tomou o café da manhã. Deve estar com fome. – O tom de Geoffrey era estranhamente animado.

A porta continuou aberta e o senescal pôde ver os dois guardas do lado de fora.

– Trouxe um pouco de bebida para eles também – disse Geoffrey, indicando os homens.

– Você está num humor generoso hoje.

– Jesus disse que o primeiro aspecto da Palavra é a fé, o segundo é o amor e o terceiro eram as boas obras, e que dessas coisas vem a vida.

Ele sorriu.

– Isso mesmo, amigo. – E manteve o tom animado para os dois pares de ouvidos a pouca distância.

– O senhor está bem? – perguntou Geoffrey.

– Tanto quanto se pode esperar. – Ele aceitou a bandeja e pôs na mesa.

– Rezei pelo senhor, senescal.

– Imagino que não possuo mais esse título. Certamente um novo foi nomeado por Roquefort.

Geoffrey assentiu.

– Seu principal tenente.

– Que o pesar esteja em nós...

O senescal viu um dos homens junto à porta desmoronar. Um segundo depois, o corpo do outro ficou frouxo e se juntou ao do colega no chão. Duas canecas caíram fazendo barulho nas pedras do piso.

– Demorou bastante – disse Geoffrey.

– O que você fez?

– Um sedativo. O médico me deu. Sem gosto, sem odor, mas rápido. Ele é nosso amigo. Deseja que Deus o ajude. Agora devemos ir. O mestre fez previsões e é meu dever garantir que sejam realizadas.

Geoffrey enfiou a mão sob a batina e pegou duas pistolas.

– O funcionário da armaria também é nosso amigo. Talvez precisemos disso.

O senescal era treinado em armas de fogo, parte da educação básica que cada irmão recebia. Pegou a arma.

– Vamos deixar a abadia?

Geoffrey assentiu.

– É necessário que realizemos nossa tarefa.

– *Nossa* tarefa.

– Sim, senescal. Venho treinando para isso há muito tempo.

Ele ouviu o tom ansioso e, mesmo sendo quase dez anos mais velho do que Geoffrey, sentiu-se subitamente inadequado. Aquele suposto irmão de nível inferior era muito mais do que aparentava.

– Como eu disse ontem, o mestre o escolheu bem.

Geoffrey sorriu.

– Acho que escolheu bem nós dois.

O senescal encontrou uma mochila e rapidamente enfiou alguns artigos de toalete, itens pessoais e os dois livros que havia tirado da biblioteca.

– Não tenho outras roupas, a não ser uma batina.

– Podemos comprar algumas assim que tivermos ido.

– Você tem dinheiro?

– O mestre era um homem meticuloso.

Geoffrey se esgueirou pela porta e olhou para os dois lados.

– Todos os irmãos estarão na Sexta. O caminho deve estar livre.

Antes de seguir Geoffrey até o corredor, o senescal olhou pela última vez para seus aposentos. Alguns dos melhores tempos de sua vida haviam acontecido ali, e ele estava triste por deixar essas lembranças para trás. Mas outra parte de sua psique o instigava à frente, ao desconhecido, lá fora, em direção a alguma verdade que o mestre tão obviamente conhecia.

VINTE E SETE

VILLENEUVE-LES-AVIGNON
12H30

Malone examinou Royce Claridon. O sujeito usava uma calça de veludo cotelê frouxa manchada com o que parecia tinta turquesa. Uma camisa de malha colorida cobria o peito fino. Provavelmente estava à beira dos 60 anos, desengonçado como um louva-deus, o rosto agradável cheio de feições tensas. Os olhos escuros eram fundos, não mais brilhantes com a força do intelecto, mas mesmo assim penetrantes. Os pés estavam descalços e sujos, as unhas malcuidadas, o cabelo grisalho e a barba emaranhada. O funcionário havia alertado que Claridon sofria de delírios, mas em geral era inofensivo, e quase todo mundo na instituição o evitava.

– Quem são vocês? – perguntou Claridon em francês, avaliando-os com uma expressão distante e perplexa.

O sanatório ocupava um enorme castelo que uma placa do lado de fora anunciava ser propriedade do governo francês desde a Revolução. Alas se projetavam do prédio principal em ângulos estranhos. Muitos dos antigos salões foram convertidos em quartos para os pacientes. Eles estavam num solário, rodeado por amplas janelas do chão ao teto que emolduravam o campo. Nuvens que se reuniam velavam o sol do meio-dia. Um dos funcionários disse que Claridon passava a maior parte dos dias ali.

– Vocês são da assembleia? – perguntou Claridon. – O mestre os mandou? Tenho muitas informações para passar a ele.

Malone decidiu entrar no jogo.

– Fomos mandados pelo mestre. Ele pediu que falássemos com você.

– Ah, finalmente. Esperei durante tanto tempo! – As palavras demonstravam empolgação.

Malone fez um sinal e Stephanie recuou. O sujeito obviamente se considerava um templário e as mulheres não faziam parte daquela irmandade.

– Diga, irmão, o que tem a dizer. Conte tudo.

Claridon se remexeu na cadeira, depois saltou de pé, balançando o corpo magro de um lado para o outro.

– Foi terrível – disse ele. – Terrível demais. Estávamos rodeados de todos os lados. Inimigos até onde a vista podia alcançar. Restavam apenas as últimas flechas, a comida estava estragada por causa do calor, a água havia acabado. Muitos haviam sucumbido com a doença. Nenhum de nós iria viver muito.

– Parece um tremendo desafio. O que vocês fizeram?

– Vimos a coisa mais estranha. Uma bandeira branca foi erguida do outro lado das muralhas. Todos nos entreolhamos, dizendo com nossas expressões perplexas as palavras que cada um estava pensando. *Eles querem conversar.*

Malone conhecia um pouco de história medieval. As conversações eram comuns durante as cruzadas. Exércitos em impasse muitas vezes combinavam os termos para que ambos recuassem e os dois reivindicassem a vitória.

– Vocês se reuniram? – perguntou Malone.

O velho assentiu e levantou quatro dedos sujos.

– A cada vez que saímos das muralhas e fomos para o meio de sua horda eles nos receberam calorosamente e as discussões não deixavam de progredir. No fim, chegamos a um acordo.

– Então, diga. Qual é sua mensagem, que o mestre precisa saber?

Claridon lançou-lhe um olhar irritado.

– Você é insolente.

– Como assim? Tenho muito respeito por você, irmão. Por isso estou aqui. O irmão Lars Nelle disse que você era um homem de confiança.

O inquérito pareceu dar trabalho ao cérebro do velho. Então, o reconhecimento veio ao rosto de Claridon.

– Lembro-me dele. Um guerreiro corajoso. Lutou com muita honra. Sim. Sim. Lembro-me dele. O irmão Lars Nelle. Que Deus tenha sua alma.

– Por que diz isso?

– Não ouviu dizer? – Havia incredulidade na voz. – Ele morreu em batalha.

– Onde?

Claridon balançou a cabeça.

– Isso não sei, só que agora ele reside com o Senhor. Rezamos uma missa por ele e fizemos muitas orações.

– Você partiu o pão com o irmão Nelle?

– Muitas vezes.

– Ele falava de sua busca?

Claridon foi para a direita, mas manteve o olhar fixo em Malone.

– Por que me pergunta isso?

O homenzinho agitado começou a girar ao redor dele, como um gato. Malone decidiu se antecipar a qualquer jogo que a mente frouxa do sujeito tivesse imaginado. Agarrou Claridon pela camisa de malha, levantando o sujeitinho magro do chão. Stephanie deu um passo à frente, mas ele a fez parar com um olhar rápido.

– O mestre está insatisfeito – disse ele. – Muito insatisfeito.

– Em que sentido? – O rosto de Claridon estava coberto por um profundo rubor de vergonha.

– Com você.

– Não fiz nada.

– Você não quer responder à minha pergunta.

– O que você quer? – Mais perplexidade.

– Fale sobre a busca do irmão Nelle.

Claridon balançou a cabeça.

– Não sei nada. O irmão não me confidenciou.

O medo se esgueirou nos olhos que encaravam Malone, aceso por uma confusão absoluta. Malone soltou-o. Claridon encolheu-se na direção da parede de vidro e pegou um rolo de papel-toalha e um frasco de spray. Borrifou os painéis e começou a limpar o vidro que não tinha um grão de coisa nenhuma.

Malone virou-se para Stephanie.

– Estamos perdendo tempo aqui.

– O que fez você pensar isso?

– Eu precisava tentar. – Malone se lembrou do bilhete mandado a Ernst Scoville e decidiu fazer uma última tentativa. Pegou o papel no bolso e se aproximou de Claridon. Do outro lado do vidro, alguns quilômetros a oeste, erguiam-se os muros cinzentos de Villeneuve-les-Avignon.

– Os cardeais vivem lá – disse Claridon, jamais parando de limpar. – Príncipes insolentes, todos eles.

Malone sabia que um dia os cardeais haviam ido para as colinas fora dos muros de Avignon e erguido retiros campestres como um modo de escapar do aperto da cidade e do olhar constante do papa. Todos aqueles *livrées* haviam desaparecido, mas a cidade antiga permanecia, ainda silenciosa, campestre e desmoronando.

– Nós somos os protetores dos cardeais – disse Malone, mantendo o fingimento.

Claridon cuspiu no chão.

– Que todos peguem varíola.

– Leia isto.

O homenzinho pegou o papel e passou o olhar sobre as palavras. Uma expressão de perplexidade preencheu seus olhos arregalados.

– Eu não roubei nada da Ordem. Isso eu juro. – A voz estava subindo. – Esta acusação é falsa. Posso fazer um juramento a Deus. Não roubei nada.

O homem só via na página o que queria. Malone pegou o papel de volta.

– Isso é uma perda de tempo, Cotton – disse Stephanie.

Claridon chegou perto dele.

– Quem é essa megera? Por que ela está aqui?

Malone quase sorriu.

– Ela é a viúva do irmão Nelle.

– Eu não sabia que o irmão havia sido casado.

Malone lembrou-se do que havia lido no livro sobre os templários há duas noites.

– Como você sabe, muitos irmãos já foram casados. Mas ela era infiel, por isso o elo foi dissolvido e ela foi banida para um convento.

Claridon balançou a cabeça.

– Ela parece difícil. O que está fazendo *aqui*?

– Procura a verdade sobre o marido.

Claridon encarou Stephanie e apontou com um de seus dedos nodosos.

– Você é maligna – gritou. – O irmão Nelle procurou a penitência na irmandade por causa de seus pecados. Você é uma vergonha.

Stephanie teve o bom senso de simplesmente baixar a cabeça.

– Busco apenas o perdão.

O rosto de Claridon se suavizou diante de sua humildade.

– E terá o meu, irmã. Vá em paz.

Malone fez um gesto e os dois recuaram para a porta. Claridon voltou para sua cadeira.

– É tão triste – disse ela. – E amedrontador. Perder a mente é aterrorizante. Lars costumava falar dessa doença e a temia.

– Não a tememos todos? – Ele ainda estava segurando o bilhete encontrado na casa de Ernst Scoville. Olhou a escrita de novo e leu as últimas três linhas.

> *Em Avignon, encontre Claridon. Ele pode apontar o caminho. Mas prend gard l'Ingénieur.*

– Fico pensando por que o remetente achava que Claridon poderia apontar o caminho para algum lugar. Não temos absolutamente nada. Essa trilha pode ser um beco sem saída.

– Não é verdade.

As palavras foram faladas em inglês e vieram do outro lado do solário.

Malone virou enquanto Royce Claridon se levantava da cadeira. Toda a confusão havia sumido do rosto barbudo do sujeito.

– Posso dar essa orientação. E o conselho dado no bilhete deve ser seguido. Vocês devem ter cuidado com a engenheira. Ela e outros são o motivo para eu estar escondido aqui.

VINTE E OITO

ABADIA DES FONTAINES

O senescal acompanhou Geoffrey através do labirinto de corredores abobadados. Esperava que a avaliação de Geoffrey fosse correta e que todos os irmãos estivessem na capela para as orações do meio-dia.

Até agora não tinham visto ninguém.

Foram até o *palais* que abrigava o salão superior, os escritórios administrativos e as salas públicas. No passado, quando a abadia era isolada do contato com o mundo exterior, ninguém que não fosse da Ordem tinha permissão para passar do saguão de entrada no térreo. Mas, quando o turismo floresceu no século XX, enquanto os outros mosteiros abriam suas portas, para não levantar suspeitas, a abadia des Fontaines fez o mesmo, oferecendo visitas e sessões informativas, muitas das quais ocorriam no *palais*.

Entraram no saguão enorme. Janelas cobertas com um grosseiro vidro esverdeado lançavam fachos opacos de luz do sol num piso de ladrilhos em xadrez. Um gigantesco crucifixo de madeira dominava uma das paredes, uma tapeçaria dominava a outra.

Na entrada para outro corredor, a trinta metros de distância, estava Raymond de Roquefort com cinco irmãos atrás, todos armados com pistolas.

– Estão partindo? – perguntou Roquefort.

O senescal ficou imóvel, mas Geoffrey levantou a arma e disparou duas vezes. Os homens do outro lado mergulharam no chão enquanto balas ricocheteavam na parede.

– Por lá – disse Geoffrey, indicando outro corredor à esquerda.

Dois tiros passaram por eles zunindo.

Geoffrey mandou outra bala através do saguão e os dois assumiram uma posição defensiva no início do corredor, perto de uma sala onde um dia os comerciantes traziam suas mercadorias para ser mostradas.

– Certo – gritou Roquefort. – Vocês têm minha atenção. É necessário derramar sangue?

– Isso é você quem sabe – disse o senescal.

– Achei que seu juramento era precioso. Não é seu dever obedecer ao mestre? Eu ordenei que permanecesse em seus alojamentos.

– Foi? Esqueci essa parte.

– É interessante como um conjunto de regras se aplica a você e outro ao restante de nós. Mesmo assim, não podemos ser razoáveis?

O senescal ficou pensando naquela demonstração de civilidade.

– O que propõe?

– Presumi que você tentaria uma fuga. A sexta parecia a melhor hora, por isso estava esperando. Veja só, eu o conheço bem. Mas seu aliado me surpreende. Há coragem e lealdade aí. Gostaria que ambos se juntassem à minha causa.

– E que fizéssemos o quê?

– Ajudassem a reivindicarmos nosso destino, em vez de atrapalhar o esforço.

Algo estava errado. Roquefort estava posando. Então ele percebeu. Era para ganhar tempo.

Girou.

Um homem armado virou a esquina, a 15 metros deles. Geoffrey também o viu. O senescal disparou um tiro contra a parte inferior da batina do sujeito. Ouviu o estalo do metal rasgando a carne e um grito quando o homem caiu no piso. Que Deus o perdoasse. A Regra proibia fazer mal a outro cristão. Mas não havia escolha. Ele precisava escapar.

– Venha – disse.

Geoffrey foi na frente e os dois correram, saltando por cima do irmão que se retorcia de dor.

Viraram a esquina e continuaram correndo.

Passos podiam ser ouvidos atrás.

– Espero que você saiba o que faz – disse o senescal a Geoffrey.

Viraram outra esquina do corredor. Geoffrey parou junto a uma porta entreaberta e eles entraram, fechando-a sem fazer barulho. Um segundo depois passaram homens correndo, com os passos sumindo a distância.

– O caminho acaba no ginásio. Não vão demorar para ver que não estamos lá – disse ele.

Saíram de novo, ofegantes e agitados, e foram em direção ao ginásio, mas em vez de virar à direita numa interseção foram para a esquerda, em direção ao refeitório.

O senescal estava se perguntando por que os tiros não haviam atraído mais irmãos. Mas a música na capela era sempre alta, tornando difícil escutar qualquer coisa do lado de fora das paredes. Mesmo assim, se Roquefort esperava que ele tentasse fugir, seria razoável presumir que mais irmãos estivessem esperando do lado de fora da abadia.

As mesas e bancos compridos no refeitório estavam vazios. Um cheiro de tomate assado e quiabo vinha da cozinha. No nicho do orador, escavado a um metro de altura numa parede, estava um irmão vestindo um manto, com um fuzil na mão.

O senescal mergulhou sob uma mesa, usando a mochila para amortecer a queda, e Geoffrey procurou refúgio sob outra mesa.

Uma bala se cravou no grosso tampo de madeira.

Geoffrey saiu de baixo e disparou duas vezes, uma das quais acertou o atacante. O homem na alcova balançou e caiu no chão.

– Você o matou? – perguntou o senescal.

– Espero que não. Acho que acertei no ombro.

– Isto está fugindo ao controle.

– Agora é tarde demais.

Levantaram-se. Homens saíram correndo da cozinha, todos usando aventais sujos de comida. Os cozinheiros. Não eram ameaça.

– De volta para dentro, agora – gritou o senescal, e ninguém desobedeceu.

– Senescal – disse Geoffrey em tom ansioso.

– Vá na frente.

Saíram do refeitório por outro corredor. Vozes foram ouvidas atrás, acompanhadas do som rápido de solas de couro batendo na pedra. O fato de dois irmãos terem sido feridos motivaria até mesmo o mais humilde dos perseguidores. O senescal estava com raiva por ter caído na armadilha de Roquefort. Qualquer credibilidade que pudesse ter possuído desaparecera. Ninguém mais iria segui-lo e ele amaldiçoou a própria idiotice.

Entraram na ala dos dormitórios. Uma porta na outra extremidade do corredor estava fechada. Geoffrey correu adiante e testou a fechadura. Trancada.

– Parece que nossas opções são limitadas – disse o senescal.

– Venha – respondeu Geoffrey.

Entraram correndo no dormitório, uma comprida câmara oblonga com catres perpendiculares, ao estilo militar, sob uma fileira de janelas estreitas.

Um grito veio do corredor. Mais vozes. Agitadas. Pessoas vinham na direção deles.

– Não há outro modo de sair daqui – disse ele.

Estavam na metade do caminho da fileira de camas vazias. Atrás deles ficava a entrada, em vias de se encher de adversários. Adiante, os lavatórios.

— Para os banheiros — disse ele. — Esperemos que eles sigam em frente.

Geoffrey correu para a outra extremidade, onde duas portas davam em instalações diferentes.

— Por aqui.

— Não. Vamos nos separar. Você entra em um. Esconda-se num reservado e suba num vaso sanitário. Eu vou para o outro. Se ficarmos quietos, podemos ter sorte. Além disso... — Ele hesitou, não gostando da realidade — ...é a nossa única chance.

Roquefort examinou o ferimento de bala. O ombro do sujeito estava sangrando, o irmão sofria, mas demonstrava um controle notável, lutando para não entrar em choque. Ele havia posto o atirador no refeitório pensando que talvez o senescal fosse passar por ali. E estava certo. O que havia subestimado era a decisão dos oponentes. Os irmãos faziam um juramento de jamais ferir outro irmão. Havia pensado que o senescal era idealista a ponto de permanecer fiel a esse juramento. No entanto, havia dois homens indo agora para a enfermaria. Ele esperava que nenhum dos dois tivesse de ser levado ao hospital em Perpignan ou Mont Louis. Isso poderia provocar perguntas. O médico da abadia era um cirurgião qualificado e possuía uma sala de operações bem equipada, que fora usada muitas vezes em anos anteriores, mas havia limites para sua capacidade.

— Leve-o ao médico e diga-lhe para cuidar deles aqui — ordenou a um tenente. Em seguida, olhou o relógio. Quarenta minutos antes do fim das orações da Sexta.

Outro irmão apareceu.

– A porta na outra extremidade, depois da entrada do dormitório, continua trancada, como o senhor ordenou.

Ele sabia que os dois não haviam retornado pelo refeitório. O irmão ferido não dera esse informe. O que deixava apenas uma alternativa. Pegou o revólver do sujeito.

– Fique aqui. Não deixe ninguém passar. Eu cuido disso pessoalmente.

O senescal entrou no banheiro muito iluminado. Fileiras de cubículos, mictórios e pias de aço inoxidável em bancadas de mármore ocupavam o espaço. Ouviu Geoffrey no cômodo ao lado, posicionando-se num cubículo. Ficou rígido e tentou acalmar os nervos. Nunca estivera numa situação assim. Respirou fundo algumas vezes, virou-se e segurou a maçaneta, abrindo a porta um centímetro e espiando pela abertura.

O dormitório continuava desocupado.

Talvez a busca tivesse ido para outro lugar. A abadia era como um formigueiro, com seus incontáveis corredores. Eles só precisariam de alguns minutos preciosos para escapar. Amaldiçoou-se de novo pela fraqueza. Seus anos de pensamento cuidadoso e intenção deliberada haviam sido desperdiçados. Agora era um fugitivo, com mais de quatrocentos irmãos em vias de se tornarem seus inimigos. *Simplesmente respeito o poder de nossos adversários*. Era o que havia dito ao mestre fazia apenas um dia. Balançou a cabeça. Tremendo respeito havia demonstrado. Até agora não fizera nada inteligente.

A porta do dormitório se abriu, e Raymond de Roquefort entrou.

O adversário trancou a pesada fechadura da porta.

Qualquer esperança que o senescal pudesse ter havia desaparecido. As cartas seriam postas na mesa aqui e agora.

Roquefort segurava um revólver e examinou o quarto, certamente se perguntando onde sua presa poderia estar. Eles não o haviam enganado. Mas o senescal não tinha intenção de arriscar a vida de Geoffrey. Precisava atrair a atenção do perseguidor. Por isso soltou a maçaneta e deixou a porta se fechar com um som baixo.

Roquefort captou uma fração de movimento e ouviu o som de uma porta com amortecedor hidráulico batendo num portal metálico. Seu olhar saltou para os fundos do dormitório e para uma das portas dos lavatórios.

Estivera certo.

Eles estavam ali.

Era hora de acabar com esse problema.

O senescal examinou o banheiro. A luz fluorescente iluminava tudo num brilho diurno. Um comprido espelho na parede acima da bancada das pias fazia o cômodo parecer ainda maior. O piso era de ladrilhos; os vasos, separados por divisórias de mármore. Tudo fora construído com cuidado e projetado para durar.

Enfiou-se na segunda cabine e fechou a porta. Subiu no vaso e se dobrou por cima das divisórias até conseguir trancar as portas da primeira e da terceira cabines. Em seguida, encolheu-se de novo, ainda sobre o vaso, e esperou que Roquefort mordesse a isca.

Precisava de algo para atrair a atenção. Por isso soltou o papel higiênico do suporte.

O ar saiu quando a porta do banheiro se abriu.

Passos soaram no chão.

Ele se levantou sobre o vaso, arma na mão, e disse a si mesmo para respirar lentamente.

*

Roquefort apontou a automática de cano curto na direção das cabines. O senescal estava ali. Ele sabia. Mas onde? Será que ousaria dar um tempo para se abaixar e examinar a abertura embaixo das portas? Três estavam fechadas, três entreabertas.

Não.

Decidiu atirar.

O senescal raciocinou que demoraria apenas um instante para que Roquefort começasse a atirar, por isso jogou o suporte do papel higiênico por baixo da divisória, para dentro da primeira cabine.

O metal encontrou o ladrilho com um "clanc".

Roquefort disparou uma rajada na primeira cabine e chutou a porta para dentro com a sandália. O pó de mármore nublou o ar. Ele disparou outra rajada que arrebentou o vaso e o reboco da parede.

A água jorrou.

Mas a cabine estava vazia.

No segundo antes de Roquefort perceber seu erro, o senescal disparou por cima das cabines, acertando duas balas no peito do inimigo. Os tiros reverberaram nas paredes, as ondas de som rasgando seu cérebro.

Viu Roquefort cair para trás sobre a bancada de mármore e se dobrar como se tivesse levado um soco no peito. Mas notou que não saiu sangue dos ferimentos. O sujeito parecia mais atordoado do que qualquer coisa. Então viu uma superfície azul-acinzentada sob os rasgos da batina branca.

Um colete à prova de balas.

Ajustou a mira e apontou para a cabeça.

Roquefort viu que o tiro viria e conseguiu juntar forças para rolar da bancada no instante em que a bala saía do cano. Seu corpo escorregou no piso molhado pela água empoçada, na direção da porta.

Pedaços de porcelana e pedra eram esmagados embaixo dele. O espelho explodiu, despedaçando-se num estrondo e se pulverizando na bancada. O banheiro era apertado e o oponente era inesperadamente corajoso. Por isso ele recuou para a porta e saiu no momento em que um segundo tiro ricocheteava na parede atrás dele.

O senescal pulou do vaso e saiu da cabine. Esgueirou-se até a porta e se preparou para sair. Roquefort certamente estaria esperando. Mas ele não se intimidaria. Agora, não. Devia essa luta ao seu mestre. Os evangelhos eram claros. Jesus não veio trazer a paz, e sim a espada. Ele também.

Preparou-se, firmou a arma e abriu a porta.

A primeira pessoa que viu foi Raymond de Roquefort. A próxima foi Geoffrey, com a arma apertada firme contra o pescoço do mestre, e a de Roquefort caída no chão.

VINTE E NOVE

VILLENEUVE-LES-AVIGNON

Malone olhou para Royce Claridon e disse:
— Você é bom.
— Tive muitos anos de prática. — Claridon olhou para Stephanie. — Você é a esposa de Lars?
Ela assentiu.
— Ele era meu amigo, e um grande homem. Inteligente demais. Mas também ingênuo. Subestimava os que se opunham a ele.
Ainda estavam sozinhos no solário e Claridon pareceu notar o interesse de Malone pela porta de saída.
— Ninguém vai nos incomodar. Absolutamente ninguém quer ouvir minhas arengas. Fiz questão de virar um tremendo chato. Todos ficam ansiosos pela hora em que eu venho para cá todo dia.
— Há quanto tempo você está aqui?
— Cinco anos.
Malone ficou pasmo.
— Por quê?
Claridon caminhou lentamente em meio às inúmeras plantas nos vasos. Para além do vidro externo, nuvens pretas engordavam o horizonte a oeste, o sol chamejando através de fendas como fogo saindo de uma fornalha.

– Há pessoas que procuram o que Lars procurava. Não abertamente, nem atraindo atenção para a busca, mas tratam de modo severo os que ficam no caminho. Por isso vim para cá e fingi estar doente. Eles nos alimentam bem, cuidam das nossas necessidades e, mais importante, não fazem perguntas. Há cinco anos não falo racionalmente, a não ser comigo mesmo. E posso garantir que isso não é satisfatório.

– Por que está falando conosco? – perguntou Stephanie.

– Você é viúva de Lars. Por ele eu faria qualquer coisa. – Claridon apontou. – E esse bilhete. Mandado por alguém que tem conhecimento. Talvez até pelas pessoas que mencionei e que não permitem que ninguém fique em seu caminho.

– Lars ficou no caminho deles? – perguntou Stephanie.

Claridon assentiu.

– Muitos queriam saber o que ele descobriu.

– Qual era sua ligação com ele? – perguntou Stephanie.

– Eu tinha acesso ao mercado de livros. Ele comprava muito material obscuro.

Malone sabia que as lojas de livros usados eram frequentadas por colecionadores e pesquisadores.

– Acabamos ficando amigos e comecei a compartilhar de sua paixão. Esta região é o meu lar. Minha família está aqui desde os tempos medievais. Alguns dos meus ancestrais eram cátaros, que foram mortos na fogueira pelos católicos. Mas então Lars morreu. Muito triste. Outros depois dele também pereceram. Por isso vim para cá.

– Que outros?

– Um livreiro de Sevilha. Um bibliotecário de Marselha. Um estudante em Roma. Para não falar do Mark.

– Ernst Scoville também está morto – disse Stephanie. – Atropelado por um carro na semana passada, logo depois de eu ter falado com ele.

Claridon fez o sinal da cruz rapidamente.

– Aqueles que procuram acabam de fato pagando. Diga, minha cara, você sabe de alguma coisa?

– Estou com o diário de Lars.

Uma expressão preocupada atravessou o rosto do sujeito.

– Então está correndo perigo mortal.

– Como assim? – perguntou Malone.

– Isso é terrível – disse Claridon, as palavras saindo rápidas. – Terrível demais. Não é certo que você se envolva. Você perdeu o marido e o filho...

– O que sabe sobre Mark?

– Foi logo depois da morte dele que vim para cá.

– Meu filho morreu numa avalanche.

– Não é verdade. Ele foi morto. Como os outros de quem falei.

Malone e Stephanie ficaram em silêncio esperando que o homenzinho estranho explicasse.

– Mark estava seguindo as pistas que o pai havia descoberto fazia anos. Ele não era tão passional quanto Lars e demorou anos para decifrar as anotações de Lars, mas finalmente conseguiu que elas fizessem algum sentido. Viajou para o sul, para procurar nas montanhas, e jamais retornou. Como o pai.

– Meu marido se enforcou numa ponte.

– Eu sei, minha cara. Mas sempre me perguntei o que realmente aconteceu.

Stephanie ficou quieta, porém seu silêncio sinalizou que pelo menos parte dela também se perguntava.

– Você disse que veio para cá para escapar *deles*. Quem são *eles*? perguntou Malone. – Os cavaleiros templários?

Claridon assentiu.

– Fiquei cara a cara com eles em duas ocasiões. Não foi agradável.

Malone decidiu deixar essa ideia se assentar por um momento. Ainda estava segurando o bilhete que fora mandado a Ernst Scoville em Rennes-le-Château. Sinalizou com o papel.

– Como você pode mostrar o caminho? Aonde devemos ir? E quem é essa engenheira com quem devemos ter cuidado?

– Ela também procura o que Lars desejava. Seu nome é Cassiopeia Vitt.

– Ela é boa com um fuzil?

– Ela tem muitos talentos. Atirar, tenho certeza, é um deles. Mora em Givors, uma antiga cidadela. É uma mulher de cor, muçulmana, que possui grande riqueza. Trabalha na floresta para reconstruir um castelo usando apenas técnicas do século XIII. Sua residência fica perto e ela supervisiona pessoalmente o projeto de reconstrução, chamando-se de *l'ingénieur*. A engenheira. Vocês a encontraram?

– Acho que ela salvou minha vida em Copenhague. O que me faz pensar por que alguém alertaria para termos cuidado com ela.

– Os motivos dessa mulher são suspeitos. Ela procura o que Lars procurava, mas por motivos diversos.

– E o que ela procura? – perguntou Malone, cansado de charadas.

– O que os irmãos do templo de Salomão deixaram para trás há muito tempo. O Grande Legado. O que o padre Saunière descobriu. O que os irmãos estão procurando durante todos esses séculos.

Malone não acreditou numa palavra daquilo, mas gesticulou de novo com o papel.

– Então nos aponte a direção certa.

– Não é tão simples. A trilha se tornou difícil.

– Você ao menos sabe por onde começar?

– Se vocês têm o caderno de Lars, têm mais conhecimento que eu. Ele costumava falar do diário, mas nunca tive permissão de vê-lo.

– Também temos um exemplar do *Pierres Gravées du Languedoc* – disse Stephanie.

Claridon ficou boquiaberto.

– Nunca acreditei que esse livro existisse.

Ela enfiou a mão na bolsa e mostrou o exemplar.

– É de verdade.

– Posso ver a lápide?

Ela abriu na página e mostrou o desenho. Claridon o examinou com interesse. E sorriu.

– Lars ficaria satisfeito. O desenho é bom.

– Poderia explicar? – perguntou Malone.

– O abade Bigou ficou sabendo de um segredo com Marie d'Hautpoul de Blanchefort, logo antes de ela morrer. Quando Bigou fugiu da França, em 1793, percebeu que jamais retornaria, por isso escondeu o que sabia na igreja de Rennes-le-Château. Mais tarde essa informação foi encontrada por Saunière, em 1891, num frasco de vidro.

– Sabemos de tudo isso – disse Malone. – O que não sabemos é o segredo de Bigou.

– Ah, sabem sim – disse Claridon. – Deixe-me ver o caderno de Lars.

Stephanie entregou o caderno. Ele folheou ansioso e lhes mostrou uma página.

Y	E	N	S	Z	N	I	M	G	L	C	Y	•	R	A	T	E	H	O	X
O	•	E	O	T	+	T	E	C	T	N	G	A	+	D	E	Z	B	O	F
V	O	U	P	H	R	P	A	+	D	Y	S	T	L	R	D	A	•	X	T
L	P	O	C	X	F	E	I	S	R	A	V	H	G	C	K	L	N	H	N
R	D	M	R	M	A	A	N	R	J	)	S	•	M	B	D	Q	A	D	P
R	I	E	U	Z	O	O	T	U	O	J	I	F	S	O	E	A	L	B	N
T	N	A	T	)	G	R	E	Y	I	O	E	)	T	R	U	X	)	W	H
K	X	V	E	V	L	A	L	P	E	N	+	L	O	Z	J	K	J	D	G
N	U	E	+	N	G	E	K	O	•	I	X	A	Z	V	R	+	S	I	Z
S	N	S	I	C	E	T	B	+	X	G	A	C	S	E	D	X	V	U	A
Y	V	L	K	B	•	)	N	B	W	V	K	T	P	I	B	•	J	T	Y
O	U	P	E	O	M	S	U	L	Z	R	V	)	J	R	S	B	+	C	E
P	A	T	S	X	E	•	F	X	)	H	N	M	Z	H	•	Y	T	B	C

– Esse criptograma supostamente estaria no frasco de vidro.

– Como sabe? – perguntou Malone.

– Para saber isso, é preciso entender Saunière.

– Somos todos ouvidos.

– Quando Saunière era vivo, nenhuma palavra foi escrita sobre o dinheiro que ele gastou na igreja ou nos outros prédios. Ninguém fora de Rennes ao menos sabia que isso existia. Quando ele morreu, em 1917, foi totalmente esquecido. Seus papéis e pertences foram roubados ou destruídos. Em 1947, sua amante vendeu toda a propriedade a um homem chamado Noël Corbu. A amante morreu seis anos depois. A suposta história de Saunière, sobre o tesouro que ele descobriu, foi publicada pela primeira vez em 1956. Um jornal local, *La Dépêche du Midi*, publicou em três capítulos o que supostamente seria a história verdadeira. Mas a fonte desse material era Corbu.

– Eu sei – disse Stephanie. – Ele enfeitou tudo, fazendo acréscimos à história, mudando-a totalmente. Depois surgiram outros relatos na imprensa e gradualmente a história foi ficando cada vez mais fantástica.

Claridon assentiu.

– A ficção dominou completamente os fatos.

– Está falando dos pergaminhos? – perguntou Malone.

– Um exemplo excelente. Saunière nunca encontrou pergaminhos na coluna do altar. Jamais. Corbu e os outros inventaram esse detalhe. Nenhuma pessoa jamais viu esses pergaminhos, no entanto seus textos foram impressos em incontáveis livros, cada um supostamente escondendo algum tipo de mensagem codificada. É tudo bobagem, e Lars sabia disso.

– Nós conversamos a respeito. Ele só dizia: *as pessoas adoram mistérios*. Mas sei que ele ficava incomodado em fazer isso.

Malone ficou confuso.

– Então a história de Saunière é mentira?

Claridon assentiu.

– A versão moderna é quase toda falsa. A maioria dos livros escritos também ligam Saunière às pinturas de Nicolas Poussin, em particular

Os Pastores da Arcádia. Supostamente, Saunière levou os dois pergaminhos que encontrou a Paris para serem decifrados e, enquanto estava lá, comprou uma cópia daquela pintura, e de mais duas, no Louvre. Elas supostamente também contêm mensagens ocultas. O problema é que, na época, o Louvre não vendia cópias de pinturas e não há registro de que *Os Pastores da Arcádia* ao menos estivessem no Louvre em 1893. Mas os homens que promulgaram essa ficção se preocupavam pouco com os erros. Simplesmente presumiam que ninguém verificaria os fatos, e por um tempo estiveram certos.

Malone indicou o criptograma.

– Onde Lars encontrou isso?

– Corbu redigiu um manuscrito sobre Saunière.

Algumas palavras das oito páginas enviadas a Ernst Scoville passaram pela mente de Malone. O que Lars havia escrito sobre a amante. *Num determinado momento, ela revelou a Noël Corbu um dos esconderijos de Saunière. Corbu escreveu sobre isso em seu manuscrito e eu consegui encontrá-lo.*

– Enquanto Corbu passava muito tempo contando aos repórteres a ficção sobre Rennes, em seu manuscrito ele fez um trabalho digno de crédito detalhando a história verdadeira, como ficara sabendo com a amante.

Mais coisas que Lars havia escrito passaram pela mente de Malone. *O que Corbu encontrou, no mínimo, jamais é revelado por ele. Mas a riqueza de informações contida em seu manuscrito faz a gente pensar em onde ele poderia ter descoberto tudo que escreveu.*

– Corbu, claro, não deixou ninguém ver seu manuscrito, já que a verdade não era nem de longe tão cativante quanto a ficção. Ele morreu em fins dos anos 1960 num acidente de carro e seu manuscrito desapareceu. Mas Lars o encontrou.

Malone examinou as fileiras de letras e símbolos do criptograma.

– Então, o que é isso? Algum tipo de código?

– Um código bastante comum nos séculos XVIII e XIX. Letras e símbolos aleatórios arrumados numa grade. Em algum lugar de todo esse caos há uma mensagem. Básica, simples e, em seu tempo, muito difícil de ser decifrada. Ainda é, sem a chave.

– Como assim?

– É necessária uma sequência numérica para encontrar as letras certas e montar a mensagem. Algumas vezes, para confundir ainda mais, o ponto de partida da grade também era aleatório.

– Lars chegou a decifrá-la? – perguntou Stephanie.

Claridon balançou a cabeça.

– Não conseguiu. E isso o frustrou. Então, uma semana antes de morrer, ele achou que havia descoberto uma nova pista.

A paciência de Malone estava se esgotando.

– Presumo que ele não tenha lhe dito o que era.

– Não, monsieur. Esse era o jeito do Lars.

– Então, aonde vamos, a partir daqui? Aponte o caminho, como deveria fazer.

– Voltem às cinco da tarde, na estrada logo atrás do prédio principal, e esperem. Irei até vocês.

– Como poderá sair?

– Ninguém vai ficar triste ao me ver indo embora.

Malone e Stephanie trocaram um olhar. Ela certamente estava debatendo, como ele, se seria inteligente seguir as orientações de Claridon. Até agora, todo esse negócio estivera atulhado de personalidades perigosas ou paranoicas, para não mencionar especulações loucas. Mas algo estava acontecendo e, se ele quisesse descobrir mais, teria de jogar segundo as regras que o velho à sua frente estava estabelecendo.

Mesmo assim, queria saber.

– Aonde vamos?

Claridon virou-se para a janela e apontou para o leste. A distância, a quilômetros, num morro acima de Avignon, ficava uma fortaleza com aparência oriental, como algo vindo da Arábia. Sua luminosidade dourada se destacava no céu do oeste com um brilho fugaz e dava a aparência de vários prédios empilhados, cada um brotando do leito de rocha, erguendo-se em claro desafio. Assim como seus ocupantes haviam feito por quase cem anos, quando sete papas franceses governaram a cristandade dentro dos muros da fortaleza.

– *Ao palais des popes* – disse Claridon.

O palácio dos papas.

TRINTA

ABADIA DES FONTAINES

O senescal encarou os olhos de Geoffrey e viu ódio. Nunca vira essa emoção ali.

— Eu falei ao nosso novo mestre para ficar quieto – disse Geoffrey, apertando a arma com mais força contra a garganta de Roquefort –, ou atiro nele.

O senescal chegou perto e cutucou com o dedo sob o manto branco, sentindo o colete protetor.

— Se não tivéssemos iniciado o tiroteio, você teria iniciado, não é? A ideia era que fôssemos mortos durante a fuga. Assim o seu problema ficaria resolvido. Eu seria eliminado e você seria o salvador da Ordem.

Roquefort ficou quieto.

— Por isso veio aqui sozinho. Para terminar o serviço pessoalmente. Vi você trancar a porta do dormitório. Não queria testemunhas.

— Temos de ir – disse Geoffrey.

O senescal percebeu o perigo daquilo, mas duvidava que algum irmão fosse arriscar a vida do mestre.

— Aonde vamos?

— Vou lhe mostrar.

Mantendo a arma contra o pescoço de Roquefort, Geoffrey guiou o refém pelo dormitório. O senescal manteve sua arma também apontada e, junto à porta, soltou a tranca. No corredor havia cinco homens armados. Ao ver seu líder em perigo, eles levantaram as armas, prontos para atirar.

— Baixem as armas — ordenou Roquefort.

Elas continuaram apontadas.

— Ordeno que baixem as armas. Não quero mais sangue derramado.

O gesto galante estimulou o efeito desejado.

— Fiquem longe — disse Geoffrey.

Os irmãos recuaram alguns passos.

Geoffrey sinalizou com a arma, e ele e Roquefort saíram para o corredor. O senescal foi atrás. Sinos tocaram a distância, sinalizando uma da tarde. As orações da Sexta acabariam logo e de novo os corredores se encheriam com homens de batina.

— Precisamos andar depressa — deixou claro o senescal.

Com o refém, Geoffrey foi na frente pelo corredor. O senescal seguiu-o, olhando para trás, mantendo a atenção nos cinco irmãos.

— Fiquem aí — deixou claro o senescal.

— Façam o que ele diz — gritou Roquefort enquanto viravam a esquina.

Roquefort estava curioso. Como eles esperavam fugir da abadia? O que Geoffrey havia dito? *Vou lhe mostrar.* Decidiu que o único modo de descobrir alguma coisa era ir junto, motivo pelo qual ordenara que seus homens baixassem as armas.

O senescal havia atirado nele duas vezes. Se não tivesse sido rápido, uma terceira bala encontraria seu crânio. A aposta certamente fora aumentada. Seus captores estavam numa missão, algo que ele acreditava envolver seu predecessor e um assunto do qual ele precisava desesperadamente saber mais. A excursão à Dinamarca havia sido menos que produtiva. Até agora, nada fora descoberto em Rennes-le-Château.

E mesmo tendo conseguido desacreditar o antigo mestre na morte, o velho devia ter reservado o último riso.

Também não gostava do fato de dois homens terem sido feridos. Não era o melhor modo de começar sua gestão. Os irmãos lutavam pela Ordem. O caos era visto como fraqueza. A última vez que a violência invadira os muros da abadia fora quando turbas furiosas tentaram entrar durante a Revolução Francesa – mas depois de vários morrerem durante a tentativa, haviam recuado. A abadia era um local de tranquilidade e refúgio. A violência era ensinada – e algumas vezes usada –, mas temperada com a disciplina. O senescal havia demonstrado total falta de disciplina. Os desgarrados que poderiam abrigar alguma fugaz lealdade para com ele agora seriam convencidos, devido às suas violações criminosas da Regra.

Mas, mesmo assim, para onde esses dois estavam indo?

Continuaram pelos corredores, passando por oficinas, pela biblioteca, por mais corredores vazios. Ele podia ouvir passos atrás, os cinco irmãos seguindo, prontos para agir quando surgisse a oportunidade. Mas, se algum deles interferisse antes de sua ordem, haveria um inferno a pagar.

Pararam diante de uma porta com letras maiúsculas esculpidas e uma simples maçaneta de ferro.

O quarto do mestre.

Seus aposentos.

– Aqui – disse Geoffrey.

– Por quê? – perguntou o senescal. – Ficaremos presos.

– Por favor, entre.

O senescal empurrou a porta e trancou-a depois de entrarem.

Roquefort ficou pasmo.

E curioso.

*

O senescal ficou preocupado. Agora estavam presos dentro do quarto do mestre e a única saída era uma solitária janela redonda que se abria apenas para o ar. Gotas de suor brotavam em sua testa e ele enxugou a mistura salgada dos olhos.

– Sente-se – ordenou Geoffrey a Roquefort, e o sujeito ocupou uma cadeira junto à escrivaninha.

O senescal examinou o quarto.

– Vejo que você já mudou algumas coisas.

Havia mais algumas cadeiras estofadas junto às paredes. Agora havia uma mesa onde antes não existia coisa alguma. A colcha da cama era diferente, assim como objetos nas mesas e na escrivaninha.

– Agora este é o meu lar – disse Roquefort.

O senescal notou uma única folha de papel na mesa, escrita com a letra de seu mentor. A mensagem ao sucessor, deixada conforme exigia a Regra. Ergueu a página e leu a parte datilografada.

> *Você acha que o que julga ser imperecível não perecerá? Você baseia sua esperança no mundo, e seu deus é esta vida. Não percebe que será destruído. Você vive na escuridão e na morte, bêbado de fogo e cheio de amargura. Sua mente está perturbada por causa do fogo que lhe arde por dentro, e você se delicia envenenando e batendo em seus inimigos. A escuridão se ergueu sobre você como a luz, porque trocou sua liberdade pela escravidão. Você fracassará, isso está claro.*

– Seu mestre achava que as passagens do Evangelho de Tomé eram relevantes – disse Roquefort. – E aparentemente acreditava que eu, e não você, usaria o manto branco assim que ele partisse. Sem dúvida essas palavras não se destinavam ao homem que ele escolhera.

Não, não se destinavam. O senescal se perguntou por que seu mentor tinha tão pouca fé nele, em especial quando, nas horas antes de morrer, o havia encorajado a buscar o alto cargo.

— Você deveria ouvi-lo – disse.

— O que ele dá é o conselho de uma alma fraca.

Soaram batidas na porta.

— Mestre? Está aí? – A não ser que os irmãos estivessem decididos a explodir a porta, existia pouco perigo de que a madeira pesada fosse forçada.

Roquefort o encarou.

— Responda – disse o senescal.

— Estou bem. Retirem-se.

Geoffrey foi até a janela e olhou para a cachoeira do outro lado do precipício.

Roquefort cruzou as pernas e se recostou na cadeira.

— O que esperam conseguir? Isso é idiotice.

— Cale a boca. – Mas o senescal estava pensando a mesma coisa.

— O mestre deixou mais palavras – disse Geoffrey do outro lado do quarto.

O senescal e Roquefort se viraram enquanto Geoffrey enfiava a mão na batina e pegava um envelope.

— Esta é a verdadeira mensagem final dele.

— Entregue-me – ordenou Roquefort, levantando-se.

Geoffrey apontou a arma.

— Sente-se.

Roquefort permaneceu de pé. Geoffrey engatilhou a arma e apontou para as pernas.

— O colete não vai adiantar.

— Você me mataria?

— Aleijaria.

Roquefort se sentou.

— Você tem um bravo compatriota – disse ao senescal.

— Ele é um irmão do templo.

— Uma pena que jamais fará o juramento.

Se as palavras se destinavam a provocar reação em Geoffrey, fracassaram.

– Vocês não vão a lugar nenhum – disse Roquefort.

O senescal olhou para o aliado. Geoffrey estava de novo espiando pela janela, como se esperasse alguma coisa.

– Vou gostar de ver os dois punidos – disse Roquefort.

– Mandei calar a boca – disse o senescal.

– Seu mestre se achava esperto. Eu sei que não era.

Dava para ver que Roquefort tinha algo mais a dizer.

– Certo, vou engolir a isca. O que é?

– O Grande Legado. Foi o que o consumiu e consumiu todos os mestres. Todos eles quiseram encontrá-lo, mas nenhum teve sucesso. Seu mestre passou muito tempo pesquisando o assunto, e seu amigo aí ajudou.

O senescal lançou um olhar a Geoffrey, mas o colega não se virou da janela.

– Achei que você estava perto de encontrar – disse o senescal. – Foi o que disse no conclave.

– E estou.

O senescal não acreditou.

– Seu jovem amigo aí e o falecido mestre eram uma tremenda equipe. Fiquei sabendo que recentemente eles examinaram nossos registros com um prazer renovado, e isso atiçou meu interesse.

Geoffrey virou-se e atravessou o quarto, enfiando o envelope de volta na batina.

– O senhor não saberá de nada. – A voz era quase um grito. – O que há para ser descoberto não é para o senhor.

– Verdade? – perguntou Roquefort. – E o que há para ser encontrado?

– Não haverá triunfo para gente como o senhor. O mestre estava certo. O senhor está bêbado de fogo e cheio de amargura.

Roquefort avaliou Geoffrey com o rosto sério.

— Você e o mestre descobriram alguma coisa, não foi? Sei que mandaram dois pacotes pelo correio e até sei a quem. Cuidei de um dos destinatários e logo cuidarei do outro. Logo saberei tudo que você e ele sabiam.

O braço direito de Geoffrey girou e a arma acertou com força a têmpora de Roquefort. O mestre cambaleou, atordoado, então seus olhos se reviraram para o alto e ele desmoronou no chão.

— Isso era necessário? — perguntou o senescal.

— Ele deveria ficar feliz porque não atirei. Mas o mestre me fez prometer que não machucaria o idiota.

— Você e eu precisamos ter uma conversa séria.

— Primeiro temos de ir embora.

— Não creio que os irmãos no corredor permitirão isso.

— Eles não são nosso problema.

O senescal podia sentir alguma coisa.

— Você sabe como sair daqui?

Geoffrey sorriu.

— O mestre foi bem claro.

TERCEIRA PARTE

TRINTA E UM

ABADIA DES FONTAINES
14H05

Roquefort abriu os olhos. A lateral de sua cabeça latejava, e ele jurou que o irmão Geoffrey pagaria pela agressão. Levantou-se e tentou limpar a névoa. Ouviu gritos frenéticos do lado de fora da porta. Passou a manga na lateral da cabeça e a batina voltou manchada de sangue. Entrou no banheiro e molhou um pano, limpando o ferimento.

Controlou-se. Precisava parecer no comando. Caminhou lentamente pelo quarto e abriu a porta.

— Mestre, o senhor está bem? — perguntou seu novo marechal.

— Entre.

Os outros quatro irmãos esperaram no corredor. Sabiam que não deveriam entrar nos aposentos do mestre sem permissão.

— Feche a porta.

O subordinado obedeceu.

— Fui derrubado e fiquei inconsciente. Há quanto tempo eles foram embora?

— Isso aqui está quieto há vinte minutos. Foi o que provocou nossos temores.

— Como assim?

Uma expressão perplexa veio ao rosto do marechal.

– Silêncio. Nada.

– Aonde foram o senescal e o irmão Geoffrey?

– Mestre, eles estavam aqui, com o senhor. Nós estávamos lá fora.

– Olhe em volta. Eles se foram. Quando saíram?

Mais perplexidade.

– Eles não passaram por nós.

– Está dizendo que aqueles dois não saíram por essa porta?

– Teríamos atirado neles se fizessem isso, como o senhor ordenou.

Sua cabeça começou a latejar de novo. Levou o pano molhado ao couro cabeludo e massageou o galo que latejava. Havia se perguntado por que Geoffrey teria vindo direto para cá.

– Há novidades de Rennes-le-Château – disse o marechal.

A revelação provocou seu interesse.

– Nossos dois irmãos se fizeram perceber, e Malone, como o senhor previu, escapou deles na autoestrada.

Ele havia deduzido, corretamente, que o melhor modo de perseguir Stephanie Nelle e Cotton Malone era deixar que pensassem estar livres de perseguição.

– E o atirador no pátio da igreja ontem à noite?

– Fugiu de motocicleta. Nossos homens viram quando Malone o perseguiu. Esse incidente, e o ataque contra nossos irmãos em Copenhague, estão claramente relacionados.

Ele concordou.

– Alguma ideia de quem seja?

– Ainda não.

Roquefort não queria ouvir isso.

– E hoje? Para onde Malone e Nelle foram?

– O rastreador que colocamos no carro de Malone funcionou perfeitamente. Foram direto a Avignon. Acabaram de sair do sanatório onde Royce Claridon é paciente.

Ele conhecia bem Royce Claridon e nem por um instante acreditava que Claridon era doente mental, motivo pelo qual havia cultivado uma fonte dentro do sanatório. Há um mês, quando o mestre despachou Geoffrey a Avignon para postar o pacote para Stephanie Nelle, ele havia pensado que um contato poderia ter sido feito. Mas Geoffrey não visitou o asilo. Ele suspeitou que o segundo pacote, o que fora mandado a Ernst Scoville em Rennes, do qual sabia pouca coisa, foi o que levou Stephanie Nelle e Malone a Claridon. Uma coisa era certa. Claridon e Lars Nelle haviam trabalhado juntos e, quando o filho partiu atabalhoadamente na busca depois da morte de Lars Nelle, Claridon também o ajudou. O mestre claramente sabia de tudo isso. E agora a viúva de Lars Nelle fora direto até Claridon.

Hora de lidar com esse problema.

– Vou viajar a Avignon dentro de meia hora. Prepare um contingente de quatro irmãos. Mantenha a vigilância eletrônica e diga ao nosso pessoal para não ser visto. Aquele equipamento tem longo alcance, use-o em nossa vantagem. – Mas ainda havia outro problema, e ele olhou o quarto ao redor. – Deixe-me, agora.

O marechal fez uma reverência e saiu do aposento.

Roquefort se levantou, a cabeça ainda tonta, e examinou o cômodo alongado. Duas paredes eram de pedra, as outras duas de lambri de bordo emoldurado em painéis simétricos. Um armário decorativo dominava uma das paredes. Uma penteadeira, outra cômoda e uma mesa e cadeiras ficavam diante das outras. Mas seu olhar parou na lareira. Parecia o local mais lógico. Sabia que, nos tempos antigos, nenhum cômodo possuía apenas uma entrada e saída. Este aposento em particular abrigara mestres desde o século XVI e, se ele se recordava direito, a lareira era um acréscimo do século XVII, que substituiu uma outra, mais antiga, de pedra. Raramente era usada, agora que o aquecimento central era empregado em toda a abadia.

Aproximou-se do console e estudou o trabalho em madeira, depois examinou cuidadosamente a lareira, notando leves linhas brancas que se estendiam perpendiculares em direção à parede.

Abaixou-se e olhou para a lareira escura. Com a mão enrugada, sondou dentro da chaminé.

E encontrou.

Uma maçaneta de vidro.

Tentou virá-la, mas nada se mexeu. Empurrou para cima, depois para baixo. Nada, ainda. Então pressionou-a, e a maçaneta se soltou, não muito, talvez meio centímetro, e ele ouviu um estalo mecânico. Soltou-a e sentiu algo escorregadio nos dedos. Óleo. Alguém estivera preparado.

Olhou para dentro da lareira.

Uma fenda percorria toda a altura da parede dos fundos. Empurrou e o painel de pedra girou para dentro. A abertura era suficientemente grande para ele entrar, por isso se arrastou adiante. Para além do portal havia um corredor do tamanho de um homem.

Ficou de pé.

O corredor estreito se estendia apenas por pouco mais de um metro até uma escada de pedra que descia numa espiral apertada. Não dava para dizer aonde levava. Sem dúvida havia outras entradas e saídas espalhadas pela abadia. Ele fora marechal durante 22 anos e nunca soubera de nenhuma passagem secreta.

Mas o mestre sabia, e por isso Geoffrey também sabia.

Bateu com o punho na pedra e deixou a raiva se soltar. Precisava encontrar o Grande Legado. Toda a sua capacidade de governar dependia dessa descoberta. O mestre havia possuído o diário de Lars Nelle, como Roquefort sabia há muitos anos, mas não houvera modo de obtê-lo. Havia pensado que, depois de o velho partir, sua chance viria, mas o mestre havia antecipado seus movimentos e mandado o manuscrito para longe. Agora a viúva de Lars Nelle e um ex-funcionário – agente treinado do governo – estavam se unindo a Royce Claridon. Nada de bom viria dessa colaboração.

Acalmou os nervos.

Durante anos havia trabalhado à sombra do mestre. Agora era mestre. E não permitiria que um fantasma ditasse seu caminho.

Respirou fundo algumas vezes o ar úmido e pensou no Início. 1118 d.C. A Terra Santa finalmente fora tomada dos sarracenos e reinos cristãos haviam sido estabelecidos, mas um grande perigo ainda existia. Por isso nove cavaleiros se juntaram e prometeram ao novo rei cristão de Jerusalém que o caminho de ida e volta à Terra Santa ficaria livre para os peregrinos. Mas como nove homens de meia-idade, com votos de pobreza, protegeriam a longa rota de Jafa a Jerusalém, especialmente quando centenas de bandoleiros se espalhavam no caminho? Mais incrível ainda, durante os primeiros dez anos de existência, nenhum novo cavaleiro foi acrescentado, e as Crônicas da Ordem não registravam nada sobre os irmãos ajudarem algum peregrino. Em vez disso, aqueles nove originais se ocuparam com uma tarefa maior. Seu quartel-general ficava sob o antigo templo, numa área que já servira como os estábulos do rei Salomão, uma câmara de intermináveis arcos e abóbadas, tão grande que já abrigara dois mil animais. Lá descobriram passagens subterrâneas escavadas na rocha havia séculos, muitas contendo rolos de escrituras, tratados, textos sobre arte e ciência, e muita coisa sobre a herança judaica/egípcia.

E a descoberta mais importante de todas.

As escavações consumiram toda a atenção daqueles nove cavaleiros. Então, em 1127, eles encheram barcos com seus bens preciosos e partiram para a França. O que encontraram lhes trouxe fama, riqueza e poderosas alianças. Muitos queriam fazer parte de seu movimento e, em 1128, meros dez anos depois de ter sido fundada, a Ordem dos Templários recebeu do papa uma autonomia jurídica sem igual no Ocidente.

E tudo por causa do que eles sabiam.

No entanto, eram cuidadosos com esse conhecimento. Só os que chegavam ao mais alto nível tinham o privilégio de conhecê-lo. Há séculos, o dever do mestre era passar esse conhecimento adiante antes de morrer. Mas isso fora antes do Expurgo. Depois, mestres procuraram, e nenhum descobriu.

Bateu de novo com o punho na pedra.

Primeiro os templários haviam forjado seu destino em cavernas esquecidas, com a determinação de fanáticos. Ele faria o mesmo. O Grande Legado se encontrava em algum lugar. Ele estava perto. Sabia disso.

E as respostas estavam em Avignon.

TRINTA E DOIS

AVIGNON
17H

Malone parou o Peugeot. Royce Claridon estava esperando junto à estrada, ao sul do sanatório, exatamente onde dissera que estaria. A barba hirsuta do sujeito havia sumido, assim como as roupas sujas e a camisa de malha. O rosto estava barbeado, as unhas cortadas, e Claridon usava jeans e uma camisa de gola V. O cabelo comprido estava penteado para trás e preso num rabo de cavalo, e havia vigor em seu passo.

– A sensação de ficar sem barba é agradável – disse subindo no banco de trás. – Para fingir ser um templário, eu precisava parecer um. Vocês sabem que eles nunca tomavam banho. A Regra proibia. Não podia haver nudez entre os irmãos e essa coisa toda. Devia ser um grupo bem fedorento.

Malone pôs o carro em primeira e desceu pela estrada. Nuvens de tempestade enchiam o céu. Aparentemente, o clima de Rennes-le-Château finalmente vinha para o leste. A distância, raios se bifurcavam entre as nuvens, seguidos por rosnados de trovão. Nenhuma chuva caía por enquanto, mas isso viria logo. Ele trocou olhares com Stephanie e ela entendeu que o homem no banco de trás precisava ser interrogado.

Ela se virou.

– Sr. Claridon...

– Deve me chamar de Royce, senhora.

– Certo. Royce, poderia contar mais sobre o que Lars estava pensando? É importante entendermos.

– Vocês não sabem?

– Lars e eu não estávamos muito próximos nos anos anteriores à morte dele. Ele não me contava muita coisa. Mas recentemente li seus livros e o diário.

– Então, será que posso perguntar por que veio aqui? Ele se foi há muito tempo.

– Digamos que eu gostaria de pensar que Lars queria que sua obra fosse terminada.

– Nesse ponto está certa, senhora. Seu marido era um estudioso brilhante. Suas teorias eram bem fundadas e acredito que ele teria sucesso. Se tivesse sobrevivido.

– Fale dessas teorias.

– Ele estava seguindo o caminho do abade Saunière. Aquele padre era inteligente. Por um lado, queria que ninguém soubesse o que ele sabia. Por outro, deixou muitas pistas. – Claridon balançou a cabeça. – Dizem que contou tudo à amante, mas ela morreu sem jamais ter dito uma palavra. Antes de morrer, Lars achou que finalmente havia feito progresso. Conhece toda a história, senhora? A verdade verdadeira?

– Acho que meu conhecimento é limitado ao que Lars escreveu em seus livros. Mas havia algumas referências interessantes no diário e que ele jamais publicou.

– Posso ver essas páginas?

Ela folheou o caderno e em seguida o entregou a Claridon. Malone ficou olhando pelo retrovisor enquanto o sujeito lia com interesse.

– Que maravilha! – disse Claridon.

– Poderia nos esclarecer? – perguntou Stephanie.

– Claro, senhora. Como falei esta tarde, a ficção que Noël Corbu e outros criaram sobre Saunière era misteriosa e empolgante. Mas, para mim e para Lars, a verdade era ainda melhor.

Saunière examinou o novo altar da igreja, satisfeito com as reformas. A monstruosidade de mármore havia sumido, agora o antigo tampo era entulho no pátio, os pilares visigodos destinados a outros usos. O novo altar era uma coisa de beleza simples. Há três meses, em junho, ele havia organizado um elaborado serviço de primeira comunhão. Homens do povoado carregaram uma estátua da Virgem em procissão solene por toda Rennes, terminando de volta na igreja onde a escultura foi posta em cima de um dos pilares descartados no pátio. Para comemorar o evento, ele havia gravado PENITENCE, PENITENCE *na face do pilar, para lembrar aos paroquianos a humildade, e* MISSION 1891 *para registrar o ano da realização coletiva.*

O telhado da igreja finalmente fora vedado, as paredes externas estavam firmes. O velho púlpito fora embora e outro estava sendo construído. Logo um piso de ladrilhos em xadrez seria instalado, depois os bancos novos. Mas antes disso a subestrutura do piso precisava ser consertada. A água pingando do teto havia erodido muitas das pedras da base. O remendo havia funcionado em alguns pontos, mas vários outros precisavam ser substituídos.

Do lado de fora, era uma manhã úmida de setembro, com muito vento, por isso ele conseguira a ajuda de meia dúzia de pessoas da cidade. O serviço delas era arrancar várias lajes danificadas e instalar outras novas antes que os ladrilhos chegassem, em duas semanas. Agora mais homens trabalhavam em três locais separados da nave. O próprio Saunière cuidava de uma pedra torta diante dos degraus do altar, que sempre fora bamba.

Continuava perplexo com o frasco de vidro encontrado no início do ano. Ao derreter o lacre de cera e retirar o papel enrolado, não encontrou uma mensagem, e sim treze fileiras de letras e símbolos. Quando mostrou aquilo ao abade Gélis, um padre de um povoado próximo, ficou sabendo que era um criptograma, e em algum lugar no meio das letras aparentemente sem significado havia uma mensagem. Só era preciso a chave matemática para decifrar, mas, depois de muitos meses tentando, ele não chegou perto da solução. Queria saber o significado e por que aquilo fora escondido. Obviamente, a mensagem era de grande importância. Mas seria necessário paciência. Era o que dizia a si mesmo a cada noite depois de mais uma vez ter fracassado em encontrar a resposta. E, pelo menos, ele era paciente.

Pegou um martelo de cabo curto e decidiu ver se a grossa pedra do piso poderia ser rachada. Quanto menores os pedaços, mais fácil seria retirá-la. Ajoelhou-se e deu três golpes na ponta da laje de um metro de comprimento. Rachaduras se espalharam imediatamente por toda a extensão. Mais golpes as transformaram em fendas.

Jogou o martelo de lado e usou uma barra de ferro para soltar os pedaços menores. Em seguida, enfiou a barra sob um fragmento comprido e estreito e soltou a peça de sua cavidade. Com o pé, empurrou-a de lado.

Então notou alguma coisa.

Pousou a barra de ferro e colocou o lampião a óleo perto do contrapiso exposto. Estendeu a mão, afastou gentilmente o entulho e percebeu uma dobradiça. Abaixou-se e afastou mais entulho, expondo mais ferro corroído, deixando os dedos manchados de ferrugem.

A forma se tornou clara.

Uma porta.

Levando para baixo.

Mas aonde?

Olhou em volta. Os outros homens trabalhavam duro, falando entre si. Pôs o lampião de lado e calmamente recolocou os pedaços de pedra de volta na cavidade.

– O bom padre não queria que ninguém soubesse o que ele havia descoberto – disse Claridon. – Primeiro o frasco de vidro, e agora uma passagem. Essa sua igreja era cheia de maravilhas.

– Uma passagem para quê? – quis saber Stephanie.

– Essa é a parte interessante. Lars nunca me contou tudo. Mas, depois de ler seu caderno, agora entendo.

Saunière tirou a última pedra de cima da porta de ferro no chão. As portas da igreja estavam trancadas e o sol já havia se posto fazia horas. Durante todo o dia ele ficara pensando no que havia sob a porta, mas não disse uma palavra a nenhum trabalhador, meramente agradeceu pelos esforços e explicou que pretendia descansar alguns dias, de modo que eles só seriam necessários na semana seguinte. Não contou sequer à preciosa amante o que havia encontrado, apenas mencionando depois do jantar que queria inspecionar a igreja antes de ir para a cama. Agora a chuva batia no telhado.

À luz do lampião a óleo, ele calculou que a porta de ferro teria pouco mais de um metro de comprimento e meio metro de largura. Ficava plana no chão, sem tranca. Felizmente a moldura era de pedra, mas ele se preocupou com as dobradiças, motivo pelo qual havia trazido uma lata de óleo de lampião. Não era o melhor lubrificante, mas foi o que conseguiu em tão pouco tempo.

Molhou as dobradiças com óleo e esperou que o aperto do tempo se soltasse. Em seguida, enfiou a ponta de uma barra de ferro na borda da porta e fez força para cima.

Não houve movimento.

Fez mais força.

As dobradiças começaram a ceder.

Balançou a barra, trabalhando o metal enferrujado, depois colocou mais óleo. Após vários esforços, as dobradiças gritaram, e a porta se abriu e se imobilizou, apontando para o teto.

Ele virou o lampião para a abertura úmida.

Uma escada estreita descia cinco metros até um piso de pedra áspera.

Um jorro de empolgação o varreu. Ele ouvira histórias sobre descobertas de outros padres. Na maioria eram da época da Revolução, quando os homens da igreja escondiam relíquias, ícones e adereços dos saqueadores republicanos. Muitas igrejas do Languedoc foram vítimas deles. Mas a de Rennes-le-Château estivera em decadência tão grande que simplesmente não havia o que saquear.

Talvez todos estivessem errados.

Testou o degrau de cima e percebeu que a escada fora escavada no alicerce de pedra da igreja. Segurando o lampião, desceu com cuidado, olhando para um espaço retangular, também escavado na rocha. Um arco dividia o cômodo em dois. Então viu os ossos. As paredes externas eram cheias de cavidades parecidas com fornos, cada uma contendo um esqueleto, junto com restos de roupas, sapatos, espadas e sudários.

Passou a luz perto de alguns dos túmulos e viu que cada um era identificado com um nome gravado. Todos eram d'Hautpoul. As datas iam do século XVI ao XVIII. Contou. Vinte e três ocupavam a cripta. Sabia quem eles eram. Os senhores de Rennes.

Para além do arco central, um baú ao lado de um caldeirão de ferro atraiu seu olhar.

Foi até lá, segurando o lampião, e ficou espantado quando algo brilhou. A princípio, achou que seus olhos o estavam enganando, mas rapidamente percebeu que a visão era real.

Abaixou-se.

A panela de ferro estava cheia de moedas. Ergueu uma e viu que eram peças de ouro francesas, muitas com uma data: 1768. Não sabia qual era o valor, mas achou que seria considerável. Era difícil dizer quantas havia no caldeirão, mas quando testou o peso não conseguiu movê-lo um milímetro.

Estendeu a mão para o baú e viu que o fecho não estava trancado. Abriu a tampa e viu que o interior estava cheio, de um dos lados, com diários encadernados em couro e, do outro, com algo enrolado num tecido impermeável. Com cuidado, cutucou e percebeu que o que estava dentro era em grande quantidade, coisas pequenas e duras. Pousou o lampião e desdobrou a ponta do pano.

A luz captou uma fagulha de novo. Diamantes.

Puxou o resto do tecido e ficou sem fôlego. Dentro do baú havia um tesouro em joias.

Sem dúvida os saqueadores republicanos de cem anos atrás haviam cometido um erro ao passar direto pela igreja arruinada de Rennes-le-Château. Ou talvez a pessoa ou pessoas que haviam escolhido aquele local como esconderijo simplesmente fizeram uma escolha sábia.

– A cripta existia – disse Claridon. – No diário, acabo de ler que Lars encontrou um registro paroquial sobre os anos entre 1694 e 1726, falando da cripta, mas o registro não menciona onde fica a entrada. Saunière anotou em seu diário pessoal que havia descoberto um túmulo. Em seguida, anotou: *O ano de 1891 leva ao auge o fruto daquilo de que se fala*. Lars sempre achou que essa anotação era importante.

Malone parou o carro no acostamento e virou-se para Claridon.

– Então, esse ouro e as joias eram a fonte de riqueza de Saunière. Foi o que ele usou para reformar a igreja?

Claridon riu.

– A princípio. Mas, monsieur, ainda há mais na história.

> *Saunière levantou-se.*
>
> *Nunca tinha visto tanta riqueza num só lugar. Que fortuna lhe chegara às mãos! Mas precisava pegá-la sem levantar suspeitas. Para fazer isso, precisaria de tempo. E ninguém poderia descobrir a cripta.*
>
> *Abaixou-se, pegou o lampião e decidiu que poderia muito bem começar naquela noite. Poderia retirar o ouro e as joias, escondendo tudo no presbitério. Como convertê-las em moeda utilizável poderia ser decidido mais tarde. Voltou para a escada, olhando de novo ao redor enquanto caminhava.*
>
> *Um dos túmulos atraiu sua atenção.*
>
> *Aproximou-se e viu que o nicho continha uma mulher. Seu vestido fúnebre estava achatado, restavam apenas ossos e um crânio. Ele segurou o lampião perto e leu a inscrição embaixo:*
>
> ### Marie D'Hautpoul de Blanchefort
>
> *Ele conhecia bem a condessa. Era a última herdeira dos d'Hautpoul. Quando morreu, em 1781, o controle do povoado e das terras ao redor saiu de sua família. A Revolução, que chegara há apenas 12 anos, eliminou para sempre toda a posse aristocrática.*
>
> *Mas havia um problema.*
>
> *Ele subiu rapidamente ao nível térreo. Do lado de fora, trancou as portas da igreja e, através de uma chuva que cegava,*

rodeou o prédio até o cemitério paroquial e passou pelas sepulturas onde as lápides pareciam nadar na escuridão viva.
Parou na que estava procurando e se abaixou.
Usando o lampião, leu a inscrição.

— Marie d'Hautpoul de Blanchefort também estava enterrada do lado de fora — disse Claridon.

— Duas sepulturas para a mesma mulher? — perguntou Stephanie.

— Aparentemente. Mas o corpo estava na cripta.

Malone lembrou-se do que Stephanie dissera no dia anterior sobre Saunière e sua amante terem violado as sepulturas no cemitério da igreja, depois apagando a inscrição na lápide da condessa.

— Então, Saunière cavou a sepultura do cemitério.

— Era o que Lars acreditava.

— E ela estava vazia?

— De novo, jamais saberemos, mas Lars achava que sim. E a história parece apoiar sua conclusão. Uma mulher da estatura da condessa jamais seria enterrada. Seria posta numa cripta, onde o corpo de fato foi encontrado. A sepultura do lado de fora era uma coisa totalmente diferente.

— A lápide era uma mensagem — disse Stephanie. — Sabemos disso. Por isso o livro de Eugène Stüblein é tão fundamental.

— Mas, a não ser que a pessoa saiba da história da cripta, a sepultura no cemitério não gera interesse. É apenas mais um memorial, junto com todos os outros. O abade Bigou era inteligente. Escondeu sua mensagem em plena vista.

— E Saunière a descobriu? — perguntou Malone.

— Lars acreditava que sim.

Malone retornou ao volante e pôs o carro na estrada. Percorreram o último trecho da via expressa, viraram para o oeste e atravessaram o rápido Ródano. Adiante erguiam-se os muros fortificados de Avignon, com o palácio papal mais acima. Malone saiu do bulevar movimentado e entrou na cidade antiga, passando pela praça do mercado onde ficava a feira de livros que haviam visitado antes. Seguiu um caminho sinuoso até o palácio e parou na mesma garagem subterrânea.

– Tenho uma pergunta idiota – disse Malone. – Por que ninguém simplesmente escavou sob a igreja de Rennes ou usou um radar de solo para verificar a cripta?

– As autoridades locais não permitem. Pense só, monsieur. Se não houvesse nada ali, o que aconteceria com a mística? Rennes vive da lenda de Saunière. Todo o Languedoc se beneficia. A última coisa que se quer é uma prova. Eles lucram muito bem com o mito.

Malone enfiou a mão sob o banco e pegou a arma que havia tomado do perseguidor na véspera. Verificou o pente. Restavam três balas.

– Isso é necessário? – perguntou Claridon.

– Eu me sinto muito melhor com ela. – Em seguida, abriu a porta e saiu, enfiando a arma sob o paletó.

– Por que temos de entrar no palácio dos papas? – perguntou Stephanie.

– É onde a informação está guardada.

– Poderia explicar?

Claridon abriu a porta do carro.

– Venham e eu lhes mostro.

TRINTA E TRÊS

LAVELANET, FRANÇA
19H

O senescal parou o carro no centro do povoado. Durante as últimas cinco horas, ele e Geoffrey viajaram para o norte por um caminho sinuoso. Intencionalmente haviam evitado as comunidades maiores de Foix, Quillan e Limoux, optando por parar num vilarejo minúsculo aninhado num vale protegido, onde poucos turistas pareciam se aventurar.

Depois de sair do quarto do mestre, haviam seguido pelas passagens secretas até perto da cozinha principal, onde a porta era inteligentemente escondida numa parede de tijolos. Geoffrey havia explicado como o mestre lhe ensinara os caminhos, usados para fuga em séculos anteriores. Nos últimos duzentos anos, eram conhecidos apenas pelos mestres, e raramente utilizados.

Assim que chegaram do lado de fora, encontraram rapidamente a garagem e se apropriaram de um dos carros da abadia, partindo pelo portão principal antes que os irmãos designados para a garagem retornassem das orações do meio-dia. Com Roquefort inconsciente em seus aposentos e seus seguidores esperando que alguém abrisse a porta trancada, eles haviam conseguido uma boa dianteira.

– Está na hora de conversarmos – disse ele, o tom sugerindo que não haveria mais adiamentos.

– Estou preparado.

Deixaram o carro e foram até um café onde uma clientela idosa ocupava as mesas do lado de fora, cobertas por majestosos olmos. As batinas tinham sido substituídas por roupas compradas há uma hora, numa parada rápida. O fim de tarde estava quente e agradável.

– Você percebe o que fizemos lá? – perguntou. – Atiramos em dois irmãos.

– O mestre me disse que a violência seria inevitável.

– Sei de quê estamos fugindo, mas para onde estamos indo?

Geoffrey enfiou a mão no bolso e pegou o envelope que havia mostrado a Roquefort.

– O mestre mandou lhe dar isto assim que estivéssemos livres.

Ele pegou o envelope e o abriu com uma mistura de ansiedade e apreensão.

Meu filho, e em muitos sentidos sempre pensei em você assim, eu sabia que Roquefort prevaleceria no conclave, mas era importante que você o desafiasse. Os irmãos se lembrarão disso quando seu tempo realmente chegar. Por enquanto, seu destino é outro. O irmão Geoffrey será seu companheiro.

Tenho fé que, antes de sair da abadia, você terá apanhado os dois volumes que atraíram sua atenção nos últimos anos. Sim, eu sabia de seu interesse. Também li os dois há muito tempo. Roubo de propriedade da Ordem é uma séria violação da Regra, mas não consideremos isso um roubo, apenas um empréstimo, já que tenho certeza que você devolverá os dois livros. A informação que eles contêm, junto com o que você já sabe, é tremendamente poderosa. Infelizmente, o quebra-cabeça não é resolvido somente com ela. Há mais na charada, e é isso que você deve descobrir agora. Contrariamente ao que pode pensar, não sei a resposta. Mas Roquefort não pode conseguir o Grande Legado. Ele sabe muita coisa, inclusive tudo que você conseguiu extrair de nossos registros, portanto não subestime a decisão dele.

Era fundamental que você saísse do confinamento de nossa vida enclausurada. Muita coisa o espera. Ainda que eu escreva estas palavras nas últimas semanas de minha vida, só posso presumir que sua partida não tenha acontecido sem violência. Faça o necessário para completar sua busca. Durante séculos, os mestres deixaram palavras para seus sucessores, inclusive meu predecessor. Dentre todos que chegaram antes de mim, somente você possui peças suficientes para montar todo o quebra-cabeça. Eu gostaria de ter realizado esse objetivo com você, durante minha vida, mas não era para ser. Roquefort jamais permitiria nosso sucesso. Com a ajuda do irmão Geoffrey, você pode ser bem-sucedido. Desejo-lhe tudo de bom. Cuide de si mesmo e de Geoffrey. Seja paciente com o garoto, porque ele faz apenas o que o obriguei por juramento.

O senescal olhou para Geoffrey e quis saber:

– Quantos anos você tem?

– Vinte e nove.

– Você tem muita responsabilidade para alguém tão jovem.

– Senti medo quando o mestre me disse o que esperava de mim. Não queria essa tarefa.

– Por que ele não me contou diretamente?

Geoffrey não respondeu logo.

– O mestre disse que o senhor fugia da controvérsia e se afastava dos confrontos. O senhor ainda não se conhece totalmente.

Ele se sentiu ferido com a censura, mas a expressão de sinceridade e inocência de Geoffrey dava grande ênfase às palavras. E eram verdadeiras. Ele jamais fora de procurar uma luta e evitara todas as que podia.

Mas não desta vez.

Tinha confrontado Roquefort e o teria matado a tiros se o francês não reagisse depressa. Desta vez, planejava lutar. Pigarreou para afastar a emoção e perguntou:

– O que devo fazer?

Geoffrey sorriu.

– Primeiro vamos comer. Estou morrendo de fome.

Ele riu.

– E depois?

– Só o senhor pode dizer isso.

Ele balançou a cabeça diante do fervor de esperança de Geoffrey. Na verdade, já havia pensado no próximo passo enquanto iam da abadia para o norte. E uma decisão reconfortante se formou enquanto ele percebia que só havia um lugar aonde ir.

TRINTA E QUATRO

AVIGNON
17H30

Malone olhou para o palácio dos papas, que se estendia para o céu a cem metros dali. Ele, Stephanie e Claridon estavam sentados num café ao ar livre numa praça animada, perto da entrada principal. Um vento norte soprava do Ródano próximo – o mistral, como chamavam os moradores da região – e batia pela cidade sem ser contido. Malone lembrou-se de um provérbio medieval que falava dos fedores que já haviam preenchido aquelas ruas. *Ventosa Avignon: com o vento, insuportável; sem o vento, venenosa.* E como Petrarca havia chamado o lugar? *O mais fedorento da terra.*

Num livro de turismo, ficara sabendo que a massa de arquitetura erguendo-se à frente, ao mesmo tempo palácio, fortaleza e templo, era na realidade dois prédios – o antigo palácio construído pelo papa Bento XII, iniciado em 1334, e o novo palácio erguido sob o domínio de Clemente VI, terminado em 1352. Ambos refletiam a personalidade dos criadores. O antigo palácio era uma medida de conservadorismo românico com pouco talento, ao passo que o novo palácio exsudava um embelezamento gótico. Infelizmente, as duas construções foram assoladas por incêndios e, durante a Revolução Francesa, saqueadas, as esculturas destruídas, todos os afrescos cobertos com tinta. Em 1810, o palácio foi transformado num alojamento militar. A prefeitura de Avignon assumiu o controle em 1906, mas a restauração foi adiada até os anos 1960. Agora duas alas eram um centro de convenções e o resto uma grandiosa atração turística que oferecia apenas alguns vislumbres da glória anterior.

– É hora de entrarmos – disse Claridon. – O último passeio guiado começa em dez minutos. Devemos participar.

Malone se levantou.

– O que vamos fazer?

Um trovão ribombou acima.

– O abade Bigou, a quem Marie d'Hautpoul de Blanchefort contou o grande segredo de sua família, visitava de tempos em tempos o palácio para admirar as pinturas. Isso foi antes da Revolução, de modo que muitas ainda estavam à mostra. Lars descobriu uma em particular, que ele amava. Quando Lars redescobriu o criptograma, também encontrou uma referência a uma pintura.

– Que tipo de referência? – perguntou Malone.

– No registro paroquial de Rennes-le-Château, no dia em que saiu da França para a Espanha, em 1793, o abade Bigou fez uma última anotação que dizia: *Lisez les Règles du Caridade*.

Malone traduziu em silêncio. Leia as Regras da Caridade.

– Saunière encontrou essa anotação específica e a escondeu. Por sorte, o livro de registros jamais foi destruído, e Lars acabou encontrando-o. Aparentemente, Saunière ficou sabendo que Bigou visitava Avignon com frequência. Na época de Saunière, final do século XIX, o palácio não passava de uma concha vazia. Mas Saunière pode ter descoberto facilmente que, na época de Bigou, houvera ali uma pintura, *Lendo as Regras da Caridade*, de Juan de Valdés Leal.

– Presumo que a pintura ainda esteja aí, não? – perguntou Malone, olhando para o amplo pátio na direção do Chapeaux Galo, o portão central do palácio.

Claridon balançou a cabeça.

– Sumiu há muito. Foi destruída num incêndio há cinquenta anos.

Mais trovões ribombaram.

– Então, por que estamos aqui? – perguntou Stephanie.

Malone jogou alguns euros na mesa e deixou o olhar ir até outro café ao ar livre mais adiante. Enquanto outras pessoas iam embora, antecipando a tempestade que chegava, havia uma mulher sentada sob um toldo, bebericando numa xícara. O olhar de Malone se demorou nela durante um instante, o suficiente para notar as feições bem delineadas e os olhos proeminentes. A pele era cor de café com leite, os modos graciosos enquanto um garçom entregava a refeição. Ele a havia notado há dez minutos, depois de terem se sentado, e ficou imaginando.

Agora o teste.

Pegou um guardanapo de papel e amassou numa bola, na mão fechada.

– Naquele manuscrito não publicado – dizia Claridon –, o que eu disse que Noël Corbu escreveu sobre Saunière e Rennes, que Lars encontrou, Corbu falava da pintura e sabia que Bigou havia se referido a ela no livro de registros da paróquia. Corbu também notou que ainda havia uma litografia da pintura nos arquivos do palácio. Ele tinha visto. Na semana antes de sua morte, Lars finalmente descobriu onde, nos arquivos. Nós iríamos entrar para dar uma olhada, mas Lars jamais retornou a Avignon.

– E não lhe contou onde? – perguntou Malone.

– Não, monsieur.

– Não há menção a uma pintura no diário – disse Malone. – Eu li inteiro. Nenhuma palavra sobre Avignon.

– Se Lars não lhe contou sobre onde está a litografia, por que vamos entrar? – perguntou Stephanie. – Você não sabe onde procurar.

– Mas seu filho sabia, no dia antes de morrer. Ele e eu iríamos entrar no palácio para dar uma olhada quando ele retornasse das montanhas. Mas, madame, como sabe...

– Ele também nunca voltou.

Malone ficou olhando enquanto Stephanie suprimia as emoções. Ela era boa, mas não tanto.

– Por que *você* não foi?

– Achei mais importante ficar vivo. Por isso me retirei para o asilo.

– Ele morreu numa avalanche – deixou claro Malone. – Não foi assassinado.

– Você não sabe disso. Na verdade, vocês não sabem nada. – Claridon olhou a praça ao redor. – Precisamos nos apressar. Eles são meticulosos com a última visita guiada. A maioria dos empregados é de antigos residentes da cidade. Muitos são voluntários. Eles trancam as portas exatamente às sete. Não há sistema de segurança nem alarmes dentro do palácio. Nada mais de valor verdadeiro está exposto aí e, além disso, as próprias paredes são a maior segurança. Vamos nos afastar do grupo e esperar até que tudo fique calmo.

Começaram a andar.

Gotas de chuva pinicaram no couro cabeludo de Malone. De costas para a mulher, que ainda devia estar sentada a uns trinta metros de distância e comendo, ele abriu a mão e deixou que o mistral levasse para longe a bola do guardanapo. Girou e fingiu ir atrás do papel que dançava pelas pedras do calçamento. Quando pegou o lixo supostamente errante, lançou um olhar para o café.

A mulher não estava mais à mesa.

Ia na direção deles, para o palácio.

Roquefort baixou o binóculo. Estava de pé na Rocher des Doms, a rocha dos dons, o local mais pitoresco de Avignon. Homens haviam ocupado o cume desde o período neolítico. Nos dias da ocupação papal, o grande afloramento rochoso servia como barreira natural para o mistral sempre presente. Hoje em dia, a colina, que ficava adjacente ao palácio papal, tinha um parque esplêndido com lagos, fontes, estátuas e grutas. A visão era de tirar o fôlego. Ele viera muitas vezes quando trabalhava no seminário ali perto, antes de entrar para a Ordem.

Colinas e vales se estendiam para oeste e sul. O rápido Ródano abria caminho abaixo, passando sob a famosa ponte de São Bénézet, que antigamente cortava o rio e levava da cidade do papa à do rei, do outro lado. Quando, em 1226, Avignon tomou o partido do conde de Toulouse contra Luís VIII durante a Cruzada Albigense, o rei francês destruiu a ponte. A reconstrução acabou acontecendo, e Roquefort imaginou o século XIV, quando os cardeais montavam suas mulas para atravessar até seus palácios campestres em Villeneuve-le-Avignon. No século XVI, chuvas e inundações haviam cortado a ponte restaurada, deixando apenas quatro arcos, que jamais foram estendidos até o outro lado, de modo que a estrutura permanecia incompleta. Outro fracasso no objetivo de Avignon, ele sempre havia pensado. Um local aparentemente destinado a ter sucesso apenas pela metade.

– Eles entraram no palácio. Que fecha às sete – disse ao irmão ao lado. Olhou o relógio. Quase seis da tarde.

Levou o binóculo de novo aos olhos e olhou para um local 50 metros abaixo, na praça. Tinha vindo da abadia e chegado há quarenta minutos. O rastreador eletrônico no carro de Malone ainda estava funcionando, e revelara uma ida a Villeneuve-les-Avignon, depois de volta a Avignon. Aparentemente, haviam ido pegar Claridon.

Roquefort havia subido o caminho ladeado de árvores, que ia desde o palácio papal, e decidiu esperar ali, no cume, que oferecia um perfeito ponto de observação da velha cidade. A fortuna sorrira para ele quando Stephanie Nelle e seus dois companheiros emergiram da garagem subterrânea diretamente abaixo, depois ocuparam um lugar num café ao ar livre, claramente visível.

Baixou o binóculo.

O mistral passou forte. Hoje o vento norte estava uivando, varrendo os cais, ondulando o rio, empurrando nuvens de tempestade que faziam o céu cada vez mais baixo.

– Parece que pretendem ficar no palácio depois da hora de fechar. Lars Nelle e Claridon já fizeram isso uma vez. Ainda temos uma chave da porta?

– Nosso irmão aqui na cidade a guarda para nós.

– Pegue-a.

Há muito tempo, ele havia garantido um modo de entrar no palácio através da catedral, à noite. O arquivo ali dentro atraíra o interesse de Lars Nelle, de modo que também atraíra o de Roquefort. Por duas vezes ele mandara irmãos percorrê-lo durante a noite, tentando descobrir o que atraíra Lars Nelle. Mas o volume de material era intimidante e nada foi encontrado. Talvez esta noite ele descobrisse mais.

Retornou os olhos às lentes. Um papel se soltou da mão de Malone, e ele viu o advogado ir atrás.

Então, seus três alvos desapareceram.

TRINTA E CINCO

21H

Uma sensação fantasmagórica dominou Malone enquanto ele caminhava pelos salões sem enfeites. Na metade da visita guiada ao palácio, eles haviam se afastado e Claridon os guiara até um andar alto. Lá esperaram numa torre, atrás de uma porta fechada, até as oito e meia, quando a maioria das luzes internas foi apagada e nenhum movimento podia ser ouvido. Claridon parecia conhecer o procedimento, e ficou satisfeito ao ver que a rotina dos empregados permanecia igual depois de cinco anos.

O labirinto de salões vazios, corredores longos e aposentos estéreis estava iluminado apenas por partes isoladas de luz fraca. Malone só podia imaginar como teriam sido mobiliados antigamente, cada cômodo cheio de personagens reunidos para servir ou fazer petições ao sumo pontífice. Enviados do Cã, imperador de Constantinopla, até o próprio Petrarca e Santa Catarina de Siena, a mulher que acabou convencendo o último papa de Avignon a retornar a Roma, todos tinham vindo aqui. A história estava profundamente enraizada, mas restavam apenas resquícios.

Do lado de fora, a tempestade finalmente chegara e a chuva encharcava o telhado com violência, enquanto os trovões chacoalhavam os vidros das janelas.

– Este palácio já foi tão grandioso quanto o Vaticano – sussurrou Claridon. – Tudo se foi. Destruído pela ignorância e a cobiça.

Malone não concordava.

– Alguns diriam que ignorância e cobiça foi o que fez com que ele fosse construído, para começar.

– Ah, Sr. Malone, é estudioso de história?

– Já andei lendo.

– Então deixe que eu lhe mostre uma coisa.

Claridon guiou-os através de passagens abertas para aposentos mais visitados, cada um identificado com uma placa. Pararam num enorme retângulo rotulado como Grand Tinel, coberto por um teto de madeira em abóbada.

– Este era o salão de banquetes do papa e podia acomodar centenas de pessoas – disse Claridon com a voz ecoando. – Clemente VI mandou pendurar um tecido azul cheio de estrelas de ouro para criar um arco celestial. Afrescos já adornaram as paredes. Tudo foi destruído por um incêndio em 1413.

– E nunca foi substituído? – perguntou Stephanie.

– Nessa época, os papas de Avignon haviam ido embora, de modo que este palácio não tinha mais importância. – Claridon sinalizou indicando o outro lado. – O papa comia sozinho, ali, num tablado, sentado num trono, sob uma cúpula enfeitada de veludo carmim e arminho. Os convidados se sentavam em bancos de madeira que acompanhavam as paredes – cardeais a leste, os outros a oeste. Mesas de cavaletes formavam um U e a comida era servida pelo centro. Tudo muito rígido e formal.

– Muito parecido com este palácio – disse Malone. – É como andar por uma cidade destruída, como se a alma do prédio tivesse sido bombardeada. Um mundo voltado para si mesmo.

– E essa era a ideia. Os reis franceses queriam que seus papas ficassem longe de todo mundo. Eles sozinhos controlavam o que o papa pensava e fazia, de modo que não era necessário que sua residência fosse um local etéreo. Nenhum desses papas jamais visitou Roma, já que os italianos os teriam matado imediatamente. Assim, os sete homens que serviram aqui como papas construíram sua fortaleza e não questionaram o trono francês. Eles deviam sua existência ao rei e adoravam esse repouso; seu Cativeiro de Avignon, como o período do papado aqui passou a ser chamado.

Na sala seguinte, o espaço ficou mais confinado. A Câmara dos Paramentos era identificada como o local onde o papa e os cardeais se reuniam em consistórios secretos.

– Também é aqui que a Rosa de Ouro era presenteada – disse Claridon. – Um gesto particularmente arrogante para os papas de Avignon. No quarto domingo da quaresma, o papa homenageava uma pessoa especial, em geral um soberano, presenteando-o com uma rosa de ouro.

– Você não aprova? – perguntou Stephanie.

– Cristo não precisava de rosas de ouro. Por que os papas precisariam? Era apenas mais um exemplo do sacrilégio que todo este local representava. Clemente VI comprou toda a cidade da rainha Joana de Nápoles. Parte de um acordo que ela fez para obter a absolvição pela cumplicidade no assassinato do marido. Durante cem anos, criminosos, aventureiros, falsários e contrabandistas escaparam da justiça aqui, desde que prestassem a homenagem adequada ao papa.

Através de outro aposento, entraram no que era rotulado como a Sala do Cervo. Claridon acendeu uma série de fracas luzes incandescentes. Malone se demorou junto à porta por tempo suficiente para olhar para trás, pelo salão anterior, para o Grand Tinel. Uma sombra passou pela parede, o bastante para ele saber que não estavam sozinhos. Sabia quem era. Uma mulher alta, atraente e atlética – *de cor*, como dissera Claridon antes no carro. Uma mulher que os havia acompanhado até o palácio.

– ... é aqui que o palácio antigo e o novo se juntam – dizia Claridon. – O antigo atrás de nós, o novo passando por aquela outra porta. Este era o escritório de Clemente VI.

Malone havia lido no livro de turismo sobre Clemente, um homem que gostava de pinturas e poemas, sons agradáveis, animais raros e amor cortês. Ele teria dito: *Meus predecessores não sabiam ser papas*, por isso transformou a antiga fortaleza de Bento num palácio luxuoso. Um exemplo perfeito dos desejos materiais de Clemente agora o rodeava na forma de imagens pintadas nas paredes sem janelas. Campos, bosques e riachos, tudo sob um céu azul. Homens com redes perto de um lago verde cheio de peixes nadando. Cães *brittany spaniels*. Um jovem nobre e seu falcão. Uma criança numa árvore. Grama, pássaros, banhistas. Verdes e marrons predominavam, mas um vestido laranja, um peixe azul e frutas nas árvores acrescentavam salpicos de cor forte.

– Clemente mandou pintar esses afrescos em 1344. Foram encontrados sob a pintura a cal que os soldados aplicaram quando o palácio virou alojamento no século XIX. Esta sala explica os papas de Avignon, em especial Clemente VI. Na verdade, alguns o chamavam de Clemente, o Magnífico. Ele não possuía vocação religiosa. A satisfação das penitências, a reversão de excomunhões, a remissão dos pecados, até mesmo a redução dos anos no purgatório tanto para os mortos quanto para os vivos: tudo isso estava à venda. Estão notando a falta de alguma coisa?

Então Malone percebeu.

– Onde está Deus?

– Bom olhar, monsieur. – Os braços de Claridon se abriram. – Em nenhum local desta casa de Clemente VI há um símbolo religioso. A omissão fala alto demais. Este era o quarto de um rei, e não de um papa, e era assim que os prelados de Avignon se viam. Eram os homens que haviam destruído os templários. A partir de 1307, com Clemente V, que conspirava com Felipe, o Belo, e terminando com Gregório XI em 1378, esses indivíduos corruptos esmagaram aquela Ordem. Lars sempre acreditou, e eu concordo, que este aposento prova o que aqueles homens realmente valorizavam.

— Você acha que os templários sobreviveram? — perguntou Stephanie.

— *Oui*. Eles estão em algum lugar. Eu já os vi. Não sei exatamente o que são. Mas estão em algum lugar.

Malone não conseguia decidir se a declaração era um fato ou apenas a suposição de um homem que enxergava conspirações onde nenhuma existia. Só sabia que eram seguidos por uma mulher suficientemente hábil para cravar uma bala num tronco de árvore acima de sua cabeça, a 50 metros, à noite, com um vento de 60 quilômetros por hora. Ela até poderia ter sido quem salvou sua pele em Copenhague. E era real.

— Vamos logo com isso — disse Malone.

Claridon apagou a luz.

— Sigam-me.

Caminharam pelo velho palácio até a ala norte, onde ficava o centro de convenções. Uma placa observava que as instalações haviam sido criadas recentemente pela prefeitura como um modo de levantar verbas para outras restaurações. O antigo Salão do Conclave, a Câmara do Tesouro e a Grande Adega haviam sido equipados com cadeiras, um palco e equipamento audiovisual. Depois de mais corredores, eles passaram por efígies de pedra de mais papas de Avignon.

Claridon acabou parando junto a uma grossa porta de madeira e testou a tranca, que se abriu.

— Bom. Eles ainda não trancam isso à noite.

— Por quê? — perguntou Malone.

— Não há nada de valor aqui, além de informações, e poucos ladrões estão interessados nisso.

Entraram num espaço totalmente escuro.

– Este lugar já foi a capela de Bento XII, o papa que concebeu e construiu a maior parte do velho palácio. No fim do século XIX, esta sala e a de cima foram convertidas no arquivo do distrito. O palácio também mantém seus registros aqui.

A luz que se derramava do corredor revelava uma sala muito alta cheia de estantes: fileiras e mais fileiras. Outras estantes cobriam as paredes externas, uma seção empilhada sobre a outra, com uma passarela com corrimão acompanhando-as. Atrás das prateleiras erguiam-se janelas em arco, com os vidros escuros golpeados por uma chuva constante.

– Quatro quilômetros de prateleiras – disse Claridon. – Uma bela quantidade de informação.

– Mas você sabe onde procurar? – perguntou Malone.

– Espero que sim.

Claridon seguiu pelo corredor central. Malone e Stephanie esperaram até uma lâmpada se acender 15 metros adiante.

– Aqui – gritou Claridon.

Malone fechou a porta do salão e imaginou como a mulher conseguiria entrar sem ser notada. Foi na frente, em direção à luz, e os dois encontraram Claridon perto de uma mesa de leitura.

– Por sorte para a história – disse Claridon –, todos os artefatos do palácio foram inventariados no início do século XVIII. Depois, no fim do século XIX, foram feitas fotografias e desenhos do que sobreviveu à Revolução. Lars e eu ficamos familiarizados com o modo como as informações foram organizadas.

– E não veio procurar depois da morte de Mark porque pensou que os cavaleiros templários iriam matá-lo? – perguntou Malone.

– Percebo, monsieur, que não acredita muito nisso. Mas garanto que fiz a coisa certa. Esses registros ficaram aqui durante séculos, por isso achei que poderiam permanecer em silêncio mais um pouco. Ficar vivo me pareceu mais importante.

– Então, por que está aqui agora? – perguntou Stephanie.

– Muito tempo se passou. – Claridon se afastou da mesa. – Em volta de nós estão os inventários do palácio. Vou demorar alguns minutos para olhar. Por que não se sentam e me deixam ver se consigo encontrar o que queremos? – Ele pegou uma lanterna no bolso. – É do asilo. Achei que poderíamos precisar.

Malone puxou uma cadeira, assim como Stephanie. Claridon desapareceu na escuridão. Os dois se sentaram e ele podia ouvir sons do outro procurando, com o facho da lanterna dançando na abóbada acima.

– Era isso que o meu marido fazia – disse ela num sussurro. – Ficava escondido num palácio esquecido, procurando absurdos.

Malone captou a tensão na voz.

– Enquanto nosso casamento ia se acabando. Enquanto eu trabalhava vinte horas por dia. Era o que ele fazia.

Um trovão lançou tremores através de Malone e do salão.

– Era importante para ele – disse Malone, mantendo a voz baixa também. – E talvez até haja alguma coisa nisso tudo.

– O quê, por exemplo, Cotton? Um tesouro? Se Saunière descobriu aquelas joias na cripta, ótimo. Uma sorte assim visita as pessoas de vez em quando. Mas não há mais nada. Bigou, Saunière, Lars, Mark, Claridon. São todos sonhadores.

– Muitas vezes os sonhadores mudaram o mundo.

– Esta é uma caçada a um animal que não existe.

Claridon retornou da escuridão e pôs uma pasta de papel mofada sobre a mesa. Havia manchas de água do lado de fora. Dentro havia uma pilha de sete centímetros de fotos em preto e branco e desenhos a lápis.

– A pouco mais de um metro do local indicado por Mark. Felizmente, os velhos que cuidam deste lugar mudam pouca coisa no correr do tempo.

– Como Mark encontrou? – perguntou Stephanie.

– Ele caçava pistas durante os fins de semana. Não era tão dedicado quanto o pai, mas vinha com frequência à casa de Rennes e nós dois fazíamos a busca meio atabalhoadamente. Na universidade de

Toulouse, ele encontrou algumas informações sobre os arquivos de Avignon. Juntou as pistas e aqui está a resposta.

Malone espalhou o conteúdo sobre a mesa.

– O que estamos procurando?

– Nunca vi a pintura. Só podemos esperar que esteja identificada. Começaram a folhear as imagens.

– Aqui – disse Claridon, cheio de empolgação na voz.

Malone focalizou uma das litografias, um desenho em preto e branco manchado pelo tempo, com as bordas esgarçadas. Uma anotação à mão em cima dizia DON MIGUEL DE MAÑARA LENDO AS REGRAS DA CARIDADE.

A imagem era de um velho de barba rala e bigode fino, sentado a uma mesa e usando hábito religioso. Um emblema elaborado estava bordado numa das mangas, indo do cotovelo ao ombro. A mão esquerda tocava um livro em pé e a direita estava estendida, com a palma para cima, indicando uma mesa elaboradamente coberta de tecido a um homenzinho com manto de monge empoleirado num banco baixo, com os dedos nos lábios, pedindo silêncio. Havia um livro aberto no colo do homenzinho. O piso, que se estendia de um lado ao outro, era em xadrez, e havia algo escrito no banco onde o homenzinho estava sentado.

ACABOCE A°

DE 1687

– Muito curioso – murmurou Claridon. – Olhe aqui.

Malone acompanhou o dedo de Claridon e examinou a parte superior esquerda da pintura onde, nas sombras atrás do homenzinho, havia uma mesa e uma prateleira. Em cima estava um crânio humano.

– O que tudo isso significa? – perguntou Malone a Claridon.

– *Caridade* também pode significar amor. O hábito negro do homem à mesa é da Ordem dos Cavaleiros de Calatrava, uma sociedade religiosa espanhola dedicada a Jesus Cristo. Posso ver pelo desenho na manga. *Acaboce* é "conclusão". O A° pode ser uma referência a alfa e ômega, a primeira e a última letra do alfabeto grego; o princípio e o fim. O crânio? Não faço ideia.

Malone se lembrou do que Bigou supostamente escrevera no livro de registros da paróquia de Rennes logo antes de fugir da França para a Espanha. *Leia as regras da caridade.*

– Que regras devemos ler?

Claridon examinou o desenho à luz fraca.

– Note uma coisa no homenzinho sobre o banco. Veja os sapatos. Os pés estão plantados em quadrados pretos no piso, na diagonal um em relação ao outro.

– O piso parece um tabuleiro de xadrez – disse Stephanie.

– E o bispo se move na diagonal, como os pés indicam.

– Então o homenzinho é um bispo? – perguntou Stephanie.

– Não – disse Malone, entendendo. – No xadrez francês, o bispo é o Bobo.

– Você é estudioso do jogo? – perguntou Claridon.

– Já joguei um pouco.

Claridon pôs o dedo sobre o homenzinho no banco.

– Aqui está o Bobo Sábio que aparentemente tem um segredo e lida com o alfa e o ômega.

Malone entendeu.

– Cristo foi chamado assim.

– *Oui*. E quando a gente acrescenta *acaboce* tem "conclusão do alfa e do ômega". Conclusão do Cristo.

– Mas o que isso significa? – perguntou Stephanie.

– Madame, posso ver o livro de Stüblein?

Ela encontrou o volume e entregou-o a Claridon.

– Vamos olhar a lápide outra vez. Ela e a pintura estão relacionadas. Lembrem-se, foi o abade Bigou que deixou as duas pistas. – Ele pôs o livro sobre a mesa.

– É preciso conhecer a história para entender esta lápide. A família d'Hautpoul remonta à França do século XII. Maria se casou com François d'Hautpoul, o último nobre, em 1732. Um dos ancestrais d'Hautpoul redigiu um testamento em 1644, que registrou devidamente e entregou a um notário em Espéraza. Mas, quando esse ancestral morreu, o testamento não foi encontrado. Então, mais de cem anos após sua morte, o testamento desaparecido surgiu de repente. Quando François d'Hautpoul foi pegá-lo, o notário disse: *não seria sábio de minha parte me separar de um documento de tamanha importância*. François morreu em 1753, e em 1780 o testamento foi finalmente dado à sua esposa, Marie. Por quê? Ninguém sabe. Talvez porque na época ela fosse a única d'Hautpoul que restava. Mas ela morreu um ano depois e dizem que passou o testamento, e qualquer informação que ele contivesse, ao abade Bigou, como parte do grande segredo da família.

– E foi isso que Saunière encontrou na cripta? Junto com as moedas de ouro e as joias?

Claridon assentiu.

– Mas a cripta estava escondida. De modo que Lars sempre acreditou que o túmulo falso de Marie no cemitério tinha a pista de verdade. Bigou devia ter sentido que o segredo que ele conhecia era grande demais para não ser passado adiante. Ele estava fugindo do país, para nunca mais voltar, por isso deixou uma charada apontando o caminho. No carro, quando vocês me mostraram pela primeira vez o desenho da lápide, muitas coisas me ocorreram. – Ele pegou um bloco vazio e uma caneta, e pôs na mesa. – Agora sei que essa gravura na lápide é cheia de informações.

Malone examinou as letras e símbolos nas lápides.

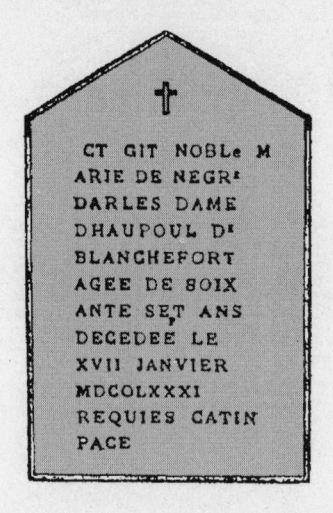

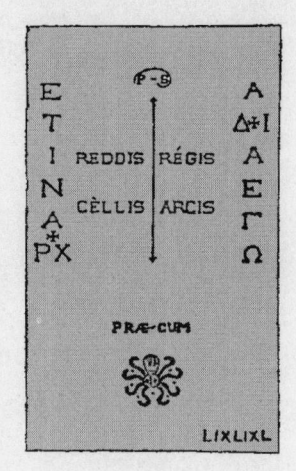

```
CT GIT NOBLe M
ARIE DE NEGRᵉ
DARLES DAME
DHAUPOUL Dᵉ
BLANCHEFORT
AGEE DE SOIX
ANTE SEpT ANS
DECEDEE LE
XVII JANVIER
MDCOLXXXI
REQUIES CATIN
PACE
```

```
E        ⌐P-S⌐         A
T                      Δ✳I
I   REDDIS │ RÉGIS     A
N   ─────────────      A
A✳  CÈLLIS │ ARCIS     E
P✕                     Γ
                       Ω

           PRÆ-CUM

                      LIXLIXL
```

– A pedra à direita ficava na horizontal, na sepultura de Marie, e não contém o tipo de inscrição normalmente encontrada em sepulturas. O lado esquerdo foi escrito em latim. – Claridon escreveu ET IN PAX no bloco. – Isso se traduz como "e em paz", mas tem problemas. Pax é o caso nominativo de *paz* e é gramaticalmente incorreto depois da preposição *in*. A coluna da direita é escrita em grego e é algaravia. Mas estive pensando nisso, e a solução finalmente me veio. Quando a gente traduz para o romano, o *E,T,I,N,* e A ficam bem, mas o *P* é um *R*, o *X* se torna um *K*, e...

Claridon rabiscou no bloco, depois escreveu a tradução completa embaixo.

ET IN ARCADIA EGO

– E na Arcádia eu – disse Malone, traduzindo o latim. – Isso não faz sentido.

– Exato – observou Claridon. – O que levaria à conclusão de que as palavras estão escondendo alguma coisa.

Malone entendeu.

– Um anagrama?

– Coisa muito comum na época de Bigou. Afinal de contas, duvido que Bigou deixasse uma mensagem tão fácil assim de se decifrar.

– E as palavras no centro?

Claridon anotou-as no bloco.

REDDIS RÉGIS CÉLLIS ARCIS

– *Reddis* significa "devolver, restaurar algo que foi previamente tomado". Mas também é a palavra latina para "Rennes". Régis deriva de *rex*, ou "rei". *Cella* se refere a um depósito. *Arcis* deriva de *arx*, uma fortaleza, uma cidadela. Muita coisa pode ser deduzida de cada palavra, mas juntas elas não fazem sentido. E há a seta que liga *p-s* no topo com *præ-cum*. Não faço ideia do que o *p-s* significa. O *præ-cum* pode ser traduzido como "oração que virá".

– O que é o símbolo na parte de baixo? – perguntou Stephanie. – Parece um polvo.

Claridon balançou a cabeça.

– É uma aranha, senhora. Mas o significado me escapa.

– E quanto à outra pedra? – perguntou Malone.

– A da esquerda ficava de pé sobre a sepultura e era a mais visível. Lembrem-se, Bigou serviu a Marie d'Hautpoul por muitos anos. Era extraordinariamente leal a ela e demorou dois anos para produzir essa lápide, no entanto praticamente todas as linhas contêm um erro. Os pedreiros daquela época tendiam a cometer erros, mas tantos assim? De jeito nenhum o abade permitiria que isso permanecesse.

– Então, os erros fazem parte da mensagem? – perguntou Malone.

– É o que parece. Olhem aqui. O nome dela está errado. Ela não era Marie de Negre d'Arles dame d'Hautpoul. Era Marie de Negri d'Ables d'Hautpoul. Muitas das outras palavras também estão truncadas. Há letras levantadas e abaixadas sem motivo. Mas olhem a data.

Malone examinou os numerais romanos.

MDCOLXXXI

– Supostamente, a data da morte dela. 1681. E isso descontando o O, já que não existe zero no sistema numeral romano, e nenhum número era denotado pela letra O. No entanto, aqui está. E Marie morreu em 1781, e não 1681. Será que o "O" está aí para deixar claro que Bigou sabia que a data estava errada? E a idade dela também está errada. Ela tinha 68, e não 67 anos, como está anotado, quando morreu.

Malone apontou para o desenho da pedra à direita e os numerais romanos no canto de baixo. LIXLIXL. Cinquenta. Nove. Cinquenta. Nove. Cinquenta.

– Muito curioso – disse Claridon.

Malone olhou de novo a litografia.

– Não vejo onde essa pintura se encaixa.

– É um quebra-cabeça, monsieur. Que não tem solução fácil.

– Mas a resposta é algo que eu gostaria de saber – disse uma profunda voz masculina vinda da escuridão.

TRINTA E SEIS

Malone estivera esperando um contato da mulher, mas a voz não era dela. Levou a mão à arma.

– Fique parado, Sr. Malone. Há armas apontadas para vocês.

– É o homem da catedral – disse Stephanie.

– Eu disse que iríamos nos encontrar de novo. E o senhor, monsieur Claridon. Não foi tão convincente assim no asilo. Insano? Dificilmente.

Malone examinou a escuridão. O simples tamanho da sala produzia uma confusão de ruídos. Mas ele viu formas humanas paradas acima, na frente da fileira superior de estantes, junto ao corrimão de madeira.

Contou quatro.

– Mas estou impressionado com seu conhecimento, Sr. Claridon. Suas deduções sobre a lápide parecem lógicas. Sempre acreditei que havia muito a ser aprendido com ela. Também estive aqui antes, procurando nessas estantes. Uma tarefa muito difícil. Há muito a explorar. Aprecio o senhor ter estreitado a busca. *Lendo as Regras da Caridade.* Quem imaginaria?

Claridon fez o sinal da cruz, e Malone viu medo nos olhos do sujeito.

– Que Deus nos proteja.

– Ora, monsieur Claridon – disse a voz incorpórea. – Precisamos envolver o céu?

– Vocês são os guerreiros d'Ele. – A voz de Claridon tremeu.

– E o que o leva a essa conclusão?

– Quem mais poderiam ser?

– E se formos a polícia? Não. O senhor não acreditaria nisso. Talvez sejamos aventureiros, gente que procura, como vocês. Mas não. Então, em nome da simplicidade, digamos que somos os guerreiros d'Ele. Como vocês três podem auxiliar à *nossa* causa?

Ninguém respondeu.

– A Sra. Nelle possui o diário do marido e o livro do leilão. Ela contribuirá com eles.

– Foda-se – xingou Stephanie.

Um estalo, como um balão estourando, soou acima do som da chuva e uma bala ricocheteou na mesa a alguns centímetros de Stephanie.

– Resposta errada – disse a voz.

– Entregue-os – disse Malone.

Stephanie encarou-o furiosa.

– Ele vai atirar em você em seguida.

– Como sabia? – perguntou a voz.

– É o que eu faria.

Um risinho.

– Gosto do senhor, Sr. Malone. É um profissional.

Stephanie enfiou a mão na bolsa a tiracolo e pegou o livro e o diário.

– Jogue-os na direção da porta, entre as estantes – disse a voz.

Ela obedeceu.

Uma forma surgiu e pegou-os.

Malone acrescentou mais um homem à lista. Pelo menos cinco estavam agora no arquivo. Sentiu a arma enfiada na cintura, por baixo do paletó. Infelizmente, não havia como pegá-la antes que pelo menos um deles levasse um tiro. E só restavam três balas no pente.

– Seu marido, Sra. Nelle, conseguiu reunir muitos dos fatos, e suas decisões sobre os elementos que faltam geralmente eram corretas. Ele era um intelecto notável.

— Vocês estão atrás de quê? — perguntou Malone. — Eu só me juntei a esse grupo há alguns dias.

— Procuramos justiça, Sr. Malone.

— E é necessário atropelar um velho em Rennes-le-Château para obter justiça? — Ele pensou em chacoalhar o balde para ver o que se derramava.

— E quem seria esse?

— Ernst Scoville. Ele trabalhava com Lars Nelle. Certamente o senhor o conhecia, não?

— Sr. Malone, talvez um ano de aposentadoria tenha embotado suas habilidades. Imagino que era melhor interrogador quando trabalhava em tempo integral.

— Já que está com o diário e o livro, o senhor não precisa ir embora?

— Preciso daquela litografia. Monsieur Claridon, por favor, faça a gentileza de levá-la ao meu colega aí, do outro lado da mesa.

Claridon certamente não queria fazer isso.

Houve outro estalo vindo de uma arma com silenciador, e uma bala se cravou no tampo da mesa.

— Odeio ficar me repetindo.

Malone pegou a litografia e entregou-a a Claridon.

— Dê a ele.

A folha foi aceita com a mão trêmula. Claridon deu alguns passos para fora da luz da lâmpada fraca. Um trovão golpeou o ar e chacoalhou as janelas. A chuva continuava a atacar com fúria.

Então, um novo ruído irrompeu.

Tiros.

E a lâmpada explodiu num jorro de fagulhas.

Roquefort escutou o tiro e viu o clarão da arma perto da saída do arquivo. Maldição. Havia mais alguém ali.

O salão ficou imerso na escuridão.

— Andem — gritou aos homens na passarela do segundo andar. E esperou que soubessem o que fazer.

Malone percebeu que alguém havia atirado na lâmpada. A mulher. Ela havia achado outra entrada.

Quando a escuridão dominou, ele agarrou Stephanie e os dois se jogaram no chão. Esperava que os homens acima também tivessem sido apanhados desprevenidos.

Tirou a arma de debaixo do paletó.

Mais dois tiros explodiram embaixo e as balas fizeram os homens lá em cima correr. Passos soavam na plataforma de madeira. Ele estava mais preocupado com o homem no térreo, mas não ouvira nada vindo da direção onde o tinha visto pela última vez, nem ouvira nada da parte de Claridon.

A correria parou.

— Quem quer que você seja — disse a voz de homem —, precisa interferir?

— Eu poderia lhe fazer a mesma pergunta — disse a mulher em tom lânguido.

— Isso não é da sua conta.

— Discordo.

— Você atacou dois dos meus irmãos em Copenhague.

— Digamos que interrompi o ataque de vocês.

— Haverá um retorno.

— Venham me pegar.

— Peguem-na — gritou o homem.

Formas negras correram no alto. Os olhos de Malone haviam se ajustado, e ele viu uma escada na outra extremidade da passarela.

Entregou a arma a Stephanie.

– Fique aqui.

– Aonde você vai?

– Retribuir um favor.

Ele se agachou e se moveu rapidamente, serpenteando entre as estantes. Esperou, depois derrubou um dos homens que saltava do último degrau. O tamanho e a forma do sujeito o lembravam do homem da jaqueta vermelha, mas desta vez Malone estava preparado. Levou o joelho à barriga do sujeito, depois deu-lhe um soco na nuca.

O homem ficou imóvel.

Malone examinou a escuridão e ouviu alguém correndo numa outra passagem entre as estantes.

– Não. Por favor, me solte.

Claridon.

Roquefort foi direto para a porta que saía do arquivo. Havia descido da passarela e sabia que a mulher ia querer fazer uma retirada rápida, mas as opções dela eram parcas. Havia apenas uma saída para o corredor e uma outra, através do escritório do curador. Mas seu homem que estava parado lá havia informado pelo rádio que tudo estava calmo.

Agora sabia que ela era a mesma pessoa que havia interferido em Copenhague e provavelmente a mesma da noite anterior em Rennes-le-Château. E essa percepção o instigou. Precisava conhecer a identidade dela.

A porta de saída do arquivo se abriu e depois se fechou. Na cunha de luz que veio do corredor, ele viu duas pernas deitadas no chão entre as estantes. Correu até lá e descobriu um dos seus subordinados inconsciente, com um pequeno dardo no pescoço. Esse irmão estivera no térreo e pegara o livro, o diário e a litografia.

Que não estavam em lugar nenhum à vista.

Desgraçada.

— Façam o que instruí — gritou para o resto de seus homens.

E correu para a porta.

Malone ouviu a ordem do sujeito e decidiu voltar para Stephanie. Não fazia ideia do que ele havia ordenado, mas presumiu que os incluísse e que não era bom.

Agachou-se e passou pelas estantes indo na direção da mesa.

— Stephanie — ofegou.

— Aqui, Cotton.

Ele chegou perto. Agora só conseguia escutar a chuva.

— Tem de haver outra saída — murmurou ela na escuridão.

Malone pegou a arma com ela.

— Alguém saiu pela porta. Provavelmente a mulher. Só vi uma sombra. Os outros devem ter ido atrás de Claridon e saído por outra passagem.

A porta de saída se abriu de novo.

— É ele indo embora — disse Malone.

Os dois se levantaram e passaram rapidamente pelo arquivo. Na saída, Malone hesitou, não escutou nem viu nada, então foi para fora.

Roquefort viu a mulher correndo pela galeria comprida. Ela girou e, sem perder o passo, disparou um tiro na direção dele.

Ele mergulhou no chão, e ela desapareceu numa esquina.

Roquefort se levantou e correu atrás. Antes de a mulher ter disparado, ele viu o diário e o livro com ela.

A mulher precisava ser alcançada.

Malone viu um homem de calças pretas e blusa escura de gola rulê virando uma esquina a 15 metros dali.

– Isso vai ficar interessante – disse ele.
Os dois correram.

Roquefort continuou a perseguição. A mulher certamente estava tentando sair do palácio e parecia conhecer o lugar. Cada virada que fazia era a certa. Habilmente havia obtido o que viera pegar, por isso ele tinha de presumir que a fuga dela não seria deixada ao acaso.

Através de outro portal, chegou a um corredor com teto abobadado. A mulher já estava na outra extremidade, virando uma esquina. Ele foi até lá e viu uma ampla escadaria de pedra descendo. A Grande Escadaria de Honra. Antigamente, ladeada de afrescos, interrompida por portões de ferro e coberta de passadeiras persas, a escada servira para a solene majestade das cerimônias pontificais. Agora os degraus estavam nus. A escuridão embaixo, a cerca de 30 metros, era absoluta. Ele sabia que abaixo ficava a porta de saída para um pátio. Ouviu os passos da mulher que descia, mas não pôde ver sua forma.

Por isso, simplesmente disparou.

Dez tiros.

Malone ouviu o que parecia um martelo batendo repetidamente num prego. Um tiro com silenciador depois do outro.

Passou a ir mais devagar até uma porta a três metros dali.

Dobradiças guincharam na base da escada numa escuridão de breu. Roquefort reconheceu o som de uma porta se abrindo com um gemido. A tempestade lá fora ficou mais ruidosa. Aparentemente, seus tiros indiscriminados haviam errado. A mulher estava saindo do palácio. Ouviu passos atrás, depois falou ao microfone preso na blusa.

— Estão com o que eu queria?

— Sim — foi a resposta pelo fone de ouvido.

— Estou na Galeria do Conclave. O Sr. Malone e a Sra. Nelle vêm atrás de mim. Cuidem deles.

E desceu correndo a escada.

Malone viu o homem com blusa de gola rulê sair do salão gigantesco que se estendia à frente. Com a arma na mão, correu com Stephanie logo atrás.

Três homens armados se materializaram de outros portais para o salão e bloquearam seu caminho.

Malone e Stephanie pararam.

— Por favor, jogue a arma para longe — disse um dos homens.

De jeito nenhum Malone conseguiria acertar todos antes que ele, Stephanie ou os dois fossem derrubados. Por isso, deixou a arma cair no chão.

Os três homens se aproximaram.

— O que fazemos agora? — perguntou Stephanie.

— Estou aberto a sugestões.

— Não há nada que vocês possam fazer — disse outro homem de cabelo curto.

Ficaram parados. A ordem chegou:

— Virem-se.

Malone encarou Stephanie. Já estivera em situações complicadas, algumas parecidas com a que estavam enfrentando. Mesmo que conseguisse dominar um ou dois, ainda havia o terceiro homem, e todos estavam armados.

Um som oco foi seguido de um grito de Stephanie e seu corpo desmoronou no chão. Antes que pudesse ir até ela, a nuca de Malone foi acertada com alguma coisa e tudo que estava diante dele sumiu.

Roquefort continuou atrás da mulher, que correu pela Place du Palais, fugindo rapidamente da praça vazia e seguindo um caminho sinuoso pelas ruas desertas de Avignon. A chuva quente caía num jorro constante. O céu se abriu de súbito, partido pelo imenso clarão de um raio que momentaneamente livrou a abóbada da escuridão. O trovão sacudiu o ar.

Deixaram os prédios para trás e chegaram perto do rio.

Ele sabia que, logo adiante, a ponte de São Bénézet se estendia atravessando o Ródano. Através da tempestade, viu a mulher seguir direto para a entrada da ponte. O que ela estava fazendo? Por que iria para lá? Não importava, tinha de ir atrás. Ela possuía o resto do que ele viera recuperar, e não planejava deixar Avignon sem o livro e o diário. No entanto, se perguntava o que a chuva estaria fazendo com as páginas. Seu cabelo estava grudado à cabeça, as roupas coladas no corpo.

Viu um clarão dez metros adiante e a mulher disparou um tiro contra a porta que levava à entrada da ponte.

Ela desapareceu dentro do prédio.

Roquefort correu até a porta e olhou com cuidado para dentro. Havia um balcão de ingressos à direita. Suvenires expostos em mais balcões à esquerda. Três catracas davam na ponte. Há muito tempo a travessia incompleta deixara de ser qualquer coisa além de atração turística.

A mulher estava vinte metros adiante, correndo pela ponte, na direção do rio.

Então desapareceu.

Ele continuou correndo e pulou por cima das catracas, indo atrás dela.

Havia uma capela gótica no fim do segundo pilar. Ele sabia que era a capela São Nicolau. Os restos de São Bénézet, que foi o responsável pela construção da ponte, antigamente eram preservados ali. Mas as relíquias se perderam durante a revolução e só restava a capela

– gótica em cima, românica embaixo. Para onde a mulher havia ido. Descendo a escada de pedra.

Outro raio esverdeado espocou acima.

Ele limpou a chuva dos olhos e parou no degrau superior.

Então a viu.

Não embaixo, mas de novo em cima, correndo para o fim do quarto arco, o que a deixaria na metade do Ródano, sem ter aonde ir, já que os arcos até o outro lado do rio haviam sido levados fazia trezentos anos. Ela obviamente usara a escada para passar por baixo da capela, evitando qualquer tiro que ele pudesse disparar.

Roquefort correu atrás, rodeando a capela.

Não queria atirar. Precisava dela viva. Mais importante ainda, precisava do que ela estava carregando. Por isso mandou uma bala à esquerda da mulher, junto aos pés.

Ela parou e se virou para encará-lo.

Roquefort continuou correndo, com a arma apontada.

Ela parou no fim do quarto arco, sem nada além da escuridão e da água atrás. Um trovão violou o ar. O vento chegava em sopros loucos. A chuva escorria no rosto dele.

– Quem é você? – perguntou ele.

Ela usava um macacão preto e justo que combinava com a pele escura. Era magra e musculosa, tinha a cabeça coberta por um capuz apertado, deixando apenas o rosto visível. Estendeu as coisas que havia tomado por sobre a borda da ponte.

– Não vamos nos apressar – disse ela.

– Eu poderia simplesmente atirar em você.

– Dois motivos para não fazer isso.

– Estou ouvindo.

– Um: a sacola vai cair no rio e o que você realmente quer se perderá. E dois: eu sou cristã. Vocês não matam cristãos.

– Como sabe o que eu faço?

– Você é um cavaleiro templário, como os outros. E fez um juramento de não causar mal a cristãos.

– Não faço ideia se você é cristã.

– Então, vamos ficar com o motivo número um. Atire em mim e os livros vão nadar no Ródano. A correnteza rápida vai levá-los para longe.

– Aparentemente, nós dois buscamos a mesma coisa.

– Você é rápido.

O braço dela se estendeu por sobre a borda e ele contemplou onde seria o melhor lugar para atirar, mas ela estava certa: a sacola sumiria muito antes que ele pudesse atravessar os três metros que os separavam.

– Parece que temos um impasse – disse ele.

– Eu não diria isso.

Ela soltou a sacola, que desapareceu na escuridão. Em seguida, usou o momento de surpresa dele para levantar a arma e disparar, mas Roquefort girou e se jogou nas pedras molhadas. Quando sacudiu a chuva dos olhos, viu a mulher saltar pela borda. Levantou-se e foi correndo, esperando ver o Ródano borbulhante passando, mas, em vez disso, abaixo dele havia uma plataforma de pedra, uns dois metros e meio abaixo – parte de um pilar que sustentava o arco externo. Viu a mulher pegar a sacola e desaparecer embaixo da ponte.

Hesitou apenas um momento e depois pulou, caindo de pé. Seus tornozelos de meia-idade rangeram com o impacto.

Um motor rugiu, e ele viu uma lancha disparar debaixo da ponte e se afastar a toda velocidade, em direção ao norte. Levantou a arma para disparar, mas um clarão sinalizou que ela também estava atirando.

Roquefort se jogou em mais pedra molhada.

O barco se dissolveu ao fundo.

Quem era aquela megera? Sem dúvida ela sabia o que ele era, mas não quem ele era, já que não o havia identificado. Também parecia entender o significado do livro e do diário. Mais importante, sabia de cada passo dele.

Roquefort ficou de pé e entrou embaixo da ponte, fora da chuva, onde o barco estivera atracado. Além disso, ela havia planejado uma fuga inteligente. Já ia subir de volta, usando uma escada de ferro fixa ao exterior da ponte, quando algo atraiu sua atenção.

Abaixou-se.

Havia um livro na pedra encharcada embaixo da ponte.

Trouxe-o para perto dos olhos, esforçando-se para ver o que continham as páginas e leu algumas palavras.

O caderno de Lars Nelle.

Ela o havia perdido na fuga apressada.

Roquefort sorriu.

Agora possuía parte do quebra-cabeça – não todo, mas talvez o suficiente – e sabia exatamente como descobrir o resto.

TRINTA E SETE

Malone abriu os olhos, examinou o pescoço dolorido e percebeu que nada parecia quebrado. Massageou os músculos inchados com a mão aberta e afastou os efeitos do período de inconsciência. Olhou o relógio. Onze e vinte da noite. Estivera apagado por cerca de uma hora.

Stephanie estava a pouco mais de um metro. Ele se arrastou até ela, levantou sua cabeça e sacudiu-a gentilmente. Ela piscou e tentou focalizá-lo.

– Esse negócio dói – murmurou.

– Nem fale. – Malone olhou o amplo salão. Lá fora, a chuva havia diminuído. – Precisamos sair daqui.

– E os nossos amigos?

– Se quisessem nos matar, já o teriam feito. Acho que terminaram conosco. Eles têm o caderno, o diário e Claridon. Não somos necessários. – Malone notou a arma caída ali perto e sinalizou. – Para ver o tipo de ameaça que eles pensam que representamos.

Stephanie coçou a cabeça.

– Foi má ideia, Cotton. Eu não deveria ter reagido depois que o caderno foi mandado para mim. Se não tivesse ligado para Ernst Scoville, ele provavelmente continuaria vivo. E nunca deveria ter envolvido você.

– Acho que eu insisti. – Ele se levantou lentamente. – Temos de ir embora. Em algum momento, o pessoal da limpeza terá de passar por aqui. E não estou com vontade de responder a perguntas da polícia.

Malone ajudou-a a ficar de pé.

– Obrigada, Cotton. Por tudo. Agradeço por tudo o que você fez.

– Você faz parecer que isso terminou.

– Para mim, terminou. O que quer que Lars e Mark estivessem procurando, simplesmente terá de ser encontrado por outra pessoa. Vou para casa.

– E Claridon?

– O que podemos fazer? Não temos ideia de quem o levou nem onde ele pode estar. E o que diríamos à polícia? Que os cavaleiros templários sequestraram um interno de um asilo da cidade? Caia na real. Acho que ele terá de se virar sozinho.

– Nós sabemos o nome da mulher. Claridon mencionou que era Cassiopeia Vitt. Disse onde ela está. Em Givors. Poderíamos encontrá-la.

– E fazer o quê? Agradecer por ter salvado nossa pele? Acho que ela também terá de se virar sozinha, e acho que é mais do que capaz disso. Como você falou, não somos mais considerados importantes.

Ela estava certa.

– Temos de ir para casa, Cotton. Não há nada aqui para *nenhum* de nós.

Certa de novo.

Encontraram a saída do palácio e retornaram ao carro alugado. Depois de despistar os primeiros perseguidores em Rennes, Malone sabia que não foram seguidos até Avignon, por isso presumiu que já havia homens esperando na cidade, o que era improvável, ou que fora empregado algum tipo de vigilância eletrônica. O que significava que a perseguição e os tiros antes de ele conseguir mandar o Renault para a lama haviam sido um disfarce para fazê-lo descansar.

E deu certo.

Mas não eram mais considerados jogadores na partida que se desenvolvia, por isso decidiu que voltariam a Rennes-le-Château e passariam a noite lá.

A viagem levou quase duas horas, e ele passou pelo portão principal da cidade pouco antes das duas da madrugada. Um vento fresco golpeava o cume, e a Via Láctea riscava o céu enquanto eles saíam do estacionamento. Não havia nenhuma luz acesa dentro das muralhas. As ruas continuavam úmidas da chuva da véspera.

Malone estava cansado.

– Vamos descansar um pouco e partimos por volta do meio-dia. Tenho certeza que há algum voo de Paris a Atlanta que você possa pegar.

Diante da porta, Stephanie abriu a fechadura. Dentro, Malone acendeu uma luz no escritório e notou imediatamente uma mochila jogada numa cadeira, uma mochila que nem ele nem Stephanie haviam trazido.

Estendeu a mão para a arma no cinto.

Um movimento no quarto atraiu seu olhar. Um homem apareceu na porta e apontou uma Glock para ele.

Malone levantou sua arma.

– Quem, diabos, é você?

O homem era jovem, talvez por volta dos 30 anos, com o mesmo cabelo curto e corpo forte que ele vira em abundância nos últimos dias. O rosto, apesar de bonito, era disposto ao combate – os olhos pareciam bolas de gude pretas –, e segurava a arma com confiança. Mas Malone sentiu uma hesitação, como se o outro sujeito não tivesse certeza se ele era amigo ou inimigo.

– Perguntei quem você é.

– Baixe a arma, Geoffrey – veio uma voz do quarto.

– Tem certeza?

– Por favor.

A arma foi abaixada. Malone também baixou a dele.

Outro homem saiu das sombras.

Tinha membros compridos e corpo quadrado, com cabelo castanho cortado curto. Também segurava uma pistola, e Malone levou apenas um instante para registrar a covinha familiar no queixo, o rosto moreno e os olhos gentis da foto que continuava na mesa à sua esquerda.

Ouviu o ar sair dos pulmões de Stephanie.

— Meu Deus do céu! — sussurrou ela.

Ele também estava chocado.

Parado à sua frente estava Mark Nelle.

O corpo de Stephanie tremeu. Seu coração martelava. Por um momento, precisou dizer a si mesma para respirar.

Seu filho único estava parado do outro lado do cômodo.

Ela queria correr até ele, dizer como lamentava por todas as diferenças entre os dois, como estava feliz em vê-lo. Mas seus músculos não reagiam.

— Mãe — disse Mark —, seu filho voltou do túmulo.

Ela captou a frieza no tom de voz e sentiu instantaneamente que o coração dele continuava duro.

— Onde você esteve?

— É uma longa história.

Nenhuma sombra de compaixão aliviava o olhar. Ela esperou que ele explicasse, mas Mark não disse nada.

Malone foi até ela, pôs a mão em seu ombro e interrompeu a pausa incômoda.

— Por que não se senta?

Ela se sentiu desconectada da própria vida, um amontoado de confusão violando os pensamentos, e estava tendo dificuldade para acalmar a ansiedade. Mas, droga, era chefe de uma das unidades mais especializadas dentro do governo dos Estados Unidos. Lidava com crises diariamente. Certo, nenhuma era pessoal como a que agora a encarava do outro lado do cômodo, mas se Mark queria que o primeiro encontro fosse gelado, que fosse, ela não daria a nenhum deles a satisfação de pensar que as emoções a dominavam.

Sentou-se e disse:

— Certo, Mark. Conte sua longa história.

Mark Nelle abriu os olhos. Não estava mais a 2.500 metros de altura nos Pirineus franceses, usando sapatos com cravos e segurando uma picareta, caminhando por uma trilha precária em busca do tesouro de Bérenger Saunière. Estava dentro de uma sala de pedra e madeira com teto de traves enegrecidas. O homem parado junto dele era alto e magro, com uma penugem grisalha no lugar dos cabelos e uma barba prateada densa como pele de carneiro. Os olhos do homem eram de um curioso tom de violeta que ele não conseguia se lembrar de ter visto antes.

– Cuidado – disse o homem em inglês. – Você ainda está fraco.

– Onde estou?

– Num lugar que há séculos tem proporcionado segurança.

– Ele tem nome?

– Abadia des Fontaines.

– Isso fica a quilômetros de onde eu estava.

– Dois de meus subordinados estavam seguindo-o e fizeram resgate quando a neve começou a engolfá-lo. Disseram-me que a avalanche foi bastante intensa.

Ele ainda podia sentir a montanha se sacudir, o cume se desintegrando como o desmoronamento de uma grande catedral. Toda uma crista havia se despedaçado acima dele, e a neve havia jorrado como sangue saindo de um ferimento aberto. O frio ainda apertava seus ossos. Então, lembrou-se de ter despencado. Mas tinha ouvido corretamente o que o homem parado acima dele dissera?

– Havia homens me seguindo?

– Eu ordenei. Como fiz com seu pai antes, algumas vezes.

– O senhor conhecia meu pai?

– As teorias dele sempre me interessaram. Por isso fiz questão de conhecê-lo e descobrir o que ele sabia.

Mark tentou sentar-se na cama, mas o lado direito do corpo estremeceu com uma dor elétrica. Encolheu-se enquanto apertava a barriga.

— Você quebrou algumas costelas. Já aconteceu comigo, na juventude. Dói.

Ele se deitou de novo.

— Fui trazido para cá?

O velho assentiu.

— Meus irmãos são treinados para ser habilidosos.

Ele havia notado a batina branca e as sandálias de corda.

— Isto é um mosteiro?

— É o lugar que você estava procurando.

Mark não soube direito como reagir.

— Sou mestre dos Pobres Soldados de Cristo e do Templo de Salomão. Somos os templários. Seu pai nos procurou durante décadas. Você também nos procurou. Por isso decidi que finalmente era o momento certo.

— Para quê?

— Isso é você que deve decidir. Mas espero que opte por se juntar a nós.

— Por que eu faria isso?

— Lamento dizer que sua vida está num caos absoluto. Você sente falta de seu pai, mais do que jamais poderia verbalizar, e ele já morreu há seis longos anos. Está afastado de sua mãe, o que é difícil em mais aspectos do que pode ser imaginado. Profissionalmente, você é professor, mas não está satisfeito. Fez algumas tentativas de dar crédito às crenças de seu pai, mas não conseguiu grande progresso. Por isso estava nos Pirineus, procurando o motivo para o abade Saunière ter passado tanto tempo aqui enquanto era vivo. Houve uma época em que Saunière percorreu a região procurando algo. Certamente você encontrou os recibos *do aluguel da carruagem e do cavalo entre os papéis de Saunière que evidenciam os pagamentos feitos aos vendedores da região. Incrível, não é, como um padre humilde podia se dar a luxos como uma carruagem particular e cavalo.*

– O que o senhor sabe sobre meu pai e minha mãe?

– Sei muito.

– Espera que eu acredite que é o mestre dos templários?

– Sei como pode ser difícil aceitar essa premissa. Também tive problema com isso quando os irmãos me abordaram há décadas. Por que, por enquanto, não nos concentramos em cuidar de seus ferimentos e absorver isso devagar?

– Fiquei naquela cama durante três semanas – disse Mark. – Depois disso, meus movimentos foram restritos a certas partes da abadia, mas o mestre e eu conversávamos com frequência. Por fim, concordei em ficar e fiz o juramento.

– Por que fez isso? – perguntou Stephanie.

– Sejamos realistas, mamãe. Você e eu não nos falávamos havia anos. Papai havia morrido. O mestre estava certo. Eu me encontrava num beco sem saída. Papai procurou o tesouro dos templários, os arquivos deles e os próprios templários. Um terço do que ele estivera procurando havia acabado de me encontrar. Eu quis ficar lá.

Para acalmar a agitação crescente, Stephanie permitiu que sua atenção permanecesse no rapaz de pé ao lado de Mark. Uma auréola de frescor pairava ao redor dele, mas também registrava interesse, como se ele estivesse ouvindo essas coisas pela primeira vez.

– Seu nome é Geoffrey? – perguntou ela, lembrando-se de como Mark o havia chamado antes.

Ele confirmou com a cabeça.

– Não sabia que eu era mãe de Mark?

– Sei pouco sobre os outros irmãos. É a Regra. Nenhum irmão fala de si mesmo a outro. Fazemos parte da irmandade. Aquilo que já fomos não importa para o que somos agora.

– Parece impessoal.

– Eu considero iluminador.

– Geoffrey mandou um pacote para você – disse Mark. – O diário de papai. Você o recebeu?

– É por isso que estou aqui.

– Eu estava com ele no dia da avalanche. O mestre o guardou assim que me tornei irmão. Depois que ele morreu, descobri que o caderno havia sumido.

– Seu mestre morreu? – perguntou Malone.

– Temos um novo líder – disse Mark. – Mas ele é um demônio.

Malone descreveu o homem que o havia atacado e a Stephanie na catedral em Roskilde.

– É Raymond de Roquefort – respondeu Mark. – Como o conheceram?

– Somos velhos amigos – disse Malone, contando parte do que havia acabado de acontecer em Avignon.

– Royce Claridon certamente é prisioneiro de Roquefort – disse Mark. – Que Deus o ajude.

– Ele morria de medo dos templários.

– Com aquele, Royce tem bons motivos.

– Você ainda não disse por que ficou na abadia nos últimos cinco anos – disse Stephanie.

– O que eu procurava estava lá. O mestre se tornou um pai para mim. Era um homem gentil, amável, cheio de compaixão.

Ela captou a mensagem.

– Diferentemente de mim?

– Não é hora para esta discussão.

— E quando seria uma boa hora? Eu achei que você estava morto, Mark. Mas você estava escondido numa abadia, misturando-se aos templários.

— Seu filho era o nosso senescal — disse Geoffrey. — Ele e o mestre nos comandavam bem. Ele foi uma bênção para a nossa Ordem.

— Era o segundo no comando? — perguntou Malone. — Como subiu tão depressa?

— O senescal é escolhido pelo mestre. Ele determina sozinho quem é qualificado — disse Geoffrey. — E escolheu bem.

Malone sorriu.

— Você tem um parceiro dedicado.

— Geoffrey é uma riqueza de informações, mas nenhum de nós vai saber absolutamente nada enquanto ele não estiver pronto para contar.

— Poderia explicar isso? — perguntou Malone.

Mark contou o que havia acontecido nas últimas 48 horas. Stephanie ouvia com uma mistura de fascínio e raiva. Seu filho falava da irmandade com reverência.

— Os templários — disse Mark — surgiram a partir de um obscuro grupo de nove cavaleiros, supostamente protegendo peregrinos no caminho para a Terra Santa, e cresceram até um conglomerado de múltiplos contingentes composto por dezenas de milhares de irmãos espalhados em mais de nove mil propriedades. Reis, rainhas e papas se curvavam diante deles. Ninguém, até Felipe IV, em 1307, os desafiou com sucesso. Sabem por quê?

— Habilidade militar, imagino — disse Malone.

Mark balançou a cabeça.

— Não era o poder militar que lhes dava força, era o conhecimento. Eles possuíam informações que mais ninguém tinha.

Malone suspirou.

— Mark, nós não nos conhecemos, mas estamos no meio da noite, estou com sono e meu pescoço está me matando. Poderíamos deixar as charadas de lado e ir direto ao assunto?

– Em meio ao tesouro dos templários havia alguma prova relacionada a Cristo na cruz.

A sala ficou em silêncio enquanto as palavras assentavam.

– Que tipo de prova? – perguntou Malone.

– Não sei. Mas chama-se o Grande Legado. A prova foi encontrada na Terra Santa, embaixo do templo de Jerusalém, escondida em algum momento entre o século I e o ano 70 d.C., quando o templo foi destruído. Foi transportada pelos templários de volta à França e escondida, e o local só era de conhecimento das autoridades mais altas. Quando Jacques de Molay, o mestre templário da época do Expurgo, foi queimado na fogueira em 1314, a localização dessa prova morreu com ele. Felipe IV tentou obter a informação e fracassou. Papai acreditava que os abades Bigou e Saunière, em Rennes-le-Château, tiveram sucesso. Estava convencido de que Saunière havia localizado o tesouro dos templários.

– O mestre também achava isso – disse Geoffrey.

– Está vendo o que eu quis dizer? – Mark olhou de novo para o amigo. – Diga as palavras mágicas e obtemos informações.

– O mestre deixou claro que Bigou e Saunière estavam certos – disse Geoffrey.

– Sobre o quê? – perguntou Mark.

– Ele não disse. Só que estavam certos.

Mark olhou para eles.

– Como o senhor, Sr. Malone, já estou farto de charadas.

– Pode me chamar de Cotton.

– Nome interessante. Como conseguiu?

– É uma longa história. Qualquer dia eu conto.

– Mark – disse Stephanie –, você não pode acreditar realmente que exista qualquer prova definitiva com relação a Cristo na cruz, não é? Seu pai nunca chegou tão longe.

– Como sabe? – a pergunta carregava amargura.

– Eu sei como ele...

— Você não sabe de nada, mamãe. Esse é o seu problema. Você nunca soube nada sobre os pensamentos de papai. Acreditava que tudo que ele buscava era fantasia, que ele estava desperdiçando seus talentos. Nunca o amou o suficiente para deixar que ele fosse ele mesmo. Achava que ele procurava fama e tesouros. Não. Ele buscava a verdade. Cristo morreu. Cristo ressuscitou. Cristo virá de novo. Era isso que interessava a ele.

Stephanie juntou as sensações espalhadas e disse a si mesma para não reagir à censura.

— Papai era um acadêmico sério. Seu trabalho tinha mérito, só que ele jamais falava abertamente sobre o que buscava de fato. Quando descobriu Rennes-le-Château nos anos 1970 e contou ao mundo a história de Saunière, isso foi simplesmente um modo de levantar dinheiro. O que pode ter acontecido ou não é uma boa história. Milhões de pessoas gostaram de ler a respeito, independentemente dos enfeites. Você foi uma das únicas que não gostaram.

— Seu pai e eu tentamos resolver nossas diferenças.

— Como? Dizendo a ele que estava desperdiçando a vida, magoando a família? Dizendo que ele era um fracasso?

— Certo, droga, eu estava errada. — Sua voz saiu num grito. — Quer que eu diga de novo? Eu estava errada. — Ela se empertigou na cadeira, uma resolução desesperada investindo-a de poder. — Fiz besteira. É isso que você quer ouvir? Na minha mente, você estava morto há cinco anos. Agora está aqui, e tudo que quer é que eu admita que estava errada. Ótimo. Se eu pudesse dizer isso ao seu pai, diria. Se pudesse implorar o perdão dele, imploraria. Mas não posso. — As palavras vinham rápidas, a emoção dominando-a, e ela pretendia dizer tudo enquanto tinha coragem. — Vim aqui ver o que poderia fazer. Tentar seguir o que quer que Lars *e você* achavam importante. Este é o único motivo para eu ter vindo. Achei que finalmente estava fazendo a coisa certa. Mas não venha mais jogar sua merda hipócrita para cima de mim. Você também fez besteira. A diferença entre nós é que eu aprendi alguma coisa nos últimos cinco anos.

Ela afundou de novo na cadeira, sentindo-se melhor, ainda que apenas um pouquinho. Mas percebeu que o abismo entre os dois havia acabado de se alargar e um tremor a atravessou.

– Estamos no meio da noite – disse Malone finalmente. – Por que não dormimos um pouquinho e lidamos com isso tudo dentro de algumas horas?

TRINTA E OITO

DOMINGO, 25 DE JUNHO
ABADIA DES FONTAINES
5H25

Roquefort fechou a porta com força. O ferro bateu contra a moldura de metal com o barulho de um fuzil, e a fechadura se trancou.
– Está tudo pronto? – perguntou a um ajudante.
– Como foi especificado.
Ótimo. Hora de ir ao ponto. Ele caminhou pelo corredor subterrâneo. Estava três andares abaixo do térreo, numa parte da abadia que fora ocupada pela primeira vez há mil anos. A construção interminável transformara os cômodos ao redor num labirinto de câmaras esquecidas, agora usadas principalmente como depósitos frios.
Havia retornado à abadia fazia três horas, com Royce Claridon e o caderno de Lars Nelle. A perda do *Pierres Gravées du Languedoc*, o livro do leilão, pesava em sua mente. Só podia esperar que o caderno e Claridon lhe dessem o suficiente das peças que faltavam.
E a mulher escura – ela era um problema.
Seu mundo era distintamente masculino. Sua experiência com mulheres era mínima. Elas eram criaturas diferentes, disso tinha certeza, mas a mulher que ele havia confrontado na ponte de São Bénézet

parecia quase alienígena. Jamais demonstrara sequer uma sugestão de medo e havia se portado com a inteligência de uma leoa. Atraíra-o direto para a ponte, sabendo exatamente como planejava escapar. Seu único erro foi perder o diário. Ele precisava conhecer sua identidade.

Mas uma coisa de cada vez.

Entrou num aposento coberto de caibros de pinho que permanecia inalterado desde a época de Napoleão. Uma mesa comprida ficava no centro do cômodo, sobre a qual estava deitado Royce Claridon, de costas, com os braços e as pernas amarrados a pinos de aço.

– Monsieur Claridon, tenho pouco tempo e preciso de muitas coisas do senhor. Sua cooperação tornará tudo muito mais simples.

– O que espera que eu diga? – o desespero dominava as palavras.

– Só a verdade.

– Sei pouca coisa.

– Ora, não vamos começar com uma mentira.

– Não sei de nada.

Ele deu de ombros.

– Ouvi o senhor falando no arquivo. O senhor é um reservatório de informações.

– Tudo que falei em Avignon me veio no momento.

Roquefort sinalizou para um irmão que estava do outro lado da sala. O homem se adiantou e pôs uma lata aberta sobre a mesa. Com três dedos estendidos, o irmão pegou uma gosma branca e densa.

Roquefort tirou os sapatos e as meias de Claridon.

Claridon levantou a cabeça para ver.

– O que estão fazendo? O que é isso?

– Gordura de cozinhar.

O irmão esfregou a gordura nos pés descalços de Claridon.

– O que estão fazendo?

– Sem dúvida você conhece um pouco de história. Quando os templários foram presos, em 1307, muitos meios foram usados para extrair confissões. Dentes foram arrancados e os buracos vazios cutucados com metal. Lascas foram enfiadas sob as unhas. O calor foi usado numa série de modos criativos. Uma técnica implicava passar gordura nos pés e expor a pele a uma chama. Os pés cozinhavam lentamente, a pele caindo como carne que se solta de um filé de porco. Muitos irmãos sucumbiram a essa agonia. Todos os que conseguiram sobreviver confessaram. Até Jacques de Molay foi vítima.

O irmão terminou de passar a gordura e saiu da sala.

– Em nossas Crônicas, há o relato de um templário que, depois de sujeito à queima dos pés e à confissão, foi carregado diante de seus inquisidores segurando um saco com os ossos enegrecidos dos próprios pés. Ele teve permissão de mantê-los como lembrança do sofrimento. Não foi gentileza dos inquisidores?

Roquefort foi até um braseiro de carvão que estava aceso num canto. Havia ordenado que o preparassem fazia uma hora, e agora os carvões estavam incandescentes.

– Presumo que tenha pensado que esse fogo era para aquecer a sala. Aqui nas montanhas o subterrâneo é frio. Mas mandei fazer o fogo exatamente para você.

Ele empurrou o carrinho com o braseiro até um metro dos pés descalços de Claridon.

– A ideia, pelo que me disseram, é que o calor seja baixo e constante. Não intenso; isso tende a vaporizar a gordura depressa demais. Assim como fazemos com um filé, a chama baixa funciona melhor.

Os olhos de Claridon se arregalaram.

– Quando meus irmãos foram torturados, no século XIV, achavam que Deus fortaleceria os inocentes para suportar a dor, de modo que só os culpados confessariam. Além disso, e bastante convenientemente, devo acrescentar, a confissão extraída pela tortura não era passível de retratação. De modo que, quando uma pessoa confessava, era o fim da questão.

Ele empurrou o braseiro para uns 30 centímetros de distância da pele nua.

Claridon gritou.

– Tão cedo, monsieur? Nada aconteceu ainda. Não tem resistência?

– O que você quer?

– Muitas coisas. Mas podemos começar com o significado do Don Miguel de Mañara Lendo as Regras da Caridade.

– Há uma pista nele que se relaciona com o abade Bigou e o túmulo de Marie d'Hautpoul de Blanchefort. Lars Nelle encontrou um criptograma. Ele acreditava que a chave para solucioná-lo estava na pintura. – Claridon estava falando depressa.

– Ouvi tudo isso no arquivo. Quero saber o que você não disse.

– Não sei mais nada. Por favor, meus pés estão fritando.

– Essa é a ideia. – Ele enfiou a mão na batina e pegou o diário de Lars Nelle.

– Você está com ele? – perguntou Claridon, pasmo.

– Por que ficou tão chocado?

– Estava com a viúva.

– Não mais. – Ele havia lido a maior parte das anotações na viagem de volta de Avignon. Folheou até encontrar o criptograma e estendeu as páginas abertas para Claridon ver. – Foi isso que Lars Nelle encontrou?

– *Oui. Oui.*

– Qual é a mensagem?

– Não sei. Verdade, não sei. Não pode tirar o calor? Por favor, eu imploro. Meus pés estão em agonia.

Roquefort decidiu que uma demonstração de compaixão poderia afrouxar a língua dele mais depressa. Empurrou o carrinho 30 centímetros para trás.

– Obrigado. Obrigado. – Claridon estava respirando depressa.

– Continue falando.

– Lars Nelle encontrou o criptograma num manuscrito que Noël. Corbu escreveu nos anos 1960.

– Ninguém jamais encontrou esse manuscrito.

– Lars encontrou. Estava com um padre, a quem Corbu confiou as páginas antes de morrer, em 1968.

Roquefort sabia sobre Corbu a partir dos relatórios que um dos seus predecessores havia redigido. Aquele marechal também havia procurado o Grande Legado.

– E o criptograma?

– A pintura foi citada pelo próprio abade Bigou, no livro de registros da paróquia, pouco antes de fugir da França para a Espanha, por isso Lars acreditava que ela guardava a chave do quebra-cabeça. Mas morreu antes de decifrar.

Roquefort não possuía a litografia da pintura. A mulher havia levado, junto com o livro do leilão. Mas essa não poderia ser a única imagem registrada do *Lendo as Regras da Caridade*. Agora que sabia o que procurar, encontraria outra.

– E o que o filho sabia? Mark Nelle? Qual era o conhecimento dele?

– Não muita coisa. Ele era professor em Toulouse. Fazia a procura como hobby, nos fins de semana. Não era muito sério. Mas estava procurando o esconderijo de Saunière nas montanhas quando foi morto por uma avalanche.

– Ele não morreu lá.

– Claro que morreu. Há cinco anos.

Roquefort chegou perto.

– Mark Nelle viveu aqui, nesta abadia, durante os últimos cinco anos. Foi retirado das neves e trazido para cá. Nosso mestre o recebeu e fez dele nosso senescal. Também queria que ele fosse o próximo mestre. Mas, graças a mim, ele fracassou. Mark Nelle fugiu destas paredes esta tarde. Nos últimos cinco anos, ele examinou nossos registros, procurando pistas, enquanto você se escondia como uma barata com medo da luz num asilo de loucos.

– Você fala bobagem.

– Falo a verdade. Foi aqui que ele ficou enquanto você se encolhia de medo.

– Era você e seus irmãos que eu temia. Lars também temia vocês.

– E tinha motivo para sentir medo. Ele mentiu para mim várias vezes e eu odeio falsidade. Ele recebeu a oportunidade de se arrepender, mas optou por oferecer mais mentiras.

– Vocês o enforcaram naquela ponte, não foi? Eu sempre soube.

– Ele era um descrente, um ateu. Acho que você entende que farei o necessário para alcançar meu objetivo. Eu uso a batina branca. Sou mestre desta abadia. Quase quinhentos irmãos aguardam minhas ordens. Nossa Regra é clara. A ordem do mestre é como se Cristo tivesse ordenado, porque foi Cristo que disse, através da boca de Davi: *Ob auditu auris obedivit mihi*. Ele me obedeceu assim que me ouviu. Isso também deveria pôr medo em seu coração. – Roquefort fez um gesto com o diário. – Agora, conte o que esse enigma diz.

– Lars achava que ele revelava a localização do que Saunière havia encontrado.

Roquefort estendeu a mão para o carrinho.

– Juro que seus pés não passarão de cotocos se não responder à pergunta.

Os olhos de Claridon se arregalaram.

– O que devo fazer para provar minha sinceridade? Só conheço partes da história. Lars era assim. Compartilhava pouco. O senhor tem o diário dele.

Um elemento de desespero vestiu as palavras com credibilidade.

– Ainda estou ouvindo.

– Sei que Saunière encontrou o criptograma na igreja de Rennes, onde estava substituindo o altar. Também encontrou uma cripta onde descobriu que Marie d'Hautpoul de Blanchefort não estava enterrada do lado de fora, no cemitério paroquial, e sim embaixo da igreja.

Roquefort havia lido isso no diário, mas o que queria saber era:

– Como Lars Nelle ficou sabendo disso?

– Ele encontrou a informação sobre a cripta em livros antigos descobertos em Monfort-Lamauri, o feudo de Simon de Monfort, que descrevia a igreja de Rennes em grandes detalhes. Depois encontrou mais referências no manuscrito de Corbu.

Roquefort odiava escutar o nome de Simon de Monfort – outro oportunista do século XIII que comandou a Cruzada albigense, que devastou o Languedoc em nome da Igreja. Se não fosse por ele, os templários teriam conseguido seu próprio estado separado, o que certamente teria prevenido a queda posterior. A única falha na existência da Ordem nos primeiros tempos fora sua dependência do governo secular. Ele sempre ficara perplexo imaginando por que os primeiros mestres sentiam-se compelidos a se ligar tão intimamente aos reis.

– Saunière ficou sabendo que seu predecessor, o abade Bigou, erigiu a lápide de Marie d'Hautpoul. Ele achava que os escritos nela, e a referência deixada por Bigou nos registros da paróquia sobre a pintura, eram pistas.

– Elas são ridiculamente evidentes.

– Não para uma mente do século XVIII. Na época, a maioria das pessoas era analfabeta. Assim, o mais simples dos códigos, até mesmo as palavras, seriam bastante eficazes. E na verdade foram; permaneceram ocultas durante todo esse tempo.

Algo das Crônicas passou pela mente de Roquefort, de uma época após o Expurgo. A única pista registrada sobre a localização do Grande Legado. *Qual é o melhor lugar para esconder uma pedrinha?* A resposta subitamente ficou óbvia.

– No chão – murmurou ele.

– O que disse?

Sua mente saltou de volta à realidade.

– Pode se lembrar do que viu na pintura?

A cabeça de Claridon balançou para cima e para baixo.

– *Oui*, monsieur. Todos os detalhes.

O que dava algum valor ao idiota.

– E também tenho o desenho – disse Claridon.

Ele teria ouvido direito?

– O desenho da lápide?

– As anotações que fiz no arquivo. Quando as luzes se apagaram, peguei o papel na mesa.

Roquefort gostou do que estava escutando.

– Onde está?

– No meu bolso.

Ele decidiu fazer um trato.

– Que tal uma colaboração? Nós dois temos algum conhecimento. Por que não unimos nossos esforços?

– E em quê isso me beneficiaria?

– Ter os pés intactos seria uma recompensa imediata.

– Certo, monsieur. Gosto muito disso.

Roquefort decidiu apelar ao que sabia que o sujeito desejava.

– Nós procuramos o Grande Legado por motivos diferentes dos seus. Assim que ele for encontrado, tenho certeza que uma certa remuneração monetária poderá compensá-lo por seus incômodos. – Em seguida, deixou claríssimo seu ponto de vista. – E, além disso, não vou deixá-lo ir embora. E se conseguir escapar, irei encontrá-lo.

– Parece que tenho pouca opção.

– Você sabe que eles o deixaram conosco.

Claridon ficou quieto.

– Malone e Stephanie Nelle. Não fizeram qualquer esforço para salvá-lo. Em vez disso, salvaram a própria pele. Eu o ouvi pedindo ajuda no arquivo. Eles também ouviram. Não fizeram nada. – Roquefort deixou que as palavras se enraizassem, esperando ter avaliado corretamente o caráter fraco do sujeito. – Juntos, monsieur Claridon, podemos ter sucesso. Eu possuo o diário de Lars Nelle e tenho acesso a um arquivo que o senhor só pode imaginar. O senhor tem as informações da lápide e sabe de coisas que não sei. Os dois queremos a mesma coisa, então vamos descobri-la.

Roquefort pegou uma faca que estava entre as pernas estendidas de Claridon e cortou as amarras.

– Venha, temos trabalho a fazer.

TRINTA E NOVE

RENNES-LE-CHÂTEAU
10H40

Malone acompanhou Mark enquanto se aproximavam da igreja de Santa Maria Madalena. Durante o verão, não eram rezadas missas ali. Aparentemente, o domingo era um dia popular demais para os turistas, porque uma multidão já se reunia do lado de fora da igreja, tirando fotos e gravando vídeos.

– Precisaremos de um ingresso – disse Mark. – Não se pode entrar nesta igreja sem pagar.

Malone entrou na vila Betânia e esperou numa fila curta. De volta ao lado de fora, encontrou Mark parado diante de um jardim cercado, onde estavam o pilar visigodo e a estátua da Virgem sobre a qual Royce Claridon havia lhe falado. Leu as palavras PENITENCE, PENITENCE E MISSION 1891 gravadas na face da coluna.

– A Notre-Dame de Lourdes – disse Mark, apontando para a estátua. – Saunière era fascinado por Lourdes, que foi a principal visão mariana de seu tempo. Antes de Fátima. Ele queria que Rennes se tornasse um centro de peregrinação, por isso construiu este jardim e projetou a estátua e a coluna.

Malone indicou as pessoas ao redor.

– Ele conseguiu.

– Certo. Mas não pelo motivo que imaginou. Tenho certeza de que nenhuma das pessoas que está aqui hoje sequer sabe que esta coluna não é a original. É uma cópia posta aí há anos. A original é difícil de ser lida. O tempo cobrou um preço. Está no museu do presbitério. O que é verdade para muita coisa deste lugar. Pouca coisa continua como no tempo de Saunière.

Aproximaram-se da porta principal da igreja. Por baixo do tímpano dourado, Malone leu as palavras: TERRIBILIS EST LOCU ISTE. Do Gênese. Terrível é este lugar. Conhecia a história de Jacó, que sonhou com uma escada pela qual os anjos viajavam e, depois de acordar do sono, pronunciou as palavras – *Terrível é este lugar* –, depois chamou de Betel o lugar com o qual havia sonhado, que significa "casa de Deus". Outro pensamento ocorreu a Malone.

– Mas no Velho Testamento Betel se torna rival de Jerusalém como centro religioso.

– Exatamente. Uma pista mais sutil que Saunière deixou para trás. Há mais ainda lá dentro.

Todos haviam dormido tarde e acordado fazia uns trinta minutos. Stephanie ocupara o quarto do marido e ainda estava lá dentro, com a porta fechada, quando Malone sugeriu que ele e Mark fossem à igreja. Queria falar com o outro sem a presença de Stephanie e queria dar a ela tempo para esfriar. Sabia que ela estava procurando uma briga, e cedo ou tarde seu filho teria de enfrentá-la. Mas achou que talvez fosse boa ideia adiar essa inevitabilidade. Geoffrey havia se oferecido para ir junto, mas Mark recusou. Malone sentira que Mark Nelle também queria falar a sós com ele.

Entraram na nave.

A igreja tinha um único corredor entre os bancos, com o teto alto. Um horrendo demônio esculpido, agachado, vestindo um manto verde e fazendo uma careta sob o peso de uma cuba de água benta, os recebeu.

– Na verdade, é o demônio Asmodeu, e não o diabo – disse Mark.

– Outra mensagem?

– Aparentemente você o conhece.

– É um guardião de segredos, pelo que lembro.

– Está certo. Olhe o resto da fonte.

Acima da cuba de água benta estavam quatro anjos, cada um fazendo uma parte separada do sinal da cruz. Abaixo deles estava escrito PAR CE SIGNE TU LE VAINCRAS. Malone traduziu do francês. Com este sinal o vencerás.

Ele conhecia o significado daquelas palavras.

– Foi o que Constantino disse ao lutar pela primeira vez contra seu rival, Maxentius. Segundo a história, ele supostamente viu uma cruz no céu com essas palavras escritas embaixo.

– Mas há uma diferença. – Mark apontou as letras esculpidas. – Na frase original não existe o "o". É apenas *com este sinal vencerás*.

– Isso é significativo?

– Meu pai descobriu uma antiga lenda judaica narrando como o rei Salomão conseguiu impedir que demônios interferissem na construção de seu templo. Um desses demônios, Asmodeu, foi controlado sendo obrigado a carregar água, o elemento que ele mais desprezava. De modo que o simbolismo desta fonte não está deslocado. Mas o "o" na citação foi claramente acrescentado por Saunière. Alguns dizem que o "o" é simplesmente uma referência ao fato de que, mergulhando um dedo na água benta e fazendo o sinal da cruz, coisa que os católicos fazem, o demônio seria vencido. Mas outros notaram o posicionamento da palavra na frase em francês. *Par ce signe tu le vaincras*. A palavra *le*, "a ele", representa a décima terceira e a décima quarta letras da frase. 1314.

Malone lembrou-se da leitura do livro sobre os templários.

– O ano em que Jacques de Molay foi executado.

– Coincidência? – Mark deu de ombros.

Cerca de vinte pessoas circulavam tirando fotos e admirando as imagens espalhafatosas que exsudavam alusões cifradas. Vitrais ocupavam as paredes externas, vívidas devido ao sol forte, e ele notou as cenas. Maria e Marta em Betânia. Maria Madalena encontrando o Cristo ressuscitado. A ressurreição de Lázaro.

– É como um parque temático teológico – sussurrou ele.

– É um modo de ver a coisa.

Mark indicou o piso xadrez diante do altar.

– A entrada da cripta fica ali, pouco antes daquela grade de ferro fundido, oculta sob os ladrilhos. Há alguns anos, uns geógrafos franceses realizaram às escondidas um exame de radar de penetração do solo no prédio e conseguiram fazer algumas sondagens antes que as autoridades locais impedissem. Os resultados mostraram uma anomalia no subsolo diante do altar, que poderia ser uma cripta.

– Não foi feita nenhuma escavação?

– As autoridades locais não permitiriam de modo nenhum. É muito arriscado para a indústria do turismo.

Malone sorriu.

– É a mesma coisa que Claridon disse ontem.

Eles se acomodaram num dos bancos.

– Uma coisa é certa – disse Mark em voz baixa. – Não há caminho para qualquer tesouro aqui. Mas Saunière realmente usou a igreja para telegrafar aquilo em que acreditava. E por tudo que li sobre o sujeito, esse ato combina com sua personalidade espalhafatosa.

Malone notou que nada ao redor era sutil. As cores e os dourados em exagero contaminavam qualquer beleza. Então, outro ponto se tornou claro. Nada era coerente. Cada expressão artística, desde as estátuas até os relevos e as janelas, era individual – sem consideração a um tema, como se a similaridade fosse, de algum modo, ofensiva.

Uma estranha coleção de santos esotéricos olhava para ele com expressões apáticas, como se também estivessem embaraçados com seus detalhes berrantes. São Roque mostrava uma coxa ferida. Santa Germana soltava um monte de rosas do avental. Santa Madalena segurava um vaso de forma estranha. Por mais que tentasse, Malone não conseguia ficar à vontade. Estivera dentro de muitas igrejas europeias e a maioria revelava um profundo sentimento de tempo e história. Esta só parecia repelir.

– Saunière dirigiu cada detalhe da decoração – dizia Mark. – Nada foi posto aqui sem que ele aprovasse. – Mark apontou para um dos santos. – Santo Antônio de Pádua. Rezamos a ele quando procuramos alguma coisa perdida.

Malone captou a ironia.

– Mais uma mensagem?

– Claramente. Observe as estações da cruz.

As imagens começavam no púlpito, sete ao longo da parede norte e mais sete na sul. Cada uma era um baixo-relevo colorido mostrando um momento da crucificação de Cristo. Sua pátina brilhante e os detalhes que pareciam de desenho animado pareciam incomuns para algo tão solene.

– Estranhos, não? – perguntou Mark. – Quando foram instalados, em 1887, eram comuns na região. Em Rocamadour há um conjunto quase idêntico. A Casa Giscard em Toulose fez estes e os de lá. Muita coisa se falou dessas estações. Os teóricos da conspiração afirmam que elas têm origens maçônicas ou são algum tipo de mapa do tesouro. Nada disso é verdade. Mas há mensagens nelas.

Malone observou alguns aspectos curiosos. O menino escravo negro que segurava a tigela de Pilatos. O véu usado por Pilatos. Uma trombeta sendo tocada quando Cristo caiu com a cruz. Três discos prateados erguidos. A criança diante de Cristo, envolvida num cobertor de xadrez escocês. Um soldado romano jogando dados disputando a capa de Cristo, os números três, quatro e cinco visíveis nas faces dos dados.

– Olhe a décima quarta estação – disse Mark, indicando a parede sul.

Malone levantou-se e foi até a frente da igreja. Velas tremulavam diante do altar e ele notou rapidamente o baixo-relevo embaixo. Uma mulher, ele supôs que era Maria Madalena, em lágrimas, ajoelhada numa gruta diante de uma cruz formada por dois galhos. Havia um crânio na base do galho, e ele pensou imediatamente no crânio da litografia da noite anterior em Avignon.

Virou-se e examinou a imagem da última estação da cruz, a de número 14, que mostrava o corpo de Cristo sendo carregado por dois homens enquanto três mulheres choravam. Atrás delas erguia-se uma escarpa rochosa acima da qual pairava uma lua cheia no céu noturno.

– Jesus sendo levado para o túmulo – sussurrou ele a Mark, que havia se aproximado.

– Segundo a lei romana, os crucificados nunca tinham permissão para um enterro. Essa forma de execução era reservada apenas para os culpados de crimes contra o império, e a ideia era que o acusado morresse lentamente na cruz, a morte demorando vários dias para que todos vissem, e o corpo era deixado para as aves de rapina. Mas supostamente Pilatos permitiu que José de Arimateia levasse o corpo de Cristo para ser enterrado. Já se perguntou qual seria o motivo?

– Na verdade, não.

– Outros já se perguntaram. Lembre-se, Cristo foi morto ao entardecer do sábado. Pela lei, ele não poderia ser enterrado depois do pôr do sol. – Mark apontou para a estação 14. – No entanto, Saunière pendurou esta representação, que mostra claramente o corpo sendo carregado depois do escurecer.

Malone continuava sem entender o significado.

– E se, em vez de ser carregado *para* o túmulo, Cristo está sendo carregado *para fora*, depois do escurecer?

Ele não disse nada.

– Você conhece os evangelhos gnósticos? – perguntou Mark.

Malone conhecia. Eles foram encontrados no alto Nilo em 1945. Sete trabalhadores beduínos estavam escavando quando encontraram um esqueleto humano e uma urna lacrada. Pensando que conteria ouro, eles quebraram a urna e encontraram 13 códices encadernados em couro. Não era exatamente um livro, mas um ancestral próximo. Os textos bem escritos, com bordas esgarçadas, eram todos em copta antigo, provavelmente compostos por monges que viviam no mosteiro pacomiano durante o século IV. Eles continham 46 manuscritos cristãos antigos, com o conteúdo datando do século II, mas os códices propriamente ditos foram feitos no século IV. Alguns foram perdidos em seguida, usados para acender fogo ou descartados, mas em 1947 o resto foi adquirido por um museu local.

Malone contou a Mark o que sabia.

– A resposta ao motivo para os monges enterrarem os códices vinha da história – disse ele. – No século IV, Atanásio, o bispo de Alexandria, escreveu uma carta que foi enviada a todas as igrejas do Egito. Decretou que apenas os 27 livros contidos no recém-formulado Novo Testamento podiam ser considerados Escrituras Sagradas. Todos os outros livros *heréticos* deveriam ser destruídos. Nenhum dos 46 manuscritos naquela urna se ajustava à aprovação. Assim, os monges do mosteiro pacomiano optaram por esconder os 13 códices em vez de queimá-los, talvez esperando uma mudança nos líderes da igreja. Claro, nenhuma mudança jamais ocorreu. O cristianismo romano floresceu. Mas felizmente os códices sobreviveram. São os evangelhos gnósticos que agora conhecemos. Num deles, o de Pedro, está escrito: *E quando eles declararam as coisas que tinham visto, de novo viram três homens saírem do túmulo, e dois sustentando um.*

Malone olhou de novo para a décima quarta estação. Dois homens sustentando um.

– Os evangelhos gnósticos eram textos extraordinários – disse Mark. – Atualmente, muitos estudiosos dizem que o Evangelho de Tomé, que estava entre eles, deve ser o mais próximo que temos das palavras reais de Cristo. Os primeiros cristãos sentiam pavor dos gnósticos. A palavra vem do grego *gnose*, que significa "conhecimento". Os gnósticos eram simplesmente pessoas que sabiam das coisas, mas a versão católica emergente do cristianismo acabou eliminando todo o pensamento e os ensinamentos gnósticos.

– E os templários mantiveram isso vivo?

Mark assentiu.

– Os evangelhos gnósticos, e vários outros que os teólogos de hoje nunca viram, estão na biblioteca da abadia. Os templários tinham mente aberta no que tangia à escritura. Há muita coisa a ser aprendida com essas obras supostamente heréticas.

– Como Saunière saberia de alguma coisa desses evangelhos? Eles só foram descobertos décadas após sua morte.

– Talvez ele tivesse acesso a informações ainda melhores. Deixe-me mostrar outra coisa.

Malone acompanhou Mark de volta à entrada da igreja e eles saíram ao pórtico. Acima da porta havia um retângulo esculpido em madeira, sobre a qual havia palavras pintadas.

– Leia o texto de baixo – disse Mark.

Malone esforçou-se para identificar as letras. Muitas estavam desbotadas e eram difíceis de decifrar, e todas eram em latim.

REGNUM MUNID ET OMNEM ORNATUM SAECULI CONTEMPSI,
PROPTER AMOREM DOMININ MEI JESU CHRISTI: QUEM VIDI,
QUEM AMAVI, IN QUEM CREDIDI, QUEM DILEXI

– Traduzido, significa: "Desprezo o reino deste mundo e todos os adornos temporais, por causa do amor de meu Senhor Jesus Cristo, que vi, que amei, em quem acreditei e que adorei." Superficialmente, é uma declaração interessante, mas há alguns erros claros. – Mark indicou. – As palavras *scoeculi, anorem, quen* e *cremini* estão grafadas erradamente. Saunière gastou 180 francos pelo trabalho de gravação e para que as letras fossem pintadas, o que era uma quantia considerável na época. Sabemos disso porque os recibos ainda existem. Ele teve um trabalho enorme para projetar esta entrada, no entanto permitiu que os erros permanecessem. Seria fácil consertar, já que as letras eram apenas pintadas.

– Talvez ele não tenha notado, não é?

– Saunière? Ele era uma personalidade tipo A. Nada lhe escapava. Mark levou Malone para longe da entrada enquanto outra onda de visitantes entrava na igreja. Pararam diante do jardim com o pilar visigodo e a estátua da virgem.

– A inscrição acima da porta não é bíblica. Está contida num responsório escrito por um homem chamado John Tauler no início do século XIV. Os responsórios eram orações ou poemas usados entre as leituras das escrituras, e Tauler era bem conhecido na época de Saunière. Portanto, é possível que Saunière simplesmente gostasse da frase. Mas é bem incomum.

Malone concordou.

– Os erros de grafia poderiam lançar alguma luz sobre o motivo para Saunière usá-la. As palavras pintadas são *quem cremini*, "em quem acreditei", mas a palavra deveria ter sido *credidi*, no entanto Saunière deixou o erro. Será que isso poderia significar que o padre não acreditava n'Ele? E o mais interessante de tudo. *Quem vidi*. A quem vi.

Malone viu instantaneamente o significado.

– O que quer que ele tenha encontrado o levou a Cristo. *Quem vidi*. A quem vi.

– Era o que papai achava, e eu concordo. Saunière parecia incapaz de resistir a mandar mensagens. Queria que o mundo soubesse o que ele sabia, mas era quase como se percebesse que ninguém em sua época entenderia. E estava certo. Ninguém entendeu. Só quarenta anos depois de ele morrer alguém percebeu. – Mark olhou para a igreja antiga. – Todo o local é feito de inversões. As estações da cruz estão penduradas na parede em sentido contrário ao usado em todas as outras igrejas do mundo. O diabo na porta: o inverso do bom. – Em seguida, apontou para o pilar visigodo a pouca distância dali. – De cabeça para baixo. Note a cruz e as imagens gravadas na face.

Malone o examinou.

– Saunière inverteu a coluna antes de gravar MISSION 1891 na parte de baixo e PENITENCE, PENITENCE sobre o topo.

Malone notou um V com um círculo no centro no canto inferior direito. Inclinou a cabeça e observou a imagem invertida.

– O alfa e o ômega? – perguntou.

– Alguns acham que sim. Papai achava.

– Outro nome para Cristo.

– Isso mesmo.

– Por que Saunière pôs a coluna de cabeça para baixo?

– Ninguém encontrou um bom motivo.

Mark afastou-se da exposição do jardim e permitiu que outros avançassem para tirar fotos. Em seguida foi em direção à parte dos fundos da igreja, num canto do jardim do Calvário onde havia uma pequena gruta.

– Isto também é uma réplica. Para os turistas. A Segunda Guerra Mundial acabou com a original. Saunière a construiu com pedras que trazia de seus passeios. Ele e a amante viajavam durante dias seguidos e voltavam com um cocho cheio de pedras. Estranho, não acha?

– Depende do que mais houvesse no cocho.

Mark sorriu.

– É um modo fácil de trazer de volta um pouco de ouro sem levantar suspeitas.

– Mas Saunière parece um sujeito estranho. Ele poderia simplesmente estar transportando pedras.

– Todo mundo que vem aqui é meio estranho.

– Isso inclui o seu pai?

Mark avaliou-o com o rosto sério.

– Sem dúvida. Ele era obcecado. Deu a vida a este lugar, amava cada centímetro deste povoado. Este era o seu lar, em todos os sentidos.

– Mas não é o seu?

– Tentei continuar. Mas não tinha a paixão dele. Talvez percebesse que a coisa toda era inútil.

– Então, por que se escondeu numa abadia durante cinco anos?

– Eu precisava da solidão. Foi bom para mim. Mas o mestre tinha planos maiores. Por isso aqui estou. Fugitivo dos templários.

– Então, o que estava fazendo nas montanhas quando aconteceu a avalanche?

Mark não respondeu.

– Você estava fazendo a mesma coisa que sua mãe está fazendo aqui agora. Tentando compensar alguma coisa. Só não sabia que havia pessoas olhando.

— Graças a Deus.

— Sua mãe está sofrendo.

— Você e ela trabalharam juntos?

Ele notou a cutucada.

— Por um longo tempo. Ela é minha amiga.

— É difícil de acreditar.

— Nem fale, mas é possível. Ela está sofrendo muito. Muita culpa e arrependimento. Esta poderia ser uma segunda chance para você e ela.

— Minha mãe e eu nos separamos há muito tempo. Foi o melhor para nós dois.

— Então, o que está fazendo aqui?

— Vim à casa do meu pai.

— E quando chegou viu que as bagagens de outra pessoa estavam lá. Nossos dois passaportes ficaram junto com as coisas. Sem dúvida você os encontrou. No entanto permaneceu.

Mark deu as costas, e Malone achou que isso era um esforço para esconder uma confusão crescente. Ele era mais parecido com a mãe do que gostaria de admitir.

— Tenho 38 anos e ainda me sinto um menino. Vivi os últimos cinco no casulo abrigado de uma abadia governada por uma Regra rígida. Um homem que considerei como pai foi gentil comigo e ascendi a um nível de importância que nunca havia experimentado.

— No entanto está aqui. Bem no meio de Deus sabe o quê.

A resposta foi um sorriso.

— Você e sua mãe precisam resolver as coisas.

Mark permaneceu sombrio, preocupado.

— A mulher que você mencionou ontem à noite, Cassiopeia Vitt. Sei sobre ela. Ela e meu pai disputaram durante vários anos. Não deveria ser encontrada?.

Malone notou que Mark gostava de evitar responder a perguntas fazendo outras, bem parecido com a mãe.

– Depende. Ela é uma ameaça?

– Difícil dizer. Parecia estar sempre por perto, e papai não gostava dela.

– Nem Roquefort.

– Tenho certeza.

– No arquivo, ontem à noite, ela não se identificou e Roquefort não sabia o seu nome. De modo que, se ele está com Claridon, agora sabe quem ela é.

– Isso não é problema dela?

– Cassiopeia salvou minha vida duas vezes. Por isso precisa ser alertada. Claridon me disse que ela mora aqui perto, em Givors. Sua mãe e eu íamos embora daqui hoje. Achávamos que a busca estava encerrada. Mas isso mudou. Preciso fazer uma visita a Cassiopeia Vitt. Acho que, por enquanto, seria melhor ir sozinho.

– Tudo bem. Vamos esperar aqui. Neste momento, tenho uma visita a fazer. Faz cinco anos que não presto os respeitos ao meu pai.

E Mark se afastou na direção do cemitério.

QUARENTA

11H05

Stephanie serviu-se de uma xícara de café quente e ofereceu mais a Geoffrey, mas o rapaz recusou.
— Só temos permissão de tomar uma xícara por dia — deixou claro.
Ela sentou-se à mesa da cozinha.
— Toda a sua vida é governada pela Regra?
— É o nosso costume.
— Achei que o segredo também era importante para a irmandade. Por que fala dela tão abertamente?
— Meu mestre, que agora reside com o Senhor, disse-me para ser honesto com a senhora.
Ela ficou perplexa.
— Como seu mestre sabia a meu respeito?
— Ele acompanhou de perto a pesquisa do seu marido. Isso foi muito antes de eu chegar à abadia, mas o mestre me contou. Ele e seu marido conversaram em várias ocasiões. O mestre era o confessor do seu marido.
A informação deixou-a chocada.
— Lars fez contato com os templários?
— Na verdade, os templários entraram em contato com ele. Meu mestre abordou seu marido, mas se seu marido sabia que ele era um

templário, jamais revelou. Talvez achasse que, se dissesse isso, ele poderia encerrar o contato. Mas certamente sabia.

— Seu mestre parece um homem curioso.

O rosto do rapaz se iluminou.

— Ele era um homem sábio que tentava fazer o bem para a nossa Ordem.

Stephanie se lembrou da defesa que ele fizera de Mark há horas.

— Meu filho ajudou nessa tarefa?

— Por isso ele foi escolhido como senescal.

— E o fato de ser filho de Lars Nelle não tinha nada a ver com essa escolha?

— Disso, senhora, não posso falar. Só fiquei sabendo quem o senescal era há algumas horas. Aqui, nesta casa. De modo que não sei.

— Vocês não sabem nada uns sobre os outros?

— Muito pouco, e alguns de nós lutam contra isso. Outros adoram a privacidade. Mas passamos a vida juntos, próximos como numa prisão. Familiaridade demais poderia virar um problema. Por isso a Regra nos proíbe de qualquer intimidade com os colegas. Guardamo-nos, nosso silêncio é imposto através do serviço a Deus.

— Parece difícil.

— É a vida que escolhemos. Mas esta aventura... — Ele balançou a cabeça. — Meu mestre contou que eu descobriria muitas coisas novas. Estava certo.

Ela tomou um gole de café.

— Seu mestre tinha certeza de que você e eu iríamos nos conhecer?

— Ele mandou o diário esperando que a senhora viesse. Também mandou uma carta para Ernst Scoville, incluindo páginas do diário que se relacionavam à senhora. Esperava que isso juntasse os dois. Ele sabia que antigamente Scoville não gostava da senhora. Ficou sabendo disso com seu marido. Mas percebia que seus recursos eram fantásticos. Por isso queria que vocês dois, junto com o senescal e eu, encontrássemos o Grande Legado.

Ela se lembrou da expressão e da explicação dada antes.

– Sua Ordem acredita realmente que há mais coisas na história de Cristo, coisas que o mundo não sabe?

– Por enquanto, não alcancei um nível de estudo suficiente para responder à sua pergunta. Muitas décadas de serviço são necessárias antes que eu fique a par do que a Ordem sabe. Mas a morte, pelo menos para mim e pelo que me ensinaram até agora, parece um fim claro. Muitos milhares de irmãos morreram nos campos de batalha na Terra Santa. Nenhum deles jamais se levantou e foi embora.

– A Igreja Católica chamaria isso de heresia.

– A Igreja é uma instituição criada por homens e governada por homens. Qualquer coisa a mais que seja feita dessa instituição também é criação dos homens.

Ela decidiu provocar o destino.

– O que eu devo fazer, Geoffrey?

– Ajudar seu filho.

– Como?

– Ele precisa terminar o que o pai começou. Raymond de Roquefort não pode encontrar o Grande Legado. O mestre foi enfático nesse sentido. Por isso planejou com antecipação. Por isso fui treinado.

– Mark me detesta.

– Ele a ama.

– Como sabe disso?

– Meu mestre disse.

– Ele não teria como saber.

– Meu mestre sabia tudo. – Geoffrey enfiou a mão no bolso da calça e pegou um envelope lacrado. – Ele me disse para lhe entregar isso quando achasse correto. – Entregou-lhe o envelope amarrotado e se afastou da mesa. – O senescal e o Sr. Malone foram à igreja. Vou deixá-la a sós.

Stephanie apreciou o gesto. Não poderia dizer que emoções a mensagem provocaria, por isso esperou até que Geoffrey tivesse saído para o escritório e abriu o envelope.

Sra. Nelle, nós dois somos estranhos, no entanto sinto que sei muito sobre a senhora, tudo a partir de Lars, que me contou o que perturbava sua alma. Seu filho foi diferente. Ele manteve o tormento guardado, compartilhando pouquíssimo. Em algumas ocasiões, consegui descobrir alguma coisa, mas suas emoções não eram tão transparentes quanto as do pai. Talvez ele tenha herdado essa característica da senhora, não? E não pretendo ser impertinente. O que certamente está acontecendo neste momento é sério. Raymond de Roquefort é um homem perigoso. É impulsionado por uma cegueira que, através dos séculos, afetou muitos de nossa Ordem. Sua obsessão nubla a visão. Seu filho lutou com ele pela liderança e perdeu. Infelizmente, Mark não possui a determinação necessária para levar suas batalhas até o fim. Começá-las parece fácil, continuá-las mais fácil ainda, mas solucioná-las tem sido difícil. As batalhas dele com a senhora. As batalhas dele com Roquefort. As batalhas com a própria consciência. Tudo o desafia. Achei que o encontro de vocês dois poderia ser decisivo para ambos. De novo, não a conheço, mas acredito que a entendo. Seu marido está morto e muita coisa ficou sem solução. Talvez esta busca finalmente responda a todas as suas perguntas. Ofereço este conselho: confie no seu filho, esqueça o passado, pense apenas no futuro. Isso poderia ser importantíssimo para trazer paz. Minha Ordem é única em toda a cristandade. Nossas crenças são diferentes, e isso se deve ao que os primeiros irmãos descobriram e passaram adiante. Será que isso nos torna menos cristãos? Ou mais cristãos? Nenhuma das duas coisas, na minha opinião. Encontrar o Grande Legado responderia a muitas perguntas, mas temo que levantaria muitas outras. Você e seu filho deverão decidir o que é melhor se e quando esse momento crítico chegar, e espero que chegue, porque tenho fé nos dois. O morto ressuscitou e agora caminha de novo entre vocês. Faça bom uso desse milagre, mas um alerta: liberte a mente dos preconceitos em que ela se tornou confortável. Abra-se a concepções mais vastas e raciocine através de métodos mais certos. Porque só então terá sucesso. Que o Senhor esteja com a senhora.

Uma lágrima desceu pelo seu rosto. Era uma sensação estranha, chorar. Uma sensação que ela não recordava ter tido desde a infância. Havia estudado muito e possuía a experiência de trabalhar por décadas nos níveis superiores do serviço de inteligência. Sua carreira fora passada cuidando de uma situação difícil após outra. Muitas vezes tomara decisões de vida e morte. Mas nenhuma se aplicava aqui. De algum modo, havia deixado o mundo do bem e do mal, certo e errado, preto e branco e entrado num reino onde seus pensamentos mais íntimos eram não somente conhecidos, mas também entendidos. Esse mestre, um homem com quem nunca havia trocado uma palavra, parecia compreender exatamente sua dor.

Mas ele estava certo.

O retorno de Mark era uma ressurreição. Um glorioso milagre com infinitas possibilidades.

– As palavras a entristecem?

Stephanie ergueu os olhos. Geoffrey estava junto à porta. Ela enxugou as lágrimas.

– De certa forma. Mas, de outra, elas trazem felicidade.

– O mestre era assim. Conhecia a alegria e a dor. Mas muita dor, nos últimos dias.

– Como ele morreu?

– O câncer o levou há duas noites.

– Você sente falta dele?

– Fui criado sozinho, sem família. Monges e freiras me ensinaram sobre a vida. Eram bons para mim, mas nenhum jamais me amou. Por isso tive de crescer sem o amor de pai ou mãe.

A admissão golpeou o coração de Stephanie.

– O mestre me demonstrou grande gentileza, talvez até amor, mas acima de tudo depositou confiança em mim.

– Então, não falhe com ele.

– Não falharei.

Ela fez um gesto com o papel.

– Posso ficar com isso?

Ele assentiu.

– Eu era apenas o entregador.

Stephanie se conteve.

– Por que Mark e Cotton foram à igreja?

– Senti que o senescal queria conversar com o Sr. Malone.

Ela se levantou.

– Talvez nós também devêssemos...

Houve uma batida à porta da frente. Stephanie se retesou enquanto seu olhar ia até a fechadura destrancada. Cotton e Mark teriam simplesmente entrado. Viu Geoffrey também ficar alerta e uma arma surgiu na mão dele. Ela foi até a porta e espiou pelo vidro.

Um rosto familiar a espiou de volta.

Royce Claridon.

QUARENTA E UM

Roquefort estava furioso. Há quatro horas fora informado que, na noite em que o mestre morreu, o sistema de segurança do arquivo havia registrado uma visita às 23h51. O senescal havia ficado ali dentro por 12 minutos e depois saiu com dois livros. As etiquetas de identificação eletrônica afixadas a cada volume identificavam os dois tomos desaparecidos como um códice do século XIII que ele conhecia bem e o relatório de um marechal redigido na segunda parte do século XIX, que ele também havia lido.

Quando interrogara Royce Claridon há algumas horas, não deixara clara sua familiaridade com o criptograma contido no diário de Lars Nelle. Mas havia um incluído no relatório do antigo marechal, junto com a localização em que o quebra-cabeça fora encontrado – na igreja do abade Gélis, localizada em Coustausa, não muito longe de Rennes-les-Château. Lembrou-se de ter lido que o marechal falou com Gélis pouco antes de o padre ser assassinado e ficou sabendo que Saunière também encontrara o criptograma em sua igreja. Quando comparados, os dois eram idênticos. Parece que Gélis resolveu o enigma e o marechal ficou sabendo do resultado, mas a solução não foi registrada e jamais foi encontrada depois da morte de Gélis. Tanto a polícia da região quanto o marechal suspeitavam que o assassino estava atrás de algo que havia na pasta de Gélis: sem dúvida a solução do código, descoberta por Gélis. Mas, então, o assassino seria Saunière? Difícil dizer. O crime jamais foi solucionado. Mesmo assim, dado o que Roquefort sabia, o padre de Rennes teria de ser incluído na lista de suspeitos.

Agora o relatório do marechal havia sumido. O que poderia ser ruim ou não, já que ele possuía o diário de Lars Nelle, que continha o criptograma de Saunière. No entanto, como informava o marechal, ele seria o mesmo de Gélis? Não havia como saber sem o relatório do marechal, que certamente fora retirado do arquivo por alguma razão.

Há cinco minutos, enquanto ouvia através de um microfone preso no vidro de uma janela enquanto Stephanie Nelle e o irmão Geoffrey confraternizavam, ele ficara sabendo que Mark Nelle e Cotton Malone haviam ido até a igreja. Stephanie Nelle chegara a chorar depois de ler o que o antigo mestre havia escrito. Que tocante! O mestre claramente havia planejado com antecipação e todo o negócio estava saindo rapidamente de controle. Ele precisava puxar as rédeas com força e diminuir o ímpeto. Assim, enquanto Royce Claridon lidava com os ocupantes da casa de Lars Nelle, ele cuidaria dos outros dois.

O transmissor ainda grudado ao carro alugado por Malone revelara que ele e Stephanie Nelle haviam retornado de Avignon tarde da noite. Mark Nelle devia ter vindo direto da abadia para cá, o que não era de surpreender.

Depois do que acontecera na noite anterior com a mulher na ponte, ele havia pensado que Malone e Stephanie não eram mais importantes, e por isso seus homens haviam sido instruídos para apenas nocauteá-los. Matar uma agente e um ex-agente americanos certamente atrairia atenção. Ele viajara até Avignon para descobrir que segredos o arquivo do palácio guardava e para capturar Claridon, não para atrair o interesse de toda a comunidade de inteligência americana. Havia realizado os três objetivos e conseguira obter o diário de Lars Nelle como um bônus. No todo, não fora uma noite de trabalho ruim. Até estivera disposto a deixar Mark Nelle e Geoffrey irem embora, já que longe da abadia eles representavam uma ameaça muito menor. Mas, depois de saber dos dois livros desaparecidos, essa estratégia havia mudado.

– Estamos no local – disse uma voz em seu ouvido.

– Fique parado até eu chamar – sussurrou ele ao microfone de lapela.

Havia trazido seis irmãos que agora estavam espalhados pelo povoado, fundindo-se à multidão crescente do domingo. O dia era luminoso, ensolarado e caracteristicamente ventoso. Embora os vales do rio Aude fossem quentes e calmos, os cumes ao redor eram perpetuamente assolados pelos ventos das montanhas.

Caminhou até a rua principal em direção à igreja de Maria Madalena, sem fazer esforço para disfarçar a aproximação.

Queria que Mark Nelle soubesse que ele estava ali.

Mark estava junto à sepultura do pai. O memorial encontrava-se em boas condições, assim como todas as sepulturas, já que agora o cemitério parecia parte integral da crescente indústria turística da cidade.

Nos primeiros seis anos depois da morte do pai, ele havia cuidado pessoalmente da sepultura, visitando-a quase todo fim de semana. Também havia cuidado da casa. O pai era popular entre os moradores de Rennes, já que tratava o povoado com gentileza e a memória de Saunière com respeito. Esse, talvez, fosse um dos motivos para seu pai ter incluído tanta ficção sobre Rennes em seus livros. O mistério enfeitado era uma máquina de dinheiro para toda a região, e os escritores que atacavam essa mística não eram apreciados. Já que se sabia pouquíssima coisa com certeza sobre qualquer aspecto da história, existia muito espaço aberto para improvisação. Também ajudava o fato de seu pai ser visto como o homem que levou a história à atenção do mundo, mas Mark sabia que um livro francês relativamente desconhecido, *Le Trésor*

Maudit, de Gérard de Sède, publicado em fins dos anos 1960, foi o que acendeu a curiosidade de seu pai. Ele sempre achara o título – O tesouro maldito – bastante adequado, em especial depois que seu pai morreu subitamente. Mark era adolescente quando leu pela primeira vez o livro do pai, mas somente anos depois, enquanto cursava a pós-graduação, aumentando o conhecimento sobre história e filosofia religiosa da Idade Média, seu pai lhe contou o que realmente estava em jogo.

– O coração do cristianismo é a ressurreição dos corpos físicos. É a realização da promessa do Velho Testamento. Se os cristãos não forem ressuscitar um dia, sua fé é inútil. Não haver ressurreição significa que todos os evangelhos são mentira, que a fé cristã é apenas para esta vida, que não há mais nada depois. É a ressurreição que faz tudo que Cristo realizou valer a pena. Outras religiões pregam o paraíso e a vida após a morte. Mas somente o cristianismo oferece um Deus que se tornou homem, morreu por seus seguidores e depois ressuscitou dos mortos para governar para sempre.

– Pense nisso – disse seu pai. – Os cristãos têm muitas crenças diferentes sobre muitos assuntos. Mas todos concordam com a ressurreição. É sua constante universal. Jesus ressuscitou dos mortos somente para eles. A morte foi dominada apenas para eles. Cristo está vivo e trabalhando para a redenção *deles*. O reino do céu está esperando eles, já que eles também ressuscitarão dos mortos para viver para sempre com o Senhor. Há significado em cada tragédia, já que a ressurreição dá esperança para o futuro.

Então, seu pai fez a pergunta que havia flutuado em sua memória desde aquela época.

– E se isso jamais aconteceu? E se Cristo simplesmente morreu, do pó ao pó?

De fato, e daí?

– Pense em todos os milhões que foram mortos em nome do Cristo ressuscitado. Somente durante a Cruzada albigense, 15 mil homens, mulheres e crianças foram queimados na fogueira simplesmente por negar os ensinamentos da crucificação. A Inquisição assassinou milhões de outros. As Cruzadas à Terra Santa custaram centenas de milhares de vidas. Tudo isso pelo suposto Cristo ressuscitado. Durante séculos os papas usaram o sacrifício de Cristo como modo de motivar os guerreiros. Se a ressurreição jamais aconteceu, de modo que não há promessa de uma vida após a morte, quantos daqueles homens você acha que teriam enfrentado a morte?

A resposta era simples. Nenhum.

E se a ressurreição jamais aconteceu?

Mark acabara de passar cinco anos pesquisando uma resposta a essa pergunta dentro de uma Ordem que o mundo achara ter sido erradicada há setecentos anos. No entanto, saíra tão perplexo como quando entrara pela primeira vez na abadia.

O que fora conseguido?

Mais importante: o que fora perdido?

Afastou a confusão da mente e se concentrou de novo no túmulo do pai. Havia encomendado a lápide e visto quando ela foi posta no lugar, numa terrível tarde de maio. Seu pai fora encontrado uma semana antes, enforcado numa ponte meia hora ao sul de Rennes. Mark estava em casa, em Toulouse, quando recebeu o telefonema da polícia. Lembrou-se do rosto do pai quando identificou o corpo – a pele pálida, a boca escancarada, olhos mortos. Uma imagem grotesca que ele temia jamais abandoná-lo.

Sua mãe havia retornado à Geórgia logo depois do enterro. Os dois se falaram pouco nos três dias em que ela esteve na França. Ele tinha 27 anos, começando na universidade em Toulouse como professor-assistente, mal preparado para a vida. Ontem teria matado Raymond de Roquefort. O que acontecera com tudo que havia aprendido? Onde estava a disciplina que pensara ter adquirido? Os defeitos de Roquefort eram fáceis de entender – um falso sentimento de dever alimentado pelo ego –, mas sua própria fraqueza era atordoante. No decorrer de três dias, ele passara de senescal a fugitivo. Da segurança ao caos. Do propósito à perambulação.

E para quê?

Sentiu o volume da arma embaixo do paletó. A confiança que ela oferecia era perturbadora – apenas mais uma sensação nova e estranha que lhe trazia conforto.

Afastou-se do túmulo do pai e se esgueirou até o local de descanso de Ernst Scoville. Conhecera o belga recluso e gostava dele. Aparentemente, o mestre também sabia sobre ele, já que mandara uma carta a Scoville na semana anterior. O que Roquefort havia dito ontem sobre as duas cartas? *Cuidei de um dos destinatários*. Aparentemente, sim. Mas o que mais ele dissera? *E logo cuidarei da outra*. Sua mãe corria perigo. Todos corriam. Mas havia pouca coisa que poderia ser feita. Ir à polícia? Ninguém acreditaria neles. A abadia era respeitada e nenhum irmão falaria contra a Ordem. Tudo que encontrariam seria um mosteiro quieto dedicado a Deus. Existiam planos para a ocultação de todas as coisas relacionadas à irmandade, e nenhum homem dentro da abadia iria falhar.

Disso ele tinha certeza.

Não. Estavam sozinhos.

No jardim do Calvário, Malone esperava que Mark retornasse do cemitério. Não queria se intrometer em algo tão pessoal, já que entendia completamente as emoções perturbadoras que o outro certamente estaria experimentando. Quando seu pai morreu, ele estava com apenas dez anos, mas a tristeza que sentira ao saber que nunca mais iria vê-lo de novo jamais desapareceu. Diferentemente de Mark, não havia cemitério para visitar. A sepultura de seu pai era o fundo do Atlântico Norte, dentro do casco esmagado de um submarino afundado. Uma vez tentara descobrir os detalhes do que havia acontecido, mas todo o incidente permanecia como assunto secreto.

Seu pai havia amado a marinha e os Estados Unidos – era um patriota que, por livre vontade, dera a vida pelo país. E essa percepção sempre deixara Malone orgulhoso. Mark Nelle tivera sorte. Havia compartilhado muitos anos com o pai. Os dois haviam se conhecido e compartilhado a vida. Mas, em muitos sentidos, ele e Mark eram semelhantes. Os pais de ambos eram comprometidos com o trabalho. Ambos haviam morrido. Nenhuma das duas mortes possuía boa explicação.

Parou junto ao Calvário e ficou olhando enquanto mais visitantes entravam e saíam do cemitério. Por fim, viu Mark seguindo um grupo de japoneses até sair pelo portão.

– Foi difícil – disse Mark enquanto se aproximava. – Sinto falta dele.

Malone decidiu continuar de onde haviam parado.

– Você e sua mãe terão de se acertar.

– Há muitos sentimentos ruins, e ver a sepultura dele simplesmente trouxe todos à tona de novo.

– Ela tem coração. Está envolto em ferro, eu sei, mas continua lá.

Mark sorriu.

– Parece que você a conhece.

– Tive alguma experiência.

– No momento, precisamos nos concentrar no que o mestre pensou.

– Vocês dois se esquivam bem do assunto.

Mark sorriu de novo.

– É genético.

Malone olhou o relógio.

– São onze e meia. Preciso sair. Quero visitar Cassiopeia Vitt antes do anoitecer.

– Vou desenhar um mapa. Não é longe daqui, de carro.

Saíram do jardim do Calvário e viraram para a rua principal. A cem metros dali, Malone viu um homem baixo, de aparência rústica, mãos enfiadas nos bolsos de uma jaqueta de couro, marchando direto para a igreja.

Segurou o ombro de Mark.

– Temos companhia.

Mark acompanhou seu olhar e também viu Roquefort.

Malone avaliou rapidamente as opções enquanto via mais três sujeitos de cabelo curto. Dois estavam à frente da vila Betânia. Outro bloqueava o beco que ia até o estacionamento.

– Alguma sugestão? – perguntou Malone.

Mark foi em direção à igreja.

– Siga-me.

Stephanie abriu a porta e Royce Claridon entrou na casa.

– De onde você vem? – perguntou ela, sinalizando para Geoffrey baixar a arma.

– Eles me pegaram no palácio ontem à noite e me trouxeram para cá. Fui mantido num apartamento a duas ruas daqui, mas consegui escapar há alguns minutos.

– Quantos irmãos estão no povoado? – perguntou Geoffrey a Claridon.

– Quem é você?

– O nome dele é Geoffrey – disse Stephanie, esperando que o compatriota entendesse que deveria falar pouco.

– Quantos irmãos estão aqui? – perguntou Geoffrey de novo.

– Quatro.

Stephanie foi à janela da cozinha e olhou para a rua. As pedras do calçamento estavam desertas nas duas direções. Mas estava preocupada com Mark e Malone.

– Onde estão esses irmãos?

– Não sei. Ouvi quando eles disseram que você estava na casa de Lars, por isso vim direto para cá.

Ela não gostou da resposta.

– Nós não pudemos ajudá-lo ontem à noite. Não tínhamos ideia de para onde o haviam levado. Fomos nocauteados tentando alcançar Roquefort e a mulher. Quando acordamos, todo mundo havia sumido.

O francês levantou as mãos.

– Tudo bem, madame, entendo. Vocês não poderiam fazer nada.

– Roquefort está aqui? – perguntou Geoffrey.

– Quem?

– O mestre. Está aqui?

– Ninguém disse nomes. – Claridon encarou-a. – Mas ouvi quando falaram que Mark está vivo. É verdade?

Ela assentiu.

– Ele e Cotton foram até a igreja, mas devem voltar logo.

– Um milagre. Achei que ele havia morrido.

– Nós dois.

O olhar dele examinou a sala.

– Não entro nesta casa há um bom tempo. Lars e eu passávamos muito tempo aqui.

Ela lhe ofereceu um lugar à mesa. Geoffrey se posicionou perto da janela, e Stephanie notou a tensão no comportamento dele, que antes estivera tranquilo.

– O que aconteceu com você? – perguntou a Claridon.

– Fiquei amarrado até hoje cedo. Eles me desamarraram para eu poder ir ao banheiro. Então, pulei a janela e vim direto para cá. Certamente devem estar me procurando, mas eu não tinha outro lugar para ir. É bem difícil sair desta cidade, já que só há uma entrada e saída.

– Claridon se remexeu na cadeira. – Posso incomodar você pedindo um pouco d'água?

Ela se levantou e encheu um copo com água da torneira. Claridon bebeu num gole. Ela encheu o copo de novo.

– Fiquei apavorado com eles – disse Claridon.

– O que eles querem?

– Procuram o Grande Legado, assim como Lars.

– E o que você contou? – perguntou Geoffrey, com uma sugestão de escárnio na voz.

– Não contei nada, mas eles perguntaram pouquíssimo. Disseram que o interrogatório seria hoje, mais tarde, depois de cuidarem de outra coisa. Mas não disseram o que era. – Claridon encarou-a. – Sabe o que eles querem de você?

– Eles estão com o diário de Lars, o livro do leilão e a litografia da pintura. O que mais poderiam querer?

– Acho que é o Mark.

As palavras visivelmente fizeram Geoffrey se retesar.

Stephanie quis saber:

– O que querem com ele?

– Não faço ideia, madame. Mas imagino se alguma dessas coisas vale o derramamento de sangue.

– Os irmãos morreram durante quase 900 anos por aquilo em que acreditavam – disse Geoffrey. – Isto não é diferente.

– Você fala como se fosse da Ordem.

– Só estou citando a história.

Claridon bebeu a água.

– Lars Nelle e eu estudamos a Ordem durante muitos anos. Li essa história da qual você fala.

– O que você leu? – perguntou Geoffrey, com espanto na voz. – Livros escritos por pessoas que não sabem nada. Eles escrevem sobre heresia e culto a ídolos, de um beijar o outro na boca, de sodomia e da negação de Jesus Cristo. Nenhuma palavra é verdade. Tudo é mentira destinada a destruir a Ordem e pegar sua riqueza.

– Agora você fala realmente como um templário.
– Falo como um homem que cultua a justiça.
– Isso não é um templário?
– Todos os homens não deveriam ser assim?
Stephanie sorriu. Geoffrey era rápido.

Malone acompanhou Mark de volta para o interior da igreja de Maria Madalena. Seguiram pelo corredor central, passaram por nove fileiras de bancos e curiosos, em direção ao altar. Ali, Mark virou à direita e entrou numa pequena antessala passando por uma porta aberta. Três visitantes com máquinas fotográficas estavam lá dentro.

– Poderiam dar licença? – disse-lhes Mark em inglês. – Sou do museu e precisamos desta sala por alguns instantes.

Ninguém questionou sua autoridade óbvia e Mark fechou gentilmente a porta. Malone olhou ao redor. O espaço era iluminado naturalmente pela luz de um vitral. Uma fileira de armários dominava uma das paredes. As outras três eram de madeira. Não havia móveis.

– Aqui era a sacristia – disse Mark.

Roquefort estaria em cima deles em não mais de um minuto, por isso Malone quis saber:

– Presumo que você tenha algo em mente.

Mark foi na direção do armário e procurou com as pontas dos dedos sobre a prateleira de cima.

– Como disse, quando Saunière construiu o jardim do Calvário, também construiu a gruta. Ele e sua amante iam até o vale coletar pedras. – Mark continuou procurando alguma coisa. – Voltavam com cochos cheios de pedra. Pronto.

Mark voltou com a mão e segurou o armário, que girou revelando um espaço sem janelas atrás.

– Aqui era o esconderijo de Saunière. Qualquer outra coisa que ele tenha trazido com as pedras era guardada aqui. Poucos sabem deste lugar. Saunière criou-o durante a reforma da igreja. As plantas deste prédio anteriores a 1891 mostram isto como uma sala aberta.

Mark tirou uma pistola automática de dentro do paletó.

– Vamos esperar aqui e ver o que acontece.

– Roquefort sabe sobre esta sala?

– Vamos descobrir logo.

QUARENTA E DOIS

Roquefort parou do lado de fora da igreja. Era estranho os dois terem fugido lá para dentro. Mas não importava. Ele cuidaria pessoalmente de Mark Nelle. Sua paciência estava no fim. Havia tomado a precaução de consultar seus oficiais antes de sair da abadia. Não repetiria os erros do mestre anterior. Seu mandato teria pelo menos a aparência de uma democracia. Felizmente, a fuga de ontem e os dois tiroteios haviam galvanizado a irmandade num caminho singular. Todos concordavam que o ex-senescal e seu aliado deveriam ser trazidos de volta para serem punidos.

E ele pretendia fazer isso.

Examinou a rua.

A multidão estava crescendo. O dia quente trouxera os turistas. Ele se virou para o irmão ao lado.

– Entre e avalie a situação.

Uma confirmação de cabeça e o homem se afastou.

Ele conhecia a geografia da igreja. Só havia um local de entrada e saída. Os vitrais eram todos fixos, de modo que seria preciso despedaçar um deles para escapar. Não viu policiais, o que era normal em Rennes. Pouca coisa acontecia ali, a não ser o gasto de dinheiro. A comercialização o enojava. Se a decisão fosse sua, todas as visitas turísticas à abadia seriam interrompidas. Tinha consciência de que o bispo questionaria esse gesto, mas já decidira limitar o acesso a apenas algumas horas nos sábados, citando a necessidade de mais solidão para os irmãos. Isso o bispo entenderia. Pretendia restaurar totalmente muitos dos costumes antigos, práticas abandonadas há longo tempo, rituais que antigamente separavam os templários de todas as outras ordens religiosas. E para isso precisaria ter os portões da abadia muito mais trancados do que abertos.

O irmão que ele havia mandado para dentro da igreja saiu e veio em sua direção.

– Eles não estão aí – disse o homem quando se aproximou.

– Como assim?

– Revistei a nave, a sacristia, os confessionários. Eles não estão lá dentro.

Roquefort não queria ouvir isso.

– Não há outra saída.

– Mestre, eles não estão aí.

Seu olhar se fixou na igreja. A mente girou com possibilidades. Então a resposta ficou clara.

– Venha. Sei exatamente onde eles estão.

Stephanie estava escutando Royce Claridon, não como uma esposa e mãe em missão importante para a família, mas como chefe de uma agência governamental secreta que lidava rotineiramente com espionagem e contraespionagem. Algo estava fora de lugar. O aparecimento súbito de Claridon era conveniente demais. Ela sabia pouco sobre Raymond de Roquefort, mas sabia o bastante para perceber que Claridon tivera permissão de escapar ou, pior, o sujeitinho incômodo sentado diante dela estava mancomunado com o inimigo. De qualquer modo, precisava ter cuidado com o que dizia. Aparentemente, Geoffrey também sentiu alguma coisa, já que estava respondendo pouquíssimo às muitas perguntas do francês – perguntas demais para um homem que acabara de sobreviver a uma experiência de vida ou morte.

– A mulher que esteve ontem à noite no palácio era Cassiopeia Vitt, a *engenheira* mencionada na carta a Ernst Scoville? – perguntou ela.

– Presumo que sim. Ela é um demônio.

– Talvez tenha salvado todos nós.

– Como? Ela interferiu, assim como fez com Lars.

– Você está vivo agora graças à interferência dela.

– Não, madame. Estou vivo porque eles querem informações.

– E imagino que seja por isso que você está aqui – disse Geoffrey perto da janela. – Escapar de Roquefort não é fácil.

– Você escapou.

– E como sabe disso?

– Eles falaram sobre você e Mark. Parece que houve um tiroteio e irmãos se feriram. Estão furiosos.

– Eles mencionaram que tentaram nos matar?

Um momento de silêncio incômodo se passou.

– Royce – disse Stephanie. – O que mais eles podem estar querendo?

– Só sei que desapareceram dois livros do arquivo. Alguém mencionou isso.

– Você disse, há um instante, que não tinha ideia do motivo para eles estarem atrás do filho da Sra. Nelle. – A suspeita envolvia a declaração de Geoffrey.

– E não tenho. Mas sei que eles querem os dois livros desaparecidos.

Stephanie olhou para Geoffrey e não viu qualquer sugestão de aquiescência na expressão do rapaz. Se, de fato, ele e Mark possuíam os livros que Roquefort queria, nenhuma admissão veio dos olhos dele.

– Ontem – disse Claridon – a senhora me mostrou o diário de Lars e o livro...

– Que estão com Roquefort.

– Não. Cassiopeia Vitt roubou os dois dele ontem à noite.

Outra informação nova. Claridon sabia demais para alguém cujo paradeiro seus captores supostamente ignoravam.

– Então Roquefort precisa encontrá-la – deixou claro Stephanie. – Assim como nós.

– Parece, madame, que um dos livros que Mark tirou do arquivo deles também contém um criptograma. Roquefort quer esse livro de volta.

– Você ouviu isso também?

Claridon confirmou com a cabeça.

– *Oui*. Eles acreditavam que eu estava dormindo, mas estava escutando. Um dos marechais deles, da época de Saunière, descobriu o criptograma e o registrou no tal livro.

– Nós não temos nenhum livro – disse Geoffrey.

– Como assim? – A perplexidade preenchia o rosto do sujeito.

– Não temos livros. Saímos da abadia com muita pressa e não trouxemos nada.

Claridon ficou de pé.

– Você está mentindo.

– Palavras ousadas. Pode provar essa alegação?

– Você é um homem da Ordem. Um guerreiro de Cristo. Um templário. Seu juramento deveria bastar para impedi-lo de mentir.

– E o que impede você? – perguntou Geoffrey.

– Eu não minto. Passei por uma tremenda dificuldade. Fiquei escondido num asilo durante cinco anos para não virar prisioneiro dos templários. Sabe o que eles planejavam fazer comigo? Passar gordura nos pés e colocar diante de um braseiro quente. Cozinhar minha pele até arrancá-la dos ossos.

– Não temos livros. Roquefort está perseguindo uma sombra.

– Isso não é verdade. Dois homens foram feridos a tiros durante sua fuga e ambos disseram que Mark carregava uma mochila.

Stephanie se empertigou diante da informação.

– E como você sabe disso? – perguntou Geoffrey.

Roquefort entrou na igreja, seguido do irmão que estivera lá dentro há pouco. Caminhou pelo corredor central e entrou na sacristia. Precisava dar crédito a Mark Nelle. Poucos sabiam da sala secreta da igreja. Não fazia parte de nenhum circuito de turismo e apenas os puristas de Rennes teriam alguma ideia da existência do espaço oculto. Ele frequentemente achara curioso o fato de os agentes turísticos do local não explorarem o acréscimo de Saunière à arquitetura da igreja – as salas secretas sempre aumentavam qualquer mistério –, mas havia muitas coisas sobre a igreja, a cidade e a história que desafiavam qualquer explicação.

– Quando você entrou antes, a porta desta sala estava aberta?

O irmão balançou a cabeça e sussurrou:

– Fechada, mestre.

Ele fechou a porta suavemente.

– Não deixe ninguém entrar.

Aproximou-se do armário e sacou a arma. Nunca vira de fato a câmara secreta que ficava do outro lado, mas havia lido relatos suficientes de marechais anteriores que haviam investigado Rennes para saber que existia uma sala oculta. Se ele se lembrava corretamente, o mecanismo de liberação ficava no canto superior direito do armário.

Levantou a mão e localizou a alavanca de metal.

Sabia que, assim que a puxasse, os dois homens do outro lado seriam alertados e ele teria de presumir que portavam armas. Malone certamente era capaz de se virar, e Mark Nelle provara que não deveria ser subestimado.

– Prepare-se – disse.

O irmão sacou uma automática de cano curto e apontou para o armário. Roquefort puxou a alavanca e recuou depressa, apontando a arma, esperando o que aconteceria em seguida.

O armário se entreabriu, depois parou.

Ele permaneceu do lado direito e, com o pé, escancarou a porta.

A sala secreta estava vazia.

Malone estava perto de Mark, dentro do confessionário. Haviam esperado dentro da sala oculta durante uns dois minutos, podendo observar a sacristia através de um minúsculo buraco de observação posto estrategicamente no armário. Mark havia observado enquanto um dos irmãos entrava na sacristia, observava a sala vazia e ia embora. Esperaram mais alguns segundos e saíram, observando da porta enquanto o irmão deixava a igreja. Não vendo nenhum outro irmão dentro, foram rapidamente até o confessionário e entraram no instante em que Roquefort e o irmão retornavam.

Mark havia suposto, corretamente, que Roquefort saberia sobre a sala secreta, mas que só compartilharia esse conhecimento com qualquer pessoa se fosse absolutamente necessário. Quando viram Roquefort esperando do lado de fora e mandando outro irmão investigar, haviam se demorado apenas o suficiente para ganhar alguns minutos e trocar de esconderijo, uma vez que, assim que o batedor retornasse e informasse seu desaparecimento, Roquefort deduziria imediatamente onde eles estavam escondidos. Afinal de contas, só havia um local de entrada e saída da igreja.

– Conheça o inimigo e conheça a si mesmo – sussurrou Mark enquanto Roquefort e seu lacaio entravam na sacristia.

Malone sorriu.

– Sun Tzu era um homem sábio.

A porta da sacristia se abriu.

— Vamos dar alguns segundos e depois sair daqui – disse Mark.
— Pode haver mais homens lá fora.
— Tenho certeza de que há. Vamos nos arriscar. Tenho nove balas.
— Não vamos começar um tiroteio a não ser que não haja outra opção.
A porta da sacristia permaneceu fechada.
— Temos de ir – disse Malone.
Saíram do confessionário, viraram à direita e foram em direção à porta.

Stephanie levantou-se devagar, chegou perto de Geoffrey e calmamente pegou a arma com ele. Em seguida, girou, engatilhou-a e avançou rapidamente, apertando o cano na cabeça de Claridon.
— Seu vermezinho. Você está com eles.
Os olhos de Claridon se arregalaram.
— Não, madame. Juro que não.
— Abra a camisa dele – disse ela.
Geoffrey arrancou os botões, expondo um microfone grudado ao peito magro.
— Venham. Depressa. Preciso de ajuda – gritou Claridon.
Geoffrey deu um soco no queixo de Claridon, jogando o sujeitinho maldoso no chão. Stephanie girou, com a arma na mão, e viu através da janela um homem de cabelos curtos correndo para a porta da frente.
Um chute, e a porta foi aberta.
Geoffrey estava preparado.
Havia se posicionado à esquerda da entrada e, quando o homem entrou correndo, fez com que ele girasse. Stephanie viu uma arma na mão do sujeito, mas Geoffrey habilmente manteve o cano apontado para baixo, girou no calcanhar e chutou o homem contra a parede. Não lhe dando tempo de reagir, deu outro soco na barriga, provocando um

gemido. Quando o homem se curvou para a frente, sem fôlego, Geoffrey empurrou-o contra o chão com um soco na coluna.

– Ensinaram isso a você na abadia? – perguntou Stephanie, impressionada.

– Isso e mais.

– Vamos sair daqui.

– Espere um segundo.

Geoffrey saiu correndo da cozinha para o quarto e voltou com a mochila de Mark.

– Claridon estava certo. Temos livros e não posso ir embora sem eles.

Ela notou um fone de ouvido no homem derrubado por Geoffrey.

– Ele estava escutando Claridon e certamente está em comunicação com os outros.

– Roquefort está aqui – disse Geoffrey com convicção.

Ela pegou seu celular internacional na bancada da cozinha.

– Temos de encontrar Mark e Cotton.

Geoffrey aproximou-se da porta da frente e olhou com cuidado nas duas direções.

– Seria de se pensar que houvesse mais irmãos aqui agora.

Ela chegou atrás dele.

– Talvez estejam ocupados na igreja. Vamos para lá, seguindo o muro externo, pelo estacionamento, ficando longe da rua principal. – Ela lhe devolveu a arma. – Vigie minhas costas.

Ele sorriu.

– Com prazer, senhora.

Roquefort olhou para a sala secreta vazia. Onde eles estavam? Simplesmente não havia outro lugar onde se esconder na igreja.

Botou o armário de volta no lugar.

O outro irmão certamente viu o momento de confusão que passara por seu rosto quando haviam descoberto que o esconderijo estava vazio. Afastou qualquer dúvida do olhar.

– Onde eles estão, mestre? – perguntou o irmão.

Pensando na resposta, Roquefort foi até o vitral e olhou por um dos vidros transparentes. O jardim do Calvário abaixo estava cheio de visitantes. Então, viu Mark Nelle e Cotton Malone entrarem correndo no jardim e virarem na direção do cemitério.

– Lá fora – disse com calma, indo para a porta da sacristia.

Mark achava que o truque da sala secreta poderia lhes garantir tempo suficiente para escapar. Esperava que Roquefort tivesse trazido apenas um contingente pequeno. Mas outros três irmãos estavam esperando lá fora – um na rua principal, outro bloqueando o beco para o estacionamento e o último posicionado do lado de fora da vila Betânia, impedindo que o jardim de árvores se tornasse uma rota de fuga. Aparentemente, Roquefort não havia considerado o cemitério uma ameaça, já que ele era murado e tinha um penhasco de 450 metros do outro lado.

Mas era exatamente para lá que Mark havia ido.

Agora agradecia aos céus as muitas explorações noturnas que ele e seu pai haviam feito. Os moradores do local não gostavam que pessoas visitassem o cemitério depois do anoitecer, mas era a melhor hora, segundo seu pai. Assim, haviam percorrido o lugar muitas vezes, à procura de pistas, tentando entender Saunière e seu comportamento aparentemente inexplicável. Em alguns passeios haviam sido interrompidos, por isso improvisaram outro caminho que não pelo portão com o crânio e os ossos cruzados.

Era hora de usar bem aquela descoberta.

– Tenho medo de perguntar como vamos sair daqui – disse Malone.

– É de dar medo, mas pelo menos o sol está brilhando. Todas as outras vezes em que fiz isso foi à noite.

Mark virou à direita e desceu rapidamente a escada de pedra até a parte mais baixa do cemitério. Havia cerca de cinquenta pessoas espalhadas, admirando os túmulos. Do outro lado do muro, o céu sem nuvens era de um azul brilhante, e o vento gemia como uma alma ferida. Os dias claros sempre tinham vento em Rennes, mas o ar do cemitério estava imóvel, com a igreja e o presbitério bloqueando os sopros mais fortes, que vinham do sul e do oeste.

Foi direto até um monumento adjacente à parede leste, sob uma cúpula de olmos que cobriam a terra em sombras compridas. Notou que a multidão permanecia principalmente no nível mais alto, onde ficava a sepultura da amante de Saunière. Pulou numa lápide grossa e subiu no muro.

– Venha atrás de mim – disse enquanto saltava para o outro lado, rolava uma vez e se levantava, espanando o pó.

Olhou para trás enquanto Malone pulava os dois metros e meio até a trilha estreita.

Estavam na base do muro, num caminho pedregoso com cerca de um metro e vinte de largura. Faias e pinheiros anômalos sustentavam a encosta abaixo, batidos pelo vento, com os galhos torcidos e entrelaçados, as raízes encravadas em fendas na rocha.

Mark apontou à esquerda.

– Este caminho termina logo adiante, depois do castelo. É sem saída. – Ele se virou. – Então, temos de ir por aqui. Vamos rodear o estacionamento. Há um caminho fácil lá.

– Aqui não há vento, mas quando virarmos naquele canto... – Malone apontou adiante – ... imagino que vai ficar forte.

– Como um furacão. Mas não temos escolha.

QUARENTA E TRÊS

Roquefort trouxe um irmão enquanto entrava no cemitério, deixando os outros três do lado de fora. Era inteligente o que Mark Nelle havia feito, usando a sala secreta como distração. Provavelmente haviam ficado lá dentro apenas o suficiente para seu batedor sair da igreja. Em seguida se esconderam no confessionário até ele entrar na sacristia.

No cemitério da paróquia, parou e examinou calmamente as sepulturas, mas não viu os dois. Disse ao irmão ao lado para procurar à esquerda e foi para a direita, onde passou pelo túmulo de Ernst Scoville.

Há quatro meses, quando ficara sabendo do interesse do antigo mestre por Scoville, havia mandado um irmão para monitorar as atividades do belga. Através de um aparelho de escuta instalado no telefone de Scoville, seu espião ficara sabendo sobre Stephanie Nelle, seus planos de visitar a Dinamarca e depois a França, e sua intenção de obter o livro. Mas quando ficou claro que Scoville não gostava da viúva de Lars Nelle e estava meramente embromando-a, pretendendo atrapalhar seus esforços, um carro em alta velocidade na encosta de Rennes resolveu o problema da interferência potencial. Scoville não era um jogador na partida que se desdobrava. Stephanie Nelle era e, na ocasião, nada poderia impedir seus movimentos. Roquefort havia cuidado pessoalmente da morte de Scoville, não envolvendo ninguém da abadia, já que não poderia explicar a necessidade de um assassinato explícito.

O irmão retornou do outro lado do cemitério e informou:

– Nada.

Aonde eles poderiam ter ido?

Seu olhar pousou no muro cinza-acastanhado que formava a borda externa. Foi até um ponto em que o muro chegava apenas à altura do peito. Rennes ficava no espinhaço de um morro com encostas íngremes como pirâmides de três lados. Os objetos no vale abaixo se perdiam numa névoa cinzenta que cobria a terra colorida, como se aquele fosse um distante mundo liliputiano – a bacia, as estradas e as cidades pareciam vistas num atlas. O vento vindo do outro lado do muro bateu em seu rosto e secou-lhe os olhos. Plantou as duas mãos no topo, apoiou-se e curvou o corpo para a frente. Olhou à direita. A laje de rocha estava nua. Depois olhou à esquerda e captou um vislumbre de Cotton Malone virando do lado norte do muro, indo para oeste.

Desceu do muro outra vez.

– Eles estão numa laje de pedra indo na direção da torre Magdala. Faça com que parem. Eu vou ao mirante.

Stephanie foi na frente enquanto fugia da casa com Geoffrey. Uma rua batida pelo sol acompanhava o muro oeste e seguia para o norte até o estacionamento e, mais além, chegava aos domínios de Saunière. Geoffrey estava claramente cheio de antecipação e, para um sujeito que parecia ter menos de 30 anos, portava-se com tranquilidade profissional.

Havia apenas casas esparsas nesse canto da cidade. Abetos e pinheiros subiam para o céu em retalhos do terreno.

Algo zumbiu junto à sua orelha direita e ricocheteou no calcário da construção logo adiante. Ela girou e viu o sujeito de cabelos curtos que havia saído de casa fazendo mira 50 metros atrás. Abaixou-se atrás de um carro estacionado perto dos fundos de uma das casas. Geoffrey caiu no chão, rolou, depois dobrou o corpo para cima e disparou dois tiros por entre as pernas estendidas. O estalo, como de uma bombinha, foi abafado pelo vento uivante. Uma das balas acertou o alvo, e o homem gritou de dor, depois segurou a coxa e caiu.

– Bom tiro – disse ela.

– Eu não podia matá-lo. Dei minha palavra.

Levantaram-se e correram.

Malone acompanhava Mark. A escarpa rochosa, ladeada por pontas de capim marrom, havia se estreitado, e o vento, que antes era apenas um incômodo, agora havia se tornado um perigo, molestando-os com força de tempestade, seu murmúrio monótono mascarando todos os outros ruídos.

Estavam no lado oeste da cidade. Os bosques com árvores altas da encosta norte haviam sumido. Nada além de rocha nua mergulhava para baixo, brilhando ao sol feroz da tarde, colorida por tufos de musgo e urze.

O mirante que Malone havia atravessado há duas noites, perseguindo Cassiopeia Vitt, estendia-se seis metros acima deles. A torre Magdala ficava à frente e dava para ver pessoas no topo admirando o vale distante. Ele não estava louco pela vista. A altura afetava sua cabeça como o vinho – uma das fraquezas que havia escondido dos psicólogos do governo que, antigamente, de tempos em tempos, precisavam avaliá-lo para o serviço. Arriscou uma olhada para baixo. Um mato escasso salpicava o plano íngreme inclinado por uma enorme distância. Depois havia uma pequena laje lisa, e uma queda ainda mais íngreme começava.

Mark estava três metros à frente. Malone o viu olhar para trás, parar, depois virar-se e apontar a arma na sua direção.

– Foi alguma coisa que eu falei? – perguntou.

O vento batia no braço de Mark e balançava a arma. Outra mão ergueu-se para firmar a mira. Malone viu o brilho nos olhos dele, virou-se e viu um dos sujeitos de cabelo curto vindo na sua direção.

– Já chegou bastante longe, irmão – gritou Mark acima do vento.

O homem segurava uma Glock 17, semelhante à de Mark.

– Se essa arma subir, eu atiro em você – Mark deixou claro.

O braço do sujeito parou de subir.

Malone não gostou da situação em que estava e se encostou à muralha, dando espaço para o duelo.

– Esta batalha não é sua, irmão. Sei que está fazendo apenas o que o mestre ordenou. Mas se eu atirar em você, mesmo que na perna, você vai cair pelo precipício. Vale a pena?

– Devo seguir o mestre.

– Ele o está guiando para o perigo. Já pensou no que está fazendo?

– Isso não é minha responsabilidade.

– Salvar sua vida é – disse Mark.

– O senhor atiraria em mim, senescal?

– Sem dúvida.

– O que o senhor busca é suficientemente importante para ferir outro cristão?

Malone observou enquanto Mark pensava na pergunta – e se perguntou se a decisão que notava nos olhos era igual à coragem de ir adiante. Ele também havia enfrentado um dilema semelhante – várias vezes. Atirar em alguém nunca era fácil. Mas algumas vezes simplesmente precisava ser feito.

– Não, irmão, não vale uma vida humana. – E Mark baixou a arma.

Com o canto do olho, Malone viu movimento. Virou-se e viu o outro homem aproveitar a concessão de Mark. A Glock começou a subir enquanto a outra mão do sujeito ia rapidamente ao encontro da arma, certamente para ajudar a firmá-la para o tiro.

Mas não chegou a disparar.

Um estalo abafado pelo vento veio da esquerda de Malone, e o sujeito de cabelos curtos foi jogado para trás quando uma bala afundou em seu peito. Não dava para ver se ele estava usando colete à prova de bala, mas isso não importava. O tiro dado de perto atrapalhou seu equilíbrio e o corpo atarracado balançou. Malone correu até ele, tentando impedir a queda, e viu dois olhos tranquilos. Lembrou-se do olhar do homem do casaco vermelho em cima da torre Redonda. Mais dois passos era tudo que precisava para alcançá-lo, mas o vento varreu o irmão do promontório e o corpo rolou para baixo como um tronco.

Ouviu um grito vindo de cima. Alguns visitantes no mirante aparentemente haviam testemunhado o destino do templário. Olhou enquanto o corpo continuava a rolar, parando finalmente numa laje muito abaixo.

Virou-se para Mark, que ainda estava com a arma apontada.

– Você está bem?

Mark baixou a arma.

– Na verdade, não. Mas temos de ir.

Ele concordou.

Viraram-se e desceram rapidamente pela trilha pedregosa.

Roquefort subiu correndo a escada que levava ao mirante. Ouviu uma mulher gritar e viu agitação enquanto as pessoas se amontoavam junto ao muro. Chegou perto e perguntou:

– O que aconteceu?

– Um homem caiu no precipício. Rolou por um bom pedaço.

Ele abriu caminho até o muro. Como no cemitério paroquial, a pedra tinha quase um metro de grossura, tornando impossível enxergar a base externa do muro.

– Onde ele caiu?

– Ali – disse um homem, apontando.

Roquefort seguiu o dedo esticado e viu uma figura de paletó escuro com calças claras lá embaixo na encosta nua, imóvel. Sabia quem era. Maldição. Apoiou as palmas das mãos na pedra áspera e curvou-se sobre o muro. Girando sobre o estômago, inclinou a cabeça à esquerda e viu Mark Nelle e Cotton Malone indo para uma inclinação curta que levava ao estacionamento.

Voltou para trás e recuou até a escada.

Apertou o botão de ENVIAR do rádio preso à cintura e sussurrou ao microfone de lapela:

– Eles estão indo na direção de vocês, na borda da muralha. Contenham-nos.

Stephanie ouviu um tiro. O estalo parecia ter vindo do outro lado do muro. Mas isso não fazia sentido. Por que alguém estaria lá? Ela e Geoffrey se encontravam a uns trinta metros do estacionamento – que, como ela notou, estava cheio de veículos, inclusive quatro ônibus aninhados perto da torre de água.

Diminuíram o passo. Geoffrey escondeu a arma atrás da coxa enquanto caminhavam calmamente.

– Ali – sussurrou Geoffrey.

Ela também viu o homem. Parado na extremidade mais distante, bloqueando o beco que ia até a igreja. Virou-se para trás e viu outro sujeito de cabelos curtos caminhando pela rua atrás deles.

Então viu Mark e Malone correndo pelo outro lado do muro e pulando por cima da pedra que ia até a altura dos joelhos.

Correu até eles e perguntou:

– Onde vocês estavam?

– Fomos dar um passeio – respondeu Malone.

– Ouvi um tiro.

– Não agora – disse Malone.

— Temos companhia — deixou claro Stephanie, apontando para os dois homens.

Mark examinou a cena.

— Roquefort está orquestrando essa coisa toda. É hora de partir. Mas não estou com a chave do nosso carro.

— Eu estou com a minha — disse Malone.

Geoffrey entregou a mochila.

— Bom trabalho — disse Mark. — Vamos.

Roquefort passou rapidamente pela vila Betânia e ignorou os muitos visitantes que iam na direção da torre Magdala, do jardim de árvores e do mirante.

Virou à direita na igreja.

— Eles estão tentando fugir de carro — disse uma voz em seu ouvido.

— Deixe.

Malone recuou da vaga de estacionamento e rodeou os outros carros até o beco que dava na rua principal. Notou que o sujeito de cabelos curtos não fez qualquer tentativa de impedi-los.

Isso o preocupou.

Estavam sendo arrebanhados.

Mas para onde?

Dirigiu devagar pelo beco, passou pelos quiosques de lembranças e virou à direita na rua principal, deixando o carro descer a ladeira até a porta da cidade.

Depois do restaurante, a multidão diminuiu de tamanho e a rua ficou livre.

Adiante viu Raymond de Roquefort parado no meio da rua, bloqueando o portão.

– Ele quer desafiar você – disse Mark no banco de trás.

– Ótimo, porque posso brincar de quem tem mais coragem com qualquer um deles.

Pousou gentilmente o pé no acelerador.

Uns sessenta metros, e diminuindo a distância.

Roquefort permaneceu enraizado.

Malone não viu nenhuma arma. Aparentemente, o mestre havia concluído que somente sua presença poderia fazer com que parassem. Mais além, Malone viu que a estrada estava livre, mas havia uma curva fechada logo depois do portão e ele esperava que ninguém decidisse vir por ela nos próximos segundos.

Pisou o acelerador até o fundo.

Os pneus se grudaram ao pavimento e, com um salto, o carro disparou à frente.

Trinta metros.

– Você planeja matá-lo? – disse Stephanie.

– Se for preciso.

Quinze metros.

Malone manteve o volante firme e olhou direto para Roquefort enquanto a forma do sujeito crescia no para-brisa. Preparou-se para o impacto do corpo e forçou as mãos a permanecerem firmes.

Uma forma veio correndo da direita e empurrou Roquefort fora do caminho do carro.

Eles passaram rugindo pelo portão.

Roquefort percebeu o que havia acontecido e não ficou feliz. Havia se preparado totalmente para desafiar o adversário, pronto para o que viesse, e se ressentiu da intromissão.

Então viu quem o salvara.

Royce Claridon.

– Aquele carro ia matá-lo – disse Claridon.

Ele empurrou o sujeito de cima e se levantou.

– Não temos certeza disso. – Em seguida, perguntou o que realmente queria saber. – Descobriu alguma coisa?

– Eles perceberam meu ardil e fui obrigado a pedir ajuda.

A raiva borbulhou através de Roquefort. De novo, nada dera certo. Mas uma salvação ressoava em seu cérebro.

O carro em que eles haviam partido. O que fora alugado por Malone.

Ainda estava equipado com um rastreador eletrônico.

Pelo menos saberia exatamente aonde eles iam.

QUARENTA E QUATRO

Malone dirigia o mais rápido que ousava, descendo a encosta sinuosa até a planície. Ali virou para oeste em direção à estrada principal e oitocentos metros depois virou ao sul em direção aos Pirineus.

– Aonde vamos? – perguntou Stephanie.

– Ver Cassiopeia Vitt. Eu ia sozinho, mas acho que está na hora de todos nos conhecermos. – Ele precisava de algo para se distrair. – Fale-me sobre ela – pediu a Mark.

– Não sei muita coisa. Ouvi dizer que o pai dela era um rico empreiteiro espanhol, a mãe uma muçulmana da Tanzânia. Ela é brilhante. Tem diplomas em história, arte, religião. E é rica. Herdou muito dinheiro e ganhou mais ainda. Ela e o pai se desentenderam muitas vezes.

– Em relação a quê? – perguntou Malone.

– Provar que Cristo não morreu na cruz é uma missão dela. Há 12 anos, o fanatismo religioso era visto de modo muito diferente. As pessoas não estavam tão preocupadas com o Talibã ou a al Qaeda. Na época, Israel era a área quente e Cassiopeia se ressentia de como os muçulmanos eram sempre representados como extremistas. Odiava a arrogância do cristianismo e a presunção do judaísmo. Sua busca era pela verdade, diria meu pai. Ela queria desnudar o mito e ver até que ponto Jesus Cristo e Maomé eram realmente parecidos. Terreno comum, interesses comuns. Esse tipo de coisa.

– Não é exatamente isso que seu pai queria fazer?
– Eu costumava dizer isso a ele.

Malone sorriu.

– Qual é a distância até o castelo dela?
– Menos de uma hora. Vamos virar a oeste daqui a alguns quilômetros.

Malone examinou os retrovisores. Ainda não havia ninguém os seguindo. Ótimo. Reduziu a velocidade do carro quando entraram numa cidade identificada como St. Loup. Sendo domingo, tudo estava fechado, a não ser um posto de gasolina com loja de conveniência, logo ao sul. Entrou e parou.

– Espere aqui – disse enquanto saía. – Preciso cuidar de uma coisa.

Malone saiu da autoestrada e guiou o carro por um caminho de cascalho, penetrando mais na floresta densa. Uma placa indicava que GIVORS – UMA AVENTURA MEDIEVAL NO MUNDO MODERNO – ficava oitocentos metros adiante. A viagem desde Rennes havia levado menos de cinquenta minutos. Tinham ido para oeste na maior parte do tempo, passando pela arruinada fortaleza cátara de Montségur, depois virando ao sul em direção às montanhas onde encostas abrigavam vales de rios e árvores altas.

A avenida com largura para dois carros era bem cuidada e coberta por faias densas que lançavam um silêncio onírico nas sombras alongadas. A entrada se abria numa clareira acarpetada de grama curta. Carros cobriam o campo. Esguias colunas de pinheiro e bétula cercavam o perímetro. Malone parou e todos saíram. Uma placa em francês e inglês anunciava onde estavam.

SÍTIO ARQUEOLÓGICO DE GIVORS
BEM-VINDO AO PASSADO. AQUI, EM GIVORS, UM LOCAL OCUPADO PELA PRIMEIRA VEZ POR LUÍS IX, ESTÁ SENDO CONSTRUÍDO UM CASTELO USANDO-SE MATERIAIS E TÉCNICAS DISPONÍVEIS AOS ARTESÃOS DO SÉCULO XIII. UMA TORRE DE PEDRA ERA O PRÓPRIO SÍMBOLO DO PODER DE UM SENHOR, E O CASTELO DE GIVORS FOI PROJETADO COMO FORTALEZA MILITAR, COM PAREDES GROSSAS E MUITAS TORRES DE CANTO. O AMBIENTE AO REDOR PROPORCIONAVA UMA ABUNDÂNCIA DE ÁGUA, PEDRAS, TERRA, AREIA E MADEIRA, TODO O NECESSÁRIO PARA SUA CONSTRUÇÃO.

TRABALHADORES DE PEDREIRAS, CANTEIROS, PEDREIROS, CARPINTEIROS, FERREIROS E OLEIROS ESTÃO TRABALHANDO AGORA, VIVENDO E SE VESTINDO EXATAMENTE COMO HÁ SETE SÉCULOS. O PROJETO É FINANCIADO POR VERBAS PARTICULARES E A ESTIMATIVA ATUAL É QUE SERÃO NECESSÁRIOS 30 ANOS PARA TERMINAR O CASTELO.
APROVEITEM O SÉCULO XIII.

– Cassiopeia Vitt banca tudo isso sozinha? – perguntou Malone.

– A história medieval é uma das suas paixões – respondeu Mark. – Ela era bem conhecida na universidade de Toulouse.

Malone decidira que a abordagem direta seria melhor. Certamente Vitt havia previsto que eles a encontrariam.

– Onde ela mora?

Mark apontou para o leste, onde os galhos de carvalhos e olmos, fechados como um claustro, sombreavam outra estrada.

– Seu castelo fica por lá.

– Esses carros são de visitantes?

Mark confirmou com a cabeça.

– Há visitas guiadas à área de construção para levantar verbas. Eu vim uma vez, há anos, logo depois de o trabalho começar. O que ela está fazendo é impressionante.

Malone começou a ir na direção da estradinha que levava à residência.

– Vamos dizer olá à nossa anfitriã.

Andaram em silêncio. A distância, no lado íngreme de uma encosta, ele viu a ruína melancólica de uma torre de pedra, com suas camadas amareladas pelo musgo. O ar seco era quente e imóvel. Urzes roxas, giestas e flores selvagens atapetavam a terra baixa dos dois lados da estradinha. Malone imaginou o choque de armas e gritos de batalha que teriam ecoado havia séculos pelo vale enquanto homens lutavam por seu domínio. No alto, um bando de corvos passou gritando.

A cerca de cem metros na estrada ele viu o castelo. Ocupava um local abrigado que proporcionava uma boa reclusão. Tijolos vermelho-escuros e pedras eram arrumados em padrões simétricos em quatro andares flanqueados por duas torres cobertas de hera e encimadas por telhados de ardósia inclinados. O verde se espalhava na fachada como ferrugem em metal. Restos de um fosso, agora cheio de capim e folhas, rodeavam três lados. Árvores esguias ao fundo e cercas-vivas de teixo bem aparado guardavam a base.

– Tremenda casa – disse Malone.

– Século XVI – observou Mark. – Disseram que ela comprou o castelo e o sítio arqueológico ao redor. Chama o lugar de Royal Champagne, por causa de um dos regimentos de cavalaria de Luís XV.

Havia dois carros parados na frente. Um Bentley Continental GT de último tipo – cerca de 160 mil dólares, lembrou Malone – e um Porsche Roadster, barato em comparação. Também havia uma motocicleta. Malone se aproximou da moto e examinou o pneu traseiro e o para-lama. O cromo brilhante estava marcado.

E ele sabia exatamente como aquilo acontecera.

– Foi aqui que eu atirei.

– Exato, Sr. Malone.

Ele se virou. A voz culta viera da varanda. Parada diante da porta da frente estava uma mulher alta, esguia como um chacal, com cabelos castanhos caindo até os ombros. Suas feições refletiam uma beleza leonina que lembrava uma deusa egípcia – sobrancelhas finas, malares altos, nariz chato. A pele era cor de mogno, e ela vestia uma blusa de bom gosto, com gola V, os ombros tonificados expostos, uma saia de seda com estampa de safári, na altura dos joelhos. Sandálias de couro abrigavam os pés. O conjunto era casual mas elegante, como se ela fosse dar um passeio nos Champs-Élysées.

A mulher sorriu para ele.

– Estava esperando vocês. – Seu olhar captou o dele e Malone registrou uma decisão nos poços fundos dos olhos.

– Interessante, porque só decidi vir vê-la há uma hora.

– Ah, Sr. Malone, tenho certeza que estou no topo de sua prioridade desde pelo menos duas noites atrás, quando atirou na minha moto em Rennes.

Ele estava curioso.

– Por que me trancou na torre Magdala?

– Esperava usar o tempo para partir discretamente. Mas o senhor se soltou muito depressa.

– Por que atirou em mim, para começar?

– Nada seria descoberto falando com o homem que o senhor atacou.

Ele notou o tom melodioso da voz, certamente programado para apaziguar.

– Ou será que você não queria que eu falasse com ele? De qualquer modo, obrigado por salvar minha pele em Copenhague.

Ela descartou a gratidão.

– O senhor teria descoberto uma saída sozinho. Só acelerei o processo.

Ele a viu olhar por sobre seu ombro.

– Mark Nelle. É um prazer finalmente conhecê-lo. Estou feliz em saber que não morreu naquela avalanche.

– Vejo que ainda gosta de interferir nos negócios alheios.

– Não considero interferência. Estou meramente monitorando o progresso de quem me interessa. Como seu pai. – Cassiopeia passou por Malone e estendeu a mão para Stephanie. – E prazer em conhecê-la. Conheci bem o seu marido.

– Pelo que ouvi dizer, você e Lars não eram grandes amigos.

– Não acredito que alguém diria isso. – Cassiopeia olhou para Mark com óbvio ar maroto. – Você disse uma coisa dessas à sua mãe?

– Não, não disse – respondeu Stephanie. – Royce Claridon me contou.

– Ah, ele é um homem que vale a pena vigiar. Confiar nele trará apenas encrenca. Alertei Lars contra o sujeito, mas ele não quis ouvir.

– Nisso concordamos – disse Stephanie.

Malone apresentou Geoffrey.

– Você é da irmandade? – perguntou Cassiopeia.

Geoffrey não respondeu.

– Não, eu não esperaria que respondesse. Mesmo assim, é o primeiro templário que conheci de modo civilizado.

– Não é verdade – disse Geoffrey apontando para Mark. – O senescal é da irmandade e a senhora o conheceu primeiro.

Malone imaginou o motivo da informação voluntária. Até agora, o rapaz mantivera a boca fechada.

– Senescal? Tenho certeza que há uma tremenda história aqui – disse Cassiopeia. – Por que não entram? Meu almoço estava sendo preparado, mas quando os vi disse ao mordomo para colocar mais pratos. Já deve ter feito isso.

– Fantástico – disse Malone. – Estou faminto.

– Então, vamos comer. Temos muito a conversar.

Seguiram-na para dentro e Malone observou os caros baús italianos, as armaduras raras, tocheiros espanhóis, tapeçarias de Beauvais e pinturas flamengas. Tudo parecia um desfile para os conhecedores.

Acompanharam-na até a espaçosa sala de jantar forrada de couro dourado. A luz do sol entrava por janelas de caixilho cobertas por lambrequins elaborados e salpicava a mesa com toalha branca e o piso de mármore com sombras verdejantes. Um lustre de doze braços com lâmpadas elétricas pendia apagado. Empregados colocavam brilhantes talheres de prata em cada lugar à mesa.

A ambientação era impressionante, mas o que atraiu a atenção completa de Malone foi um homem sentado na outra extremidade da mesa.

A *Forbes Europe* o colocava como a oitava pessoa mais rica do continente, com poder e influência em proporção direta aos bilhões de euros. Chefes de estados e reis o conheciam bem. A rainha da Dinamarca o considerava amigo pessoal. Instituições de caridade em todo o mundo contavam com ele como benfeitor generoso. No ano passado, Malone passara pelo menos três dias por semana visitando-o – falando de livros, política, do mundo, de como a vida é uma merda. Entrava e saía da casa do sujeito como se fosse da família e, em muitos aspectos, sentia-se assim.

Mas agora questionou seriamente tudo isso.

Na verdade, sentiu-se idiota.

Mas tudo que Henrik Thorvaldsen pôde fazer foi sorrir.

– Já era hora, Cotton. Estava esperando há dois dias.

QUARTA PARTE

QUARENTA E CINCO

Roquefort estava sentado no banco do carona e se concentrava na tela do GPS. O rastreador grudado ao carro de Malone funcionava perfeitamente, com o sinal sendo transmitido com força. Um irmão dirigia enquanto Claridon e outro irmão ocupavam o banco de trás. Roquefort continuava irritado com a interferência de Claridon em Rennes. Não tinha intenção de morrer e teria saltado do caminho, mas queria ver se Cotton Malone de fato possuía a determinação para atropelá-lo.

O irmão que caíra na encosta rochosa havia morrido, tendo levado um tiro no peito antes de despencar. Um colete de Kevlar havia impedido que a bala causasse qualquer dano, mas a queda partira o pescoço do sujeito. Felizmente, nenhum deles portava documento de identidade, mas o colete era um problema. Equipamento assim indicava sofisticação, no entanto nada ligava o morto à abadia. Todos os irmãos conheciam a Regra. Se algum fosse morto fora da abadia, seus corpos ficariam sem identificação. Como o irmão que saltara da torre Redonda, o morto de Rennes acabaria num necrotério regional, com os restos postos numa cova de indigente. Mas, antes que isso acontecesse, o procedimento exigia que o mestre despachasse um clérigo que reivindicaria os restos em nome da Igreja, oferecendo-se para dar um enterro cristão sem custos para o estado. Essa oferta jamais fora recusada. E ao mesmo tempo que não provocava suspeitas, o gesto garantia que o irmão recebesse o enterro adequado.

Ele não tivera pressa em sair de Rennes, primeiro revistando a casa de Lars Nelle e a de Ernst Scoville, sem encontrar nada. Seus homens haviam informado que Geoffrey carregava uma mochila que foi entregue a Mark Nelle no estacionamento. Certamente continha os dois livros roubados.

– Alguma ideia para onde eles foram? – perguntou Claridon no banco de trás.

Ele apontou para a tela.

– Saberemos logo.

Depois de interrogar o irmão ferido que ouvira a conversa com Claridon na casa de Lars Nelle, ele ficara sabendo que Geoffrey dissera muito pouca coisa, obviamente suspeitando dos motivos de Claridon. Mandar Claridon fora um erro.

– Você me garantiu que poderia encontrar os livros.

– Por que precisamos deles? Temos o diário. Deveríamos nos concentrar em decifrar o que temos.

Talvez, mas Roquefort se incomodava com o motivo de Mark Nelle ter escolhido os dois volumes dentre os milhares que estavam no arquivo.

– E se eles contiverem informações diferentes das do diário?

– Sabe quantas versões das mesmas informações já encontrei? Toda a história de Rennes é uma série de contradições empilhadas umas sobre as outras. Deixe-me explorar seu arquivo. Diga o que sabe e vejamos o que temos juntos.

A ideia era boa, mas, infelizmente – ao contrário do que deixara a Ordem acreditar –, Roquefort sabia pouquíssima coisa. Estivera contando com que o mestre deixasse a mensagem necessária ao sucessor, na qual as informações mais desejadas eram sempre passadas de líder a líder, como fora feito desde a época de De Molay.

– Você terá a oportunidade. Mas primeiro temos de cuidar disso.

Pensou de novo nos dois irmãos mortos. A morte deles seria vista pelo coletivo como um presságio. Para uma sociedade religiosa montada na disciplina, a Ordem era espantosamente supersticiosa. E as mortes violentas não eram comuns – no entanto, haviam ocorrido duas em apenas alguns dias. Agora sua liderança poderia ser questionada. *Muita coisa, muito depressa*, seria o grito. E ele seria obrigado a ouvir todas as objeções, já que havia questionado abertamente o legado do último mestre, em parte porque aquele homem ignorara os desejos dos irmãos.

Pediu ao motorista uma interpretação da leitura do GPS.

– Qual a distância até o veículo deles?

– Doze quilômetros.

Olhou para além das janelas do carro, para o campo francês. Antigamente, nenhum trecho de céu era confiável ao olhar, a não ser que uma torre se erguesse no horizonte. No século XII, os templários haviam povoado esta terra com mais de um terço de todas as propriedades. Todo o Languedoc deveria ter se tornado um estado templário. Ele lera sobre os planos nas Crônicas. Como fortalezas, postos avançados, depósitos de suprimentos, fazendas e mosteiros haviam sido estabelecidos estrategicamente, cada um ligado por uma série de estradas com boa manutenção. Durante duzentos anos, a força da irmandade fora preservada cuidadosamente, e quando a Ordem não conseguiu estabelecer um feudo na Terra Santa, entregando Jerusalém de volta aos muçulmanos, o objetivo fora alcançado no Languedoc. Tudo estava a caminho quando Felipe IV deu seu golpe de morte. De modo interessante, Rennes-le-Château jamais foi mencionada nas Crônicas. A cidade, em todas as suas encarnações anteriores, não representara qualquer papel na história dos templários. Houvera outras fortificações templárias no vale do Aude, mas nada em Rhedae, como o pico ocupado se chamava então. No entanto, agora o povoado minúsculo parecia um epicentro, e tudo por causa de um padre ambicioso e um inquisitivo acadêmico americano.

– Estamos nos aproximando do carro – disse o motorista.

Ele já instruíra que tivessem cautela. Os outros três irmãos que havia trazido a Rennes estavam retornando à abadia, um com um ferimento na coxa devido ao tiro de Geoffrey. Com isso, eram três homens feridos, além de dois mortos. Ele havia mandado a notícia de que desejava um conselho com seus oficiais quando voltasse para a abadia, o que deveria aplacar qualquer descontentamento, mas primeiro precisava descobrir aonde os fugitivos haviam ido.

– Adiante – disse o motorista. – Cinquenta metros.

Roquefort olhou pela janela e ficou pensando na escolha de refúgio feita por Malone. Era estranho terem vindo aqui.

O motorista parou o carro e eles desceram.

Carros estacionados os rodeavam.

– Traga a unidade portátil.

Saíram e, vinte metros depois, o homem que estava com o receptor portátil parou.

– Aqui.

Roquefort olhou o veículo.

– Não é o carro em que eles saíram de Rennes.

– O sinal é forte.

Ele indicou. O outro irmão procurou embaixo e encontrou o transmissor magnético.

Roquefort balançou a cabeça e olhou para os muros de Carcassonne, que se estendiam em direção ao céu a dez metros de distância. A área gramada diante dele já formara o fosso da cidade. Agora servia como estacionamento para os milhares de visitantes que todos os dias vinham ver uma das últimas cidades cercadas por muralhas que restavam da Idade Média. As pedras manchadas pelo tempo já estavam de pé quando os templários percorriam a terra ao redor. Tinham sido testemunhas da Cruzada albigense e das muitas guerras depois. E nunca foram penetradas – um verdadeiro monumento à força.

Mas também diziam algo sobre a esperteza.

Ele conhecia o mito local, de quando os muçulmanos controlaram a cidade por pouco tempo durante o século VIII. Os francos vieram do norte para reivindicar o local e, fiéis ao seu costume, fizeram um longo cerco. Durante uma escaramuça, o rei muçulmano foi morto, com isso deixando a tarefa de defender as muralhas para sua filha. Ela foi inteligente, criando uma ilusão de grandes números de soldados mandando as poucas tropas que possuía ficarem correndo de torre em torre e enchendo de palha as roupas dos mortos. A comida e a água foram acabando nos dois lados. Por fim, a filha ordenou que a última porca fosse apanhada e lhe dessem de comer a última medida de trigo. Em seguida, ela atirou a porca por cima da muralha. O animal se chocou contra a terra e sua barriga explodiu cheia de grãos. Os francos ficaram chocados. Depois de um cerco tão longo, aparentemente os infiéis ainda possuíam comida suficiente para alimentar seus porcos. Com isso se retiraram.

Era um mito, ele tinha certeza, mas era uma interessante história de engenhosidade.

E Cotton Malone havia demonstrado engenhosidade também, ao transferir o rastreador eletrônico para outro veículo.

– O que é? – perguntou Claridon.

– Fomos despistados.

– Este não é o carro deles?

– Não, monsieur. – Ele se virou e começou a voltar para seu veículo. Para onde teriam ido? Então um pensamento lhe ocorreu. Parou. – Mark Nelle poderia saber sobre Cassiopeia Vitt?

– *Oui* – disse Claridon. – Ele e o pai falavam sobre ela.

Seria possível que tivessem ido para lá? Vitt havia interferido três vezes ultimamente, e sempre a favor de Malone. Talvez ele a tivesse percebido como aliada.

– Venham. – E ligou o carro de novo.
– O que faremos agora? – quis saber Claridon.
– Rezaremos.
Claridon ainda não havia se mexido.
– Para quê?
– Para que meus instintos sejam acurados.

QUARENTA E SEIS

Malone estava furioso. Henrik Thorvaldsen sabia muito mais sobre tudo e não dissera absolutamente nada. Apontou para Cassiopeia.
– Ela é uma das suas amigas?
– Eu a conheço há muito tempo.
– Quando Lars Nelle era vivo. Você a conhecia?
Thorvaldsen confirmou com a cabeça.
– E Lars sabia sobre o relacionamento de vocês?
– Não.
– Então você o fez de bobo também. – A raiva pontuava sua voz.
O dinamarquês pareceu obrigado a abandonar o tom defensivo. Afinal de contas, estava acuado.
– Cotton, entendo sua irritação. Mas não se pode sempre contar tudo. Múltiplos ângulos precisam ser explorados. Tenho certeza de que, quando você trabalhava para o governo americano, fazia a mesma coisa.
Ele não engoliu a isca.
– Cassiopeia ficava de olho em Lars. Ele sabia sobre ela, e a seus olhos ela era um incômodo. Mas a verdadeira tarefa era protegê-lo.
– Por que simplesmente não contou a ele?
– Lars era um homem teimoso. Era mais simples que Cassiopeia o vigiasse discretamente. Por infelicidade, ela não pôde protegê-lo de si mesmo.

Stephanie adiantou-se, o rosto pronto para o combate.

– Era sobre isso que o perfil dele alertava. Motivos questionáveis, alteração de alianças, mentira.

– Não gosto disso. – Thorvaldsen encarou-a irritado. – Especialmente porque Cassiopeia cuidou de vocês dois também.

Nesse sentido, Malone não podia questionar.

– Você deveria ter nos contado.

– Com que objetivo? Pelo que me lembro, vocês dois estavam decididos a vir à França, especialmente você, Stephanie. O que seria conseguido? Em vez disso, garanti que Cassiopeia estivesse presente para o caso de vocês precisarem dela.

Malone não aceitaria essa explicação fútil.

– Para começar, Henrik, você poderia ter nos dado informações sobre Raymond de Roquefort, e vocês dois obviamente sabem coisas sobre ele. Em vez disso, fomos às cegas.

– Há pouca coisa a contar – disse Cassiopeia. – Quando Lars era vivo, tudo que os irmãos faziam era vigiá-lo, também. Jamais fiz contato com Roquefort. Isso só aconteceu nos últimos dois dias. Sei tanto sobre ele quanto vocês.

– Então, como previu os movimentos dele em Copenhague?

– Não previ. Simplesmente fui atrás de você.

– Nunca senti que você estivesse lá.

– Sou boa no que faço.

– Não foi tão boa assim em Avignon. Eu a vi no café.

– E seu truque com o guardanapo, largando-o para ver se eu os estava seguindo? Eu queria que você soubesse que eu estava lá. Assim que vi Claridon, soube que Roquefort não estaria muito longe. Ele vigiava Royce há anos.

– Claridon nos contou sobre você – disse Malone. – Mas não a reconheceu em Avignon.

– Ele nunca me viu. O que ele sabe é somente o que Lars Nelle contou.

– Claridon nunca mencionou esse fato – disse Stephanie.

– Há muita coisa que tenho certeza que Royce deixou de mencionar. Lars jamais soube, mas Claridon representava um problema muito maior para ele do que eu jamais fui.

– Meu pai odiava você – disse Mark com desdém.

Cassiopeia o avaliou com expressão calma.

– Seu pai era um homem brilhante, mas não era conhecedor da natureza humana. Sua visão de mundo era simplista. As conspirações que ele procurava, as que você explorou depois da morte dele, são muito mais complicadas do que os dois podem imaginar. Esta é uma busca por um conhecimento de que homens morreram procurando.

– Mark – disse Thorvaldsen –, o que Cassiopeia diz sobre seu pai é verdade, e tenho certeza que você sabe disso.

– Ele era um bom homem que acreditava no que fazia.

– Era mesmo. Mas também guardava muitas coisas para si mesmo. Você nunca soube que ele e eu éramos amigos íntimos, e lamento que nunca tenhamos nos conhecido. Mas seu pai queria que nossos contatos fossem confidenciais e eu respeitei seu desejo, mesmo depois de sua morte.

– Você poderia ter me contado – disse Stephanie.

– Não, não poderia.

– Então, por que está falando conosco agora?

– Quando você e Cotton saíram de Copenhague, eu vim direto para cá. Percebi que vocês acabariam encontrando Cassiopeia. Foi exatamente por isso que ela esteve em Rennes há duas noites, para atraí-los. Originalmente eu deveria ficar em segundo plano e vocês não saberiam de nossa ligação, mas mudei de ideia. Isto foi longe demais. Vocês precisam saber a verdade, por isso estou aqui para contá-la.

– Que gentileza – disse Stephanie.

Malone encarou os olhos sérios do velho. Thorvaldsen estava certo. Por muitas vezes ele havia jogado as duas extremidades contra o meio. Stephanie também fizera isso.

– Henrik, eu não faço esse tipo de jogo há mais de um ano. Saí porque não queria jogar mais. Regras sujas, riscos feios. Mas no momento estou com fome e, devo dizer, curioso. Então, vamos comer e você conta mais sobre a verdade de que precisamos saber.

O almoço era coelho assado temperado com salsa, tomilho e manjerona, acompanhado de aspargos frescos, uma salada e uma sobremesa de groselha com creme de baunilha. Enquanto comia, Malone tentou avaliar a situação. A anfitriã parecia a mais à vontade, mas ele não se impressionou com seu jeito cordial.

– Você desafiou especificamente Roquefort ontem à noite no palácio – disse ele. – Onde aprendeu suas habilidades?

– Sou autodidata. Meu pai me passou sua ousadia e minha mãe me abençoou com um instinto para compreender a mente masculina.

Malone sorriu.

– Um dia você pode adivinhar errado.

– Fico feliz por você se preocupar com meu futuro. Alguma vez você já *adivinhou errado*, como agente americano?

– Muitas vezes, e ocasionalmente pessoas morreram por isso.

– O filho de Henrik está nessa lista?

Ele se ressentiu da provocação, em particular considerando que ela não sabia nada do que acontecera.

– Como aqui, pessoas receberam informações ruins. Informações ruins levam a decisões ruins.

– O rapaz morreu.

– Cai Thorvaldsen estava no lugar errado na hora errada – deixou claro Stephanie.

– Cotton está certo – disse Henrik enquanto parava de comer. – Meu filho morreu porque não foi alertado do perigo ao redor. Cotton estava lá e fez o que pôde.

– Não quis sugerir que ele tivesse culpa – disse Cassiopeia. – Só que ele parecia ansioso por dizer como eu devia fazer meu trabalho. Simplesmente imaginei se ele seria capaz de fazer o dele. Afinal de contas, ele se demitiu.

Thorvaldsen suspirou.

– Você deve perdoá-la, Cotton. Ela é brilhante, artística, uma *cognoscenta* em música, colecionadora de antiguidades. Mas herdou a falta de modos do pai. Sua mãe, que Deus tenha sua alma preciosa, era mais refinada.

– Henrik se considera meu pai substituto.

– Você tem sorte – disse Malone, examinando-a atentamente – por eu não ter acertado em você naquela motocicleta em Rennes.

– Não esperava que você escapasse tão depressa da torre Magdala. Tenho certeza de que os administradores estão bem chateados com a perda daquela janela. Acho que era original.

– Estou esperando para ouvir a tal verdade da qual você falou – disse Stephanie a Thorvaldsen. – Na Dinamarca você me pediu para manter a mente aberta em relação a você e ao que Lars achava importante. Agora vemos que seu envolvimento é muito maior do que qualquer um de nós percebia. Certamente pode entender como ficamos cheios de suspeita.

Thorvaldsen pousou o garfo.

– Certo. Até que ponto você conhece o Novo Testamento?

Pergunta estranha, pensou Malone. Mas sabia que Stephanie era católica praticante.

– Entre outras coisas, contém os quatro evangelhos: Mateus, Marcos, Lucas e João, que nos falam sobre Jesus Cristo.

Thorvaldsen confirmou com a cabeça.

– A história é clara em afirmar que o Novo Testamento, como o conhecemos, foi formulado durante os quatro primeiros séculos depois de Cristo, como um modo de universalizar a emergente mensagem cristã. Afinal de contas, é isso que *católico* significa: "universal". Lembre-se: diferentemente de hoje, no mundo antigo, política e religião eram a mesma coisa. À medida que o paganismo declinava e o judaísmo se recolhia para dentro de si mesmo, as pessoas começaram a procurar alguma coisa nova. Os seguidores de Jesus, que eram meramente judeus abraçando uma perspectiva diferente, formaram sua própria versão da Palavra, mas o mesmo aconteceu com os carpocracianos, os essênios, os naassênios, os gnósticos e uma centena de outras seitas emergentes. O principal motivo para a versão católica sobreviver enquanto outras hesitavam foi a capacidade de impor sua crença *universalmente*. Eles enxertaram tanta autoridade nas Escrituras que ninguém podia questionar sua validade sem ser considerado herege. Mas há muitos problemas no Novo Testamento.

A Bíblia era um dos assuntos prediletos de Malone. Ele a havia lido, além de muitas análises históricas, e sabia tudo sobre suas incoerências. Cada evangelho era uma mistura turva de fatos, boatos, lendas e mitos que fora submetida a incontáveis traduções, cortes e redações.

– Lembre-se: a Igreja cristã emergente existia no mundo romano – dizia Cassiopeia. – Para atrair seguidores, os fundadores da Igreja precisavam competir não somente com uma variedade de crenças pagãs, mas também com suas próprias crenças judaicas. Também precisavam se destacar. Jesus precisava ser mais do que um simples profeta.

Malone estava ficando impaciente.

– O que isso tem a ver com o que está acontecendo aqui?

– Pense no que a descoberta dos ossos de Cristo significaria para o cristianismo – disse Cassiopeia. – Essa religião se desenvolve ao redor da morte de Cristo na cruz, sua ressurreição e a subida ao céu.

– Essa crença é uma questão de fé – disse Geoffrey baixinho.

– Ele está certo – disse Stephanie. – A fé, e não o fato, a define.

Thorvaldsen balançou a cabeça.

– Vamos tirar esse elemento da equação por um instante, já que a fé também elimina a lógica. Pensem no seguinte: se um homem chamado Jesus existiu, como os narradores do Novo Testamento saberiam alguma coisa sobre sua vida? Simplesmente considerem o dilema do idioma. O Velho Testamento foi escrito em hebraico. O Novo em grego, e qualquer fonte, se é que existiu, deveria ser em aramaico. E há a questão das fontes em si.

– Mateus e Lucas falam da tentação de Cristo no deserto, mas Jesus estava sozinho quando isso aconteceu. E a oração de Jesus no jardim de Getsêmani. Lucas diz que Ele rezou depois de deixar Pedro, Tiago e João *à distância de um tiro de pedra*. Quando retornou, Jesus encontrou os discípulos dormindo e foi imediatamente preso e depois crucificado. Não há absolutamente qualquer menção a Jesus jamais ter dito uma palavra sobre a oração no jardim ou sobre a tentação no deserto. No entanto, conhecemos todos os detalhes. Como?

"Todos os evangelhos falam dos discípulos fugindo quando da prisão de Cristo, de modo que nenhum deles estava lá, no entanto são registrados detalhes da crucificação em todos os quatro. De onde vieram esses detalhes? O que os soldados romanos fizeram, o que Pilatos e Simão fizeram. Como os evangelistas saberiam disso? Os fiéis diriam que a informação veio da inspiração divina. Mas os quatro evangelhos, as chamadas Palavras de Deus, entram mais em conflito mútuo do que concordam. Por que Deus só ofereceria confusão?

– Talvez não seja nosso direito questionar – disse Stephanie.

– Ora – respondeu Thorvaldsen. – Há exemplos demais de contradições para simplesmente descartarmos como coisa intencional. Vamos olhá-las em termos gerais. O evangelho de João menciona muita coisa que os outros três, os chamados evangelhos sinópticos, ignoram por completo. O tom em João também é diferente, a mensagem é mais refinada. É como se o testemunho de João fosse totalmente diferente.

Mas algumas das incoerências mais exatas começam com Mateus e Lucas. Esses são os únicos dois que falam alguma coisa do nascimento de Jesus e de seus ancestrais, e mesmo eles entram em conflito. Mateus diz que Jesus era um aristocrata, descendente de Davi, em linhagem direta com o rei. Lucas concorda com a ligação com Davi, mas aponta para uma classe inferior. Marcos foi numa direção totalmente diversa e produziu a imagem de um carpinteiro pobre.

"O nascimento de Jesus também é contado a partir de perspectivas diferentes. Lucas diz que pastores o visitaram. Mateus os chama de *homens sábios*. Lucas diz que a sagrada família morava em Nazaré e fez a viagem a Belém, onde o nascimento aconteceu numa manjedoura. Mateus diz que a família era bem de vida e morava em Belém, onde Jesus nasceu: não numa manjedoura, mas numa casa.

"Mas é na crucificação que existem as maiores incoerências. Os evangelhos nem mesmo concordam com a data. João diz que foi no dia antes da Páscoa, os outros três dizem que foi no dia seguinte à Páscoa. Lucas descreveu Jesus como humilde. *Um cordeiro*. Mateus vai no sentido contrário: para ele, Jesus *não traz a paz, e sim a espada*. Até as últimas palavras do Salvador variam. Mateus e Marcos dizem que foi *Meu Deus, Meu Deus, por que me abandonaste?* Lucas diz: *Pai, em tuas mãos entrego meu espírito*. João é ainda mais simples. *Acabou*.

Thorvaldsen parou e tomou um gole de vinho.

— E a história da ressurreição é completamente cheia de contradições. Cada evangelho tem uma versão diferente de quem foi ao túmulo, o que foi encontrado lá: nem mesmo os dias da semana são claros. E quanto aos aparecimentos de Jesus depois da ressurreição, nenhum relato concorda em nenhum ponto. Você não acharia que Deus teria sido pelo menos razoavelmente coerente com Sua Palavra?

— As variações nos evangelhos têm sido assunto de milhares de livros — deixou claro Malone.

– Certo – disse Thorvaldsen. – E as incoerências estavam presentes desde o início, amplamente ignoradas nos tempos antigos, já que raramente os quatro evangelhos apareciam juntos. Em vez disso, foram disseminados individualmente pela cristandade, uma narrativa que funcionava melhor em alguns lugares do que em outros. O que, em si, ajuda muito a explicar as diferenças. Lembrem-se: a ideia por trás dos evangelhos era demonstrar que Jesus era o Messias profetizado no Velho Testamento, e não ser uma biografia irrefutável.

– Os evangelhos não foram simplesmente um registro do que foi transmitido oralmente? – perguntou Stephanie. – Não seria de se esperar erro?

– Sem dúvida – disse Cassiopeia. – Os primeiros cristãos acreditavam que Jesus retornaria logo e que o mundo iria acabar, por isso não viram necessidade de escrever nada. Mas, depois de cinquenta anos, como o Salvador ainda não havia retornado, tornou-se importante registrar a vida de Jesus. Só então o primeiro evangelho, o de Marcos, foi escrito. Mateus e Lucas vieram em seguida, por volta de 80 d.C. João veio muito mais tarde, perto do fim do século I, motivo pelo qual é tão diferente dos outros três.

– Se os evangelhos fossem totalmente coerentes, não seriam mais suspeitos ainda? – perguntou Malone.

– Esses livros são mais do que simplesmente incoerentes – respondeu Thorvaldsen. – São, literalmente, quatro versões diversas da Palavra.

– É uma questão de fé – repetiu Stephanie.

– Aí está essa palavra outra vez – disse Cassiopeia. – Sempre que existe qualquer problema com os textos bíblicos, a solução é fácil: *é fé*. Sr. Malone, o senhor é advogado. Se o testemunho de Mateus, Marcos, Lucas e João fossem dados num tribunal como prova de que Jesus existiu, algum júri concordaria com isso?

– Claro, todos mencionam Jesus.

– Agora, se o mesmo tribunal devesse declarar qual dos quatro livros é correto, qual seria a decisão?

Ele sabia a resposta certa.

– Todos são corretos.

– Então, como o senhor resolveria as diferenças entre os testemunhos?

Ele não respondeu, porque não sabia o que dizer.

– Ernst Scoville fez um estudo uma vez – disse Thorvaldsen. – Lars me falou a respeito. Ele decidiu que havia uma variação de dez a quarenta por cento entre os evangelhos de Mateus, Marcos e Lucas em qualquer passagem que queiramos comparar. *Qualquer passagem.* E com João, que não faz parte dos sinópticos, a porcentagem é muito mais alta. De modo que a pergunta de Cassiopeia é justa, Cotton. Esses quatro testemunhos teriam algum valor como prova, além de estabelecer que um homem chamado Jesus pode ter vivido?

Malone sentiu-se compelido a dizer:

– Será que todas as incoerências não poderiam ser explicadas porque os escritores simplesmente tomaram liberdades com uma tradição oral?

Thorvaldsen assentiu.

– A explicação faz sentido. Mas o que determina a aceitação é essa palavra feia: *fé*. Veja bem, para milhões de pessoas, os evangelhos não são tradições orais de judeus radicais estabelecendo uma nova religião, tentando garantir convertidos, narrando seu conto com acréscimos e subtrações necessárias em seu tempo específico. Não. Os evangelhos são a Palavra de Deus e a ressurreição é sua pedra fundamental. O seu Senhor ter mandado o filho para morrer por eles, e Ele ter ressuscitado e ascendido fisicamente ao céu: isso os separava de todas as religiões emergentes.

Malone encarou Mark.

– Os templários acreditam nisso?

– Há um elemento de gnosticismo no credo dos templários. O conhecimento é passado aos irmãos em estágios, e apenas os que têm graus mais elevados na Ordem sabem de tudo. Mas ninguém tem esse conhecimento desde a perda do Grande Legado durante o Expurgo de 1307. Todos os mestres que vieram depois desse tempo deixaram de ter acesso ao arquivo da Ordem.

Malone quis saber:

– O que eles acham de Jesus Cristo hoje?

– Os templários olham igualmente o Antigo e o Novo Testamento. A seus olhos, os profetas judeus do Antigo Testamento previram o Messias e os escritores do Novo Testamento realizaram essas previsões.

– É como os judeus – disse Thorvaldsen –, de quem posso falar porque sou um deles. Durante séculos, os cristãos disseram que os judeus deixaram de reconhecer o Messias quando veio, motivo pelo qual Deus criou uma nova Israel, na forma da Igreja cristã, para ocupar o lugar da Israel judaica.

– *Que seu sangue esteja sobre nós e nossos filhos* – murmurou Malone, citando o que Mateus havia dito sobre a disposição dos judeus para aceitar essa culpa.

Thorvaldsen confirmou com a cabeça.

– Essa frase tem sido usada há dois milênios como motivo para matar judeus. O que um povo poderia esperar de Deus quando rejeitou Seu filho como o Messias? Palavras que algum escritor desconhecido do evangelho redigiu, por algum motivo, tornaram-se o grito de guerra de assassinos.

– Então, o que os cristãos finalmente fizeram – disse Cassiopeia – foi separar-se daquele passado. Chamaram metade da Bíblia de Antigo Testamento e a outra de Novo. Um era para os judeus, o outro para os cristãos. As doze tribos de Israel no Velho foram substituídas pelos doze apóstolos no Novo. Crenças pagãs e judaicas foram assimiladas e modificadas. Jesus, segundo os escritos do Novo Testamento, realizava as profecias do Antigo Testamento, assim provando que era o Messias. Um pacote montado com perfeição: a mensagem certa preparada para a plateia certa; tudo isso permitiu que o cristianismo dominasse completamente o mundo ocidental.

Apareceram empregados e Cassiopeia sinalizou para eles tirarem os pratos. Os copos de vinho foram enchidos e foi servido café. Quando o último empregado saiu, Malone perguntou a Mark:

– Os templários acreditam na ressurreição de Cristo?

– Quais?

Pergunta estranha. Malone deu de ombros.

– Os de hoje, claro. Com algumas exceções, a Ordem segue a doutrina católica tradicional. Alguns ajustes são feitos para se conformar à Regra, como devem fazer todas as sociedades monásticas. Mas em 1307? Não faço ideia de em que eles acreditavam. As Crônicas da época são cifradas. Como eu disse, apenas as mais altas autoridades da Ordem poderiam falar sobre isso. A maioria dos templários era analfabeta. Nem mesmo Jacques de Molay sabia ler ou escrever. De modo que apenas alguns na Ordem controlavam o que os outros pensavam. Claro, na época existia o Grande Legado, por isso presumo que ver era crer.

– O que é esse Grande Legado?

– Eu gostaria de saber. A informação se perdeu. As Crônicas falam pouco a respeito. Presumo que fosse alguma prova daquilo em que a Ordem acreditava.

– É por isso que eles a procuram? – perguntou Stephanie.

– Até recentemente, eles realmente não procuravam. Tem havido pouca informação quanto ao paradeiro. Mas o mestre disse a Geoffrey que acreditava que papai estava no caminho certo.

– Por que Roquefort o deseja tanto? – perguntou Malone a Mark.

– Encontrar o Grande Legado, dependendo do que haja nele, poderia bem alimentar o ressurgimento da Ordem na cena mundial. Esse conhecimento também poderia mudar fundamentalmente o cristianismo. Roquefort quer vingança pelo que aconteceu com a Ordem. Quer que a Igreja católica seja revelada como hipócrita e que o nome da Ordem seja limpo.

Malone ficou perplexo.

– Como assim?

– Uma das acusações feitas contra os templários em 1307 era o culto a ídolos. Algum tipo de cabeça barbuda que a Ordem supostamente venerava, mas nada disso foi provado. No entanto, hoje mesmo os católicos rezam rotineiramente para imagens, e uma delas é o Sudário de Turim.

Malone lembrou-se do que um dos evangelhos dizia sobre a morte de Cristo – *depois de terem-no retirado da cruz, enrolaram-no num pano* –, um simbolismo tão sagrado que um papa posterior declarou que a missa sempre deveria ser rezada sobre uma toalha de mesa de linho. O Sudário de Turim, que Mark havia mencionado, era um tecido de trama espinha de peixe em que estava representado um homem – cerca de um metro e oitenta, nariz afilado, cabelo até os ombros dividido no centro, barba farta, com ferimentos de crucificação nas mãos, nos pés e no couro cabeludo e marcas de tortura cobrindo todas as costas.

– A imagem do sudário – disse Mark – não é de Cristo. É de Jacques de Molay. Ele foi preso em outubro de 1307 e em janeiro de 1308 foi pregado a uma porta no templo de Paris, de modo semelhante ao de Cristo. Estavam zombando dele por sua falta de crença em Jesus como Salvador. O grande inquisidor da França, Guillaume Imbert, orquestrou essa tortura. Depois disso, De Molay foi enrolado num sudário de linho que a Ordem guardava no templo de Paris para usar em cerimônias de iniciação. Agora sabemos que o ácido lático e o sangue do corpo traumatizado de De Molay se misturou com o olíbano que havia no tecido e gravou a imagem. Há até mesmo um equivalente moderno. Em 1981, um paciente de câncer na Inglaterra deixou uma marca semelhante dos membros na roupa de cama.

Malone se lembrou do final da década de 1980, quando a Igreja finalmente rompeu com a tradição e permitiu que fosse feito um exame microscópico e uma datação por carbono do Sudário de Turim. Os resultados indicaram que não havia desenhos ou pinceladas. A coloração ficava sobre o tecido. A datação mostrou que o pano não era do século I, e sim de entre fins do século XIII e meados do XIV. Mas muitos contestaram essas descobertas, dizendo que a amostra fora contaminada ou que era de reparos feitos no tecido original.

– A imagem do sudário combina fisicamente com Molay – disse Mark. – Há descrições sobre ele nas Crônicas. Quando foi torturado, seu cabelo havia crescido, a barba estava malcuidada. O tecido que enrolou o corpo de De Molay foi retirado do templo de Paris por um dos parentes de Geoffrey de Charney. Charney foi queimado na fogueira em 1314, junto com De Molay. A família manteve o tecido como uma relíquia, e mais tarde notou que havia uma imagem nele. O sudário apareceu inicialmente num medalhão religioso que datava de 1338 e foi exposto pela primeira vez em 1357. Quando foi mostrado, as pessoas associaram imediatamente a imagem com Cristo, e a família Charney não fez nada para contradizer essa crença. Isso continuou até fins do século XVI, quando a Igreja tomou posse do sudário, declarando que ele era *acheropita* – não feito por mão humana – e considerando-o uma relíquia santa. Roquefort quer pegar o sudário de volta. Ele é da Ordem, e não da Igreja.

Thorvaldsen balançou a cabeça.

– Isso é idiotice.

– É o pensamento dele.

Malone notou a expressão irritada de Stephanie.

– A aula de Bíblia foi fascinante. Mas continuo esperando a verdade sobre o que está acontecendo aqui.

O dinamarquês sorriu.

– Você é uma alegria só.

– É por causa da minha personalidade esfuziante. – Ela pegou o celular. – Deixe-me ser totalmente clara. Se não receber algumas respostas nos próximos minutos, vou ligar para Atlanta. Já estou cheia de Raymond de Roquefort, portanto vamos tornar pública essa pequena caça ao tesouro e acabar com esse absurdo.

QUARENTA E SETE

Malone se encolheu diante da declaração de Stephanie. Estivera imaginando quando a paciência dela acabaria.

– Você não pode fazer isso – disse Mark à mãe. – A última coisa de que precisamos é do envolvimento do governo.

– Por quê? Aquela abadia deveria ser invadida. O que quer que estejam fazendo lá certamente não é religioso.

– Pelo contrário – disse Geoffrey em voz trêmula. – Existe grande devoção lá. Os irmãos são dedicados ao Senhor. A vida deles é consumida em adoração.

– E no meio-tempo vocês aprendem sobre explosivos, combate corpo a corpo e a usar armas como um atirador de elite. Há uma certa contradição, não acha?

– De jeito nenhum – declarou Thorvaldsen. – Os templários originais eram dedicados a Deus *e* eram uma formidável força de combate.

Stephanie claramente não estava impressionada.

– Não estamos no século XIII. Roquefort tem um objetivo e o poder de impor esse objetivo a outras pessoas. Hoje nós o chamamos de terrorista.

– Você não mudou nem um pouco – disse Mark com desprezo.

– Não, não mudei. Ainda acredito que organizações secretas com dinheiro, armas e índole agressiva são um problema. Meu trabalho é lidar com elas.

– Isso não tem a ver com você.

– Então, por que seu mestre me envolveu?

Boa pergunta, pensou Malone.

– Você não entendia quando papai estava vivo e não entende agora.

– Então, por que não esclarece minha confusão?

– Sr. Malone – disse Cassiopeia em tom afável. – Gostaria de ver o projeto de restauração do castelo?

Aparentemente, a anfitriã queria falar a sós com ele. Ótimo, ele também tinha perguntas para ela.

– Adoraria.

Cassiopeia empurrou a cadeira para trás e se levantou.

– Então me deixe mostrar. Isso dará tempo para o pessoal aqui conversar: o que, obviamente, precisa acontecer. Por favor, estejam à vontade. O Sr. Malone e eu retornaremos daqui a pouco.

Malone acompanhou Cassiopeia até o lado de fora, onde a tarde era luminosa. Caminharam pela estradinha sombreada, em direção ao estacionamento e ao local da construção.

– Quando terminarmos – disse Cassiopeia –, um castelo do século XIII estará exatamente como era há setecentos anos.

– Um belo empreendimento.

– Gosto de empreendimentos grandiosos.

Entraram na área de construção através de um portão largo e caminharam até o que parecia um celeiro com paredes de arenito que abrigava um moderno centro de recepção. Do outro lado havia o cheiro de poeira, cavalos e entulho, onde cerca de cem pessoas trabalhavam.

– Todo o alicerce do perímetro foi feito e a muralha oeste está subindo – disse Cassiopeia, apontando. – Vamos começar as torres de canto e as construções centrais. Mas isso demora. Precisamos preparar os tijolos, as pedras, a madeira e a argamassa exatamente como era feito há setecentos anos, usando os mesmos métodos e ferramentas, até mesmo usando as mesmas roupas.

– Eles comem a mesma comida?

Ela sorriu.

– Fazemos algumas concessões modernas.

Ela o guiou pela área de construção e subiram uma encosta íngreme até um pequeno promontório de onde tudo podia ser visto claramente.

– Venho aqui com frequência. Cento e vinte homens e mulheres trabalham lá embaixo em tempo integral.

– Uma tremenda folha de pagamento.

– Um pequeno preço a pagar para que a história seja vista.

– Seu apelido, *Ingénieur*. É assim que a chamam? Engenheira?

– O pessoal me deu esse nome. Estudei técnicas de construção medieval. Desenhei todo este projeto.

– Sabe, por um lado você é uma vaca arrogante. Por outro, pode ser bastante interessante.

– Sei que meu comentário no almoço, sobre o que aconteceu com o filho de Henrik, foi inadequado. Por que não contra-atacou?

– Para quê? Você não sabia bulhufas do que estava falando.

– Tentarei não fazer mais julgamentos.

Ele deu um risinho.

– Duvido, e não sou tão sensível assim. Há muito tempo desenvolvi uma pele de lagarto. É preciso, para sobreviver nesse negócio.

– Mas você se aposentou.

– A gente nunca se aposenta de verdade. Só fica fora da linha de fogo com uma certa frequência.

– Então está ajudando Stephanie Nelle simplesmente como amigo?

– Chocante, não?

– De jeito nenhum. Na verdade, é totalmente coerente com sua personalidade.

Agora ele estava curioso.

– Como sabe sobre minha personalidade?

– Assim que Henrik pediu que eu me envolvesse, descobri muito sobre você. Tenho amigos em sua antiga profissão. Todos falaram muito bem de você.

– É bom saber que as pessoas se lembram.

– Sabe muito sobre mim? – perguntou ela.

– Só um pequeno esboço.

– Tenho muitas peculiaridades.

– Então você e Henrik devem se dar muito bem.

Ela sorriu.

– Vejo que você o conhece bem.

– Há quanto tempo você se relaciona com ele?

– Desde a infância. Ele conhecia meus pais. Há muitos anos me contou sobre Lars Nelle. O tema do trabalho de Nelle me fascinava. Por isso me tornei o anjo da guarda de Lars, ainda que ele pensasse em mim como um demônio. Infelizmente não pude ajudá-lo no último dia de vida.

Ela balançou a cabeça.

– Ele havia ido para as montanhas ao sul. Eu estava aqui quando Henrik ligou dizendo que o corpo tinha sido encontrado.

– Ele se matou?

– Lars era um homem triste, isso era claro. Também era frustrado. Todos aqueles amadores que pegaram seu trabalho e o deturparam até não ser mais reconhecido. O enigma que ele tentava resolver permaneceu um mistério por um longo tempo. De modo que, sim, é possível.

– De quê você o estava protegendo?

– Muitos tentaram atrapalhar sua pesquisa. Na maioria, eram ambiciosos caçadores de tesouros, alguns oportunistas, mas os homens de Raymond de Roquefort acabaram aparecendo. Por sorte, sempre consegui esconder deles a minha presença.

– Agora Roquefort é o mestre.

Ela franziu as sobrancelhas.

– O que explica seus esforços renovados. Agora ele comanda todos os recursos dos templários.

Aparentemente, ela não sabia nada sobre Mark Nelle e onde ele estivera vivendo nos últimos cinco anos, por isso Malone contou, e em seguida disse:

– Mark perdeu para Roquefort na escolha do novo mestre.

– Então isso é um negócio pessoal entre eles?

– Certamente é uma parte. – Mas não tudo, pensou, enquanto olhava uma carroça puxada por um cavalo seguir pela terra seca em direção a uma das paredes em construção.

– O trabalho feito hoje é para os turistas – disse ela, notando seu interesse. – Parte do show. Amanhã retornamos à construção séria.

– A placa na entrada diz que vai demorar trinta anos para acabar.

– Facilmente.

Ela estava certa. Realmente possuía muitas peculiaridades.

– Deixei intencionalmente o caderno de Lars para Roquefort encontrar, em Avignon.

A revelação chocou-o.

– Por quê?

– Henrik queria falar com os Nelle em particular. Por isso estamos aqui. Também disse que você é um homem honrado. Confio em pouquíssimas pessoas neste mundo, mas Henrik é uma delas. Por isso vou aceitar a palavra dele e lhe dizer uma coisa que mais ninguém sabe.

Mark ouviu enquanto Henrik Thorvaldsen explicava. Sua mãe também parecia interessada, mas Geoffrey simplesmente olhava para a mesa, quase sem piscar, parecendo em transe.

– É hora de vocês entenderem completamente aquilo em que Lars acreditava – disse Henrik a Stephanie. – Ao contrário do que você pode ter pensado, ele não era um maluco procurando tesouros. Havia um objetivo sério por trás de suas investigações.

– Vou ignorar seu insulto porque quero ouvir o que você tem a dizer.

Uma expressão irritada se esgueirou nos olhos de Thorvaldsen.

– A teoria de Lars era simples, mas na verdade não era dele. Ernst Scoville formulou a maior parte, que implicava um novo olhar para os evangelhos e o Novo Testamento, em especial quanto ao modo como eles abordavam a ressurreição. Cassiopeia sugeriu parte disso, há pouco.

"Comecemos com Marcos. Seu evangelho foi o primeiro, escrito por volta de 70 d.C., talvez o único evangelho que os primeiros cristãos possuíam depois da morte de Cristo. Contém 665 versículos, mas apenas oito são dedicados à ressurreição. Este acontecimento especialmente notável mereceu apenas uma menção breve. Por quê? A resposta é simples. Quando o evangelho de Marcos foi escrito, a história da ressurreição ainda não havia se desenvolvido e o evangelho termina sem qualquer menção ao fato de os discípulos acreditarem que Jesus havia ressuscitado dos mortos. Em vez disso, ele nos conta que os discípulos fugiram. Apenas mulheres aparecem na versão de Marcos, e elas ignoram uma ordem de mandar os discípulos irem à Galileia para o Cristo ressuscitado encontrá-los lá. Pelo contrário, as mulheres também ficam confusas e fogem, não contando a ninguém o que viram. Não há anjos, apenas um rapaz vestido de branco que anuncia calmamente que *Ele se ergueu*. Nenhum guarda, nem roupas fúnebres e nenhum Senhor ressuscitado.

Mark sabia que tudo que Thorvaldsen acabara de dizer era verdade. Ele havia estudado esse evangelho em grandes detalhes.

– O testemunho de Mateus veio uma década depois. Nessa época, os romanos haviam saqueado Jerusalém e destruído o templo. Muitos judeus tinham fugido para o mundo de fala grega. Os judeus ortodoxos que ficaram na Terra Santa viam os novos judeus cristãos como um problema, assim como os romanos. Existia hostilidade entre os judeus ortodoxos e os emergentes judeus cristãos. O evangelho de Mateus provavelmente foi escrito por um desses desconhecidos judeus cristãos. O evangelho de Marcos deixara muitas perguntas sem resposta, por isso Mateus mudou a história para se ajustar ao seu tempo conturbado.

"Agora o mensageiro que anuncia a ressurreição se torna um anjo. Ele desce num terremoto, com rosto parecendo um raio. Guardas são derrubados. A pedra foi removida do túmulo e um anjo fica sobre ela. As mulheres ainda estão tomadas de medo, mas isso é rapidamente substituído por alegria. Ao contrário das mulheres do relato de Marcos, aqui as mulheres correm para dizer aos discípulos o que aconteceu e chegam a confrontar o Cristo ressuscitado. Aqui, pela primeira vez, o Senhor ressuscitado é descrito. E o que as mulheres fizeram?

– Caíram a Seus pés e O adoraram – disse Mark baixinho. – Mais tarde, Jesus apareceu a seus discípulos e proclamou que *"toda a autoridade do céu e da terra me foi dada"*. Diz que sempre ficará com eles.

– Que mudança! – disse Thorvaldsen. – O messias judeu chamado Jesus agora se tornou Cristo para o mundo. Em Mateus, tudo é mais vívido. E miraculoso também. Em seguida vem Lucas, por volta de 90 d.C. Nessa época, os judeus cristãos haviam se afastado mais ainda do judaísmo, de modo que Lucas modificou radicalmente a história da ressurreição para acomodar essa mudança. As mulheres estão no túmulo de novo, mas desta vez o encontram vazio e vão contar aos discípulos. Pedro retorna e só vê os panos do enterro. Então, Lucas conta uma história que não aparece em nenhum outro lugar da Bíblia. Ela envolve Jesus viajando disfarçado, encontrando certos discípulos, compartilhando uma refeição. Depois, quando é reconhecido, desaparece. Também há um encontro posterior com todos os discípulos, em que eles duvidam de sua carne. Por isso Ele come com os outros, depois desaparece. E só em Lucas encontramos a história da ascensão de Jesus ao céu. O que aconteceu? Agora um sentimento de êxtase foi adicionado ao Cristo ressuscitado.

Mark lera análises semelhantes das escrituras no arquivo dos templários. Irmãos eruditos haviam estudado a Palavra durante séculos, observando erros, avaliando contradições e levantando hipóteses para os muitos conflitos de nomes, datas, locais e acontecimentos.

– E há João – disse Thorvaldsen. – O evangelho escrito mais distante da vida de Jesus, por volta de 100 d.C. Há tantas mudanças nesse evangelho que é quase como se João falasse de um Cristo totalmente diferente. Não há o nascimento em Belém; aqui o local de nascimento de Jesus é Nazaré. Os outros três falam de três anos de pregações. João diz que foi apenas um. A Última Ceia em João aconteceu na véspera da Páscoa; a crucificação no dia em que o cordeiro da Páscoa era morto. Isso é diferente dos outros evangelhos. João também mudou a limpeza do templo do dia depois do Domingo de Ramos para um tempo no início do ministério de Cristo.

"Em João, Maria Madalena vai sozinha ao túmulo e o encontra vazio. Ela jamais considera uma ressurreição; em vez disso, acha que o corpo foi roubado. Só quando retorna com Pedro e *o outro discípulo* ela vê dois anjos. Então os anjos se transformam no próprio Jesus.

"Vejam como este único detalhe, sobre quem estava no túmulo, mudou. O rapaz vestido de branco em Marcos se torna o anjo ofuscante de Mateus, que Lucas expandiu para dois anjos e João modificou para dois anjos que se tornam Cristo. E o Senhor ressuscitado foi visto no jardim no primeiro dia da semana, como sempre é dito aos cristãos? Marcos e Lucas dizem que não. Mateus que sim. João diz que não a princípio, mas Maria Madalena O viu mais tarde. O que aconteceu é claro. Com o passar do tempo, a ressurreição se tornou cada vez mais milagrosa para se ajustar a um mundo em mudança.

– Presumo – disse Stephanie – que você não segue o princípio da infalibilidade bíblica, não é?

– Não há absolutamente nada literal na Bíblia. É um conto eivado de incoerências, e o único modo de elas serem explicadas é com o uso da fé. Isso pode ter funcionado há mil anos, ou até mesmo há quinhentos anos, mas essa explicação não é mais aceitável. A mente humana de hoje questiona. Seu marido questionava.

– Então era isso que Lars pretendia fazer?

– O impossível – murmurou Mark.

Sua mãe olhou-o com uma expressão estranhamente compreensiva.

– Mas isso jamais o impediu. – A voz era baixa e melodiosa, como se ela tivesse acabado de perceber uma verdade que ficara escondida por muito tempo. – No mínimo, ele era um sonhador maravilhoso.

– Mas seus sonhos tinham embasamento – disse Mark. – Os templários já souberam o que papai queria saber. Mesmo hoje eles leem e estudam escrituras que não fazem parte do Novo Testamento. O Evangelho de Felipe, a Carta de Barnabé, os Atos de Pedro, a Epístola dos Apóstolos, o Livro Secreto de João, o Evangelho de Maria, o Didaché. E o Evangelho de Tomé, que para eles talvez seja o mais próximo que temos do que Jesus pode ter dito, já que não foi sujeito a incontáveis traduções. Muitos desses textos supostamente heréticos são esclarecedores. E é isso que tornava os templários especiais. A verdadeira fonte de seu poder. Não a riqueza ou a força, e sim o conhecimento.

Malone parou à sombra de altos choupos espalhados no promontório. Uma brisa fresca passou aliviando os raios do sol, lembrando-o de uma tarde de outono na praia. Estava esperando Cassiopeia contar o que mais ninguém sabia.

– Por que deixou Roquefort ficar com o caderno de Lars Nelle?

– Porque ele é inútil. – Um toque de diversão apareceu em seus olhos escuros.

– Achei que ele continha os pensamentos particulares de Lars. Informações que ele jamais publicou. A chave para tudo.

– Parte disso é verdade, mas não é a chave para nada. Lars o criou apenas para os templários.

— Claridon saberia disso?

— Provavelmente, não. Lars era um homem cheio de segredos. Não contava tudo a ninguém. Uma vez disse que apenas os paranoicos sobreviviam em sua área de trabalho.

— Como sabe disso?

— Henrik sabia. Lars jamais falou sobre os detalhes, mas contou a Henrik seus contatos com os templários. Ocasionalmente, até acreditava que havia conversado com o mestre da Ordem. Eles conversaram várias vezes, mas, com o tempo, Roquefort entrou em cena. E ele era totalmente diferente. Mais agressivo, menos tolerante. Por isso Lars criou o caderno, para que Roquefort se concentrasse nele. Não muito diferente das pistas falsas que o próprio Saunière usou.

— O mestre templário saberia disso? Quando Mark foi levado à abadia, estava com o caderno. O mestre o manteve escondido até um mês atrás, quando o enviou para Stephanie.

— É difícil dizer. Mas, se ele mandou o caderno para Stephanie, é possível que o mestre tenha calculado que Roquefort iria caçá-lo de novo. Aparentemente queria envolver Stephanie, portanto qual seria o melhor modo, senão atraí-la com algo irresistível?

Inteligente, ele teve de admitir. E dera certo.

— Sem dúvida o mestre achava que Stephanie usaria os consideráveis recursos à sua disposição para ajudar na busca — disse ela.

— Ele não conhecia Stephanie. É teimosa demais. Primeiro tentaria sozinha.

— Mas você estava lá para ajudar.

— Sorte minha.

— Ah, não é tão ruim. De outro modo, nós dois nunca teríamos nos conhecido.

— Como eu disse, sorte minha.

— Vou aceitar isso como elogio. Caso contrário, meus sentimentos podem ficar feridos.

– Duvido que você se machuque com tanta facilidade.

– Você se saiu bem em Copenhague. E de novo em Roskilde.

– Você esteve na catedral?

– Durante um tempo, mas saí quando o tiroteio começou. Seria impossível ajudar sem revelar minha presença, e Henrik queria manter isso em segredo.

– E se eu não conseguisse impedir aqueles homens lá dentro?

– Ah, qual é! Você? – Ela deu um sorriso. – Diga uma coisa. O quanto você ficou chocado quando o irmão pulou da torre Redonda?

– Não é uma coisa que a gente vê todo dia.

– Ele cumpriu o juramento. Se não tiver saída, escolha a morte para não correr o risco de expor a Ordem.

– Presumo que você estava lá porque eu havia mencionado a Henrik que Stephanie viria fazer uma visita.

– Em parte. Quando eu soube da morte súbita de Ernst Scoville, fiquei sabendo com alguns velhos de Rennes que ele havia falado com Stephanie e que ela vinha à França. Todos são entusiastas de Rennes, passam o dia jogando xadrez e fantasiando sobre Saunière. Cada um vive um sonho conspiratório. Scoville alardeava que pretendia conseguir o caderno de Lars. Ele não gostava de Stephanie, mas levou-a a acreditar no contrário. Obviamente, também não sabia que o diário era quase totalmente sem importância. Sua morte levantou *minhas* suspeitas, por isso contatei Henrik e fiquei sabendo da visita de Stephanie à Dinamarca. Decidimos que eu deveria ir para lá.

– E Avignon?

– Eu tinha uma fonte no asilo. Ninguém acreditava que Claridon era louco. Mentiroso, indigno de confiança, oportunista, certamente. Mas não insano. Por isso fiquei vigiando até vocês retornarem para pegá-lo. Henrik e eu sabíamos que havia algo no arquivo do palácio, só não sabíamos o quê. Como Henrik disse durante o almoço, Mark não conheceu Henrik. Mark era muito mais difícil de lidar do que o pai. Só buscava ocasionalmente. Talvez alguma coisa para manter viva a memória do pai. O que quer que possa ter encontrado, ele guardou totalmente para si. Ele e Claridon se ligaram durante um tempo, mas foi uma associação superficial. Então, quando Mark desapareceu na avalanche e Claridon se retirou para o asilo, Henrik e eu desistimos.

– Até agora.

– A busca está de volta, e desta vez talvez haja algum lugar aonde ir.

Malone esperou a explicação.

– Temos o livro com o desenho da lápide e também temos o *Lendo as regras da caridade*. Juntos podemos ser capazes de determinar o que Saunière encontrou, já que somos os primeiros a ter tantas peças do quebra-cabeça.

– E o que faremos se encontrarmos alguma coisa?

– Como muçulmana, eu gostaria de contar ao mundo. Como realista? Não sei. A arrogância histórica do cristianismo é nauseante. Para ele, todas as outras religiões são uma imitação. É realmente incrível. Toda a história ocidental é moldada segundo seus preceitos limitados. Arte, arquitetura, música, literatura: até a própria sociedade se tornou serviçal do cristianismo. Esse simples movimento acabou formando o molde para a civilização ocidental, e tudo poderia se basear numa mentira. Você não gostaria de saber?

– Não sou uma pessoa religiosa.

Os lábios dela se abriram em outro sorriso.

– Mas é um homem curioso. Henrik fala de sua coragem e seu intelecto em termos reverentes. Bibliófilo, com memória eidética. Tremenda combinação.

– E sei cozinhar, também.

Ela deu um risinho.

– Você não me engana. Encontrar o Grande Legado significaria algo para você.

– Digamos que seria uma descoberta tremendamente incomum.

– É justo. Deixemos isso assim. Mas, se tivermos sucesso, estou ansiosa para ver sua reação.

– Você tem tanta confiança de que há algo a encontrar?

Ela abriu os braços em direção à distante silhueta dos Pirineus.

– Está por aí, sem dúvida. Saunière encontrou. Nós também podemos.

Stephanie reconsiderou o que Thorvaldsen havia dito sobre o Novo Testamento e deixou claro:

– A Bíblia não é um documento literal.

Thorvaldsen balançou a cabeça.

– Um grande número de religiões cristãs questionariam essa declaração. Para elas, a Bíblia é a Palavra de Deus.

Ela olhou para Mark.

– Seu pai acreditava que a Bíblia não era a Palavra de Deus?

– Nós debatemos essa questão muitas vezes. A princípio, eu era crente e discutia. Mas passei a pensar como ele. É um livro de histórias. Histórias gloriosas, programadas para orientar as pessoas em direção a uma vida boa. Há até mesmo grandeza nas histórias, se praticarmos a moral delas. Não creio que seja necessariamente a Palavra de Deus. Basta que as palavras sejam uma verdade atemporal.

– Elevar Cristo à divindade foi simplesmente um modo de elevar a importância da mensagem – disse Thorvaldsen. – Depois que a religião organizada assumiu o controle nos séculos III e IV, tanta coisa foi acrescentada à narrativa que é impossível conhecer seu âmago. Lars queria mudar tudo isso. Queria encontrar o que os templários já possuíram. Quando ficou sabendo pela primeira vez sobre Rennes-le-Château, há anos, acreditou imediatamente que o Grande Legado dos templários era o que Saunière havia localizado. Por isso dedicou a vida a resolver o enigma de Rennes.

Stephanie ainda não estava convencida.

– O que o faz pensar que os templários esconderam alguma coisa? Eles não foram presos rapidamente? Como houve tempo para esconder alguma coisa?

– Eles estavam preparados – disse Mark. – As Crônicas deixam isso claro. O que Felipe IV fez não foi sem precedentes. Cem anos antes houve um incidente com Frederico II, o rei da Alemanha e da Sicília. Em 1228, ele chegou à Terra Santa como excomungado, o que significava que não poderia comandar uma cruzada. Os templários e os hospitalários permaneceram leais ao papa e se recusaram a segui-lo. Apenas os cavaleiros teutônicos ficaram ao seu lado. Por fim ele negociou um tratado de paz com os sarracenos que criou uma Jerusalém dividida. O monte do Templo, onde ficava o quartel-general dos templários, foi dado aos muçulmanos por esse tratado. Dá para imaginar o que os templários achavam dele. Era tão amoral quanto Nero e odiado universalmente. Até mesmo tentou sequestrar o mestre da Ordem. Por fim deixou a Terra Santa em 1229 e, enquanto ia para o porto em Acre, os moradores do local atiraram excrementos nele. Frederico II odiava os templários por sua deslealdade e, quando voltou à Sicília, tomou propriedades dos templários e fez prisões. Tudo isso foi registrado nas Crônicas.

– Então a Ordem estava preparada? – perguntou Thorvaldsen.

– A Ordem já vira, em primeira mão, o que um governante hostil podia fazer a ela. Felipe IV era semelhante. Na juventude, havia se candidatado a membro dos templários e foi recusado, por isso abrigou um ressentimento durante toda a vida em relação à irmandade. No início de seu reinado, os templários chegaram a salvá-lo quando ele tentou desvalorizar a moeda francesa e o povo se revoltou. Felipe fugiu para o templo de Paris em busca de refúgio. Depois se sentiu devedor dos templários. E os monarcas nunca desejam dever a ninguém. De modo que, sim, em outubro de 1307, a Ordem estava preparada. Infelizmente, não há nada registrado que nos conte os detalhes do que foi feito. – O olhar de Mark se cravou em Stephanie. – Papai deu a vida tentando resolver esse mistério.

– Ele realmente adorava procurar, não é? – disse Thorvaldsen.

Mesmo respondendo ao dinamarquês, Mark continuou encarando Stephanie.

– Era uma das coisas que lhe provocava júbilo. Ele queria satisfazer a mulher e a si mesmo e, infelizmente, não pôde fazer nenhuma das duas coisas. Por isso optou por dar o fora. Decidiu nos abandonar.

– Eu jamais quis acreditar que ele se matou – disse ela ao filho.

– Mas nunca saberemos, não é?

– Talvez saibam – disse Geoffrey. E pela primeira vez o rapaz ergueu o olhar da mesa. – O mestre disse que talvez o senhor ficasse sabendo a verdade sobre a morte dele.

– O que você sabe? – perguntou Stephanie.

– Só sei o que o mestre me disse.

– O que ele lhe disse sobre meu pai? – A raiva contraía o rosto de Mark. Stephanie não conseguia se lembrar de tê-lo visto liberando as emoções para outra pessoa que não ela.

– Isso terá de ser descoberto pelo senhor. Eu não sei. – A voz era estranha, oca e conciliatória. – O mestre me disse para ser tolerante com suas emoções. Deixou claro que o senhor é meu superior e que devo lhe oferecer apenas respeito.

– Mas parece que você é o único que tem as respostas – disse Stephanie.

– Não, senhora, conheço apenas os marcos do terreno. As respostas, segundo o mestre, devem vir de todos vocês.

QUARENTA E OITO

Malone seguiu Cassiopeia até uma câmara elevada com teto de caibros e paredes forradas de madeira, com tapeçarias penduradas representando couraças, espadas, lanças, elmos e escudos. Uma lareira de mármore preto dominava a sala comprida, iluminada por um lustre brilhante. Os outros se juntaram a eles, vindos da sala de jantar, e ele notou expressões sérias em todos os rostos. Havia uma mesa de mogno junto às janelas de caixilhos, sobre a qual estavam espalhados livros, papéis e fotografias.

— Hora de ver a que conclusões podemos chegar – disse Cassiopeia. — Sobre a mesa está tudo que tenho sobre o assunto.

Malone contou aos outros sobre o caderno de Lars e como parte das informações que ele continha era falsa.

— Isso inclui o que ele disse sobre si mesmo? – perguntou Stephanie. — Este rapaz aqui – ela apontou para Geoffrey – me mandou páginas do diário, páginas que o seu mestre cortou. Elas falavam sobre mim.

— Só você sabe se o que ele disse era verdade ou mais desorientação – disse Cassiopeia.

— Ela está certa – confirmou Thorvaldsen. – Em grande parte, o caderno não é genuíno. Lars o criou como isca para os templários.

— Outro ponto que, convenientemente, você deixou de comentar em Copenhague. – O tom de Stephanie sinalizava que ela estava irritada outra vez.

Thorvaldsen não se abalou.

– O importante era que Roquefort achasse que o diário era genuíno.

As costas de Stephanie se empertigaram.

– Seu filho da puta, nós poderíamos ter sido mortos tentando pegá-lo de volta.

– Mas não foram. Cassiopeia estava de olho nos dois.

– E isso torna certo o que você fez?

– Stephanie, você nunca escondeu informações de um dos seus agentes? – perguntou Thorvaldsen.

Ela conteve a língua.

– Ele está certo – disse Malone.

Stephanie se virou para encará-lo.

– Quantas vezes você só me contou parte da história? E quantas vezes eu reclamei mais tarde que isso poderia ter feito com que eu fosse morto? E o que você dizia? *Acostume-se*. A mesma coisa acontece aqui, Stephanie. Não gosto, tanto quanto você, mas me acostumei.

– Por que não paramos de discutir e vemos se conseguimos chegar a algum consenso quanto ao que Saunière pode ter encontrado? – disse Cassiopeia.

– E por onde você sugere que comecemos? – perguntou Mark.

– Eu diria que o túmulo de Marie d'Hautpoul de Blanchefort seria um local excelente, já que temos o livro de Stüblein que Henrik comprou no leilão. – Ela indicou a mesa. – Aberto no desenho.

Todos se aproximaram e olharam o esboço.

– Claridon explicou isso em Avignon – disse Malone, e contou a eles sobre o erro na data da morte, 1681 em vez de 1781, os numerais romanos – MDCOLXXXI, contendo um zero, e os outros numerais romanos – LIXLIXL, gravados no canto inferior direito.

Mark pegou um lápis na mesa e escreveu 1681 e 59, 59, 50 num bloco. – Esta é a conversão dos números. Estou ignorando o zero no 1681. Claridon está certo, não existe zero nos numerais romanos.

Malone apontou para as letras gregas na pedra da esquerda.

– Claridon disse que eram palavras latinas escritas com o alfabeto grego. Em seguida, converteu as letras e chegou a *Et in arcadia ego*. E na Arcádia eu. Ele achou que poderia ser um anagrama, já que a frase fazia pouco sentido.

Mark examinou as palavras com intensidade, depois pediu a mochila a Geoffrey, de onde tirou uma toalha bem dobrada. Desdobrou-a com cuidado e revelou um pequeno códice. Suas folhas eram dobradas e depois costuradas juntas e encadernadas – *vellum*, se Malone não estava enganado. Nunca tinha visto um que pudesse tocar.

– Isto é do arquivo dos templários. Encontrei há alguns anos, logo depois de me tornar senescal. Foi escrito em 1542 por um dos copistas da abadia. É uma reprodução excelente de um manuscrito do século XIV e narra como os templários se reorganizaram depois do Expurgo. Também fala do período entre dezembro de 1306 e maio de 1307, quando Jacques de Molay estava na França e pouco se sabe sobre seu paradeiro.

Mark abriu com cuidado o volume antigo e folheou cautelosamente até encontrar o que estava procurando. Malone viu que o texto em latim mostrava uma série de volutas e floreios, as letras unidas porque a pena não era erguida da página.

– Escutem isso.

> *Nosso mestre, o mui reverendo e dedicado Jacques de Molay, recebeu o enviado do papa em 6 de junho de 1306 com a pompa e a cortesia reservadas aos de alto posto. A mensagem declarava que Sua Santidade, o papa Clemente V, convocou o mestre De Molay à França. Nosso mestre pretendia obedecer ao comando, fazendo todos os preparativos, mas antes de sair da ilha de Chipre, onde a Ordem havia estabelecido seu quartel-general, nosso mestre soube que o líder dos hospitalários também fora convocado, mas se recusara a cumprir o comando, citando a necessidade de per-*

manecer com a Ordem num momento de conflito. Isso levantou grandes suspeitas em nosso mestre e ele consultou seus oficiais. Sua Santidade também havia instruído nosso mestre a viajar incógnito e com pequena comitiva. Isso provocou mais perguntas quanto ao motivo de Sua Santidade se importar com o modo como nosso mestre percorria as terras. Então foi trazido ao nosso mestre um curioso documento intitulado De Recuperatione Terræ Sanctæ. Sobre a Recuperação da Terra Santa. O manuscrito foi redigido por um dos advogados de Felipe IV e delineava uma grande nova cruzada a ser comandada por um Rei Guerreiro, destinada a retomar a Terra Santa dos infiéis. Essa proposta era uma afronta direta aos planos de nossa Ordem e levou nosso mestre a questionar a convocação à corte do rei. Nosso mestre fez saber que desconfiava significativamente do monarca francês, mas seria tolo e inadequado de sua parte verbalizar essa desconfiança fora das paredes de nosso templo. Num clima de cautela, não sendo um homem descuidado e lembrando-se da traição de Frederico II há muito tempo, nosso mestre fez planos para que nossas riquezas e nossos conhecimentos fossem salvaguardados. Ele rezou para estar errado, mas não via motivos para ser imprudente. O irmão Gilbert de Blanchefort foi convocado e recebeu ordem de levar antecipadamente o tesouro do templo para longe. Então, nosso mestre disse a Blanchefort: "Nós, da liderança da Ordem, podemos estar correndo risco. De modo que nenhum de nós saberá o que você sabe e você deve garantir que o que sabe seja passado a outros de modo adequado." O irmão Blanchefort, sendo homem erudito, partiu para realizar sua missão e escondeu discretamente tudo que a Ordem havia adquirido. Quatro irmãos foram seus aliados e usaram quatro palavras, uma para cada, como seu sinal. ET IN ARCADIA EGO. Mas as letras são apenas um emaranhado para a verdadeira mensagem. Uma redistribuição diz exatamente o que implicava a tarefa deles. I TEGO ARCANA DEI.

– Eu escondo os segredos de Deus – disse Mark, traduzindo a última frase. – Os anagramas também eram comuns no século XIV.

– Então De Molay estava preparado? – perguntou Malone.

Mark assentiu.

– Ele veio à França com 60 cavaleiros, 150 mil florins em ouro e 12 cavalos de carga com prata não cunhada. Sabia que haveria problema. Que o dinheiro seria usado para comprar sua saída. Mas contido neste tratado há algo que poucos conhecem. O comandante do contingente templário no Languedoc era Seigneur de Goth. O papa Clemente V, o homem que havia convocado De Molay, chamava-se Bertrand de Goth. A mãe do papa era Ida de Blanchefort, parente de Gilbert de Blanchefort. Portanto, De Molay possuía boas informações de gente de dentro.

– Isso sempre ajuda – disse Malone.

– De Molay também sabia algo sobre Clemente V. Antes de sua eleição como papa, Clemente encontrou-se com Felipe IV. O rei tinha o poder de entregar o papado a quem ele quisesse. Antes de dá-lo a Clemente, impôs seis condições. A maior parte tinha a ver com Felipe obter o que quisesse, mas a sexta era relativa aos templários. Felipe queria que a Ordem fosse dissolvida, e Clemente concordou.

– Material interessante – disse Stephanie –, mas o que parece mais importante no momento é o que o abade Bigou sabia. Ele foi o homem que encomendou o túmulo de Marie. Será que ele saberia sobre uma ligação entre o segredo da família Blanchefort e os templários?

– Sem dúvida – respondeu Thorvaldsen. – Bigou ficou sabendo com a própria Marie d'Hautpoul de Blanchefort o segredo da família. O marido dela era descendente direto de Gilbert de Blanchefort. Depois que a Ordem foi suprimida e os templários começaram a morrer na fogueira, Gilbert de Blanchefort não teria contado a ninguém a localização do Grande Legado. Portanto, o segredo daquela família tem de ser relacionado aos templários. O que mais poderia ser?

Mark assentiu.

– As crônicas falam de carroças cheias de feno percorrendo o interior da França, todas indo para o sul na direção dos Pirineus, escoltadas por homens disfarçados de camponeses. Apenas três fizeram a jornada em segurança. Infelizmente, não há menção ao seu destino final. Há apenas uma pista nas Crônicas. *Qual é o melhor lugar para se esconder uma pedrinha?*

– No meio de uma pilha de pedras – disse Malone.

– Foi isso que o mestre disse, também – concordou Mark. – Para a mente do século XIV, a localização mais óbvia seria a mais segura.

Malone olhou de novo o desenho do túmulo.

– Então Bigou mandou gravar uma lápide que, em código, diz que ele esconde os segredos de Deus, e ele se deu ao trabalho de colocá-la num lugar público. Qual é o sentido? O que estamos deixando escapar?

Mark enfiou a mão na mochila e pegou outro volume.

– Este é um relatório do marechal da Ordem, escrito em 1897. O sujeito estava investigando Saunière e encontrou outro padre, o abade Gélis, num povoado próximo, que encontrou um criptograma em sua igreja.

– Assim como Saunière – disse Stephanie.

– Isso mesmo. Gélis decifrou o criptograma e queria que o bispo ficasse sabendo de sua descoberta. O marechal se fingiu de representante do bispo e copiou o criptograma, mas não revelou a solução.

Mark mostrou o criptograma e Malone examinou as linhas de letras e símbolos.

– É codificado por algum tipo de chave numérica?

Mark assentiu.

– É impossível decifrar sem a chave. Há bilhões de combinações possíveis.

– Havia um desses no diário do seu pai, também – disse ele.

– Eu sei. Papai o encontrou no manuscrito inédito de Noël Corbu.

– Claridon nos falou disso.

– O que significa que está com Roquefort – disse Stephanie. – Mas isso é parte da ficção do diário de Lars?

– Qualquer coisa tocada por Corbu é suspeita – esclareceu Thorvaldsen. – Ele enfeitou a história de Saunière para promover seu hotel.

– Mas o manuscrito que ele escreveu – disse Mark. – Papai acreditava que ele continha a verdade. Corbu era íntimo da amante de Saunière até ela morrer, em 1953. Muitos acreditavam que ela lhe contou coisas. Motivo pelo qual Corbu nunca publicou o manuscrito. Ele contradizia sua versão ficcional da história.

– Mas sem dúvida o criptograma do diário é falso, não? – perguntou Thorvaldsen. – Seria exatamente isso que Roquefort desejaria do diário.

– Só podemos esperar que sim – respondeu Malone enquanto observava uma imagem do *Lendo as regras da caridade* sobre a mesa. Levantou a reprodução em tamanho de papel-carta e examinou a escrita embaixo do homenzinho com manto de monge empoleirado num banco com um dedo nos lábios, pedindo silêncio.

ACABOCE A°

DE 1681

Havia algo errado, e ele comparou instantaneamente a imagem com a litografia.

As datas eram diferentes.

– Passei esta manhã me informando sobre a pintura – disse Cassiopeia. – Encontrei essa imagem na internet. A pintura foi destruída por um incêndio em fins da década de 1950, mas antes disso a tela havia sido limpa e preparada para exposição. Durante o processo de restauração, descobriu-se que 1687 era, na verdade, 1681. Mas, claro, a litografia foi desenhada numa época em que a data estava obscurecida.

Stephanie balançou a cabeça.

– Isso é uma charada sem resposta. Tudo muda a cada minuto.

– Vocês estão fazendo exatamente o que o mestre queria – disse Geoffrey.

Todos olharam para ele.

– Uma vez ele disse que, assim que vocês se juntassem, tudo seria revelado.

Malone estava confuso.

– Mas seu mestre alertou especificamente para termos *cuidado com o engenheiro*.

Geoffrey indicou Cassiopeia.

– Talvez vocês devam ter cuidado com ela.

– O que isso significa? – perguntou Thorvaldsen.

– A raça dela lutou contra os templários durante dois séculos.

– Na verdade, os muçulmanos deram uma surra nos irmãos e os mandaram embora da Terra Santa – declarou Cassiopeia. – E os muçulmanos espanhóis contiveram a Ordem aqui no Languedoc quando os templários tentaram expandir sua esfera até o sul, para além dos Pireneus. Portanto, seu mestre estava certo. Cuidado com o engenheiro.

– O que a senhora faria se encontrasse o Grande Legado? – perguntou Geoffrey.

– Depende do que há para ser encontrado.

– Por que isso importa? O Legado não é seu, independentemente de qualquer coisa.

– Você é bem ousado para um mero irmão da Ordem.

– Há muito em risco aqui, e o menor de todos é sua ambição de provar que o cristianismo é uma farsa.

– Não me lembro de ter dito que essa era minha ambição.

– O mestre sabia.

O rosto de Cassiopeia se franziu – pela primeira vez, Malone via agitação em sua expressão.

– Seu mestre não sabia nada dos meus motivos.

— E mantendo-os escondidos — disse Geoffrey —, a senhora só faz confirmar a suspeita dele.

Cassiopeia encarou Henrik.

— Esse rapaz pode ser um problema.

— Ele foi mandado pelo mestre — disse Thorvaldsen. — Não deveríamos questionar.

— Ele é encrenca — declarou Cassiopeia.

— Talvez — disse Mark. — Mas ele faz parte disto, portanto, acostume-se.

Ela permaneceu calma e sem se abalar.

— Você confia nele?

— Não importa — respondeu Mark. — Henrik está certo. O mestre confiou nele e é isso que importa. Mesmo que o bom irmão seja irritante.

Cassiopeia não pressionou mais, porém em sua testa estava escrita a sombra de um motim. E Malone não necessariamente discordava do impulso dela.

Voltou a atenção para a mesa e olhou as fotos coloridas tiradas na igreja de Maria Madalena. Notou o jardim com a estátua da Virgem e as palavras MISSION 1891 e PENITENCE, PENITENCE gravadas na face do pilar visigodo de cabeça para baixo. Examinou fotos das estações da cruz, parando um momento na estação 10, onde um soldado romano jogava dados disputando a capa de Cristo, com os números três, quatro e cinco visíveis na face dos dados. Então parou na estação 14, que mostrava o corpo de Cristo sendo carregado por dois homens sob o manto da escuridão.

Lembrou-se do que Mark dissera na igreja e não pôde deixar de se perguntar. Será que o caminho era *para* o túmulo ou *saindo dele*?

Balançou a cabeça.

O que, afinal, estava acontecendo?

QUARENTA E NOVE

17H30

Roquefort encontrou o sítio arqueológico de Givors, claramente indicado no mapa Michelin, e se aproximou com alguma cautela. Não queria anunciar sua presença. Mesmo que Malone e companhia não estivessem ali, Cassiopeia Vitt o conhecia. Assim, ao chegar, ordenou que o motorista seguisse lentamente por uma campina coberta de grama que servia como estacionamento até encontrar o Peugeot da cor e do modelo de que ele recordava, com um adesivo de aluguel no para-brisa.

– Eles estão aqui – disse. – Pare.

O motorista obedeceu.

– Vou sondar – disse aos outros dois irmãos e a Claridon. – Esperem aqui e permaneçam fora de visão.

Ele desceu no fim de tarde, com a bola sangrenta do sol de verão já baixando sobre as muralhas de calcário ao redor. Respirou fundo e saboreou o ar fresco e fino que o fez se lembrar da abadia. Obviamente estavam em altitude maior.

Bastou um rápido exame visual e viu uma estradinha sombreada por árvores e decidiu que aquela direção seria a melhor, mas permaneceu fora do caminho definido, indo por entre as árvores altas, com uma tapeçaria de flores e urzes cobrindo o chão violeta. A terra ao redor já fora domínio dos templários. Uma dos maiores propriedades templárias dos Pirineus havia coroado um promontório próximo. Havia sido uma fábrica, um dos muitos locais onde os irmãos trabalhavam dia e noite fazendo as armas da Ordem. Ele sabia que grande habilidade fora usada compactando madeira, couro e metal para fazer escudos que não pudessem ser rachados facilmente. Mas a espada fora a verdadeira amiga fiel do cavaleiro templário. Os barões costumavam amar suas espadas mais do que as esposas e tentavam manter a mesma durante toda a vida. Os irmãos tinham uma paixão semelhante, que a Regra encorajava. Se um homem pretendia entregar sua vida, o mínimo que poderia ser feito era lhe permitir a arma de sua escolha. Mas as espadas dos templários não eram como as dos barões. Nenhum punho adornado com ouro ou engastado com pérolas. Nem botões encimados com cristal contendo relíquias. Os irmãos cavaleiros não exigiam esses talismãs, já que sua força vinha da devoção a Deus e da obediência à Regra. Seu companheiro era o cavalo, sempre rápido e inteligente. Cada cavaleiro tinha três animais alocados, que eram alimentados, penteados e treinados todo dia. Os cavalos eram um dos meios pelos quais a Ordem florescia, e os corcéis, os palafreneiros e, principalmente, os adestradores reagiam ao afeto do irmão cavaleiro com lealdade sem igual. Ele lera sobre um irmão que retornou das Cruzadas para casa e não foi abraçado pelo pai, mas foi instantaneamente reconhecido pelo fiel garanhão.

E eram sempre garanhões.

Montar uma égua era impensável. O que um cavaleiro dissera? *A mulher para a mulher.*

Continuou andando. O cheiro mofado de galhos e gravetos provocava sua imaginação, e ele quase podia ouvir os cascos pesados que um dia esmagaram os tenros musgos e flores. Tentou captar algum som, mas o cricrilar dos grilos interferia. Estava atento a vigilâncias eletrônicas, mas até agora não havia percebido nenhuma. Continuou por um caminho por entre os altos pinheiros, afastando-se mais da estrada, penetrando na floresta. Sua pele esquentou e o suor brotou-lhe na testa. Bem no alto, fendas na rocha gemiam com o vento.

Monges guerreiros, era o que os irmãos haviam se tornado.

Gostava da expressão.

O próprio São Bernardo de Clairvaux justificava toda a existência dos templários glorificando a matança dos não cristãos. *Espalhar a morte e morrer, quando em nome de Cristo, não contém qualquer coisa criminosa, e sim merece recompensa gloriosa. O soldado de Cristo mata em segurança e morre com mais segurança ainda. Não sem causa ele usa a espada. Ele é o instrumento de Deus para a punição dos malfeitores e para a defesa do justo. Quando mata malfeitores não é homicídio, e sim malicídio, e ele é considerado o carrasco legal de Cristo.*

Roquefort conhecia bem essas palavras. Eram ensinadas a cada iniciado. Ele as repetira na mente enquanto olhava Lars Nelle, Ernst Scoville e Peter Hansen morrer. Todos eram hereges. Homens que haviam ficado no caminho da Ordem. Agentes do mal. Agora havia mais alguns nomes a serem acrescentados à lista. A dos homens e mulheres que ocupavam o castelo que surgia depois das árvores, numa reentrância abrigada em meio a uma sucessão de encostas rochosas.

Havia descoberto algo sobre o castelo a partir das informações pedidas antes de sair da abadia. Já fora uma residência real do século XVI, uma das muitas casas de Catarina de Médici, poupada da destruição durante a Revolução por causa do isolamento. Assim, continuava sendo um monumento à Renascença – uma pitoresca massa de torrinhas, pináculos e telhados perpendiculares. Cassiopeia Vitt era claramente uma mulher de posses. Casas assim exigiam grandes quantias de dinheiro para comprar e manter, e ele duvidava que ela abrisse o local à visitação para complementar os ganhos. Não, esta era a residência particular de uma alma altiva, que havia interferido três vezes em seus negócios. Alguém de quem ele deveria cuidar.

Mas também precisava dos dois livros que Mark Nelle possuía. De modo que atos impensados estavam fora de questão.

O dia estava acabando depressa, sombras profundas já começando a engolir o castelo. Sua mente rodopiava com possibilidades.

Precisava ter certeza de que todos estavam dentro. Seu ponto de observação atual era próximo demais. Mas viu um denso bosque de faias a duzentos metros, que daria uma visão desobstruída da entrada da frente.

Precisava presumir que eles esperavam sua vinda. Depois do que acontecera na casa de Lars Nelle, certamente sabiam que Claridon trabalhava para ele. Mas talvez não o esperassem ali tão cedo. O que era ótimo. Precisava retornar à abadia. Seus oficiais esperavam-no. Fora convocado um conselho que exigia sua presença.

Decidiu deixar os dois irmãos no carro para vigiar. Isso bastaria por enquanto.

Mas ele voltaria.

CINQUENTA

20H

Stephanie não conseguia se lembrar da última vez em que ela e Mark haviam se sentado e conversado. Talvez isso não acontecesse desde que ele era adolescente. Era essa a profundidade do abismo entre os dois.

Agora haviam se retirado para uma sala no topo de uma das torres do castelo. Antes de sentar-se, Mark havia aberto quatro balcões envidraçados, deixando o ar puro da tarde envolvê-los.

— Pode acreditar ou não, mas penso em você e no seu pai todos os dias. Eu amava seu pai. Mas, quando ele deparou com a história de Rennes, mudou o foco. Essa coisa o dominou. E naquela época eu me ressenti.

— Posso entender isso. Posso mesmo. O que não entendo é por que o fez escolher entre você e o que ele achava importante.

O tom incisivo deixou-a eriçada, e ela se obrigou a permanecer calma.

— No dia em que o enterramos, eu soube como estava errada. Mas não podia trazê-lo de volta.

— Naquele dia, eu odiei você.

— Eu sei.

— No entanto, você simplesmente foi para casa e me deixou na França.

– Achei que era o que você queria.

– Era. Mas nos últimos cinco anos tive muito tempo para refletir. O mestre defendia você, mas só agora percebo o que ele queria dizer com muitos de seus comentários. No Evangelho de Tomé, Jesus diz: *Quem não odeia seu pai e sua mãe como eu não pode ser meu discípulo.* Em seguida diz: *Quem não ama seu pai e sua mãe como eu não pode ser meu discípulo.* Estou começando a entender essas declarações contraditórias. Eu odiei você, mamãe.

– Mas me ama, também?

O silêncio pairou sobre eles e dilacerou o coração de Stephanie. Por fim, ele disse:

– Você é minha mãe.

– Isso não é resposta.

– É tudo que você terá.

O rosto dele, tão parecido com o de Lars, era um estudo sobre emoções em conflito. Ela não pressionou. Sua chance de exigir qualquer coisa tinha passado há muito.

– Você ainda está no Núcleo Magalhães?

Ela apreciou a mudança de assunto.

– Pelo que sei, sim, mas provavelmente abusei da sorte nos últimos dias. Cotton e eu não fomos muito discretos.

– Ele parece um bom homem.

– É o melhor. Eu não queria envolvê-lo, mas ele insistiu. Trabalhou para mim durante muito tempo.

– É bom ter amigos assim.

– Você também tem um.

– Geoffrey? Ele é mais um oráculo do que um amigo. O mestre fez com que ele jurasse me servir. Por quê? Não sei.

– Ele defenderia você com a própria vida. Isso é claro.

– Não estou acostumado a ver pessoas entregando a vida por mim.

Ela se lembrou do que o mestre havia dito na carta, sobre Mark não possuir a determinação para terminar suas batalhas. Contou exatamente o que o mestre havia escrito. Ele ouviu em silêncio.

– O que você teria feito se fosse eleito mestre?

– Parte de mim está satisfeita por ter perdido.

Ela ficou perplexa.

– Por quê?

– Sou professor universitário, não líder.

– Você é um homem no meio de um conflito importante. Um conflito que outros homens esperam ver resolvido.

– O mestre estava certo a meu respeito.

Ela o encarou com nítida consternação.

– Seu pai sentiria vergonha ao ouvir isso. – E esperou que a raiva dele chegasse, mas Mark apenas ficou em silêncio, e ela ouviu o barulho dos insetos do lado de fora.

– Provavelmente matei um homem hoje – sussurrou Mark. – Como papai se sentiria em relação a isso?

Stephanie estivera esperando alguma menção. Ele não dissera uma palavra sobre o acontecido desde que haviam deixado Rennes.

– Cotton me contou. Você não teve escolha. O homem recebeu uma chance e optou por desafiá-lo.

– Eu vi o corpo rolar. É estranha a sensação que passa por nós quando sabemos que acabamos de tirar uma vida.

Ela esperou que ele explicasse.

– Fiquei feliz por ter puxado o gatilho, já que sobrevivi. Mas outra parte de mim ficou mortificada porque o outro homem não sobreviveu.

– A vida é uma escolha depois de outra. Ele escolheu errado.

– Você faz isso o tempo todo, não é? Toma esse tipo de decisão?

– Elas acontecem todo dia.

– Meu coração não é frio o bastante para isso.

– E o meu é? – Ela se ressentiu da sugestão.

– Diga você.

– Eu faço meu trabalho, Mark. Aquele homem escolheu o próprio destino, não você.

– Não. Roquefort escolheu. Ele o mandou àquele precipício, sabendo que haveria um confronto. Ele fez a escolha.

– E esse é o problema da sua Ordem, Mark. A lealdade inquestionável não é uma coisa boa. Nenhum país, nenhum exército, nenhum líder jamais sobreviveu insistindo nessa tolice. Meus agentes fazem suas próprias escolhas.

Um momento de silêncio tenso se passou.

– Você está certa – murmurou ele finalmente. – Papai sentiria vergonha de mim.

Ela decidiu arriscar.

– Mark, seu pai morreu. Está morto há muito tempo. Para mim, você ficou morto durante cinco anos. Mas agora está aqui. Não há espaço em você para o perdão? – A esperança dominava seu pedido.

Ele se levantou da cadeira.

– Não, mamãe. Não há.

E saiu da sala.

Malone havia se refugiado do lado de fora do castelo, sob uma pérgula sombreada, coberta de plantas. Apenas insetos perturbavam sua tranquilidade e ele ficou olhando os morcegos adejarem pelo céu que ia escurecendo. Há pouco tempo, Stephanie o havia levado para dentro e dito que um telefonema para Atlanta, requisitando um dossiê completo sobre a anfitriã, revelara que o nome de Cassiopeia Vitt não aparecia em nenhum banco de dados de terroristas mantido pelo governo dos EUA. Sua história pessoal não era notável, mas ela era meio muçulmana, e hoje em dia isso, no mínimo, levantava uma bandeira vermelha. Possuía um conglomerado que se espalhava por vários continentes, com sede em Paris, envolvido num amplo espectro de negócios com propriedades no valor de bilhões de euros. Seu pai havia fundado a companhia e ela herdara o controle, mas se envolvia pouco com a operação cotidiana. Também era presidente de uma fundação holandesa que trabalhava intimamente com as Nações Unidas para aliviar os males da Aids e a fome no mundo, em particular na África. Nenhum governo estrangeiro a considerava uma ameaça.

Porém Malone não tinha certeza.

Novas ameaças surgiam diariamente e vindas dos locais mais estranhos.

– Está tão imerso em pensamentos!

Ele ergueu os olhos e viu Cassiopeia do outro lado da pérgula. Ela usava uma roupa de montaria, justa, que lhe caía muito bem.

– Na verdade, estava pensando em você.

– Fico lisonjeada.

– Eu não ficaria. – Ele indicou sua roupa. – Fiquei pensando para onde você havia desaparecido.

– Tento cavalgar todo dia. Isso me ajuda a pensar. Ela entrou sob a pérgula.

– Mandei construir isto há anos, como tributo à minha mãe. Ela adorava os ambientes ao ar livre.

Cassiopeia sentou-se num banco diante dele. Malone podia ver que havia um propósito em sua visita.

– Mais cedo, vi que você tinha dúvidas sobre tudo isso. É porque se recusa a questionar sua Bíblia cristã?

Ele realmente não queria falar no assunto, mas ela parecia ansiosa.

– De jeito nenhum. É porque você optou por questionar a Bíblia. Parece que todo mundo envolvido nessa busca tem algum interesse pessoal. Você, Roquefort, Mark, Saunière, Lars, Stephanie. Até Geoffrey, que é no mínimo um pouco diferente, tem um objetivo.

– Deixe-me dizer algumas coisas, e talvez você veja que isso não é pessoal. Pelo menos para mim.

Malone duvidava, mas queria ouvir o que Cassiopeia tinha a dizer.

– Sabia que, em toda a história registrada, apenas um esqueleto de um crucificado foi encontrado na Terra Santa?

Ele não sabia.

– A crucificação era estranha aos judeus. Eles apedrejavam, queimavam, decapitavam ou estrangulavam para cumprir a pena capital. A lei mosaica só permitia que um criminoso que já fora executado ficasse pendurado na madeira como punição *adicional*.

– *Pois aquele que é enforcado é maldito por Deus* – disse ele, citando o Deuteronômio.

– Você conhece o Velho Testamento.

– Temos um pouco de cultura lá na Geórgia.

Ela sorriu.

– Mas a crucificação era uma forma comum de execução romana. Varro, em 4 a.C., crucificou mais de duas mil pessoas. Floro, em 66 d.C., matou quase quatro mil. Tito, em 70 d.C., executou quinhentos por dia. No entanto, encontraram apenas um esqueleto de um crucificado. Isso aconteceu em 1968, logo ao norte de Jerusalém. Os ossos datavam do século I, o que empolgou um bocado de gente. Mas o morto não era Jesus. Seu nome era Yehochanan, tinha cerca de um metro e sessenta e sete de altura, entre 24 e 28 anos. Sabemos por causa da informação gravada em seu ossuário. Além disso, foi amarrado à cruz, e não pregado, e nenhuma das duas pernas foi quebrada. Entende o significado deste detalhe?

Ele entendia.

– A morte na cruz era por sufocamento. A cabeça acabava tombando para a frente e havia privação de oxigênio.

– A crucificação era uma humilhação pública. As vítimas não deveriam morrer cedo demais. Assim, para adiar a morte, era preso um pedaço de madeira atrás do abdômen, onde seria possível sentar-se, ou então aos pés, para a vítima poder se levantar. Desse modo, o acusado poderia se sustentar e respirar. Depois de alguns dias, se a vítima não tivesse se exaurido, soldados partiam suas pernas. Assim, ela não podia mais se sustentar. Em seguida, a morte vinha depressa.

Ele se lembrou dos evangelhos.

– Uma pessoa crucificada não poderia profanar o Shabat. Os judeus queriam que o corpo de Jesus e dos dois criminosos executados com Ele fossem retirados antes do anoitecer. Assim, Pilatos ordenou que as pernas dos dois criminosos fossem quebradas.

Ela assentiu.

– *Mas quando chegaram a Jesus e descobriram que ele já estava morto, não quebraram suas pernas.* Isso é de João. Já se perguntou por que Jesus morreu tão depressa? Só ficou pendurado algumas horas. Geralmente demorava dias. E por que os soldados romanos não quebraram suas pernas assim mesmo, só para garantir que estivesse morto? Em vez disso, segundo João, eles rasgaram o lado de seu tronco com uma lança, e jorrou sangue e água. Mas Mateus, Marcos e Lucas jamais mencionaram isso.

– Aonde você quer chegar?

– De todas as dezenas de milhares de crucificados, só um esqueleto foi encontrado. E o motivo é simples. Na época de Jesus, o enterro era considerado uma honra. Não existia horror maior do que o corpo ser deixado para os animais. Todas as penalidades supremas dos romanos (ser queimado vivo, lançado às feras, crucificação) tinham uma coisa em comum. Não restava corpo para ser enterrado. As vítimas de crucificação eram deixadas penduradas até que os pássaros limpassem os ossos, depois o que restava era lançado numa vala comum. No entanto, todos os quatro evangelhos concordam que Jesus morreu na nona hora, três da tarde, e em seguida foi descido da cruz e enterrado.

Ele começou a entender.

— Os romanos não teriam feito isso.

— É aqui que a história fica complicada. Jesus foi condenado à morte a poucas horas do Shabat. No entanto, ordenam que Ele seja morto na cruz, um dos modos mais lentos de se matar alguém. Como alguém acharia que ele estaria morto antes do anoitecer? O evangelho de Marcos diz que até Pilatos ficou perplexo com uma morte tão rápida, perguntando a um centurião se tudo estava em ordem.

— Mas Jesus não foi torturado antes de ser pregado à cruz?

— Jesus era um homem forte, no auge da vida. Era acostumado a caminhar grandes distâncias sob o sol. Sim, ele sofreu tortura. Segundo a lei, seriam dadas 39 chicotadas. Mas não nos dizem em nenhum lugar dos evangelhos se esse número foi administrado. E depois do tormento, ele aparentemente tinha força bastante para se dirigir aos acusadores de modo incisivo. Portanto existe pouca evidência de um estado enfraquecido. No entanto, Jesus morreu em apenas três horas, sem que as pernas fossem quebradas, com o lado do tronco supostamente rasgado por uma lança.

— A profecia do Êxodo. João fala sobre ela em seu evangelho. Ele disse que todas essas coisas tinham acontecido para que a escritura se cumprisse.

— O Êxodo fala das restrições da páscoa e que nenhuma carne fosse comida do lado de fora da casa. Ela precisava ser comida dentro de uma casa *sem nenhum osso quebrado*. Isso não tem nada a ver com Jesus. A referência de João foi uma tentativa débil de continuidade em relação ao Velho Testamento. Claro, como eu disse, os outros três evangelhos sequer mencionam a lança.

— Então presumo que seu argumento seja que os evangelhos estão errados.

— Nenhuma informação contida neles faz sentido. Eles se contradizem não somente consigo mesmos, mas com a história, a lógica e a razão. Somos levados a acreditar que um homem crucificado, sem as pernas quebradas, morreu em menos de três horas, e em seguida recebeu a honra de ser enterrado. Claro, segundo um ponto de vista religioso, isso faz todo sentido. Os primeiros teólogos estavam tentando atrair seguidores. Precisavam elevar Jesus de homem ao deus Cristo. Todos os autores dos evangelhos escreviam em grego e deviam conhecer a história helênica. Osíris, o consorte da deusa grega Ísis, morreu nas mãos do mal numa sexta-feira e ressuscitou três dias depois. Por que isso não aconteceria também com Cristo? Claro, para Cristo voltar fisicamente dos mortos, não poderia haver corpo identificável. Nenhum osso limpo pelos pássaros e jogado numa vala comum serviria. Daí o enterro.

– Era isso que Lars Nelle tentava provar? Que Cristo não ressuscitou?

Ela balançou a cabeça.

– Não faço ideia. Só sei que os templários sabiam de coisas. Coisas importantes. O bastante para transformar um grupo de nove cavaleiros obscuros numa força internacional. Foi o conhecimento que alimentou essa expansão. Conhecimento que Saunière redescobriu. Eu quero esse conhecimento.

– Como poderia haver alguma prova de qualquer coisa?

– Tem de haver. Você viu a igreja de Saunière. Ele deixou um monte de pistas e todas apontam numa direção. Deve haver alguma coisa por aí, o bastante para convencê-lo a manter os templários procurando.

– Estamos sonhando.

– Estamos?

Ele notou que a noite finalmente havia se dissolvido em escuridão, transformando os morros e a floresta ao redor numa massa de silhuetas.

– Temos companhia – sussurrou ela.

Malone esperou explicação.

– Enquanto cavalgava, fui até um dos promontórios. Vi dois homens. Um ao norte, outro ao sul. Vigiando. Roquefort encontrou vocês depressa.

– Não achei que o truque com o transmissor iria atrasá-lo por muito tempo. Ele presumiria que tínhamos vindo para cá. E Claridon mostraria o caminho. Eles viram você?

– Duvido. Tive cuidado.

– Isso pode complicar.

– Roquefort é um homem apressado. É impaciente, ainda mais se achar que está sendo enganado.

– Está falando do diário?

Ela assentiu.

– Claridon deve saber que ele está cheio de erros.

– Mas Roquefort nos encontrou. Estamos na mira dele.

– Ele deve saber pouquíssimo. Caso contrário, por que se incomodar? Simplesmente usaria os recursos que tem e procuraria sozinho. Não, ele precisa de nós.

As palavras faziam sentido, como todo o resto que ela havia dito.

– Você saiu a cavalo esperando encontrá-los, não foi?

– Achei que estávamos sendo vigiados.

– Você é sempre tão cheia de suspeitas?

Ela o encarou.

– Só quando as pessoas querem me fazer mal.

– Presumo que tenha pensado num curso de ação.

– Ah, sim. Tenho um plano.

CINQUENTA E UM

ABADIA DES FONTAINES
SEGUNDA-FEIRA, 26 DE JUNHO
0H40

Roquefort sentou-se diante do altar na capela principal, vestindo de novo sua batina formal, branca. Os irmãos ocupavam os bancos diante dele, entoando palavras que datavam do Início. Claridon estava no arquivo, examinando documentos. Roquefort havia instruído o arquivista a deixar que o idiota intrometido tivesse acesso a qualquer coisa que requisitasse – mas também para ficar de olho nele. O relatório de Givors era que o castelo de Cassiopeia Vitt parecia calmo durante a noite. Um irmão vigiava a frente, outro a parte de trás. Portanto, enquanto pouca coisa poderia ser feita, decidiu cuidar de seus deveres.

Uma nova alma seria recebida na Ordem.

Há setecentos anos, qualquer iniciado seria de nascimento legítimo, livre de dívidas e fisicamente em condições de travar guerra. A maioria era de celibatários, mas homens casados tinham permissão a status honorário. Os criminosos não eram problema, nem os excomungados. Ambos podiam ter redenção. O dever de todo mestre fora garantir que a irmandade crescesse. A Regra deixava claro: *Se algum cavaleiro secular, ou outro homem, desejar sair da massa de perdição e abandonar este século, não lhe neguem entrada*. Mas eram as palavras de São Paulo que formavam o padrão moderno para a iniciação. *Aprove o espírito se ele vier de Deus.* E o candidato que se ajoelhava diante dele representava sua primeira tentativa de implementar esse ditado. Roquefort sentia-se enojado porque uma cerimônia tão gloriosa tinha de acontecer na calada da noite, atrás de portas fechadas. Mas assim era a Ordem. Seu legado – o que ele queria que fosse observado nas Crônicas muito depois de sua morte – seria o retorno à luz.

Os cantos pararam.

Ele se levantou da cadeira de carvalho que servira desde o Início como assento do mestre.

– Bom irmão – disse ao candidato ajoelhado à sua frente com as mãos numa Bíblia. – Você pede uma coisa grandiosa. De nossa Ordem, você vê apenas a fachada. Vivemos nesta abadia resplandecente, comemos e bebemos bem. Temos roupas, remédios, educação e realização espiritual. Mas vivemos sob ordens duras. É difícil tornar-se servo de outrem. Se quiser dormir, talvez você seja acordado. Se estiver acordado, pode receber ordem para se deitar. Pode não querer ir aonde foi ordenado, mas terá de ir. Praticamente não fará nada que deseja. Você pode sofrer bem todas essas dificuldades?

O homem, provavelmente com pouco menos de 30 anos, cabelos cortados curtos, rosto pálido bem barbeado, levantou os olhos e disse:

– Sofrerei tudo que for agradável a Deus.

Roquefort sabia que o candidato era típico. Fora encontrado na universidade há vários anos, e um dos representantes da Ordem havia monitorado o progresso do sujeito enquanto se informava sobre sua árvore genealógica e sua história pessoal. Quanto menos ligações, melhor, e felizmente o mundo estava cheio de almas desgarradas. Ao final, foi feito um contato direto e, sendo receptivo, o iniciado foi lentamente introduzido nas Regras e ouviu as perguntas feitas aos candidatos durante séculos. Ele era casado? Noivo? Já fizera algum voto ou promessa a outra sociedade religiosa? Tinha algum dívida que não poderia pagar? Alguma doença escondida? Era ligado a um homem ou uma mulher por algum motivo?

– Bom irmão – disse ele ao candidato –, em nossa companhia, você não deve buscar riquezas nem a honra nem a facilidade física. Em vez disso, deve procurar três coisas. Primeiro, renunciar e rejeitar os pecados deste mundo. Segundo, fazer o serviço do Senhor. E, terceiro, ser pobre e penitente. Você promete a Deus e a Nossa Senhora que em todos os dias de sua vida obedecerá ao mestre deste templo? Que viverá em castidade, sem propriedades pessoais? Que cumprirá os costumes desta casa? Que jamais deixará esta Ordem, nem pela força nem pela fraqueza, em tempos ruins ou bons?

Essas palavras haviam sido usadas desde o Início, e Roquefort se lembrou de quando foram pronunciadas para ele, há trinta anos. Ainda sentia a chama que se acendera por dentro – um fogo que agora ardia com intensidade feroz. Ser templário era importante. Significava alguma coisa. E ele estava decidido a garantir que cada candidato que recebesse o manto durante seu mandato entendesse essa dedicação.

Encarou o homem ajoelhado.

– O que diz, irmão?

– *De par dieu*. – Por Deus, farei isso.

– Você entende que sua vida pode ser exigida? – E depois do que acontecera nos últimos dias, essa pergunta parecia ainda mais importante.

– Sem dúvida.

– E por que ofereceria sua vida por nós?

– Porque meu mestre ordenou.

Resposta correta.

– E faria isso sem questionar?

– Questionar seria violar a Regra. Minha tarefa é obedecer.

Roquefort fez um sinal para o fanqueiro, que tirou de um baú de madeira um comprido pano de sarja.

– Levante-se – disse ao candidato.

O rapaz ficou de pé, vestido num manto de lã preta que cobria seu corpo magro dos ombros aos pés descalços.

– Tire a vestimenta – disse ele, e o manto foi passado por cima da cabeça. Por baixo, o candidato vestia camisa branca e calça preta.

O fanqueiro se aproximou com o tecido e ficou de lado.

– Você despiu o sudário do mundo material – deixou claro Roquefort. – Agora nós o recebemos com o tecido de nossa irmandade e celebramos seu renascimento como irmão em nossa Ordem.

Ele fez um gesto e o fanqueiro se adiantou e envolveu o candidato com o tecido. Roquefort vira muitos homens adultos chorando nesse momento. Ele próprio havia lutado para reprimir as emoções quando o mesmo tecido foi enrolado em seu corpo. Ninguém sabia qual era a idade daquele sudário específico, mas um havia permanecido reverentemente no baú da iniciação desde o Início. Ele conhecia bem a história de um dos primeiros tecidos. Usado para enrolar Jacques de Molay depois que o mestre foi pregado a uma porta no templo de Paris. De Molay ficara dentro do tecido por dois dias, incapaz de se mexer devido aos ferimentos, fraco demais para ao menos se levantar. Quando isso aconteceu, bactérias e substâncias químicas de seu corpo haviam manchado as fibras e gerado uma imagem que, cinquenta anos depois, começou a ser venerada por cristãos simplórios como o corpo de Cristo.

Ele sempre achara isso adequado.

O mestre dos cavaleiros templários – chefe de uma suposta ordem herética – tornou-se o molde a partir do qual todos os artistas posteriores representaram o rosto de Cristo.

Roquefort olhou para os irmãos reunidos.

– Vocês veem à sua frente nosso mais novo irmão. Ele usa o sudário que simboliza o renascimento. É um momento que todos nós experimentamos, que nos une uns aos outros. Quando fui escolhido seu mestre, prometi um novo dia, uma nova Ordem, uma nova direção.

Disse a vocês que não mais seriam apenas uns poucos a saber mais do que os muitos. Falei que encontraria nosso Grande Legado.

Ele se adiantou.

– Em nosso arquivo, neste instante, há um homem que possui o conhecimento de que necessitamos. Infelizmente, enquanto nosso antigo mestre não fazia nada, outros, que não eram desta Ordem, estiveram procurando. Acompanhei pessoalmente seus esforços, vigiei e estudei seus movimentos, esperando a hora em que nos juntaríamos à busca. – Ele fez uma pausa. – A hora chegou. Tenho irmãos fora dos muros, procurando neste momento, e mais de vocês irão segui-los.

Enquanto falava, permitiu que seu olhar circulasse pela igreja até chegar ao capelão. Era um italiano de rosto sério, o prelado principal, o clérigo ordenado de maior posto na Ordem. O capelão comandava os padres, cerca de um terço dos irmãos, homens que escolhiam uma vida dedicada somente a Cristo. As palavras do capelão tinham muito peso, em particular porque o sujeito falava pouco. Antes, quando o conselho havia se reunido, o capelão verbalizara suas preocupações quanto às mortes recentes.

– Você está indo depressa demais – declarou o capelão.

– Estou fazendo o que a Ordem deseja.

– Está fazendo o que você deseja.

– Há alguma diferença?

– Você está parecendo o mestre anterior.

– Nesse ponto ele estava correto. E, mesmo discordando dele em muitas coisas, eu obedecia.

Roquefort havia se ressentido do tom direto do sujeito mais novo do que ele, em especial diante do conselho, mas sabia que muitos respeitavam o capelão.

– O que você queria que eu fizesse?

– Que preservasse a vida dos irmãos.

– Os irmãos sabem que podem ser chamados a entregar a vida.

– Não estamos na Idade Média. Não estamos numa cruzada. Esses homens são dedicados a Deus e juraram obediência a você, como prova de devoção. Você não tem o direito de tomar suas vidas.

– Pretendo descobrir nosso Grande Legado.

– Com que objetivo? Nós resistimos sem ele durante setecentos anos. Ele não é importante.

Roquefort ficara chocado.

– Como pode dizer isso? É a nossa herança.

– O que ele poderia significar hoje?

– Nossa salvação.

– Já estamos salvos. Todos os homens aqui possuem boas almas.

– Esta Ordem não merece o banimento.

– Nosso banimento é autoimposto. Estamos contentes dentro dele.

– Eu não estou.

– Então esta luta é sua, não nossa.

A raiva de Roquefort havia aumentado.

– Não pretendo ser questionado.

– Mestre, faz menos de uma semana e você já esqueceu de onde veio.

Olhando o capelão, ele tentou ler as feições no rosto rígido. Havia falado sério. Não permitiria questionamentos. O Grande Legado deveria ser descoberto. E as respostas estavam com Royce Claridon e as pessoas que se encontravam no castelo de Cassiopeia Vitt.

Assim, ignorou o olhar indiferente do capelão e se concentrou nas pessoas sentadas à sua frente.

– Irmãos. Rezemos pelo sucesso.

CINQUENTA E DOIS

1H

Malone estava em Rennes, entrando na igreja de Maria Madalena, e os mesmos detalhes espalhafatosos lhe causavam a mesma sensação de desconforto. A nave estava vazia, a não ser por um homem solitário de pé diante do altar, vestido com batina preta, de padre. Quando o homem se virou, o rosto era familiar.

Bérenger Saunière.

– Por que está aqui? – perguntou Saunière em voz aguda. – Esta igreja é minha. Minha criação. De mais ninguém, só minha.

– Como ela é sua?

– Eu me arrisquei. Ninguém além de mim fez isso.

– Arriscou-se a quê?

– Os que desafiam o mundo sempre encaram o risco.

Então, Malone viu um buraco enorme no chão, diante do altar, e degraus descendo para a escuridão.

– O que há lá embaixo? – perguntou.

– O primeiro passo para a verdade. Que Deus abençoe todos que guardaram essa verdade. Que Deus abençoe sua generosidade.

A igreja ao redor se dissolveu de repente e ele estava rodeado por uma praça cheia de árvores que se estendia diante da embaixada americana na Cidade do México. Pessoas corriam em todas as direções, e o som de buzinas tocando, pneus cantando e motores a diesel ficou alto.

Em seguida, tiros.

Vindos de um carro que parou bruscamente. Homens saíram. Dispararam contra uma mulher de meia-idade e um jovem diplomata dinamarquês que desfrutavam o almoço à sombra. Os fuzileiros que guardavam a embaixada reagiram, mas estavam muito longe.

Malone sacou sua arma e disparou.

Corpos caíram na calçada. A cabeça de Cai Thorvaldsen explodiu quando as balas destinadas à mulher o encontraram. Malone acertou dois homens que haviam começado a confusão, depois sentiu o ombro se rasgar quando uma bala penetrou nele.

A dor sacudiu seus sentidos.

Sangue jorrou do ferimento.

Cambaleou para trás, mas atirou no agressor. A bala penetrou no rosto moreno, que de novo se transformou no de Bérenger Saunière.

– Por que atirou em mim? – perguntou Saunière calmamente.

As paredes da igreja se formaram de novo e as estações da cruz apareceram. Malone viu um violino num banco. Havia uma placa de metal sobre as cordas. Saunière flutuou até lá e jogou areia sobre a placa. Depois, passou um arco pelas cordas e, enquanto as notas agudas ressoavam, a areia se arrumou num padrão distinto.

Saunière sorriu.

– Onde a placa não vibra a areia fica parada. Mude a vibração e outro padrão é criado. Um padrão diferente a cada vez.

A estátua do Asmodeu sorridente ficou viva e a forma diabólica deixou a bacia de água benta na porta da frente e foi na direção de Malone.

– Terrível é este lugar – disse o demônio.

– Você não é bem-vindo – gritou Saunière.

– Então, por que me incluiu?

Saunière não respondeu. Outra figura emergiu das sombras. O homenzinho com manto marrom de monge, do *Lendo as regras da caridade*. Seu dedo continuava junto aos lábios, pedindo silêncio, e ele segurava o banco onde estava escrito ACABOCE A° 1681.

O dedo se afastou da boca e o homenzinho disse:

– Eu sou o alfa e o ômega, o princípio e o fim.

Em seguida, desapareceu.

Surgiu uma mulher com o rosto obscurecido, vestida em panos escuros sem detalhes.

– Você conhece minha sepultura – disse ela.

Marie d'Hautpoul de Blanchefort.

– Você tem medo de aranhas? – perguntou ela. – Elas não vão machucá-lo.

Sobre seu peito apareceram numerais romanos, claros como o sol. LIXLIXL. Uma aranha se materializou embaixo dos símbolos, o mesmo desenho do túmulo de Marie. Entre os tentáculos havia sete pontos. No entanto, os dois espaços perto da cabeça estavam vazios. Com o dedo, Marie traçou uma linha desde o pescoço, descendo pelo peito, passando pelas letras luminosas até a imagem da aranha. Uma flecha apareceu onde seu dedo estivera.

A mesma flecha de duas pontas da lápide.

Malone estava flutuando. Afastando-se da igreja. Atravessou as paredes, saiu no pátio e chegou ao canteiro de flores onde a estátua da Virgem ficava sobre o pilar visigodo. A pedra não era mais de um cinza sujo, gasta pelo clima e pelo tempo. Em vez disso, as palavras PENITENCE, PENITENCE e MISSION 1891 luziam.

Asmodeu surgiu de novo. Disse:

– Com este sinal tu o vencerás.

Deitado junto ao pilar visigodo estava Cai Thorvaldsen. Havia um trecho de asfalto oleoso sob ele, vermelho de sangue. Os membros estavam abertos em ângulos contorcidos, como o sujeito da jaqueta vermelha na torre Redonda. Seus olhos estavam abertos, iluminados de choque.

Malone escutou uma voz. Aguda, nítida, mecânica. E viu um aparelho de televisão com um homem de bigode dando as notícias, falando da morte de uma advogada mexicana e um diplomata dinamarquês, e que os motivos das mortes eram desconhecidos.

E a contagem final.

– Sete mortos, nove feridos.

Malone acordou.

Havia sonhado antes com a morte de Cai Thorvaldsen – muitas vezes, na verdade –, mas jamais relacionada a Rennes-le-Château. Parecia que sua mente estava cheia de pensamentos que ele achara difícil evitar quando tentara cair no sono há duas horas. Por fim conseguira apagar, enfiado num dos muitos quartos do castelo de Cassiopeia Vitt. Ela havia garantido que os sujeitos lá fora seriam vigiados e que estaria preparada caso Roquefort optasse por agir durante a noite. Mas ele concordou com a avaliação. Estavam em segurança, pelo menos até o dia seguinte.

Por isso havia dormido.

Mas sua mente continuara brincando com o quebra-cabeça.

A maior parte do sonho se esvaiu, porém ele recordava a última parte – o âncora de televisão informando o ataque na Cidade do México. Mais tarde ficara sabendo que Cai Thorvaldsen estava namorando a advogada mexicana. Era uma mulher forte e corajosa que investigava um cartel misterioso. A polícia local ficara sabendo de ameaças que ela havia ignorado. Havia policiais na área, mas curiosamente nenhum deles se encontrava por perto quando os pistoleiros saíram do conversível. Ela e o jovem Thorvaldsen estavam sentados num banco, almoçando. Malone passava por perto, voltando à embaixada, em missão na cidade. Havia usado sua automática para derrubar dois atacantes antes que dois outros percebessem que ele estava ali. Não viu o terceiro e o quarto homens, um dos quais acertou uma bala em seu ombro esquerdo. Antes de ficar inconsciente, ele conseguiu acertar o atacante, e o último homem foi morto por um dos fuzileiros de guarda na embaixada.

Mas não antes que um monte de balas encontrasse um bocado de gente.

Sete mortos – nove feridos.

Sentou-se na cama.

Tinha acabado de resolver o enigma de Rennes.

CINQUENTA E TRÊS

ABADIA DES FONTAINES
1H30

Roquefort passou o cartão magnético no sensor e a tranca eletrônica se abriu. Entrou no arquivo muito iluminado e caminhou entre as estantes restritas até o lugar onde Royce Claridon estava sentado. Na mesa diante de Claridon havia pilhas de escritos. O arquivista estava sentado ali perto, vigiando pacientemente, como fora ordenado. Roquefort sinalizou para o sujeito se afastar.

— O que ficou sabendo? — perguntou a Claridon.

— Os materiais que você me indicou são interessantes. Jamais percebi a extensão da existência desta Ordem depois do Expurgo de 1307.

— Há muita coisa em nossa história.

— Encontrei um relato de quando Jacques de Molay foi queimado na fogueira. Parece que muitos irmãos assistiram àquele espetáculo em Paris.

— Ele caminhou até a fogueira em 13 de março de 1314, com a cabeça erguida, e disse à multidão: *É justo, num momento tão solene, quando minha vida tem tão pouco tempo de sobra, que eu revele a mentira que foi praticada e fale em nome da verdade.*

— Você memorizou essas palavras?

– Ele é um homem que vale a pena conhecer.

– Muitos historiadores culpam De Molay pelo fim da Ordem. Ele teria sido fraco e complacente.

– E o que os relatos que você leu dizem sobre ele?

– Ele parecia forte e decidido, e planejou com antecipação antes de viajar de Chipre à França no verão de 1307. Na verdade, previu o que Felipe IV planejava.

– Nossa riqueza e nossos conhecimentos foram salvaguardados. De Molay garantiu isso.

– O Grande Legado. – Claridon balançou a cabeça.

– Os irmãos garantiram que ele sobrevivesse. De Molay garantiu.

Os olhos de Claridon estavam cansados. Mesmo sendo tarde, Roquefort funcionava melhor à noite.

– Leu as últimas palavras de De Molay?

Claridon assentiu.

– *Deus vingará nossa morte. A desgraça chegará em pouco tempo aos que nos condenaram.*

– Estava se referindo a Felipe IV e Clemente V, que conspiraram contra ele e contra nossa Ordem. O papa morreu menos de um mês depois e Felipe sucumbiu após sete meses. Nenhum herdeiro de Felipe produziu um filho homem, de modo que a linhagem real dos Capetos se extinguiu. Quatrocentos e cinquenta anos depois, durante a Revolução, a família real francesa foi presa, como De Molay, no templo de Paris. Quando a guilhotina finalmente cortou a cabeça de Luís XVI, um homem mergulhou a mão no sangue do rei morto e borrifou-o na multidão, gritando: *Jacques de Molay, estás vingado.*

– Era um dos de vocês?

Ele assentiu.

– Um irmão, envolto na emoção do momento. Estava lá para ver a monarquia francesa ser eliminada.

– Isso significa muito para você, não é?

Roquefort não estava particularmente interessado em compartilhar os sentimentos com esse estranho, mas queria deixar claro.

– Sou o mestre.

– Não. Há mais aqui. Há mais nisso.

– A análise também é parte de sua especialidade?

– Você parou na frente de um carro em alta velocidade, desafiando Malone a atropelá-lo. E teria assado a carne dos meus pés sem remorso.

– Monsieur Claridon, milhares de meus irmãos foram presos, tudo pela cobiça de um rei. Várias centenas deles foram queimados na fogueira. Ironicamente, apenas mentiras os teriam libertado. A verdade foi sua sentença de morte, já que a Ordem não era culpada de nenhuma das acusações levantadas contra ela. Isto é intensamente pessoal.

Claridon pegou o diário de Lars Nelle.

– Tenho más notícias. Li boa parte das anotações de Lars, e há algo errado.

Roquefort não gostou daquela declaração.

– Há erros. Datas erradas. Locais diferentes. Fontes anotadas incorretamente. Mudanças sutis, mas para um olhar treinado são óbvias.

Infelizmente, Roquefort não tinha conhecimento suficiente para saber das diferenças. Na verdade, esperava que o diário aumentasse seus conhecimentos.

– São meramente erros de anotação?

– A princípio, foi o que achei. Então, à medida que fui notando um número cada vez maior, passei a duvidar. Lars era um homem cuidadoso. Ajudei a acumular muitas das informações que estão no diário. Isso é intencional.

Roquefort pegou o diário e folheou até encontrar o criptograma.

– E isso? Está correto?

– Não tenho como saber. Lars nunca me disse se descobriu a sequência matemática que o decifra.

Roquefort ficou preocupado.

– Está dizendo que o diário é inútil?

– O que estou dizendo é que há erros. Até algumas anotações do diário pessoal de Saunière estão erradas. Eu mesmo li algumas há muito tempo.

Roquefort ficou confuso. O que estava acontecendo? Pensou no último dia da vida de Lars Nelle, no que o americano lhe dissera:

– *Você não conseguiria encontrar nada, nem que estivesse diante dos seus olhos.*

Parado entre as árvores, ele havia se ressentido da atitude de Nelle, mas admirou a coragem do sujeito – considerando que havia uma corda amarrada no pescoço dele. Alguns minutos antes, havia olhado enquanto o americano prendia a corda a um suporte da ponte e depois fazia o nó corrediço. Então Nelle subiu no muro de pedras e olhou para o rio escuro lá embaixo.

Ele havia seguido Nelle o dia inteiro, imaginado o que o sujeito estaria fazendo nos altos Pirineus. O povoado ali perto não tinha qualquer conexão com Rennes-le-Château ou com qualquer pesquisa conhecida de Nelle. Agora era quase meia-noite e a escuridão envolvia o mundo ao redor. Apenas o gorgolejo da água correndo embaixo da ponte perturbava o silêncio da montanha.

Roquefort saiu do meio das árvores para a estrada e se aproximou da ponte.

– Fiquei pensando se você iria se mostrar – disse Nelle, de costas para ele. – Presumi que um insulto o atrairia.

– Você sabia que eu estava aqui?

– Estou acostumado a ter irmãos me seguindo. – *Finalmente, Nelle se virou para ele e apontou para a corda no pescoço.* – *Se não se importa, eu ia me matar.*

– Aparentemente, a morte não o amedronta.

– Já morri há muito tempo.

– Não teme o seu Deus? Ele não permite o suicídio.

– Que Deus? Do pó ao pó, esse é o nosso destino.

– E se você estiver errado?

– Não estou.

– E quanto à sua busca?

– Ela trouxe apenas sofrimento. E por que minha alma o preocupa?

– Não me preocupa. Mas sua busca é outra coisa.

– Você me vigiou por longo tempo. Seu mestre chegou a falar pessoalmente comigo. Uma pena que a Ordem tenha de continuar com a busca. Sem que eu mostre o caminho.

– Você sabia que nós o estávamos vigiando?

– Claro. Durante meses os irmãos tentaram obter meu diário.

– Disseram-me que você era um homem estranho.

– Sou um homem arrasado que simplesmente não quer mais viver. Parte de mim lamenta isso. Por meu filho, que eu amo. E por minha mulher, que me ama ao seu modo. Mas não tenho mais desejo de viver.

– Não há modos mais rápidos de morrer?

Nelle deu de ombros.

– Detesto armas de fogo, e algo no veneno parece ofensivo. Sangrar até a morte não era atraente, por isso optei pelo enforcamento.

Roquefort deu de ombros.

– Parece egoísta.

– Egoísta? Vou lhe dizer o que é egoísta. O que as pessoas fizeram comigo. Acreditam que Rennes esconde tudo, desde a monarquia francesa reencarnada até alienígenas do espaço sideral. Quantas pessoas chegaram com seus equipamentos para violar a terra? Paredes foram arrancadas, buracos e túneis foram escavados. Até sepulturas foram abertas; e cadáveres, exumados. Escritores postularam cada teoria mais louca que a outra: tudo destinado a ganhar dinheiro.

Roquefort pensou no estranho discurso de suicídio.

– Fiquei olhando enquanto médiuns faziam sessões e clarividentes conversavam com os mortos. Tanta coisa foi inventada que a verdade agora é entediante. Eles me obrigaram a escrever aquela besteira. Tive de abraçar seu fanatismo para vender livros. As pessoas queriam ler idiotices. É ridículo. Até rio de mim mesmo. Egoísta? Todos aqueles idiotas é que deveriam receber esse rótulo.

– E qual é a verdade sobre Rennes? – perguntou Roquefort calmamente.

– Tenho certeza que você adoraria saber.

Ele decidiu tentar outra abordagem.

– Você percebe que é a única pessoa que talvez possa resolver o mistério de Saunière?

– Que talvez possa? Eu resolvi.

Roquefort se lembrou do criptograma que vira no relatório do marechal no arquivo da abadia, o que o abade Gélis e Saunière encontraram em suas igrejas, o que talvez Gélis tenha morrido solucionando.

– Não pode me contar? – Havia quase um tom implorante na pergunta, um tom do qual ele não gostou.

– Você é como todo o resto, está em busca de respostas fáceis. Onde está o desafio? Demorei anos para decifrar essa combinação.

– E presumo que tenha anotado pouca coisa.

– Isso você terá de descobrir.

– Você é um homem arrogante.

– Não, sou um homem ferrado. Há uma diferença. Veja bem, todos aqueles oportunistas que vieram por si mesmos e partiram sem nada me ensinaram uma coisa.

Roquefort esperou a explicação.

– Não há absolutamente nada a encontrar.

– Você está mentindo.

Nelle deu de ombros.

– Talvez sim. Talvez não.

Roquefort decidiu deixar Nelle com sua tarefa.

– Que você encontre a paz. – Em seguida, virou-se e foi andando.

– Templário – gritou Nelle.

Ele parou e se virou.

– Vou lhe fazer um favor. Você não merece, porque tudo que vocês, irmãos, fizeram foi me causar problemas. Mas sua Ordem também não merece o que aconteceu com ela. Então vou lhe dar uma pista. Algo para ajudá-lo. Não está escrito em lugar nenhum. Nem mesmo no diário. Só você a terá e, se for inteligente, talvez até resolva o enigma. Tem papel e lápis?

Roquefort voltou para perto do muro, enfiou a mão no bolso e pegou um pequeno bloco e uma caneta, que entregou a Nelle. O velho escreveu alguma coisa e, em seguida, jogou o bloco e a caneta para ele.

– Boa sorte – disse Nelle.

Então o americano saltou da ponte. Roquefort ouviu a corda se retesar e um estalo rápido quando o pescoço se partiu. Trouxe o bloco para perto dos olhos e, ao fraco luar, leu o que Lars Nelle havia escrito.

GOODBYE STEPHANIE

A mulher de Nelle se chamava Stephanie. Balançou a cabeça. Não era uma pista. Apenas uma saudação final de um marido à esposa.

Agora não tinha tanta certeza.

Decidiu que, se deixasse o bilhete com o corpo, garantiria a determinação de suicídio. Por isso segurou a corda, puxou o cadáver para cima e enfiou o papel no bolso de Nelle.

Mas será que as palavras eram realmente uma pista?

– Na noite em que Nelle morreu, ele me disse que havia solucionado o criptograma e me ofereceu isto. – Ele pegou um lápis na mesa e escreveu GOODBYE STEPHANIE num bloco.

– Como isso seria uma solução? – perguntou Claridon.

– Não sei. Nem mesmo achei que fosse, até este momento. Se o que você está dizendo é verdade, que o diário contém erros intencionais, então foi feito para nós o encontrarmos. Eu procurei esse diário enquanto Lars Nelle estava vivo, depois com o filho. Mas Mark Nelle o mantinha trancado. Depois, quando o filho apareceu aqui, na abadia, fiquei sabendo que ele estava com o diário no momento da avalanche. O mestre tomou posse do caderno e o manteve trancado até algumas semanas atrás. – Roquefort pensou no aparente erro de Cassiopeia Vitt em Avignon. Agora sabia que não era erro. – Você está certo. O diário não tem valor. Era para nós o pegarmos. – Ele apontou para o bloco. – Mas talvez essas duas palavras tenham significado.

– Ou talvez se destinem a criar mais confusão ainda.

O que era possível.

Claridon examinou-as com claro interesse.

– O que, exatamente, Lars Nelle disse quando lhe deu isso?

Roquefort contou exatamente, terminando com:

– *Uma pista para ajudá-lo. Se for inteligente, talvez até resolva o enigma.*

– Lembro de uma coisa que Lars me disse uma vez. – Claridon procurou na mesa até achar alguns papéis. – Estas são as anotações que fiz em Avignon a partir do livro de Stüblein sobre a lápide de Marie d'Hautpoul. Olhe aqui. – Claridon apontou uma série de numerais romanos. MDCOLXXXI. – Isso estava gravado na pedra e supostamente é a data da morte dela. 1681. E isso descontando-se o O, já que não existe esse numeral romano. Mas Marie morreu em 1781, não 1681. E a idade dela também está errada. Quando morreu, Marie tinha 68 anos, e não 67, como está anotado. – Claridon pegou o lápis e escreveu 1681, 67, e GOODBYE STEPHANIE no bloco. – Nota alguma coisa?

Ele olhou para o que estava escrito. Nada se destacou, mas ele jamais fora bom com charadas.

– Você precisa pensar como um homem do século XVIII. Foi Bigou que criou a lápide. A solução seria simples num aspecto, mas difícil em outro por causa das possibilidades infinitas. Divida a data 1681 em dois números – 16 e 81. Um mais seis é igual a sete. Oito mais um é igual a nove. Sete, nove. Então olhe para o 67. Não é possível inverter o sete, mas o seis vira um nove quando é virado de cabeça para baixo. Então, sete, nove de novo. Conte as letras no que Lars escreveu. Sete em GOODBYE. Nove em STEPHANIE. Acho que ele realmente lhe deixou uma pista.

– Abra o diário no criptograma e tente.

Claridon folheou as páginas e encontrou o desenho.

– Há várias possibilidades. Sete, nove. Nove, sete. Dezesseis. Um, seis. Seis, um. Vou começar com a mais óbvia. Sete, nove.

Roquefort ficou olhando enquanto Claridon contava as fileiras de letras e símbolos, parando na sétima, depois na nona e anotando o caractere. Quando terminou, apareceu ITEGOARCANADEI.

– É latim – disse ele, vendo as palavras. – *I tego arcana dei*. – E traduziu. – Eu escondo os segredos de Deus.

Maldição.

– Esse diário é realmente inútil – gritou ele. – Nelle armou seu próprio quebra-cabeça.

Mas outro pensamento atravessou seu cérebro. O relatório do marechal. Ele também continha um criptograma, obtido com o abade Gélis. Supostamente solucionado pelo abade. Que o marechal dissera ser idêntico ao encontrado por Saunière.

Precisava tê-lo.

– Há outro desenho num dos livros que está com Mark Nelle.

Os olhos de Claridon se incendiaram.

– Presumo que você vai pegá-lo.

– Quando o sol nascer.

CINQUENTA E QUATRO

GIVORS, FRANÇA
1H30

Malone estava de pé no amplo salão iluminado por lâmpadas, com os outros reunidos ao redor da mesa. Ele os acordara havia alguns minutos.

— Sei a resposta — disse ele.

— Do criptograma? — perguntou Stephanie.

Ele confirmou com a cabeça.

— Mark me falou sobre a personalidade de Saunière. Ousado e espalhafatoso. E concordo com o que você disse no outro dia, Stephanie. A igreja de Rennes não é um marco alertando para um tesouro. Saunière jamais teria telegrafado essa informação, mas não conseguiu resistir a apontar alguma coisa. O problema é que são necessárias muitas peças para solucionar esse quebra-cabeça. Por sorte, temos a maioria delas.

Ele pegou o livro *Pierres Gravées du Languedoc*, ainda aberto no desenho das lápides de Marie d'Hautpoul.

— Bigou é o sujeito que deixou as pistas verdadeiras. Ele estava fugindo da França, para jamais retornar, por isso escondeu criptogramas nas duas igrejas e deixou duas pedras gravadas sobre uma sepultura vazia. Há a data errada da morte, 1681, a idade errada, 67, e olhe esses numerais romanos embaixo. LIXLIXL: cinquenta, nove, cinquenta, nove, cinquenta. Se você somar isso, terá 168. Ele também fez referência ao quadro *Lendo as Regras da Caridade* no livro de registros da paróquia. Lembrem-se, na época de Bigou a data não estava apagada. De modo que ele teria lido 1681, e não 1687. Há um padrão aqui.

Ele apontou para os desenhos do túmulo.

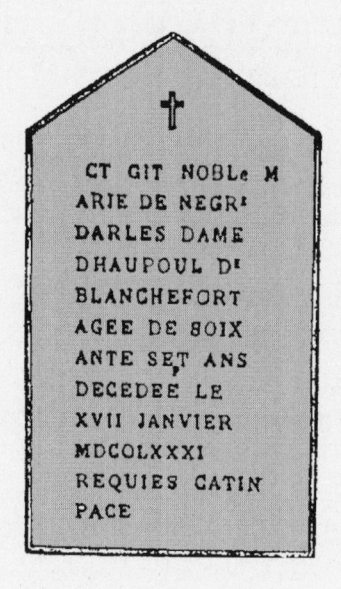

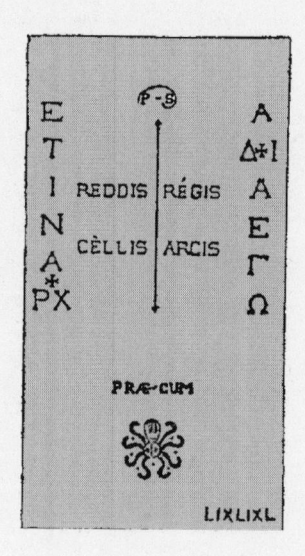

```
CT GIT NOBLe M
ARIE DE NEGRI
DARLES DAME
DHAUPOUL DI
BLANCHEFORT
AGEE DE SOIX
ANTE SEPT ANS
DECEDEE LE
XVII JANVIER
MDCOLXXXI
REQUIES CATIN
PACE
```

```
E           A
T          ⚔I
I  REDDIS|RÉGIS  A
N  CÈLLIS|ARCIS  E
A               Γ
PX              Ω

    PRÆ-CUM

        LIXLIXL
```

— Olhem a aranha gravada na parte de baixo. Sete pontos foram postos intencionalmente entre as patas, com dois espaços deixados em branco. Por que simplesmente não incluir um ponto entre todas elas? E vejam o que Saunière fez no jardim do lado de fora da igreja. Ele pegou o pilar visigodo, virou-o de cabeça para baixo e gravou MISSION 1891 E PENITENCE, PENITENCE na face. Sei que vai parecer maluco, mas acabo de sonhar com a ligação entre tudo isso.

Todo mundo sorriu, mas ninguém o interrompeu.

— De vez em quando sonho com o ano passado, Henrik, quando Cai e todos os outros foram mortos na Cidade do México. É difícil tirar aquelas imagens do cérebro. Houve muitos mortos e feridos naquele dia...

– Sete mortos. Nove feridos – murmurou Stephanie.

O mesmo pensamento pareceu correr sem freios na mente de cada um deles e Malone viu a compreensão, em especial no rosto de Mark.

– Cotton, talvez você esteja certo. – Mark sentou-se à mesa. – 1681. Some os dois primeiros e os dois últimos dígitos. Sete, nove. A gravura no pilar. Saunière virou-o de cabeça para baixo para mandar uma mensagem. Ele o ergueu em 1891, mas a data invertida seria 1681. A coluna está de cabeça para baixo para nos levar na direção certa. Sete, nove outra vez.

– Então conte as letras – disse Malone. – Sete em *Mission*. Nove em Penitence. É mais do que coincidência. E o 168 dos numerais romanos na lápide. Esse total está ali por algum motivo. Some o um ao seis e ao oito e você terá sete e nove. O padrão está em toda parte. – Ele pegou uma imagem colorida da 10ª estação da cruz na igreja de Maria Madalena. – Olhem aqui. Onde o soldado romano está jogando os dados pela capa de Cristo. Na face dos dados. Um três, um quatro e um cinco. Quando Mark e eu estávamos na igreja, fiquei imaginando por que esses números específicos foram escolhidos. Mark, você disse que Saunière supervisionou pessoalmente cada detalhe daquela igreja. Portanto, escolheu esses números por algum motivo. O três vem primeiro, depois o quatro e o cinco. Três e quatro são sete, quatro e cinco são nove.

– Então sete e nove solucionam o criptograma? – perguntou Cassiopeia.

– Só há um modo de descobrir. – Mark sinalizou e Geoffrey lhe entregou a mochila. Mark abriu com cuidado o relatório do marechal e encontrou o desenho.

```
YENSZNTMGLNYYRAEFVHE
O·MOT+PECTHPER+A+BLZ
VOUPHREI+DUSTLEGR)DF
LPORXFONSRTVHVG+CRKR
RDEUMAETR+ROAU·SMBAQ
RIO+AOILUJNRZKMAOXEM
TNAFOGRNEOY+MPFQLE)+
KXVO)LTKYIUD·SGTSXOI
NUE+VGANPEESLE+UPSQM
SNLINE)LO+PAQDLXDVGP
YVEKC·TUBG)HSMSC·LY)
OUPTBM+BLVOV+NAXWXSU
PATSOESFX·CTIWB·TY+O
```

Em seguida, começou a aplicar a sequência de sete e nove, seguindo pelas treze linhas de letras e símbolos. Enquanto fazia isso, ia anotando cada caractere.

TEMPLIERTRESORENFOUIAULAGUSTOUS

– É francês – disse Cassiopeia. – A língua de Bigou.
Mark assentiu.
– Estou vendo.
Ele acrescentou espaços para a mensagem fazer sentido.

TEMPLIER TRESOR EN FOUI AU LAGUSTOUS

– O tesouro dos templários pode ser encontrado em *lagustous* – traduziu Malone.
– O que é *lagustous*? – perguntou Henrik.
– Não faço ideia – disse Mark. – E não me lembro de nenhuma menção a esse lugar no arquivo dos templários.

– Eu vivi nesta região a vida toda – disse Cassiopeia. – E não sei desse lugar.

Mark pareceu frustrado.

– As Crônicas dizem especificamente que as carroças trazendo o Legado vieram para o sul, na direção dos Pirineus.

– Por que o abade tornaria as coisas tão fáceis? – perguntou Geoffrey calmamente.

– Isso mesmo – disse Malone. – Bigou pode ter montado uma salvaguarda para que não bastasse simplesmente solucionar a sequência.

Stephanie ficou perplexa.

– Eu não diria que foi fácil.

– Apenas porque as peças estão tão espalhadas, algumas perdidas para sempre – disse Malone. – Mas na época de Bigou tudo existia, e ele ergueu a lápide para todos verem.

– Mas Bigou cercou a aposta – continuou Mark. – O relatório do marechal observa especificamente que Gélis encontrou um criptograma idêntico ao de Saunière em sua igreja. Durante o século XVIII, Bigou serviu naquela igreja, além de em Rennes, por isso escondeu uma pista em cada uma.

– Esperando que uma pessoa curiosa encontrasse alguma delas – disse Henrik. – Exatamente o que aconteceu.

– Gélis resolveu a charada – disse Mark. – Disso nós sabemos. Ele contou ao marechal. Também disse que suspeitava de Saunière. E alguns dias depois foi assassinado.

– Por Saunière? – perguntou Stephanie.

Mark deu de ombros.

– Ninguém sabe. Sempre achei que o marechal poderia ser suspeito. Ele desapareceu da abadia semanas depois do assassinato de Gélis e especificamente não anotou em seu relatório a solução do criptograma.

Malone apontou para o bloco.

– Agora nós temos. Mas precisamos descobrir o que é *lagustous*.

– É um anagrama – disse Cassiopeia.

Mark assentiu.

– Como na lápide, onde Bigou usou *Et in arcadia ego* como anagrama de *I tego arcana dei*. Ele poderia ter feito a mesma coisa aqui.

Cassiopeia estava examinando o bloco e seu olhar luziu com o reconhecimento.

– Você sabe, não é? – perguntou Malone.

– Acho que sei.

Todos esperaram.

– No século X, um rico barão chamado Hildemar conheceu um homem chamado Agulous. Os parentes de Hildemar se ressentiram da influência de Agulous sobre ele e, em oposição direta à família, Hildemar passou todas as suas terras para Agulous, que converteu seu castelo numa abadia para a qual o próprio Hildemar entrou. Enquanto estavam ajoelhados rezando dentro da capela da abadia, Agulous e Hildemar foram mortos por sarracenos. Ambos acabaram se tornando santos católicos. Ainda há uma cidade lá. A cerca de 150 quilômetros daqui. St. Agulous. – Ela pegou a caneta e converteu *lagustous* em *St. Agulous*.

– Havia sítios templários lá – disse Mark. – Um grande centro de comando, mas se foi.

– O castelo que se tornou abadia continua lá – esclareceu Cassiopeia.

– Temos de ir – disse Henrik.

– Isso poderia ser um problema. – E Malone lançou um olhar para Cassiopeia. Eles não haviam contado aos outros sobre os homens do lado de fora, por isso Malone contou agora.

– Roquefort vai agir – disse Mark. – Nossa anfitriã aqui permitiu que ele ficasse com o diário de papai. Assim que ele descobrir que o negócio é inútil, sua atitude vai mudar.

– Precisamos sair daqui sem sermos vistos – disse Malone.

– Somos muitos – argumentou Henrik. – Uma saída assim seria um desafio.

Cassiopeia sorriu.

– Adoro desafios.

CINQUENTA E CINCO

7H30

Roquefort caminhava pela floresta de altos pinheiros, o terreno embaixo prateado pela urze branca. Um cheiro de mel pairava no ar da manhã. Os penhascos de calcário vermelho ao redor estavam cobertos por uma névoa fraca. Uma águia entrou e saiu da névoa, em busca do desjejum. Ele havia tomado o seu com os irmãos, no silêncio tradicional, enquanto a Escritura era lida em voz alta.

Precisava dar crédito a Claridon. Ele havia decifrado o criptograma com a combinação de sete e nove e decifrado o segredo. Infelizmente, a mensagem era inútil. Claridon lhe disse que Lars Nelle havia encontrado um criptograma num manuscrito inédito de Noël Corbu, o homem que promulgara boa parte da ficção sobre Rennes em meados do século XX. Mas será que Nelle ou Saunière havia mudado o quebra-cabeça? Será que a solução frustrante levara Lars Nelle ao suicídio? Depois de todo esse esforço, quando finalmente decifrou o que Saunière havia deixado, ficou sem saber de nada. Seria isso que Nelle quis dizer ao declarar *Não há absolutamente nada a descobrir*?

Difícil saber.

Mas descobriria, sem dúvida.

Uma trombeta soou a distância, na direção do castelo. Provavelmente, o horário de trabalho estava para começar. Adiante viu uma de suas sentinelas. Havia se comunicado com o sujeito por celular enquanto viajava da abadia para o norte e ficou sabendo que tudo estava calmo. Através das árvores, viu a residência, a cerca de duzentos metros, banhada numa luz matinal filtrada.

Aproximou-se do irmão que havia informado que há uma hora um grupo de 11 homens e mulheres chegara a pé ao local da construção. Todos vestidos em roupas de época. Desde então estavam lá dentro. A segunda sentinela havia informado que nos fundos do prédio tudo continuava calmo. Ninguém havia entrado nem saído. Disse que houve bastante movimento lá dentro há duas horas – luzes em cômodos, atividades dos empregados. A própria Cassiopeia Vitt saiu num determinado momento, caminhou até o estábulo e voltou.

– Também houve atividade por volta de uma da madrugada – disse o irmão. – Luzes se acenderam nos quartos, depois uma sala do andar de baixo se iluminou. Cerca de uma hora depois, as luzes se apagaram. Parece que todos acordaram durante um tempo, depois voltaram a dormir.

Talvez a noite deles tivesse sido tão reveladora quanto a sua.

– Mas ninguém saiu de casa?

O homem balançou a cabeça.

Roquefort pegou o rádio no bolso e se comunicou com o líder da equipe dos dez cavaleiros que ele havia trazido. Haviam parado os veículos a oitocentos metros dali e estavam caminhando pela floresta em direção ao castelo. Ele ordenara que cercassem o prédio em silêncio e esperassem suas instruções. Agora foi informado de que todos os dez estavam nos lugares. Contando os dois que já se encontravam ali e ele próprio, eram 13 homens armados – mais do que o suficiente para realizar a tarefa.

Irônico, pensou. Os irmãos estavam de novo em guerra contra uma sarracena. Há setecentos anos, os muçulmanos derrotaram os cristãos e retomaram a Terra Santa. Agora outra muçulmana, Cassiopeia Vitt, havia se envolvido nos negócios da Ordem.

– Mestre.

Sua atenção foi desviada para o castelo e a porta principal, onde havia pessoas saindo, todas vestindo as roupas coloridas de camponeses da Idade Média. Os homens com túnicas marrons comuns amarradas com cordas na cintura, pernas enfiadas em malhas justas, pés cobertos por sapatos finos. Alguns com esporas presas nos tornozelos. As mulheres usavam vestidos cinza e longos e aventais amarrados na cintura. Chapéus de palha, gorros de abas largas, faixas e capuzes cobriam as cabeças. Na véspera, ele havia notado que todos os trabalhadores do sítio de Givors usavam roupas autênticas, parte da atmosfera anacrônica que o local certamente se destinava a evocar. Uns dois trabalhadores começaram a se provocar, bem-humorados, enquanto o grupo se virava e ia lentamente para a estradinha que levava de volta ao castelo medieval.

– Talvez seja algum tipo de reunião – disse o irmão parado junto dele. – Eles vieram e estão retornando à área de construção.

Roquefort concordou. Cassiopeia Vitt supervisionava pessoalmente o projeto de construção de Givors, por isso era razoável presumir que os trabalhadores se reunissem com ela.

– Quantos entraram?

– Onze.

Ele contou. O mesmo número havia saído. Ótimo. Hora de agir. Levou o rádio aos lábios e disse:

– Entrem.

– Quais são nossas ordens? – perguntou a voz do outro lado do rádio.

Ele estava cansado de brincar com os oponentes.

– Façam o que for necessário para contê-los até que eu entre.

Entrou no castelo pela cozinha, um cômodo enorme cheio de aço inoxidável. Quinze minutos haviam se passado desde que dera a ordem para tomar a casa e o cerco prosseguira sem que se disparasse um tiro. Na verdade, os ocupantes estavam tomando seu café da manhã quando os irmãos penetraram no térreo. Homens postados em todas as saídas e do lado de fora das janelas da sala de jantar haviam destruído qualquer esperança de fuga.

Ele estava satisfeito. Não queria atrair atenção.

Enquanto seguia pelos muitos cômodos, admirou as paredes cobertas de brocados coloridos, os tetos pintados, as colunas esculpidas, lustres de vidro e móveis cobertos com vários tons de damasco. Cassiopeia Vitt tinha bom gosto.

Encontrou a sala de jantar e se preparou para encarar Mark Nelle. Os outros seriam mortos, os corpos enterrados na floresta, mas Mark Nelle e Geoffrey seriam levados de volta para enfrentar a disciplina. Ele precisava transformá-los em exemplos. A morte do irmão em Rennes tinha de ser vingada.

Passou por um saguão espaçoso e entrou na sala de jantar.

Os irmãos cercaram a sala, com as armas empunhadas. O olhar de Roquefort examinou a mesa comprida e registrou seis rostos.

Nenhum conhecido.

Em vez de ver Cotton Malone, Stephanie Nelle, Mark Nelle, Geoffrey e Cassiopeia Vitt, os homens e mulheres reunidos ao redor da mesa eram estranhos, todos vestindo jeans e camisetas.

Trabalhadores da área de construção.

Maldição.

Tinham escapado bem diante de seus olhos.

Conteve a raiva crescente.

– Mantenham-nos aqui até que eu volte – disse a um dos cavaleiros.

Saiu da casa e caminhou calmamente pela estradinha ladeada de árvores até o estacionamento. Havia apenas alguns veículos nesse horário. Mas o carro alugado por Cotton Malone, que estivera estacionado ali quando ele chegou, havia sumido.

Balançou a cabeça.

Agora estava perdido, sem ideia de para onde eles foram.

Um dos irmãos que ele deixara no castelo veio correndo atrás. Roquefort se perguntou por que o sujeito teria deixado seu posto.

– Mestre – disse o homem. – Uma das pessoas dentro do castelo contou que Cassiopeia Vitt pediu que viessem hoje cedo, vestindo as roupas de trabalho. Seis trocaram de roupa e foram convidados por Cassiopeia para desfrutar o café da manhã.

Isso ele já havia deduzido. O que mais?

O homem entregou-lhe um celular.

– O mesmo empregado disse que foi deixado um bilhete indicando que o senhor viria. Quando isso acontecesse, ele deveria lhe entregar este celular, junto com isto.

Roquefort desdobrou um pedaço de papel e leu.

A resposta foi encontrada. Ligarei com informações antes que o sol se ponha.

Ele precisava saber:

– Quem escreveu isto?

– O empregado disse que foi deixado junto com sua muda de roupas e uma instrução para que fosse entregue diretamente ao senhor.

– Como você conseguiu?

– Quando ele mencionou seu nome, simplesmente falei que era eu, e ele me entregou.

O que estava acontecendo? Haveria um traidor com os inimigos? Aparentemente sim. Já que não possuía ideia de para onde eles teriam ido, restava pouca opção.

– Chame os irmãos e retornem à abadia.

CINQUENTA E SEIS

10H

Malone estava maravilhado com os Pirineus, que eram muito semelhantes aos Alpes em aparência e majestade. Separando a França da Espanha, as cristas pareciam se estender até o infinito, cada pico serrilhado coroado com neve brilhante, e as elevações mais baixas uma mistura de encostas verdes e escarpas roxas. Entre os cumes ficavam vales batidos pelo sol, profundos e agourentos, onde Carlos Magno se escondia dos francos, visigodos e mouros.

Haviam pegado dois carros – o que ele alugara e o Land Rover de Cassiopeia, que ela mantinha estacionado na área de construção. A saída do castelo fora inteligente – parecia que o ardil dera certo, já que não foram seguidos – e, assim que estavam longe, ele fizera uma busca detalhada nos dois carros, procurando qualquer rastreador eletrônico. Precisava dar crédito a Cassiopeia. Ela era criativa.

Há uma hora, antes de começarem a subir as montanhas, haviam parado e comprado roupas numa praça comercial perto de Ax-les-Thermes, um próspero balneário que atendia a andarilhos e esquiadores. Suas túnicas coloridas e os vestidos longos haviam atraído olhares estranhos, mas agora vestiam jeans, camisas, botas e jaquetas de pele de carneiro, prontos para o que estava adiante.

St. Agulous empoleirava-se na borda de um precipício, rodeada por colinas em terraços, no fim de uma estrada estreita que subia em espiral atravessando um desfiladeiro embaçado pelas nuvens. O povoado, não muito maior que Rennes-le-Château, era uma massa de construções de calcário gasto pelo tempo que parecia ter se fundido à rocha atrás.

Malone parou pouco antes de chegar à cidade, entrando no meio das árvores por uma estradinha de terra. Cassiopeia foi atrás. Desceram no ar límpido da montanha.

– Não acho boa ideia todos nós simplesmente entrarmos de carro aí – disse ele. – Este não parece um local que recebe muitos turistas.

– Está certo – disse Mark. – Papai sempre se aproximou desses povoados com cautela. Deixe eu e Geoffrey fazermos isso. Como dois andarilhos. Isso não é incomum no verão.

– Você acha que eu não causaria boa impressão? – perguntou Cassiopeia.

– Causar impressão não é seu problema – disse Malone, rindo. – O problema é fazer as pessoas esquecerem essa impressão.

– E quem colocou você no comando? – perguntou Cassiopeia.

– Eu – declarou Thorvaldsen. – Mark conhece estas montanhas. Ele fala o idioma. Deixe-o ir com o irmão.

– Então, se é assim – disse ela. – Vão.

Mark foi na frente, passando com Geoffrey pelo portão principal e entrando numa praça sombreada por árvores. Geoffrey continuava carregando a mochila com os livros, de modo que eles pareciam dois andarilhos curtindo a tarde. Pombos circulavam sobre o amontoado de telhados de ardósia preta, duelando com um sopro de vento que assobiava pelas fendas nas pedras, empurrando nuvens para o norte, sobre as montanhas. Uma fonte no centro da praça deixava escorrer um fio d'água, verde pela idade. Não havia ninguém à vista.

Uma rua calçada de pedras irradiava da praça, bem cuidada e manchada pela luz do sol que se espalhava. O som de cascos anunciou o surgimento de um bode com pelo emaranhado, que desapareceu em outra rua lateral. Mark sorriu. Como tantos lugares nessa região, esse não era movido pelo relógio.

O vestígio de alguma glória antiga vinha da igreja que se erguia no fim da praça. Uma escadaria larga levava a uma porta românica. Mas o prédio em si era mais gótico, com a torre do sino numa estranha forma octogonal que imediatamente atraiu a atenção de Mark. Ele não conseguia se lembrar de ter visto outra assim na região. O tamanho e a grandiosidade da igreja falavam de uma prosperidade e um poder desaparecidos.

– Interessante uma cidade pequena assim ter uma igreja desse tamanho – disse Geoffrey.

– Já vi outras assim. Há quinhentos anos, este era um próspero centro comercial. De modo que uma igreja seria algo necessário.

Uma jovem apareceu. Sardas de sol lhe davam o ar de menina do campo. Ela sorriu e entrou numa pequena mercearia. Ao lado ficava o que parecia ser um posto dos correios. Mark pensou no estranho capricho do destino que aparentemente havia preservado St. Agulous dos cruzados sarracenos, espanhóis, franceses e albigenses.

– Comecemos por aqui – disse ele, apontando para a igreja. – O padre pode ser útil.

Entraram numa nave compacta coberta por um teto azul cheio de estrelas pintadas. Nenhuma estátua enfeitava as paredes simples de pedra. Uma cruz de madeira pendia sobre o altar simples. Tábuas gastas, cada uma com pelo menos 60 centímetros de largura, provavelmente cortadas há séculos na floresta primitiva ao redor, forravam o chão e estalavam a cada passo. Enquanto a igreja de Rennes era animada em detalhes obscenos, um silêncio pouco natural reinava nesta nave.

Mark notou o interesse de Geoffrey pelo teto. Sabia o que ele estava pensando. Nos últimos dias de sua vida, o mestre usava um manto azul com estrelas douradas.

– Coincidência? – perguntou Geoffrey.

– Duvido.

Das sombras junto ao altar, surgiu um homem idoso. Seus ombros tortos eram mal escondidos sob uma batina marrom frouxa. Ele caminhava com passo espasmódico, curvado, que fez Mark pensar numa marionete presa por fios.

– O senhor é o abade? – perguntou ele em francês.

– *Oui*, monsieur.

– Qual é o nome desta igreja?

– Capela de St. Agulous.

Mark ficou olhando enquanto Geoffrey caminhou, passando por onde os dois estavam, e foi até o primeiro banco diante do altar.

– Este é um lugar calmo.

– Os que vivem aqui cuidam apenas de si mesmos. É, de fato, um local pacífico.

– Há quanto tempo o senhor é abade?

– Ah, há muitos anos. Parece que ninguém quer servir aqui. Mas eu gosto.

Mark se lembrou do que sabia.

– Esta área já foi esconderijo de salteadores espanhóis, não foi? Eles entravam na Espanha, aterrorizavam os moradores, roubavam fazendas e depois voltavam às montanhas, sentindo-se seguros aqui na França, fora do alcance dos espanhóis.

O padre assentiu.

– Para saquear a Espanha, eles precisavam morar na França. E jamais tocavam num francês. Mas isso foi há muito tempo.

Mark continuou examinando o interior austero da igreja. Nada sugeria que o prédio abrigasse algum grande segredo.

– Abade – disse ele. – O senhor já ouviu o nome Bérenger Saunière?

O velho pensou por um momento, depois balançou a cabeça.

– É um nome que alguém já mencionou neste povoado?

– Não estou acostumado a monitorar as conversas dos meus paroquianos.

– Não pretendi sugerir isso. Mas o senhor se lembra de ter ouvido alguém mencionar?

Ele balançou a cabeça de novo.

– Quando esta igreja foi construída?

– Em 1732. Mas o primeiro prédio foi erguido aqui no século XIII. Muitos vieram depois. É uma infelicidade, mas nada resta daquelas antigas estruturas.

A atenção do velho foi desviada para Geoffrey, que ainda caminhava perto do altar.

– Ele o incomoda? – perguntou Mark.

– O que ele está procurando?

Boa pergunta, pensou Mark.

– Talvez esteja rezando, querendo ficar perto do altar.

O abade o encarou.

– Você não mente bem.

Mark percebeu que o velho à sua frente era muito mais esperto do que queria que o ouvinte percebesse.

– Por que não me diz o que quero saber?

– Você se parece com ele.

Mark lutou para conter a surpresa.

– O senhor conhecia meu pai?

– Ele veio a esta região muitas vezes. Nós conversávamos com frequência.

– Ele lhe contou alguma coisa?

O padre balançou a cabeça.

– Você sabe que não.

– Sabe o que vim fazer?

– Seu pai me disse que, se algum dia você chegasse aqui, deveria saber o que há para fazer.

– O senhor sabe que ele morreu?

– Claro. Disseram-me. Ele tirou a vida.

– Não necessariamente.

– Isso é um pensamento ilusório. Seu pai era um homem infeliz. Veio aqui procurando mas, infelizmente, não encontrou nada. Isso o frustrou. Quando ouvi dizer que havia tirado a própria vida, não fiquei surpreso. Não havia paz para ele na Terra.

– Ele lhe falou sobre essas coisas?

– Muitas vezes.

– Por que mentiu ao dizer que nunca ouviu falar no nome Bérenger Saunière?

– Não menti. Nunca tinha ouvido esse nome.

– Meu pai nunca o mencionou?

– Nunca.

Outra charada diante dele, tão frustrante e irritante quanto Geoffrey, que agora voltava na direção dos dois. A igreja ao redor claramente não continha resposta, por isso ele perguntou:

– E quanto à abadia de Hildemar, o castelo que ele entregou a Agulous no século X? Ainda há alguma coisa de pé?

– Ah, sim. As ruínas ainda existem. Nas montanhas. Não é longe.

– Não é mais uma abadia?

– Santo Deus, não. Não é ocupada há trezentos anos.

– Meu pai alguma vez falou desse lugar?

– Ele o visitou muitas vezes, mas não encontrou nada. O que só fez aumentar sua frustração.

Eles precisavam ir embora. Mas Mark queria saber.

– Quem é o dono das ruínas da abadia?

– Elas foram compradas há anos. Por um dinamarquês. Henrik Thorvaldsen.

QUINTA PARTE

CINQUENTA E SETE

ABADIA DES FONTAINES
11H40

Roquefort olhou para o capelão do outro lado da mesa. O padre estivera esperando-o quando ele retornou de Givors à abadia. O que era ótimo. Depois do confronto da véspera, ele também precisava falar com o italiano.

– Você jamais me questionará – deixou claro. O mestre possuía a autoridade para demitir o capelão se, como declarava a Regra, *ele causasse perturbações ou fosse mais um estorvo do que uma vantagem.*

– É meu trabalho ser sua consciência. Os capelães serviram aos mestres assim desde o Início.

O que não foi dito era o fato de que qualquer decisão para demitir o capelão teria de ser aprovada pela irmandade. O que poderia ser difícil, já que o sujeito era popular. Por isso, Roquefort recuou um pouco.

– Você não me questionará diante dos irmãos.

– Eu não estava questionando-o. Meramente observei que a morte de dois homens pesa muito na mente de todos nós.

– E não na minha?

– Você deve andar com cuidado.

Estavam sentados atrás da porta fechada de seus aposentos, com a janela aberta e a cachoeira distante emitindo um rugido suave.

– Essa abordagem não nos levou a lugar algum.

– Quer você perceba ou não, a morte daqueles homens abalou sua autoridade. Já estão comentando, e você só é mestre há poucos dias.

– Não tolerarei dissensão.

Um sorriso triste mas tranquilo surgiu nos lábios do padre.

– Você se parece demais com o homem a quem tanto se opôs. O que mudou? O senescal o afetou tanto assim?

– Ele não é mais senescal.

– Infelizmente, esse é o único nome pelo qual eu o conheço. Parece que você sabe muito mais.

Mas Roquefort se perguntou se o astuto veneziano diante dele estaria sendo sincero. Também ouvira coisas, seus espiões informavam que o capelão estava muito interessado no que o mestre fazia. Muito mais do que qualquer conselheiro espiritual precisaria estar. Imaginou se aquele homem, que professava ser seu amigo, estava se colocando em posição estratégica para conseguir mais. Afinal de contas, ele fizera a mesma coisa há anos.

Na verdade, queria falar sobre seu dilema, explicar o que havia acontecido, o que ele sabia, procurar alguma orientação, mas compartilhar isso com qualquer pessoa seria idiotice. Claridon já era bastante ruim, mas pelo menos não fazia parte da Ordem. Esse homem era outra coisa. Tinha potencial para se tornar inimigo. Por isso verbalizou o óbvio:

– Estou procurando nosso Grande Legado e estou perto de localizá-lo.

– Mas ao preço de dois mortos.

– Muitos morreram por aquilo em que acreditamos – disse ele, elevando a voz. – Nos dois primeiros séculos de nossa existência, 20 mil irmãos deram a vida. Mais dois morrerem agora não é significativo.

– A vida humana tem muito mais valor hoje do que antigamente.

Ele notou que a voz do capelão havia baixado até um sussurro.

– Não, o valor é o mesmo. O que mudou é a nossa falta de dedicação.

– Isto não é uma guerra. Não há infiéis controlando a Terra Santa. Estamos falando sobre encontrar algo que provavelmente não existe.

— Você blasfema.

— Falo a verdade. E você sabe. Acha que encontrar nosso Grande Legado mudará tudo. Não mudará nada. Você ainda precisa conquistar o respeito de todos que o servem.

— Fazer o que prometi vai gerar esse respeito.

— Já pensou bem nessa busca? Não é simples como você acha. As questões aqui são muito mais importantes do que eram no Início. O mundo não é mais analfabeto e ignorante. Você tem muito mais a enfrentar do que os irmãos na época. Infelizmente, para você, não existe sequer uma menção a Jesus Cristo em qualquer relato histórico secular grego, romano ou judeu. Nenhuma referência em qualquer obra literária que tenha sobrevivido. Apenas o Novo Testamento. Esse é todo o resumo de Sua existência. E por quê? Você sabe a resposta. Se Jesus realmente viveu, pregou sua mensagem na obscuridade da Judeia. Ninguém prestou atenção. Os romanos não poderiam ter se importado menos, desde que Ele não estivesse incitando a rebelião. E os judeus faziam pouco mais do que discutir entre si, o que servia aos romanos. Jesus veio e se foi. Não teve importância. No entanto, agora atrai a atenção de bilhões de pessoas. O cristianismo é a maior religião do mundo. E Ele, em todos os sentidos, é o Messias *deles*. O Senhor ressuscitado. E nada que você encontre mudará isso.

— E se os ossos d'Ele estiverem por aí?

— Como você saberá que são os ossos d'Ele?

— Como aqueles nove cavaleiros originais sabiam? E olhe o que eles realizaram. Reis e rainhas se curvaram à sua vontade. De que outro modo isso pode ser explicado, se não através do que eles sabiam?

— E você acha que eles compartilharam esse conhecimento? O que eles fizeram? Mostraram os ossos de Cristo a cada rei, cada doador de dinheiro, a cada um dos fiéis?

— Não tenho ideia do que eles fizeram. Mas qualquer que tenha sido seu método, ele se mostrou eficaz. Homens entravam aos bandos na

Ordem, querendo fazer parte dela. As autoridades seculares cortejavam seu favor. Por que isso não pode acontecer de novo?

– Pode. Só que não como você acha.

– Fico furioso. Por tudo que fizemos pela Igreja. Vinte mil irmãos, seis mestres, todos morreram defendendo Jesus Cristo. O sacrifício dos cavaleiros hospitalários não pode ser comparado. No entanto, não há sequer um santo templário, e há muitos hospitalários canonizados. Quero consertar essa injustiça.

– Como isso é possível? – O capelão não esperou que ele respondesse. – O que *é* não mudará.

Roquefort pensou de novo no bilhete. A RESPOSTA FOI ENCONTRADA. E no telefone em seu bolso. LIGAREI COM INFORMAÇÕES ANTES QUE O SOL SE PONHA. Seus dedos acariciaram de leve o volume do celular no bolso da calça. O capelão ainda estava falando, murmurando mais sobre "a busca por nada". Royce Claridon ainda estava no arquivo, procurando.

Mas só um pensamento varria sua mente.

Por que o telefone não tocava?

– Henrik – gritou Malone. – Não posso suportar muito mais disso.

Ele acabara de ouvir a explicação de Mark de que as ruínas da abadia próxima pertenciam a Thorvaldsen. Estavam junto às árvores, a oitocentos metros de St. Agulous, onde haviam estacionado e estavam esperando.

– Cotton, eu não tinha ideia de que sou dono dessa propriedade.

– Deveríamos acreditar nisso? – perguntou Stephanie.

– Não dou a mínima se vocês acreditam ou não. Eu não sabia nada disso até um instante atrás.

– Então, como explica? – perguntou Malone.

– Não explico. Só posso dizer que Lars pegou emprestados 140 mil dólares três meses antes de morrer. Nunca disse para que era o dinheiro e eu não perguntei.

– Você simplesmente deu esse dinheiro sem fazer perguntas? – perguntou Stephanie.

– Ele precisava, por isso dei. Eu confiava nele.

– O padre do povoado disse que a pessoa comprou a propriedade do governo regional. Eles queriam se desfazer das ruínas e havia poucas propostas, já que elas ficam nas montanhas e se encontram em mau estado. Foram vendidas num leilão aqui em St. Agulous. – Mark encarou Thorvaldsen. – Você ofereceu o valor mais alto. O padre conhecia papai e disse que não foi ele que fez a oferta.

– Então Lars contratou alguém para fazer isso por ele, porque não fui eu. Em seguida, pôs a escritura em meu nome como um disfarce. Lars era bastante paranoico. Se eu fosse dono dessa propriedade e soubesse disso, teria dito algo ontem à noite.

– Não necessariamente – murmurou Stephanie.

– Olhe, Stephanie. Não tenho medo de você nem de nenhum de vocês. Não preciso me explicar. Mas considero que todos são meus amigos, e se eu fosse dono da propriedade e soubesse, diria.

– Por que não presumimos que Henrik está falando a verdade? – perguntou Cassiopeia. Ela ficara num silêncio pouco característico durante o debate. – E vamos até lá. A escuridão chega depressa nas montanhas. Eu, pelo menos, quero saber o que há por lá.

Malone concordou.

– Ela está certa. Vamos. Podemos brigar por causa disso mais tarde.

A subida até as regiões mais elevadas demorou 15 minutos e exigiu nervos fortes e freios bons. Seguiram as orientações do abade e acabaram avistando o mosteiro em ruínas, pousado alto como uma águia, com os restos da torre quadrada junto a um precipício implacável. A estrada terminava a cerca de oitocentos metros das ruínas. A caminhada até o alto, por uma trilha de rocha emaciada e florida com tomilho sob uma cúpula de grandes pinheiros, demorou mais dez minutos.

Entraram no local.

Havia sinais de abandono em toda parte. As paredes grossas eram nuas, e Malone deixou seus dedos passarem no xisto granítico cinza, cada pedra certamente arrancada das montanhas e trabalhada com paciência fiel por mãos antigas. O que já fora uma galeria grandiosa se abria ao céu com colunas e capitéis que os séculos de clima e luz haviam manchado até ficarem irreconhecíveis. Musgo, liquens laranja e capim fino e cinza cobriam o chão, cujo piso de pedra tinha havido muito retornado à condição de areia. Grilos cantavam alto num som de castanholas.

Era difícil delinear os aposentos, pois o teto e a maioria das paredes estavam desmoronados, mas as celas dos monges eram evidentes, assim como um grande salão e outro aposento espaçoso que poderia ter sido uma biblioteca ou um escritório. Malone sabia que a vida ali teria sido frugal, parcimoniosa e austera.

– Você possui um lugar fantástico – disse a Henrik.

– Eu estava admirando o que 140 mil dólares puderam comprar há 12 anos.

Cassiopeia parecia fascinada.

– Dá para imaginar os monges fazendo uma colheita magra no pouco solo fértil. Os verões aqui eram breves, os dias curtos. Quase dá para ouvi-los cantando.

– Este lugar devia ser bastante solitário – disse Thorvaldsen. – Um esquecimento apenas para eles mesmos.

– Lars pôs esta propriedade em seu nome por algum motivo – observou Stephanie. – Ele veio aqui por algum motivo. Tem de haver algo aqui.

– Talvez – disse Cassiopeia. – Mas o abade do povoado disse a Mark que Lars não encontrou nada. Esta poderia ser uma das buscas perpétuas que ele fazia.

Mark balançou a cabeça.

– O criptograma nos trouxe aqui. Papai esteve aqui. Ele não encontrou nada, mas achou suficientemente importante para comprar. Este tem de ser o lugar.

Malone sentou-se numa pedra e olhou para o céu.

— Temos umas cinco ou seis horas de dia. Sugiro que aproveitemos ao máximo. Tenho certeza que fica bastante frio por aqui à noite, e essas jaquetas forradas de pele de carneiro não vão bastar.

— Eu trouxe alguns equipamentos no Rover — disse Cassiopeia. — Presumi que iríamos ao subsolo, por isso tenho barras de luz, lanternas e um pequeno gerador.

— Ora, veja se você não é uma pessoa prevenida! — disse Malone.

— Aqui — gritou Geoffrey.

Malone olhou mais adiante no mosteiro destruído. Não havia notado que Geoffrey se afastara.

Todos penetraram mais nas ruínas e encontraram Geoffrey diante do que havia sido um portal românico. Pouco restava do trabalho de escultura a não ser uma leve imagem de touros com cabeças humanas, leões alados e um motivo de folhas de palmeira.

— A igreja — disse Geoffrey. — Eles a escavaram na rocha.

Malone pôde ver que as paredes mais além não eram realmente feitas pelo homem, e sim parte do precipício que se erguia acima da antiga abadia.

— Vamos precisar daquelas lanternas — disse a Cassiopeia.

— Não vão, não — interveio Geoffrey. — Há luz lá dentro.

Malone foi na frente. Abelhas zumbiam nas sombras. Fachos empoeirados de luz se derramavam por fendas cortadas na rocha em vários ângulos, aparentemente destinadas a aproveitar os movimentos do sol. Algo atraiu seu olhar. Chegou perto de uma das paredes de rocha, alisadas mas agora sem qualquer enfeite a não ser uma escultura uns três metros acima dele. O topo consistia em um capacete com um tecido caindo dos dois lados de um rosto masculino. As feições haviam desaparecido, o nariz fora desgastado, os olhos estavam vazios e sem vida. Em cima havia uma esfinge. Abaixo um escudo de pedra com três martelos.

– Isso é templário – disse Mark. – Vi um igual na nossa abadia.

– O que está fazendo aqui? – perguntou Malone.

– Os catalães que viveram nesta região durante o século XIV não gostavam do rei francês. Os templários eram tratados com gentileza aqui, mesmo depois do Expurgo. Esse é um motivo para esta área ter sido escolhida como refúgio.

As paredes altas se erguiam até um teto arredondado. Um dia certamente houvera afrescos adornando tudo, mas não restava nenhum. O vazamento de água pela rocha porosa tinha há muito apagado todos os vestígios artísticos.

– É como uma caverna – disse Stephanie.

– Mais como uma fortaleza – observou Cassiopeia. – Esta podia ser a última linha de defesa da abadia.

Malone estivera pensando a mesma coisa.

– Mas há um problema. – Ele indicou o espaço escuro ao redor. – Não há saídas.

Outra coisa atraiu sua atenção. Chegou perto e se concentrou na parede, que na maior parte se erguia nas sombras. Forçou a vista.

– Gostaria que tivéssemos uma daquelas lanternas.

Os outros se aproximaram.

A três metros acima, viu os restos fracos de letras gravadas toscamente na pedra cinza.

– P, R, N, V, I, R? – perguntou ele.

– Não – disse Cassiopeia. – Tem mais. Outro *I*, talvez um *E* e outro *R*.

Ele se esforçou no escuro para interpretar o que estava escrito.

PRIER EN VENIR

A mente de Malone se iluminou. Lembrou-se das palavras no centro da lápide de Marie d'Hautpoul. REDDIS RÉGIS CÉLLIS ARCIS. E o que Claridon dissera sobre elas em Avignon.

Reddis *significa "devolver, restaurar algo que foi tomado anteriormente"*. Régis *deriva de* rex, *que significa rei*. Cella *refere-se a um depósito*. Arcis *vem de arx – uma fortaleza ou cidadela*.

Na ocasião, as palavras pareceram sem sentido. Mas talvez só precisassem ser reorganizadas.

Depósito, fortaleza, restaurar algo tomado anteriormente, rei.

Acrescentando algumas preposições, a mensagem poderia ser: *Num depósito, numa fortaleza, restaurar algo anteriormente tomado do rei.*

E a seta que se estendia pelo centro da lápide, entre as palavras, começando no topo com as letras P-S e terminando com PRÆ-CUM.

Præ-cum. "Reze para vir."

Ele olhou de novo as letras gravadas na rocha.

PRIER EN VENIR

"Reze para vir", em francês.

Ele sorriu e disse aos outros o que pensava.

– O abade Bigou era inteligente, isso preciso admitir.

– Aquela seta na lápide tinha de ser significativa – disse Mark. – Fica bem no centro, num lugar importante.

Agora os sentidos de Malone estavam em alerta, a mente revirando as informações, e ele começou a notar o piso. Muitas das pedras haviam sumido e as que restaram estavam rachadas e desfiguradas, mas notou um padrão. Uma série de quadrados emoldurados por uma linha estreita de pedras, ia da frente à parte de trás e da esquerda à direita.

Contou.

Num dos retângulos emoldurados contou sete pedras de um lado ao outro e nove de cima para baixo. Contou outra seção. O mesmo. E outra.

– O piso é arrumado num padrão de sete e nove – disse.

Mark e Henrik foram na direção do altar, também contando.

– E há nove seções da porta de trás até o altar – disse Mark.

– E sete de um lado ao outro – completou Stephanie, quando terminou de encontrar uma última seção de piso perto da parede externa.

– Bom, parece que estamos no lugar certo – disse Malone. Pensou de novo na lápide. *Reze para vir.* Olhou as palavras em francês rabiscadas na pedra, depois para o piso. As abelhas continuavam zumbindo perto do altar. – Vamos trazer aquelas barras de luz e o gerador para cá. Precisamos ver o que estamos fazendo.

– Acho que também precisaremos ficar esta noite – disse Cassiopeia. – A hospedaria mais perto é em Elne, a cinquenta quilômetros. Deveríamos acampar aqui.

– Temos suprimentos? – perguntou Malone.

– Podemos conseguir – disse ela. – Elne é uma cidade de bom tamanho. Podemos comprar o que precisamos lá, sem atrair muita atenção. Mas não quero sair daqui.

Dava para ver que nenhum dos outros também queria ir. Havia uma empolgação surgindo. Malone também sentia. A charada não era mais um conceito abstrato, impossível de se entender. Em vez disso, a resposta estava em algum local ao redor deles. E, ao contrário do que dissera a Cassiopeia na véspera, ele queria encontrá-la.

– Eu vou – disse Geoffrey. – Todos vocês precisam ficar e decidir o que faremos em seguida. Isso é para vocês, não para mim.

– Agradecemos seu gesto – disse Thorvaldsen.

Cassiopeia enfiou a mão no bolso e pegou um maço de euros.

– Você vai precisar de dinheiro.

Geoffrey pegou a verba e sorriu.

– Só me deem uma lista e eu volto antes do anoitecer.

CINQUENTA E OITO

Malone passou o facho da lanterna pelo interior da igreja, examinando as paredes de rocha em busca de mais pistas. Eles haviam descarregado todo o equipamento que Cassiopeia trouxera e puseram na abadia. Stephanie e Cassiopeia estavam do lado de fora, montando um acampamento. Henrik havia se oferecido para encontrar lenha. Malone e Mark voltaram para dentro, para ver se haviam deixado escapar alguma coisa.

– Esta igreja está vazia há muito tempo – disse Mark. – Trezentos anos, pelo que disse o padre da cidade.

– Devia ser notável em seu tempo.

– Esse tipo de construção não é incomum. Há igrejas subterrâneas em todo o Languedoc. Em Vals, perto de Carcassonne, fica uma das mais famosas. Está em boa forma. Ainda tem afrescos. Todas as igrejas desta região eram pintadas. Esse era o estilo. Infelizmente, pouco daquela arte sobreviveu em qualquer lugar, graças à Revolução.

– A vida aqui em cima deve ter sido difícil.

– Os monges eram criaturas estranhas. Não tinham jornais, rádio, televisão, música, teatro. Apenas alguns livros e os afrescos da igreja para se embriagar.

Malone continuou examinando a escuridão quase teatral que o rodeava, interrompida apenas por uma luz fraca que coloria os poucos detalhes, como se nevasse forte ali dentro.

– Temos de presumir que o criptograma do relatório do marechal é autêntico – disse Mark. – Não há motivos para achar que não é.

– Só que o marechal desapareceu pouco depois de fazer o relatório.

– Sempre achei que aquele marechal específico tinha o mesmo impulso de Roquefort. Acho que ele foi atrás do tesouro. Devia saber da história do segredo da família Blanchefort. Essa informação e o fato de que o abade Bigou podia saber do segredo fazem parte de nossas Crônicas há séculos. Ele poderia ter presumido que Bigou deixou os dois criptogramas e que eles levavam ao Grande Legado. Sendo ambicioso, queria pegá-lo para si.

– Então, por que registraria o criptograma?

– O que importava? Ele possuía a solução, que o abade Gélis lhe deu. Ninguém mais tinha qualquer pista do significado. Então, por que não redigir o relatório e mostrar ao mestre que estivera trabalhando?

– Usando essa linha de pensamento, o marechal poderia ter matado Gélis e simplesmente voltado e registrado o que aconteceu depois como um modo de encobrir seus rastros.

– É totalmente possível.

Malone se aproximou das letras – PRIER EN VENIR – gravadas na parede.

– Nada mais sobreviveu aqui – murmurou ele.

– É verdade. O que é uma pena. Há um monte de nichos e todos conteriam estátuas. Combinadas com os afrescos, este deve ter sido um lugar bastante enfeitado.

– Então, como essas palavras conseguiram sobreviver?

– Mal conseguiram.

– O suficiente – disse ele, pensando que talvez Bigou tivesse se certificado disso.

Pensou de novo no túmulo de Marie de Blanchefort. A seta de dois lados e o PRÆ-CUM. Reze para vir. Olhou o piso com o arranjo de nove e sete.

– Devia haver bancos aqui, não?

– Claro. De madeira. Foram-se há muito.

– Se Saunière descobriu a solução do criptograma com Gélis ou resolveu sozinho...

– O marechal disse no relatório que Gélis não confiava em Saunière.

Malone balançou a cabeça.

– Poderia ser mais desinformação da parte do marechal. Saunière claramente deduziu alguma coisa que o marechal não sabia. Então, vamos presumir que o padre tenha descoberto o Grande Legado. A partir de tudo que sabemos, Saunière voltou a ele muitas vezes. Você me contou, em Rennes, como ele a amante saíam da cidade e voltavam com pedras para a gruta que ele estava construindo. Saunière poderia ter vindo aqui para fazer uma retirada em seu banco particular.

– Nos dias de Saunière, essa viagem seria feita facilmente de trem.

– Então ele precisava ter acesso ao tesouro, ao mesmo tempo que mantinha a localização em segredo.

Olhou de novo para a pedra gravada. PRIER EN VENIR. Reze para vir. Em seguida, ajoelhou-se.

– Faz sentido, mas o que você vê daí que eu não vejo daqui? – perguntou Mark.

O olhar de Malone examinou a igreja. Nada restava ali dentro, a não ser o altar, a seis metros dali. O tampo de pedra tinha uns sete centímetros de espessura sustentado por um apoio retangular feito de blocos de granito. Ele contou os blocos na fileira horizontal. Nove. Depois contou o número verticalmente. Sete. Apontou o facho da lanterna para as pedras infestadas de liquens. Linhas grossas e onduladas de argamassa continuavam ali. Acompanhou vários caminhos com a luz, depois levantou o facho para a parte de baixo do tampo de granito.

E viu.

Agora sabia.

Deu um sorriso.
Reze para vir.
Inteligente.

Roquefort não estava escutando a arenga do tesoureiro. Algo sobre o orçamento e os excedentes da abadia. A abadia tinha uma dotação que totalizava milhões de euros, verbas há muito adquiridas e mantidas religiosamente para garantir que a Ordem jamais sofresse financeiramente. A abadia praticamente se sustentava. Seus campos, plantações e a padaria produziam a maior parte das necessidades. A vindima e a leiteria produziam boa parte do que bebiam. E havia água em tal abundância que era levada em canos até o vale, onde era engarrafada e vendida por toda a França. Claro, muito do que era necessário para complementar as refeições e fazer a manutenção precisavam ser comprados. Mas os ganhos com as vendas de vinho e água, junto com os pagamentos dos visitantes, eram mais do que suficientes. Então, por que essa conversa de excedentes?

– Estamos precisando de dinheiro? – interrompeu ele perguntando.

– De jeito nenhum, mestre.

– Então, por que está me incomodando?

– O mestre deve ser informado de todas as decisões monetárias.

O idiota estava certo. Mas ele não queria ser incomodado. Mesmo assim, o tesoureiro poderia ser útil.

– Você estudou nossa história financeira?

A pergunta pareceu apanhar o sujeito desprevenido.

– Claro, mestre. Isso é exigido de todos os que se tornam tesoureiros. No momento, estou ensinando aos meus subalternos.

– Na época do Expurgo, qual era a nossa riqueza?

– Incalculável. A Ordem tinha mais de nove mil propriedades, e é impossível calcular o valor dessas terras.

– E nossa riqueza líquida?

– De novo, é difícil dizer. Haveria denários de ouro, moedas bizantinas, florins de ouro, dracmas, marcos, junto com prata e ouro ilimitados. De Molay veio à França em 1306 com doze cavalos carregados de prata não cunhada, que jamais foi contabilizada. E há a questão dos itens que mantínhamos guardados para outras pessoas.

Ele sabia a que o homem estava se referindo. A Ordem havia sido pioneira no conceito de depósitos seguros, guardando testamentos e documentos preciosos para homens de posse, junto com joias e outros objetos pessoais. Sua reputação de confiabilidade era impecável, o que permitiu que o serviço florescesse por toda a cristandade – tudo, claro, por um preço.

– Os itens que eram guardados se perderam durante o Expurgo – disse o tesoureiro. – Os inventários estavam em nossos arquivos, que também desapareceram. De modo que não há sequer como estimar o que estava sendo guardado. Mas é seguro dizer que atualmente a riqueza total estaria na casa dos bilhões de euros.

Ele sabia sobre carroças de feno levadas ao sul por quatro irmãos escolhidos e seu líder, Gilbert de Blanchefort, que fora instruído, em primeiro lugar, a não contar a ninguém sobre o esconderijo e, em segundo, a garantir que o que ele sabia fosse *passado a outros de modo adequado*. Blanchefort realizou bem seu trabalho. Setecentos anos haviam se passado e o local permanecia secreto.

O que havia de tão precioso a ponto de Jacques de Molay ordenar que fosse escondido com precauções tão elaboradas?

Ele havia pensado na resposta durante trinta anos.

O telefone em sua batina vibrou, assustando-o.

Finalmente.

– O que é, mestre? – perguntou o tesoureiro.

Ele se controlou.

– Deixe-me agora.

O homem se levantou da mesa, fez uma reverência e saiu. Roquefort abriu o telefone e disse:

– Espero que isso não seja perda de tempo.
– Como a verdade poderia ser perda de tempo?
Ele reconheceu a voz instantaneamente.
Geoffrey.
– E por que eu acreditaria em algo que você dissesse?
– Porque o senhor é meu mestre.
– Sua lealdade era para com meu predecessor.
– Enquanto ele respirava, isso foi verdade. Mas, depois de sua morte, meu juramento à irmandade ordena que eu seja leal a quem usa o manto branco...
– Mesmo que não goste desse homem.
– Acredito que o senhor fez o mesmo durante muitos anos.
– E atacar seu mestre faz parte da lealdade? – Ele não havia esquecido o golpe na têmpora com uma coronha de arma antes que Geoffrey e Mark Nelle escapassem da abadia.
– Uma demonstração necessária por causa do senescal.
– Onde obteve este telefone?
– O antigo mestre me deu. Deveria ser usado durante nossa excursão fora dos muros. Mas me decidi por um uso diferente.
– Você e o mestre planejaram bem.
– Era importante para ele que tivéssemos sucesso. Por isso mandou o diário a Stephanie Nelle. Para envolvê-la.
– O diário não tem valor.
– Foi o que me disseram. Mas isso era informação nova para mim. Só fiquei sabendo ontem.
Roquefort perguntou o que queria saber:
– Eles solucionaram o criptograma? O que está no relatório do marechal?
– Solucionaram, sim.
– Então, diga, irmão. Onde você está?
– Em St. Agulous. Na abadia arruinada, ao norte do povoado. Não fica longe daí.

– E nosso Grande Legado está nesse lugar?

– É para onde todas as pistas apontam. Neste momento, eles estão trabalhando para localizar o esconderijo. Fui mandado a Elne para comprar suprimentos.

Roquefort estava começando a acreditar no sujeito do outro lado do telefone. Mas imaginou se seria por desespero ou boa avaliação.

– Irmão, vou matá-lo se isso for mentira.

– Não duvido. O senhor já matou antes.

Ele sabia que não deveria, mas teve de perguntar.

– E quem eu matei?

– Certamente foi responsável pela morte de Ernst Scoville. Quanto a Lars Nelle... é mais difícil de determinar, pelo menos a partir do que o antigo mestre me contou.

Roquefort queria sondar mais, porém sabia que qualquer interesse que demonstrasse não passaria de admissão tácita, por isso simplesmente disse:

– Você é um sonhador, irmão.

– Já me chamaram de coisas piores.

– Quais são seus motivos?

– Quero ser cavaleiro. É o senhor que faz essa determinação. Na capela, há algumas noites, quando prendeu o senescal, o senhor deixou claro que isso não aconteceria. Então decidi que assumiria um caminho diferente, um caminho que não agradaria ao antigo mestre. Por isso fui em frente. Descobri o que pude. E esperei até poder lhe oferecer o que realmente queria. Em troca, só procuro o perdão.

– Se o que diz é verdade, você o terá.

– Voltarei logo às ruínas. Eles planejam acampar lá, para passar a noite. O senhor já viu como eles são cheios de recursos, tanto individual quanto coletivamente. Mesmo jamais presumindo substituir sua avaliação pela minha, eu recomendaria uma ação decisiva.

– Garanto, irmão, que minha reação será extremamente decisiva.

CINQUENTA E NOVE

Malone se levantou e marchou até o altar. Sob o facho da lanterna, havia notado que não existia junta de argamassa sob o tampo. O arranjo das pedras do apoio em fileiras de nove e sete atraíra sua atenção, e o fato de ajoelhar lhe permitira ver a fenda.

Diante do altar, abaixou-se e apontou a luz mais para perto.

– Este tampo não está fixo.

– Eu não esperaria que estivesse – disse Mark. – A gravidade os mantinha no lugar. Olhe só. Esse negócio tem o quê? Sete centímetros e meio de grossura e um metro e oitenta de comprimento?

– Bigou escondeu o criptograma na coluna do altar em Rennes. Imagino por que ele teria escolhido esse esconderijo em particular. É estranho, não acha? Para alcançá-lo, ele teve de levantar a laje o bastante para liberar o pino de trava, depois enfiar o frasco de vidro no nicho. Puxando o tampo de volta, teria um esconderijo fantástico. Mas há mais. Com essa escolha, Bigou estaria mandando uma mensagem.

– Ele pousou a lanterna. – Precisamos mover isto.

Mark foi até uma das extremidades e Malone se posicionou na outra. Segurando os dois lados com as mãos, ele testou para ver se a pedra se mexia.

Mexeu-se, ainda que muito pouco.

– Você está certo – disse ele. – Só está apoiado aí. Não vejo motivo para sutilezas. Vamos empurrar.

Juntos forçaram a pedra para a esquerda e a direita, depois empurraram o suficiente para a gravidade permitir que ela despencasse no chão.

Malone olhou a abertura retangular que haviam exposto e viu pedras empilhadas aleatoriamente.

– Esse negócio está cheio de pedras – disse Mark.

Malone sorriu.

– Claro que sim. Vamos tirá-las.

– Para quê?

– Se você fosse Saunière e não quisesse que ninguém seguisse seus rastros, aquela pedra de cima é um bom impeditivo. Mas essas pedras seriam melhores ainda. Como você disse ontem. Precisamos pensar como as pessoas pensavam há cem anos. Olhe ao redor. Ninguém viria aqui procurando um tesouro. Isto não passava de uma ruína. E quem teria desmontado esse altar? Esse negócio está aqui há séculos, sem ser molestado. Mas, se alguém fizesse isso, por que não colocar outra camada de defesa?

A base retangular erguia-se cerca de um metro do chão, e eles rapidamente jogaram as pedras de lado. Dez minutos depois, a base do altar estava vazia. O fundo era de terra.

Malone pulou dentro e pensou ter detectado uma vibração suave. Abaixou-se e sondou com os dedos. O solo seco tinha consistência de areia do deserto. Mark apontou a lanterna enquanto ele tirava a terra com as mãos. Quinze centímetros abaixo, bateu em alguma coisa. Com as duas mãos, liberou um buraco com trinta centímetros de largura e viu tábuas de madeira.

Olhou para cima e riu.

– Não é ótimo estar certo?

*

Roquefort entrou intempestivamente na sala e encarou seu conselho. Havia ordenado às pressas a reunião dos oficiais da Ordem depois de terminar a conversa telefônica com Geoffrey.

– O Grande Legado foi descoberto – disse.

A perplexidade atravessou os rostos reunidos.

– O ex-senescal e seus aliados localizaram o esconderijo. Tenho um irmão espionando-os. Ele informou o sucesso. Está na hora de reivindicarmos nossa herança.

– O que o senhor propõe? – perguntou o capelão.

– Levaremos um contingente de cavaleiros e vamos dominá-los.

– Mais derramamento de sangue?

– Não se a ação for feita com cuidado.

O capelão não pareceu se impressionar.

– O ex-senescal e Geoffrey, que aparentemente é seu aliado, já que não sabemos de nenhum outro irmão de conluio com eles, já atiraram em dois irmãos. Não há motivo para sugerir que não atirarão em outros.

Roquefort já ouvira o suficiente.

– Capelão, esta não é uma questão de fé. Sua orientação não é necessária.

– A segurança dos membros desta Ordem é responsabilidade de todos nós.

– E o senhor ousa dizer que não tenho em mente a segurança desta Ordem? – Ele permitiu que a voz se elevasse. – Questiona minha autoridade? Está questionando minha decisão? Diga, capelão, quero saber.

Se o veneziano ficou intimidado, nada em sua expressão revelou medo. Em vez disso, ele disse simplesmente:

– O senhor é meu mestre. Eu lhe devo lealdade... independentemente de qualquer coisa.

Roquefort não gostou do tom insolente.

– Mas, mestre – continuou o capelão –, não foi o senhor que disse que todos deveríamos tomar parte de decisões desta magnitude? – Alguns outros oficiais assentiram. – O senhor não disse à irmandade em conclave que mapearia um novo rumo?

– Capelão, estamos para embarcar na maior missão realizada por esta Ordem há séculos. Não tenho tempo para discutir.

– Eu achava que louvar o Senhor era nossa maior missão. E esta é uma questão de fé, sobre a qual estou qualificado para falar.

Roquefort já estava farto.

– O senhor está dispensado.

O capelão não se mexeu. Nenhum dos outros disse uma palavra sequer.

– Se não sair imediatamente, mandarei que seja levado e mais tarde trazido a mim para punição. – Ele parou por um momento. – Que não será agradável.

O capelão se levantou e inclinou a cabeça.

– Irei. Como o senhor ordena.

– E nos falaremos mais tarde, garanto.

Ele esperou até que o capelão saísse para dizer aos outros:

– Procuramos nosso Grande Legado por muito tempo. Agora ele está ao nosso alcance. O que aquele repositório contém não pertence a ninguém além de nós. Nossa herança está lá. De minha parte, pretendo reivindicar o que é nosso. Doze cavaleiros me ajudarão. Deixarei que vocês selecionem esses homens. Que os escolhidos estejam totalmente armados e reunidos no ginásio dentro de uma hora.

Malone chamou Stephanie e Cassiopeia e pediu que trouxessem a pá que haviam descarregado do Land Rover. Elas apareceram com Henrik e, quando todos entraram na igreja, Malone explicou o que ele e Mark haviam encontrado.

– Bem inteligente – comentou Cassiopeia.

– Tenho meus momentos.

— Precisamos tirar o resto dessa terra — disse Stephanie.

— Me passe a pá.

Malone tirou a areia solta. Alguns minutos depois, três tábuas enegrecidas foram reveladas. Metade estava presa com tiras de metal. A outra metade formava uma porta articulada que se abria para cima.

Malone se abaixou e acariciou de leve o metal.

— O ferro está corroído. As dobradiças sumiram. Cem anos causaram danos. — Ele se levantou e usou a pá para arrancar os restos delas.

— Como assim, *cem anos*? — perguntou Stephanie.

— Saunière construiu essa porta — respondeu Cassiopeia. — A madeira está em condições razoáveis, certamente não tem séculos de idade. E parece que foi aplainada até ficar com acabamento liso, o que não seria visto em tábuas medievais. Saunière precisava de entrada e saída fáceis. De modo que, quando encontrou esta passagem, reconstruiu a porta.

— Concordo — disse Malone. — O que explica o que ele fazia com o tampo pesado. Simplesmente o empurrava até a metade, tirava as pedras de cima da porta, descia, depois recolocava tudo de volta quando havia terminado. Segundo tudo que já ouvi a respeito, o padre tinha boa forma física. E era bem inteligente também.

Ele enfiou a pá na borda da porta e alavancou-a para cima. Mark enfiou a mão e segurou-a. Malone jogou a pá de lado e, juntos, eles soltaram o fecho, expondo o buraco aberto.

Thorvaldsen olhou para o vazio.

— Incrível. Esse pode ser realmente o lugar.

Stephanie apontou uma lanterna para dentro da abertura. Havia uma escada de mão encostada numa das paredes de pedra.

— O que você acha? Ela aguenta?

— Só há um modo de descobrir.

Malone estendeu uma perna e aplicou cuidadosamente o peso no primeiro degrau. A escada era feita de madeira grossa, que ele esperava ainda estar presa com pregos. Podia ver algumas cabeças enferrujadas.

Forçou mais, segurando-se no topo da base do altar para o caso de algo ceder. Mas o degrau aguentou. Pôs o outro pé na escada e testou mais.

— Acho que vai aguentar.

— Eu sou mais leve — disse Cassiopeia. — Poderia ir antes.

Ele sorriu.

— Se não se importa, eu gostaria da honra.

— Veja só, eu estava certa — disse ela. — Você quer isso.

Sim, ele queria. O que havia lá embaixo estava atraindo-o, como a busca a livros raros em estantes obscuras. Nunca se sabia o que poderia ser encontrado.

Ainda segurando a borda da base do altar, ele desceu até o segundo degrau. Eram separados por cerca de 45 centímetros. Malone transferiu rapidamente as mãos para o topo da escada e desceu mais um degrau.

— Parece que está boa — disse.

Continuou descendo, tendo o cuidado de testar cada degrau. Acima dele, Stephanie e Cassiopeia estavam examinando a escuridão com suas lanternas. No halo dos dois fachos combinados, ele viu que havia chegado à base da escada. O chão era o próximo passo. Tudo estava coberto com cascalho fino e pedras do tamanho de punhos e crânios.

— Joguem uma lanterna — pediu.

Thorvaldsen jogou uma lanterna. Malone pegou-a e focalizou o facho ao redor. A escada subia cerca de quatro metros e meio, do piso ao teto. Viu que essa saída ficava no centro de um corredor natural, que milhões de anos de chuva e neve derretida haviam forjado no calcário. Sabia que os Pirineus eram cheios de cavernas e túneis.

— Por que não pula no chão? — perguntou Cassiopeia.

— É fácil demais. — Ele estava alerta para um arrepio que se havia acomodado na espinha, um arrepio que não vinha somente do ar gélido. — Vou girar para o lado de trás da escada. Joguem uma dessas pedras direto para baixo. — E se posicionou fora do caminho.

— Está pronto? — perguntou Stephanie.

– Pode mandar.

A pedra mergulhou pela abertura. Malone acompanhou seu caminho e viu quando ela bateu no chão e continuou indo.

Fachos de lanternas sondaram o local do impacto.

– Você estava certo – disse Cassiopeia. – Esse buraco ficava logo abaixo da superfície, pronto para alguém que pulasse da escada.

– Joguem mais algumas pedras até eu encontrar terreno sólido.

Mais quatro caíram e bateram em terra dura. Ele sabia onde saltar, então desceu da escada e usou a lanterna para examinar a armadilha. A cavidade era um quadrado de cerca de um metro de lado e tinha pelo menos um metro de profundidade. Enfiou a mão ali dentro e pegou parte da madeira que fora posta sobre o buraco. As bordas tinham encaixes macho e fêmea e as tábuas eram finas o suficiente para se partir sob o peso de um homem, mas suficientemente grossas para suportar uma camada de sedimento e cascalho. No fundo do buraco, havia pirâmides de metal, com pontas afiadas e largas na base, esperando para rasgar o intruso desavisado. O tempo havia enfraquecido suas cores, mas não a eficácia.

– Saunière era sério em relação a isto – disse ele.

– Essas armadilhas poderiam ser dos templários – observou Mark.

– Isso é latão?

– Bronze.

– A Ordem era hábil em metalurgia. Latão, bronze, cobre, tudo era usado. A igreja proibia experimentações científicas, por isso eles aprenderam coisas assim com os árabes.

– A madeira em cima não poderia ter setecentos anos – disse Cassiopeia. – Saunière deve ter reparado as defesas dos templários.

Não era o que Malone queria ouvir.

– O que significa que esta provavelmente é apenas a primeira armadilha.

SESSENTA

Malone ficou olhando Stephanie, Mark e Cassiopeia descerem a escada. Thorvaldsen ficou na superfície, esperando a volta de Geoffrey, pronto para entregar ferramentas, se fosse necessário.

– Falei sério – esclareceu Mark. – Os templários foram pioneiros em armadilhas. Li relatos nas Crônicas sobre técnicas que eles desenvolveram.

– Fiquem de olhos abertos – disse Malone. – Se quisermos encontrar o que há para ser encontrado, temos de olhar.

– Já são mais de três da tarde – observou Cassiopeia. – O sol vai descer dentro de duas horas. O anoitecer será rápido.

A jaqueta mantinha quente o peito de Malone, mas luvas e meias térmicas teriam sido bem-vindas, e eram parte dos suprimentos que Geoffrey estava obtendo. Só a luz que se derramava do teto iluminava a passagem estendendo-se nas duas direções. Sem lanternas, Malone duvidava que poderiam ver um dedo encostado no nariz.

– A luz do dia não vai importar. Aqui embaixo tem de ser luz artificial. Só precisamos que Geoffrey retorne com comida e roupas mais quentes. Henrik – gritou ele. – Avise quando o bom irmão retornar.

– Boa caçada, Cotton.

A mente de Malone se encheu de possibilidades.

– O que acham disto? – perguntou aos outros.

– Pode ser parte de um *horreum* – disse Cassiopeia. – Quando os romanos dominavam esta região, eles estabeleceram depósitos subterrâneos para manter produtos perecíveis. Uma antiga versão de câmara frigorífica. Vários sobreviveram. Este pode ter sido um.

– E os templários sabiam dele? – perguntou Stephanie.

– Eles também tinham – disse Mark. – Aprenderam com os romanos. O que ela diz faz sentido. Quando De Molay mandou Gilbert de Blanchefort *antecipadamente levar para longe o tesouro do templo*, facilmente poderia ter escolhido um local assim. Por baixo de uma igreja comum, numa abadia sem importância, sem qualquer ligação com a Ordem.

Malone apontou a lanterna adiante, depois girou o facho e mandou-o na outra direção.

– Para que lado?

– Boa pergunta – disse Stephanie.

– Você e Mark vão para aquele lado – disse ele. – Cassiopeia e eu vamos para o outro. – Ele podia ver que nem Mark nem Stephanie haviam gostado da decisão. – Não temos tempo para vocês dois brigarem. Deixem isso para lá. Façam o serviço. É o que você me diria, Stephanie.

Ela não discutiu.

– Ele está certo. Vamos – disse a Mark.

Malone ficou olhando enquanto os dois se dissolviam na escuridão.

– Inteligente, Malone – sussurrou Cassiopeia. – Mas acha que é sensato mandar os dois juntos? Há muitas questões entre eles.

– Nada como uma tensão para fazer com que um aprecie o outro.

– Isso é verdadeiro para você e eu também?

Ele apontou a lanterna para o rosto dela.

– Vá na frente e vamos descobrir.

Roquefort e 12 irmãos se aproximaram da abadia antiga e arruinada vindo pelo sul. Tinham evitado o povoado de St. Agulous e parado os veículos a um quilômetro dali, na floresta densa. Depois haviam caminhado por uma paisagem de mato baixo e rochas vermelhas, subindo cada vez mais. Ele sabia que toda a área era um polo de atração para entusiastas da vida ao ar livre. Encostas verdes e penhascos roxos se fechavam ao redor, mas o caminho era bem delineado, talvez usado pelos pastores locais para levar as ovelhas, e a trilha os levou a menos de um quilômetro das paredes destruídas e pilhas de entulho do que já havia sido um local de devoção.

Fez com que o grupo parasse e olhou o relógio. Quase quatro da tarde. O irmão Geoffrey dissera que voltaria ao local às quatro. Olhou ao redor. As ruínas se empoleiravam num promontório rochoso cem metros acima. O carro alugado por Malone estava parado mais abaixo na encosta.

– Busquem cobertura nas árvores – ordenou. – E fiquem abaixados.

Alguns instantes depois, um Land Rover subiu o íngreme caminho de cascalho e parou junto ao carro alugado. Ele viu Geoffrey sair pelo lado do motorista e notou o rapaz examinando o ambiente ao redor, mas Roquefort não se revelou, ainda sem saber se aquilo era uma armadilha.

Geoffrey hesitou junto ao Land Rover, depois abriu a porta traseira e retirou duas caixas. Segurando-as, começou a subir o caminho em direção à abadia. Roquefort esperou que ele passasse, depois foi ousadamente à trilha e disse:

– Eu estava esperando, irmão.

Geoffrey parou e se virou.

Uma palidez fria envolveu o rosto do rapaz. O irmão não disse nada, simplesmente pousou as caixas, enfiou a mão no paletó e pegou uma automática nove milímetros. Roquefort reconheceu a pistola. A arma de fabricação austríaca era uma das várias marcas que havia no arsenal da abadia.

Geoffrey pôs uma bala na câmara.

– Então, traga seus homens e vamos acabar com isso.

*

Uma tensão insuportável afastava cada pensamento da mente de Malone. Estava seguindo Cassiopeia lentamente pela passagem subterrânea. O caminho tinha cerca de um metro e oitenta de largura e uns dois e meio de altura, paredes secas e irregulares. Havia quatro metros e meio de terra dura entre ele e a superfície. Os locais apertados não eram seus prediletos. Mas Cassiopeia parecia fortificada e cheia de decisão. Ele vira esse tipo de coragem em agentes que funcionavam melhor sob extrema pressão.

Estava alerta para mais armadilhas, prestando muita atenção ao cascalho adiante. Sempre achara engraçado, nos filmes de aventura, quando partes móveis feitas de pedra e metal, supostamente com centenas ou milhares de anos, ainda funcionavam como se tivessem sido lubrificadas na véspera. Ferro e pedra eram vulneráveis ao ar e à água e sua eficácia era limitada. Mas o bronze era diferente. Esse metal durava, exatamente o motivo pelo qual fora criado. De modo que mais estacas pontudas no fundo de buracos podiam ser um problema.

Cassiopeia parou, com a luz focalizada três metros adiante.

– O que é? – perguntou ele.

– Olhe só.

Malone acrescentou seu facho ao dela e viu.

Stephanie odiava lugares fechados, mas não verbalizaria essa preocupação. Em especial ao filho, que não tinha muita consideração por ela. Assim, afastando a mente do desconforto, perguntou:

– Como os cavaleiros guardariam o tesouro aqui embaixo?

– Levando uma peça de cada vez. Nada os impediria, a não ser a captura ou a morte.

– Seria necessário algum esforço.

– Eles tinham todo o tempo do mundo.

Os dois estavam atentos ao terreno adiante na medida em que Mark testava gentilmente a superfície a cada passo.

– As precauções deles não deviam ser sofisticadas – disse ele. – Mas seriam eficazes. A Ordem possuía cofres por toda a Europa. A maioria eles vigiavam, junto com armadilhas. Aqui, o próprio segredo e algumas armadilhas teriam de fazer o serviço sem guardas. A última coisa que desejariam era atrair atenção para este local tendo cavaleiros por perto.

Ela teve de dizer:

– Seu pai adoraria isto.

– Eu sei.

A lanterna de Stephanie captou alguma coisa na parede do túnel. Ela segurou o ombro de Mark e o fez parar.

– Olhe.

Havia letras gravadas na rocha.

NON NOBIS DOMINE
NON NOBIS SED NOMINE TUO DA GLORIUM
PAUPERS COMMILITONES CHRISTI TEMPLIQUE SALAMONIS

– O que está escrito? – perguntou ela.

– "Não a nós, Senhor, não a nós, mas a Vosso nome dar a glória. Irmandade dos Pobres Soldados de Cristo e do Templo de Salomão." É o lema dos templários.

– Então é verdade. Nós encontramos.

Mark ficou quieto.

– Que Deus me perdoe – disse ela.

– Deus tem pouco a ver com isto. O homem criou esta sujeira e o homem deve limpá-la. – Ele indicou a passagem mais adiante com a luz. – Olhe ali.

Ela olhou para o halo e viu uma grade de metal – um portão – que dava em outro corredor.

– É aí que tudo está guardado? – perguntou.

Sem esperar resposta, Stephanie passou em volta dele e deu alguns passos quando ouviu Mark gritar:
— Não!
Então o chão sumiu.

Malone olhou para a visão iluminada pelas duas lanternas. Um esqueleto. Deitado no piso da caverna, com os ombros, o pescoço e o crânio encostados na parede.
— Vamos chegar mais perto – disse ele.
Avançaram devagar e ele notou uma leve depressão no piso. Segurou o ombro de Cassiopeia.
— Estou vendo. – Ela parou. – É comprida. Uns dois metros.
— Esses buracos desgraçados seriam invisíveis na época, mas a madeira embaixo enfraqueceu o bastante para mostrá-los. – Os dois passaram ao redor da depressão, permanecendo em terreno sólido, e se aproximaram do esqueleto.
— Não resta nada além de ossos – disse ela.
— Olhe o peito. As costelas. E o rosto. Despedaçados em alguns lugares. Ele caiu naquela armadilha. Os rasgos foram feitos por pontas.
— Quem é ele?
Algo atraiu o olhar de Malone.
Ele se abaixou e encontrou uma corrente de prata enegrecida entre os ossos. Levantou-a. Havia um medalhão pendurado. Focalizou a luz.
— O símbolo dos templários. Dois homens num cavalo. Representa a pobreza individual. Vi um desenho disto num livro há algumas noites. Aposto que este é o marechal que escreveu o relatório que usamos. Ele desapareceu da abadia assim que ficou sabendo da solução para o criptograma com o padre Gélis. Veio, deduziu a solução, mas não teve cuidado. Saunière provavelmente encontrou o corpo e simplesmente o deixou aqui.

– Mas como Saunière teria deduzido alguma coisa? Como resolveu o criptograma? Mark me deixou ler o relatório. Segundo Gélis, Saunière não havia solucionado a charada que encontrou em sua igreja e Gélis suspeitava dele, por isso não contou nada a Saunière.

– Isso presumindo que o marechal tenha escrito a verdade. Saunière ou o marechal matou Gélis para impedir que o padre contasse a mais alguém o que havia decifrado. Se foi o marechal, o que parece provável, ele redigiu o relatório simplesmente para encobrir seus rastros. Um modo de ninguém achar que ele deixou a abadia para vir aqui e encontrar sozinho o Grande Legado da Ordem. O que importava que ele registrasse o criptograma? Não há como resolver a coisa sem a sequência matemática.

Malone voltou a atenção para longe do morto e apontou a luz mais adiante na passagem.

– Olhe aquilo.

Cassiopeia se levantou e juntos eles viram uma cruz com quatro braços iguais, mais larga nas extremidades, esculpida na rocha.

– A cruz dos templários – disse ela. – Que só podia ser usada por eles, graças a um decreto papal.

Ele se lembrou de mais coisas que havia lido no livro sobre os templários.

– As cruzes eram vermelhas sobre um manto branco e simbolizavam a disposição de sofrer o martírio nos campos de batalha. – Com a lanterna, iluminou as letras sobre a cruz.

PAR CE SIGNE TU LE VAINCRAS

– Com este sinal tu o vencerás – disse, traduzindo. – As mesmas palavras estão na igreja de Rennes, sobre a fonte de água benta junto à porta. Saunière as colocou lá.

– A declaração de Constantino quando lutou pela primeira vez contra Maxêncio. Antes da batalha, ele teria visto uma cruz no sol, com essas palavras embaixo.

– Com uma diferença. Mark disse que não havia o "o" na frase original. *Com este sinal tu vencerás.*

– Ele está certo.

– Saunière inseriu o *le* depois do *tu*. Na décima terceira e décima quarta posição na frase. 1314.

– O ano em que Jacques de Molay foi executado.

– Parece que Saunière gostava de um toque de ironia em seu simbolismo, e tirou a ideia daqui.

Malone examinou mais a escuridão e viu que o corredor terminava seis metros adiante. Mas, antes disso, uma grade de metal presa com corrente e cadeado levava em outra direção.

Cassiopeia também viu.

– Parece que encontramos.

Um estrondo veio de trás deles e alguém gritou:

– Não!

Os dois se viraram.

SESSENTA E UM

Roquefort parou junto à entrada das ruínas e indicou que seus homens a flanqueassem dos dois lados. O local estava num silêncio desconfortável. Nenhum movimento. Nem vozes. Nada. O irmão Geoffrey ficou a seu lado. Roquefort continuava preocupado com a hipótese de uma armadilha. Motivo pelo qual viera com poder de fogo. Estava satisfeito com a escolha de cavaleiros feita por seu conselho – aqueles homens eram alguns dos melhores em seu exército, guerreiros experientes com coragem e fortaleza inquestionáveis – de que ele poderia muito bem necessitar.

Espiou ao redor de uma pilha de entulho coberto de liquens, mais para dentro da estrutura decadente, para além de tufos de capim. A cúpula luminosa do céu ia se desbotando enquanto o sol se retirava para trás das montanhas. A escuridão chegaria em breve. E ele estava preocupado com o tempo. Vendavais e chuva chegavam sem aviso no verão dos Pirineus.

Fez um sinal e seus homens avançaram, passando por cima de pedregulhos e pedaços de paredes desmoronadas. Viu um acampamento em meio a três paredes parciais. Lenha fora arrumada para fazer uma fogueira que ainda estava apagada.

– Vou entrar – sussurrou Geoffrey. – Eles estão me esperando.

Roquefort viu a sabedoria desse gesto e assentiu.

Geoffrey entrou calmamente no espaço aberto e se aproximou do acampamento. Ainda não havia ninguém por perto. Então o rapaz desapareceu dentro das ruínas. Um instante depois, emergiu e sinalizou para irem.

Roquefort disse aos homens para esperarem e foi sozinho para o espaço aberto.

– Só Thorvaldsen está na igreja – disse Geoffrey.

– Que igreja?

– Os monges escavaram uma igreja na rocha. Malone e Mark descobriram uma passagem sob o altar, que dá em algumas cavernas. Eles estão embaixo de nós, explorando. Falei a Thorvaldsen que ia pegar os suprimentos.

Roquefort gostou do que estava escutando.

– Quero conhecer Henrik Thorvaldsen.

Com a arma na mão, acompanhou Geoffrey até a cavidade parecida com uma masmorra escavada na rocha. Thorvaldsen estava de costas para ele, olhando para o que já fora uma base de altar.

O velho virou quando eles se aproximaram.

Roquefort levantou a arma.

– Nenhuma palavra. Ou será a última.

A terra embaixo dos pés de Stephanie havia cedido e suas pernas estavam despencando numa das armadilhas que eles tanto haviam tentado evitar. O que ela estivera pensando? Ao ver as palavras gravadas na rocha e a grade de metal esperando para ser aberta, percebera que o marido estava certo. Por isso havia abandonado a cautela e corrido adiante. Mark havia tentando impedi-la. Ela o ouviu gritar, mas era tarde demais.

Já estava caindo.

Suas mãos foram para o alto numa tentativa de se equilibrar e ela se preparou para as estacas de bronze. Mas então sentiu um braço envolver seu peito num abraço forte. Em seguida estava caindo para trás, no chão, onde bateu em outro corpo, que aliviou o impacto.

Um segundo depois, silêncio.

Mark estava embaixo dela.

– Você está bem? – perguntou ela, rolando para o lado.

O filho se levantou do cascalho.

– Aquelas pedras foram uma sensação maravilhosa nas minhas costas.

Passos pesados soaram na escuridão atrás deles, seguidos por dois círculos de luz balançando. Malone e Cassiopeia apareceram.

– O que aconteceu? – perguntou Malone.

– Fui descuidada – respondeu Stephanie, levantando-se e limpando a roupa.

Malone apontou a luz para o buraco retangular abaixo.

– Seria uma queda mortal. Está cheio de estacas, todas em boas condições.

Ela chegou perto, olhou para a abertura, depois se virou e disse a Mark:

– Obrigada, filho.

Mark estava esfregando a nuca, tentando afastar a dor dos músculos.

– Sem problema.

– Malone – disse Cassiopeia. – Dê uma olhada.

Stephanie ficou olhando enquanto Malone e Cassiopeia examinavam o lema templário que ela e Mark haviam encontrado.

– Eu ia para o portão e o buraco estava no caminho.

– São dois – murmurou Malone. – Nas extremidades opostas do corredor.

– Há outra grade? – perguntou Mark.

– Com outra inscrição.

Ela ouviu enquanto Malone contava o que haviam encontrado.

– Concordo com você – disse Mark. – Aquele esqueleto deve ser do nosso marechal desaparecido. – Ele pescou uma corrente sob a camisa. – Todos usamos o medalhão. Recebemos quando somos iniciados.

– Parece que os templários cercaram a aposta e separaram o tesouro – disse Malone. – E indicou a armadilha no chão. – E tornaram um desafio encontrá-lo. O marechal deveria ter tido mais cuidado. – Malone encarou Stephanie. – Como todos nós.

– Entendo – disse ela. – Mas, como você me lembra com tanta frequência, não sou agente de campo.

Ele sorriu do sarcasmo.

– Então, vejamos o que há atrás da grade.

Roquefort apontou o cano curto de sua arma diretamente para a testa franzida de Henrik Thorvaldsen.

– Soube que você é um dos homens mais ricos da Europa.

– E eu soube que você é um dos prelados mais ambiciosos dos últimos tempos.

– Você não deveria ouvir Mark Nelle.

– Não ouvi. O pai dele é que me contou.

– O pai dele não me conhecia.

– Eu não diria isso. Você o seguiu por bastante tempo.

– O que acabou sendo perda de tempo.

– Isso tornou mais fácil para você matá-lo?

– É o que você acha? Que matei Lars Nelle?

– Ele e Ernst Scoville.

– Você não sabe de nada, velho.

– Sei que você é um problema. – Thorvaldsen fez um gesto para Geoffrey. – Sei que ele é traidor do amigo. E da Ordem.

Roquefort ficou olhando Geoffrey absorver o insulto, com o desdém varrendo os olhos cinza-claros do rapaz e depois se dissipando com igual velocidade.

– Sou leal ao meu mestre. É o juramento que fiz.

– Então nos traiu em nome de seu juramento?

– Não espero que o senhor entenda.

– Não entendo. E nunca entenderei.

Roquefort baixou a arma, depois sinalizou para seus homens, que entraram em bando na igreja, e ele fez um gesto pedindo silêncio. Alguns sinais de mão e eles entenderam imediatamente que seis deveriam se posicionar do lado de fora e os outros seis cercar o interior.

Malone passou ao redor da armadilha à qual Stephanie havia se exposto e se aproximou da grade de metal. Os outros foram atrás. Ele notou um cadeado em forma de coração suspenso numa corrente.

– Latão. – E acariciou a grade. – Mas o portão é de bronze.

– O cadeado e a corrente devem ser da época de Saunière – disse Mark. – O latão era raro na Idade Média. Era necessário zinco para fazê-lo, e era difícil de encontrar.

– O cadeado é um *cœur-de-brass* – disse Cassiopeia. – Antigamente, eram usados em toda esta região para prender correntes de escravos.

Nenhum deles avançou para abrir o portão, e Malone sabia por quê. Poderia haver outra armadilha à espera.

Com a bota, limpou com cuidado o solo e o cascalho sob os pés e testou a terra. Sólida. Usou a luz e examinou o exterior do portão. Duas dobradiças de bronze sustentavam o lado direito. Passou a luz pela grade. O corredor do outro lado virava para a direita formando um ângulo fechado a pouco mais de um metro, e nada podia ser visto depois da dobra. Que ótimo. Testou a corrente e o cadeado.

– Este latão ainda é forte. Não vamos conseguir quebrá-lo.

– Que tal cortar? – perguntou Cassiopeia.

– Daria certo. Mas com quê?

– Com o alicate de corte que eu trouxe. Está na bolsa de ferramentas ao lado do gerador.

– Vou pegá-lo – disse Mark.

– Tem alguém aí em cima?

As palavras ecoaram brotando de dentro da base oca do altar e deram um susto em Roquefort. Então ele percebeu rapidamente que a voz era de Mark Nelle. Thorvaldsen moveu-se para responder, mas Roquefort pegou o velho frágil e apertou a mão sobre sua boca antes que ele pudesse emitir qualquer som. Depois, sinalizou para um dos irmãos, que correu e agarrou o dinamarquês que estava chutando, e uma nova mão cobriu a boca de Thorvaldsen. Ele apontou e o prisioneiro foi arrastado para um canto distante da igreja.

– Responda – murmurou para Geoffrey.

Seria um teste interessante para a lealdade do aliado recente.

Geoffrey enfiou a arma no cinto e foi até o altar.

– Estou aqui.

– Você voltou. Que bom. Algum problema?

– Nenhum. Trouxe tudo da lista. O que está acontecendo aí embaixo?

– Encontramos alguma coisa, mas precisamos de um alicate de corte. Está na bolsa de ferramentas perto do gerador.

Roquefort ficou olhando enquanto Geoffrey ia em direção ao gerador e pegava um alicate enorme.

O que eles teriam encontrado?

Geoffrey jogou a ferramenta para baixo.

– Obrigado – disse Mark Nelle. – Você vem?

– Vou ficar com Thorvaldsen, de olho nas coisas. Não precisamos que ninguém apareça de surpresa.

– Boa ideia. Onde está Henrik?

— Desembrulhando as coisas que eu trouxe e arrumando o acampamento para a noite. O sol praticamente se pôs. Vou ajudá-lo.

— Seria bom preparar o gerador e desenrolar os cabos para as barras de luz. Talvez precisemos delas daqui a pouco.

— Vou cuidar disso.

Geoffrey se demorou um instante, depois se afastou do altar e sussurrou.

— Ele foi embora.

Roquefort sabia o que tinha de ser feito.

— É hora de assumir o comando desta expedição.

Malone segurou o alicate e pôs as pontas em volta da corrente de latão. Em seguida, apertou os cabos da ferramenta e deixou que a ação das molas cortasse o metal. Um estalo indicou o sucesso e a corrente, com o cadeado, escorregou para o chão.

Cassiopeia se abaixou e recuperou-os.

— Há museus em todo o mundo que adorariam ter isto. Tenho certeza que poucos sobreviveram neste estado.

— E nós acabamos de cortar — disse Stephanie.

— Não havia muita escolha — respondeu Malone. — Estamos com uma certa pressa. — Ele apontou a lanterna através da grade. — Todo mundo fique de lado. Vou abrir esse negócio lentamente. Parece que a barra está limpa, mas nunca se sabe.

Enfiou o alicate na grade e ficou de lado, usando a parede de rocha como proteção. As dobradiças estavam rígidas e ele precisou forçar a grade para trás e para a frente. Por fim, o portão se abriu.

Já ia entrar quando uma voz gritou lá de cima:

— Sr. Malone. Estou com Henrik Thorvaldsen. Preciso que o senhor e seus companheiros subam. Agora. Vou lhes dar um minuto, depois mato este velho.

SESSENTA E DOIS

Malone foi o último a subir. Ao sair da escada, viu que na igreja estavam seis homens armados, além de Roquefort. Lá fora o sol havia se posto. Agora o interior era iluminado por duas pequenas fogueiras, cuja fumaça subia para a noite através das fendas abertas das janelas.

– Sr. Malone, finalmente nos encontramos cara a cara – disse Raymond de Roquefort. – O senhor se saiu bem na catedral de Roskilde.

– Fico feliz em saber que é um fã.

– Como nos encontrou? – perguntou Mark.

– Certamente não graças àquele diário falso do seu pai, por mais inteligente que ele fosse. Ele falou o óbvio e mudou os detalhes apenas o suficiente para torná-los inúteis. Quando o monsieur Claridon decifrou o criptograma, a mensagem, claro, não ajudou nada. Ele nos disse que estava escondendo os segredos de Deus. Digam-me, já que vocês estiveram lá embaixo, ele realmente esconde esses segredos?

– Não tivemos chance de descobrir – disse Malone.

– Então, devemos remediar isso. Mas, respondendo à sua pergunta...

– Geoffrey nos traiu – disse Thorvaldsen.

A perplexidade nublou o rosto de Mark.

– O quê?

Malone já havia notado a arma na mão de Geoffrey.

– É verdade?

– Sou irmão do templo, leal ao meu mestre. Cumpri meu dever.

– Seu dever? – gritou Mark. – Seu filho da puta mentiroso. – Mark saltou na direção de Geoffrey, mas dois irmãos bloquearam o caminho. Geoffrey permaneceu onde estava. – Você me guiou em toda essa coisa só para que Roquefort pudesse vencer? Era isso que nosso mestre significava para você? Ele confiou em você. Eu confiei em você.

– Eu sabia que você era encrenca – declarou Cassiopeia. – Tudo em você indicava encrenca.

– E você devia saber muito bem – disse Roquefort –, já que é isso o que tem sido para mim. Deixando o diário de Lars Nelle para eu encontrar em Avignon. Achou que isso me ocuparia durante um tempo. Mas, veja bem, mademoiselle, a lealdade de nossa irmandade tem precedência. De modo que todos os seus esforços foram para nada. – Roquefort encarou Malone. – Tenho seis homens aqui, seis lá fora; e eles sabem se virar. Vocês não têm armas, pelo menos foi o que o irmão Geoffrey informou. Mas só para garantir. – Roquefort sinalizou e um dos homens revistou Malone, depois foi até os outros.

– O que você fez: ligou para a abadia quando foi comprar os suprimentos? – perguntou Mark a Geoffrey. – Fiquei imaginando por que havia se oferecido. Você não se afastava de mim há dois dias.

Geoffrey continuou parado, o rosto rígido de convicção.

– Sujeito abominável – cuspiu Mark.

– Concordo – disse Roquefort, e Malone ficou olhando enquanto a arma de Roquefort subia e ele disparava três tiros no peito de Geoffrey. As balas fizeram o rapaz cambalear para trás, e Roquefort terminou o assassinato com uma bala na cabeça.

O corpo de Geoffrey desmoronou no chão. Sangue jorrou dos ferimentos. Malone mordeu o lábio. Não havia nada que pudesse fazer.

Mark saltou para Roquefort.

A arma foi apontada para o peito de Mark.

Ele parou.

– Ele me atacou na abadia – disse Roquefort. – Atacar o mestre é punível com a morte.

– Não nos últimos quinhentos anos – gritou Mark.

– Ele era um traidor. Traiu a mim e a você. Nenhum de nós tinha utilidade para ele. É o risco ocupacional de ser espião. Ele certamente sabia disso.

– Você sabe dos riscos que está correndo?

– Uma pergunta estranha vinda de um homem que matou um irmão desta Ordem. O ato também é punível com a morte.

Malone percebeu que essa demonstração era para os outros presentes. Roquefort precisava do inimigo, pelo menos por enquanto.

– Fiz o que tinha de fazer – respondeu Mark rispidamente.

Roquefort engatilhou a automática.

– Eu também farei.

Stephanie se posicionou entre os dois, seu corpo bloqueando o de Mark.

– E vai me matar também?

– Se for preciso.

– Mas sou cristã e não fiz mal a nenhum irmão.

– Palavras, cara senhora. Apenas palavras.

Ela levantou a mão e pescou um cordão com uma medalha no pescoço.

– A Virgem. Ela vai comigo aonde eu vou.

Malone sabia que Roquefort não poderia atirar nela. Stephanie também havia sentido o gesto teatral e pagara para ver o blefe dele diante de seus homens. Roquefort não podia se dar ao luxo de ser hipócrita. Ficou impressionado. Era preciso coragem para encarar uma arma carregada. Nada mal para uma burocrata.

Roquefort baixou a arma.

Malone correu para o corpo sangrento de Geoffrey. Um dos homens levantou a mão para impedi-lo.

– Eu baixaria essa arma se fosse você – deixou claro Malone.

– Deixe-o passar – disse Roquefort.

Malone chegou perto do corpo. Henrik estava de pé olhando o cadáver. Uma expressão de dor tomava o rosto do dinamarquês, e Malone viu algo que jamais vira no ano em que o conhecia.

Lágrimas.

– Você e eu vamos voltar para baixo – disse Roquefort a Mark – e você vai me mostrar o que descobriram. Os outros ficarão aqui.

– Vá se foder.

Roquefort deu de ombros e apontou a arma para Thorvaldsen.

– Ele é judeu. Regras diferentes.

– Não pressione – disse Malone a Mark. – Faça o que ele diz. – Esperava que Mark entendesse que havia um tempo para esperar e um tempo para agir.

– Certo. Vamos descer – respondeu Mark.

– Eu gostaria de ir – disse Malone.

– Não – respondeu Roquefort. – Este é um assunto da irmandade. Ainda que eu nunca tenha considerado Nelle um de nós, ele fez o juramento e isso significa alguma coisa. Além disso, os conhecimentos dele talvez sejam necessários. Você, por outro lado, pode se tornar um problema.

– Como sabe como Mark vai se comportar?

– Ele vai. Caso contrário, cristãos ou não, todos vocês morrerão antes mesmo que ele consiga sair daquele buraco.

Mark desceu a escada seguido de Roquefort. Apontou à esquerda e falou a Roquefort sobre a câmara que haviam encontrado.

Roquefort enfiou a arma num coldre de ombro e apontou sua lanterna adiante.

– Vá na frente. E você sabe o que acontece se houver algum problema.

Mark começou a andar, acrescentando seu facho ao da lanterna de Roquefort. Rodearam o buraco com estacas que quase havia matado Stephanie.

– Engenhoso – disse Roquefort enquanto examinava o fosso.

Encontraram o portão aberto.

Mark se lembrou do alerta de Malone quanto a outras armadilhas e só dava passos minúsculos à frente. A passagem adiante se estreitou até cerca de um metro de largura, então virou num ângulo fechado à direita. Depois de pouco mais de um metro, outro ângulo de volta à esquerda. Um passo de cada vez, ele avançava lentamente.

Fez a última volta e parou.

Apontou a luz e viu à frente uma câmara quadrada com cerca de dez metros de lado e teto alto abobadado. A avaliação de Cassiopeia, de que as salas subterrâneas poderiam ser de origem romana, parecia correta. A galeria formava um depósito perfeito e, enquanto sua luz dissolvia a escuridão, uma variedade de maravilhas se tornou visível.

Primeiro ele viu estátuas. Pequenas peças coloridas. Várias virgens entronadas com o Cristo. Pietás douradas. Anjos. Bustos. Tudo em filas retas, como soldados, perto da parede dos fundos. Em seguida, o brilho de ouro em baús retangulares. Alguns cobertos com painéis de marfim, outros com mosaicos de ônix e folha de ouro, alguns de cobre dourado e decorados com cotas de armas e cenas religiosas. Cada um era precioso demais para ser um simples depósito. Eram relicários, feitos para os restos de santos, provavelmente apanhados às pressas, qualquer coisa que servisse para o que precisavam transportar.

Ouviu Roquefort tirar a mochila que estava carregando e, de repente, a sala foi envolvida por um brilho laranja luminoso de uma barra de luz alimentada a bateria. Roquefort entregou-lhe uma.

– Isto vai funcionar melhor.

Mark não gostou de colaborar com o monstro, mas sabia que ele estava certo. Pegou a luz e os dois se afastaram para ver o que a sala continha.

– Cubra-o – disse Malone a um dos irmãos, indicando Geoffrey.

– Com quê? – foi a pergunta.

– Os fios das barras de luz estão enrolados num cobertor. Posso usá-los. – Ele sinalizou o outro lado da igreja, para além de uma das fogueiras acesas.

O homem pareceu pensar na pergunta por um momento, depois disse:

– *Oui*. Faça isso.

Malone caminhou pelo chão irregular e encontrou o cobertor, ao mesmo tempo em que avaliava a situação. Retornou e cobriu o corpo de Geoffrey. Três guardas haviam recuado para a outra fogueira. Os três que restavam haviam parado perto da saída.

– Ele não era traidor – sussurrou Henrik.

Todos o encararam.

– Ele veio sozinho e me disse que Roquefort estava aqui. Que o chamou. Teve de fazer isso. O antigo mestre o fez prometer que, assim que o Legado fosse encontrado, informaria a Roquefort. Não teve escolha. Não queria fazer isso, mas confiava no velho. Disse para eu entrar no jogo, implorou meu perdão e disse que cuidaria de mim. Infelizmente, não pude devolver o favor.

– Foi idiotice dele – disse Cassiopeia.

– Talvez – respondeu Thorvaldsen. – Mas a palavra dada significava alguma coisa para ele.

– Ele disse por que teve de revelar a Roquefort? – murmurou Stephanie.

– Só que o mestre previu um confronto entre Mark e Roquefort. A tarefa de Geoffrey era garantir que ele acontecesse.

– Mark não é páreo para aquele sujeito – disse Malone. – Vai precisar de ajuda.

– Concordo – acrescentou Cassiopeia, falando entre dentes, sem mexer a boca.

– As chances não são boas – disse Malone. – Doze homens armados, e nós não temos armas.

– Eu não diria isso – sussurrou Cassiopeia.

E Malone gostou do brilho nos olhos dela.

Mark examinou o tesouro ao redor. Jamais vira tanta riqueza. Os baús-relicários continham uma variedade de prata e ouro, cunhados ou como metal bruto. Havia denários de ouro, dracmas de prata e moedas bizantinas, tudo muito bem empilhado em fileiras organizadas. E joias. Três baús com pedras não lapidadas, até a borda. Era demais para ao menos imaginar. Cálices e vasos relicários atraíram seu olhar, a maioria em ébano, vidro, prata e parcialmente dourados. Alguns eram cobertos por figuras em relevo e cravejados de pedras preciosas. Ele se perguntou de quem seriam os restos que supostamente continham. Um ele soube com certeza. Leu o que estava gravado e sussurrou:

– De Molay – enquanto olhava para o tubo de cristal de rocha.

Roquefort chegou perto.

Dentro do relicário havia pedaços de osso enegrecido. Mark sabia da história. Jacques de Molay fora assado vivo numa ilha do Sena, à sombra da Notre-Dame, gritando sua inocência e acusando Felipe IV, que assistiu calmamente à execução. Durante a noite, irmãos nadaram pelo rio e reviraram as cinzas quentes. Em seguida, nadaram de volta com os ossos queimados de De Molay na boca. Agora ele estava olhando para um daqueles objetos de lembrança.

Roquefort fez o sinal da cruz e murmurou uma oração.

– Olhe o que eles fizeram.

Mas Mark percebeu um significado ainda maior.

– Isso significa que alguém visitou este lugar depois de março de 1314. Eles devem ter continuado a vir até que todos morreram. Cinco deles sabiam sobre este local. A peste negra certamente os levou em meados do século XIV. Mas eles jamais contaram a ninguém e este tesouro se perdeu para sempre. – Uma tristeza o varreu ao pensar isso.

Virou-se e sua luz revelou crucifixos e estátuas de madeira marchetada numa das paredes, cerca de quarenta, com estilos variando do românico ao germânico, bizantino e gótico, com as ondulações físicas intricadamente esculpidas de modo tão perfeito que pareciam estar quase respirando.

– É espetacular – disse Roquefort.

O tesouro era incalculável, os nichos de pedra que cobriam duas paredes estavam atulhados. Mark havia estudado em detalhes a história e o propósito dos relevos medievais a partir de peças que sobreviveram em museus, mas ali, diante dele, havia uma apresentação ampla, espetacular, do artesanato medieval.

À direita, num pedestal de pedra, viu um livro enorme. A capa ainda brilhava – folha de ouro, supôs ele – e era cravejada de pérolas. Aparentemente, alguém havia aberto o volume antes, já que existia pergaminho esfarelado embaixo, espalhado como folhas. Ele se abaixou, trouxe a luz para perto das migalhas e viu texto em latim. Pôde ler parte, e decidiu rapidamente que aquilo já fora uma espécie de controle de estoque.

Roquefort notou seu interesse.

– O que é?

– Um livro de inventário. Saunière provavelmente tentou examiná-lo quando encontrou este lugar. Mas é preciso ter cuidado com o pergaminho.

– Ladrão. É o que ele era. Nada além de um ladrão comum. Ele não tinha direito de pegar nada disto.

— E nós temos?

— É nosso. Deixado pelo próprio De Molay. Ele foi crucificado numa porta, no entanto não contou nada. Seus ossos estão aqui. Isto é *nosso*.

A atenção de Mark foi desviada para um baú parcialmente aberto.

Apontou a luz e viu mais pergaminhos. Ergueu lentamente a tampa, que resistiu apenas ligeiramente. Não ousava tocar as folhas empilhadas. Por isso esforçou-se para decifrar o que havia na página de cima. Francês antigo, concluiu rapidamente. Pôde ler o suficiente para ver que era um testamento.

— Papéis que a Ordem estava guardando. Este baú provavelmente está cheio de testamentos dos séculos XIII e XIV. — Ele balançou a cabeça. — Até o fim os irmãos se certificaram que seu dever fosse cumprido. — Ele considerou as possibilidades à sua frente. — O que poderíamos aprender com esses documentos!

— Isto não é tudo — declarou Roquefort subitamente. — Não há livros. Nenhum. Onde está o conhecimento?

— É o que você está vendo.

— Você mente. Há mais. Onde?

Mark encarou Roquefort.

— É só isso.

— Não banque o ingênuo comigo. Nossos irmãos esconderam o conhecimento. Você sabe disso. Felipe jamais o encontrou. Portanto deve estar aqui. Posso ver em seus olhos. Há mais. — Roquefort pegou a arma e levantou o cano para a testa de Mark. — Diga.

— Prefiro morrer.

— Mas preferiria que sua mãe morresse? Ou seus amigos lá em cima? Porque eu os matarei primeiro, enquanto você assiste, até eu saber o que quero.

Mark pensou na possibilidade. Não que tivesse medo de Roquefort — estranhamente, nenhum medo o atravessava — simplesmente queria saber, também. Seu pai havia procurado por anos e não encontrara nada. O que o mestre havia dito à sua mãe a seu respeito? *Ele não possui a determinação necessária para terminar suas batalhas.* Besteira. A solução para a busca de seu pai estava a pouca distância dali.

– Certo. Venha comigo.

– Está tremendamente escuro aqui – disse Malone ao irmão que parecia no comando. – Será que poderíamos ligar o gerador e acender as luzes?

– Vamos esperar a volta do mestre.

– Eles vão precisar das luzes lá embaixo, e só precisamos de alguns minutos para montar tudo. Talvez seu mestre não esteja inclinado a aguardar quando pedi-las. – Ele esperava que a previsão afetasse o julgamento do sujeito. – Que mal vai fazer? Só vamos montar algumas luzes.

– Certo. Vá em frente.

Malone recuou para onde os outros estavam.

– Ele engoliu. Vamos montar.

Stephanie e Malone foram em direção a um conjunto de luzes enquanto Henrik e Cassiopeia pegavam outro. As barras consistiam em dois refletores halógenos em cima de um tripé laranja. O gerador era uma pequena unidade a gasolina. Posicionaram os tripés em extremidades opostas da igreja e viraram as lâmpadas para cima. Cabos foram conectados e levados até onde estava o gerador, perto do altar.

Havia uma bolsa de ferramentas ao lado do gerador. Cassiopeia estava enfiando a mão dentro quando um dos guardas a fez parar.

– Preciso emendar os cabos. Não posso usar tomadas para essa amperagem. Só vou precisar de uma chave de fenda.

O sujeito hesitou e recuou, com a arma ao lado do corpo, aparentemente a postos. Cassiopeia enfiou a mão na bolsa e pegou com cuidado a chave de fenda. À luz das fogueiras, conectou os cabos às saídas do gerador.

– Vamos verificar as conexões com as luzes – disse a Malone.

Caminharam casualmente até o primeiro tripé.

– Minha arma de dardos está na bolsa de ferramentas – sussurrou ela.

– Presumo que sejam os mesmos de Copenhague, não? – Ele mantinha os lábios imóveis como os de um ventríloquo.

– Eles funcionam depressa. Só preciso de alguns segundos para disparar.

Cassiopeia estava mexendo no tripé, sem fazer nada.

– E quantos dardos você tem?

Ela parecia haver terminado o que estava fazendo.

– Quatro.

Os dois foram para o outro tripé.

– Temos seis convidados.

– Os outros dois são problema seu.

Pararam junto ao segundo tripé. Ele soltou o ar dos pulmões.

– Vamos precisar de um momento de distração para confundir todo mundo. Tenho uma ideia.

Ela ficou mexendo na parte de trás dos refletores.

– Já não era sem tempo.

SESSENTA E TRÊS

Mark foi na frente, pela passagem subterrânea, passando pela escada em direção ao lugar que Malone e Cassiopeia haviam explorado primeiro. Nenhuma luz vinha da igreja acima. Enquanto deixavam a câmara do tesouro, ele pegara o alicate de corte, presumindo que o outro portão também estivesse trancado com uma corrente.

Chegaram às palavras gravadas na parede.

– Com este sinal tu o vencerás – disse Roquefort enquanto lia, então o facho de sua lanterna encontrou o segundo portão. – É isso?

Mark assentiu e indicou o esqueleto encostado na parede.

– Ele veio ver. – Explicou falando do marechal da época de Saunière e do medalhão, encontrado por Malone, que confirmou a identidade.

– Teve o que merecia – disse Roquefort.

– E o que você está fazendo é melhor?

– Vim pelos irmãos.

No halo de sua barra de luz, Mark notou uma leve depressão na terra adiante. Sem dizer uma palavra, passou ao redor do mentiroso, perto da parede, evitando a armadilha que Roquefort pareceu não notar, já que seu foco estava no esqueleto. Junto ao portão, com o alicate, Mark cortou a outra corrente de latão. Lembrou-se da cautela de Malone e ficou de lado enquanto abria a grade.

Do outro lado da entrada, havia as mesmas dobras no corredor. Ele seguiu lentamente. No brilho dourado de sua lâmpada, via apenas rochas.

Virou a primeira esquina, depois a segunda. Roquefort se manteve atrás e as luzes dos dois revelaram outra galeria, mais larga do que a primeira câmara do tesouro.

A sala tinha muitos pedestais de pedra, de formas e tamanhos variados. Sobre eles estavam livros, todos muito bem empilhados. Centenas de volumes.

Uma sensação de enjoo veio ao estômago de Mark ao perceber que os manuscritos provavelmente estariam arruinados. Ainda que a câmara fosse fresca e seca, a ação do tempo certamente se mostraria nas folhas e na tinta. Seria muito melhor se estivessem lacrados dentro de outros baús. Mas os irmãos que haviam escondido aquilo certamente não imaginavam que se passariam setecentos anos antes que fossem recuperados.

Foi até uma pilha e examinou a capa do volume de cima. O que um dia certamente fora folha de prata sobre tábuas havia ficado preto. Examinou as gravuras de Cristo e do que pareciam ser Pedro e Paulo, que ele sabia serem feitos com argila e cera por baixo da folha de prata. Artesanato italiano. Engenhosidade alemã. Levantou gentilmente a capa e trouxe a luz para perto. Sua suspeita foi confirmada. Não podia distinguir muitas palavras.

– Consegue ler? – perguntou Roquefort.

Mark balançou a cabeça.

– Precisa ser num laboratório. Será necessária uma restauração profissional. Não devíamos mexer neles.

– Parece que alguém já fez isso.

Mark olhou para a área iluminada por Roquefort e viu uma pilha de livros espalhados no chão. Pedaços de páginas estavam caídos como papel queimado.

– Saunière de novo – disse ele. – Serão necessários anos para conseguir qualquer coisa útil a partir desses aí. Presumindo que haja algo a se encontrar. Além de algum valor histórico, provavelmente são inúteis.

– Isto é *nosso*.

E daí, pensou ele, independentemente de todo o bem que aquilo fosse fazer.

Mas sua mente disparava com possibilidades. Saunière viera a este local. Sem dúvida. A câmara do tesouro fornecera sua riqueza – seria fácil retornar de vez em quando e carregar ouro e prata não cunhados. As moedas teriam provocado perguntas. Funcionários de bancos ou analistas poderiam querer saber qual seria a origem. Mas o metal não trabalhado seria perfeito na primeira parte do século XX, quando muitas economias eram baseadas no ouro ou na prata.

No entanto, o abade dera um passo a mais.

Havia usado a riqueza para encher uma igreja com sugestões que apontavam para algo em que Saunière claramente acreditava. Algo do qual tinha tanta certeza a ponto de alardear seu conhecimento. *Com este sinal tu o vencerás*. Palavras gravadas não somente aqui no subterrâneo, mas também na igreja de Rennes. Mark visualizou a inscrição pintada sobre a entrada. *Sinto desprezo pelo reino deste mundo e todos os adornos temporais, por causa do amor de meu Senhor Jesus Cristo, a quem vi, que amei, em quem acreditei e que adorei*. Palavras obscuras de um responsório antigo? Talvez. No entanto, Saunière as havia escolhido intencionalmente.

A quem vi.

Ele girou a barra de luz pela câmara e examinou os pedestais.

Então viu.

Onde esconder uma pedrinha?

Onde, mesmo?

*

Malone voltou ao gerador, onde estavam Henrik e Stephanie. Cassiopeia continuava "trabalhando" no tripé. Ele se abaixou e se certificou de que havia gasolina no motor.

– Isso vai fazer muito barulho? – perguntou baixinho.

– Só podemos esperar. Mas, infelizmente, hoje em dia, essas unidades costumam ser muito silenciosas.

Não tocou na bolsa de ferramentas, não querendo atrair atenção para ela. Até agora, nenhum guarda se preocupara em verificar ali dentro. Aparentemente, o treinamento defensivo na abadia deixava muito a desejar. Mas até que ponto poderia ser eficaz? Claro, era possível aprender combate corpo a corpo, a atirar, a usar uma faca. Mas a escolha de recrutas tinha de ser limitada e não era possível conseguir resultados excelentes com todo mundo.

– Tudo pronto – disse Cassiopeia suficientemente alto para todos ouvirem.

– Preciso ir até o Mark – sussurrou Stephanie.

– Entendo – disse Malone. – Mas precisamos dar um passo de cada vez.

– Você acha, ao menos por um momento, que Roquefort vai permitir que ele saia de lá? Ele atirou em Geoffrey sem hesitação.

Malone viu como ela estava agitada.

– Todos sabemos da situação atual – murmurou. – Fique fria.

Ele também queria pegar Roquefort. Por Geoffrey.

– Preciso de um segundo com a bolsa de ferramentas – sussurrou Cassiopeia enquanto se agachava e enfiava a chave de fenda que estivera usando de volta na bolsa. Quatro guardas estavam na parte oposta da igreja, do outro lado de uma fogueira. Outros dois se encontravam à esquerda deles, perto da outra fogueira. Nenhum parecia estar prestando muita atenção a eles, confiantes que a gaiola estava segura.

Cassiopeia ficou agachada perto da bolsa de ferramentas, a mão ainda dentro, e assentiu ligeiramente para Malone. Pronto. Ele se levantou e gritou:

– Vamos ligar o gerador.

O homem encarregado sinalizou para ir em frente.

Malone virou-se e sussurrou para Stephanie:

– Depois de eu ligá-lo, vamos até os dois homens que estão juntos. Eu pego um, você o outro.

– Com prazer.

Ela estava ansiosa, e dava para ver.

– Calma, tigresa. Não é tão simples quanto você pensa.

– Deixe comigo.

Mark se aproximou de um pedestal de pedra em meio à dúzia de outros. Havia notado alguma coisa. Enquanto o topo dos outros era sustentado por uma variedade de colunas, algumas únicas, a maioria em pares, este ficava sobre uma base retangular, semelhante ao altar lá em cima. E o que atraiu sua atenção foi o arranjo das pedras. Nove blocos compactos na horizontal, sete na vertical.

Abaixou-se e apontou a lanterna para a parte de baixo. Nenhuma junta com argamassa aparecia sobre a fileira superior de blocos. Exatamente como o altar.

– Estes livros precisam ser tirados – disse.

– Você falou para não mexer neles.

– O importante é o que está dentro desta coisa.

Ele pousou a barra de luz e pegou um punhado dos manuscritos antigos. Mexer neles fez levantar uma tempestade de pó. Colocou-os suavemente no chão de cascalho. Roquefort fez o mesmo. Cada um tirou três pilhas e o tampo ficou vazio.

– Ele deve deslizar – disse Mark.

Juntos seguraram uma das extremidades e o tampo se mexeu, muito mais facilmente do que o altar em cima, já que o pedestal tinha metade do tamanho dele. Empurraram-no e o pedaço de calcário bateu no chão, despedaçando-se. Aninhada dentro do pedestal, Mark viu outra caixa, menor, com cerca de 60 centímetros de comprimento, metade disso de largura e cerca de 45 centímetros de altura. Era feita de pedra bege acinzentada – calcário, se ele não estava enganado – e estava em notáveis condições.

Pegou a barra de luz e enfiou-a na base do pedestal. Como suspeitava, havia escritos num dos lados da caixa.

– É um ossuário – disse Roquefort. – Está identificado?

Mark examinou o texto e ficou satisfeito ao ver que era em aramaico. Para ser autêntico, teria de ser. O costume de colocar os mortos em criptas subterrâneas até que tudo que restasse fossem ossos secos, depois coletar os ossos e depositá-los numa caixa de pedra era popular entre os judeus no século I. Ele sabia que alguns milhares de ossuários haviam sobrevivido. Mas apenas cerca de um quarto tinha inscrições identificando o conteúdo – isso provavelmente era explicado pelo fato de que a grande maioria das pessoas da época era analfabeta. Muitas falsificações haviam aparecido no decorrer dos séculos – um, em particular, há alguns anos, supostamente conteria os ossos de Tiago, meio-irmão de Jesus. Outro teste de autenticidade seria o tipo de material usado – calcário de pedreiras próximas a Jerusalém –, junto com o estilo da escrita, o exame microscópico da pintura e o teste por carbono.

Ele havia aprendido aramaico na faculdade. Uma língua difícil, ainda mais complicada pelos vários estilos, gírias e muitos erros dos escribas antigos. O modo como as letras eram gravadas também representava um problema. Na maioria das vezes, eram rasas, riscadas com um prego. Em outras ocasiões, eram rabiscadas aleatoriamente na face da pedra, como grafitos. Algumas vezes, como aqui, eram gravadas com uma lâmina e as letras eram claras. Motivo pelo qual as palavras não eram difíceis de traduzir. Ele já as vira antes. Leu da direita para a esquerda, como era necessário, depois as reverteu na mente.

YESHUA BAR YEHOSEF

– Jesus, filho de José – disse, traduzindo.

– São os ossos dele?

– Isso terá de ser visto. – Mark examinou a tampa. – Levante-a.

Roquefort enfiou a mão e segurou a tampa achatada. Mexeu-a de um lado para o outro até a pedra se soltar. Depois, levantou a tampa e pousou-a verticalmente junto ao ossuário.

Mark respirou fundo.

Dentro do repositório havia ossos.

Alguns haviam se transformado em pó. Muitos continuavam intactos. Um fêmur. Uma tíbia. Algumas costelas, uma pelve. O que pareciam dedos das mãos, dos pés, partes de uma coluna vertebral.

E um crânio.

Seria isso que Saunière havia encontrado?

Embaixo do crânio havia um pequeno livro em condições notavelmente boas. O que era compreensível, já que fora lacrado dentro do ossuário, que estava dentro de outra caixa fechada. A capa era exótica, com folhas de ouro e cravejada de pedras lapidadas arrumadas em forma de cruz. Cristo estava sobre a cruz, também feito de ouro. Ao redor da cruz havia mais pedras em tons de vermelho, jade e limão.

Mark levantou o livro e soprou o pó e a sujeira da capa, depois colocou-o no canto do pedestal. Roquefort se aproximou com sua luz. Mark abriu a capa e leu o *incipit*, escrito em latim em letras góticas cursivas sem pontuação, e a tinta era uma mistura de azul e carmim.

AQUI TEM INÍCIO UM RELATO LOCALIZADO PELOS IRMÃOS FUNDADORES DURANTE A EXPLORAÇÃO DO MONTE DO TEMPLO REALIZADA NO INVERNO DE 1121 O ORIGINAL ESTAVA EM PÉSSIMO ESTADO FOI COPIADO EXATAMENTE COMO APARECIA NUMA LÍNGUA QUE APENAS UM DOS NOSSOS

CONSEGUIA ENTENDER POR ORDEM DO MESTRE WILLIAM DE CHARTRES DATADO DE 4 DE JUNHO DE 1217 O TEXTO FOI TRADUZIDO PARA A LÍNGUA DOS IRMÃOS E PRESERVADO PARA QUE TODOS SOUBESSEM.

Roquefort estava lendo por cima do ombro de Mark, e disse:
– Este livro foi posto dentro do ossuário por algum motivo.
Mark concordou.
– Vamos ver o que vem em seguida?
– Achei que você estava aqui pelos irmãos. Isto não deveria ser levado de volta à abadia e lido para todos?
– Tomarei essa decisão depois de ler.
Mark se perguntou se os irmãos algum dia saberiam. Mas queria saber, por isso examinou o texto na página seguinte e reconheceu o amontoado de rabiscos.
– Está em aramaico. Só consigo ler algumas palavras. Essa língua desapareceu há dois mil anos.
– O *incipit* falava de uma tradução.
Mark levantou cuidadosamente as páginas e viu que o texto em aramaico cobria quatro folhas. Depois viu palavras que podia entender. AS PALAVRAS DOS IRMÃOS. Latim. A pele de carneiro havia sobrevivido em condições excelentes, com a superfície cor de pergaminho antigo. A tinta colorida também ainda era nítida. Um título encabeçava o texto.

O TESTEMUNHO DE SIMÃO

Começou a ler.

SESSENTA E QUATRO

Malone se aproximou de um dos irmãos, um homem vestido como os outros cinco, com jeans e casaco de lã e um gorro sobre o cabelo curto. Havia pelo menos mais seis do lado de fora – Roquefort tinha dito isso –, mas ele se preocuparia com os outros quando os de dentro da igreja estivessem dominados.

Pelo menos então estaria armado.

Observou Stephanie pegar uma pá e começar a cuidar de uma das fogueiras, mexendo as brasas e reacendendo as chamas. Cassiopeia ainda estava perto do gerador com Henrik, esperando que ele e Stephanie se posicionassem.

Virou na direção de Cassiopeia e assentiu.

Ela puxou a corda de acionamento.

O gerador tossiu e morreu. Mais dois puxões e o pistão funcionou, com o motor emitindo um rosnado grave. As luzes nos dois tripés se acenderam, o brilho se intensificando com o aumento da voltagem. As lâmpadas halógenas esquentavam depressa e a condensação começou a subir do vidro em fiapos de névoa que desapareciam com igual rapidez.

Malone viu que aquilo havia atraído a atenção dos guardas. Um erro. Da parte deles. Mas precisavam de um pouco mais, para dar tempo de Cassiopeia disparar quatro dardos com a pistola a ar. Ficou pensando na capacidade dela como atiradora, depois se lembrou do acontecido em Rennes.

O gerador continuou a rosnar.

Cassiopeia permaneceu agachada, com a sacola de ferramentas aos pés, aparentemente ajustando os controles do motor.

As luzes pareciam estar em intensidade total e, aparentemente, os guardas haviam perdido o interesse.

Um conjunto de lâmpadas explodiu.

Depois o outro.

Um clarão incandescente saltou para cima como um cogumelo e, num instante, sumiu. Malone usou esse segundo para dar um soco no queixo do irmão parado junto dele.

O homem cambaleou e caiu no chão.

Malone se abaixou e desarmou-o.

Stephanie pegou um pedaço de lenha acesa no fogo e se virou para o guarda a pouco mais de um metro de distância, cuja atenção estava nas lâmpadas que explodiam.

– Ei – disse ela.

O homem se virou. Ela jogou a lenha. O pedaço de madeira incandescente voou e o guarda estendeu a mão para afastá-lo, mas foi atingido no peito.

O homem gritou, e Stephanie bateu com a parte achatada da pá no rosto dele.

Malone viu Stephanie jogar um pedaço de madeira acesa para o guarda, depois acertá-lo com a pá. Então seu olhar saltou na direção de Cassiopeia, que disparava calmamente a pistola de ar comprimido. Ela já tinha dado um tiro, já que ele só via três homens de pé. Um dos guardas restantes segurou a coxa. Outro se sacudiu e tentou levar a mão às costas do casaco.

Ambos desmoronaram no chão.

O último sujeito de cabelos curtos, junto ao altar, viu o que estava acontecendo com os companheiros e se virou para encarar Cassiopeia, que estava agachada a dez metros dali, com a pistola apontada para ele.

O homem saltou para trás da base do altar.

Ela errou o tiro.

Malone sabia que ela estava sem dardos. Apenas um instante se passaria até que o irmão atirasse.

Sentiu a arma na mão. Odiava ter de usá-la. O tiro certamente alertaria não apenas Roquefort, mas também os irmãos lá fora. Por isso correu pela igreja, pôs as mãos na base do altar e, enquanto o irmão se levantava com a arma a postos, saltou e usou o impulso para derrubar o irmão com um chute.

– Nada mau – disse Cassiopeia.

– Pensei que você tinha dito que não errava.

– Ele pulou.

Cassiopeia e Stephanie estavam desarmando os irmãos derrubados. Henrik chegou perto e perguntou:

– Vocês estão bem?

– Fazia tempo que eu não precisava assim dos meus reflexos.

– É bom saber que ainda estão funcionando.

– Como vocês fizeram aquilo com as luzes? – perguntou Henrik.

Malone sorriu.

– Só aumentamos a voltagem. Sempre funciona. – Ele examinou a igreja. Havia algo errado. Por que nenhum irmão do lado de fora havia reagido à explosão das luzes? – Deveríamos ter companhia.

Cassiopeia e Stephanie chegaram perto, segurando armas.

– Talvez estejam nas ruínas, perto da frente – disse Stephanie.

Malone olhou para a saída.

– Ou talvez eles não existam.

– Garanto que existiam – disse uma voz masculina fora da igreja.

Um homem se esgueirou lentamente até ser visto, o rosto coberto pelas sombras.

Malone ergueu a arma.

– E você, quem é?

O homem chegou perto de uma das fogueiras. Seus olhos sérios e fundos se fixaram no cadáver coberto de Geoffrey.

– O mestre atirou nele?

– Sem remorso.

O rosto do homem se franziu e seus lábios murmuraram alguma coisa. Uma oração? Então ele disse:

– Sou capelão da Ordem. O irmão Geoffrey ligou para mim também, depois de ter falado com o mestre. Vim impedir a violência. Mas acabamos nos atrasando.

Malone baixou a arma.

– Você era parte do que Geoffrey estava fazendo?

Ele assentiu.

– Geoffrey não queria contatar Roquefort, mas deu a palavra ao antigo mestre. – A voz era suave. – Agora, parece que deu a vida também.

Malone quis saber:

– O que está acontecendo aqui?

– Entendo sua frustração.

– Não, não entende – disse Henrik. – O pobre rapaz está morto.

– E sofro por ele. Ele serviu a esta Ordem com grande honra.

– Ligar para Roquefort foi estupidez – disse Cassiopeia. – Ele atraiu encrenca.

– Nos últimos meses de vida, nosso antigo mestre pôs em ação uma complexa cadeia de acontecimentos. Falou comigo sobre o que planejava. Contou quem era o nosso senescal e por que o havia levado para a Ordem. Falou sobre o pai do senescal e sobre o que havia adiante. Por isso prometi obedecer, assim como o irmão Geoffrey. Sabíamos o que estava acontecendo. Mas o senescal não sabia, nem sabia de nosso envolvimento. Recebi ordem de não me envolver até que o irmão Geoffrey requisitasse minha ajuda.

– Seu mestre está lá embaixo com meu filho – disse Stephanie. – Cotton, precisamos descer lá.

Malone percebeu a impaciência na voz dela.

– O senescal e Roquefort não podem coexistir – disse o capelão. – São extremidades opostas de um longo espectro. Pelo bem da irmandade, só um desses homens pode sobreviver. Mas meu antigo mestre se perguntava se o senescal poderia fazer isso sozinho. – O capelão olhou para Stephanie. – Por isso a senhora está aqui. Ele acreditava que a senhora traria força para o senescal.

Stephanie parecia não estar com clima para misticismo.

– Meu filho poderia morrer por causa dessa idiotice.

– Durante séculos, a Ordem sobreviveu através de batalhas e conflitos. A guerra era nosso modo de vida. O antigo mestre simplesmente forçou um confronto. Sabia que Roquefort e o senescal travariam uma guerra. Mas queria que essa guerra tivesse alguma importância, que terminasse com alguma coisa. Por isso apontou ambos em direção ao Grande Legado. Sabia que o Grande Legado estava em algum lugar, mas duvido que realmente acreditasse que algum dos dois o encontraria. Mas tinha certeza que um conflito irromperia e que um vencedor surgiria. Também sabia que, se Roquefort fosse o vencedor, rapidamente afastaria seus aliados, como fez. A morte de dois irmãos pesou muito sobre nós. Todos concordam que haverá mais mortes...

– Cotton – disse Stephanie. – Estou indo.

O capelão não se mexeu.

– Os homens lá fora foram dominados. Façam o que devem fazer. Não haverá mais derramamento de sangue aqui em cima.

E Malone ouviu as palavras que o homem sombrio não disse.

Mas lá embaixo a história é outra.

SESSENTA E CINCO

O TESTEMUNHO DE SIMÃO

Mantive-me em silêncio, achando melhor que outros preservassem um registro. Mas nenhum se propôs. De modo que isto foi escrito para que vocês saibam o que aconteceu.

O homem Jesus passou muitos anos espalhando sua mensagem pelas terras da Judeia e da Galileia. Fui o primeiro de seus seguidores, mas nossos números cresceram, já que muitos acreditaram que as palavras dele possuíam grande significado. Viajamos com ele, observando-o enquanto aliviava sofrimentos, não importando o dia ou o evento. Se as massas o enalteciam, ele as encarava. Quando a hostilidade o rodeava, ele não demonstrava raiva ou medo. O que os outros pensavam, diziam ou faziam a seu respeito jamais o afetava. Uma vez ele disse: "Todos temos a imagem de Deus, todos merecemos ser amados, todos podemos crescer no espírito de Deus." Eu o observava enquanto ele abraçava leprosos e imorais. As mulheres e as crianças lhe eram preciosas. Ele me mostrou que todos eram dignos de amor. Dizia: "Deus é nosso pai. Ele cuida, ama e perdoa a todos. Nenhuma ovelha jamais se perderá desse rebanho. Sintam-se livres para dizer tudo a Deus, pois somente com essa abertura o coração pode obter paz."

O homem Jesus me ensinou a rezar. Falava de Deus, do juízo final e do fim dos tempos. Cheguei a pensar que ele poderia até mesmo controlar o vento e as ondas, já que estava tão acima de nós. Os anciãos religiosos ensinavam que a dor, a doença e a tragédia eram o julgamento de Deus e que deveríamos aceitar essa ira com a tristeza de um penitente. O homem Jesus dizia que isso era errado e oferecia aos doentes a coragem para se curarem; aos fracos, a capacidade de fortalecerem o espírito; e aos descrentes, a chance de acreditarem. O mundo pareceu se dividir à sua aproximação. O homem Jesus possuía um propósito, vivia para realizar esse propósito e tal propósito era claro para aqueles de nós que o seguíamos.

Mas, em suas viagens, o homem Jesus fez inimigos. Os anciãos o consideravam uma ameaça no sentido de que ele apresentava valores diferentes, novas regras e ameaçava a autoridade deles. Preocupavam-se com a possibilidade de que, se o homem Jesus tivesse permissão de andar livre e pregar a mudança, Roma poderia aumentar sua pressão e todos sofreriam, especialmente o sumo sacerdote que agia de acordo com a vontade de Roma. Assim, aconteceu que Jesus foi preso por blasfêmia, e Pilatos decretou que ele deveria ser posto na cruz. Eu estava lá no dia, e Pilatos não sentiu júbilo com a decisão, mas os anciãos exigiram justiça e Pilatos não pôde negar.

Em Jerusalém, o homem Jesus e outros seis foram levados a um lugar na colina e amarrados à cruz com tiras de couro. Mais tarde, naquele dia, as pernas de três homens foram quebradas e eles sucumbiram ao anoitecer. Mais dois morreram no dia seguinte. O homem Jesus pôde suportar até o terceiro dia, quando suas pernas foram finalmente quebradas. Não fui até ele enquanto ele sofria. Eu e os outros que o seguíamos nos escondemos, com medo de sermos os próximos. Depois de ter morrido, o homem Jesus foi deixado na cruz por mais seis dias enquanto pássaros bicavam sua carne. Finalmente foi retirado da cruz e largado num buraco no chão. Vi isso acontecer, depois fugi de Jerusalém pelo deserto, parando em Betânia na casa de Maria, chamada Madalena, e sua irmã, Marta. Elas haviam conhecido o homem Jesus e estavam tristes com sua morte. Ficaram com raiva de mim por não tê-lo defendido, por não reconhecê-lo, por ter fugido quando ele sofria. Perguntei o que elas queriam que eu tivesse feito, e sua resposta foi clara: "Juntado-se a ele." Mas esse pensamento jamais me ocorreu. Em vez disso, a todos que perguntavam, eu negava o homem Jesus e tudo que ele defendia. Saí da casa delas, retornando dias depois à Galileia e ao conforto das coisas que eu conhecia.

Dois que haviam viajado com o homem Jesus, Tiago e João, também retornaram à Galileia. Juntos compartilhamos a tristeza pela perda do homem Jesus e retomamos a vida como pescadores. A escuridão que todos sentíamos nos consumia e o tempo não aliviou a dor. Enquanto pescávamos no mar da Galileia, falávamos do homem Jesus e de tudo que ele fez e que testemunhamos. Foi no lago, há anos, que o conhecemos enquanto ele ensinava em nosso barco. Sua lembrança parecia estar em toda parte sobre as águas, o que tornava ainda mais difícil escapar da tristeza. Uma noite, enquanto uma tempestade revirava o lago e estávamos na praia comendo pão e peixe, pensei ter visto o homem Jesus na névoa. Mas, quando entrei na água, soube que a visão estava apenas na minha mente. Toda manhã partíamos o pão e comíamos peixe. Lembrando o que o homem Jesus havia feito, um de nós abençoava o pão e o oferecia em louvor a Deus. Esse ato fazia com que nos sentíssemos melhor. Um dia, João comentou que o pão partido era muito semelhante ao corpo do homem Jesus. Depois disso, todos começamos a associar o pão ao corpo.

Quatro meses se passaram e, um dia, Tiago nos lembrou que a Torá dizia que uma pessoa pendurada numa árvore é amaldiçoada. Falei que isso não poderia ser verdadeiro em relação ao homem Jesus. Foi a primeira vez que algum de nós questionou as palavras antigas. Elas simplesmente não poderiam se aplicar a alguém tão bom quanto o homem Jesus. Como um escriba tão antigo poderia saber que todos que fossem pendurados numa árvore eram amaldiçoados? Não poderia. Numa batalha entre o homem Jesus e as palavras antigas, o homem Jesus foi vitorioso.

O sofrimento continuou a nos atormentar. O homem Jesus se fora. Sua voz estava em silêncio. Os anciãos sobreviveram e sua mensagem viveu. Não porque estivessem certos, mas simplesmente porque estavam vivos e falando. Os anciãos haviam triunfado sobre o homem Jesus. Mas como uma coisa tão boa poderia estar errada? Por que Deus permitiria que esse bem pudesse desaparecer?

O verão terminou e chegou a festa do Tabernáculo, época de celebrar a alegria da colheita. Achamos seguro viajar até Jerusalém e participar. Assim que chegamos, durante a procissão até o altar, foi lido nos Salmos que o Messias não morrerá, mas que viverá e narrará os feitos do Senhor. Um dos anciãos proclamou que, ainda que o Senhor tenha punido o Messias intensamente, não o entregou à morte. Pelo contrário, a pedra que os construtores rejeitaram se tornou a pedra angular. No Templo, ouvimos leituras de Zacarias, que disse que um dia o Senhor chegaria e que águas vivas fluiriam de Jerusalém e o Senhor se tornaria rei sobre toda a terra. E uma tarde deparei com outra leitura de Zacarias. Ele falava de um descendente da Casa de Davi e de um espírito de compaixão e súplica. Foi dito que, quando olhássemos para aquele a quem rasgaram, choraríamos por ele como por um primogênito.

Ouvindo, pensei no homem Jesus e no que havia acontecido a ele. O leitor parecia falar diretamente comigo quando disse do plano de Deus de golpear o pastor para que as ovelhas pudessem se espalhar. Nesse momento, tomou conta de mim um amor que não queria ir embora. Naquela noite, saí de Jerusalém e fui até o local onde os romanos haviam enterrado o homem Jesus. Ajoelhei-me acima de seus restos mortais e me perguntei como um simples pescador poderia ser a fonte de toda a verdade. O sumo sacerdote e os escribas haviam julgado que o homem Jesus era uma fraude. Mas eu sabia que estavam errados. Deus não exigia a obediência a leis antigas para que a salvação fosse alcançada. O amor de Deus era sem limites. O homem Jesus tinha dito isso muitas vezes e, ao aceitar a morte com grande coragem e dignidade, o homem Jesus dera uma última lição a todos nós. Ao terminar a vida encontramos vida. Amar é ser amado.

Toda a dúvida me abandonou. O sofrimento desapareceu. A confusão se tornou clareza. O homem Jesus não estava morto. Estava vivo. Ressuscitado dentro de mim estava o Senhor. Senti sua presença com tanta clareza como quando ele ficava ao meu lado. Lembrei-me do que ele me disse muitas vezes. "Simão, se me ama, você encontrará minhas ovelhas." Finalmente eu sabia que amar como ele amava permitiria que qualquer pessoa conhecesse o Senhor. Fazer o que ele fazia permitiria que todos conhecêssemos o Senhor. Viver como ele vivia seria o caminho para a salvação. Deus viera do céu para morar dentro do homem Jesus e, através de seus feitos e palavras, o Senhor se tornou conhecido. A mensagem era clara. Cuidem dos necessitados, confortem os perturbados, sejam amigos dos rejeitados. Façam essas coisas e o Senhor ficará satisfeito. Deus tirou a vida do homem Jesus para que todos pudéssemos ver. Eu era meramente o primeiro a aceitar essa verdade. A tarefa se tornou clara. A mensagem deve viver através de mim e dos outros que também acreditam.

Quando contei a João e Tiago sobre minha visão, eles também viram. Antes de sairmos de Jerusalém, retornamos ao local de minha visão e tiramos da terra os restos do homem Jesus. Nós os levamos e pusemos numa caverna. Retornamos no ano seguinte e pegamos os ossos. Então escrevi este relato que guardei com o homem Jesus, porque juntos eles são a Palavra.

SESSENTA E SEIS

Mark estava confuso e pasmo. Sabia quem era Simão.

Primeiro fora chamado de Cefas em aramaico, depois de Petros, ou pedra, em grego. Acabou se tornando Pedro, e os evangelhos proclamavam que Cristo tinha dito: *Sobre esta pedra construirei minha igreja*.

O testemunho era o primeiro relato antigo que ele lera e que fazia sentido. Nenhum acontecimento sobrenatural nem aparições milagrosas. Nenhuma ação contrária à história ou à lógica. Nenhum detalhe incoerente que lançasse dúvida sobre a credibilidade. Apenas o testemunho de um pescador simples sobre como havia conhecido um grande homem, um homem cujas boas obras e palavras gentis haviam sobrevivido depois da morte, o bastante para inspirá-lo a prosseguir na causa.

Simão claramente não possuía intelecto ou capacidade para criar as ideias religiosas elaboradas que viriam muito mais tarde. Sua compreensão se confinava ao homem Jesus, que ele conhecia e que Deus havia reivindicado através de uma morte violenta. Para conhecer Deus, fazer parte d'Ele, estava claro para Simão que era preciso imitar o homem Jesus. A mensagem só poderia sobreviver se ele, e outros depois dele, colocassem nela o sopro da vida. Desse modo simples, a morte não poderia conter o homem Jesus. Uma ressurreição ocorreria. Não literal, mas espiritual. E na mente de Simão o homem Jesus havia ressuscitado – vivia de novo –, e a partir desse início singular, durante uma noite de outono seis meses depois da execução do homem Jesus, a Igreja Cristã nasceu.

– Aqueles escrotos arrogantes – murmurou Roquefort. – Com suas igrejas e teologias grandiosas. Absolutamente tudo está errado.

– Não está.

– Como pode dizer isso? Não existiu crucificação elaborada, nem túmulo vazio, nem anjos anunciando o Cristo ressuscitado. É ficção, criada por homens em benefício próprio. Este testemunho tem significado. Tudo começou com um homem percebendo algo *na mente*. Nossa Ordem foi apagada da face da terra, nossos irmãos foram torturados e assassinados em nome do suposto Jesus ressuscitado.

– O efeito foi o mesmo. A Igreja nasceu.

– Você acha, ao menos por um minuto, que a Igreja teria florescido se toda a sua teologia se baseasse na revelação pessoal de um homem simples? Quantos convertidos você acha que ela obteria?

– Mas é exatamente isso que aconteceu. Jesus era um homem comum.

– Que foi elevado ao status de deus por homens posteriores. E se alguém questionasse essa determinação era considerado herege e queimado na fogueira. Os cátaros foram apagados da face da terra, aqui mesmo nos Pirineus, por não acreditarem nisso.

– Os primeiros homens da Igreja fizeram o que fizeram. Precisavam enfeitar para sobreviver.

– Você concorda com o que eles fizeram?

– Está feito.

– E podemos desfazer.

Um pensamento ocorreu a Mark.

– Saunière certamente leu isto.

– E não contou a ninguém.

– Isso mesmo. Até ele percebeu a inutilidade.

– Ele não contou a ninguém porque teria perdido seu tesouro particular. Ele não tinha honra. Era um ladrão.

– Talvez. Mas a informação obviamente o afetou. Ele deixou muitas pistas em sua igreja. Era um homem culto e sabia ler latim. Se encontrou isto, e tenho certeza que encontrou, entendeu. No entanto, recolocou no esconderijo e trancou o portão ao sair. – Mark olhou para o ossuário. Estaria olhando os ossos do homem Jesus? Uma onda de tristeza o varreu ao perceber que tudo que restava de seu pai também eram ossos.

Encarou Roquefort e perguntou o que realmente queria saber.

– Você matou meu pai?

Malone ficou olhando Stephanie ir rapidamente para a escada, segurando a arma de um dos guardas.

– Vai a algum lugar?

– Ele pode me odiar, mas ainda é meu filho.

Malone entendia que ela precisava ir, mas não iria sozinha.

– Também vou.

– Prefiro fazer isso sozinha.

– Não ligo a mínima para o que você prefere. Eu vou.

– Eu também – disse Cassiopeia.

Henrik agarrou o braço dela.

– Não. Deixe-os. Eles precisam resolver isso.

– Resolver o quê?

O capelão se adiantou.

– O senescal e o mestre precisam se desafiar. A mãe dele foi envolvida por algum motivo. Deixe-a. Seu destino está lá embaixo, com eles.

Stephanie desapareceu na escada e Malone ficou olhando enquanto ela saltava de lado, evitando o buraco. Em seguida, acompanhou-a, lanterna numa das mãos, arma na outra.

– Para que lado? – sussurrou Stephanie.

Ele sinalizou pedindo silêncio. Então escutou vozes. Vindas da esquerda, da direção da câmara que ele e Cassiopeia haviam encontrado.

– Por ali – murmurou.

Sabia que o caminho estava livre de armadilhas até quase a entrada da câmara. Mesmo assim, prosseguiram devagar. Quando viu o esqueleto e as palavras gravadas na parede, soube que logo adiante precisariam ter cautela.

Agora as vozes estavam mais claras.

– Perguntei se você matou meu pai – disse Mark mais alto.

– Seu pai era uma alma fraca.

– Isso não é resposta.

– Eu estava lá, na noite em que ele tirou a vida. Acompanhei-o até a ponte. Nós conversamos.

Mark estava escutando.

– Ele estava frustrado. Com raiva. Tinha resolvido o criptograma, o que estava em seu diário, e ele não lhe disse nada. Seu pai simplesmente não tinha forças para prosseguir.

– Você não sabe nada sobre meu pai.

– Pelo contrário. Observei-o durante anos. Ele ia de uma questão a outra, jamais solucionando nenhuma. Isso lhe trazia problemas em termos profissionais e pessoais.

– Aparentemente, ele descobriu o bastante para nos trazer até aqui.

– Não. Outros descobriram isso.

– Você não fez nenhuma tentativa de impedi-lo de se enforcar?

Roquefort deu de ombros.

– Por quê? Ele estava decidido a morrer, e eu não vi vantagem em impedir.

– Então, você simplesmente foi embora e deixou que ele morresse?

— Não interferi em algo que não tinha a ver comigo.

— Seu filho da puta. — Mark deu um passo à frente. Roquefort levantou a arma. Mark ainda segurava o livro do ossuário. — Vá em frente. Atire em mim.

Roquefort pareceu não se abalar.

— Você matou um irmão. Sabe qual é a penalidade.

— Ele morreu por sua causa. Você o mandou.

— Aí está outra vez. Um conjunto de regras para você e outro para o restante de nós. Você puxou o gatilho.

— Em legítima defesa.

— Pouse o livro.

— E o que você fará com ele?

— O que os mestres fizeram no início. Vou usá-lo contra Roma. Sempre me perguntei como a Ordem cresceu tão depressa. Quando papas tentaram nos fundir com os cavaleiros hospitalários, nós os impedimos repetidamente. E tudo por causa desse livro e desses ossos. A Igreja Romana não podia se arriscar a que qualquer dos dois se tornasse público.

"Imagine o que aqueles papas medievais pensaram ao saber que a ressurreição física de Cristo era um mito. Claro, eles não podiam ter certeza. Esse testemunho poderia ser tão fictício quanto os evangelhos. Mesmo assim, as palavras são instigantes e os ossos são difíceis de ignorar. Havia milhares de relíquias espalhadas na época. Pedaços de santos adornavam cada igreja. Todo mundo acreditava com muita facilidade. Não havia motivo para pensar que esses ossos teriam sido ignorados. E essas eram as maiores relíquias de todas. Então, os mestres usaram o que sabiam, e a ameaça funcionou.

— E hoje?

— Exatamente o oposto. Um número muito grande de pessoas não acredita em nada. Existem muitas perguntas na mente moderna e poucas respostas nos evangelhos. Mas esse testemunho é diferente. Faria sentido para muitas pessoas.

— Então, você vai ser um Felipe IV dos tempos modernos.

Roquefort cuspiu no chão.

— Isto é o que eu penso dele. Ele queria esse conhecimento para controlar a Igreja; para que seus herdeiros também pudessem controlá-la. Mas pagou pela cobiça. Ele e toda a sua família.

— Você acha, ao menos por um minuto, que poderia controlar alguma coisa?

— Não tenho desejo de controle. Mas gostaria de ver a cara de todos aqueles prelados pomposos explicando o testemunho de Simão Pedro. Afinal de contas, os ossos dele estão no coração do Vaticano. Eles construíram uma catedral ao redor do túmulo e deram seu nome à basílica. É o primeiro santo deles, o primeiro papa. Como vão explicar suas palavras? Não gostaria de ouvi-los tentar?

— Quem pode dizer que as palavras são dele?

— Quem pode dizer que as palavras de Mateus, Marcos, Lucas e João são deles?

— Mudar tudo pode não ser tão bom.

— Você é fraco como seu pai. Não tem estômago para lutar. Você enterraria isto? Não contaria a ninguém? Permitiria que a Ordem permanecesse na obscuridade, manchada pelas calúnias de um rei ganancioso? Homens fracos como você são o motivo para nos encontrarmos nesta situação. Você e o seu mestre eram feitos um para o outro. Ele também era um homem fraco.

Mark ouvira o suficiente e, sem aviso, levantou a mão esquerda, que segurava a lâmpada, virando a barra luminosa de modo que o brilho mais forte batesse momentaneamente nos olhos de Roquefort. O instante de desconforto fez Roquefort franzir a vista, e sua mão com a arma baixou enquanto ele erguia a outra para proteger os olhos.

Mark chutou a arma da mão de Roquefort, depois saiu correndo da câmara. Saiu pelo portão aberto, virou-se para a escada, mas deu apenas alguns passos.

A três metros, viu outra luz e Malone com sua mãe.

Atrás dele, Roquefort surgiu.

– Pare! – veio a ordem, e ele parou.

Roquefort chegou perto.

Mark viu sua mãe levantar uma arma.

– Abaixe-se, Mark – gritou ela.

Mas ele permaneceu de pé.

Agora, Roquefort estava diretamente atrás dele. Mark sentiu o cano da arma na nuca.

– Baixe a arma – disse Roquefort a Stephanie.

Malone mostrou uma arma.

– Você não pode atirar em nós dois.

– Não. Mas posso atirar neste aqui.

Malone pensou nas opções. Não poderia atirar contra Roquefort sem acertar Mark. Mas por que Mark havia parado, dando a Roquefort a oportunidade de encurralá-lo?

– Baixe a arma – disse Malone baixinho a Stephanie.

– Não.

– Eu faria o que ele diz – deixou claro Roquefort.

Stephanie não se mexeu.

– Ele vai atirar em Mark de qualquer modo.

– Talvez – disse Malone. – Mas não vamos provocá-lo.

Malone sabia que ela perdera o filho uma vez por causa de erros. Stephanie não permitiria que ele lhe fosse tirado outra vez. Malone examinou o rosto de Mark. Nem uma migalha de medo. Apontou sua luz para o livro na mão de Mark.

– Era disso aí que se tratava toda essa coisa?

Mark assentiu.

– O Grande Legado, junto com um bocado de tesouros e documentos.

– Valeu a pena?

– Não sou eu que devo dizer.

– Valeu – declarou Roquefort.

– E agora? – perguntou Malone. – Você não tem aonde ir. Seus homens estão dominados.

– Trabalho seu?

– Em parte. Mas seu capelão está aqui com um contingente de cavaleiros. Parece que houve uma revolta.

– Isso terá de ser visto – disse Roquefort. – Só vou dizer mais uma vez, Sra. Nelle: baixe a arma. Como observa corretamente o Sr. Malone, o que tenho a perder atirando no seu filho?

Malone ainda estava avaliando a situação, a mente verificando opções. Então, à luz da lanterna de Mark, viu. Uma ligeira depressão no piso. Praticamente imperceptível, a não ser que se soubesse o que procurar. Outro alçapão ocupando a largura da passagem e se estendendo de onde ele estava até Mark. Voltou o olhar e viu nos olhos do rapaz o fato de que ele sabia da existência do buraco. Um ligeiro movimento de cabeça e Malone percebeu por que Mark havia parado. Ele quisera que Roquefort viesse atrás. Precisava que ele viesse.

Aparentemente, era hora de acabar com isso.

Aqui e agora.

Estendeu a mão e arrancou a arma de Stephanie.

– O que você está fazendo? – perguntou ela.

De costas para Roquefort, ele murmurou:

– O chão. – E viu que ela havia registrado.

Então, encarou o dilema.

– Gesto sábio – disse Roquefort à ele.

Stephanie ficou quieta, aparentemente compreendendo. Porém, Malone duvidava que ela realmente entendesse. Voltou a atenção de novo para o corredor. Suas palavras, destinadas a Mark, foram ditas a Roquefort.

– Certo. Sua vez.

Mark sabia que era o fim. O mestre havia escrito à sua mãe dizendo que ele não possuía a determinação necessária para terminar suas batalhas. Começá-las parecia fácil, continuar era mais fácil ainda, mas solucioná-las sempre havia sido difícil. Não mais. Seu mestre havia montado o palco e os atores haviam seguido o roteiro. Hora do final. Raymond de Roquefort era uma ameaça. Dois irmãos estavam mortos por causa dele e não havia como dizer onde tudo isso acabaria. De jeito nenhum ele e Roquefort poderiam existir juntos dentro da Ordem. Aparentemente, seu mestre sabia disso. Motivo pelo qual um dos dois precisava ir.

Sabia que apenas a um passo adiante havia um buraco profundo, cujo piso, ele esperava, era cheio de estacas de bronze. Em sua fúria de avançar, não se preocupando com nada ao redor, Roquefort não tinha ideia do perigo. E era exatamente assim que administraria a Ordem. Os sacrifícios que milhares de irmãos haviam feito durante setecentos anos seriam desperdiçados com base na arrogância.

Ao ler o testemunho de Simão, Mark finalmente recebera uma afirmação histórica de seu ceticismo religioso. Ele sempre se sentira perturbado com as contradições bíblicas e suas explicações débeis. Temia que a religião fosse uma ferramenta usada por homens para manipular outros homens. A necessidade de respostas sentida pela mente humana, até mesmo para perguntas que não possuíam respostas, havia permitido que o inacreditável se transformasse em evangelho. De algum modo, havia um conforto em acreditar que a morte não era o fim. Que havia mais. Jesus teria provado isso ao ressuscitar fisicamente e oferecer essa mesma salvação a todos que acreditassem.

Mas não existia vida após a morte.

Não literalmente.

Em vez disso, o que os outros entendiam sobre nossa vida era o modo como a vivíamos. Lembrando-se do que o homem Jesus disse e fez, Simão Pedro percebeu que as crenças do amigo morto estavam ressuscitadas dentro dele. E pregar essa mensagem, fazendo o que Jesus fizera, tornou-se a medida de sua salvação. Nenhum de nós deveria julgar ninguém, apenas nós mesmos. A vida não é infinita. Um tempo específico nos define a todos – e então, como mostravam os ossos no ossuário, retornamos ao pó.

Ele só podia esperar que sua vida tivesse significado alguma coisa e que outros se lembrassem dele através desse significado.

Respirou fundo.

E jogou o livro para Malone, que o pegou.

– Por que fez isso? – perguntou Roquefort.

Mark viu que Malone sabia o que ele ia fazer.

E, de repente, sua mãe também soube.

Ele viu nos olhos dela, brilhando com lágrimas. Queria dizer a ela que lamentava, que estava errado, que não deveria tê-la julgado. Ela pareceu ler seus pensamentos e deu um passo adiante, que Malone bloqueou com o braço.

– Saia da frente, Cotton – disse ela.

Mark usou esse momento para avançar alguns centímetros sobre terreno ainda firme.

– Vá – disse Roquefort. – Pegue o livro de volta.

– Certamente.

Outro passo.

Ainda firme.

Mas, em vez de ir na direção de Malone, como Roquefort havia ordenado, ele se abaixou para evitar o cano da arma na cabeça e girou, dando uma cotovelada nas costelas de Roquefort. O abdômen musculoso do sujeito era duro e ele soube que não era páreo para o guerreiro mais velho. Mas possuía uma vantagem. Enquanto Roquefort estava se preparando para uma luta, Mark simplesmente envolveu o peito do outro com os braços e girou com ele para a frente, tirando os pés do chão e fazendo os dois tombarem no chão que ele sabia que não suportaria.

Ouviu sua mãe gritar *não*, depois a arma de Roquefort espocou.

Mark havia empurrado para cima a mão que segurava a arma, mas não tinha como saber para onde a bala fora. Os dois se chocaram contra o piso falso e o peso combinado bastou para arrebentar a cobertura. Certamente, Roquefort havia esperado bater no chão duro, pronto para saltar em ação. Mas, quando caíram no buraco, Mark soltou o corpo de Roquefort e libertou os braços, o que permitiu que toda a força das estacas se cravasse nas costas do inimigo.

Um gemido saiu dos lábios de Roquefort quando ele abriu a boca para falar. Apenas sangue gorgolejou.

– No dia em que você questionou o mestre, eu disse que você se arrependeria – sussurrou Mark. – Seu mandato acabou.

Roquefort tentou falar, mas o fôlego o abandonou enquanto o sangue lhe escorria dos lábios.

Então, o corpo ficou frouxo.

– Você está bem? – perguntou Malone de cima.

Mark se levantou. A mudança de peso fez com que Roquefort se assentasse ainda mais nas estacas. Terra e cascalho o cobriam. Ele saiu da cavidade e espanou a sujeira.

– Acabo de matar outro homem.

– Ele teria matado você – disse Stephanie.

– Não é um bom motivo, mas é tudo que tenho.

Lágrimas escorriam do rosto de sua mãe.

– Achei que você havia morrido de novo.

– Eu esperava evitar as estacas, mas não sabia se Roquefort ia cooperar.

– Você tinha de matá-lo – disse Malone. – Ele jamais pararia.

– E o tiro?

– Passou perto – respondeu Malone. E fez um gesto com o livro. – Era isto que vocês queriam?

Mark assentiu.

– E há mais.

– Eu perguntei antes. Valeu a pena?

Mark apontou para o corredor.

– Vamos dar uma olhada e você me diz.

SESSENTA E SETE

ABADIA DES FONTAINES
QUARTA-FEIRA, 28 DE JUNHO
12H40

Mark olhou o salão circular. Os irmãos estavam de novo paramentados com suas vestes formais, reunidos em conclave, em vias de escolher um mestre. Roquefort estava morto e fora sepultado no Salão dos Pais na noite anterior. Durante o funeral, o capelão havia questionado a memória de Roquefort e a votação fora unânime para que esta lhe fosse negada. Enquanto ouvia o discurso do capelão, Mark havia percebido que tudo que acontecera nos últimos dias fora necessário. Infelizmente, havia matado dois homens: um com pesar; o outro, sem satisfação. Havia implorado o perdão do Senhor pela primeira morte, mas sentia apenas alívio por Roquefort ter se ido.

Agora, o capelão estava falando de novo ao conclave.

– Digo-lhes, irmãos. O destino esteve atuando, mas não do modo como nosso mais recente mestre contemplava. O caminho dele era o errado. Nosso Grande Legado está de volta por causa do senescal. Ele foi o sucessor escolhido pelo mestre anterior. Ele é que foi mandado na busca. Ele encarou seu inimigo, colocou nosso bem-estar acima de seu próprio e realizou o que outros mestres tentaram durante séculos.

Mark viu centenas de cabeças balançando em concordância. Jamais havia mobilizado homens daquele jeito. Sua existência fora solitária no meio acadêmico, nas viagens de fim de semana com o pai, depois sozinho, as únicas aventuras que ele conhecera até os últimos dias.

O Grande Legado fora tirado discretamente do subsolo na manhã do dia anterior e levado à abadia. Ele e Malone haviam removido pessoalmente o ossuário, junto com o testemunho. Ele havia mostrado ao capelão o que encontraram e todos concordaram que o novo mestre decidiria o que fazer em seguida.

Agora a decisão estava próxima.

Desta vez, Mark não fazia parte das autoridades da Ordem. Era meramente um irmão, por isso havia assumido seu lugar em meio à massa sombria de homens. Não fora escolhido para o conclave, então observava junto a todos os outros enquanto os 12 cumpriam sua tarefa.

– Não há dúvida do que deve ser feito – disse um dos membros do conclave. – O antigo senescal deve ser nosso mestre. Que seja.

O silêncio dominou o salão.

Mark queria protestar. Mas a Regra proibia e ele já a violara o suficiente para toda a vida.

– Concordo – disse outro membro do conclave.

Todos os dez restantes assentiram.

– Então, assim será – disse o nomeador. – Aquele que era nosso senescal deve ser agora o nosso mestre.

Aplausos irromperam enquanto mais de quatrocentos irmãos sinalizavam a aprovação.

Começaram os cantos.

Beauseant.

Não era mais Mark Nelle.

Era o mestre.

Todos os olhos se concentraram nele. Saiu do meio dos irmãos e entrou no círculo formado pelo conclave. Olhou para os homens que admirava. Entrara para a Ordem simplesmente como um meio de realizar o que seu pai havia sonhado e para escapar à mãe. Havia ficado porque passara a amar a Ordem e seu mestre.

Palavras de João lhe vieram à mente.

> *No princípio era o Verbo, e o Verbo estava com Deus, e o Verbo era Deus. Através dele, todas as coisas foram feitas. Nele estava a vida, e essa vida era a luz dos homens. A luz brilha na escuridão, mas a escuridão não a entendeu. Ele esteve no mundo e, mesmo tendo sido feito por ele, o mundo não o reconheceu. Ele veio ao que era seu, mas o que era seu não o recebeu. No entanto, a todos que o receberam, aos que acreditavam em seu nome, ele deu o direito de se tornar filhos de Deus.*

Simão Pedro O reconheceu e recebeu, assim como todos que vieram depois de Simão, e sua escuridão tornou-se luz. Talvez graças à percepção singular de Simão, agora todos eram filhos de Deus.

Os gritos foram parando.

Ele esperou até o salão ficar em silêncio.

– Eu havia pensado que talvez fosse hora de deixar este lugar – disse baixinho. – Os últimos dias trouxeram muitas decisões difíceis. Por causa das escolhas que fiz, acreditei que minha vida como irmão estava terminada. Matei um dos nossos e lamento isso. Mas não tive escolha. Matei o mestre, mas por isso não sinto coisa alguma. – Sua voz cresceu. – Ele desafiou tudo em que acreditamos. Sua cobiça e irresponsabilidade seriam nossa queda. Estava preocupado com *suas* necessidades, *seus* desejos, e não com os *nossos*. – Uma força jorrou através de seu corpo enquanto Mark ouvia de novo as palavras de seu mentor. *Lembre-se de tudo que lhe ensinei.* – Como líder, vou mapear um novo rumo. Vamos sair das sombras, mas não em busca de vingança ou justiça, e sim para reivindicar um lugar neste mundo como a Irmandade dos Pobres Soldados de Cristo e do Templo de Salomão. É isso que somos. É o que seremos. Há grandes coisas para fazermos. Os pobres e oprimidos precisam de um defensor. Podemos ser os salvadores deles.

Algo que Simão escreveu lhe veio à mente. *Todos temos a imagem de Deus, todos merecemos ser amados, todos podemos crescer no espírito de Deus.* Ele era o primeiro mestre, em setecentos anos, a ser guiado por essas palavras.

E pretendia segui-las.

– Agora, bons irmãos, é hora de dizermos adeus ao irmão Geoffrey, cujo sacrifício tornou este dia possível.

Malone estava impressionado com a abadia. Ele, Stephanie, Henrik e Cassiopeia haviam sido recebidos antes e fizeram uma visita completa, os primeiros não templários a terem essa honra. Seu guia, o capelão, havia mostrado cada recanto e explicado pacientemente sua história. Depois saíra, dizendo que o conclave ia começar. Havia retornado há alguns minutos e os acompanhara até a capela. Eles tinham vindo presenciar o funeral de Geoffrey: receberam essa permissão graças ao papel importante que haviam representado na descoberta do Grande Legado.

Sentaram-se na primeira fila de bancos, bem na frente do altar. A capela em si era magnífica, parecia uma catedral, um lugar que abrigara os cavaleiros templários durante séculos. E Malone podia sentir a presença deles.

Stephanie estava a seu lado. Henrik e Cassiopeia, ao lado dela. Malone ouviu-a ficar sem fôlego quando os cantos pararam, e Mark entrou, vindo de trás do altar. Enquanto os outros irmãos usavam batinas castanhas com as cabeças cobertas por capuzes, ele vestia o manto branco do mestre. Malone estendeu a mão e segurou a dela, que estava trêmula. Ela lhe deu um sorriso e apertou com força.

Mark foi até o caixão simples de Geoffrey.

– Este irmão deu a vida por nós. Manteve o juramento. Por isso terá a honra de ser enterrado no Salão dos Pais. Antes dele, apenas os mestres ficavam lá. Agora este herói se juntará a eles.

Ninguém disse uma palavra.

– Além disso, o questionamento ao nosso antigo mestre, feito pelo irmão Roquefort, está rescindido. Seu lugar de honra está restaurado nas Crônicas. Agora vamos nos despedir do irmão Geoffrey. Através dele renascemos.

O serviço fúnebre durou uma hora. Malone e os outros acompanharam os irmãos até o Salão dos Pais, no subsolo. Ali o caixão foi posto no *locolus* junto ao do antigo mestre.

Em seguida, saíram para seus carros.

Malone notou uma calma em Mark e um degelo em sua relação com a mãe.

– E o que você vai fazer agora, Malone? – perguntou Cassiopeia.

– Voltar a vender livros. E meu filho vem passar um mês comigo.

– Filho? De quantos anos?

– Quatorze, vai fazer 15. É incontrolável.

Cassiopeia riu.

– Então é parecido com o pai.

– Mais parecido com a mãe.

Nos últimos dias, ele estivera pensando muito em Gary. Ver Stephanie e Mark lutando entre si trouxe de volta algumas de suas falhas como pai. Mas, se dependesse de Gary, não daria para saber. Enquanto Mark ficara ressentido, Gary era brilhante na escola, atlético e jamais havia discordado de Malone se mudar para Copenhague. Em vez disso, havia encorajado, percebendo que o pai também precisava ser feliz. Malone sentia muita culpa pela decisão. Mas estava ansioso pelo tempo que passaria com o filho. No ano anterior, haviam passado o primeiro verão juntos na Europa. Este ano planejavam viajar à Suécia, Noruega e Inglaterra. Gary adorava viajar – outra coisa que tinham em comum.

– Vai ser um tempo bom – disse ele.

Malone, Stephanie e Henrik iriam de carro a Toulouse e pegariam um voo para Paris. De lá, Stephanie viajaria para Atlanta. Malone e Henrik voltariam a Copenhague. Cassiopeia ia para o castelo em seu Land Rover.

Ela estava parada junto ao carro quando Malone se aproximou.

Montanhas cercavam-nos de todos os lados. Dentro de alguns meses, o inverno cobriria tudo de neve. Parte de um ciclo. Tão claro na natureza quanto na vida. Bom, depois ruim, depois bom, em seguida mais ruim, depois mais bom. Lembrou-se de ter dito a Stephanie, quando se aposentou, que estava cheio daquele absurdo. Ela havia sorrido de sua ingenuidade e dito que, enquanto a terra fosse habitada, não haveria lugar calmo. O jogo era o mesmo em toda parte. Apenas os jogadores mudavam.

Tudo bem. A experiência da semana anterior havia lhe ensinado que ele era um jogador e sempre seria. Mas, se alguém perguntasse, diria que era livreiro.

– Cuide-se, Malone – disse ela. – Não vou estar mais vigiando suas costas.

– Tenho a sensação de que vamos nos ver de novo.

Ela deu um sorriso.

– Nunca se sabe. É possível.

Ele voltou ao carro.

– E Claridon? – perguntou Malone a Mark.

– Implorou perdão.

– E você, generosamente, deu.

Mark sorriu.

– Ele disse que Roquefort ia assar a pele de seus pés e alguns irmãos confirmaram isso. Claridon quer se juntar a nós.

Malone deu um risinho.

– Vocês estão preparados para isso?

– Nossa Ordem já foi ocupada por homens muito piores. Vamos sobreviver. Eu o considero minha penitência pessoal.

Stephanie e Mark conversaram por um momento em voz baixa. Já haviam se despedido em particular. Ela parecia calma e relaxada. Aparentemente, a conversa fora amena. Malone ficou satisfeito. As pazes eram necessárias ali.

– O que acontecerá com o ossuário e o testemunho? – perguntou Malone a Mark. Não havia nenhum irmão por perto, por isso ele se sentiu seguro para puxar o assunto.

– Ficará lacrado. O mundo está contente com aquilo em que acredita. Não vou mexer com isso.

Malone concordou.

– Boa ideia.

– Mas esta Ordem emergirá de novo.

– Isso mesmo – disse Cassiopeia. – Já falei com Mark sobre se envolver na organização de caridade que eu comando. O esforço mundial para a cura da Aids e a erradicação da fome agradeceriam um influxo de capital, e agora esta Ordem tem muito para gastar.

– Henrik fez um tremendo lobby, também, para nos envolvermos em suas causas prediletas – disse Mark. – E concordei em ajudar. De modo que os cavaleiros templários estarão ocupados. Nossas habilidades podem ser úteis.

Malone estendeu a mão, que Mark apertou.

– Acredito que os templários estão em boas mãos. Toda a sorte para vocês.

– Para você também, Cotton. E ainda quero saber o motivo desse apelido.

– Ligue para mim um dia desses e eu conto tudo.

Subiram no carro alugado, com Malone ao volante. Enquanto se acomodavam e apertavam os cintos, Stephanie disse:
– Eu lhe devo uma.
Ele a encarou.
– Isso é novidade.
– Não vá se acostumando.
Ele sorriu.
– Use com sabedoria.
– Sim, senhora.
E ele ligou o carro.

NOTA DO AUTOR

Sentado num café na Højbro Plads, decidi que meu protagonista tinha de morar em Copenhague. É realmente uma das cidades mais fantásticas do mundo. Assim, Cotton Malone, livreiro, tornou-se um novo acréscimo a essa praça movimentada. Também passei algum tempo no sul da França descobrindo boa parte da história e conhecendo muitos locais que vieram parar nesta narrativa. A maior parte da trama me veio enquanto viajava, o que é compreensível, dadas as qualidades inspiradoras da Dinamarca, de Rennes-le-Château e do Languedoc. Mas é hora de saber onde está o limite entre fato e ficção.

A crucificação de Jacques de Molay, como foi descrita no prólogo, e a possibilidade de a imagem do sudário de Turim ser dele (capítulo 46) são conclusões de Christopher Knight e Robert Lomas. Fiquei intrigado quando descobri a ideia na obra dos dois, *The Second Messiah*, por isso incluí na história seu conceito inovador. Boa parte do que Knight e Lomas dizem – como relatado por Mark Nelle no capítulo 46 – faz sentido e é coerente com todas as evidências de datação do sudário feitas nos últimos vinte anos.

A abadia des Fontaines é fictícia, mas é amplamente baseada em partes de vários retiros dos Pirineus. Todos os cenários na Dinamarca existem. A catedral de Roskilde e a cripta de Cristiano IV (capítulo 5) são realmente magníficas, e a vista da torre Redonda em Copenhague (capítulo 1) de fato nos faz retornar a outro século.

Lars Nelle é uma mistura de muitos homens e mulheres que dedicaram a vida a escrever sobre Rennes-le-Château. Li muitas fontes, algumas que chegavam às raias do bizarro, outras do ridículo. Mas, a seu modo, cada uma oferecia uma visão única desse local realmente misterioso. Nesse sentido, vários pontos devem ser observados:

O livro *Pierres Gravées du Languedoc*, de Eugène Stüblein (mencionado pela primeira vez no capítulo 4) faz parte do folclore de Rennes, mas ninguém jamais viu um exemplar. Como é relatado no capítulo 14, o livro está catalogado na *Bibliothèque Nationale* de Paris, mas o volume desapareceu.

A lápide original de Marie d'Hautpoul de Blanchefort sumiu, provavelmente destruída pelo próprio Saunière. Mas supostamente foi feito um desenho dela em 25 de junho de 1905, por uma sociedade científica em visita, e o desenho acabou sendo publicado em 1906. Mas existem pelo menos duas versões desse suposto desenho, de modo que é difícil ter certeza quanto ao original.

Todos os fatos relevantes sobre a família d'Hautpoul e sua ligação com os cavaleiros templários são reais. Como foi detalhado no capítulo 20, o abade Bigou era confessor de Marie e de fato encomendou sua lápide dez anos depois de ela morrer. Além disso, fugiu de Rennes em 1793 e jamais retornou. Se realmente deixou mensagens secretas é conjectura (tudo faz parte da atração de Rennes), mas a possibilidade serve para uma história intrigante.

O assassinato do abade Antoine Gélis aconteceu, e do modo como foi descrito no capítulo 26. Gélis era de fato ligado a Saunière, e alguns especularam que Saunière pudesse estar envolvido em sua morte.

Mas não existe qualquer evidência dessa ligação e até hoje o crime permanecesse sem solução.

Jamais se saberá se existe uma cripta embaixo da igreja de Rennes. Como foi dito nos capítulos 32 e 39, as autoridades locais não permitem nenhuma exploração. Mas os senhores de Rennes têm de estar enterrados em algum lugar, e até hoje suas criptas não foram localizadas. As referências no jornal paroquial à cripta supostamente encontrada, como foi mencionado no capítulo 32, são reais.

O pilar visigodo citado no capítulo 39 existe e está exposto em Rennes. Saunière realmente inverteu o pilar e gravou palavras nele. A ligação entre 1891 (1681 quando invertido) e a lápide de Marie d'Hautpoul de Blanchefort (e as referências a 1681 ali) de fato ultrapassam os limites da coincidência, mas tudo isso existe. De modo que talvez exista alguma mensagem em algum lugar.

Todas as construções e tudo que Saunière fez em relação à igreja em Rennes são reais. Dezenas de milhares de visitantes percorrem todos os anos os domínios de Saunière. A ligação 7/9 é invenção minha, baseada em observações que fiz enquanto estudava o pilar visigodo, as estações da cruz e vários outros itens na igreja de Rennes e ao redor. Que eu saiba, ninguém escreveu sobre essa conexão 7/9, de modo que esta talvez seja a minha colaboração pessoal à saga de Rennes.

Noël Corbu viveu em Rennes e seu papel em forjar boa parte da ficção sobre o local é verdadeiro (capítulo 29). Um livro excelente, *The Treasure of Rennes-le-Château: A Mystery Solved*, de Bill Putnam e John Edwin Wood, trata das invenções de Corbu. Corbu realmente comprou a propriedade da amante idosa do padre. A maioria das pessoas concorda que, se Saunière sabia alguma coisa, pode muito bem ter contado à amante. Parte da lenda (provavelmente outra invenção de Corbu) é que a amante contou a Corbu a verdade antes de morrer, em 1953. Mas jamais saberemos. O que sabemos é que Corbu lucrou com a ficção de Rennes e foi a fonte, em 1956, das primeiras matérias de jornais sobre o suposto tesouro. Como foi declarado no capítulo 29, Corbu realmente escreveu um texto sobre Rennes, mas as páginas desapareceram depois de sua morte, em 1968.

A lenda de Rennes acabou sendo eternizada num livro de 1967, *The Accursed Treasure of Rennes-le-Château*, de Gérard de Sède, que é reconhecido como o primeiro livro sobre o assunto. Há muita ficção nele, na maioria uma regurgitação da história original de Corbu, de 1956. Henry Lincoln, um cineasta inglês, encontrou a história e recebe o crédito pela popularização de Rennes.

A pintura *Lendo as Regras da Caridade*, de Juan de Valdes Leal, está atualmente na igreja espanhola de Santa Caridad. Situei-a na França porque seu simbolismo era irresistível. Consequentemente, sua inclusão na história de Rennes é invenção minha (capítulo 34). O palácio papal em Avignon é retratado de modo preciso, a não ser pelo arquivo, que eu inventei.

Os criptogramas são de fato parte da história de Rennes. Mas os que estão contidos aqui vieram da minha imaginação.

O local da reconstrução do castelo em Givors é baseado num projeto real que está sendo realizado em Guédelon, na França, onde artesãos constroem um castelo do século XIII usando as ferramentas e matérias-primas da época. A tarefa realmente demorará décadas e o local é aberto ao público.

Os templários, claro, existiram, e sua história está relatada de modo acurado. Sua Regra também é citada de modo preciso. O poema no capítulo 10 é real, de autor desconhecido. Tudo que a Ordem realizou, como está detalhado no decorrer do livro, é verdade e serve de testemunho de uma organização que obviamente estava adiante de seu tempo. Quanto aos tesouros e aos conhecimentos perdidos dos templários, nada foi descoberto desde o Expurgo de 1307, ainda que Felipe IV da França realmente tenha procurado em vão. O relato das carroças indo para os Pirineus (capítulo 48) se baseia em antigas referências históricas, mas nada se pode saber com certeza.

Infelizmente, não existem crônicas da Ordem. Mas talvez esses documentos estejam esperando algum aventureiro que um dia encontre o tesouro perdido dos templários. A cerimônia de iniciação no capítulo 51 é reproduzida acuradamente, usando as palavras exigidas pela Regra. Mas a cerimônia fúnebre detalhada no capítulo 19 é ficcional, embora os judeus do século I de fato enterrassem seus mortos de modo parecido.

O evangelho de Simão é criação minha. Mas o conceito alternativo de como Cristo poderia ter "ressuscitado" vem de um livro excelente, *Ressurection, Myth or Reality*, de John Shelby Spong.

Os conflitos entre os quatro livros do Novo Testamento relativos à ressurreição (capítulo 46) desafiaram os estudiosos durante séculos. O fato de apenas um esqueleto de um crucificado ter sido descoberto até hoje (capítulo 50) realmente levanta questões, assim como muitos comentários e declarações feitas no decorrer da história. Um, em particular, atribuído ao papa Leão X (1513-1521) atraiu minha atenção. Leão era um Médici, um homem poderoso apoiado por aliados poderosos, comandando uma igreja que, na época, governava suprema. Sua declaração é curta, simples e estranha para o chefe da Igreja Católica Romana.

De fato, foi a fagulha que gerou este romance.

Serviu-nos bem esse mito de Cristo.

Este livro foi composto na tipologia Palatino LT Std,
em corpo 10,5/17, e impresso em papel
off-white no Sistema Digital Instant Duplex
da Divisão Gráfica da Distribuidora Record.